POETS AND POEMS

诗人与诗歌

[美国] 哈罗德 · 布鲁姆 著

张屏瑾 译

译林出版社

图书在版编目（CIP）数据

诗人与诗歌 / （美）哈罗德·布鲁姆
(Harold Bloom) 著 ; 张屏瑾译. -- 南京 : 译林出版社,
2025. 8. --（哈罗德·布鲁姆文学批评集）. -- ISBN
978-7-5753-0442-9

I. I106.2

中国国家版本馆CIP数据核字第2025AN3226号

著作权合同登记号　图字：10-2024-289号

诗人与诗歌　[美国] 哈罗德·布鲁姆 / 著　张屏瑾 / 译

责任编辑　陈秋实
装帧设计　胡　苨
校　　对　蒋　燕　戴小娥
责任印制　董　虎

原文出版　Chelsea House Publishers, 2005
出版发行　译林出版社
地　　址　南京市湖南路1号A楼
邮　　箱　yilin@yilin.com
网　　址　www.yilin.com
市场热线　025-86633278
排　　版　南京展望文化发展有限公司
印　　刷　江苏凤凰通达印刷有限公司
开　　本　880毫米 ×1240毫米　1/32
印　　张　21.75
插　　页　2
版　　次　2025年8月第1版
印　　次　2025年8月第1次印刷
书　　号　ISBN 978-7-5753-0442-9
定　　价　98.00元

目 录

前　言

1984年初，我开始为切尔西出版社编辑文学批评文集，而首部文集《埃德加·爱伦·坡：种种现代批评观念》也于1985年1月付梓出版，因此眼下这套丛书实是这桩堂吉诃德式冒险的二十周年纪念。倘若有人问及，在这一过程中，究竟出版了多少种单行本，我记不得确切的数字，在这漫长的过程中，很多书已绝版，甚至整个丛书已不再继续。我估算足有上千种单行文集。单独一个批评家汇集、推介如此庞大的一整套批评观念，确实可说是疯狂。

有些书出现在极不可能的地方：博洛尼亚、瓦伦西亚、科英布拉、奥斯陆的旅馆客房，法兰克福和尼斯的旧书摊，我旅行所到之处的作家书架。我应马其顿一所大学的要求给它的图书馆寄去一批，也应要求捐了数册给美国监狱服无期徒刑的囚犯。这些年来，这千种书籍触及很多地域、很多人。我今年七十四岁，回顾过去二十年间这一殊为奇怪的努力，尤其在跨越两个世纪之后，叫我颇有些惶惑。

我在编辑手记中已明述，我并不赞同每一篇重印的批评文章所阐发的观点。但这些文章须适度地反映现行的批评模式和教育风气，对于所有这些观念，我自然不是都有兴趣。不过，我是一只恐龙，欢乐地自称“布鲁姆·崇拜莎士比亚·雷龙”(Bloom Brontosaurus Bardolator)。关于想象性文学的伟大这一问题，我只认可三大标准：审美光芒、认知力量、智慧。随着我们的社会（迟缓地）改正偏见和不公，如今所谓的“相关性”，不出一个世代，便会被
xi 弃掷在垃圾桶。文学与批评界的时尚人士总会衰退过时。结实的老家具尚可作为古董流传，而糟糕的文学作品和意识形态的劝诫不会有这样的命运。

时间腐蚀我们、摧毁我们，而时间更残酷地抹灭庸劣的小说、诗歌、戏剧、故事，不论这些作品道德上如何高洁。走进一座图书馆，看看三十年前的杰作：在被遗忘的书籍当中，仅有寥寥数部仍有价值，而邪恶的湮灭使大多数畅销书成为时间报复的对象。日前，一位曾是我的学生的朋友告诉我，20世纪美国第一位桂冠诗人是约瑟夫·奥斯兰德。我的记忆力仍相当顽健，却记不得这位诗人的任何诗行。现今一些女性主义浪漫主义学者研究、传授费利西亚·希曼斯夫人的诗歌。这位勇敢的女性赋诗支持她的同性，对于她的诗歌，我只记得《卡萨维安卡》的首句，但也是因为马克·吐温略作了添饰，化作一个对句：

男孩站在灼热的甲板上
一粒一粒啄食花生米

我虽称赏奥斯卡·王尔德的壮美宣言：“所有艺术皆无用处”，但并不想印证文学于社会无用这一主张。莎士比亚可以代表最高文学造诣的最良善效用：倘若真正地理解了，它能够治愈每个社会所固有的一些暴力。在我看来，美洲迄今所孕育的作家当中——不论是北美、中美、南美、加勒比海，也不论是用英语、西班牙语、葡萄牙语、法语、意第绪语以及其他语言写作——沃尔特·惠特曼仍是最主要的诗人。惠特曼是医师、诗人—先知，内战时期在华盛顿特

区的医院做志愿者，为伤兵包扎伤口、做护士之时，发现了他于社会有用的职业。阅读惠特曼，真正地理解惠特曼，能够使你学会自助，学会治愈你的意识创伤。

在迟暮之年，我将文学批评的功能多半看作鉴赏，在沃尔特·佩特意义上的鉴赏，融合分析与评估。佩特说“为艺术而艺术”之时，言下之意还包含D.H.劳伦斯所说的“为人生而艺术”。在惠特曼之后的生机论者当中，劳伦斯是最具挑衅性的，如今被彻底驱逐出英语国家的高等教育。女性主义者指控他憎恶女人，将他禁压，说他要求女性禁欲。学生从而不再阅读20世纪的一位大作家，一位独 xii
特的小说家、讲故事的人、诗人、批评家、先知。

切尔西出版社文学批评系列这项事业如此庞大，无疑也将编者的缺陷与好处历然彰显。在编辑过程中，我的目标始终是力求赅备，并且通常试图撇开个人意见。眼见市场上停售一部重要著作，叫我痛心，尽管我也从我的偶像塞缪尔·约翰逊博士的《诗人列传》里寻得解慰。书商（在当时兼出版与销售）遴择诗人，而约翰逊仍能径直讲出真心话。如今谁还记得这些诗人：耶登、斯普拉特、罗斯康芒、斯特普内？倘若我指出酷似这些诗人的当代人，便要招人怨尤，虽则这样的名字数不胜数。

在这项追求赅备的求索中，我受到更为充分的教益，学会如何为更广大的读者写作。文学批评是个人的行动，也是与公众接触的行动。文学批评产生了许多巨擘，诸如约翰逊、柯勒律治、莱辛、歌德、哈兹里特、圣伯夫、佩特、库尔齐乌斯、瓦莱里、弗莱、燕卜荪、肯尼思·伯克。但我再版的批评家大多没有这般声望：我不过是将能找到的所有材料堆砌起来罢了。终生的阅读和教授，使我得以从无数人那里学习无数东西，这样的智识负债是不可计数的。我重印

过数以百计的批评家的文章，却不可能结识这些人，而他们的思想
xiii 给我启迪，使我学会如何从他人的思想中学习。

（翁海贞译）

导　言

七十年前，时年四岁的我第一次爱上了诗歌。虽然出生在纽约的布朗克斯区，但我在童年时期读、写都用意第绪语，所接触到的诗人也是后来到了美国的那最好的几个，比如摩西·L.哈尔彭、曼尼·雷柏、H.雷维克、雅各布·格莱斯坦因。要感谢布朗克斯图书馆梅尔罗斯分馆，在那里我很快就通过大量阅读英美诗歌自学了英语。早年的爱好，譬如对维奇·林赛的偏好还徘徊在我黯淡的记忆中。我逐渐用自己的方法读了各类诗歌。到了大约十岁与十二岁之间，我已强烈地爱上了威廉·布莱克和哈特·克莱恩。我反复阅读他们的诗，毫不困难地熟记下来，而且我开始对这些诗产生了一种隐含的理解，这种理解直到多年以后才渐渐显形。

有时我会被我的诗人密友问及，为什么我自己不写诗，其实从一开始，诗歌对我来说就是神秘莫测的艺术。进入诗歌之门，除了成为一名享受阅读乐趣的读者外，也意味着涉足神圣之开端。我持续地阅读布莱克和克莱恩，他们也引导我走向雪莱、华莱士·史蒂文斯、叶芝、弥尔顿，最后到达莎士比亚。

我已经不能确定，从什么时候开始对我重读的那些诗歌有了更多的领会。自学有它的不利之处（直到现在我的英语发音仍有些古怪），但它是对抗单调性的有效武器，包括政治的、宗教的、哲学的或者仅仅是作为一种批评时尚的单调。T.S.艾略特的诗让我着迷，他

那教条化十足的散文却不让我喜欢。在十五岁左右我读过了《圣
xv 林》和《拜异教神》，我不喜欢后一本，前一本也让我读得丧气，不
过它至少将我引向D.H.劳伦斯，艾略特对他异常猛烈的抨击反而
让我受到他的吸引。

我的诗歌批评家初恋是G.威尔逊·奈特，很久之后，我与他有了私交，非常倾慕于他。刚刚十七岁时，我成为康奈尔大学的新生，当时购买并逐页细读了诺思洛普·弗莱研究布莱克的优秀著作《可怕的对称》。我差不多做了弗莱二十年的门徒，直到1967年一个夏天的早晨，那天是我的生日，我从一场噩梦中醒来，开始动手写作一篇奇妙的狂想文章《遮护天使，或诗学的影响》。经过多次修改以后，这本书在1973年以《影响的焦虑》为书名出版了，但弗莱之前已经批评过这本书，因为我在1967年9月就将一个版本呈他阅读，而从那时起我们就达成一致：将我们在评价诗歌层面的不一致永远保持下去。

我已到了七十四岁的年龄，我依然记诵着几乎所有我爱过的诗歌。也许记诵过度决定了我的批评视野（但没有记诵，阅读和思考都是不可想象的）。假如你对莎士比亚、弥尔顿、华兹华斯、济慈、丁尼生、惠特曼、艾米莉·狄金森难以忘怀，那么，你将很难同意那些“憎恨学派”——他们宣布某些不足为道的诗人按照性别、性向、种族、肤色或其他类似标准就值得研究。

英美诗歌传统是一笔惊人的财富，本卷收录的限于那些以抒情和冥想为主的作品，因为这笔财富在这套六卷本丛书里，已较多地出现在《史诗》和《剧作家与戏剧》两卷之中。我遗憾的是没有选入像亨利·科尔这样的年轻诗人，他必将成为经典，还有哈特·克莱恩的一些同时代诗人，比如约翰·布鲁克斯·威尔莱特、莱奥妮·亚当斯，他们也将经受住时间的考验。

华莱士·史蒂文斯认为诗歌能够帮助我们找到人生之路。我倾向于把此话修改一下，变成弗洛伊德所说的“现实检验”问题：诗歌的功能在于让我们学会承受必将来临的死亡。在我面临危险以及来势凶猛的疾病之时，我常常大声地为自己朗诵诗歌，或者在心中默念它们，从中获得了极大的安慰。算不上是海滩迷的我，去海滩只是为了诵读惠特曼、哈特·克莱恩、史蒂文斯的诗歌，通常在孤寂之中，向着海风与海浪大声诵告。诗歌无法根治社会中有组织的暴力，但它可以疗救自我。史蒂文斯称诗歌为内心暴力，正可以用它来抵御外部世界的暴力。他也提醒我们，心灵是世界上最可怕的力量，我们只有运用它才能抵挡它自身的侵袭。哈特·克莱恩有一个美丽而动人的愿望：诗歌可以给他带来一种“改良的幼年”。没有其他东西可以带给我们这些，或者把我们深爱的逝者交还给我们。在悼亡之后，哀悼诗能给我们中的一些人带来安慰。就像威 xvi
廉·詹姆斯和亨利·詹姆斯兄弟一样，每当我自己吟诵起，或者听到别人吟诵惠特曼的诗歌《当紫丁香上次在庭园中绽放》，就感到内心境界得到了极大的提升。或者，当我听到约翰·吉尔古德朗读弥尔顿《利西达斯》的录音，以及拉尔夫·理查德森播送柯勒律治的《古舟子咏》时，我强烈地感觉到了自己的存在。行文至此，我已经想立即结束这篇导言，去听听华莱士·史蒂文斯自诵《秋日极光》的另一个录音。在人生的黄昏时分，这一经验的宝贵价值与日俱增。 xvii

彼特拉克
(1304—1374)

虽然对于一个奥古斯丁式的道德家来说，偶像崇拜不得人心，在语言学层面上，它却是诗歌领域的要义。因为在文学文本中，语言和欲望很难分辨。可以说，通过对笔下人物那种盲目崇拜的激情的指认，彼特拉克坚持了他作为一名诗人的自主创造权。

约翰·弗里切罗

“影响的焦虑”对我来说已不再是一种只属于现代(或浪漫派)的症候。《约伯记》中的诗歌深受先知耶利米的影响，耶稣·本·息辣的著作《德训篇》萦绕着早期传道书的气氛，阿里斯托芬曾经猛烈抨击欧里庇得斯，因为他未竟埃斯库罗斯之功。假如我们再考虑一下柏拉图与荷马的竞赛，以及诺斯替派[①]诗人们的“迟来”(belatedness)之感与柏拉图及《希伯来圣经》的关系，我们就能获得一份充分的古典焦虑者的名录了。

彼特拉克与但丁的关系非常复杂，也很难判断，部分原因在于彼特拉克本人对其后世诗歌的影响是那么巨大，以至于掩盖了他诗

---

① 诺斯替派亦称作“灵智派”“神知派”，一般认为起源早于基督教，是罗马帝国时期地中海东部沿岸一些神秘主义教派的合称，这些教派普遍认为物质和人的肉体是罪恶的，需要靠“诺斯”(即灵智之意)的神秘力量才能使灵魂得救。

歌原创性中的一些问题。每一位伟大的诗人都竭力让自己看起来与影响过他的诗歌先驱不同，虽然实际上并没有那么大的差别。彼特拉克对但丁的严重误读隐含在他自己的诗里，影响之大超出了我们所能知道的程度，尤其是我们中一些人看到但丁完全专注于神学寓言，同时也完全没有彼特拉克式的偶像崇拜的激情，至少是在《神曲》中。罗伯特·德林[①]提醒我们注意但丁的《石头诗》和彼特
1 拉克的《歌集》之间的深层相契：

> 根据神话来看某人的经验即为在神话里看到某种称作比喻的寓言意义的可能性。彼特拉克懂得并自如运用传统奥维德神话的寓言阐释。但是，他将它们与泾渭分明的道德判断解除了关系。在这一点上，与其说他更接近写作《神曲》的但丁，不如说更接近写作《石头诗》的但丁。坠入爱河，成为爱情桂冠诗人，意味着把失意爱情的生命能量转化成为精致而永恒的诗艺有一些后果，是不完全适用于理智选择或道德判断的。对彼特拉克来说，最完美的文学形式存在于纸上，经细细打磨而臻于永恒，这必以诗人的自然生活为代价。诗人的活力必须被转变为文辞，这一过程具有深层的暧昧性。他一方面赞同——甚至在某种意义上一手开创了人文主义信仰对文学的不朽荣光之崇拜，另一方面也清醒地意识到，写诗必然涉及某种死亡。这种认知方式已经非常现代了，这也把他和但丁区别开来。后者非常注重自己的诗歌作为一种总体集成的权威感，总是在这上面孤注一掷。彼特拉克则更注重个体诗歌及写作本身在心

① 加州大学圣克鲁兹分校意大利与英语文学教授，著有《文艺复兴时期诗歌中的形象》，译有彼特拉克《歌集》。

理上那种相对的，甚至是可疑的起源，他希望赞美诗的伟大主题甚至能够最终救赎赞颂者的自我中心。

有趣的是，如果我们把这里的彼特拉克换成里尔克，把但丁换成歌德，这段话也同样成立。弗里切罗[①]称之为彼特拉克的偶像崇拜（对象可以是劳拉姑娘，也可以是诗歌、文学德性与荣光）的激情，德林称之为一种死亡意识。这些说法对彼特拉克、里尔克、叶芝、史蒂文斯同样有效，但归根到底是彼特拉克式的。或者我们也可以说，包括彼特拉克自己的风格都出自但丁最有力的石头诗，我在这里举一首但丁最著名的六节诗《向着昏暗的光和巨大环绕的阴影》，[②]这是由英国诗人罗塞蒂翻译的动人版本，也可以说是罗塞蒂笔下的最佳作品。[③]

向着昏暗的光和巨大环绕的阴影，
我攀缘，那白垩般的群山，
那里是看不见颜色的野草。
然而我的希望不曾失落绿茵，
它如此扎根于这坚硬的岩石，
伊谈论、谛听，仿佛一位女士。

2

全然冷冰冰的年轻的女士，

① 耶鲁大学文学教授，著有《但丁：转变的诗学》《但丁的宇宙》等。

② 六节诗，是一种起源于中世纪的游吟诗人的诗歌形式，由六节六句和一节三句组成，首节诗句的尾词在其余诗节中重复出现。但丁和彼特拉克是在意大利提倡这种诗歌形式的主要作者。

③ 但丁·加百利·罗塞蒂（1828 — 1882），意大利裔英国画家、诗人，以翻译、模仿但丁的诗歌著称。

甚至如同冰雪置身于阴影；
因为，她不易挪动甚于岩石，
即便甜美的季节温暖了群山，
重新让一片雪白恢复绿茵，
为山坡覆盖上繁花与青草。

她的发上冠冕缠绕着青草，
让我思绪不再容纳其他女士，
她如此完美地编织金黄与绿茵，
爱神久久流连于那迷人阴影——
爱神，他把我关在低矮的群山，
囚牢之坚固胜过花岗岩石。

她的光华胜过了稀有的宝石；
她造成的伤处无法再生青草：
为了躲避如此危险的女士，
我远远地逃离在旷野与群山；
但她的阳光下不曾有过阴影——
无论群山、高墙或是夏日的绿茵。

不久前，我见她身披绿茵，
这样美丽，能让爱意苏醒于岩石，
像我的爱，甚至于爱她的阴影；
于是，如同君子思慕窈窕女士，
我追逐她在一片绿色的青草，
四处环绕的是高耸的群山。

然而要待小溪转身流上群山，
爱火才会点燃湿润林中绿茵，
如同它点燃这位年轻女士，
我将把浓重的睡眠投入岩石，
或者像野兽一样啃食着青草，
只为看到她的盛装落下阴影。

无论群山投下多么黑的阴影，3
都被这美丽女士用夏日绿茵
覆盖，像岩石掩蔽于青草。

这首诗是写给佩特莉亚·斯克鲁维尼女士的，这位高贵的、铁石心肠的女士和莎士比亚十四行诗中的黑贵妇一道，成为自荷马和《圣经》以降最伟大的两位诗人之一的灵感源泉，同时给其造成了前所未有的想象性的堕落。但丁即使还不是朝圣者，也已是一位求索者，他跋山涉水，在薄暮微光或寒冬冰雪中寻求圆满，却发现自己爱上的是一位美杜莎般的妇人。彼特拉克的劳拉姑娘从某种角度来看同样如此，她用目光把她的诗人变成了石头。德林和弗里切罗都认为彼特拉克的内心对这一结局充满矛盾。但丁的反讽无疑超越了他的传人彼特拉克，但他的六节诗的反讽看起来都不是针对这位冷酷无比的佩特莉亚女士（她把爱人降到尼布甲尼撒王的境地，像牲畜啃食青草），而是针对诗人自己。中古以来的游吟诗中的爱情（以阿赫诺·达尼艾尔[①]的诗作为高峰）总是把重点放在诗人脑海中时刻记挂的爱情偶像之毁灭性上，说起来像是一种矛盾的修

① 12世纪法国普罗旺斯的抒情诗人。

辞。这是在某一特定时刻会带来的灾难——诗人陷入爱河之际，犹如陷入了一场战斗。一种如此紧张的纯粹世俗化的时刻，必然会变成像直面了美杜莎的目光。以下是彼特拉克的《歌集》中的第30首六节诗，从中颇能读到彼特拉克直面但丁六节诗时所表现出的勇气：

我曾见一位女郎傍着翠绿月桂树，
她洁白而又清冷，胜过皑皑冰雪
在阳光照不到处安眠了许多年头。
她的言谈举止、她的娇容和金发
使我爱恋，那倩影总映入我的双眼，
铭刻心中，无论我在山坡还是海岸。

我的相思只有到那时才能靠岸——
当再也看不见绿叶勃生于月桂树；
当我的心得到安慰，不再泪湿双眼，
将见雪在火中燃烧，烈火冻成冰雪；
纵然岁月摇落多过我繁密的头发，
为看到那一天，我愿等待更多年头。

时光流逝，岁月如同箭矢飞行，
不知死亡哪天在我面前猛停，
4 它不管我一头黑发还是白发；
我将追随倩影芬芳的月桂树，
不管骄阳似火，还是漫天白雪，
直到临终之日闭上我的双眼。

人间从未见过如此美丽的双眼，
无论是现代，还是那最初的年头；
明眸使我融化，如阳光下的白雪，
雪水汩汩流淌，变成一条泪河，
爱神将它引到那坚硬的月桂树，
枝叶是钻石，树冠是金色秀发。

我担心当我容颜已改，满头白发，
她才会用怜悯的目光看我一眼，
我这位偶像化身为活的月桂树；
如果我没有记错，已经七个年头，
我叹息着走过一处又一处海岸，
从白天到黑夜，从炎夏到冰雪。

内心似火，虽然外表已苍白如雪，
孤独中相思依旧，虽已霜染鬓发，
我永远将哭泣徜徉于每处海岸，
或许能使怜悯湿润某人的双眼；
她诞生还需要一千年，若月桂树
被精心护理，能够存活如许年头。

黄金和玉石在阳光下衬着白雪，
都不如那金色秀发和美丽双眼
引得我似水年华太快到达彼岸。[①]

① 此处译文选用李国庆、王行文译本，《歌集》，花城出版社2000年版，文字略有改动。

德林翻译的彼特拉克比较像散文，他试图更接近原文的字面意思；罗塞蒂在翻译但丁时则冲破了他自己在修辞上的升华与压抑，诗作充满激情。但我比较了但丁与彼特拉克这两首诗的意大利原文，和把罗塞蒂与德林的文本并列在一起阅读得出的结论差不多。（这并不是贬抑彼特拉克，或德林。）在我看来，没有哪位抒情诗人比彼特拉克更有“诗性误读”的天才，他的六节诗是一种极为美妙的对但丁作品的回避，同时其姿态又依赖了从但丁那里继承而来的对于“石化”的感受。德林和弗里切罗都精到地分析了彼特拉克写作过程中最引人注目的姿态，那就是毫不掩饰且大胆的对世俗偶像崇拜的表达。我在这里想补充的是，彼特拉克的偶像崇拜姿态是一
5 些修正的比喻，形象或比率，试图拉开自己与但丁的距离，从而为自己的诗艺留下一些空间。为此，他不惜冒一点灵魂上的（或美学上的）风险，用偶像崇拜代替类型学，让劳拉姑娘站出来代替但丁的比阿特丽丝。①

依照《神曲》的道德律，但丁创作的六节诗将使诗人被罚入地狱，但那是诗篇的一个明显的力量：这是在转向（或回到）比阿特丽丝之前，但丁深沉的堕落。但是，从诗歌的角度来看，这种堕落仍然可以被称为崇高并可以说标志了情爱崇高的限度。他的六节诗那令人着迷的力量，在当代诗歌中仍能找到不少对应，例如洛尔迦的梦游之谣，以及叶芝对贫瘠的激情的悲叹。但丁的六节诗并没有赦免他自己或笔下那位佩特莉亚女士，她石头般无动于衷，冷若冰霜，既像美杜莎的牺牲品，又像美杜莎本身。你不可能逃脱这位佩特莉亚，她的冰雪光芒覆盖每个角落，让人无处藏身。她不会像其他

① 比阿特丽丝是但丁《神曲》中的女主人公，引领但丁进入天堂；劳拉是彼特拉克年轻时在阿维尼翁城邂逅的一位少妇，《歌集》中的情诗多为这位世俗女子而作。

女人那样为但丁点燃情火，即使但丁愿意为她奉献一切。她那可爱的绿茵乃是凶险之地，代表着但丁的欲望的色彩，并非什么大自然的青草地。从某种角度说，佩特莉亚正是比阿特丽丝的反面，所以但丁对她的欲望只能是偶像崇拜式的，反奥古斯丁式的。在某一时刻，诗人的寓言战胜了神学家的寓言。

彼特拉克写诗纪念他爱上劳拉的第七个年头，同时庆祝自己沉入偶像崇拜，沉入了诗歌的永恒力量。直至火焰融化冰雪。冰雪燃烧，彼特拉克都不会放弃诗歌，因为正是诗歌让他“或许能使怜悯湿润某人的双眼/她诞生还需要一千年”——这一时间预言到今天差不多已经实现了三分之二。这一切已经是充分的偶像崇拜了，彼特拉克最终还冒大不韪来完成他的六节诗的意境，他改写了拉丁文《圣经》的“诗篇”中第119篇，原文写道，“我爱你的戒律胜于爱黄金和玉石”，彼特拉克把它改成了：

> 黄金和玉石在阳光下衬着白雪，
> 都不如那金色秀发和美丽双眼
> 引得我似水年华太快到达彼岸。

劳拉的金色秀发代替了上帝的戒律。引人注目地挑战了但丁
笔下那位“如此完美地编织金黄与绿茵/爱神久久流连于那迷人阴
影”的佩特莉亚。彼特拉克的比喻比但丁走得更远，不过这也使得
他付出了很高的代价，即只能倚重极度偶像崇拜的方法。设想，但
丁会怎样回应彼特拉克的这种改写呢？答案或许可以在《神曲》中 6
提前找到。它告诉我们，我们所看到的必然是真理。因为无论伟大
或渺小，人们从镜子中，原本就预先看到了他们自己所思所想。彼
特拉克看到的，是诗歌、名望和死亡，他不曾看到什么超验的真理，

更非恶魔式的。他所能坚持的权威性有限，因为在但丁卓越的权威性之后，其他人的很难再令人信服或感到真实。但丁，就像弥尔顿一样，使后来者笼罩在他们浓重的阴影中。而彼特拉克才华的盛放与之只相差了一辈，他的父亲是但丁的好友，和但丁一起被从佛罗伦萨放逐。彼特拉克选择了美轮美奂的唯我主义作为他的诗歌立场。你可以称之为唯我主义式的偶像崇拜等等。彼特拉克敦促你这么做。就像一场同死亡的博弈，这种诗歌立场孕育了我们今天所
7 熟悉的抒情诗作品。

威廉·莎士比亚

(1564—1616)

作为剧作家，莎士比亚最卓越的原创力在于，他能让人物在不经意间听到自己说的话，无论是对自己还是对他人说的，从而自然而然地引发人物命运的变化，那么他的十四行诗这种浓缩的艺术形式能否同样表现出戏剧中的这般力量，让莎士比亚自己如同他笔下的人物一样，随着不断回应或反映自我的心声，经历了逐渐变化的过程？我提出这些，并不是要回到“十四行诗是不是具备戏剧性”这样的老问题上。A.D.纳塔尔精到地声称莎士比亚诗风上的某种模拟性使读者看到本来不曾得见的现实层面，我想知道是否真有一首十四行诗满足这一论点。

《十四行诗》的美感与它们出现的时间早晚无关，如果我们按照其写作先后次序阅读，很可能感到收获的东西不是更多，而是更少了。《十四行诗》是一个松散的系列，由一首首独立的杰作组成，最好的几首被定性为古往今来历史上最为杰出的语言作品，优于斯宾塞、锡德尼和德雷顿，也优于弥尔顿、华兹华斯和济慈。这样的诗歌有着纪念碑一样的品质，配得上《凤凰与斑鸠》的作者，是其他西方语种作品不可比拟的。

相较其他篇章而言，并没有许多评论家更喜欢第94首十四行诗，但其模棱两可之处几乎激起了所有人的好奇心：

谁有力量损害人而不这样干，
谁不做人以为他们爱做的事，
谁使人动情，自己却石头一般，
冰冷、无动于衷，对诱惑能抗拒——
谁就恰当地承受上天的恩宠，
8 善于贮藏和保管造化的财富；
他们才是自己面貌的主人翁，
别人只是他们好姿容的看护。
夏天的花把夏天熏得多芳馥，
虽然对自己它只自开又自落，
但是那花若染上卑劣的病毒，
最贱的杂草也比它高贵得多：
　　极香的东西一腐烂就成极臭，
　　烂百合花比杂草更臭得难受。①

史蒂芬·布斯把这首诗看作“叙事者犹豫不决的风格之镜”，并观察到“诗句在两种特性之间徘徊，使得读者对前八行反复提到的主体——‘他们’的态度，于正面和负面评价之间摆荡起来”。关键是叙事者的暧昧态度能否通过结尾双行对句的隐藏含义最终得到解决，而那又依赖于另外一个问题：面对“他们”，叙事者到底有多少真可称之为犹豫不决的态度？

假如一个人不想用自己的力量去损害别人，同时表面看起来他已经确实要那么去做了，这个人可能会跟施虐受虐狂扯上点儿关系。或者，像哈姆莱特那样，在第五幕里极大地唤起了所有观众的

① 此处译文在朱生豪的《十四行诗》译文基础上略有改动。

爱，然而自己已经超越爱之所及了。一个无动于衷的动人者比一个魅力四射的人更像神，更好地继承了天堂的荣耀。我认为至少到这里，第94首十四行诗意义十分清晰，并没展现出叙事者可能存在的犹豫不决。

“善于贮藏和保管造化的财富”这句话的意思也许是让人贮藏情欲热情，避免过快耗尽，但在第94首的语境中，我不愿对“造化的财富”的意义加以局限。我们把哈姆莱特视为造化的宝贵财富，因为我们认为他象征着一种精神的、灵魂中的历险。然而在第五幕中，哈姆莱特全然无动于衷，如果我们称他“善于贮藏和保管造化的财富”，是否离那样一个哈姆莱特十分遥远？确实，通过充分地克制自我，第五幕中的哈姆莱特最终成为“自己面貌的主人翁”，那面貌是他转向埃尔西诺城堡和观众时表露出来的。于是后面一行变得难以理解：“别人只是他们好姿容的看护。”这里的“他们”并非指向“别人”，而是指向之前所说的“自己面貌的主人翁”。在哈姆莱特的例子中，霍拉旭是所谓“好姿容的看护”的典范之一。他活了下来，并将他们所爱戴的这位人物的故事流传开。

因此，哈姆莱特和莎士比亚笔下的其他英雄人物是“夏天的
花”，对于霍拉旭和观众来说馥郁芬芳。他们本质上是为了自己绽
放和凋谢，我们只能部分地领会他们的目的，更不用说接受了。意 9
义转折的关键在于英雄们所遭遇到的“卑劣的病毒”。我并不同
意那种将英雄染病与杂草的存在联系起来的解读，因为“卑劣的病
毒”意味着或隐或显地糟蹋了原本的品质，而杂草早就是最下贱的
了。不妨将可怜的奥瑟罗视为被疯狂症糟蹋了的“夏天的花”吧！
这种疯狂症因妒忌而发，缠扰其身，最终以极为不可思议的方式使
其备受屈辱。然而，哈姆莱特这朵百合花丝毫没有染上腐臭，本质
一向洁净。

我并不认为《十四行诗》(约1592—1596)揭开了《哈姆莱特》(1600—1601)或者是《奥瑟罗》(1604)悲剧的序幕。然而，第94首十四行诗象征着后来悲剧作家的风格，除非其创作时间(的确很有可能)晚于大多数其他十四行诗。依我解读，这恰恰与华兹华斯所称颂的“情感相助”背道而驰，而一旦我们曾经强大过，我们就会以各种方式表现自己的强大。在莎士比亚的作品中，情感相残之时，强大成为恐怖。奥瑟罗或麦克白都曾经以不同方式表现过自己的强大，因而他们毁灭的命运变得更为恐怖。

包括燕卜荪在内的很多人都认为第94首十四行诗表达了作者的矛盾情结，但我并不这样认为，我也没有发现叙事者在最后两行对句中改变了自身的立场。我以为，莎士比亚的十四行诗，即使是那些最具代表性的，也不是以戏剧性见长，而是更具抒情性。与其说它们展示了个人化的独特表达，不如说其尽善尽美地书写了传统。华兹华斯和济慈曾向莎士比亚学写十四行诗，但其实他们的诗作更接近弥尔顿，因为他们像弥尔顿那样，给予作品预言意义的重任。莎士比亚确乎“有力量损害人”，但在十四行诗中他只是“贮藏和保管造化的财富”；而在悲剧作品中，他就不尽是自生自灭、自我
10 绽放和凋零那么简单了。

约翰·邓恩与17世纪玄学派诗人
（1572—1631）

一

今天，无论在美国还是在英国，大概只有学者还记得亚伯拉罕·考利[①]这位诗人的名字，我也怀疑他们中间每年有没有十来个人在读他的诗。17世纪晚期，他被视为正典诗人，影响很大，可以说是那一时期的庞德。虽然到了塞缪尔·约翰逊博士的年代，他的名气多少已经消退了，但仍然足以成为约翰逊《诗人列传》中的开篇人物。相比于约翰·邓恩，他更多地被视为玄学派诗人或智者诗歌的奠基人与代表（业已暗淡），是被德莱顿和蒲柏取代的过时的老一派。

文学史，尤其是文学批评史，常常把某一时代坚持的判断变为荒唐。在我年轻的时候，雪莱受到漠视，被文学界和学术圈所排斥，邓恩的作品则被认为是诗歌的典范。在艾略特时期（或庞德的年代），假如你认为惠特曼的《自我之歌》是最好的美国诗，或者认为哈特·克莱恩[②]是比W.H.奥登更出色的不朽诗人，那么你很可能被视作没文化的怪人。

---

① 亚伯拉罕·考利（1618—1667），英国诗人、散文家。

② 哈特·克莱恩（1899—1932），美国诗人。

约翰逊博士认为《考利传》是他的《诗人列传》中写得最好的一章，因为其中对于玄学派诗人（他从德莱顿[1]那里得到这一命名）的论述是充满先锋色彩的。或许今天看来这些论述已经过时，但我觉得约翰逊对于邓恩及其同时代诗人的讨论仍然是我们所能读到的最充分的观点；尽管在那之后，“邓恩热”一直从19世纪的柯勒律治持续到亚瑟·西蒙，再到当下的无止无休。

无论约翰逊博士有什么盲点和瑕疵，他仍然是英语文学中最
11 多产和最富建设性的文学批评家，只有哈兹里特和罗斯金二位可以与之一较高下。很难期望比起蒲柏来，他会更喜欢邓恩的作品。在任何情况下，他对玄学派诗歌的分析对我来说依然比任何一个现代辩护士更公平，包括今日路易·马兹[2]的努力，后者试图说服人们用“冥想诗”来代替“玄学诗”的名类。马兹教授描述了两者的定义以及相互之间的关联，这对我们很有帮助：

> 在意象的使用中和唤起意志的激情感染力中，冥想指向诗歌……
>
> 为了批评和历史的目的，我相信，我们应该尝试区分“玄学”和“冥想”的特质……
>
> [“玄学诗”]总是骤然起头，处于某种机缘中，而这种机缘必须通过对隐喻的一种特殊使用而得到探索与掌握。旧式文艺复兴“巧喻”(conceit)[3]，那些精妙的类比，已经发展成为一种方式，抽象性、具体性以及不一致性的极端条件可以被编织到

---

① 约翰·德莱顿(1631—1700)，英国诗人、剧作家、评论家。

② 路易·马兹(1913—2002)，耶鲁大学教授，英国文学研究者。

③ 英国文艺复兴时期的一种修辞法，来自拉丁文conceptus，意为概念、想法，成为文学术语后，又多译为“奇思妙想”或精美的比喻、评论等。

同一种论争结构中，由盛行的“才智”（wit）之力保持统一。

这是负责任和明晰的，但针对同样的问题，约翰逊博士以下这番话鞭辟入里得多：

> “才智”，如同其他受到人们选择所支配的事物，有它的变化和时尚，即在不同的时代有不同的形式。大约在17世纪初出现了一类作家，可以用术语命名为“玄学诗人”……
>
> 玄学诗人是一些有学问的人，这些人的全部努力就是表现他们的学问……
>
> 如果批评之父把诗歌命名为“模仿的艺术”……是恰当的，这些作家要失去诗人之名不会有大错，因为他们不能说自己模仿过任何事物。他们既不模仿自然也不复制生活，既不描绘事物的形状，也不表现智力的活动。
>
> 然而，否认他们是诗人的人，却承认他们有才智。德莱顿坦承他自己和他同时代的诗人在才智上落后于邓恩，可坚信他
> 们在诗艺上能超越他。 12
>
> 如果“才智”由蒲柏做了适当的表达，它就是“常常想到而从未表达得如此之好的东西”，那么，他们肯定不曾达到，也不会寻求它。因为他们苦心孤诣追求思想的独特，而不大在意所用的措辞。但蒲柏的“才智”论无疑是不正确的。他把它打压到它的自然尊严之下，也把它从思想的力量降为语言之愉悦了。
>
> 如果用更崇高和更适当的概念，“才智”应被视为既自然又新颖，尽管不显而易见，却在首次提出时便被承认是恰当的。如果“才智”就是这个样，它让没有发现过它的人奇怪自己怎

么会忽略。诸如此类“才智”，玄学诗人很少举用。他们的思想通常“新颖”，却很少“自然”。它们虽不显而易见，却难说是恰当。远非奇怪自己怎会忽略它们，读者常会惊讶地发现它们是靠怎样违背常情的执着钻研才会被发现。

“才智”，若抽象于它对听者的影响，可以更严肃和更哲理地认为它是一种“不一致的和谐”，即一个相异的意象的组合，或在明显不同的事物中发现隐藏着的一种相似。这样去定义的“才智”，他们绰绰有余。最异质的思想被粗暴地联结在一起。为了例证、比较和暗示，而穷尽自然和艺术知识；他们的学问给人教益，他们的微妙令人惊奇。可是，读者通常认为自己的进步是昂贵的代价换来的，虽然有时钦佩，却很少愉悦。①

对约翰逊来说，“才智”，就像他所说的，是“思想的力量”，而不仅仅是“语言之愉悦”。虽然他接下来要说邓恩及其后继者既没有表现“悲悯”，也没有表现“崇高”，约翰逊还是给了他们一种赞许(对于他来说)：

然而，靠伟大能力指导的伟大创作是从不会完全失败的。
如果说他们经常把其“才智”浪掷到虚假的“巧喻”上，同样，
他们有时会达到出乎预料的真实；如果他们的“巧喻”牵强
附会，它们常值得去费那些周折。要根据他们的计划写作，至
少读书和思考是必备的。没有人天生就是个玄学诗人；靠从
13 描述复制的描述，靠从模仿借来的模仿，靠传统的形象，靠因

① 译文采用蔡田明译本，《传记奇葩：萨维奇评传和考利评传》，国际文化出版公司2013年版。文字略有改动。

> 袭的明喻，靠现成的韵律，靠流利的音节，也不能得到一个作家的尊严。
>
> 在细读这类作家的作品后，思想会被回忆和质询激发，有些学习过的知识能被找回，有些新的东西能被检验。如果说他们很少能增加“伟大”，他们的“敏锐”却常让人惊叹。如果想象力不总是能够得到满足，至少反思和比较的能力是要派上用场的。大量的材料以独创的荒谬方式扔到一起，真实的才智和有用的知识有时能从中找到，或许被掩埋在粗疏的表达中，却对那些知道它们价值的人有用。在这样的思想下，当它们的描述变得清晰，磨练变得雅致时，它们能给那些更得体的作品以光彩，尽管较少有丰富的情绪。①

阅读和思考是约翰逊通常会希望诗人们去做的，特别是他同时代的诗人，然而上面这些赞扬性的文字是有保留的，因为并没有给出约翰逊内心最深的崇敬之情，即敬重通过精妙的创造力体现出智慧和诗歌的修养。约翰逊谨慎地否认了考利（及其前辈邓恩）具有原创性，那是诗歌的精华，但他的谨慎中夹杂了一种隐含的认识所造成的不安，在《漫谈者》第125篇中明确地表达出这个认识：

> 在批评中下定义和在法律中同样困难和不确定。想象力是一种放纵不羁的天赋，总是毫不受限于任何约束，对规则没有一点耐心，总是致力于难倒逻辑学家，让一切试图做分类的人困惑不已，并打破规律。所以我们通常很难找出某种写作的真正成分和精华所在；每一位新天才的出现都伴随着某种革

① 采用蔡田明译本，文字略有改动。

新，颠覆了前人已经打造好的规则。

我们不能责怪约翰逊没有将邓恩视为新天才，不仅仅是因为我
们得原谅变化莫测的口味造成了批评家的这种忽略。对于邓恩的
作品，约翰逊既表现出尊敬，又有疑惑。其笔下的邓恩是“一个学
14 识深广的人”，“玄奥深刻”，但他那些不令人满意的作品又是“不得
体”，“为了追求一种新奇而自愿偏离了自然”。这个邓恩让约翰逊
感到头疼，考利却没有。邓恩质疑到了这位伟大的批评家关于诗歌
的一般、普遍和自然的标准。而能在这些标准上挑战约翰逊，就是
显示出了不容置疑的诗学力量。

二

约翰逊对宗教诗有一种极大的不信任感，我怀疑这是他对玄学派诗人采取模棱两可的态度的一个隐藏因素。就是在《考利传》中，这种不信任感也很明显，显示在他讨论考利的拘谨的宗教诗，即《大卫传》时：

> 人们总是带着谦恭的敬意去读神圣的历史。想象力受到威慑和控制。我们也习惯于去默许那些简单明了的真实可信叙述，依赖于它的真诚，伴随如此谦卑的信任，压抑了自己的好奇心。我们跟随历史学家，他走我们走，他停我们停。因为所有的分支扩展都是琐屑和虚无的；在已充分满足宗教目的的内容上任何增添，似乎不仅无用，而且在某种程度上是亵渎。
>
> 这样因为明显插入神圣的力量所产生的事件，其尊荣非人类天才的力量所能添加。造物主的神奇，无论它怎么充满意

象,最好是用简练的语言进行表述:他说出话,他们被造。①

两种完全不同的判断,道德的和美学的,在这里困难地结合在一起。一个人的想象力“受到威慑和控制”而形成“谦恭的敬意”。这肯定不是任何一位批评家的正确态度,更不用说西方文学史上最伟大的批评家了。这种道德立场古怪地被约翰逊对《圣经》崇高简洁文风的美学感知力加强,当然那文风很大程度上得益于异常雄辩的威廉·廷代尔和科弗代尔②所做的工作。可怜的考利没什么希望和廷代尔相提并论,但这是约翰逊在惩罚他竟敢用“谦恭的敬意”挑战一位伟大的文学批评家。在这一点上,考利比倒霉的埃德蒙·瓦勒还幸运些,③瓦勒的宗教诗歌让约翰逊做出有史以来最严 15
厉的对宗教诗的批评:

> 沉思虔敬,上帝和人的灵魂之间的沟通,不可能以诗歌的方式展开。那些被允许祈求造物主之仁慈,恳请救世主的正义护佑的人,早已处在一个比诗歌所能提供的更高的位置上。
>
> 诗歌的精华是创造;创造出意想不到的东西,给人惊喜和愉悦。普天之下的人都知道,当谈论献身天主时,话题其实是有限的;尽管有限,它们也不可能再得到扩充;它们不会从新奇的情感中获得任何好处,能从新奇的表达中获得的好处也非常之少。
>
> 诗歌愉悦人,是因为它能展现比事物本身更丰富多彩的东西。这一效果来自它彰显大自然之美妙以及隐藏其贫乏。但

---

① 采用蔡田明译本,文字略有改动。

② 威廉·廷代尔(1492—1536)和迈尔斯·科弗代尔(1488—1568)二人均为英国宗教改革家和《圣经》的英译者。

③ 埃德蒙·瓦勒(1606—1687),英国诗人。

> 宗教必须被原原本本地显现，隐瞒或添油加醋都同样会损害到它，而原原本本的内容，人们也都已经知道了。
>
> 读者对诗歌怀有期待，从一首好的诗歌中，读者总能获得更丰富的感受和更高远的幻想；但基督徒是不能从祈祷中获得这些的。无论那些祈祷多么伟大、深远和不凡，它们都是因神圣之名而造就。全能的上帝无法被提升；无垠圣域无法被扩大；至善之物无法被改良。
>
> 虔诚沉思的职责在于忠诚、感恩和忏悔。忠诚，始终如一，不可能有太多花哨的装饰。感恩，是教义中最热烈和欢快的情感，却是献给没有情欲之造物主的，感恩被限制在几种特定的模式之中，相比如何表达，更重要的是能否感受。忏悔，在最后的审判之前颤抖，并不能随便以音韵和修饰词装点。人和人之间的互相祈求或能引发多种多样的劝导，但对上帝只能是祈求仁慈。
>
> 对于纯洁的宗教感情，最简单的表达才是最崇高的。诗歌在这里失去了它的光彩和力量，因其装饰着比它精彩之物。以诗来表达宗教感情只是为了唤起记忆，以及听上去更加悦耳，就此而言诗是有用的，但它并不提供任何额外的思想。基督教
> 16 教义远比雄辩之作单纯，远比虚构之作神圣，远比装饰之作庄严；如果你要用诗歌的比喻和意象来荐举基督教教义，就好比想用一面凹透镜去放大半颗恒星。

邓恩或赫伯特、克拉肖、沃恩、特拉赫恩[①]的宗教诗是如何抵挡这么令人生畏的理论攻击的？玄学诗人的冥想诗能否豁免于这样

① 这几位皆为玄学派代表诗人。

一种指控，即他们诗歌的比喻法仅仅是“想用一面凹透镜去放大半颗恒星”？

也许我们可以说约翰逊过于夸大了宗教诗的美学风险，但他仍然很有原创性，而且在批评家中独一无二地将自己置于这样困难，并且对他个人而言还是痛苦的问题面前。鉴于两人在政治、宗教和文化观点领域几乎都意见相左，约翰逊对弥尔顿的高度赞扬是异乎寻常的，应当看到他的赞扬是建立在这样的基础上，即他确信唯有弥尔顿几乎克服了宗教诗的局限性：

> 事实上，快乐和恐惧是诗歌真正的源泉；不过诗歌中的快乐必须至少是人类的想象力可以感知的，诗歌中的恐惧则须是人类以坚韧不拔的力量可以去与之战斗的。永恒天国，它的善和恶的两面对于才智的翅膀来说都过于沉重；人的精神在它面前无助地沉沦，只有满足于沉静的信念和谦卑的爱。
>
> 然而，已知的真理可能是另一种面貌，通过一连串新鲜的中间意象被传送至某一头脑。在这一点上，诗人弥尔顿着手工作，并表现出他的思维所特有的丰饶气场。任何一个认为《圣经》文本没有给弥尔顿提供充分发挥条件的人，都会奇怪弥尔顿是基于什么样的能量，可以把其中的内容扩充到如此之广博，并制造出那么多的分支和多样性，尽管宗教的虔敬使他不允许无节制的虚构。

以《失乐园》作为基督教诗歌的标准，约翰逊发现，邓恩那一派诗人的作品既索然无味又缺乏说服力。作为邓恩的崇高赞美诗的读者，或赫伯特诗集《圣殿》的读者，我们确信约翰逊对于玄学派诗人的感觉惊人地狭隘。在《考利传》一书中，他看起来有意回避邓

恩的宗教诗歌，也没有引用任何赫伯特的作品。玄学诗人的宗教诗
17 的优点，在于充满细节的想象，以及高度个人化的意象，可这些优点
必定在某种程度上冒犯了约翰逊那贺拉斯式的对普遍诗艺的热爱。他无疑对于玄学派隐喻的细节没有什么耐心：

> 考利的缺点，也许是所有玄学诗作者的问题，就是让其思想散布到最末端的分叉。因为这个，他失去了“一般性的伟大”。在最伟大的事件里，部分总是微小的。小的那个局部，仅是可爱美丽而已。要把它称为高贵尊严就有些荒唐可笑了。所有描述的能力会被细微的枚举所破坏。由于提到个别部分，思想就会转向初始而不是间接的感受，更多转向例子的来源而不是应用它之处，比喻的力量也因此而失去。①

三

当代杰出的邓恩诗歌研究者弗兰克·克默德曾经尖锐地指出：“过去七十年来对邓恩留下的诗歌资源的书写，实际上更多地书写了那个年代美学的观念。”十五年前，我想要把他的观察更推进一步。我提出，就“美学的观念”而言，1915年至1955年，与1955年至1985年，以及与这个世纪剩下的十几年相比，都是非常不同的。正如克默德所说，艾略特试图把自己的诗歌与邓恩的模式联系起来，但是克默德没有指出的是，艾略特的诗歌实际上是起源于丁尼生和惠特曼。《荒原》与《莫德》和《当紫丁香上次在庭院中绽放》之间的相似处，远比它与《两周年》和《圣露西节之夜》之间更多。

① 采用蔡田明译本。

克默德把“邓恩回归英语诗人的位置”与“才智回归诗歌”联系起来。约翰逊把“才智”与诗歌和蒲柏联系起来。我自己在雪莱的诗歌《生命的凯旋》中发现比邓恩更多的“才智”成分，不过我和克默德不属于同一代批评家了。

我怀疑在未来，邓恩和他的派别的捍卫者们，会不会把自己组
织为现代主义者赞颂形而上的才智敏捷。邓恩现在看起来就和斯
宾塞一样古旧，[①]和本·琼森[②]一样专门化。艾略特掀起的时髦已经
过去，随之而去的是新批评派的那种观念，即认为每一首优秀的短
诗都要遵照邓恩诗及冥想的范式。约翰逊对于玄学派诗人的有力
批评也许不能算盖棺定论，但在过去的三十年中，这批评又发挥了 18
它的部分力量。这本集子中重印的新近的文章，表明一种去感受邓
恩和玄学派诗人的认真的努力，其基础与从艾略特到克默德的都非
常不同。邓恩和赫伯特对我来说并非优于斯宾塞和弥尔顿，历史上
某段时间的批评家将他们的地位抬得比后两位高，注定仅仅是个口
味几乎怪诞的历史插曲而已。但从宗教诗的角度来说，他们是英语
语言中主要的宗教诗人，霍普金斯[③]、写《四个四重奏》的艾略特和
后来的奥登都无法与之相提并论。无论约翰逊怎么想，神圣的弥尔
顿其实并非一位宗教诗人。弥尔顿几乎和威廉·布莱克同样彻彻
底底地重新定义了基督教。有趣的是，实际上是邓恩和赫伯特以及
他们的其他追随者们，才配得上约翰逊对宗教诗的赞扬。对他们来
说，永恒天国的善和恶并非“对于才智的翅膀来说都过于沉重”。 19

① 埃德蒙·斯宾塞（1552—1599），英国诗人，代表作有《仙后》等。

② 本·琼森（1572—1637），英格兰剧作家、诗人和演员。

③ 杰拉尔德·霍普金斯（1844—1889），英国诗人、牧师。

安妮·布拉德斯特里特
（1612—1672）

第一位有影响的美国诗人是一名女性，这也很合宜。安妮·布拉德斯特里特在她的书的致辞中，对作为一位女性诗人的不同之处表达了一种很有趣的理解：

> 问起你的父亲，你说你没有；
> 问起你的母亲，唉，她很贫穷，
> 因为贫穷，她这样把你送出家门。

将布拉德斯特里特作品同她那略显乏味却是毫无疑问的前驱诗人夸尔斯[①]相比，会显示出他更胜一筹的诗歌技巧，而在她的作品中充溢着更为有趣的诗意以及人性之美。至于是否相信女性主义学者温迪·马丁提出的，布拉德斯特里特的诗歌中包含着“颠覆性的虔诚”风格，则是基于每个读者自身意识形态观点。但相较于夸尔斯，布拉德斯特里特本人和她的诗歌，无疑都更机智、充满生机，更具有人性化。

除了沃尔特·惠特曼，迄今没有诗人能够和艾米莉·狄金森同日而语。因此，从布拉德斯特里特到狄金森，超越所有的反讽意

① 弗朗西斯·夸尔斯（1592—1644），英国诗人。

味，我们进入对形成“美国崇高”永恒之秘的探索。要试着为狄金
森找一位女性先驱是不可能令人信服的。她伟大与卓越的竞争是
与爱默生、与那些伟大的浪漫主义诗人之间的，甚至是与《圣经》
本身。进行这样的挑战，超越了除却狄金森和惠特曼之外任何美
国诗人的能力，甚至是华莱士 · 史蒂文斯。惠特曼精妙的创造力、
不可思议的形象塑造、细致入微的遣词用语，最为重要的是他从自
己存在的深渊中再造出多重自我的惊人的力量，何止弥补掩盖了
其相对缺乏的认知力。而狄金森表现出的认知天赋和原创力，英 20
语诗人中能与之并驾齐驱的或许仅有莎士比亚、弥尔顿和布莱克
三人。同他们一样，狄金森对她能想到的几乎所有的东西进行了概
念重建，与其说来自莎士比亚那种非凡巧妙的误导手法，不如说是
更多地来自弥尔顿和布莱克那种公然的方式。像弥尔顿和那些浪
漫主义高峰的诗人一样，她力争使自己做得比前辈更占先机。来看
一下这首卓越的诗歌（第290首）：

青铜——烈焰——
北方——今晚——
如此充足——成形——
对自己胸有成竹——
如此疏远——对于警告——
对宇宙或者对我
表现出君王的冷漠——
以威严的污浊
把我单纯的灵魂浸染——
直到我采取拿大的态度——
在我的枝干上阔步——

对人和氧不屑一顾，
因为他们的傲慢无礼——

我的辉煌不过是动物马戏团——
但它们无与伦比的表演
将使千秋万代享受不完
而我，在很久很久以前就是
遭玷辱的草中的一个小岛——
除了甲虫，没人——知晓。[①]

很明显，这首诗歌是“关于”北极光，而事实上它是受爱默生的散文《诗人》(1843)的影响而成：

因为造就一首诗的不是音韵，而是那造就音韵的主题——
是一种热烈奔放、生气勃勃的思想，好像动植物的精神，具有自
己的结构，用一种全新的东西点缀自然。思想和形式在时间顺
序上是同等的，但根据起源的顺序，思想则先于形式。诗人有
一种崭新的思想，他有一套全新的经验要展现；他将告诉我们
他的感受如何，而且所有的人都会因他的财富而丰富。因为每
21 个新时代的经验都需要一种新的表白，所以世界似乎永远在等
待着它的诗人。我记得小时候，有一天早晨，我听说桌边坐我
身旁的一个青年身上出现过天才时，我是多么激动。他曾经撇
下自己的工作，四处漫游，无人知道他的行踪，他已经写下了数
百行的诗，却说不清心里的东西是否已经写在纸上，他只能说

① 此处译文参考蒲隆译本，有改动，《狄金森全集》卷一，上海译文出版社2014年版。

> 出一切已经改变——人、兽、天、地和海洋。我们听得如痴如醉，全都信以为真！社会似乎已经妥协了。旭日东升，众星消隐，我们就坐在那万道霞光里。波士顿似乎比前一天夜里远了一倍，或者更远更远。罗马——罗马又算什么？普鲁塔克和莎士比亚就湮没在黄叶中，荷马也听不到了。知道诗就在今天、就在这屋子里、就在你身旁已经写了出来，这可是件非同小可的事。什么！那神奇的精神还没有断气！这些岩石似的时刻还是闪耀着勃勃生机！我本来认为神谕已经沉寂，大自然奄奄一息，可是看啊！一个通宵，从每一个毛孔里源源不断地流出了这些美丽的曙光。①

爱默生悠游嬉戏于此，然而他的想法是如此具备热情与活力，他那造就音韵的主题是那么有说服力，他的青春寓言也有其晦暗的一面。在这里，曙光始于黎明，天启般的日出可使整片浩瀚星空永远消隐，但是随着一种奇妙的跨越，这光变成了北极光射过，夜空的每一个孔隙都被照亮。因此，对于爱默生而言，北极光代表着一场“迟来性”向“先至性”的逆转。在这儿是一种高超的讽刺，因为“迟来性”属于莎士比亚和荷马，而“先至性”则是“桌边坐我身旁的一个青年”。

狄金森经常从爱默生的诗歌中借用许多暗示并巧妙转化之，迂回其义（这一过程由乔安娜·菲特·狄尔做了精到的研究）。而在“青铜——烈焰——”中，她对暗示的借用似乎异常具有辩证性的机巧。我不再同意查尔斯·R.安德森评论这首诗时的强烈口吻，比如“平凡诗人若要显示出某种神圣感，反而会腐化其真实本性”

① 爱默生《诗人》，译文采用蒲隆译本，《爱默生随笔》，华文出版社2010年版。

以及“诗人必须是接地气的”。这些话是在否定狄金森更微妙的反讽，亦即这首诗中的主要特色。北部，意味着夜空浩渺，北极星穿过，气场充足，够得上淹没狄金森或许视为充足的欲望，以崇高的渴望浸染她的“单纯的灵魂”。她自己的青铜和烈焰成为她诗歌里
22 特有的修辞立场，上升到了凌迈的高度（拿大的态度），从而显示出她自己那种君王的冷漠。当然，最为关键的反讽在于“在我的枝干上阔步”，这是一个消极的或者说向下的变形，但似乎可以说，仅仅是对一个女人而言，而不是对一个诗人而言。她的辉煌是动物马戏团，她这样说真实吐露了她是一个表演者，但随后以巨大的权威做出了古老品达[①]式的宣言：正典声名和诗意永存。要以“无与伦比的表演”使千秋万代享受不完，是真正能够胸有成竹，对于警告（甚至对自己有机体命运的预言）如此疏远。

为什么我们能准确无误地领会《青铜，烈焰》这样一首诗是出自女人笔下呢？（至少自萨福以来）在女诗人里，狄金森以最为非凡和让人叹服的方式，在她许多最好的诗歌中都驱使我们去面对其中的性别成分：

我够不着的色调——最好看——
那颜色太遥远
我可在东方集市上把它展览——
一看就要一块金元——

细微的——不可触及的展示——
直晃人的眼

① 品达，古希腊抒情诗人，以歌颂古希腊的民族的颂歌而闻名于世。

宛如克娄巴特拉的扈从——
在天空——反复不断——

控驭的时刻
在灵魂上出现
给它留下一丝不满
过于微妙——难以言传——

急切的目光——把风景注视——
仿佛风景用衣锦
刚刚掩住——某种秘密
它像车辇——在西方推进——

夏天的苦苦哀求——
白雪的——另外戏谑——
用轻纱捂盖神秘，
唯恐松鼠们——了解。

它们神出鬼没的姿态——把我们嘲笑——
直到受骗的眼 23
傲慢地闭上——在坟里
另一种方式——去看——[1]

《青铜，烈焰》指涉的并未完全指名说北极光，这是狄金森典型

① 此处译文采用蒲隆译本，略有改动。《狄金森全集》卷二，上海译文出版社2014年版。

的方式。《我够不着的色调最好看》更是如此，并不指名讲任何具体事物。从爱默生、惠特曼到史蒂文斯、W.C.威廉斯等一众美国男性理论家及诗人都向我们力推一种“消名”的文法，史蒂文斯在这种风格之中达到了最高成就：

这是乌有，直到被个体的人含纳，
直到这命名之物变得无名
并被毁灭。他推开他的房门

一片烈焰，一支烛光的学者
看到北极光的炽焰闪耀在
构成他的一切的骨架上。他感到恐惧。

这就是史蒂文斯的《秋日极光》的危机，其中命名之物是北极光，它的光焰激发了诗人或一支烛光的学者的恐惧，从而挫败了他想要为“消名”行动制定规则的努力。但是精明地利用她女诗人身份的狄金森选择以另外一种方式去看，她这种消名中没有蔑视，没有抗争。最美的颜色是她带不走的那一缕，因为太遥远而无法展示，无法触摸，过于细腻而无从诉说，难以理解。男性诗人们却始终无法看到这样一抹色泽，即使是济慈、雪莱，甚至具有非凡视觉审美感的华兹华斯也无法捕捉到。在狄金森之后，几乎没有女诗人能够如此迫切而直觉地告诉我们，女性未必要见男性所见，愿男性所愿，为男性所为。弗洛伊德曾经遗憾地承认，女性是一个谜，这个谜中回响着弥尔顿的困惑，或许也是布莱克的困惑。和最伟大的英语女作家简·奥斯汀、乔治·艾略特、狄金森相比，只有三位用英语写作的男性：乔叟、莎士比亚以及塞缪尔·理查逊似乎能够去传递这份男性和女性之间的不同。奥斯汀作为一位讽刺艺匠，可与乔叟相比；乔治·艾略特作为一位具有新教气质的道德心理学家，能和理查逊相比；那么狄金森则和莎士比亚表达中某些最微妙的方面相类似。如果没有莎士比亚，我们对现实的感受将会减损许多。而如
果没有狄金森，我们对现实的感受或许不会减损，但我们将不会如 24
此了解一种真正独立的自我意识在其顶峰状态所能体会到的痛苦
与欢乐之情，尤其是，当这种自我意识来自一个女人。 25

安德鲁·马维尔
(1621—1678)

马维尔是语言史上最神秘、最难以划归、最无派别的重要诗人。把他的诗歌称为“形而上学”“风格主义”“享乐主义”“柏拉图学派”“清教徒”的,最终对他诗歌的理解没有任何帮助,尽管这些名称似乎都在某种程度上可以适用。马维尔作为西方传统中最为原创性的诗人之一,没有任何强大的先驱,只有斯宾塞似乎与他诗歌的根源最为接近。他的诗歌同邓恩派和琼森派诗人有较为明显的关系,但又不属于这两派,不同于他那些同辈们,比如说伦道夫、卡鲁或者洛夫莱斯。同时,他的作品和其同时代最伟大的诗人弥尔顿之间的距离相当大,后者也是他最受欣赏,也最具欣赏之情的诗歌之一的主题。他同法国较次要诗人,七星诗社[①]之后的泰奥菲尔·德·维奥(1590—1626)以及安托万(1594—1661)倒有较为密切的联系。

可以说,是“后七星诗社”的法国田园诗人发明了马维尔式的抒情形式。但马维尔本人的诗歌绝对没有高卢特色,他之后也再无马维尔派诗人。T.S. 艾略特对马维尔的研究尽管十分具有影响力,但是他自己作为“丁尼生—惠特曼”式的自我挽歌诗人,在诗歌音韵上较之与马维尔,反而与威廉·莫里斯更为相像。

---

① 七星诗社,是16世纪中期法国的一个文学团体,由龙沙、杜贝莱等七位人文主义诗人组成。

艾略特那篇被弗兰克·克默德等人高举赞扬的著名论文，事实上十分糟糕，充斥着许多不相关的断言，例如认为马维尔比雪莱、济慈、华兹华斯、丁尼生、布朗宁、哈代、叶芝甚至弥尔顿都更为出色，他们据说都缺少某种东西，艾略特“试称之为才智，些微抒情优雅下面的坚韧理性”。我们还从艾略特那里得知，马维尔超过了弥尔顿的《欢乐颂》与《沉思颂》。这判断可能引起马维尔本人温和的怀疑。而与马维尔模式并不怎么相关的威廉·莫里斯也不幸被拉
进来批了一通。艾略特还断言布朗宁“与马维尔相比似乎有点奇 26
怪的不成熟”。然而布朗宁的《加卢皮的托卡塔曲》或许是英语中最成熟复杂的短诗了。1921年，艾略特发表了这篇论文，两年后，他全然转变了自己的观点，在评论由典范出版社出版的马维尔《杂诗》时，他提到马维尔不同于乔叟和蒲柏，而是“奇幻”的。其诗歌充斥着幻想，不如《殡礼》的作者亨利·金主教（此人没有更多如今能吸引我们的作品）。尽管克默德是艾略特的马维尔批评方面宣称的继承人，我却发现克默德的整体观点比起他的前辈来，对我们解读马维尔更为有用：

> 总之，马维尔不是一个哲学化的诗人；作为一个诗人，他把自己的主题建立在诗歌之上，给他的诗歌带来巨大的智性和以智性组织的学识。我们对于他的宗教政治信仰方面的了解与我们对于他个人生活（坏脾气，酗酒）的了解相比，只多那么一丁点作用，而且我们只能非常谨慎以及笼统地把这些东西和他的诗歌内容联系起来（一个积极而又超然的头脑的力量，乘风而行的机敏）。从反面看，我们可以从别的诗歌中，以及从寓言的本质和当代使用中学到很多（惯常的阵发现象，特征是崇拜敏锐和才智，以及有力阐明的细节）。宽泛的种类容易

> 误导：使用像“清教徒”“柏拉图学派”，甚至像“自然”“才智”这样的词，我们必须不断地做出区分：才智不是专属于17世纪，而是一种古老的诗歌与宗教的手段，自然则沿袭了复杂到无法形容的假设和意义。

针对这些，我只想更进一步讨论一点；马维尔曾是个易怒、嗜酒如命的大光棍和好争论者，这个信息比我们对他在宗教和政治上的所有了解都更有用，原因在于，矛盾的是，如此鲜明的个性并没有在诗歌中体现，除了讽刺诗。我在这篇序言中要讨论的“割草人”诗歌，看上去就像一个从未接触过酒精，从不涉及宗教和政治争论，且脾气很好的已婚男人写的。这些诗是绝对的特异化和个人化的，但它的范围和重点又完全是普世性的，这只能说明它们是非常伟大而神秘的抒情诗歌，而不是哲学论文或学术研究。

27 如果说马维尔是一位诗人中的诗人，他的抒情诗和沉思提振了我们对诗歌功能的认识，尤其在今天这个时代，诗歌研究总是涉及政治、社会不满、性别斗争、历史主义、哲学、心理学、符号学以及一切你能想到的东西，诗歌似乎关乎一切，除了诗歌本身。而有一些优秀的批评家，在他们仍然关注诗歌本身的时候，曾在马维尔的诗歌中发现了欧洲田园抒情诗的巅峰，这一传统始自忒奥克里托斯①。托马斯·G.罗森梅耶在他关于忒奥克里托斯的佳作《绿柜》(1969)中，得出这样的结论：田园牧歌“整体上，而不是任何一个单独的部分形成了一种喻义”。这个规则在马维尔诗歌中得到了更真实的体现，甚至超越了忒奥克里托斯和维吉尔。马维尔的“割草人”诗歌是在一种高度个人化的视野中延伸出的某种隐喻：我们的

① 忒奥克里托斯(约公元前310—前250)，欧洲田园诗的创始人。

堕落是如何让自然界也失去了价值，所以性爱那伤人的力量变成了一个创伤，亦即性欲最终的实质。威廉 · 燕卜荪[①]对“割草人”的阐释最为大气：

> 在这些草堆中，他感觉他自己即使没有标记一切，也标记了一片巨大的领域，作为一种典型的形象他修割了世界上所有的草堆，在每一处，大自然都赋予他神圣和神奇的荣耀，我认为他不仅仅是统治者，也是黄水仙的死刑执行人——死亡的化身。

一方面，牧歌化的割草人或许如同死亡的化身，然而在马维尔的所有寓意中，神秘化的“割草人”诗歌的意义则不能够一概而论。在《割草机与花园》中，割草人最后坚称“众神同我们共存”，大概因为我们和大自然一样并不完全堕落，“甜美的原野依旧向万物撒布/一种芬芳的纯真无辜”。这大大不同于非凡的三部曲诗作：《割草人达蒙》《萤火虫与割草人》以及《割草人之歌》，都植根于《以赛亚书》的一段伟大文字：

> 有人声说：“你喊叫吧！”有一个说：“我喊叫什么呢？”说：“凡有血气的尽都如草，他的美容都像野地的花。
>
> 草必枯干，花必凋残，因为耶和华的气吹在其上；百姓诚然是草。
>
> 草必枯干，花必凋残；惟有我们神的话，必永远立定！”
>
> 《以赛亚书》40：6—8

① 威廉 · 燕卜荪（1906—1984），英国著名诗人、文学批评家，1940 年代曾在中国昆明的西南联大任教。

在沃尔特·惠特曼笔下，青草变成了某种躯体，而这种变形，马
28 维尔要先于惠特曼。“割草人达蒙”被朱莉安娜灼热的光束刺痛后，
不由自主地达到了内在精神和外在象征的统一：

锋利如同他的镰刀，是他的悲伤，
青草凋枯如同他的希望。

马维尔的割草人，足够荒谬，既与忒奥克里托斯笔下可笑的独眼巨人波吕斐摩斯相似，在我看来，也和“始祖亚当”，或者卡巴拉和炼金术传统中不朽的神人有关。也就是说，达蒙是亚当，但和《创世记》中的亚当相比，他既被贬低了，又被抬高了。达蒙恰似死亡的化身，你也可以认为他是一种更丰富的先在生命的化身，不同于独眼巨人或者维吉尔笔下的牧童，倒像柏拉图梦想中灾难性创世的堕落之前神性的人类。马维尔的超反讽模式，只是以一种带有死亡宿命及其现实原则之锋芒的极世故化的幽默，传递着万物的奥秘。露丝·内沃老练地将《割草人达蒙》称作“一首书写被未能满足之欲望所打扰的安静灵魂的田园式挽歌”，这个表达的明智之处在于避开了“谁的灵魂”这一问题，也没有写明那种欲望是多么地天马行空。杰弗里·哈特曼千方百计想要与隐晦的马维尔相匹敌，他觉得“割草人”诗歌的主题为“希望的烦劳”，这是一种“来自天性的希望被爱或者强烈的信念所挫败”。哈特曼理解的割草人更像是华兹华斯《毁弃的村舍》笔下痛苦的女主人公；因希望而生者，也因希望而毁灭，甚至是希望本身加速了这种终结。死神的镰刀便是那加速的工具，引领了这十一节抒情诗最后精妙的三节。

“我本可多么开心地割草干活，

如果爱神没有将他的蓟刺撒播！
但现在我整天抱怨，
把我的劳动与痛苦相连；
我的镰刀割下了草，
而我的悲伤未见减少：
但是，当铁器越来越钝，
叹息着，我又磨快我的镰刀和不幸。”
就这样他把手肘转了一圈，
割净所有的地面，
且用他那带着哨声的弯镰，
一下下砍在泥土和根茎之间，
钢刃的边缘却意外 29
划过他自己的脚踝；
就这样在草中倒下了，
用自己的镰刀，割草人被割：
“唉！”他说，“这些伤很轻，
比起那些因爱而死的人。
用点野荠菜，加上水苏，
我封好伤口，把血止住。
但朱莉安娜的眼睛造成的伤
却找不到疗救的药方。
这大概只有死亡才能医治：
死神啊，你也是一位割草师。”

如果不是因为达蒙的自我颂扬必须被囊括进去，“割草人被割”本可以成为诗歌更好的题目：

我是割草人达蒙，
因我收过的草地而知名。
清晨用朝露沾湿我身，
她的黄水仙还睡意沉沉。
正午时分辛勤工作让我升温，
汗水未及淌下，被阳光吸尽。
直到甜蜜的夜晚我才归去，
让开满樱花草的溪流濯我双足。

在我看来，达蒙与其说是死亡的化身，不如说是“始祖亚当”的化身，是一个生活在专属于他自己，更可以说体现了他自己的土地上，始终生活在家园中的人。我们在第九至第十一节中看到达蒙·亚当再次堕落，可能会永远失去自己的家园：

割草人致萤火虫

活着的灯，借着你珍贵的光
夜莺才睡得那么迟，
整个夏夜都在研习歌唱，
把她无敌的歌曲沉思；

乡村的彗星，预示的
不是战争，不是君王的葬礼，
闪亮没有更高含义
只是预示草的倒伏；

萤火虫，你那过分殷勤的火苗
为恍惚的割草人指路，
他们在夜里失去了目标，
跟随愚蠢的火而迷途；

你殷勤的光白白浪费掉，
因为朱莉安娜在这儿，
为了她我已如此神魂颠倒，
我永远找不到家了。

这首不同寻常的抒情诗歌，是倒下的割草人写给他那极度缩小的世界中的杰出人物的，真可以说是我们的语言中最神秘、最优美的诗歌之一。我在反复重读或背诵这首诗歌的过程中，很难不想起布莱克在重刻《天堂之门》这本小小的预言之书时，所加入的优美的四行诗《致控告者：他是此世的神》。但《割草人致萤火虫》没有约伯式的联想，尽管它也是一个在山丘下迷失的旅者的梦想。“草的倒伏”是肉体的堕落，其中的第三节几乎就像是布莱克所写。

《割草人之歌》的第一节概括了此处的最后一节，在其中，割草人的思绪被置换，但修改后的语调更佳：

这些新鲜而闪亮的草甸，
我的心灵曾是它们真正的映鉴，
在青草的翠色中
看见希望绿意葱茏；
当朱莉安娜到来，将我对青草的动作
施于我的思想和我。

朱莉安娜是死亡魔术师，诗歌的余下部分都围绕着那最后一句不同寻常的副歌，“将我对青草的动作/施于我的思想和我”，马维尔唯一的、独特的叠句例子：

当我在悲伤中日渐憔悴，
它们却变得愈加茂盛青翠，
没有一片草叶两边，
不伴随着鲜花烂漫；
当朱莉安娜到来，将我对青草的动作
31 施于我的思想和我。

这些忘恩负义的草地，
你们怎能如此弃绝友谊，
作华丽又俗气的集会，
而我被这般践踏碾碎；
当朱莉安娜到来，将我对青草的动作
施于我的思想和我。

你们出于同情应做之事，
如今我要用报复心施行：
所有这些花朵、草叶同我，
将会一起毁灭凋落；
因朱莉安娜到来，将我对青草的动作
施于我的思想和我。

就这样，你们这些草甸，

曾经是我青葱思想的陪伴，
如今将要变成纹章
装饰在我墓碑之上；
因朱莉安娜到来，将我对青草的动作
施于我的思想和我。 32

威廉·布莱克

（1757—1827）

当一首诗成为传世名作之后，它的命运将会如何？一旦这首诗开始在后继的诗作和评论中被误读，而它自身中也存在对其他作品的误读，那么它被曲解的方式与它自我曲解的方式是否相同呢？可以肯定的是，一首诗在它首次荣登诗坛时与它经典化之后的时期相比，意义是会发生巨大变化的。那么经典化会导致什么样的误读呢？或者退一步讲，为什么可以把经典化视为一种必要的文本误读？

在一个俗世的语境下，如何定义经典化？批评家又为何必须论及经典化？事实上，批评家（至少最近）很少论及这个问题。加之，经典化过程本身的复杂性，给探讨更增添了难度。在西方，经典化最初是由《圣经》而来的：现在的《旧约》由三十九部作品组成，而当时拉比们挑选文本的时候，就像任何一个文学批评团体一样，意见不断出现分歧。他们对经典化的一些争论历经数代，甚至依然悬而未决。《希伯来圣经》的三大分支——《律法书》、《先知书》和《圣文集》或《智慧书》——代表了经典化的三个阶段。它们分别于公元前400年左右、公元前100年左右和公元90年之后被宣为经典。

“经典”这个单词最初可追溯到希腊语中的测量规范，后来在拉丁语中又引申出“模型”的含义。在英语中我们用它表示教规、法典、标准，或是天主教弥撒的一部分，或是赋格曲的同义音乐术语，又或是印刷中的字号名称。但我们又同时用它表示权威的经典作品名录，无论这些作品神圣或世俗，无论其权威地位取决于一人或多人。“经典”在希腊语中的表达（kanon）来源于闪族语，且它的 33
三个原本意义“芦苇”、“管子”与“测量杆”之间非常难辨。“经典化”这个单词，由于它既有标准的概念，又有音乐的概念，所以它对于诗歌传统中的经典形成过程是极具暗示性的。

但是在考虑诗歌经典化问题之前，我想回到有关《圣经》的经典化过程上来。塞缪尔·桑德梅尔下过一个实用的结论，当一部作品被定义为经典之前，它可能会被不经意地抄写，就像你我做抄写时那样。然而他又补充道：“一旦这部作品成为经典，它将会被照搬全抄，以至于那些错误、遗漏和减缩都会被完整保留下来。”已故的埃德蒙·威尔逊可能不太能理解原文研究学者们是间接从那些虔诚的抄写者承继而来，因而抨击这情况在现代的延续。但我们从中可以得到一种批评理念，即那种复制性的经典化过程是如何衍生出极其无趣、乏力又无效的误读的。一种经典化的阅读模式，如同一种经典化的复制过程，试图通过制造两个前后完全相同的文本而阻断思想的生发，为的是得到一个未经篡改的文义，一个完整的再现。多少文本，多少文义——大概是疲软的经典化的箴言吧。但仍存在一种强有力的，同时也更危险的经典化，被以斯拉学派、教会、大学，尤其是从塞缪尔·约翰逊到现在的强大批评家们所坚守。虽然我这篇论文的参考文本是布莱克的两首著名抒情诗——《伦敦》和《老虎》，但在此之前我会通过一个宗教例子阐明那种强有力的经典化误读是如何发生作用的。在这个例子之前，我又想谈一点关于从宗教性经典化到世俗性经典化的转变过程。

不论是在宗教还是在诗歌中，或是在其他任何地方，我认为就像汉娜·阿伦特在评论政治哲学时所说的：回忆是思想的一种重要方式；甚至我们可以说，在诗歌中，回忆永远是最为重要的思考方式，尽管布莱克强烈坚持完全相反的观点。那些后启蒙主义的诗歌之所以最后生成了转代比喻或转喻反转的方案、带有防御性的投射或内向投射模式，先至性及/或迟来性的意象化，是因为尤其在诗歌中，过去如同未来一样，是一种推动力。事实上，诗歌中未来的推动力要把诗歌从现在拉回到过去，不论诗人本人到底怎么做。

汉娜·阿伦特让我们知道，政治思想作为一项传统是从柏拉图开始，到马克思结束的。我认为，我们甚至可以说道德心理学作为
34 一项传统是从柏拉图开始，到弗洛伊德结束的。然而诗歌史上却没有像马克思或像弗洛伊德那样的人（但如果一定要说，华兹华斯是最为接近这种终点地位的人选），因为你不停止写诗就不可能打破诗歌传统，即从荷马到歌德对诗歌传统的定义，在这个意义上说，华兹华斯用他最好的诗作悖论式地打破了该传统，又延伸了该传统，后果是使得诗歌传统变得狭隘和内化，以至于试图超越华兹华斯的后继者都一一失败了。布莱克是一位远不如华兹华斯那么具有独创性的诗人，我看我们对此的理解才刚入门。除开他那些表面的创新，比起华兹华斯，布莱克更像斯宾塞和弥尔顿，而且远比华兹华斯更像这两位诗人。华兹华斯是将自己强加于经典，而布莱克，虽然他是一名主要的思想上的修正主义者[①]，但他其实更多是**被**经典影响了，无论研究他的学者们是否承认这一点。

我现在回到形成经典的过程上来。E.R.库尔修斯对此总结道："文学的经典化过程必须依靠经典作品的筛选而进行。"但是据我所知，库尔修斯几乎未能区分宗教性的经典化和世俗性的经典化。世俗传统比起宗教传统可能更容易被天才的入侵者所冲开，这

① "修正"(revisionist) 理论是布鲁姆的主要理论之一，参见《误读的地图》以及《影响的焦虑》二书。

必然是区分修正学与异端邪说的最关键的一点。修正主义者会改变**立场**，而异端邪说则会打破**平衡**。当一项世俗的经典接纳了一位伟大的修正主义者，它的立场会有所改变，正如英国诗歌在华兹华斯之后在诗人与诗的关系上显现出新的特征。但是，当一项宗教性的经典被一位伟大的异端者打破平衡体系后，它除非愿意变成另一个宗教，不然是不会愿意接纳这位异端者的，正如路德教派与加尔文教派是与天主教截然不同的宗教。弗罗拉之子约阿西姆和艾克哈特在宗教中无法成为经典文本，但是在世俗经典中布莱克是占有一席之地的。这对布莱克的影响如今成了我的担忧，我想首先通过由宗教性经典化衍生的阅读习惯这一个大的现象谈起。很多人也许不信，《传道书》一书其实是一部宗教性经典，是《圣经》的一部分。而《德训篇》，或称《息辣之子耶稣智慧书》，并没有被收录为宗教经典，是《旧约》伪经的一部分。

这些作品都像文学作品一样，是非常宏伟壮丽的；在钦定版的《圣经》中，它们的修辞力道难分伯仲，但在原始的《圣经》版本中，《传道书》是更胜一筹的。对我的考察目的而言，它们独特的魅力在于，它们体现了前驱者和后继者之间的关系。拿《传道书》来说，它写成于公元前250年前后，直接影响了公元前200年左右写成的《德训篇》，或称《息辣书》。极反讽的是，从犹太教规范的角度来
看，《传道书》这部经典是很有问题的，而《德训篇》则是毋庸置疑 35
的正统，可以说是犹太教的不朽之作。

《传道书》书名的单词Koheleth源于意为“团体”或“集会”的希伯来单词。其希腊语书名用的Ecclesiastes则意为古希腊城邦市民议会或者说公民团体的一员，这两者的意义并不太一致。Koheleth最广为人知的误译是“传教士”，而上述两个单词都没有这个义项。传统把《传道书》作者认作所罗门，这一观点虽美好却

是错误的。与他的模仿者本・息辣一样，《传道书》的作者是按智慧文学流派著述，这是古代近东一个巨大流派。此流派认为“教导”是“智慧”的同义词，而“教导”可能也是Hokmah（布道）的一个更好的现代译法，因为后者的本来意义是：“如何生活，该做什么”，但又被用作诗歌和音乐的同义词，与“教导”（instruction）难分难辨。

罗伯特・戈迪斯，在最广为流传的对于《传道书》的现代研究中，证明作者科厄肋特是公元前3世纪智慧学派的一名师者，在耶路撒冷以一种近世俗的方式教导贵族青年。他的教导风格一点也不具有先知性，而且他对于生命和宗教的极为个人化的观点与犹太教核心传统相去甚远，倒有点像我们如今所称的怀疑性人文主义。对于他来说，上帝是创造和操控我们的存在，但他不常谈论上帝。他认为我们会在生命的开始与结束处与上帝相见，但生命过程中重要的是我们自身的幸福。这样一本书怎么会成为经典？

部分答案是：并非没有经过一番斗争。研究拉比的两大学派——希勒尔派和沙迈派——在相当长一段时间内都在为《传道书》争持，而直到公元90年詹尼亚（贾布奈）会议清点《圣经》的组成时确认《传道书》是圣典的一部分，希勒尔派的学者们才赢得最终胜利。沙迈派的学者们义正词严地声称《传道书》自相矛盾，只具备文学性而并非为上帝所激发而作，并且明显已被针对《妥拉》的怀疑主义者所玷污。而希勒尔派的学者们则坚称《传道书》是所罗门所著，尽管他们都清楚这只是一个虔诚的传说；并且他们还指出书中的某些段落是非常传统地以《妥拉》为中心的。希勒尔派学者们的动机到底是什么呢？从神学研究上说来，他们都是自由主义者，打算借《传道书》为他们争取更多对律法的大胆而开放的诠释。然而更深层的动机，如同那位伟大的拉比阿基巴对《雅歌》的热衷一样，似乎是出于我们所谓的文学或美学热情。不管从修辞还是理念上来说，《传道书》都是一部必须珍视的好书。尽管它既时间晚又大胆，它还是被永久地收录进了《圣经》。虽然我仅仅是一名业余的《圣经》研究者，但我还是想深入探讨对此经典的误读。因 36
为在我看来，《传道书》是一部修正主义者的诗作，也是一篇对《妥拉》的误读，有意思的是，它本来是想要挣脱先驱者（无论多么暧昧地），结果却是被同化了。《传道书》的第三章第十四节以一种修正的方式与《旧约》中《申命记》的第四章第二节和第十三章第一节遥相呼应，为的是将重点由《圣经》律法的庄严转向人类的无力。《传道书》也呼应了《列王记》、《撒母耳记》和《利未记》中的段落，为的是挣脱把坚守正义当作神之戒条的道德律令，进而形成一种思辨的观念：道德过失是难免的甚至必要的，但实现正义若在力所能及范围之内，总是人们的更明智之选。罗伯特·戈迪斯有此洞察：《传道书》作者只涉及了《妥拉》和《智慧书》而罔顾被封为经典的先知们，因为《以赛亚书》和《以西结书》最为有力地驳斥了他的观点。

我们现在来把《传道书》作者与他半个世纪后的后继者本·息辣做比较，这是一个口才了得、传统虔诚的青年，在耶路撒冷的一所贵族学院里教授实用主义哲学，偏文学类。这位《德训篇》作者称得上是那个时代的莱昂内尔·特里林，且他的前辈《传道书》的作者也难说不像沃尔特·佩特甚至马修·阿诺德，虽然我认为阿诺德作为诗人或知识分子是否与《传道书》作者处于相同等级有待商榷，但是阿诺德怀疑主义的某些方面的确与之有些相像。有意思的是，《德训篇》虽常常有意无意向经典的《传道书》致敬，却往往把其误读为同沙迈派一般的法利赛教派正统。《传道书》每每呼吁快乐的重要性，《德训篇》都会引用，却是借其论调强调克制的必要。罗伯特·戈迪斯发现，《传道书》的文义一目了然之处，《德训篇》却总是解读成比喻式的。有关这一点，只需把两者稍做比较便可得到明证。

现在让我来梳理总结一下上述对《传道书》与《德训篇》的复杂说明。修正主义者的著作，通过经典化，被经典所耳濡目染的读者以过度喻义化的方式误读。而后继正统的著作，因为生不逢时被经典化所遗忘，反而被接踵而至的读者们以过度字面化的方式误读，今天的我们也不例外。

我现在可以来讨论布莱克的两个文本了，诗集《天真与经验之歌》中的两首作品：《伦敦》和《老虎》。我们该怎样去解读这两首作者希望我们奉为经典，而事实上也已经成为英国经典的修正主义的诗歌呢？这两首诗当下需要怎样的误读呢？《伦敦》若与《以西结书》做比较实是一个修正主义的文本；《老虎》与《约伯记》和
37 《失乐园》做比较也是一部修正主义作品。

以下是对布莱克《伦敦》有重大影响的《以西结书》的第九章：

他向我耳中大声喊叫说：要使那监管这城的人手中各拿灭命的兵器前来。

忽然有六个人从朝北的上门而来，各人手拿杀人的兵器；内中有一人身穿细麻衣，腰间带着墨盒子。他们进来，站在铜祭坛旁。

以色列神的荣耀本在基路伯上，现今从那里升到殿的门槛。神将那身穿细麻衣、腰间带着墨盒子的人召来。

耶和华对他说：你去走遍耶路撒冷全城，那些因城中所行可憎之事叹息哀哭的人，画记号在额上。

我耳中听见他对其余的人说：要跟随他走遍全城，以行击杀。你们的眼不要顾惜，也不要可怜他们。要将年老的、年少

的，并处女、婴孩，和妇女，从圣所起全都杀尽，只是凡有记号的人不要挨近他。于是他们从殿前的长老杀起。

他对他们说：要污秽这殿，使院中充满被杀的人。你们出去吧！他们就出去，在城中击杀。

他们击杀的时候，我被留下，我就俯伏在地，说：哎！主耶和华啊，你将忿怒倾在耶路撒冷，岂要将以色列所剩下的人都灭绝吗？

他对我说：以色列家和犹大家的罪孽极其重大。遍地有流血的事，满城有冤屈，因为他们说：耶和华已经离弃这地，他看不见我们。

故此，我眼必不顾惜，也不可怜他们，要照他们所行的报应在他们头上。

那穿细麻衣、腰间带着墨盒子的人将这事回复说：我已经
照你所吩咐的行了。[①] 38

《以西结书》的第八章结尾是耶稣的警告——他将惩罚犯下罪过的耶路撒冷人民。而第九章是以西结对该惩罚情境的预言，尽管这位先知其实是在为耶路撒冷人民求情。不难发现，对布莱克《狮子》产生关键影响的是上述第九章的第四节，不仅让布莱克有了此诗的中心意象，还有韵脚："哭泣"(cry) 和"叹气"(sigh) ——

神将那身穿细麻衣、腰间带着墨盒子的人召来。

耶和华对他说：你去走遍耶路撒冷全城，那些因城中所行可憎之事叹息哀哭的人，画记号在额上。

① 本书所有《圣经》中译文采用和合本。

此记号被标记在灾难后存活下来的耶路撒冷人的额上。我们这里所说的“记号”希伯来原文是taw，同时也是代表希伯来语字母表的末位字母t，就像英语字母表的Z或希腊语字母表的Ω。对《以西结书》这一段落一直以来的解释是：如果画在正直的人的前额上，该记号就会变成墨迹，意思是tichyeh c（你应活）；如果画在卑劣小人的前额上，该记号就会变成血迹，意思是tamuth c（你应死）。

《以西结书》与布莱克诗作的互文关系这样来看是一目了然的，尽管一直以来除了我以外很少有人发现这一点。布莱克认为我这样的评论者是“撒旦的眼线”。那布莱克是怎样修正《以西结书》的呢？

据我看，不是通过他诗作开头将伦敦与耶路撒冷对应。这样来看，从一开始，所有普遍接受的对此诗的解读，包括我自己的在内，都彻头彻尾错了。因为我们在很大程度上把布莱克的诗作视为对社会压抑或个人节制的反抗。也就是说，普遍接受的对《伦敦》此诗的解读都声称或暗示布莱克把自己当作一位像以西结那样的先知，同时把伦敦人民也牵强地当作以西结笔下的耶路撒冷人民，鉴于当时的伦敦人民也由于老威廉·皮特的反革命政权压迫而生活在水深火热中。从这个角度看伦敦人民（暂不谈他们意志薄弱、力量卑微）是正直的，而只有皮特的政权和国教是卑劣的。由此，其他一些解读必然地沿此诗推演而出，一直到末尾的描写妓女和新生儿的著名诗句。

借助我所谓的“对偶式批评”（antithetical criticism），我将证明，
39 这一系列的解读都是无力且无价值的，经典化的误读，与布莱克对《以西结书》的有力误读大相径庭，在任何意义上都与布莱克的文本用词，与《伦敦》这首气势恢宏的诗歌的语句、意象和修辞大相径庭。

布莱克这样开头:“我徘徊在每条被特许的街道”,我们也从这个“徘徊”和“特许”开始分析,“我”究竟是何许人也?他是一个像以西结那样的先知?还是一个身份地位截然不同的人?“徘徊”意味着没有目的,也没有目的地。当《圣经》里的先知被流放沙漠或当他的言论无人问津时,他才会徘徊,而不是当他穿过城市,穿过上帝之城耶路撒冷的中心时。因为在那里,他那受鼓舞的言论一定有着目的,他受鼓舞的双脚一定有着目的地。布莱克深谙此理,他比我们清楚得多。当他开始说他在伦敦——他的耶路撒冷,他的上帝之城——“徘徊”时,他也开门见山地说:“我不是以西结,我不是个先知,我非常害怕当我本该当的先知,**我藏在里面**。”

“特许”这个词与“徘徊”一样关键。在这里,它比批评家所发现的意义更丰富,反讽意味更浓。以下是相关的几层含义:肯定有意指伦敦作为城市在建造之初就是被特许的。同样肯定的是,也有反讽地指涉那句政治标语——英国人的特许权利。更巧妙的是,正如我们将会读到的,还指涉了**写作**,因为一项特许令即是一项官方文书,或是一篇描述如何组成法人的文献,因此特许即意味着被书写记录。另外,也有在预言语境中总是很关键的商业语词,如雇佣、租赁,甚至约束或是签署契约。我认为最重要的是,在这首诗中昭示了一种拯救或毁灭的前兆:众所周知,被特许即通过一纸文书奖励一项特权或得到一项豁免。最后,这里有一个意思和“徘徊”正相反,即绘制这张城市地图,而不是仅仅在那里徘徊。布莱克说,伦敦的街道是“特许”的,泰晤士河也是。我们可以推测的是,布莱克在这里使用“特许”这个形容词主要是否定、反讽之意,他的手稿显示,他在两处原本都用了“肮脏”一词。

正如那些有力的对抗性诗歌凝词炼句一样,布莱克《伦敦》这首诗的关键词之间是非常具有相关性的,而这一点,批评家们同样

没有注意到。沃尔特·佩特在他著名文章中谈论“风格”时，他坚
称有力量的诗人，或如他所说：“文字的艺术家”，“不仅能够赋予那
40 些陈旧过时的词语以生命力，更能够发现时下词汇的独特光芒。”
佩特这里所说的“独特光芒”是指词语的词根或本源意义，而这又显示了佩特作为一位现代诗歌或后来者诗歌的先知的身份。但是，在此方面，影响佩特极深的布莱克早已做出了表率。让我们回到诗中的“徘徊”一词，它与“转向”、“穿梭”和“上发条”一样，词根都是wendb。以下是我从布莱克《天真的预言》中摘录到的与《伦敦》一诗相关的随笔：

> 特许的卖淫和赌博，造就国家的命运，
> 妓女们的悲叹声，回荡在街巷深处，
> 为古老的英格兰，织成一张裹尸布。
> 成功人士的欢呼声，倒霉蛋的咒骂声，
> 在这死亡的英格兰，灵车前面舞纷纷。
> 每时每刻每一分，穷人的孩子在诞生。

试把这几句和《伦敦》的最后一节相比较：

> 最怕是深夜的街头
> 又听年轻妓女的诅咒！
> 它骇住了初生儿的眼泪，
> 又用瘟疫把婚礼丧车摧毁。

妓女的悲叹或诅咒，一个失败者的诅咒，骇住婴儿的眼泪，让人们患病，为英国和英国的每个婚姻织出了裹尸布。“织”，是“裹”，

“徘徊”，“转向”，也是“摧残”，是“骇住”。然而“摧残”和“骇住”
什么？又怎样“摧残”和“骇住”？答案竟是：声音。这当然是先
知给我们的礼物之一。布莱克与妓女一同徘徊（wendhs），经受一
样的后果：失去人声。至于诗中的“婴儿”是何用意？“婴儿”、
“禁令”和“先知”都来源于同一个词根——印欧语bha，它是“说
话”这个意义最初的来源。而“婴儿”意味着一个不会说话的人；
婴儿只会啼哭。拉丁语fari和希腊语phanai的意思都是“说话”，
“先知”（prophet）这个词就是由此引申而来的。“禁令”即一条书面
或口头的限制，这意味着它也是一种诅咒，同时诅咒也即把某事或
某人置于禁令之下。在布莱克《伦敦》一诗中，禁令和声音，本意上
是相近的，我们甚至可以说此诗给出了以下的等式：每个声音=一
条禁令=一个诅咒=哀泣或骇住的眼泪。但诗中的语词网络是更为
复杂的。妓女的诅咒并非像很多解读者所言，是性病感染，而是女 41
性天生的生理周期。布莱克之后，“诅咒”（curse）一词在本地语言
中有了这个义项，且沿用至今。让我们再来关注一下诗中另外两个
关键词的复杂性：“标记”（mark）和“心灵铸成的镣铐”中的“铸”
（forg'd）。“标记”是一种界限（或如布莱克所言的“吞食者”与“多
产者”的区别）；它也是一种可见的轨迹，一种代替书写的标识，一
种功与过的划分。“铸”意味着“制造”，但同时有着“制造”两方面
含义：像铁匠或诗人一样地“创造”，以及“伪造”。“铸”这个词的
印欧语词根dhabh意为“组装”，同时与希伯来语中意为“单词”的
dabhar也有关联。“心灵铸成的镣铐”这个短语，是特意用来引出西
方形而上学中二元对立问题的，因为“镣铐”是铐住手的，即肢体动
作，它既是由（对立面）心灵的原则所创造，又被其歪曲、篡改。

我已经让大家充分了解这些语词之间的相互关系，为的是说明布莱克是通过**声音**与**书写**的对立性来表明主旨的，但我并非想暗示

就像是雅克·德里达写了这首诗。绝对不是。因为这首诗恰恰是反尼采、反德里达的，而且它让我们对失落的先知之**声**产生了一种浓郁的乡愁——以西结的声音与宗教逻各斯中心主义早已被恶魔的**可见的轨迹**、一个标记、启示录中的字母t所替代。有了这些做铺垫，我终于可以拿出我自己对于布莱克《伦敦》一诗的有力误读了。对此我只想声明，它比目前我们手边的无力度的那些误读与原文本更相称一点。

布莱克《伦敦》与《以西结书》第九章的差别何在，我想首先对我所看到的差别做一个简短的述评。然后我会分析《伦敦》一诗中修正的比例、比喻、心理防卫及其意象。

《以西结书》的第八章，先知坐在巴比伦王国流放地的房子中，旁边是犹大的众长老。圣灵抬举他，并在上帝异象中将他带到耶路撒冷那犯忌的神殿中，那里有亚舍拉女神的画像作为永生神的替代。最后一次，上帝的凯旋战车之景被示予以西结，在此之后，又让他知晓了发生在神庙**内**的四幕偶像崇拜。第八章以上帝的一条严厉警告收尾：

> “因此，我也要以忿怒行事，我眼必不顾惜，也不可怜他们。他们虽向我耳中大声呼求，我还是不听。”

我之前已经引用的第九章表明这场浩劫只有一小部分幸存者。
42 毁灭来自六个方向，（根据犹太法典）只有带着墨盒子的加百利才会饶恕正义的人。与加百利不同，布莱克无须做具体的标记，他诗中所言“看见”（mark）每一个过往的行人，mark一词虽有“标记”义项，但在这里主要是不及物的，意为“注意”或“观察”。

布莱克以一个意味深长的反讽作为《伦敦》一诗的开篇，首先呈现的，与其说是一个形象，不如说是一幕场景，或者，假如一定要称之为一个形象的话，也是一个思维的形象，而不是一个话语的形象。由于他在《伦敦》一诗中自诩为一个名叫林特拉（Rintrah）的流浪汉，代替了先知的身份（林特拉这个名字是施洗者约翰或一位被忽视的先驱的别名），但背景是在《以西结书》中的耶路撒冷和他自己的伦敦。开头是有关在场与不在场的辩证问题：不在场的恰恰是先知者的方向和目的；在场的是特权与标记。所以声音是不在场的，而只有具有魔性的书写是在场的。布莱克对于那无法应答的召唤的防御性回应是：做一个徘徊者。默默地去观察注意每一个人，而不是以画t记号去区分正直和卑劣，生和死。但是正直和卑劣也是不在场的，在场的只有无力和悲伤。而这两者都不应被画t记号，无论是墨迹或血迹。这种对全人类面目的提喻，表明布莱克的自相矛盾，因为他也是无力且悲伤的，尽管他本该是一位像以西结那样的先知，他最终却并不是。

接下来，以“每个”为开头的排比句成为一种奇特的转喻化的具体性。这是一种逆行——让每个人回到婴儿时期，同时也是一种隔绝，因为“每个”一词让人们成为个体而不是团体：

每个人的每声呼喊，
每个婴孩害怕的号叫，
每个声音，每条禁令，
我都听到了心灵铸成的镣铐。

“每个人”包含伦敦人布莱克自己，他的声音同样必须透出“心灵铸成的镣铐”的当当之声，因为“心灵”是属于每个人自己的，对布莱克来说也同样。一个婴儿因恐惧而啼哭再正常不过，因为婴儿除了害怕和饥饿的情况是不会出声的，当然对于婴儿来说饥饿也是一种害怕。当关键词“声音”被置入此诗，它同时被置入有关“害怕的号叫”、“禁令”、恐怖、诅咒、恐惧以及恐吓等一系列转喻和简化中。

布莱克是通过相同的语句“我听到”，并且以一种崇高而抑制的夸张手法来回应这种简化。“我听到”这句话像一位约拿所说，他是一位叛逆的先知，他在自己的诗中从来不说话，而只是听到。

我听到
43 多少扫烟囱孩子的叫喊
震惊了一座座熏黑的教堂，
不幸兵士的长叹
化成鲜血流下了宫墙。

正如布莱克两首诗中那样，“扫烟囱孩子的叫喊”其实是“哭”(Weep，weep)，这是因为伦敦孩子的咬舌发音，由于他们想要叫卖自己的劳动力而发出“sweep，sweep”这样的音。这种哭喊更熏黑了不断加黑的教堂，就像用一个黑幕罩住了一般。也许是在教堂的前额上加了一个墨迹的t吧。而皇宫则被比了下去，因为宫墙沾染了血迹的t，意味着毁灭。“不幸兵士的长叹”预示了下文中“妓女的诅咒”，鉴于《天真的预兆》的注释，两者都是失败者。然而，关于布莱克所使用的通感呢？即使是在这样庄严的表达里，他是怎么**听见**教堂被黑幕所罩住，又是怎么**听见**“不幸兵士的长叹/化成鲜血流下了宫墙”的？我认为，答案就在我们的误读图示之中。布莱克在这首夸张的视听之作中试图压抑的，是希伯来先知(nabi)幻想的力量；而顺着压抑的宫墙流下的压抑的声音不仅仅指“不幸兵士的长叹”，还指向先知的更有力的不幸叹息，后者压抑了我们内部伟大的声音。

接下来我们来到了诗的最后一节，这是受误读最弱的地方。它紧跟在一个特定的比喻之后，通过一个代表性的转代比喻，成就了一段独具特色的浪漫主义式的结尾。

> 最怕是深夜的街头
> 又听年轻妓女的诅咒！
> 它骇住了初生儿的眼泪，
> 又用瘟疫把婚礼丧车摧毁。

我想抵制一切对此诗节通行的解读，这些解读认为“妓女的诅咒”意指各式各样的性病感染，婴儿因此而天生失明。相反，我想重申之前我自己对于这里的妓女的解读：这是布莱克笔下永远年轻的妓女——自然，不是人类的女性，而是人类内在的自然元素，并非单指女人而言。

在这里，内/外的透视论让布莱克成了一种内抑的声音，在午夜徘徊**穿过**伦敦街道，在那片迷宫中，他获得了另一种视听通感，另外一种诅咒或禁令或自然事实（生理周期）怎样激发或铺展开另一种自然事实，即**初生儿**没有眼泪。对于布莱克来说，每一个自然事实都是平等的。这里的换喻包含了这样的未来，一个人将看见巨大的
灾祸伴随每一辆婚车、涂炭生灵，就好像每个婚姻都有着代表毁灭 44
的记号一样。再来回顾一下《天真之歌》中的打油诗：

> 妓女们的悲叹声，回荡在街巷深处，
> 为古老的英格兰，织成一张裹尸布。
> 成功人士的欢呼声，倒霉蛋的咒骂声，

> 在这死亡的英格兰，灵车前面舞纷纷。

如果古老的大不列颠帝国灭亡了，那么所有的婚礼即成了她的葬礼。每一声织就裹尸布的哀泣就像那前额的记号t，或像那为虚弱和悲伤颁发的特许。布莱克的诗并不是一种抗议，也不是一种先知的呐喊，更不是一个审判的幻象。它是一位修正主义者的自我反省，正如当约拿知晓自己**不是**一位以西结时感到的绝望。当我们把布莱克的《伦敦》看作是一种预言，看作是他对堕落伦敦的悲悯时，我们就已经误读了布莱克，因为我们已经将《伦敦》经典化了，也由于我们无法接受一首经典的诗作是如此真切地阴暗又具自我毁灭性。

尽管布莱克笔下这首《伦敦》是一首修正主义的有力诗歌，它与其说是一个修正主义文本，倒不如说是一首故意针对误读的仿写之作。布莱克诗的音调的复杂结构神秘、怪怖（unheimlich），在此处和其他地方皆是。并且，就像尼采一样，布莱克是一位戏仿世界历史的伟大诗人。在《伦敦》一诗中有着奇异的元素，而我们谓之“神圣的夸张法”的其实是一种曲言式的叙述方法，在怪诞表达中这是一种典型的修辞手法。这种戏仿在《老虎》一诗中更明显，所以我更喜欢用尼采的方式，而不是用（它的源头）《圣经·约伯记》或弥尔顿的角度来讲述它。

就像尼采，以及每一位修正主义者一样，布莱克总倾向于尽量使诗的起源和目的距离越远越好。如果我对尼采的理解没错的话，他只信赖喜剧或荒谬的转代比喻场景，包含了未来的笑声，也投射出过去的悲剧。他在《善恶的彼岸》中有一段警句：

> “我们比其他任何时候都更准备好举行盛大的狂欢，准备好大笑和兴高采烈的纵乐，准备好干下天大的荒唐事，像阿里

斯托芬那样嘲弄世界一番。或许正是在这里，我们还可以发现从事发明的天地，在这天地我们仍可发挥创造力，很可能是作为世界历史的戏仿者以及上帝的小丑。或许，即使目前一切都
没有前途，我们的欢笑本身却可能还有前途！”[①] 45

从这个角度来看，我们可以知道一首诗一定是某个仿作的仿作，就像每个人是上帝的仿作一样。但是尼采的仿写更令人困惑，因为任何仿写既是对原作的仿写，又是对自己的仿写。从诗歌误读的角度来说，这意味着任何一首诗是对前作的误读，更关键的是，也是对自己的误读。我不确定尼采的仿写是否具有普适性，但它的确照亮了一些有意循环重复的诗作，正如布莱克的《老虎》、《精神旅行者》和《水晶屋》。

布莱克诗中的“老虎”可以在尼采的作品中找到很清晰的原型，那是一只极具破坏性的巨虎，来自《真理和谎言之非道德论》：

人关于他自己究竟知道些什么？哦！愿他真的能有朝一日完全彻底地了解自己，仿佛自己就躺在一个灯火通明的展室中？自然难道不是对他隐藏了大部分事情，甚至与他身体有关的事情……？自然扔掉了钥匙。那倒霉的好奇心有一天也许能够从意识禁闭室的缝隙向外打量，隐约瞥见是那些贪得无厌、残酷无情和令人反感的东西支持了他的放肆无知，仿佛他是骑在老虎背上做梦。既然如此，这个世界的真理冲动又从何而来呢？[②]

---

① 此处译文采用朱泱译本，《善恶的彼岸》，团结出版社2001年版。

② 译文采用田立年译本，《哲学与真理——尼采1872—1876年笔记选》，上海社会科学院出版社1993年版。

尼采这里的“老虎”就是人类的必死性；我们虚幻的日复一日的存在，只是在梦中，而我们骑着这只老虎，它将是、就是我们的死亡，它同时也是一种隐喻，体现了令人难以接受的事实，即快乐的原则和现实的原则是一致的。

影响尼采的前辈有歌德、叔本华、海涅和瓦格纳；而影响布莱克的是弥尔顿和《圣经》。在《旧约》的所有三十九部作品中，《约伯记》最让布莱克着迷。激发他写出《老虎》的是《约伯记》中的利维坦和比蒙。那是两只骇人的巨兽，它们象征了上帝所裁定的自然对人类的专政，它们最终的名字就是人类的死亡，而对布莱克来说，自然即死亡。

上帝奚落约伯道：这些巨兽会同人类签订契约吗？拉希[①]对巨兽比蒙评论道：“为将来准备着”，伪经启示录，《以诺书》、《以斯拉四书》和《巴鲁书》，都认为利维坦和比蒙的分开只是为了有一天能相聚，在最后的审判来临之际，它们将会为正义的人们充饥。正如上帝提及利维坦时说道，如果没人敢面对他，那么，“谁能面对我？”
46 弥尔顿把他笔下的利维坦写成是一条鲸鱼（在《约伯记》中很明显它是一条鳄鱼），但梅尔维尔的“白鲸”实则更接近《约伯记》中的猛兽，也更接近布莱克的“老虎”。

事到如今，我坚持不再同通常那些对《老虎》一诗的毫不重要的误读进行任何争辩。我会提出对立的解读，针对布鲁姆早年所持的（已被认可的）一些观点，比如在《幻想伴侣》和《布莱克的启示》中，或者在牛津选集的《浪漫主义诗歌与散文》部分注解中所谈到的，那些如今已经被普遍接受了的误读方法。要想理解《老虎》，首先要知道，这首戏剧化的抒情诗歌的言说者不是，也不可能是布莱

① 拉希 (1040—1105)，中世纪著名的《圣经》评注家。

克自己。《老虎》是一首崇高的或夸张的独白，其比喻或意象上变化不多。全诗充斥着无意识中有目的的忘却，一种关于压抑的单一化隐喻，但这压抑并不是来自布莱克。全诗集中体现的心理内容是歇斯底里。而对于一首抒情诗来说，总是不离开它自身歇斯底里的强度到底意味着什么？

答案是，布莱克是一位创造性戏仿的专家，和尼采相比都有过之而无不及。他在戏仿他仰慕的那种伟大天才，但又竭力避免自己成为那种伟大天才。那是一种威廉·考珀式的伟大，或像其他18世纪晚期伯克式的或弥尔顿式的诗人们。《老虎》这首诗最主要的两个意象，都是可怕的——燃烧或火，以及对称意象。火作为隐喻的视角在浪漫主义诗歌中俯拾即是。通常它总是指代不连续性、不连续的可能性或对不连续性的向往。它的对立面则象征重复性或连续性，常常是流水潺潺之声。这样来区分可能看上去有些武断，我会在后面章节中继续论证。

我们该怎样理解“对称”呢？它是一对一的对应比率，不论是以一条分界线为轴，还是以一个点为中心的对应，都可以称之为对称。一对一的比率意味着没有产生任何修正，没有“克里纳门”(偏移)，在老虎的创造中没有剧变创造，没有打破容器。正如利维坦和比蒙一样，布莱克笔下的这只老虎体现了它的创造者的本意。但谁是它的创造者呢？对于解读者来说，这首诗是否被设定存在于相对正统的“创世记—弥尔顿”的语境中？或者是存在于诺斯替派的语境中？带来这只老虎的人到底心怀何样恐惧？或者我们认为这首诗存在着一些起源语境，只不过是我们误读经典的结果？

公认的解读是，《老虎》是由一系列逐渐加强的问句组成的。这些问句的原型无疑可以在《约伯记》中找到，上帝向约伯提出了许多碾压性的难以回答的问题，所有这些问题可以简化为残酷的一

句：我立大地根基的时候，你在哪里呢？毕竟，约伯的呼告是“你呼
47 叫，我就回答”（《约伯记》13：22），就这样上帝依靠连续的反讽把
思维体现为形象。但是《老虎》中的言说者没有如此刻意的反讽；正如我所说的，他的每一个隐喻都只是一种夸张。那么，他的这种意味深长的压抑到底是针对何物的防御？什么熔炉最终违背这位赋予**魔性**的言说者的意愿而前来？

没有哪位言说者能比他更表现出这样坚持的决断：起源和目标出自同一个动机，也是同一种事件。我们可以总结一下，言说者无意识中有目的的忘却即是：他本人，作为目的或意图，与他的起点永久分离。面对着老虎（它代表了他自己**魔性**的强度，他自己力量的形式，布莱克可能称之为“幻象”或他自己的“想象”），这位戏剧化的言说者歇斯底里地一定要确认“老虎”的目标、动机和“老虎”的神圣起源是一致的。

然而这并不是他的文本，这是布莱克的。当把布莱克与考珀、弥尔顿以及《约伯记》这些文本相互对照时，一种讽刺性戏仿甚至恣肆的诙谐喜剧意味将会表现出来。

首先是考珀，长诗《任务》的第六章：

万物的主，他的权力遍布世上，
不朽着，他在，则万物在。
自然不过是一种效果的称谓，
翻云覆雨的是上帝。他供养
秘密之火，维持那伟大的运行。
上帝从来无眠，但永远精力充沛。
在他眼里，漫长轮回不过一瞬。
他的工作无需劳力，

他的设计从无瑕疵，势不可当。

这里的起源和目的是一致的，没有紧张、焦虑，也没有压抑，或看似如此。下面是弥尔顿《失乐园》的第七章，选自最庄严的上帝创造天地的场景：

草地上的草现在结子了；
黄褐色的狮子露出半身，
用脚爪搔爬，要解放它的后部，
随后一跃而起，像挣断了羁绊，
用后脚站起，抖擞斑驳的鬃毛。
山猫、豹子、老虎，像鼹鼠一样跳起来，
将碎土投掷堆积如小山…… 48

弥尔顿比书写《约伯记》的诗人少了很多创造性的焦虑，甚至他允许自己运用一种转代比喻，出自一种卢克莱修式的影射，好像暗示了他自己的一种自信——相信上帝和他弥尔顿的目的是完全相同的。布莱克诗的言说者不是布莱克，也不是弥尔顿，更不是布莱克理解的弥尔顿。而是威廉·考珀或约伯，或者是被约伯同化的考珀，他们二者也没有被布莱克的强者诗人或修正主义的那一面同化，而是被布莱克自己的“慧心神之灵”[①]所同化，那是一种受时间限制的日常自我，而不是布莱克所谓的“想象力真人”。

我接近了一个对立的程式。布莱克在《伦敦》一诗中的修正主

① 布莱克的长诗《四天神》中，虚构了“宇宙巨人”爱尔比奥有四个传人，分别为智力神（由理生，Urizen）、情绪神（鲁法，Luvah）、感官神（塔马斯，Tharmas）和慧心神（厄索纳，Urthona）。

义是用来衡量自己与《以西结书》的差距有多大，而他在《老虎》中的修正主义则是用来衡量他超越了考珀和约伯有多远。考珀那令人生畏的比例没有吓倒布莱克，后者写诗的一整套逻辑都依赖于分离起源（自然或自然宗教的）与想象的目的或修正主义的意图。然而，在《伦敦》中，布莱克表现出他的觉悟，即无法做到分隔作为目的或意图的先知之声音与作为起源的啼哭、诅咒、禁令这些自然声音。从这一点看，我们低估了布莱克的复杂性，也低估了他的自我认知能力。他绝不会仅仅去效仿诗人面对着《约伯记》的老虎。然而，在社会环境中每位先知都必须为自己正名，布莱克不但沉默了，而且效仿了逃脱先知重任的徘徊者。正如不可能有一位沉默不体面的弥尔顿，也不可能有一位沉默的先知。准确来说，先知就是一位公共发言人，而不是一个孤独而喃喃自语的人。先知从不哀叹，像布莱克说的："我藏在里面。"布莱克本可以做得更多，但用他自己的话来说，他只是个普通人——太普通以至于向本能的恐惧屈服。他在精神层面的迟来（较之诗艺层面的更多）成为阻碍他的阴影。

写作《伦敦》的布莱克已成为一位经典的作家，这与《德训篇》的本·息辣不同；但是，就像《德训篇》一样，布莱克在《伦敦》中给我们提供了一个他没有权威维护的文本。而写《老虎》的布莱克则像《传道书》作者一样，给了我们一个传统必然已经误读也将不断误读的经典文本。修正主义或迟来的创造是非常艰苦的工作，必要由意义本身付出代价，从它原本的丰富清空到稀缺。

最后，我将心存疑虑的科厄肋特与充满确信的布莱克并置，以此作为结论。《传道书》和《老虎》都是关于有意识的迟晚的文本，尽管《老虎》对自身的迟晚状况进行了戏仿与自嘲。"老虎"作为一种对于崇高的表现，是一种自我施加的阻断者，布莱克称之为幽灵，而以西结与布莱克共同称之为遮护天使。布莱克笔下的老虎所承

受的罪孽，也是考珀的罪孽，以及一个极其非考珀式的人物——弥 49
尔顿的撒旦的罪孽。这就是尼采在《道德的谱系》里称之为“负债之罪”的。我认为布莱克在耶路撒冷说宽恕敌人比宽恕朋友更容易的时候，就是这个意思。《老虎》中的言说者面对一种燃烧的，恐怖的对称，这种对称存在于它的创造者与它自身一对一的比率中。就像约伯面对利维坦和巨兽，与考珀类似的诗人面对的是神圣前驱的一个难以接受的代理者，这一代理者没有赋予诗人优先权，并且凌驾于他之上，只要他是自然的。尽管嘲弄经典化诗歌，布莱克还是被归入了经典化误读的传统之中，任何一个研究《老虎》阐释史的学生都可以证明这一点。

布莱克诗歌中戏剧化的言说者陷入了重复，而科厄肋特是一位关于重复的理论家，很接近于斯多葛派的马可·奥勒留的内在精神。科厄肋特早就写道：“所有的文字都辛苦令人疲惫。”所以他认为基本上所有的书已经事先写好了。虽然赞美智慧，他也厌倦于智慧。他也可能这么说：“肉体是悲哀的，唉，而我已经读过了所有的书。”但他又补充道，“智慧是一种防御，正如金钱是一种防御一样。”而在钦定版的《传道书》中翻译为“防御”的那个词，希伯来语中的字面意思是“阴影”。最后，我要把对“影响”加以防御的方法，联系到这个转代比喻，用阴影转代智慧或金钱，转代暗夜的森林
围住了火之威胁，亦即源头中断的威胁。 50

威廉·华兹华斯
(1770—1850)

有一种属于人的孤独，
空间与孤寂的一角，
那里的知识无法拒绝。
那里没什么知识有欠缺，
睿智的伴侣，那一只手，
一臂之力，意义深远的
回应，和那终极答案之声……

华莱士·史蒂文斯

《序曲》之于《隐居》[①]，本意为附属的礼拜堂之于哥特式大教堂，但诗人华兹华斯比他本人知道得更清楚，《序曲》是一部完整且具有终结性的作品。《序曲》作为一部内在化了的史诗，是写来与弥尔顿进行创作竞赛的，理解这一点的关键可以在《隐居》片段中华兹华斯用作《远足》开场白的那些诗行（754—860）中发现。华兹华斯的祈求，正像布莱克在他的史诗《弥尔顿》中祈求比乌拉[②]的女儿们那样，是向着比那促成了《失乐园》的还要高的力量所发出的

---

① 《隐居》是华兹华斯1789年左右开始筹划创作的一首长诗，但未完成，《序曲》通常被认为是《隐居》的序诗部分。下文提到的《远足》是其中的第二部分，后单独出版。

② "比乌拉"(Beulah) 一词出自希伯来语，布莱克将其用于自己的神话创作之中，意指人的下意识中产生诗的灵感和梦境之处。

慎重致辞：

乌拉妮娅[①]，我将需要
你的引导，或是一位更伟大的缪斯，
若其降入尘世，或是永驻最高天堂！
因为我必须脚踏幽暗之地，必须沉入
深渊——再向高处攀升，对那个世界，
天堂外的天堂不过只是一道帷幕。[②]

这幽暗之地、地下深渊以及高空全都存在于人的心灵之中，而
弥尔顿的天堂不过是道帷幕，隔开了寓言性的非现实与属于诗人心 51
中幸福卓绝的部分，人类的天堂。对神性的敬畏在诗人对自己的创造力的崇敬面前黯然失色：

所有力量——各种恐惧，单独或一起
出现在个人的形式之中——
耶和华——以及他的鸣雷，还有那合唱
喧嚣的众天使，与那至高的王座——
我经过这所有，毫不惊慌。[③]

布莱克从本质上看比华兹华斯更加非正统，然而对《圣经》的力量有着极度的敏感，以至于无法忍受对耶和华的这种轻视，读过这个段落后，他讥讽地评论道：

---

① 乌拉妮娅是古希腊神话中掌管文艺的九位缪斯女神之一，司天文学与占星学。

② 威廉·华兹华斯：《隐居》第一部分，《格拉斯米尔的家》，第777—783行。

③ 同上，第784—788行。

> 所罗门，当他娶回了法老的女儿并成为异教神话的皈依者时，谈到耶和华时用的正是这种方式，将其视为人类沉思的一种十分低级的产物；他同样毫不惊慌地经过，那是上帝的准许。耶和华流下一滴眼泪，由圣灵跟随他进入了抽象的虚无之中；这正是神圣的仁慈。

娶回法老的女儿就意味着娶回自然，即异教神话中的女神，华兹华斯的确还会继续提到人类心灵和自然的美好的一面的联姻。华兹华斯的放肆得到了准许，正像之前的智者所罗门，和他一样，华兹华斯漫步进入了乌尔罗[①]或从自然演化出的抽象的虚无之中，被神圣的仁慈那含糊的怜悯追逐着。但这种观点（尽管很有力度）是对华兹华斯与自然的互惠关系的阴暗看法。华兹华斯勇敢却又镇定地提出了自己的想法，以一种革新的精神，成为新的亚当，当他凝视自己的心灵亦即人类的心灵时，恐惧和敬畏降临。与新的亚当相应，一个更美好的新世界等待着他的进入。华兹华斯身上最为目空一切的人道主义向这个使自己纳入此时此地中的尘世天堂的可能性表示致敬：

> 天堂，以及林中
> 福地，幸福乐土——像那些古老遗迹，
> 人们曾在大西洋中找寻——为何只能
> 成为那些消逝事物的历史，
> 或是纯粹虚构的非存在物？

① 乌尔罗，在布莱克的神话中意指地狱世界，在那里人被冷酷的理性、专制、毫无自由、彻头彻尾的自私所统辖，被布莱克看成是宇宙间最低级的形式。

对那具有雪亮慧眼的人们来说， 52
一旦与美好万物结为连理，
在爱与神圣的激情中，会发现这些
不过是平常一天的普通创造。[①]

对华兹华斯而言没有什么词比“平常”和“普通”更能表示尊敬了。这里婚姻的隐喻和布莱克的比乌拉一词，或称为“已婚之地”，具有相同的希伯来语源。真正的伊甸园由平常的日子而生，这日子在人类与自然出于相互的激情而完婚时迎来了缔造伟大的破晓。华兹华斯渴望写下的是“婚之诗”，以赞颂这一完满结合：

而且，凭着言词
不过是说出了我们之所是，
我就能唤醒所有感官，挣脱睡眠
的死亡状态，战胜空虚与徒劳，
到达高贵的喜悦。[②]

布莱克在《耶路撒冷》中有类似的吟唱：

乌尔罗的沉睡！经过
永恒死亡！向着永生觉醒！[③]

不过华兹华斯唤醒我们，并不是靠找出任何比我们的所有现实

---

① 《格拉斯米尔的家》，第800—808行。

② 同上，第811—815行。

③ 威廉·布莱克：《耶路撒冷》，第一章，第1—2行。

更高超的东西；这是超出布莱克忍受限度的更为自然主义的人道主义。华兹华斯赞美被给予的一切——我们已经拥有的一切，华莱士·史蒂文斯也是如此，

> 一若空气，正午的空气
> 充满形而上的转变，
> 只在我们如常生活的地方。①

对华兹华斯来说，正如对史蒂文斯来说，尘世就已足够；对布莱克来说，尘世还欠缺一些东西，没了这些，人是不会满足的。这场发生在两位最伟大的浪漫主义者之间的论辩不能简单归结为性善与原罪的教义之争，很多读者将其混为一谈，我们则应区别开来。华兹华斯并非卢梭，而布莱克也不是圣保罗；他们彼此之间的共同之处要多于他们与自然宗教家或者正统基督徒的共同之处。

华兹华斯的想象力就像华莱士·史蒂文斯的诗《被农夫围住
53 的天使》所描绘的：并非天堂中的天使，而是尘世所需的天使，在其眼中，我们又一次看见了尘世，但更加清晰了；在其耳中，我们听见无声的人性的悲哀之歌，它可悲的喋喋不休的声音，柔和地升起，并不粗糙刺耳，反而像如水的言词漫过，使我们愧疚而且屈从。但是华兹华斯和史蒂文斯的想象力是“一幅半掩的图景，或只在一瞬间现形”。它与山间雾霭一同快速地升起，又同样快速地消散。布莱克，则坚持想象力的直接表现，盼望得到它更惯常的影响。令心灵与自然联姻是进入比乌拉的途径；在那里华兹华斯和布莱克相同

① 出自《恶之美学》，史蒂文斯最著名的长诗之一，收录在诗集《驶向夏天》之中，所引三行采用王敬义译本，有改动。

一。布莱克坚持认为一个更完全地被想象力救赎的人是不需要自然的，他会把外在世界看成是个障碍。华兹华斯与布莱克之间的鸿沟根本不是神学意义上的，但布莱克表述它时有意移置了新教徒的语词，运用了堕落之隐喻，这是华兹华斯反对的。对华兹华斯而言，个人的心灵和外在世界是天衣无缝地相适应的，彼此间甚至像丈夫与妻子一般，经过二者的结合，它们可以实现一种创造，其含义完全依附在性的比喻之中；它们带给我们的是新的天堂和新的尘世混合形成的天启式的统一体，而这不过是将对平凡的感知力和性的能力提高到它在自由状态下的自然力量的结果。华兹华斯式的人就是弗洛伊德式的人，但是布莱克的作为神圣的具体形式的人却非如此。“你不该把我降低到相信什么相适应或结合的水平”，这是他对华兹华斯的自然与心灵天衣无缝相应论的回应。自然是人类的对等物这种观念对布莱克来说纯属谬见。布莱克的信条是，要么想象力彻底摧毁自然，以彻底人化的形式取而代之，要么自然摧毁想象力。华兹华斯说他的任务是被迫听见“田野与树林中的人性/吹奏孤独的痛苦”①，而布莱克激烈地回应道：

> 这不是与自然相宜，而且是天衣无缝的相应么？但是与什么相宜相应呢？——不是与心灵，而是仅仅与肮脏的肉身，或者与它的善恶之法则，及其对心灵的敌意吧。

这不是一个怨愤的诺斯替教徒发出的评论。布莱克将他的诗歌构造为圣典的注解；华兹华斯则将他的诗歌写成是自然的注解。华兹华斯虽然不像布莱克那般被《圣经》所纠缠，可他本人仍在希伯来

① 见《格拉斯米尔的家》，第829—830行。

先知传统的诗人之列。自然的可见之物对他来说不只是上帝圣灵的外在证明；这是我们接触上帝的唯一方式。而在布莱克那里它是个障碍，使我们与存在于我们之中的上帝分离。对平凡事物的感知因此成为华兹华斯的一种解脱的方式，前提是我们对自己的所见有十
54 分清醒的认识。因为有了与人类心灵和精神的神圣联姻，平凡的世界便神圣起来，借此，心灵和精神将一同接受其新娘所赠予的绝伦之美，那草地上的荣耀，那花朵中的辉光。最终将达到一种伟大的完满之境，到那时，革新过的人将重新站在伊甸园。华兹华斯身上的人性之光——他留给济慈的遗产，就在这种对内在于我们此时此地的处境之可能性的自然主义式的颂扬之中。不过华兹华斯在他漫长一生的后半段中并没有能够维持住这种想象力，这算不上是对他作为诗人的批评，这不过是他个人的损失——同时也是我们的损失罢了。

《坎伯兰的老乞丐》(1797) 是华兹华斯对不可化约的自然人最精微的观照，主人公脱光衣服，到达原始状态，展示在世人面前，而依然有着强大的尊严，依然有着无限的价值。这位乞丐使我们联想起贯穿华兹华斯诗歌——尤其是在《序曲》和《决心与独立》中的乞丐、隐居者和流浪汉。他与他们的不同之处在于他并非某种启示的中介物；他不是引起华兹华斯想象力突然释放的原因。他甚至不具有幻想的效用；他要更为出色，超出了实用范畴，他自身是现实性的一个投影。我并不是在暗示说《坎伯兰的老乞丐》是除了《序曲》以外华兹华斯最优秀的诗歌；它不属于崇高模式，不同于《丁登寺》、《不朽颂》和《决心与独立》。但它是最华兹华斯式的诗，而且感人至深。

没有比这首诗更简单的开头了："步行途中我遇见年老的乞丐。"这位老人（原诗为大写）放下他的东西，从面粉袋子里逐个地拿出碎片细屑。他出神而认真地浏览这些物品。朴实无华的开头

由此转入爱的乐曲与对真实之美的描述。

> 阳光下，他坐在那个小石墩的
> 第二级上，独自吃着他的食粮——
> 周围是渺无人烟的野岭荒山。
> 他风瘫的手虽尽力避免浪费，
> 但是毫无办法，食物的碎屑
> 依然像是小阵雨洒落在地上；
> 一只只小小的山雀不敢过来
> 啄食注定归它们享用的吃食，
> 只是来到距他半拐棍的地方。[①]

很难说清楚这个场景是**如何**美妙，不过我们可以将以下观察作
为起点：这一切之所以美妙，一方面因为这就是事实，同时也因为 55
在这里，事实本身即一种美化。老人处于他独有的状态之中，而且从根本上而言是率真无邪的。“野岭荒山”补足了他的孤寂；他是它们这一类存在的集中体现。而他并不比它们更令人伤感。他的命运甚至说不上是悲惨；因为他全心全意地沉浸在自然之中，达到了可能达到的最大限度，而仍然留有人的本性。

他甚至已经不再有年纪上的变化。诗人自童年时期就认识他，即便在那时“他很老，如今他看起来却没有更老”。老人在外表上是如此的无助，每个人——消闲的骑马人，路卡的管理员，或少年邮差——都为他让路，格外留心以使他免受伤害，因为他无法改变方向，而像一个不可逆的进程一样继续行进。“他形单影只地漂泊”，

① 《坎伯兰的老乞丐》，第13—21行，此处译文采用黄杲炘译本。

华兹华斯写道，然后重复这句话，形成叠句效果，来描绘那连续不断的行进，其唯一意义就在于尽管身处我们境况的边缘，却依然保持着人性：

> 他形单影只地漂泊；他的年纪
> 已没人能同他相比。他的眼睛
> 总是盯视着地上，一边往前走，
> 眼光就在地上移动，因此始终
> 他看到的不是田野和乡间常见
> 景物，也不是山岭、峡谷和蓝天，
> 他视野只是脚前的一块地方。①

他腰弯得很深，像是那个蚂蟥采集人②，他的视野范围只是土地上的一小块，这使人想起乔叟《赦罪僧的故事》中那个游荡的老人。不过乔叟笔下的孤独者渴望着死亡，他一次次地用手杖敲击着地面，称这土地是他的生母之门，他哭喊着："亲爱的地母，让我进来吧！"华兹华斯的老人只看得见地面，但是他顽强地生活着，而且超越了欲求，甚至没有对死亡的渴望。他看见，却又几乎看不见。他持续地移动着，然而表情和动作几乎静止，很难看出他在移动。他完全成了一个过程，简直没有个性，同时又几乎停滞不前。

这是一幅十分极端的图景，我们可能会有问出这样问题的冲动："这是生活吗？其用处何在呢？"正是这一冲动使我们非人化，华兹华斯会这么说，这两个问题本质上是两码事，不过他对前者的答案

---

① 《坎伯兰的老乞丐》，第44—50行。

② 这里"蚂蟥采集人"系指华兹华斯在《决心与独立》一诗中提到的一个年迈的老人形象，详细的描述可参见该诗第十五节。

是坚决的肯定，对后者则出于一种完全道德上的激情。存在着

一种精神和善的意向，
一种生命与灵魂，与每种存在形式
密不可分地联结在一起。[①] 56

老人的形象履行着多方面的功能。其中最重要的是作为一种黏合剂，黏合了围绕在他身边的那些善的冲动的记忆。无论他走到哪里，

难背弃的惯常做法温和促成
仁爱的举动[②]

这爱的善举，逐个累积，最终不知不觉地引领行善者走向美德与真正的善。我们应当仔细理解这一点。华兹华斯绝不是根据一种恶毒而疯狂的教条鼓吹行乞是好事，因为它使得慈善事业成为可能，这种教条正适合用布莱克在《人的抽象观念》中的激烈诗句来回应：

那就无须有什么怜悯，
若是我们并没有使人穷困；

---

① 《坎伯兰的老乞丐》，第77—79行。为贴合上下文，由译者根据黄杲炘的译文改动而成，附黄译以供参考：

任何形式的存在，都和同一种
善的精神和意向，同一个生命
和灵魂不可分地联系在一起。

② 同上，第99—100行，有改动。

也不必再施什么恩德，
若是所有人都像我们这样快乐。[①]

华兹华斯对这个老人没有表露出我们可以加以归类的态度。他没有将其作为社会学或经济学的概念来思考，而是仅仅将其表现为人的生活，它必定会对他人的生活造成影响，而且总是好的影响。特别是，老人给了那些最贫穷的人行善的机会：他们从自己勉强足够的贮存中将仁慈施与老人，因此而更具善心。再次强调，你必须在它自己的上下文中阅读这段文字。不像布莱克或雪莱诗中常见的那样，华兹华斯最优秀的诗歌和社会公义没有任何直接关系。这个老乞丐是个自由人，孤独荒僻的心灵是他漫步的家园，而且他并没有施行善的教化的打算，那是他间接造成的后果。他社会性的一面同样不是诗歌的中心，只有他的自由才是：

就让他去吧，给他一个祝福吧！
只要他还能流浪，让他去吸取
山谷中的清新气息，让他的血
去同霜风和冬雪搏斗吧，就让
无节制的风掠过荒原，吹得他
灰白的头发拍他枯槁的脸颊。[②]

怜悯对他而言是不合适的；他只有在关起来时才显得可怜。他是“富有想象力的形象”（用史蒂文斯的话来说），一个在自然中

---

① 《人的抽象观念》是布莱克《天真与经验之歌》中的一首诗，此处引用的是该诗前四行，采用杨苡译本。

② 《坎伯兰的老乞丐》，第171—176行。

完美地获得完整性的人，一个通过做自己而与自然相互馈赠，与之合一的存在： 57

但愿他安享山间的孤凄寂寞；
让他的周围充满林中群鸟的
动人曲调，不管他能不能听见。①

孤寂的山岭与突如其来的风才能与他相称，无论他是否给予它们回应。感官上的迟钝无法阻断他与自然的联系；他能否听到鸟鸣声并不重要，只要他的周围有它们环绕就能产生和谐。他已在自然面前成为完全被动的存在。万物自由，然后涌现在他面前——

如果他的双眼因
那么长久地注定要盯视地上，
不经过一些努力都难以看到
初升或者西沉时脸儿紧贴着
地平线的太阳，至少让阳光
不受阻碍地映进他倦怠眼帘。②

老人正逐渐获得与自然的同一性，这种同一性婴儿一出生就懂得，那时在自然与意识之间似乎存在着一种有机的连续性。在如此被自然归化的状态中，他必定逝于自然的注视之下，由此他可能会被重新纳入自然：

① 《坎伯兰的老乞丐》，第183—185行。

② 同上，第186—191行，有改动。

就让他不管在何时何地，只要
他愿意，就在树荫下或大路旁
一个草坡上坐下，同鸟儿分享
他凭机遇获得的食物；而最后，
一如在大自然的照看下生活——
让他在大自然的照看下死亡！[①]

这首诗富于一种华兹华斯和托尔斯泰共有的精神气息，即一种对于朴素的博爱精神（caritas）的崇敬，那种基督之爱如此接近而又并非怜悯之情。不过托尔斯泰可能会把坎伯兰的老乞丐表现为一个受难者；华兹华斯的诗中此人背负着“动物的宁静与残损”的象征——这是华兹华斯为一个与那首长诗有着紧密关联的片段所题的标题。[②] 在这个片段中，老人不是伴着痛苦继续旅行前进，而是伴着思索：

　　　　他不知不觉服从了
宁静的支配……
58 　　　　他跟随自然的引领
至完美的平静，年轻人见了心生
嫉妒，而老人自身却几无察觉。

今天，我们比华兹华斯的同代人更能理解是什么引领他走向人的残损这一主题，去描写白痴、被遗弃者、乞丐以及无家可归的流浪

---

① 《坎伯兰的老乞丐》，第192—197行，有改动。

② 《动物的宁静与残损——一幅素描》是华兹华斯写的一首短诗，第6至第7行写道：这人不是伴着痛苦前行，而是伴着思索。

者。他寻找（我们可能判断为）疏离于正常的人们的生活景象，将其视为，并表现为与自然交融的形象。自然的人，在我们所有感知中达到了脱离意识的自由，而又展示出一种使自然为其客体，且最终与客体融合一致的意识模式。人类的力量隐藏在他们的过去之中，他们的童年时代。只有回忆能带领他们到达那里，然而回忆也会淡漠，最终化为乌有。自然主义的诗人，随着生理上的成长与他自己的过去分割开来，放眼身边，在那些疯子、流浪者、可怖地衰老着的人身上看到的是童年意识的活动的象征。从他们身上他得到
了迫切需要的慰藉，那几乎不再使人感到痛苦的必死命运的暗示。 59

塞缪尔·泰勒·柯勒律治
（1772—1834）

一

柯勒律治是一位乡村牧师的十四个孩子中最小的一个，他是个早熟且孤僻的孩子，在自己家中有点格格不入。幼时是一个梦想家和（按他自己的话说）“怪人”，年仅九岁时他遭受了丧父的打击（在所有孩子中父亲最爱他）。父亲去世后没多久，他在伦敦的基督医学院那里寻求到理想的教育场所，获得了他所需要的智力培养，并和日后的散文作家及一生挚友查尔斯·兰姆[①]相识。在诗人生涯的早期，他深深地爱上了玛丽·伊文斯，一个校友的姐姐，不过悲伤的是这段感情没能开花结果。

柯勒律治在剑桥大学耶稣学院里的学习生活起初很顺利，但他的气质无法与学术训练相容，学术训练未能使他出类拔萃。从剑桥逃学出来时，柯勒律治已负债累累。他以“塞拉斯·汤姆金·康伯巴克”这一传世的假名参加了皇家骑兵团，可老是从马上摔下来。尽管他向骑士团的同僚们证明了自己是写情书的得力助手，可除了清洗马厩以外柯勒律治鲜有别的长处。最终，骑士团允许

① 查尔斯·兰姆（1775—1834），英国随笔作家，他与柯勒律治在伦敦医学院结下了深厚的友谊，1796年在柯勒律治的诗集《无所不谈》中，他曾发表四首以“C.L.”为署名的诗歌。

他的哥哥们花钱把他弄了出来。他重返剑桥，但特有的内疚感阻碍了他学术方面的努力。他于1794年从剑桥辍学，没有获得任何学位。

作为一名身无分文的年轻诗人和政治激进分子，基督教出身的柯勒律治结识了当时同样激进的游吟诗人罗伯特·骚塞，如今后者留在人们回忆中的是拜伦在讽刺诗中猛烈抨击的“保守的桂冠诗人”的形象。①像我们同代的公社拥护者一样，这两位理想主义青年设计了一个他们称之为“大同社会”(pantisocracy) 的团体。要是有合适的年轻女士，兴许再来些天赐之选，他们本可以建立起一片共产主义式的乡土文学殖民地，地点就在流经具有异国情调的宾夕法尼亚的萨斯奎哈那河岸上。在骚塞的怂恿下，柯勒律治与
并不算聪慧的萨拉·弗里克小姐订了大同社会式的婚约，这位小 60
姐与骚塞的未婚妻② 是姐妹。结果大同社会的理想死于襁褓之中，柯勒律治终于醒悟，痛苦地发现自己的婚姻并不合宜，这是他一生中最大的不幸。

他转而去结交华兹华斯，早在1795年二人便已相识。他的诗歌影响了华兹华斯的写作并帮助后者取得了其特征性模式。说柯勒律治的诗歌消融在了华兹华斯的诗歌中并不过分。在我们的记忆中，《抒情歌谣集》(1798) 是华兹华斯的作品，然而大约有三分之一 (在篇幅上) 的内容是属于柯勒律治的，且《丁登寺》作为书中除《古舟子咏》外的冠冕之作，不知受到了柯勒律治《子夜凝霜》的多少启发。并没有太多证据能够表明华兹华斯钦佩朋友的诗歌，或表

① 中年以后骚塞逐渐成为政治保守派，成为统治阶级辩护者。1821年他写作长诗《审判的幻景》，颂扬去世的英王乔治三世。正是在这一首诗中，他攻击拜伦、雪莱等诗人，称他们是“恶魔派”。而后拜伦写了著名的同题讽刺诗，对获得“桂冠诗人”称号的骚塞大加嘲讽。

② 指伊迪丝·弗里克。

明他激励了朋友的创作；对《古舟子咏》他一向非常吝于嘉许，而且他被《沮丧颂》和《致威廉·华兹华斯》两部作品挫败（这是无法避免的）[①]。在涉及华兹华斯诗歌之处，柯勒律治却显得忘我，因而他不得不忍受最亲近的朋友对他自己诗歌志向的轻视。

这是一个不易平心而论的事实，因为对文学而言，个性与品格的问题必然同等重要。柯勒律治像济慈（对特定的读者来说，也像雪莱）一样可以亲近。拜伦至少总是令人着迷，而布莱克则在他孤独而瑰丽的想象力中成为一位英雄。不过华兹华斯的个性，像弥尔顿或但丁，不能激发一般读者对诗人的喜爱。柯勒律治有着——像沃尔特·佩特观察到的——一种“异样的魅力”；他似乎投身于失败的神话之中，当我们深入思索他的全部作品时这一点使人震惊。

然而正是他的生活，以及他的自行放弃诗歌志向，持续地说服我们在他身上理应找到天才失败的寓言。他最好的诗作全部写于每天都和华兹华斯见面的那一年半中（1797—1798），然而即便是他最好的诗作，除唯一的例外《古舟子咏》外，都是不完整的。他的生活也没有一个完整的模式。获得了韦奇伍德兄弟[②]的终身年金后，他离开了华兹华斯和多萝西[③]到德国学习语言和哲学（1798—1799）。回来后不久，他那多灾多难的中年生活便开始了，尽管那时他才二十七岁。他再次搬到华兹华斯兄妹附近，并且永久而不幸地爱上了萨拉·哈钦森，她的姐姐玛丽将于1802年成为华兹华斯的妻子。他自己的婚姻无药可救，同时他的健康情况也迅速恶化，这

---

① 此处提及的《古舟子咏》《子夜凝霜》《沮丧颂》《致威廉·华兹华斯》都是柯勒律治的作品，《丁登寺》则为华兹华斯所作。

② 这兄弟二人的父亲是韦奇伍德品牌瓷器的创始人。他俩与柯勒律治是好友，提供给他一份150英镑（大约相当于现在的13 000英镑）的终身年金，以帮助他摆脱财务困难，致力求学。

③ 多萝西·华兹华斯，威廉·华兹华斯的妹妹，英国作家、诗人，以其日记写作著称。

也许是心理因素所致。为了缓解痛苦他开始饮用鸦片酊——一种液体鸦片，并因此而上瘾，从来没有彻底地戒除过。1804年，为了让身体好转，他去了马耳他，然而两年后一回来便陷入了人生的最低谷。他与柯勒律治夫人分居，搬到伦敦，开始了另一段作为讲师、
非专科人文学者以及期刊编辑的职业生涯，可是他的不幸仍在加 61
大。1810年他与华兹华斯无法避免地发生争吵，到1812年虽然表面上有所和解，但真正的友谊直到1828年才得以重建。

从1816年开始，柯勒律治住在一位名叫詹姆斯·吉尔曼的医师家中，这样可以继续工作而避免精神的彻底崩溃。随着过早的衰老，诗歌创作时期的终结，柯勒律治进入了作为批评家和哲学家的最后一个主要的人生阶段，这一阶段决定了他的历史地位。但正如他早期在散文上取得的成就一样，这些成就也超出了为他的诗歌所作导言的范围。我们仍然要问，柯勒律治作为一个卓然不群的诗人成就何在，为什么他的诗歌创作在1807年左右以后实质上已经终结？华兹华斯1807年以后还在写诗，但绝大多数作品都很糟糕。柯勒律治三十五岁以后所写的为数不多的诗，大有影响但为偶作。既然他身上的想象力没有消失，那么他的诗人意志也未消失吗？

柯勒律治伟大的诗学理想包括创作一部描绘恶之起源的哲学性史诗，以及一组以太阳、月亮及诸类元素为主题的赞美诗。这些宏伟计划缓慢而又确定地破产了，新的梦想是一部名为《大作》(*Opus Maximum*)的哲学著作，这部鸿篇巨制试图调和德国唯心主义哲学与基督教教义中的正统思想体系。这部作品只写出了一些断篇残章，代替它的是对神学、政治理论和文学批评提出的大量思辨，之后它们会对维多利亚时期的保守英国思想产生深远的影响。从十分不同的意义上，也将影响由爱默生和西奥多·帕克所引领的

超验主义思潮。

柯勒律治作为诗人的真正成就可以分为两个差别引人注目的方面——引人注目之原因在于它们几乎是同时出现的。恶魔派的系列当然更为著名，代表作品是《古舟子咏》《克里斯德蓓》《忽必烈汗》三部曲。“谈话诗”系列[①]则包括所有谈话体的诗歌，其中最重要的要数《风弦琴》和《子夜凝霜》，以及非正式的颂歌，比如《沮丧颂》和《致华兹华斯》。后期的一些不完整作品，如《地狱之境》和《极限》，有几分回归恶魔派风格的意思。对柯勒律治这样一个天赋异禀的诗人来说只写了九首举足轻重的诗是件遗憾的事，但上述两方面成就的独特之处在一定程度上抵消了作品数量的不足。

恶魔派诗歌冲破了柯勒律治的正统意识的束缚，这种束缚是他对自己的想象冲动的道德恐惧感造成的。这一派诗歌的同一性在于一种魔幻般的追求模式，其目标是意欲将诗人的自我意识和一种与神圣的宽恕相联系的更高级的存在调和起来；不过这调和幸运地超出了所有此类诗歌的容限。老水手到达了洗罪的状态，却
62 没办法越过这个阶段。克里斯德蓓被吉若丁[②]冒犯，不过这同样是一次洗罪而不是一个诅咒，因为她的天真无邪是她唯一的缺点。柯勒律治本人，在他诗歌中最打动人心的瞬间禁不住要表现一个主题，即重生的太阳神——有着闪光的眼睛和飘扬的头发的少年；但他从一个诗人幻想的天堂中抽身出来，认定那只是另一个未知的炼狱。

谈话诗系列尽管在风格上迥然不同，却更为直接地表现了一个

① “谈话诗”系列，原文为“‘Conversational’ group”，这里选用的是杨德豫的译法。这类诗歌“多为无韵素体，用谈话的口吻写成，但不一定有听者在场”。参见《柯尔律治诗选：英汉对照》，杨德豫译，外语研究与教学出版社2013年版。

② 吉若丁是《克里斯德蓓》中的一个女性形象。

同源的主题，这个主题就是回家的渴望，并不是回到过去，而是回到被哈特 · 克莱恩优雅地称为“改良的幼年”的时期。这一系列诗歌的每一首，像恶魔派系列一样，都逼近一种代受性的、炼狱般的赎罪情景，在其中柯勒律治必将失败或受苦，以使他爱的人能够成功或感受快乐。此类诗中有种受到压抑的暗示，即诗人此生从某种程度上仍然会被一个真正的家园接纳，前提是他能够完成一次罪的救赎。

华兹华斯以他的原始性力量主宰着主观世界，并帮助他的读者消除感觉艺术上的困难，而柯勒律治则有意地以主体性招引失败，同时因忏悔而感到满足。不过，尽管他不像华兹华斯那样帮我们去感受，他却使我们理解他自己对于现实的感受是多么深刻。尽管从某种意义上而言他的诗歌是失败的证言，是向影响的焦虑以及惧怕自我颂扬的屈服，它们却是文学能够提供给我们的此类证言中影响最持久地感人至深的一部分。

二

“从心理学上来看”，柯勒律治注意到，“意识是个麻烦”；然后他阴郁地补充道：“几乎一切都尚未成就。”至于他成就了多少，凯瑟琳 · 科伯恩及其他人正在展示给我们看。[①] 此处我关心的是一个更为伤感的问题，我仍然在揣测作为诗人他为什么没有成就更多。沃尔特 · 杰克逊 · 贝特不久前完成了一个具有说服力的研究，探讨了柯勒律治人性和文学上的焦虑，特别是关于历史的重负和其

① 凯瑟琳 · 科伯恩 (1905—1991)，加拿大学者，是柯勒律治研究的专家及权威。她曾收集编定柯勒律治的诗歌作品集、批评文章和随笔。

中具有压抑作用的前驱诗人的光辉业绩。[1] 我在贝特的基础上，将批评研究的焦点转而放在可称为“焦虑的诗学”的方面，考察那些后辈的强者诗人[2] 为了给自己清理出一块想象力的空间而进行的误读过程。

柯勒律治本可以成为一名强者诗人，像布莱克和华兹华斯那样。他本可以成为伟大幽灵弥尔顿的又一个旗鼓相当的对手，幽灵毫无疑问会战胜，不过不会没有布莱克的《四天神》和华兹华斯的《远足》那样的作品所提供的巨大的抗衡力量，也不会没有布莱
63 克的《耶路撒冷》和华兹华斯的《序曲》那样让先辈的胜利显得不明的作品。但我们如今在柯勒律治这里找不到那样的作品。当这篇简介写到结尾处时我还会回到这个问题，推断这些作品原本应该是什么样子。作为我要寻求的批评先驱，我首先要征引的人是奥斯卡・王尔德，他提出了一条金科玉律，即批评的最高任务是将艺术作品视作其事物真相以外的东西[3]；其次，我还要提到王尔德的批评先驱，沃尔特・佩特，他写于1866年的文章《柯勒律治的创作》在我看来依然是关于柯勒律治的最出色的短评，即便其后有一个世纪的评论出现。佩特清楚柯勒律治对他的影响，也明白柯勒律治给他造成的焦虑，因此佩特就能理解得更为深入精密。诗歌的有机体类比是伟大的享乐主义批评家用整个的灵魂去对抗的概念，佩特意识到其内涵是作为创作者的柯勒律治深刻焦虑的产物。因此我从佩特对柯勒律治的研究开始，之后立刻深入柯勒律治思想的核心，考

① 沃尔特・杰克逊・贝特（1918—1999），美国文学批评家、传记作家。曾以《塞缪尔・杰克逊传》和《约翰・济慈传》获普利策奖，《约翰・济慈传》还获得了美国国家图书奖。此处提到的研究是指出版于1970年的《历史的重负与英国诗人》。

② “强者诗人”是布鲁姆提出的一个概念，参见《影响的焦虑》，徐文博译，江苏教育出版社2005年版。

③ 参见王尔德：《作为艺术家的批评家》。

察柯勒律治对承担强者诗人残忍行径的猛烈回绝。

这种残忍行径，柯勒律治和佩特都非常清楚，表现为一种类唯我论以及自我本位的崇高感，或弥尔顿式的神圣姿态。1795年以来，柯勒律治了解、喜爱、羡慕过自弥尔顿本人之后的此种崇高感的最大例证，感到既欢欣又阴郁。他不断地——几乎是不由自主地——研究这位真正意义上现代的强者诗人华兹华斯的光辉成就。他给予华兹华斯的是否比得到的要多，我们无法确定；我们只知道他想得到的比他从华兹华斯那里已经得到的要多，然而这正是他那恼人却又可爱的弱点：他总是渴望比他能够得到的更多的爱，不管他得到了多少："我需要的不过是一份挚爱，而我所爱，我真心去爱。"

佩特充分了解他所说的柯勒律治的"异样的魅力"，但他凭着被他称为"相对性"精神的神圣名义抗拒这一点，用以反对柯勒律治那种仿古的"绝对性"精神。在向柯勒律治的致辞中他亲切而又暧昧地评论道：

> 柯勒律治的文学生涯是一场大公无私的抗争，抗拒相对性在道德领域和宗教问题上的应用。他无时无刻不在计划着要领悟绝对性，要在实质上确认它，要使之可以认知。柯勒律治的意愿没能实现，对他来说这倒是好事，因为这场抗争的实际对手是灵魂自身不断延伸的生命……这便是他对一个有争议的兴趣的选择，以及他对于确认绝对性的决心，如何削弱了或者说是改写了他诗人的天赋。

确认绝对性，佩特说——或者按我们的说法，拒斥所有得到正 64
统基督教教义认可以外的二元论思想——并非19世纪初的诗歌素

材，如果考虑到《查莫尼山谷黎明的赞歌》这样的作品，我们可能就会同意佩特的说法。当他在比较中将华兹华斯抬得高于柯勒律治，甚至高于歌德时，我们同样也会同意他称赞华兹华斯的话："他那无瑕的气质……使他确信人的本性中存在着一种受情绪和直觉统摄的潜藏着的智慧，并且将其隐藏在精致而和缓的表述之中，完美的艺术感随之而来。"佩特接着说，华兹华斯的直觉在柯勒律治这里是一个哲学概念，这意味着柯勒律治的诗歌不得不比华兹华斯的"更富有戏剧性，更自觉"。不过反过来看，佩特认为，这也意味着为了美学上获得成功，对理念的持有必须放宽，遵循相对主义的精神。一个柯勒律治未曾放宽松的理念即有机体的类比，当我们继续阅读佩特的文章时，会更清楚地看到美学批评家是在构建对有机形式原则的猛烈攻击。文中引用了柯勒律治对莎士比亚的描述，他是"人性化的自然，善意的理解力，自觉地调用着某种力量，及某种比我们意识到的还要深远的隐藏的智慧"。"这里，"佩特评论道，带着一种挖苦的语调，"'绝对性'已在艺术的范畴内获得了确认；而思想则开始僵化了。"通过将艺术作品比拟为一个有机体，柯勒律治恰当地估计了作品可能给我们造成的印象效果，可是他"并没有表现出作品产生的过程"。

M.H.艾布拉姆斯在《镜与灯》一书中反驳了佩特，为柯勒律治辩护，他认为柯勒律治知道自己的主要问题是："以有机体的生长作为类比，来解释创作心理学中的自发性、灵感性和自我进化，然而对于所选定的意象又没有专注到使得可能伴生的预见与选择这些对立特性缩减到最小。"[①]尽管艾布拉姆斯说佩特"目光短浅"，恐怕批

① 参见M.H.艾布拉姆斯：《镜与灯：浪漫主义文论及批评传统》，郦稚牛等译，北京大学出版社1989年版。

评上的胜利仍然属于相对主义精神，因为佩特的重点并不在于柯勒律治对使用有机体的类比造成的危险不知情，而在于知情（在这里和在别处一样）并不能挽救柯勒律治。问题是柯勒律治，而非莎士比亚，是否有能力自觉地调用“某种力量，及某种比我们意识到的还要深远的隐藏的智慧”。佩特的埋怨是合法的，因为柯勒律治在描述莎士比亚、但丁、弥尔顿时不停重复他的绝对准则，即诗是从自己内部生长出来的，其“完整性并不在视觉感受或概念之中，而是在对总体性和绝对存在的内在把握之中”。正如佩特所说，“那种夸 65
大了的灵性是空泛的”，因为它“使我们大大远离了我们的所见、所闻、所感”，因为它从感觉和情感那里榨取了不属于自己的东西。我在此强烈地推崇佩特的智慧，并不是仅仅针对柯勒律治（尽管我和佩特一样喜爱他），而且是针对那些继续恪守柯勒律治的绝对性精神的形式主义批评。

令柯勒律治对绝对性梦寐以求不能自拔的想象力源泉是什么呢？ 1831年8月9日，在他去世前三年左右，他曾在笔记上写道：“我记得很久以前我曾经意识到一种非强力的力量——某种知觉，某种经验，意识到对软弱的内在感知具有超乎寻常的力量……我现在比以往更加强烈地感受到这点，我的所有幻想仍维持着完整性，它们仿佛被吸入**内心**，并借其抑制和压缩作用表现为力量的模拟替代品——”这又是佩特所说的空泛而夸大了的灵性，只是语境比之前提出有机体原则时要晦涩。

这个语境就是弥尔顿的“死亡的宇宙”，柯勒律治由此将生命中的死亡理解成“悲惨的**割裂**”。如果我们身处这个宇宙之中，那么“我们就会把自己看作是被割裂的存在，且将自然置于心灵的对立面，如同客体之于主体、对象之于思考、死亡之于生命一般”。被割裂就意味着，柯勒律治说，变成“一颗缺乏灵魂的固定的星星，任何射线或流光[①]都不能进入我的内心，**这种孤寂使我如此战栗，我甚至不敢将它归因于神圣的自然**”。对此，我们可以认为它是柯勒律治的逆崇高[②]，是他对强者诗人造成的“影响的焦虑”的回应。在他身上，唯我论比无法使自己的想象力获得独立造成的恐惧更甚。

像其他所有浪漫主义诗人主将一样，柯勒律治主要的前驱诗人是弥尔顿。此处要追加一条附带条件；对所有这些诗人来说——布莱克、华兹华斯、雪莱、柯勒律治（只有济慈例外）——弥尔顿身后存在着一种更伟大的崇高诗歌传统。不过鉴于其作者是一拨人而不是单个诗人，而且时间上相距甚远，因此它的伟大并不能抑制新的想象力的出现——除非它被当作是那首位前驱者本人的作品，所有创造都从属于他。这些诗人中只有柯勒律治面对了崇高引起的双重的影响焦虑。除了弥尔顿那含有危惧力的美外，还有更加危险的美。1796年12月17日，在给塞尔沃尔的信中，柯勒律治写道：“弥尔顿难道不是一个比荷马和维吉尔都更**崇高**的诗人吗？他的人物不是更有崇高的光辉吗？你难道不知道，弥尔顿的《失乐园》里也许没有一页上不含有他从《圣经》里借来的意象？我承认，并且很高兴**基督**只对理解力和感情有吸引力，但我可以断言，读过《以赛亚书》或圣保罗的《希伯来书》后，荷马和维吉尔对我来说将变
66 得令人恶心地乏味，即便是弥尔顿也几乎无法容忍。”不过这样的说法在柯勒律治还是十分罕见的。一般来说，弥尔顿看起来就与终极影响相交融，我以为这也是正常不过的事。1796年，柯勒律治在

① 此处“流光”原文为“influence”。布鲁姆曾解释，这个词的本义是“流入”（inflow），主要意义是表示从星球射向人类的一种放射性力量，它会改变人的性格和命运。经过长时间的词义变迁，“当柯勒律治在文学领域里使用这个词时，‘影响’才基本具有了我们今日使用时的意义”。参见《影响的焦虑》一书。

② “逆崇高”是六种修正比之一，后文还会详细地介绍六种修正比和它们在柯勒律治作品中的体现。

评论埃德蒙·伯克的《给一位高贵勋爵的信》时又说:“诗歌界的一大幸事,是弥尔顿没有生活在我们的时代……”此处柯勒律治移向了他关注的焦点,同时我们应当回忆起他的格言:“莎士比亚就其潜在性而言囊括了所有人,只有弥尔顿除外。”这就导向了另一个有歧义的准则,据说柯勒律治在1811年11月28日的讲座上说:“莎士比亚能把他自身注入一切从而成为一切;而一切形式和内容都成为弥尔顿——这位诗人始终出现在我们的脑海中,令我们对他所代表者的独特个性特征的缺失反倒感到十二分满足。”尽管柯勒律治真心声称他十二分满足,他还是承认了有所缺失。要换取弥尔顿的伟大,就得以柯勒律治珍爱之物为代价,即一种差异性原则,柯勒律治知道它可能被自己的一元论倾向冲垮。因为弥尔顿在柯勒律治看来,本身就是个“单子”。在评论《失乐园》第三卷开头,柯勒律治评注道:“在基督教世界中的所有现代诗中,有这样一个意识的背景,认为自然世界是有罪的,外在世界转瞬即逝,人的心灵或主体比客体更伟大,沉思的秉性才是处于支配地位的。在《失乐园》中,最崇高的部分是弥尔顿自我心灵的启示,它创造自身,逐步形成自己的伟大;确实如此,当仅以客体之美娱人的形式出现时,它首先给人以不协调之感。”这或许可以总结为:没有弥尔顿的地方,自然是空泛的,其意义在于使弥尔顿的孤独成为可能,这种孤独与柯勒律治战栗着想象神圣存在的感受正好相当。

汉弗里·豪斯注意到,“柯勒律治对自己的诗歌有着难以置信的谦虚态度;这种谦逊属于一种奇特的类型,有时是谦卑过度而且煞费苦心”。豪斯补充道,柯勒律治“惧怕出版”自己的诗歌,直到1828年,他五十六岁之前,都没什么充分整理自己的诗歌的行动。华兹华斯的态度自然毫无帮助,哈钦森姐妹和多萝西不用说是和华兹华斯的判断站在一边。有这么一个华兹华斯,再之前还有个弥尔顿。柯勒律治大概知道《丁登寺》受惠于《子夜凝霜》有多少，但这一点没有任何体现。难不成我们必须诉诸心理上的推测才能发现抑制了柯勒律治的是什么吗？还是说存在着某种更值得信赖的帮助呢？

在《文学传记》[①]中，柯勒律治对自己的前华兹华斯诗歌并不十分满意，特别是《宗教沉思》[②]。然而这正是我们必须考察柯勒律治
67 的雄心壮志出现了什么问题的地方——这里是一处，如果篇幅允许还可以提几处，在《国家的命运》片段（而非1817年武断地拼凑起来的那个版本）、《即将逝去之年的颂歌》，还有早期版本的《哀悼查特顿》中可以发现。华兹华斯对柯勒律治的突然造访，恐怕可以看作是某种“认识你自己”式的神谕，不过其实更像是弥尔顿阴影的新形式，此后柯勒律治的诗歌抱负就忍受着另一种压抑。我们应当首先研究弥尔顿投在早期柯勒律治身上的阴影，然后他成熟阶段与影响相抗的图景就会显现出来。

柯勒律治为《宗教沉思》添加的带有限定性的副标题带着特有的自我毁灭性质：“一首写于1794年圣诞夜前夕的不连贯的诗。”“不连贯”（desultory）的本义是“跨越”（vaulting），柯勒律治有意识地想表明他的诗写得散漫而且踌躇，不过他的想象表现出了“跨越”的意图，因为《宗教沉思》是一首有着桀骜野心的诗。“正是这一时刻……”这首诗开头写道，径直引起人们对弥尔顿的“圣诞”颂歌的回想[③]，不过它紧随的不是颂歌，而是《失乐园》中最为崇高

① 《文学传记》是柯勒律治1817年出版的一本文学评论集，其中记载了柯勒律治有关文学批评的不少观点。

② 《宗教沉思》写于1794年圣诞夜前夕，柯勒律治与华兹华斯是在1795年相遇，因此这首诗是“前华兹华斯”的。这首长诗的创作断断续续持续了一年多，直到1796年才正式出版。

③ 指弥尔顿1629年所作的《基督诞生晨颂》第一句为“正是这个月份……”。

的各个瞬间，对其第三卷征用尤甚。和1802年的《黎明的赞歌》[①]一样，《宗教沉思》作为一首诗的最大弊病就在于它赞叹个没完；我仔细在它的最终版本中数了一遍，在不过四百多行诗句中数出一百多个感叹号。不管人们觉得柯勒律治的这个爱好令人沮丧或者招人喜欢，这都不重要；他就是克制不住。他赞叹是因为他要跨越；他是面向崇高的撑竿跳选手，从心理上看他无法避免这一点。我带着趣味和困惑引用这首诗的最后一段，因为我不确定它可能有多好，尽管它看起来一塌糊涂。不过它的一塌糊涂好歹是崇高感的；不像华兹华斯最糟糕时那种了无生气、平板单调的一塌糊涂，《远足》中常可见到这种糟糕的诗句，甚至（承认这一点简直是异端邪说！）《序曲》中这样的段落也不少——这些段落我们匆忙略过，读到极佳之处才重拾热忱并感到欣慰。刚发出一句怪腔怪调的贝克莱[②]式呼喊——“生命仅仅是隐约遮掩着真理的幻影”——柯勒律治看见“遮蔽的乌云退去”，上帝在一片光辉中出现在他的宝座上。这幅景象驱使柯勒律治达到癫狂的状态，他飞上天际，参与其中：

善于沉思的精灵！你们盘旋
在圣泉的上方，目光永不知疲倦。
永不枯竭的圣泉洋溢着神祇创造力！
你们富于可塑性力量，一旦聚集，
便会运行于粗糙的、物质的材料，
形成组织的潮涌！上帝的圣灵！
（倘是那无限心灵的一些单子？）

---

① 指《查莫尼山谷黎明的赞歌》。

② 乔治·贝克莱（1685—1753），英国著名哲学家，近代经验主义、主观唯心主义的重要代表。

或许有幸巡航于不朽旅程的我
将会有机会加入到你神秘的合唱。
此前我苦修着我年轻新生的思想，
把它应用于打动心灵的诗歌创作，
并且永远乘着沉思那上天的翅膀，
我飞翔在高空呼吸着纯净的空气，
那是爱，创造一切、无所不在的爱，
爱的黎明在我的心灵辉煌地升起，
犹如辉煌的太阳，当他把他的魔力
洒在冰冻的河上——欢乐的溪水
唱着欢快的歌儿朝着那光芒畅流。①

学者们认为这个不算太浅白的段落从某种程度上结合了早期的一神教思想和后来覆于其上的正统学说，其中还有大量的贝克莱、哈特利、牛顿和新柏拉图主义的思想，可能还和更深奥的东西有关。一个单纯的读者首先会想起弥尔顿，这么想就对了，因为弥尔顿才是此中关键，其他人都不是。柯勒律治召唤的这些精灵实则是弥尔顿的天使，尽管它们的职能看起来更为复杂。柯勒律治自信地向他自己和我们保证，他的航程是走向不朽的，他最终将成为弥尔顿的天使，也许还会成为那无限心灵的单子。同时，他还会修习创作弥尔顿那种“打动心灵的诗歌”。此外，他所寻求的不过是爱，按诗中的话讲就是他呼吸的空气，是流动的歌声中承载的从他灵魂深处放射出的阳光，是他所流向的自然的太阳，这个太阳与上帝并未

① 《宗教沉思》的最后一段。此处译文采用袁宪军译本，略有改动，《柯勒律治诗选》，福建教育出版社2015年版。

分别。如果我们仔细思索这是一种多么触手可及、多么全心全意的真诚，同时考虑到柯勒律治此后在诗歌上的实际发展，我们将会被深深感动。感动到什么程度呢？我想可能会到记住柯勒律治的这样一句话："有许许多多的人，尤其在人生的开端，由于对结局的渴望过分热切，往往忽视了路途中的艰难；还有另一类人，除了艰难什么也看不见。第一类人可能偶尔失败，后一类则极少成功。"不管对别人来说这是不是真理，没有诗人能在缺乏下述条件的情况下成为强者诗人：一开始他就对途中艰难带着一定程度上的视而不见。不过，很快他就会遇见那些难事，其中之一将会是他的先驱和启蒙者威胁要把他收入麾下，柯勒律治正是在《宗教沉思》和其他一些前华兹华斯的诗中被弥尔顿收编了。现在我要先大肆离题，过后再回到柯勒律治的诗歌问题，因为论述至此我已进入迷人而又凶险的诗歌影响之域，我正在学习依靠一种奇异的光线寻找路途穿越它，对这一点我要稍微解释一下。

我不相信诗的影响能那么自然而然地发生，只是一个理念和想
法从以往的诗人传递到后来的诗人的过程。依这样的看法，影响是 69
否会致使后来的诗人产生焦虑只是一个气质和境遇的问题。诗的影响因而缩小成为出处研究的对象，洛斯及其后的学者就是如此看待柯勒律治的。柯勒律治对此类研究保持着恰当的蔑视，其实我觉得大多数批评家都认识到了它是桩多么无益的事业。就我个人而言，我本来就对它不大感冒，而且我所说的诗的影响研究是把出处研究整个颠倒过来。按我的设想，严格意义上的诗的影响研究要明确的首要原则是，没有任何强者之诗有其出处，而且没有任何强者之诗仅仅单纯暗指其他诗歌。一首强者之诗的意义就在于对另一首强者之诗，即前驱诗人的诗进行误解、修正、纠错、扬弃和扭曲，使其忍受某种倾向或者说偏见，那是此前的诗人所没有的后辈诗人的

权利。诗的影响，在这个意义上而言实际上是一种有意误读，用柯勒律治的措辞来说，就是一个诗人靠错误地利用或对待前辈诗歌来寻找自我。不过当一位新生诗人向前行进时，这种误读也还只是他踏出的第一步，他要从早期阶段的被先驱诗人淹没的状态迈向一个更普罗米修斯化的阶段，在那里他寻求着属于自己的火种——然而那一定是要从他的先驱那里盗取的。

我在强者诗人的生命循环中找到了大致六个步骤，强者诗人借之以将他得到的遗产转变为某种东西，来帮助他，而又免受优先权上的失利（即未能自我成就）造成的焦虑对他的压抑。这些步骤就是修正比①，我发现为了记述的方便，自己为它们随意地命了名，事实证明这对我而言很有用，说不定也会在其他人那儿派上用场。我在此将它们列出来，只附描述，不加例证，这里只能是一个简短的介绍；我必须回到柯勒律治的诗歌问题上，手头有了这个一览表，就可以在柯勒律治身上找到我要的例证了。

1. **克里纳门**（Clinamen），即真正的诗的误读或有意误读。该术语借自卢克莱修的著作，其中，“克里纳门”指的是原子的“偏移”，以使宇宙可能起一种变化。一个诗人“偏移”他的前驱，即通过偏移式阅读前驱的诗篇，以引起相对于这首诗的“克里纳门”。这在诗人本身的诗篇里体现为一种矫正运动。这种矫正似乎在说：前驱的诗方向不偏不倚地到达了某一点，但到了这一点之后本应“偏移”，恰恰应沿着新诗作运行的方向偏移。

① 有关“修正比”和“优先权”，可参考哈罗德·布鲁姆《影响的焦虑》的绪论《对优先权之反思·术语说明》。

2. **苔瑟拉**（Tessera），即续完和对偶。我这一词语并非取之于马赛克的制作法，虽然在制作马赛克的工艺中至今还沿用此词。本书中的“苔瑟拉”取自古代的神秘祭祀仪式，作为一种表示认可身份的凭物。例如，一口小锅的一块碎片，它 70
能和其他碎片一起重新拼合成这口小锅。这是一种以逆向对照的方式对前驱的续完，诗人以这种方式阅读前驱的诗，从而保留原诗的词语，但使它们别具他义，仿佛前驱走得还不够远。

3. **克诺西斯**（Kenosis），是一种打破他物的工具，类似于我们的心智用以抵制重复强制的自卫机制。在本书中，“克诺西斯”是一种旨在打破与前驱的连续的运动。此词取自圣保罗，指的是基督自我放弃神性，接受从神到人的降级。迟来者诗人表面上在放弃他本身的灵感，放弃他想象力中的神性，似乎谦卑得不再想自命为诗人了，但是，他的这种“衰退”（ebbing）却是和某一位前驱的“衰退之诗”联系在一起施行的，遂使前驱的灵感和神性也被倾倒一空，结果这迟来者的诗并不显得那样绝对的空空如也。

4. **魔鬼化**（Daemonizaton），即朝向某种个人化了的“逆崇高”的运动，是对前驱的“崇高”的反动。我取此词的新柏拉图主义的一般含义：一个既非神亦非人的中间存在附到新人身上来帮助他。迟来者诗人伸开双臂接受这种他以为蕴含在前驱的诗中，但并不属于前驱本人而是属于稍稍超越前驱的某一存在领域的力量。新人在他的诗作里将这种力量和前驱者原诗的关系固定化，从而以归于一般的方法抹杀前驱诗作中的独特性，这样便完成了魔鬼化运作。

5. **阿斯克西斯**（Askesis），即一种旨在达到孤独状态的自我净化运动。虽然这个字眼儿是一般意义上使用的，但我尤其是在前苏格拉底的萨满术士，如恩培多克勒的实践中取用这个术语的。迟来者诗人在此所经历的并非“克诺西斯”中那种清空式的修正，而是一个缩削式的修正。他放弃自身的一部分人性的和想象力的天赋，从而把自己与他人——包括前驱——分离开。他在自己的诗作中是这样完成这一运动的：使自己的诗和前驱的诗确立某一种关系，从而使前驱诗也经历一次“阿斯克西斯”，这样前驱的天赋也遭到了缩削。

6. **阿波弗瑞底斯**（Apophrades），或死者回归。该词取自雅典
71 城邦的典故，原指每年死人回到他们原先房屋中居住的那
一段不祥的日子。迟来者诗人在其最后阶段，业已深受近乎唯我主义的想象力之孤独的重负，这时他再一次将自己的诗作全然彻底地向前驱的作品敞开，使我们乍一看还以为历史的车轮又转回到原处，我们又一次来到了迟来者诗人被前驱光辉所淹没的学徒期，此后他的诗才借助于修正显示出自己的力量。但是，这首诗现在是被认作向前驱敞开的（而过去它确曾是敞开过的），并且产生了一种奇异的效果：新诗的成就使得在我们眼中，不是仿佛前驱写了它，倒像是迟来者诗人自己写出了前驱诗人那独具特色的作品。①

以上就是六种修正比，我认为它们一般是周期性地出现在所有后启蒙时期的强者诗人一生的作品之中——从实用目的上看，在

① 这一段简介与《影响的焦虑》绪论部分相同。

英语文学中这指的是所有后弥尔顿时期的强者诗人的作品。现在回到我一开始提出的问题上，柯勒律治有成为强者诗人的潜力，但是——不像布莱克、华兹华斯及其后的主要诗人们，直至我们时代的叶芝和史蒂文斯——他拒绝了发展为一个强者诗人的完整过程。然而他的诗作，即便在不完整的状态下，也不由自主地显示出这种修正比的循环。我此番论述的深层目的是将柯勒律治阐释为一个例证，因为他对于我指出的这个循环来说显然是一个不充分的证明，但这正使得他成为我的影响理论的一个检验，比我能挑选到的任何其他诗人都更为严格。

我先回到柯勒律治的第一批成熟时期的诗歌，它表现出偏离弥尔顿的"克里纳门"，朝考珀的转向使他写出了谈话诗，特别是《子夜凝霜》。哈兹里特引用过柯勒律治1798年春天对其说过的话：考珀是最伟大的现代诗人。意思是说弥尔顿之后他最伟大，这也是布莱克的评价。汉弗莱·豪斯[①]解释过《子夜凝霜》和《任务》之间的关系——一种积极的，不带任何焦虑的关系，一个更强的诗人从较弱的诗人取用借鉴的关系。柯勒律治运用考珀和运用鲍尔斯、阿肯塞德和柯林斯[②]的方式一样，是在他们所有人身上寻找线索，以帮助他逃脱弥尔顿那曾经淹没了《宗教沉思》的影响。《子夜凝霜》像《任务》一样，通过将弥尔顿柔和化，并将其风格移植到某种排除了崇高之恐慌的语境中，从而偏离弥尔顿。当柯勒律治在诗歌的结尾处上升到他对自己幼小婴孩的祝福时，在某种意义上，他是在诗意地"误释"亚当对夏娃的美丽宣言："同你谈话，我总是

① 汉弗莱·豪斯(Humphry House)，文学批评家，曾说柯勒律治"提倡文艺作品的有机统一原则，而他自己却很少做到这一点"。

② 威廉·鲍尔斯(1762—1850)，马克·阿肯塞德(1721—1770)，威廉·柯林斯(1721—1759)均为英国诗人。

72 忘掉了时间。”[①]使得隐藏在为爱痴迷的亚当的宣言中的阴暗寓意变得和缓。也许更简单地说，他像考珀一样，不是把弥尔顿变得人性化——那是布莱克、华兹华斯、雪莱和济慈奋力挣扎着迎头去做的事——他倒是使弥尔顿更孩子气了，也许更好的说法是，他阅读弥尔顿时就仿佛弥尔顿是以更加单纯的方式爱的。

这之后的修正步骤，即对偶性续完，或称“苔瑟拉”，只在少数泛神论的段落中得到了柯勒律治的冒险使用，这些段落溜过了他正统意识的审查，比如《风弦琴》中后增加的部分[②]，或者《这椴树凉亭——我的牢房》第二诗段末尾的朦胧幻景。对割裂的惊骇，以及对重获统一的不懈追求，使柯勒律治无法维持任何含有颠覆弥尔顿或者胆敢补完这位神圣父亲的意味的修正冲动。

不过下一个修正比，即“克诺西斯”或自我清空，在柯勒律治诗中的体现在我看来几乎是着魔般的，“老水手”的全部境况，除了他的诗人仅仅借助此诗的写作打断，还只是暂时性打断的强迫性重复之外，又是什么呢？柯勒律治构想过一部描绘恶之起源的史诗，但我们要问，如果迫使柯勒律治在自己身上指出恶之起源的位置，他会选哪里呢？他的“水手”既没有在意志上堕落，也没有表现出哪怕不顺从，不过是无知罢了，且使他的罪行付诸行动的精神机制被如此含糊地表现，乃至成为终将无法分析之物。我要问的问题是，柯勒律治（未必有意识地）要通过写诗为他自己做些什么？这个问题并不是指肯尼思·伯克[③]意义上的作为一个人他要为自己做些什

① 此处疑有误，实际上这句话是夏娃对亚当说的。参见弥尔顿：《失乐园》，朱维之译，译林出版社 2013 年版。

② 《风弦琴》首次出版于1796年，几个月后柯勒律治开始对此诗进行修改与扩写，直至1817年才彻底宣告完成。

③ 肯尼思·伯克（1897—1993），美国文学理论家，其思想在 20 世纪的哲学、美学和修辞学界都产生了一定影响。

么。确切来说，是作为一个诗人柯勒律治要为自己做些什么？对此我的回答是：他要通过使诗人的自我变得谦卑，在此过程中使弥尔顿化了的部分变得谦卑，从而在弥尔顿的影响造成的压抑下获得解放。这位“水手”并没有将自己倾倒一空；他始于空无一物的状态，通过受苦而获得了原初的想象力。但对柯勒律治来说这首诗是一种“克诺西斯”，其中变得谦卑的是弥尔顿对恶之起源的崇高解说。这里拒绝顺从衰减为天真无知，夏娃意识的自我膨胀衰减为“水手”极小的意识的痛苦觉醒。

下一个修正步骤是“逆崇高”，成熟的强者诗人以此来清理出一块想象力空间，这一过程的实现我称之为“魔鬼化”，这一术语可用来指称《忽必烈汗》和《克里斯德蓓》与《失乐园》构成的关系。这两首诗作为柯勒律治具有“魔鬼”般的追踪力量的证明，要远远比《古舟子咏》更为有效，尽管《古舟子咏》在页边注释中明确引用了新柏拉图主义的魔鬼。鸦片是柯勒律治生命中复仇的“魔鬼”或“阿拉斯特”，是他黑暗的或堕落的天使，是他与弥尔顿的撒旦在 73
经验上的相识中介。鸦片之于柯勒律治正如漫游和讲道德故事之于“老水手”——这一人格化了的强迫性重复。《忽必烈汗》中对天堂的向往，吉若丁对毁灭克里斯德蓓的渴望——这些便是柯勒律治对弥尔顿进行魔鬼化修正的体现，这些便是柯勒律治的“逆崇高”。诗人的天才，那促发性的精神本身，当它属于柯勒律治自己而不属于弥尔顿时，柯勒律治必将视之如恶魔。

正是在修正过程的这个节骨眼上，柯勒律治开始果断远离为一个强者诗人所必需的残忍行径。他没有将“魔鬼化”继续下去；他在神圣的恐惧中闭紧双眼，站在“魔鬼”的能力作用范围之外，被自己在性方面的莽撞吓得不轻，以致无法完成《克里斯德蓓》。他继而进入下一个修正比运作，我称其为“阿斯克西斯”，或净化进入孤独状态，蒙他人之名对某些想象能力进行缩削。在这么做的过程中，他预示了济慈在《海伯利安的陨落》中的修正模式，原因是他的“阿斯克西斯”的抗争对象是弥尔顿—华兹华斯这一复合的诗歌前驱形成的影响。①“阿斯克西斯”促生的伟大诗作是《沮丧颂》和《致华兹华斯》，各种批评已经向我们展示了其中对华兹华斯进行修正的态度是多么激烈，以及柯勒律治为了使这一修正显得合理而自我净化到什么程度。我只想补充一点，这两首诗以同样的敏感与迫切误读了弥尔顿和华兹华斯；《沮丧颂》的意义在它与《利西达斯》和《不朽颂》②之间的关系中得到了同样的体现，《致华兹华斯》与《序曲》和《失乐园》也一起构成类似的关系。柯勒律治受困于自己不自觉的二元论，期待着某种一元论的统一性，他相信可以在弥尔顿和华兹华斯那里找到这种统一性。带着这样的状态，他在“阿斯克西斯”的修正过程中，拒绝去面对他在净化的同时缩削了多少属于他的复合诗歌前辈的东西。

再往后，以柯勒律治的才能就只余下寥寥几首偶然写成的诗了，这实在令人悲哀，而且它们几乎都算不得一位强者诗人的作品——也就是说一个人没法凭它们一举进入崇高世界。既然拒绝完成强者诗人的误读行为，柯勒律治也就不再具有诗歌上的抱负了。但还是有几首例外值得注意——后期的未完成的手稿《地狱之境》，还有显然是更晚一些的作品，未完成的《极限》。此处，我认为仅有此处，在他创作生命的最后一个阶段中，柯勒律治得到了强者诗人的特殊报酬——这个过程我称之为“阿波弗瑞

① 在布鲁姆看来，只有经过与前驱进行殊死搏斗，后来者才可能成为一位强者诗人。柯勒律治在“魔鬼化”阶段开始力图避免这种“弑父行为”，终未执行，但他和济慈面对的影响对象是同一个，即“弥尔顿—华兹华斯”，因此说“他预示了济慈……的修正模式”。

② 《利西达斯》是弥尔顿的作品，《不朽颂》是华兹华斯的作品。

底斯”或死者回归：这并不是一种“逆崇高”，而是一种“否定崇
高”，就像叶芝的《最后的诗》或者史蒂文斯的《岩石》。“否定崇
高”确实是柯勒律治这些不完整作品中的一种模式，向我们指出
了柯勒律治可能达到何种成就。如果他充分允许自己怀有伟大 74
诗人必须展示出的那种忤逆热忱，敢于扭曲其伟大前驱的话。《地
狱之境》和《极限》最终显示出柯勒律治有潜力成为一位弥尔顿
深渊的诗人，一名冥府中的吟游者。即使它们止步于此，这些不
完整的作品依然使我们能够以稍微不同的眼光来阅读《失乐园》
的第二部；它们使柯勒律治有资格声称弥尔顿的混沌的一角是属
于他的。

佩特认为柯勒律治受制于诗歌与“有机体”的类比是因为他对永恒的追求过于强烈，兰姆也是这样评价他的老校友的。佩特还引用了德·昆西[①]对柯勒律治的总结：“小麦做不出他想要的那么好的面包。”我想补充的是柯勒律治同样渴求某种诗人之间的恒在的宽容，如同普通人之间的宽容一般——而这种宽容是无法存在于这样一个世界中的：每个诗人都必须挣扎着使他自己的生存获得独立性，其代价就是牺牲他的先辈，一如要牺牲他的同代人。也许将德·昆西的话换一种说法就是，不经过误读，柯勒律治就写不出他想要的那么好的诗歌。

所以我认为，将诗歌类比为“有机体”，在实用的意义上忽略了诗歌必须依赖的创造过程，这一理念对柯勒律治有莫大的吸引力，因为它似乎阻挡了“影响的焦虑”的作用，同时不仅消解了诗人如同自然生长那样展开自身的必要性，也消解了他以他人为代价获得

① 托马斯·德·昆西（1785—1859），英国著名散文家、批评家。他曾对《抒情歌谣集》表示赞赏，1807年与柯勒律治和华兹华斯成为好友。

发展的必要性。不管“有机体”类比对文学批评有多少价值——我认同佩特的观点，它弊大于利——它为柯勒律治提供了一个非常危险的理论视角，以回避他为了自己的诗歌发展而必须采取的向内开掘的措施。如同布莱克可能会说的那样，柯勒律治的想象坚持要在创生之茎上扼杀自己——或者，引用另一种布莱克式的形象来说，柯勒律治平躺在“有机体”的类比之上，仿佛那是一张比乌拉的躺椅，给人以舒适、迷离的休息时光。

其间我们损失了什么呢？柯勒律治如若再强大一些会写出什么样的诗歌呢？他在《手记》中列了份清单：《恶的起源，一部史诗》；《献给太阳、月亮及诸元素的六部赞美诗》；还有比这些都更吸引人的创作计划：一部描绘罗马人造成“耶路撒冷的毁灭”的史诗。《手记》中1802年3月的一条记录尤为引人注目：“弥尔顿，一曲挽歌，带有参孙之颂歌的节律——只是有更多韵脚——诗之影响——政治的—道德的—约翰逊博士。”注意这一条的写作日期——《沮丧颂》第一稿写成的仅仅一个月前——关于“弥尔顿，一曲挽歌”可能是什么样的某种感觉开始成形。1802年3月，威廉·布莱克寓居在海利所在的费尔珀姆[①]，正潜心创作《弥尔顿：两部体长诗，以论证上帝面对人类之方式的合法性》。柯勒律治为“弥尔顿，一曲挽歌”写下了简短而神秘的注解：“——诗之影
75 响——政治的—道德的—约翰逊博士”，关于后者，我们可以猜测，是对约翰逊在《诗人列传》中描绘的弥尔顿形象的反驳，这是一种可能会得到考珀和布莱克认可的反驳。“诗之影响”，柯勒律治写道，我们不禁想到这正是布莱克《弥尔顿》的主题之一，在这部作品

① 1800年，布莱克经人介绍认识了诗人威廉·海利（1745—1820），后者居住在英国萨塞克斯郡的费尔珀姆，而后布莱克搬到海利家附近，住在一处名为“玫瑰农庄”的田园小村里。

中伴随着弥尔顿的阴影出现的是遮护天使[1]，一个强有力的阻断者，通过在他自身中体现了所有暗含不利的传统之美而抑制新人的创造力。布莱克的《弥尔顿》有些地方有一种挽歌的感觉，它们不像在哀悼弥尔顿，而像是弥尔顿本人从不成熟的“永恒”处下落，在堕落的时空中再次挣扎时的孤独言说。但我觉得，“弥尔顿，一曲挽歌”本可能以柯勒律治早期作品《哀悼查特顿》为原型，也本将成为柯勒律治对他伟大原创力的悲叹。柯勒律治是否有潜力像布莱克恰好在同一时间所做的那样，勇于指认弥尔顿为遮护天使，认定这个天使或恶魔将自己封闭在了诗人的乐园之外，我无从推测。我只是深深希望柯勒律治曾写出这首诗。

我猜想，如同近段时间研究柯勒律治的最好学者不断告诉我们的那样，怀有柯勒律治没有写出心中所想的诗歌这样一种感受是不懂感恩。然而抱歉之余，我们所拥有的他的非凡诗作的确为数甚少。因此，我以某种尝试性的描述作结，描绘那些我相信是柯勒律治的天才亏欠我们的，同时也是我们迫切需要而且永远需要的诗歌。我将保持这样的观点：最优秀的英国浪漫主义诗人的最高成就在于他们对弥尔顿式崇高的人性化。但当我们向深处挖掘那些奋力完成这种人性化的作品时——在布莱克的《弥尔顿》和《耶路撒冷》中，华兹华斯的《序曲》中，雪莱的《解放了的普罗米修斯》中，济慈的两部《海伯利安》中，甚至在某种意义上，在拜伦的《唐璜》中——我们还是会感受到一种品质的缺失，这种品质是丰沛在弥尔顿作品中的，虽然他那么严肃。这种品质尽管本身不甚柔和，却使得弥尔顿的夏娃成为可能，我们在她的浪漫主义后裔中怀念着

① “遮护天使”是布鲁姆为“诗之影响”寻找的一个象征物，大体上来看，它代表一种“创造性的焦虑”，其作用是“阻挡新人的声音进入‘诗人的乐园’”。

这样一种形象。柯勒律治优于其他五位浪漫主义诗人之处，是他出于气质和那巧妙地掩蔽住的才智，有能力给我们提供一个浪漫主义高潮的夏娃，将弥尔顿式崇高中那最温柔且最动人的元素进行彻底的人性化。许多种焦虑妨害了柯勒律治取得惊人成就，其中影响的
76 焦虑作用不小。

拜伦勋爵
（1788—1824）

但人的生活就是思想，
尽管恐惧，他也难以停止
一世纪又一世纪的掠抢，
抢掠啊，肆虐啊，一切扫光，
这样就能进入实在的废墟大荒。

叶芝[①]

普罗米修斯式的人

《恰尔德·哈罗德游记》

我们将通过研读这组诗歌（可以这么看）来介绍诗人拜伦的游记。第一章和第二章（1812）几乎是叙述的集锦，混杂了游记和历史记录。第三章（1816）是一首忏悔诗，形式上模仿了卢梭和华兹华斯，第一次标志着拜伦诗歌想象力的成熟。在第四章（1818）中，他尝试融合前面两种类型。其中，拜伦和意大利交替占据主题，且处理失衡，因而第三章大抵依旧是这组诗歌里最为出色的。

拜伦称这组诗为“传奇诗”（*A Romaunt*），其标题和韵律形式

① 出自叶芝写于1884年的诗歌《须弥山》。

（斯宾塞体）都衍生于浪漫传奇传统。曾由布莱克和华兹华斯内在
化了的浪漫传奇追寻主题，在华兹华斯影响下，重新出现在雪莱的
《阿拉斯特》中，以及济慈的《恩底弥翁》中。从《恰尔德·哈罗德
游记》的第三章可以看出，较为浅表地受华兹华斯的影响，很可能
得益于拜伦与雪莱在1816年的交往，以及他自己阅读《远足》的经
77 验。在浪漫主义中，渴望逃离异化并追求未知幸福的主题总是一再
出现，拜伦的创作毋用华兹华斯和雪莱的影响，本来也会表现出这
一主题，尽管或许会是以第一章和第二章的稍显乏味的方式。

在第一章中，哈罗德的异化感并不深刻，尽管它无论于拜伦的时代，还是于我们今天的时代都特别相关：

哈罗德碰上比灾难还不幸的事故，
他陷入了酒醉饭饱的苦闷境地①

他已经穿过罪恶之长长迷宫，从内心感到厌恶，身心疲惫。当我们阅读第一章和第二章的时候，我们也有同感，尽管这并非拜伦之过，而更多的是其模仿者的过错。太多拜伦式的主人公粉墨登场，而拜伦在第一章和第二章中的修辞还没有灵活到足以避免我们将师傅与其门徒相联系：

然而时常在他狂欢无度的时候
奇特的痛苦会突然使他蹙紧眉尖，
似乎是记起了不共戴天的宿仇
又仿佛心底潜藏着失恋的哀怨。

① 本篇中的《恰尔德·哈罗德游记》译文均采用杨熙龄译本，《恰尔德·哈洛尔德游记》，上海译文出版社1990年版。文字略有改动。

但谁也不了解他的心事，也不想管；
因为他不是那种坦率又爽快的人物，
把愁苦倾吐，心头的抑郁就会消减，
不管多深的忧思，自己无法排除，
他也不会去寻求朋友的劝说和慰抚。

前两章随后的大部分诗句，被恰如其分地描述为“关于两年间旅行的押韵日记”。这部分最值得一提的是拜伦式浪漫主义英雄的首次出现，即普罗米修斯式的主人公，这一形象的巅峰是曼弗雷德和该隐，后来被唐璜取代。尽管曼弗雷德和该隐带点恶魔气息，他们只是被蹂躏的人道主义者。直到第三章之前，哈罗德甚至都称不上是一个生机论者，在第四章里，通过暗示漫游行为本身是一种值得肯定的价值，他结束了自己的追寻。我们可以认同，前提是这篇漫游纪行具有一种想象性元素，一种富于能量的愿景以及强大的创造力，强大到足以将精神的空虚转化成一个深思熟虑的主题。事实上，在第三章和第四章中，这确实是拜伦的一项伟大成就；他那游移不定的普罗米修斯主义以神话形式表达出来。这神话关切到梅特涅时代欧洲人的境况，并以一个特定的朝圣者呈现，这个内心复杂的漫游者与构成浪漫主义旅行指南的第一、第二章中那位恰尔德·哈罗德，唯一关联便是使用了同一个名字。 78

拜伦的出走和自我放逐开启了第三章，同时他为失去儿子而懊悔，儿子被留在分居的拜伦夫人身边。诗人把自己交给海洋的指引，“不管风暴多凶，浪头多么高”，他都将心满意足地漂泊。狂风和波浪推送着他，他声称自己疏离的本性。没有奇迹等着他，他的言行早已洞穿生命的深度，经历了太多的爱、悲伤、名利、野心、争斗，他早已心如铁石。最重要的是，他的思想已经远离日常的现实，开始寻求“寂寞的洞穴，却充满着活泼的幻想”的庇护，以及“灵魂那拥挤的幽室”的幻象。他逃离英格兰，将自己完全献给诗歌，并确认了这一具有治愈功能的美学理想：

为了创造并在创造中生活得更活泼，
我们把种种幻想变成具体的形象，
同时照着我们幻想的生活而生活，
简而言之，就像我如今写着诗行。
我是什么？空空如也。你却不一样，
我思想之魂！我和你一起漂泊各地，
虽然不可见，却总凝视着万象，
我已经和你变成了浑然的一体，
你总是在我身边，即使在我情感枯竭之际。

思想在诗歌的创造力中寻求庇护，因为我们通过诗歌丰富生命，就如拜伦在他想象的生活中进益。当他将自己与自己亲手创造的一切融为一体时，他超越了自身的局限性。在雪莱《生命的凯旋》里，卢梭从这超验性的幻想回到真实的自然局限。拜伦在他的理想之路上如此犹豫不定，他在下一诗节就掉头离开了它：

但是我不应该想得这么热狂、杂乱：
我已经想得太阴郁，而且也太多，
我的头脑在动荡里沸腾，过分疲倦，
变成一团狂热和火焰急转着的旋涡。

但是，想停止狂想就要将思想服从于他人，拜伦这样描述恰尔德·哈罗德的人格：

> 他特立独行，怎肯把心的主权
> 割让给心灵所反对的那些庸人。

这可能出自曼弗雷德的口吻。并且哈罗德像曼弗雷德一样，转 79
向了高山的陪伴，因为“它们有着共通的语言”。但是，在朝圣者与阿尔卑斯山之间坐落着“帝国的墓地”，也就是陨落的巨人拿破仑留下的遗迹。这首诗暂时停顿，沉思普罗米修斯主义的命运，还在拿破仑身上读出了与朝圣者相同的精神，“矛盾的心胸”。拿破仑“有时候是超人，有时候多愚蠢”，然而宏伟的愿望落空，非人们所能企及：

> 那活跃的心胸最害怕的是安闲，
> 而这正是埋藏在你一生中的祸根；
> 有一种人的灵魂动荡而且燃着火焰，
> 它不愿在自己狭隘的躯壳里居停，
> 却总喜欢有超出尺度的欲望和憧憬；
> 永远难以熄灭，一旦它的火势高涨；
> 它嗜好冒险，除了厌倦休息的安宁
> 不知疲倦；这种心灵深处的热狂
> 正是他和同病者不可救药的致命伤。

布莱克或雪莱可能不会承认欲望有合适的尺度，尽管雪莱常常强调怀有欲望者遭遇的致命危险。拜伦已经沦陷在对“狂飙的呼吸”者和“壮阔而险恶的气象无穷”的赞赏与否定之间。与华兹华斯不同却与雪莱相似，他追求自然的巅峰，不是为了自然本身，而是因为它们展现了“大地能戳穿天的幕帷，而把我们留在底层，我们这些无能为力的人类”。拜伦式的孤独与华兹华斯的也并不相似。华兹华斯离开人群去更好地聆听自然中释放的静静的、悲哀的人性乐声。拜伦渴求孤独，以便他可能“只为大自然而爱大自然”。如果他“已经不再是原来的自我”，那只是要“与周遭的大自然连在一起”，从而躲避作为一个人的负担，“不情愿的一环生在臭皮囊链上”。

颇为不公的是，拜伦将同样的欲求归于卢梭，一个比拿破仑或拜伦更伟大的普罗米修斯：

> 他的爱是一种最热烈不过的爱：
> 仿佛被雷电击中起火的一株树，
> 那无形的火焰把他烧成了炭块，
> 他认为非如此不能算真正的恋慕。

从天堂盗取的火种，既是希望之光也能引火烧身。在卢梭那里，人类之爱就像被偷走的火焰，转而成为存在本身。拜伦嘉赞卢梭富于灵感，但是又因“的确是发疯，由于病毒或是悲苦”贬低他，
80 预示了现代市侩对卢梭天分的看法。《恰尔德·哈罗德游记》带来了对自然世界的不凡洞见，拜伦的矛盾正是这一洞见的必然结果。每一种赋予人类的元素，都是一种通向道德高尚和神的祝福的途径，同时也会使人更快地滑向自欺和诅咒。每一次拓宽人类意识的行动，也能同时增加欣喜和绝望。没有其他的诗人始终坚持用相同心力看待这两者。在此，我们设想，拜伦是否将自己有意保留的道德混乱合理化了，方法是将其审美结果转化为个人化的神话。

在第四章中，拜伦到了罗马，也就是他漫游的目的地，被其中的美学成就触动而强化他的否定宣言。由于它自身的美丽，心灵患了病，这种自我狂热变成了冲昏头的错误创造。浪漫主义想象到此为止。疾病、死亡、羁绊化作冗长的执迷。

> 我们的生命是伪自然的，它列不进
> 融洽的大自然，这是不幸的命数，
> 是一种洗刷不清的罪恶的污痕，
> 是一棵无限的毒树，摧残一切的树，
> 它的根就是大地，它的枝叶犹如
> 把瘟疫像露水般降到人生的天空——
> 洒下疾病、死亡、羁绊，一切有形的疾苦，
> 更坏是落下无形的灾祸，在灵魂中
> 在无药可治的灵魂中作祟，引起无穷伤痛。

正如弗洛斯基在皮科克的《噩梦隐修院》里所说，我们听了塞浦雷斯先生（拜伦）解释这一节诗之后，收获的是“一场激动人心的演讲，塞浦雷斯先生，一种亲切、有教育意义的哲学。你只要让它的真理深刻地印在每个人的脑海里，的确生命就会陷入干涸和孤独”。尽管这一说法是一种颇具智慧的洞见，却忽略了拜伦修辞术的基本方向，他并不想劝导世人，只是想揭露真相。塞浦雷斯先生这个人物是一项奇妙的创造，因此我们很遗憾看到他这样离开，“去爬山涉水，翻江入海，寻找月亮的理想之美”，但是他作为对恰尔德·哈罗德的讽刺比对拜伦这位漫游者的讽刺更加合适。塞浦雷斯先生唱着歌，在哈罗德会乐意停止的地方停止，他意识到“灵魂就是他自己的丰碑”。拜伦作为追寻永恒的漫游标志，拒绝将他生命的人性

价值都付与他自己关于吞噬一切的罪恶之想象：

然而我生活过来了，也并不算空虚：
81 为了征服痛苦，也许我的心灵会衰落，
我的热血会冷却，我的躯体会死去，
但是在我的身内确乎有着一种素质
能战胜磨难和时光，我死而它犹存活。
这是我们所不知道的非人世的东西，
像一张无声的琴留在记忆中的音乐，
将要沉到他们软化了的精神的深底，
打动冷酷的心为爱而伤悼，后悔莫及。

同雪莱一样，唯有“像一张无声的琴留在记忆中的音乐”存活下来。这里，音乐象征这一诗节延绵不绝的回响，如实预示了它自己的留存。为了赋予这一美学意义上的不朽之物以形象，拜伦将视线转向自己周围的罗马造型艺术。当凝视贝尔维德尔的阿波罗石像时，他赞许的目光中带有新古典主义美学的原则——一种严格的掌控，并选择某些具有典型性的时刻或事件进行雕刻：

或者去看那个弓箭百发百中神祇，
他所象征的就是生命、诗歌和光：
他就是太阳的化身，神态扬扬得意，
因为这时候他恰好打了一次胜仗：
箭矢刚才脱弦——在那箭镞之上
染着神的仇恨；漂亮的蔑视表情
和那威风凛凛的神气，仿佛电光

迅速地掠过他的鼻孔，他的眼睛，
而这一瞥的气概，就透露了他的神性。

在下一诗节中，这雕塑的灵感被设想为“不朽的”。正如这首诗歌中，拜伦没有协调自己对人类理想之价值的信仰与他关于原罪的信仰间的对立，他也没有尝试调和这种新古典主义美学与卢梭关于艺术是“表现性疗愈”的观点，或是华兹华斯有关诗人创造力的更积极的理论。随后的一节显示出拜伦意识到自己观点中的这种冲突：

如果真是普罗米修斯从天上偷取
火种给我们受用，他已得到了报偿，
从那个接受了这种力量的人那里。
这力量给这座诗情洋溢的石像披上
一层不朽的光荣——即便这座石像
是人手做的，也非人之思想的产物。
时光将它圣洁化，不让它受丝毫损伤， 82
它也并没有显露出苍老的面目，
仍把当年用来创造它的火焰呼吐。

因为普罗米修斯之火源于罪恶，为偷窃所得，所以人类对于这火只能“受用”而非享受。我们以类似的石像报偿泰坦所赐予的创造力，这作品虽是人手所为，却并非人类思想的产物。拜伦有足够的浪漫主义情怀，相信艺术家具有普罗米修斯式的创造之力；但他又对想象力的自主性怀有太多的不安，无法相信仅仅出自人类构思的造物可以不朽。雕像中流溢着的是偷窃而来的火焰，然而是超乎人类的灵感使其生气勃勃。

拜伦的朝圣者的漫游最终结束于艺术永恒面前。他来到壮丽的罗马，并停步于此，他的追寻已完成。诗歌的最后，拜伦将他的朝圣者作为美学上的馈赠献于读者，正如那座阿波罗石像所带给朝圣者的：

> 读者诸君啊！你们伴随着那个旅人
> 到了终点；如果你们记忆里或多或少
> 留下些他的思想，要是你们能常保
> 一点回忆，那么他脚上穿着草履，
> 帽上挂着海扇壳[①]，长途跋涉，不算徒劳。
> 再会吧！如有劳累，劳累随着他去，
> 然而他这篇诗歌中的含意，愿你们记取。

朝圣者对创造他的人来说是一种净化，创造者通过这一创造来把流亡和漫游重新评价为一种至善，对泰坦之伟力已经耗尽的一代人来说是非常合适的。在一个反动和压制的年代，英雄精神必将走向放逐，也必会沉溺于残存的普罗米修斯式的天资之中，但未完全屈服于它。虽然必有某种终极价值存在于永恒的人类艺术中，但拜伦无法最终认同任何关于人性与艺术的观点。这种强大的怀疑主义又拒绝怀疑主义，而是热切地扑向与自身矛盾的感知与思维方式，正是在这种思想基础上最初形成了拜伦诗歌中不同寻常的道德观与美学观。《恰尔德·哈罗德游记》里有强烈的情感与冲突，但缺少平衡。下面我们将转向拜伦的其他诗歌，我们将会清晰地看到普罗米修斯精神得到了更清晰的赞扬，同时发现诗人尝试以一种批判

---

① 圣雅各的扇贝壳被认为能给朝圣者勇气、力量和希望。

的态度去节制与修正这种强大的力量。 83

《普罗米修斯》

1816年7月，拜伦在瑞士写了一篇三诗节的短小颂歌，即《普罗米修斯》。该诗与《恰尔德·哈罗德游记》第三章的创作于同一时期完成，它将传奇中分散的泰坦精神一一聚拢，相较于普罗米修斯之功绩与命运的罪孽一面，这首诗歌更强调普罗米修斯的英雄气质。但就连这诗中也有困扰的副歌部分，拒绝忽视从天堂所盗火种的晦暗预示。对于人类之渴望的公开赞颂显然占据着主导地位，不过其格外令人印象深刻，还是由于拜伦对种种晦暗征兆的并置。馈赠火种是拜伦的艺术和主题的根基所在，这一馈赠未经合法拥有能量的那个退隐但负责的伟力许可。拜伦整个诗人生涯，在那些最为重要的作品中——在《曼弗雷德》，在《该隐》，在《唐璜》和《审判的幻景》中，都有一种企图，即通过有助于创造而为盗火做辩解，同时不可否认的是，正是这样的创造加剧了普罗米修斯原本的“神圣的罪恶”。在这里，拜伦于诗行中书写着弥尔顿那预言式的恐惧，如同布莱克在《天堂与地狱的联姻》以及雪莱在《解放了的普罗米修斯》中的创作一样。在《失乐园》中，堕落的天使因其堕落而谱写出诗意的挽歌，又因其所作所为而创作出庆典，与此同时，撒旦正经历混乱的旅程。弥尔顿自他以如此强力创造出的深渊中如释重负地浮起，普罗米修斯主义的诱惑构成了他已摆脱的险境。《失乐园》中祷文的出现证明了弥尔顿的希望，他希望他的灵感是神授的，并非普罗米修斯式——从而也是撒旦式的。拜伦则不抱有这样的希望，他的灵感既是光荣的又是罪恶的，他的作品赞美人类的渴望（同时也是他自己的渴望），并加深了人类的罪责。

颂歌《普罗米修斯》蔑视伴随这样的罪责而来的苦难，尽管他承认这些苦难的现实性：

巨人！在你不朽的眼睛看来
　人寰所受的苦痛
　是种种可悲的实情，
并不该为诸神蔑视、不睬；
但你的悲悯得到什么报酬？
是默默的痛楚，凝聚心头；
是面对着岩石、饿鹰和枷锁，
是骄傲的人才感到的痛苦；
还有他不愿透露的心酸，
那令人窒息的苦情一段，
84 　它只能在孤寂时吐露，
而就在吐露时，也得提防万一
天上有谁听见，更不能叹息，
　除非它没有回音答复。①

这一节开始于埃斯库罗斯的普罗米修斯，但是对默然承受苦难之骄傲的强调，开始将泰坦融入拜伦这永恒朝圣者的形象，这个形象并未透露他的苦痛，但窒息地感觉到极端的罪责，他因孤寂而荣耀，并向同样孤寂的群山倾诉。诗歌的第一节赞颂普罗米修斯是一位既敏锐又富于同情心的人类现实的观察者，此乃拜伦在他的诗作中试图实现的功能。第二节的开头则直接赋予泰坦拜伦式的否定

① 本篇中的《普罗米修斯》一诗均采用穆旦（查良铮）译本，《拜伦、雪莱、济慈诗精编》，长江文艺出版社2014年版，文字略有改动。

性的斗争：

巨人呵！你被注定了要辗转
　在痛苦和你的意志之间，
　不能致死，却要历尽磨难；

普罗米修斯最大的苦难在于，一如拜伦本人那样，他同情并参与（承担）人类的苦难，但这与他不敬神的内在意志相矛盾，那意志驱使他光荣却又罪孽地将救赎带给人类。拜伦的意志并未给我们带来火种，却能够创造出一种艺术，将泰坦对人类的馈赠以诗歌的方式返还，这本身标志着一种创造性的恩典，但同时又进一步催化人类的苦难，因为它加深了我们的罪行。这可谓一种恶性循环，是拜伦关于存在的观点中的一个独特因素，这一点在《恰尔德·哈罗德》，以及《普罗米修斯》最终诗节的开端表现得很明显。拜伦以坚实的用词及对韵律的掌控来强化主题力量，这点在其抒情诗歌中较少体现。

你神圣的罪恶是怀有仁心，
　你要以你的教训
　减轻人间的不幸，
并且振奋起人自立的精神；
虽然上天与你蓄意为敌，
但你那抗拒强暴的毅力，
你那百折不挠的灵魂——
　天上和人间的暴风雨
怎能摧毁你的果敢和坚忍！
　我们将这有力的教训记取。

泰坦的仁慈是“神圣的”，但仍然是有罪的。普罗米修斯的馈
85 赠通过使人类的精神不朽而令人强大，上帝却阻挠了这个馈赠的全
面生效。盗来的火种也因此而并不完善，它对我们而言本身就是一
种折磨。在泰坦留给我们的遗产中，唯一存活的纯粹之物便是“忍
耐力”的象征，这种忍耐力使得曼弗雷德的精神无法被洞穿。普罗
米修斯和人类一样并不完美，并共享同一个悲剧命运，但是也共同
笼罩于巨大的胜利能量之中。

你是一个标记，一个征象，
标志着人的命运和力量；
和你相同，人也有神的一半，
是浊流来自圣洁的源泉；
人也能够一半儿预见
他自己的阴惨的归宿；
他那不幸，他的不肯屈服，
和他那生存的孤立无援：
但这一切反而使他振奋，
逆境会唤起顽抗的精神
使他与灾难力敌相持，
坚定的意志，深刻的认识；
即使在痛苦中，他能看到
其中也有它凝聚的酬报；
他骄傲他敢于反抗到底，
呵，他会把死亡变为胜利。

在这里，对神的态度困扰着拜伦，这种困扰贯穿了他的余生。

在第二节中，那“无情的天堂”，那个为给自己取乐创造了“可能摧毁之物”的上天，却又被确认为“圣洁的源泉”，而普罗米修斯与人类都仅仅是这源泉中引出的浊流。拜伦坚持要同时保有这两个方面，而他无法克服因自己的思想混乱而造就的想象力难题。人类的命运是“阴惨的”，因其自上帝那里挣脱出来从而“生存孤立无援”，这就是人类普罗米修斯式堕落的结果。拜伦就像是布莱克的伦特拉①一般，是预言新启示的声音，但是这声音本身太过热烈，充满矛盾，以至于无法清楚地表明其真谛。人类在严酷的折磨中挣扎，而对此的核心回报不过是永不屈服这一荣耀。仅仅在使天堂完全遥不可及这一点上，拜伦在《曼弗雷德》中走得更远，在此，一个抗争的泰坦精神最终碰触到了其想象力的极限。

《曼弗雷德》

在拜伦自己眼中，《曼弗雷德》是“一部极为狂烈、形而上的
且难以解释的作品”。作为一部浪漫主义戏剧，它与歌德的《浮士 86
德》、雪莱的《解放了的普罗米修斯》一样，围绕着孤独、再生与自我净化展开。如果说，浮士德的追求是普遍性的，普罗米修斯的追求是天启式的，那么曼弗雷德的则显然是个人化的。这种追求中蕴含着自我的一种绝望胜利，甚至否定了泰坦式净化的有效性。曼弗雷德与其创造者拜伦犯了相同的罪行——有意识的、蓄意的乱伦。俄狄浦斯在黑暗中摸索前行，光明灼烧着他；从表面上看，他认同光明对自己罪行的审判。然而，曼弗雷德则不同，和诗人拜伦一样，他坚称只有自己有审判自我的权力。

初次出场的曼弗雷德身上有着浮士德与哈姆莱特的影子。故

① 布莱克的诗作《天堂与地狱的联姻》中的人物。

事发生在高耸的阿尔卑斯山上，曼弗雷德在那里拥有一座城堡。第一幕场景正如应有的那样：午夜时分，曼弗雷德独处于一哥特式的长廊之中。以超凡的能力，他召唤出属于他自己的一颗灾星以及随侍周围的精灵。他想忘掉自我，然而精灵们给予他的只有权力，它们建议曼弗雷德不妨于死亡中寻找遗忘，但不肯保证他一定可以找到。它们只是一味嘲讽他必有一死，曼弗雷德回之以普罗米修斯式的骄傲。此时，他的星星化为了爱丝塔蒂——他的妹妹，同时也是他的情人。当曼弗雷德试图去拥抱眼前之人时，爱丝塔蒂却消失不见，他也随之昏厥，不省人事。一首精灵之歌在周围响起，唱着曼弗雷德与该隐的兄弟情分。

第二幕发生在次日清晨的一处悬崖边。如同弥尔顿笔下尼法提斯山上的撒旦一般，曼弗雷德也独自一人、默默自语着。不过，拜伦的这次借鉴却是一次蓄意为之的批评式戏仿。在尼法提斯山上，撒旦面临着良知的考验，认识到他艰难的困境，但拒绝相信他能够逃避他所选择的自我，最终导致了令人胆寒的逆转："恶呀，你来作我的善。"①像在山上的撒旦一样，曼弗雷德也看见世间所有美景，却断言自己无法感知眼前的美好，因此也拒绝热爱它们。不过随后他开始宣称自己感受到的美。像哈姆莱特，也像怪异的撒旦，曼弗雷德宣告自己对人类社会的厌倦：

> 半属泥土，半属神性，同样地不适于
> 沉落或飞翔。②

他渴求沉落以至毁灭，或是向上飞往那更大的毁灭，总之不再

---

① 此句出自弥尔顿的《失乐园》。

② 《曼弗雷德》译文均采用刘让言译本，《曼弗雷德》，新文艺出版社1957年版，略有改动。

为人。一位善良的农人阻止了他自杀的企图，并献上葡萄酒希望他可以振作，但那酒杯边缘却沾着血迹。曼弗雷德的乱伦行为直接被等同于谋杀：

> 我说那是血——我的血呀！那奔流在我祖先
> 血管里的纯洁而温暖的溪流，当我们年青的时候，
> 当我们有着同一颗心，并像我们不该那样爱而
> 彼此相爱着的时候，它也奔流在我们的血管里， 87
> 而且这血流了！然而它至今仍在升腾着，
> 渲染着天空的云彩，那云彩把我关在天堂的门外。

确认了自己的罪行后，曼弗雷德向下行去，进入一幽深山谷，遇见一川瀑布。在他眼里，这瀑布是《启示录》所言的那匹被“死”骑着的骏马[①]。随后，通过自己非凡的魔力，曼弗雷德召唤出阿尔卑斯山的魔女。这魔女是雪莱式的，拥有无关乎道德的自然之美。曼弗雷德对她讲述了一段理想化的经历——关于一位被放逐的浪漫主义诗人。类似于雪莱《阿拉斯特》以及济慈《恩底弥翁》中对理想化自我的描绘，这青年诗人也天生便追寻着自然无法赋予之物。不过，乱伦因素的出现转变了这个关于追寻的神话。《曼弗雷德》的主旨也由此显现出来，即虽然渴望超越人类现今的状况，但如果这意味着放弃人类的荣耀，那么他宁愿舍弃不朽。阿尔卑斯山的魔女象征《曼弗雷德》中一切神奇与超自然的事物。她讥笑学者拒绝不朽的行为，并表示如果他愿意侍奉她，那么她可以让他实现忘掉自我的愿望。带着对所有非人类的精灵们一如既往的蔑视，曼弗雷德拒

① 在《新约·启示录》第六章说：“看见一匹灰色大马，骑在马上的，名字叫作死……”

绝了她。在剧中，不论是面对侍者、贫穷的猎人，还是那个横加干涉想要拯救他灵魂的修道院院长，曼弗雷德没有什么时候不是庄重而礼貌的。而对诗中的机械，虽然他本人不断唤出它们，但他一直怀着某种敌意。特别是当他傲慢地溜入阿里曼的宫廷中——那是掩饰着基督教恶魔的黑暗精灵之主。

阿里曼是诺斯替教的恶魔。就像布莱克所言的撒旦一样，他是世界之主，受三位命运女神以及复仇女神的尊崇。复仇女神则大致近似雪莱将称之为狄摩高根的那个充满辩证性的存在。曼弗雷德拒绝臣服于眼前的黑暗之神，不过阿里曼依旧应其要求，召唤出他爱人爱丝塔蒂的幽灵。见到爱丝塔蒂后，曼弗雷德恳求她责备或是宽恕他，但被爱丝塔蒂拒绝。即使阿里曼也无法强迫她答应曼弗雷德，因为她属于“另一种力量”，属于极为遥远且隐蔽的光明之神。但曼弗雷德的恳求中既饱含悲怆的人类的情感，又显示出正宗加尔文教义的取向。面对如此的恳求，爱丝塔蒂仅愿说出自己哥哥的名字，并言“明天就要结束你的尘世的不幸了”，随之就做了最后的道别。爱人的离去使曼弗雷德剧烈痉挛起来。恶魔的精灵们看着眼前的曼弗雷德，先是讥笑，随后又庄严地评论道：

一个精灵

他在痉挛了——这就是作为一个凡人
而去要求那世俗以外的事物的下场。

另一精灵

可是你瞧，他又能自主了，并且使
88 他的痛苦去受他的意志的支配。
倘若他也是我们中的一个，他倒会成为

一个可怕的精灵哩。

在最后一幕，曼弗雷德以一种强烈的准加尔文教义精神拒斥了基督教给予的慰藉。修道院长希望他能够与“教会和好起来，通过教会，跟上天和好”，曼弗雷德却不需要这种中介。最末的场景仍位于阿尔卑斯山上，曼弗雷德独自在一座幽静塔楼中等待终结时刻的到来。此时，因为修道院长念了无效的驱魔咒语，阿里曼的恶魔们前来审判曼弗雷德。接下来两段精彩绝伦的演说，显现出曼弗雷德身上普罗米修斯精神的光辉。凭借这股顽强的意志力，曼弗雷德迫使恶魔们向后退去，他拒绝浮士德式的传奇，只作为人而死去，也只屈服于自我：

不灭的心灵，对自己作着
它那善与恶的思想的报应——
它是自己的罪恶之泉源与终结——
自己的空间与时间；它内在的灵性
当被脱去了尘世的外壳时，从那
转瞬即灭的外界，并未沾染什么色彩，
而只是沉浸于痛苦，或欢乐——全从
自己的功与罪的知觉而产生。

最终的原型又是弥尔顿式的撒旦，他赞颂冥府，并迫切要求冥府迎接它的新主人：

他带来
一颗永不会因地因时而改变的心，

这心是它自己的住家，在它里面
能把天堂变地狱，地狱变天堂。[①]

马洛戏剧中，靡菲斯特对浮士德说“我们所在即地狱”[②]。此处的魔鬼是一个反转过来的斯多葛主义者；我们有一个关于恶的观念，从中我们品尝恶的滋味。相较于魔鬼靡菲斯特，混合着斯多葛主义与加尔文主义的伊阿古[③]更加接近于曼弗雷德，和韦伯斯特笔下的洛多维科[④]一样，他们都可以说自己的工作是描绘了暗夜，并为这一结果感到骄傲。曼弗雷德是一位哥特派诗人，他写下了以自己为主角的自我的悲剧。不论是伊阿古这样的人，还是靡菲斯特这样的恶魔，这些马基雅维利式的反派人物总在策划着他人的毁灭。但正如诺思洛普·弗莱在其神话理论中所指出的，“大灾难的发动
89 者那令人生畏之感，也会使得他更像一个大祭司”。韦伯斯特《马尔菲公爵夫人》里的博索拉就是一个例子，弗莱指出。浪漫主义时期，这一形象变成了一个自我牺牲的大祭司，类似于曼弗雷德或普罗米修斯。相对应的基督式的人物在浪漫主义的天幕中盘旋着。曼弗雷德最后又投向了哪个神灵呢？

曼弗雷德临终的最后一言饱含骄傲以及自然主义的气息，他向修道院长告别：

老人啊！死并不是怎样困难的事呀。

但濒死的曼弗雷德之前对修道院长说“请将你的手递给我”，

① 本段出自弥尔顿的《失乐园》。

② 此句出自马洛的《浮士德博士的悲剧》。

③ 莎士比亚悲剧《奥瑟罗》中的人物。

④ 英国剧作家韦伯斯特《白魔》中的人物。

因此这里话中含有的挑战意味也显得亲切了许多。拜伦坚称曼弗雷德最后的话蕴含着“诗中所有的效果与道德寓意”。显而易见的是，由于一直被自己沉重的思想所纠缠，死亡对曼弗雷德来说是一种解脱而非惩戒。与其说恶魔们试图使曼弗雷德堕入地狱饱受惩罚，毋宁说是在迫使一个人类意志承认自身不足而自暴自弃，曼弗雷德则成功驱赶了恶魔。他死去时虽然没有得到遗忘的保证，却拥有与普罗米修斯一样的满足感。原因在于，曼弗雷德坚守住了人类意志的至高无上性，这意志超越任何试图与之对抗的自然与超自然之物。超验的或宗教的世界并没有进入这首诗作，这不可避免地使曼弗雷德与圣恩的关系变得扑朔迷离。他对修道院长的拒斥仅仅是在拒绝一种中介性的关联而已。

《该隐》

在诗剧《该隐》(1821) 中，拜伦对神秘主义本身进行了愈加深入的探讨。曼弗雷德的乱伦之罪与此剧中该隐的杀戮之罪相对应。如果说曼弗雷德是因对妹妹的“全知”[①]而致其毁灭，那么该隐对其弟弟的摧毁则完成了知识的行为。拜伦的激进观念使该隐成为一个尚未耗尽的传统之直接缘起，即艺术家不只是被动的流浪者，而是一个通过违反社会道德制度来寻求其艺术条件的有意的罪犯。

拜伦视该隐为第一个浪漫主义者。哈兹里特在他对于卢梭的描述中提供了浪漫主义者的最好典型:“他拥有对自我存在最为强烈的意识。任何给他留下印象的事物皆不会消逝于脑海之中，他心中所有情感也均会化为不熄的热情。”

---

① Know一词在《圣经》中有“同房”之意，见和合本《旧约・创世记》，这里指曼弗雷德和妹妹的乱伦关系。

此言对于拜伦与该隐也很符合。该隐的悲剧在于他若要实现心灵的觉醒，就无法不发展出强烈的意识，而他还未曾准备好承受它。就像之后陀思妥耶夫斯基笔下那些可怕的主角一样，是他的想
90 象力盛开导致了谋杀。那个陷拜伦的该隐于困境的矛盾十分简单却无法避免。该隐怀疑上帝耶和华用心险恶，并且将自己被赶出伊甸园等同于死亡宿命的惩罚，觉得这对自己不公。路西法[①]向该隐证明，早于亚当之前就曾存在过一个清白无罪的时代。该隐惧怕死亡，不过路西法却暗示死亡将会让他获得最高级的知识。正如诺思洛普·弗莱所指出的，“这暗示当即与该隐自身的感受联系起来，使其意识到对死亡的理解将是他最终的胜利；换言之，即反向来看，最高级的知识也引向死亡”。导致该隐犯错的其实是他的想象力还不够，他只是否定道德法则，或者说只是简单反转了耶和华压制性的道德体系。不过拜伦赋予了他能力去获得更多的可能性。故事的高潮发生在亚伯与该隐向耶和华献祭之时，亚伯献上羊羔作为祭品并劝说哥哥效仿自己，该隐却献了大地上初熟的果实。亚伯谦卑地向耶和华祈祷着，该隐则将反抗宣之于口：

假如不用牺牲的祠堂，不用鲜血的祭坛，
也能获得你的恩宠，那就瞧瞧它吧！
而这个设立祭坛的人，他是——
与你创造他的时候一样；而且决不
寻求任何只有下跪才能获得的奖赏。
如果他有罪，那就打他吧！
你是全能的，可以——他能反对什么呢？

---

① 《新约》中撒旦的别名。

如果他良善，打他或赦免他，随你的兴致！
因为一切都仰赖于你，善与恶本身
似乎没有权力，除非是在你的意志里；
至于那是善或是恶，我却一无所知。
我既非全能，也不适合去判断全能，
而是只有去忍受，忍受它的律令；
这，我一直都在这么忍受。①

在文中，这番话语里强烈的讽刺只是招致恶魔更深的讥笑，因为随后亚伯就为其哥哥这尚未完全觉醒的人类自由意识而牺牲了。上帝只接受亚伯的羔羊，拒绝该隐来自土地的果实。该隐便以创造的名义，去推翻他弟弟的祭坛，亚伯前来阻止并宣称自己爱上帝甚于生命。这话触怒了该隐，他以生命与土地的名义杀死了自己的弟弟。死亡就此产生。颇具讽刺意味的是，该隐对生命的追求恰恰为
这世界带来死亡，眼前的事实摧毁了该隐的心灵： 91

哦，泥土！
报答你给我的所有果实，我
还给你这个。

这是拜伦身上普罗米修斯精神自己强加的极致。拜伦曾在一些讽刺诗中为其分裂的宇宙找到一个不这么专断的平衡，在转向这些讽刺诗之前，可以让布莱克给我们一个合适的解答。布莱克以《亚伯的灵魂》（1822）中的戏剧性场面回应了《该隐》，并附言："致旷野

① 本篇中的《该隐》译本均采用曹元勇译本，《拜伦诗剧两部》，华夏出版社2007年版。

中的拜伦勋爵。”拜伦处于预言之前的状态，一位先知以利亚[①]或施洗约翰[②] 预兆那即将到来的真理，他的《该隐》为布莱克的《亚伯的灵魂》做了准备。依照布莱克的判断，拜伦的错误在于坚持想象力必然参与恶魔之事，所以诗人必会被驱逐、流放，最终成为罪人。此种思维模式存在于拜伦对乱伦的执念，这一执念在诗剧《该隐》中呈现为该隐与阿达的美好关系，他们既是兄妹，又是夫妻。在拜伦看来，是想象力而非一时激愤或交往失当导致了亚伯之死。而布莱克则认为，正如弗莱所言的:“谋杀不可能属于天赋，它始终是道德的一部分。”天才所突破的不仅仅是传统的德性观，也包括传统的罪恶观。拜伦终究不能摆脱社会习俗的桎梏，所以他普罗米修斯式的诗歌未能向我们展现出真正的人——想象力——在他身上充分发挥。那些离题的，富有讽刺意味的诗歌，以及后来的少数重新评价个人际遇的抒情诗才更具有富有表现力。从《恰尔德·哈罗德》至《该隐》，这些诗的价值至今依然存在，不过与充满泰坦精神的，伟大的浪漫主义诗歌——《四天神》的“第九夜”、《解放了的普罗米修斯》对比，还是相形见绌了。

离题的平衡

《贝波》

1817年10月，拜伦致信其出版商约翰·穆雷，表达了他对约翰·胡卡姆·弗里尔[③]同年早先出版的一首诗的景仰之情。这篇用假名发表并以八行诗体写成的作品，模仿了意大利“混合诗”的体裁，

---

① 以利亚是《圣经》中的重要先知。

② 据《圣经》记载，约翰在约旦河中为人施洗礼，劝人悔改，是基督教的先行者。

③ J. H. 弗里尔 (1769—1841)，翻译过阿里斯托芬的作品，写了《僧侣与巨人》一诗。

并在开篇引用了15世纪诗人浦尔契在《莫尔甘特·马乔里》一诗中的内容。这篇作品的体裁可以说是仿英雄诗体，也可以说是讽刺罗曼史，它采用漫谈风格，口语化而贴近真实。而这时的拜伦还没意识到，通过模仿弗里尔，他无意间找到了真正属于自己的写作模式： 92

> 我模仿他用八十九个诗章写成了一个故事，名为《贝波》（*Beppo*，这个名字是Giuseppe的缩写，就像意大利名Joseph的缩写是Joe），我把它和第四诗章一起给你，好帮你凑钱；但你最好把它匿名发表。

拜伦就这样将《贝波》交给了穆雷，这首隽永而欢快的诗，是《恰尔德·哈罗德游记》最后一章的附赠品，这首诗于1818年匿名发表，尽管完全无须匿名。拜伦对传统小心而敬畏，这一点是标志性的，但此时，他已然开始了他职业生涯的伟大冒险：《唐璜》和《审判的幻景》的创作正是基于《贝波》，在这些更为伟大的作品中，拜伦终于找到了独属于自己的美学平衡和个人气质。

《贝波》的故事源于一个有关威尼斯生活的趣闻轶事，是拜伦从他一个威尼斯情妇的丈夫那里听到的，这个故事相当短小，只需几个诗章即可讲完。然而，由于诗人引人入胜的离题技巧，这首诗的最终版本由九十九个诗章组成，甚至还可以继续写下去。拜伦笔下（以及生活中）的威尼斯在他的诗文中铺展开来，他自己也几乎没有隐藏，跃然纸上。

威尼斯和四旬斋前的嘉年华点明了时间和地点：

> 这一盛筵被命名为嘉年华，
> 　意为“向肉体告别”。

在威尼斯人“与肉欲的狂欢告别”，告别“吉他和各种弹拨乐器”以及“其他索取便可获得的东西”之时，拜伦目光中带着温和的反讽穿行其中。正如嘉年华一样，《贝波》是向着自由的一场逃亡。这一次，正如他自己所想，拜伦暂且放下《恰尔德·哈罗德》的世界，朝圣者变成了一个活在当下的人。引子部分结束后，《贝波》便偏移到其他平行的主题上去，开始用愉快的笔调描写威尼斯女人和贡多拉游船，这样的描写一直延续到贝波的妻子，女主角劳拉的出场。贝波为做生意出海东去，却久久未归。漫长的等待中，劳拉也曾哀泣，但最后还是另找了一名公爵做她的保护人。

他是一个老派的情人，
冷却之时愈变得忠贞。

由此，诗中引出了“骑士随从”这一无伤大雅的社会制度，其时，拜伦本人正在意大利为伯爵夫人特蕾莎·古奇奥利担任此职，
93 这位伯爵夫人，正是他在同父异母的姐姐奥古斯塔后的挚爱之人。赞美了气候、景色以及生活方式之后，拜伦表达了对意大利让他最为神往之事物的倾慕，即意大利语和意大利的女性：

我爱这种语言，拉丁语温柔的私生子，
　在我的口中融合如同一位佳人之吻。

这样的诗句与诗人先前描写的英格兰形成了鲜明的对照，在拜伦笔下，英格兰“北风呼啸”，“阴云笼罩”，“女人都冷冰冰的”。在流放的处境中，拜伦将自己贬为一个“沦落的花花公子，刚刚踏上我的旅程”，并将相识六年之后的劳拉和公爵带到一场嘉年华舞会

上，劳拉在这里遇到了一个土耳其人，而他正是归来的贝波。此处，作者再度偏离主题，写起了穆斯林的诸种性爱技巧，隐晦地指涉了拜伦写作的中心主题：失落的纯真。舞会结束，表面上是土耳其人的贝波跟随劳拉和公爵来到他们宫殿的阶前，透露了令人尴尬的真相。三人走进宫殿，喝了咖啡，并接受了贝波归来的事实，让一切回归原状。贝波和公爵成为朋友。拜伦也就此搁笔。

于是，这个故事到此结束；
人们会希望它早点收场，
但故事开了头就容易拉长。

《唐璜》

在《唐璜》手稿第一章的背面，拜伦潦草地写下了一段堪称典范的诗章：

我向上天祈愿，让我生如尘土，
　而非血液，骨骼，骨髓，激情，情感——
因为至少过去的都已经过去——
　对未来而言——(我写下这些胡言，
今日我已烂醉晕乎乎，
　我觉得像是站上了天花板)
我说——未来是一件严重的事——
　所以呢——看在上帝的分上——白葡萄酒加苏打水！

《唐璜》的经验世界在这节诗中得到了体现。这首诗是拜伦成人生活的写照，几乎所有重要的经历都没有遗漏，也正因为此，拜伦

94 至死都没有完成这部作品。《唐璜》的写作口吻不拘一格，在诗歌作品中可谓独树一帜，不过拜伦的个性如此独特，即使在一个张扬个性的时代里，仍然堪称卓著。

《唐璜》的写作始于1818年9月，拜伦对此轻描淡写地写道，这只是“一首在风格和行文上模仿《贝波》而写的诗，是受到《贝波》成功的鼓舞才写的”。然而，随着作品的展开，这首诗的创作抱负超出了预期，它变成了一首关于欧洲人和欧洲社会的讽刺诗，并由此有了史诗的维度。最终，这首诗之于拜伦的意义，正如计划中的《隐居》之于华兹华斯，《弥尔顿》之于布莱克，《解放了的普罗米修斯》之于雪莱，或是《海伯利安》之于济慈。这些作品都试图超越弥尔顿，甚至布莱克和雪莱的诗歌还对其做出了纠正，拜伦也是如此，他也描摹了他想象中的“失乐园”以及这个堕落的经验世界所遭受的苦难。这样的讽刺史诗是史无前例的。拜伦的诗歌偶像是蒲柏，后者将他最微妙的讽刺特色留给了《愚人志》，而在《论人》中不带明显讽刺地阐明了他的自然神学观。如果蒲柏将两部作品用意大利式的混合风格或仿英雄体浪漫传奇的形式合二为一，那么他估计会写出一部像《唐璜》一样的作品。拜伦的主要作品可谓他的《论人》《愚人志》《夺发记》，以及更多更多。有些地方，拜伦在美学天赋上逊色于他奥古斯都风格的老师，但他用他的世俗知识弥补了这一点，并辅以他既不信任又无法根除的浪漫主义想象力，他的作品由此获得了一种复杂性。拜伦期望模仿蒲柏，而他的史诗还是游走在华兹华斯、雪莱等人的诗学世界里，《恰尔德·哈罗德游记》正是如此。

然而，他自己的期望是与此相左的。《恰尔德·哈罗德游记》最敏锐的批评家乔治·赖德诺尔强调，拜伦选择用“一种奥古斯都式的、繁复的传统讽刺形式来进入他最长，也是最具野心的作品”。这首十七个诗节的“献词”攻击了骚塞、华兹华斯以及柯勒律治，暗示拜伦是一个十分不同的诗人，也是一个十分不同的人，正如赖德诺尔所说，“至少”，他的错是源于“激情和轻率，而非源于算计、贪欲、自负，或一种看似暴虐的无能”。借助《唐璜》的叙事者，拜伦戴上了讽刺的面具，塑造了自己戏剧化的人格。骚塞、华兹华斯以及柯勒律治都是叛徒，都曾是革命的信徒，后来变成保守党。骚塞无疑是“史诗的叛徒”，（作为桂冠诗人）他比他的朋友们更加腐化，并冒渎了史诗的形式，因其如此频繁而又拙劣地尝试写作史诗。作为桂冠诗人，骚塞足以“代表所有诗人，无论他们来自什么种族”，同时，他可疑的道德立场也因此象征了在拜伦看来诗歌已沦落到何种地步：

最近，请看柯勒律治也展翅而飞
　可惜像蒙眼的鹰，为头巾所蔽 95
他尽那一套玄学来向国人解释——
　我希望他把“解释”再加以解释。①

柯勒律治的飞翔是真诚却也盲目的。骚塞诗意的飞升如同“甲板上喘息的飞鱼”，“在撞击翻滚中”结束。至于华兹华斯，他“漫长的《远足》”则提供了“一个全新的体系”，“足以困扰圣贤”。不同于他们，拜伦没有走进那样高蹈的误区，也不会坠跌得太低：

至于我，我是和地上的缪斯同行。
　无法和你们飞翔的神驹相比！

① 本篇中的《唐璜》一诗译文除手稿中的一段外，均采用穆旦（查良铮）译本，《唐璜》，人民文学出版社2008年版。

我但愿命运之神能赐给你们
你们所嫉妒的名声，所缺的技艺。

他无意于崇高，也因此无须陷入陈腐的矫情。他讨论的范围上起骚塞，下至那位保守党的首脑，“智识上的太监，卡斯尔雷”，一个拿破仑之后的保守时代里的社会栋梁、骚塞那雇佣诗歌的主公：

欧洲依旧有奴隶、国王、军队、同盟——
而骚塞却在世把他们拙劣地歌颂。

带着嘲弄的“献词”结束后，史诗篇章在主人公的登场中展开：

说来新鲜，我苦于没有英雄人物，
　尽管当今之世，英雄是迭出不穷，
年年有，月月有，报上连篇累牍，
　而后又发现，他真算不得英雄；
因此，对这些我就不愿再加吹捧，
　而想把我们的老友唐璜来传颂——
我们都看过他的戏，他够短寿，
　似乎未及天年就被小鬼给带走。

最后一句可能是在指涉莫扎特的《唐璜》。拜伦的唐璜只是在命名上与那个传奇故事或莫扎特的主人公相似。在这首诗的反讽中深深根植着主人公不同寻常的消极被动与纯洁天真。拜伦强调，这是与当时的实际相符的，因为它所有的主人公都是好战的刽子手。而彬彬有礼的唐璜，在逃亡中被算计、被穷追不舍，他的故事衬托出了一个好勇斗狠的社会。

《唐璜》情节复杂漫长，难以概括，作品的离题技巧也使情节的概括非常困难。在这首诗中，各种主题内部勾连，由循环式而非 96
清晰明确的叙事结构组织起来。正如诺思洛普·弗莱注意到的，“刻意偏离主题是讽刺文学常见的叙述模式，精心设计的突降法(bathos)或悬念突沉的艺术也是”。《唐璜》戏拟了史诗的体裁，甚至戏拟了它自己偏离主题的技巧。如赖德诺尔指出的，这部作品的结构立足于两个主题上的隐喻：人在艺术、自然和激情上的堕落；以及叙事者在修辞运用和人物塑造上体现出来的风格。唐璜的经历像是人类堕落的循环重复，而拜伦作为诗人和人的风格也经历了同样的模式，从斗志昂扬到消沉低落。

第一诗章写了唐璜童贞的失落，这是他最初的堕落。这一章的语调委婉，对这种堕落的必然性无可奈何。同时，对年轻的爱情的描述，以及对唐娜·茱莉亚之美的描写给这些带来了积极的色彩。然而茱莉亚不轨的风流韵事使她发生了令人不快的变化，她给唐璜的分手信中体现出可疑而暧昧的精明，和她之前表现出的行为不太相似。拜伦对他的离题技巧嘲弄地写道：

我的布局规定有严格的章法，
　若竟胡乱穿插，岂不坏了规矩？

他用传统的道德模式谴责了茱莉亚，认为十六岁的唐璜被诱惑，所犯的只是一点点技术小错。《恰尔德·哈罗德游记》中那种自我挫败的普罗米修斯主义，在《唐璜》这里又一次出现，其重点却与之相反。“在我们这个变化莫测的世界里，完美是索然无味的”，这条索然无味之路，拜伦一刻都不准备走下去，只是，激情的代价及其随之而来的不完美，可能是对他的惩罚。于是拜伦写下了“热烈的初恋”：

——它独异其趣，
好像亚当回忆中的那次堕落：
果子已经摘了，知识已经开启——
生活再也提供不了任何欢乐
可以和那一甜蜜的罪过相比，
无怪在故事中，它总是被比作
普罗米修斯偷给人间的天火。

这是一段充满想象但也充满不幸的旅程，人类的恶行和普罗米
97 修斯式的偷盗在这里不再是崇高的反抗（那是意志自主的），而仅仅
是自然赋予的性欲本身。拜伦对性爱的矛盾处理极为浅陋，甚至显得有些恼人。他对你说，“欢愉是罪恶的，有时罪恶又是欢愉的”，这样的话毫无启发意义。

拜伦在写到普罗米修斯主义在人类创造力中起了可疑的作用时，则写得好多了：

这人专打断骨头，那人专给接合，
有人安装新鼻子，有人造断头台。

在一个充满了创新和发明的时代里，“毁灭肉体，以及拯救灵魂”的发明，都顶着梦想和好意的名义，讽刺家则在人类的抱负里发现了真正的矛盾。拜伦将所有的抱负都简单地贬为罪恶，这一点是让我们反感的。所幸他每次扮演“由理生”时间不长。第一诗章

中最为动人的部分是最后对人物的聚焦。拜伦先是大肆嘲弄了柯勒律治和华兹华斯，随后，他写下了最贴近他自己深层执念的两节诗，却只不过类似于《不朽颂》和《沮丧颂》的较弱翻版：

哎，完了，完了——我心中不再蒙上
　那清新的朝气，像早晨的露珠，
它能使我们从一切可爱的景象
　酝酿出种种新鲜而优美的情愫，
像是蜜蜂酿出蜜，珍藏在心房，
　但你可认为那甘蜜由景物丰富？
不，它原不是外来的，而是凭你
有没有给花儿倍增妩媚的能力。

这是《沮丧颂》的朴素版本。我们收获的东西是我们自己所给予的。拜伦鄙视柯勒律治和华兹华斯的“形而上学”和“体系”，而这实际上也是对诗歌中深度思想的一种相当傻气的鄙视，这体现在他的诗中，就是一种动人却孱弱的浪漫主义乡愁，怀念对外部自然和人类本性的天真的想象：

唉，完了，完了——我的心田，
　你不再是我的世界，我的宇宙！
过去的气概万千，而今搁置一边，
　你不再是我的祸福的根由！
那幻觉已永远消失，你已无感。 98
　但这也不坏，因为在你冷却后，
我却获得了许多真知灼见，

> 虽然天知道它来得多么心酸。

最后两行诗救了这一章，它们相当于华兹华斯所言成熟想法之“冷静色彩”，然而带着反讽。但是先前的内容则较弱，它们让人想起《皮尔城堡》，但又远不及它。这不是说拜伦在写作这两章时想的是柯勒律治或华兹华斯，而是说，他如果多想起他们一些或许可以写得更好，也可以避免无意间不适合地体现出了他们主要的诗歌思想，给人陈腐之感。

第二诗章中，唐璜踏上了他的旅程，在海上晕船，遭遇海难，也遭遇了他的第二个，也是最为重要的爱人。海难给拜伦带来了一个可怕的机会，让他在无助的处境中表现堕落的人性，海难幸存者都变成了食人者，被描写得相当丑恶。审判的洪水到来，唯有唐璜幸存，因为只有他没有吃人肉。他到达岸边，如同一位新的亚当，在海浪中受洗，并遇见了他的新夏娃，海黛，她是一个不在场的海盗的女儿。作者将她的个性塑造得天真善良，然而对拜伦来说，没有人是天真无邪的。对海黛来说，虽然和唐璜一起“体验自然”是“生命的延展”，但与此相伴的是人性堕落所带来的重负。在这段关系中，拜伦自己就敏锐地感受到了人类正义的缺失。初恋作为一种“自然的神谕”，正是“夏娃堕落后留给她的女儿们的”唯一东西。但是这些时刻将会在“无尽的地狱之火”中得到偿还：

> 哦，爱情，你真是万恶之神，因为
> 毕竟我们不便把你称为魔鬼。

第三诗章主要是对理想之爱的赞颂，但是其中第一节就将唐璜描写为：

被一颗幸福而年轻的心所爱，
那颗心还不知道枕着她的是
安恬的敌人，也不知道毒菌袭来
要把她纯洁的岁月之流弄污秽，
连她最纯洁的血也变为苦泪！

这似乎也是海黛的一桩幸事，她由此变成了“自然之妻”。然而拜伦继续写道，他们是快乐的，他们“非法沉溺于天真情欲带来
的快乐”。通过这样的描写，作者一手给予，一手剥夺。在第四诗章 99
中，一切都结束了，唐璜受伤，被卖为奴隶，海黛的爱恋之心如坠深渊，心碎而死。拜伦给我们写下了他最具有道德困惑感的诗章。海黛刚刚死去，还怀着她尚未出生的孩子：

她逝去了，但不仅她，她还怀着
一个未见天日的生命的雏形，
它或可成为一个貌美而无罪的
罪孽儿，却早早结束小小的生命，
未诞生便进了坟墓，寒霜摧折
使鲜艳的花和叶都一起凋零，
呵，这爱情的碎裂之花和残果
即使天降下仙露也无法复活！

这是一幅悲切而感伤的新加尔文主义画面，直到最后一联诗指出上天恩典面对人间情事的无力。第四诗章的开头，拜伦调整了他的笔调，使之贴合他史诗中最悲哀的部分。如果要描写堕落，那么诗文同样应该是沉降的：

写诗之难，大概最难于开宗明义，
　此外，结尾也考验你有没有诗才，
因为你往往要胜利飞到终点时，
　彼加沙折了一翅，你跟着跌下来，
好像路西法犯了罪被天庭抛弃；
　我们的罪过不谋而合，也很难改；
那就是虚荣，它使人太好高骛远，
直到精疲力竭，我们才知收敛。

《唐璜》中或别处几乎再没有像这一段，在冷静的编排中展现出如此高超的诗艺。努力尝试高级风格的诗人仿佛也感受到了路西法的命运。智慧堕落之前是骄傲，突降则带我们回到现实。从《恰尔德·哈罗德游记》到《唐璜》，作者体现出了良好的自我认知：

　我的心灵之翼已经垂落，不再飞扬，
只有可悲的真理在我桌前缭绕，
把一度浪漫的事物都变为讥嘲。

100 自我认知使得拜伦比往常更加平和地写出成熟的认识：

如果说，我嘲笑了什么人或事，
　那是为了免得我哭，如果我哭，
那是因为我们的天性经不起
　不断的失望，而有违心愿的事物
却总是层出不穷，除非你心已
　沉在忘川的渊底，不再问世务。

忒提斯使儿子在恨河中受洗礼，
凡间的母亲都应会将忘川选取。

这样的描写显出崇高和克制，也体现出普遍存在于诗歌世界中，亦即我们现实世界中本质性的绝望。海黛死后，拜伦的柔情便从诗歌中消失了，取而代之的是更为暴烈的反讽和鲁莽无畏的快乐，这些情绪可以转换成一种有所克制的歇斯底里。越发明显的是，拜伦的世界既非基督教的，也非浪漫主义的，18世纪的宇宙观也非他所拥抱的对象。无论是来自上帝的恩典，还是二级想象那被错置的优雅，都无法在这一宇宙中自由驰骋，合理性的标准仅仅是一种有待研究的乡愁。拜伦心中挥之不去的幽灵，是无意义感和荒诞感。他是一个不自愿的感性预言家。布莱克和雪莱天启般的欲望、柯勒律治和华兹华斯的自然圣事主义、济慈的人道自然主义，这些方面都在拜伦的作品中并行不悖，但是他的核心却和其他所有的浪漫主义诗人不同。他缺乏他们的信心，正如他也缺乏其他人的个体诗学中体现出来的说服力。拜伦过于传统，称不上他们中的一员，他又过于不安分，雄心勃勃，而不拘于传统，对个人神话没有耐心。或许只因他充分表达自我的神话，他创作出这样的诗歌，它们不执着于自然、艺术、社会，或是他极为擅长的想象。《唐璜》中不能不涉及华兹华斯，而又无勇气提到雪莱，拜伦的这位伙伴，陪伴他完成了这首诗的大部分创作。直到雪莱死后，拜伦不知该如何将其作为一个人和作为一个诗人来写，雪莱的这两面对拜伦影响之深超出了他所承认的范围。拜伦似乎倾向于在雪莱死后忘记他，然而雪莱带来的困惑继续存在于《唐璜》的一个章节中：

而这也够了，爱情本来就是虚荣，

它始于自私，又以自私为目的；
当然也有一种爱情只是发疯；
那难以遏制的心必须把自己
101 **和脆弱而愚蠢的美结合相融，**
否则热情自身就无法活下去，
从而有些歪门邪道的哲人
便倡言爱情是宇宙的源本。

强调字体是我加的，这些地方很可能在影射雪莱。诗节的前两行表达了拜伦对恋爱有一个成熟的判断，即一种源于自私终于自私的虚荣，除了偶尔出现的一些疯狂的人物，他们逼疯自己和他人，一味追求，仿佛这个世界可以容纳下他们暴烈欲望之对象。在这里，一如当拜伦不断离题写到华兹华斯的《远足》之时，笔调出现了不安。华兹华斯在《远足》中的伟大才能刚好既影响着拜伦，又让他感到厌恶，华兹华斯强调不应过于厌恶人群、坚持独处，这一点也许直接触怒了拜伦。虽然我们无法知道是否真是如此，但可以这样揣测。《唐璜》中，有很多时候拜伦渴望建造他自己的自然神坛，他还被狂热而绝望的爱情宗教所吸引。他对华兹华斯的拒绝和对雪莱的逃避，都深深地、神秘地根植于《唐璜》关涉现实的潜台词中。

海黛的爱情死亡后，拜伦让唐璜来到了两个由女暴君统治的世界，古尔佩霞的土耳其以及历史上卡捷琳娜大帝时期的俄罗斯。在这些彪悍的女人之间，诗歌以土耳其和俄罗斯之间的一场战争推进。卡捷琳娜的宫廷之后，《唐璜》开启了最后最有趣的，却也是未完成的章节，即拜伦遭到流放之前的英国社会一览。狂野的爱情，没有信仰的战争，另一段狂野的爱情，以及对最贴近拜伦内心之风物的社会讽刺，连成了充满影射意味的诗章。主妇的诱惑，沉船的灾难变成了描写自然的田园诗和一段理想的爱情，受伤和被卖为奴——唐璜在被动中经历了这一系列冒险，却没有受到它们的影响而成长，随着他的经历不断增多，他没有获得更多的智慧，倒是倔强地保持着西班牙贵族式的骄傲和冷漠。土耳其式的激情和战争的恐怖似乎并没有直接影响到他，而卡捷琳娜最后的拥抱却将他原先的超然变成了一种冷淡的厌恶。可能正如恰尔德·哈罗德和拜伦，唐璜终于“受够了餍足”。他去往英格兰的外交之旅是追求新热情的旅程，这场旅程追求的目标，阿德玲小姐，成为拜伦想象中的最后一名危险女性。至此，我的评论已然超前，现在让我们先回头讨论奴役中的唐璜。

这一段中，令人印象深刻的元素是诗歌的离题。唐璜不得已在
两个女人间停下他的脚步，拜伦却得以稍作停歇，有时间思考世俗 102
虚荣（包括诗歌）的短暂性。他回到了《恰尔德·哈罗德》的情绪中，只有他自己的史诗才能拯救他：

> 但歌者总会存在，诗名虽然如
> 　一阵轻烟，它的芬芳却刺激思想，
> 那最初发为歌唱的不安的情绪
> 　还是要求表现出来，和过去一样，
> 有如海波最终冲到岸沿才碎去，
> 　热情也把它的波浪尽泄在纸上
> 而成为诗歌。本来诗歌就是情感，
> 至少是，在诗成为风尚以前。

在这里，诗歌仅仅是自我的表达和净化。它至多能帮助诗人（和读者）保持清醒。在《唐璜》的其他地方，拜伦对诗歌的评价既

更高又更低，如他将诗视作逃避人类堕落之后果的一种危险方法时，在他看来，这种逃避最终必须在对幻觉的意识中得到化解。诗歌的短暂和人类生命的短暂是密切相关的，但同时，它又是对这种限制的超越。在引领唐璜来到土耳其闺房前，拜伦表现出了对死亡之谜的困惑，依凭的是“一个现实，而非诗意的寓言”。他的一名本地军事将领朋友由于“一些确凿无疑的恶行”而被当街处死。当拜伦注视着此人的尸体时，他无法相信这就是死亡：

　那样凝视着他，想尽我之可能
取得死者的音讯，好借此推翻
或肯定，或重新树立一个信念。
但这一切都是谜。我们活这一遭，
　以后死了——哪儿去了？五颗铅丸，
或三颗，两颗，一颗，送得人多迢遥！
　难道这一腔热血只能往土里溅？
难道每种元素都伤害我们的体质？
　水火，空气，泥土永生，而我们完蛋？
呵，我们——这生为万物之灵的人！
算了吧，让我们还是回到正文。

这段诗中有效的表达是它关于人的态度，但拜伦内心的起伏削弱了这种表达。很少有大诗人能把死亡写得如此糟糕。拜伦的
103 缪斯是生动活跃的，无法把握他内心更重大的忧惧。广博的头脑存在于一种易受一切事物影响的外形中，这种矛盾是拜伦的二元论的根本原因，也即他本人对于“机器中的幽灵”的悲观理解。肉体的腐朽是无可避免的，这一点无时无刻不困扰着拜伦，这种执念

注定了他对热烈爱情的蔑视，他否认它的价值。茱莉亚是自甘堕落的；海黛是所有罪人中最自然最天真的，她的父亲对她过于苛责，他自己是一个刽子手，却在家庭道德方面极为传统。古尔佩霞在女性堕落的路上走得更远，她的容貌可谓体现出了“魔鬼拥有的一切美好”（当他扮演小天使的时候）。她拥有的激情给她带来了巨大的魅力，她的爱却表现为强势专横的控制和奴役，她的拥抱如同锁链，系在爱人的脖颈上。她的爱是战争的变体，预示着当卡捷琳娜统治下打着基督教旗号的帝国俄罗斯围攻、洗劫土耳其小镇伊斯梅尔时，拜伦对此的肆意嘲讽；而卡捷琳娜则是唐璜的下一个情妇，也是情感最为炽烈的一个。斯宾塞曾在《仙后》中歌咏了“狂暴的战争和忠贞不渝的爱情”，拜伦以模仿他引出了第七诗章。对拜伦来说，把如此纯真的话题放在这样一天探讨已然太晚，尤其是在“事实如此相似”之时。于是，他的主题变成了“狂暴的爱情和背信弃义的战争”①。

上帝说：“要有光！”于是有了光；
　人说：“要流血！”于是血海汹涌。
呵，这横行于黑夜的混世魔王
　（因为白昼就显示不出他的本领）
他一句话在一刻内所造重创，
　三十个明媚的夏季也难扫清，
纵使那夏季能滋长乐园之果；
因战争是连根带叶都给砍落。

① 此句出自16世纪诗人斯宾塞所作《仙后》，原诗是：“狂暴的战争和忠贞不渝的爱情将是我的歌的主旨。”

人的堕落在战争中完成了，夺去我们在伊甸园赖以生存的根基，自然再生的力量也由此消失殆尽。这并未阻止拜伦在记录暴虐和掠夺的过程中仍然找到巨大的变态快感。但作为一个普罗米修斯式的诗人，他的每个诗节都增强了渴望也加深了悔恨，使得诗中这看似矛盾的地方找到了内在的合理性。

唐璜随意杀戮，但并未实施强暴，随后，在卡捷琳娜大帝的宫廷里，他是作为英雄登场的。在这个场景中，他并非坠入爱河，而是坠入了“那一同样专横的激情”，即对自我的迷恋。在卡捷琳娜的恭维之下，唐璜“有些沉迷”了，这几乎把他变成了一个皇室宠儿。这
104 可谓是德行的进一步堕落，它激发拜伦再度思考他最爱的主题：

人类因苹果堕落，又因苹果崛起，
　若真如此；因为我们必须想到，
牛顿爵士发明的那种方式，
　在无路的星际找出了一条大道，
是一件能抵消人类苦难之事：
　此后不朽的人类已光荣制造
各种机械，并且过不了多久，
蒸汽机就将把他们送上月球。

理性的胜利也被视作普罗米修斯式的，有着罪恶和荣耀的双重性，由于牛顿观察到了苹果的坠落，便引出了一个悖论，即人之初因苹果而堕落是一种幸运。人类智慧的光辉“抵消人类苦难”，并在不久的将来会把我们带上月球。拜伦很快又说明，这抵消作用是“一种荣耀的光辉”，仅仅归因于他内心的突然雀跃。喜悦感不断渗入作品，却并未改变关于这个“荒芜、冰冷的世界”的基本想象。这

个世界环绕着我们，让我们感到“寒冷，束缚在冰冷的土地上”，就像我们的英雄普罗米修斯被缚在冰冷的岩石上。但我们抬头看到代表爱与荣耀的流星，它们迷人的光芒转瞬即逝，将我们依旧留在“严寒之路”上。诗人告诉我们，《唐璜》不仅是“一首变化多端的韵诗”，更是“一道充满韵律的北极光”，在我们的头顶闪过。

唐璜经历了太多的爱与荣耀的闪光，他逐渐开始坠入堕落的世界，正如作者哀悼但丁的“幽暗密林”——人生的中点临近。在“皇室巨大的怀抱”中，唐璜为美哀叹，也对旅行感到厌倦。此刻已如母亲般的卡捷琳娜将她颓废的爱人派往英格兰，去完成他最后的追寻之旅。拜伦在精神上回到了自己青春得意的优雅年代——回到了摄政时期的英国伦敦。

《唐璜》最后未完成的篇章是全诗中乡愁情绪最为明显的，也最洗练。曾经是“韵诗世界的拿破仑大帝”的拜伦，在诗歌的想象中回到了他失落的帝国——这个曾将他送上流放和朝圣之旅的巴比伦。“然而我至少会像我的英雄一样倒下”，拜伦呐喊道，完成了他终其一生都在进行的与同时代另一巨人的比较。在拜伦心中，《唐璜》就是他的莫斯科，他在最后一章中寻找他的滑铁卢。而唐璜则在卡捷琳娜身上遇到了他的莫斯科，那么显然，在最后篇章那位冷酷的女主角阿德玲小姐身上，唐璜会遭遇他的滑铁卢，她是“唐璜所遇见过最美也是最致命的”女性。

这篇英语诗章是为永远失落的18世纪所写的祷文，这是拜伦
永恒的哀痛。诗人坚持认为理性与爱的时代结束了，取而代之的是 105
金钱的时代。诗歌见证了错置于战争中的情爱，而如今战争和情爱都和金钱挂钩。金钱和冷漠带着伪善的面具统治着英格兰，就像当初流放拜伦和如今唾弃他的史诗的伪善道德一样。还有其他更深的伤害需要报仇雪恨。诗人生命中的希腊及意大利女性给出了她

们全部的热情和灵魂，拜伦也倾尽所有回报了她们。但是他身后的英格兰，就像一片情爱的战场，他早已征服，却一无所获。最终他在这片战场上打败了自己，只得逃往远方。英格兰给他留下的只有乱伦、分离、互相背叛。在诗歌的余晖中，他回到故土，想着英格兰的女性，她们是“在七月结束，在八月重生”的“英格兰之冬”的造物。正如拜伦所说，阿德玲冰雪般的表面下有俗话说的“其他东西”，但是他拒绝再在乏味的隐喻中探索下去了。他抛出另一个形象：一瓶“冻成葡萄味冰”的香槟。

然而在那中心，珍奇无价，
　会有大约一杯液体留存，
香气浓烈，超过最浓郁的葡萄
在其膨胀形式中散发的味道。

肃穆和礼节在决定性的断语中相互交融，并使得这位女性形象的内在精神成为典范：

　因此，即使那最冷的面容，底下
也可能藏有精而又精的仙品。

阿德玲在这首未完成的诗中主要体现出冷酷的潜质；拜伦停笔去准备他最后一场真正的英雄朝圣，即为希腊人去战斗，因此阿德玲的灾祸在此处还体现得不太明显。她是拜伦笔下“以弗所的月亮女神”，然而，还不如“欢闹的夫人，费兹甫尔克公爵夫人”，更有血有肉，有活力。在这些英国诗歌中，没有什么人物，只有一种弥漫着秋日气息的氛围，有教养而又极度无聊的贵族占据主导地位，而拜伦对贵族的教养和无聊有着不止半怀的同情。

《唐璜》以讽刺史诗开篇，以怀念过往之事终结，拜伦向自己的家乡投去最后一瞥，诗人最终采取的是略带疲惫但充满爱意的反讽语调。在讨论《唐璜》的文章里，不应该用“反讽”为最后定论的词语，更合适的应该是拜伦最为喜爱的一个术语，“流动”(mobility)。奥利弗·埃尔顿把流动性和自我意识视为拜伦最重
要的两个特征，前者在《唐璜》中得到了集中体现。阿德玲在社交 106
表现中看起来无比娴熟，这让唐璜开始怀疑她到底有多少是真，有多少是假：

她把每种角色都表演得如此
　成功——挨个应付，花样繁多，
人们常常认为这是虚情假意，
　当然错了，其实这正是所谓“灵活”；
它是造作不出的，而必须发自
　人的性情。它表面上虚伪，不错；
但它很真诚，因为凡受至近事
强烈影响之人，当然最真挚。

我们指责拜伦善于表演、逢场作戏，怀疑他的真假，而这段话则是拜伦对自己的捍卫。在流动之下存在着一道深渊，然而阿德玲和拜伦同样机敏灵巧，这使得他们都不会失足坠落于深渊之中。他们的灵巧不只是修辞上的。《唐璜》的世界和拜伦的世界都要求流动；实际上，想要满足这种要求也别无他法。在一则笔记里，拜伦对流动作了定义其表述一种奇特的品质，太过复杂而不易承认它所暗示的悲剧意义：“它可以定义为一种由即时印象所带来的过度的

敏感情绪——它出现时，过往不会**消失**：它是一种最痛苦、最不愉快的特性，尽管有时也是有用的。”

这是拜伦对于浪漫主义术语“想象力”的社会化定义，因为流动同样也体现在“互相抵牾的特征的平衡以及调和之中：如相似与不同；个体与代表；新鲜与老旧”。那些伟大的浪漫主义对立物——情感与秩序、判断与热情、镇定自若与热切情感——都在流动的特性中找到了它们的社会平衡。鉴于此，拜伦在《唐璜》中的成就暗示了对浪漫主义理想予以实用的社会实践，他通过一种理性的形式达到了这一目标，而其他浪漫主义者都没有致力于此。

没有其他任何一个浪漫主义者试图体验过拜伦式的世界，除了雪莱，而雪莱最终的绝望也更加彻底。对我来说，《唐璜》不是一首像《弥尔顿》、《耶路撒冷》、《序曲》、《解放了的普罗米修斯》以及两首《海伯利安》那样杰出的诗。当然，它是一首和它们都不一样的诗，也不能用它们的标准来衡量。雪莱说，《唐璜》的“每一个词都孕育了不朽”，同时，“英语世界里从没有过它的同类，如果
107 让我斗胆预言，若不是借着这首诗的光环，未来也不会有”。拜伦对于上天的启示绝望，也不满于既有的人与自然。因此，他设法在写作中面对这种生活，运用意识、幽默，以及创造的抱负，虽然它必然从开始就是有缺陷的。流动是一种奇特而复杂的理念，它致力于以经验中由忧惧带来的反讽来应对经验自身。正如拜伦最好的批评家所说的，《唐璜》把“我们已然拥有太多的（当然，是以一种大大低级化了的形式）复杂性”摆在我们面前。然而，除此之外我们拥有得那么少，所以一种更为高级的复杂性只会使我们得以改善自己。不论《唐璜》的作用究竟是什么，其丰富多彩已然使它有布莱克式的优美，尽管布莱克自己恐怕不会对拜伦苦心经营的离题平衡有太多兴趣。

拜伦式的气质

《审判的幻景》

拜伦的滑稽模仿之作《审判的幻景》包含了《唐璜》以外最好的作品。正如拜伦所说，它与《贝波》和《唐璜》一样是“浦尔契的风格”，不过，与拜伦那意大利式仿英雄史诗血统的其他作品比，它高度的幽默显现出更为稳固的平衡。骚塞，这位过时的桂冠诗人，在这首诗里又一次成了替罪羊，正如他在《唐璜》的“献词”里的角色一样。假如读者略过那篇怒气冲冲的散文序言，就会感到这一次拜伦对待他的牺牲品的态度要比过去仁慈得多，也有效得多。

乔治三世死于1820年，可怜的骚塞作为桂冠诗人，为他的这位君主献上了赞美诗《审判的幻景》(1821)，那首诗在骚塞的作品里属于不好不坏。不幸的是，这位桂冠诗人为那首赞美诗写了一篇序文，在这篇序文里他极力斥责淫荡文学，并攻击创作它们的“恶魔学派”(拜伦和雪莱)，他写道:“他们淫荡的诗文吐出彼列[①]的恶灵，在他们很乐意呈现的一幕幕令人作呕的暴行和恐怖里有火神摩洛克之灵，但他们尤其表现出一种撒旦式骄傲而缺乏敬畏的渎神行为，而它还是暴露了一种与之相伴的扭曲的绝望感。”

拜伦可不会轻易放过这些攻击。他的《审判的幻景》从骚塞的同名作品里取得了机会，并且永久地将这位桂冠诗人变成了笨蛋一枚。不过，这首诗里还有更加大胆的层面。我们已经看到《唐璜》具备弥尔顿诗歌的风格，而我们在《幻景》里看到拜伦进了一步，在素材的层面更加接近了《失乐园》(虽然不是在精神和语调的层

① 弥尔顿在《失乐园》中描写的堕落天使之一。

面）。弥尔顿拟人化的天堂虽然崇高，但也时常显得乏味，因之等级重重而显得更像是一所地上的朝廷。拜伦笔下所戏仿的天堂则显
108 得极为滑稽。圣彼得坐在天堂门口打瞌睡，因为没几个人造访。天使们唱得走了调，唱得嗓子都哑掉了，没有其他事可做。在下边的世界，乔治三世驾崩，这事儿一点没打扰到哈欠连天的圣彼得，他根本没注意到这些事。而这位老迈昏庸的瞎眼国王已经来到了天使的篷帐外，和他一起来的还有一个了不起的生物，“恶魔学派”的赞助者：

跟随着这光辉灿烂的一群，
　一个面貌不同的灵魂晃动摇扇
他的翅膀，像海岸上的雷雨云，
　荒芜的海滩上散落着残骸段段；
他的额头如暴风雨中浊浪翻滚；
　狂暴和深不可测的想法刻上眉间，
那永不朽坏的脸上永远怒容满面，
他凝视之处，一个忧愁弥漫的空间。

那些“狂暴和深不可测的想法”让我们想起曼弗雷德，但在这里的其实是路西法，他前来宣告乔治已经属于他了。天堂之门打开，大天使米迦勒走上前来与他的这位过去的朋友、未来的仇敌相见。有一种“高度的不朽，骄傲的悔恨”在两位不朽生命的眼睛里，仿佛命运而非意志主宰了他们的仇恨：

而在那光明者与那黑暗者之间
他们互相交换了礼貌的一眼。

米迦勒是一位绅士，而那位黑暗的王子却有着“一个老年西班牙穷贵族”的超级傲慢。在这首宁静的诺斯替主义的诗歌里，他并不对拥有我们的大地感到特别骄傲，但他的的确确拥有着大地。不过，符合一个傲慢的老贵族的派头，他认为没有几个地上的人值得被诅咒，除了他们的国王。他将国王们仅仅当作一种免役税来收取，从而宣告他作为王上的权利。事实上，他的的确确分享了拜伦关于堕落的理论，人类永远在一遍又一遍地堕落：

他们已变得如此罪恶昭彰，
以至于地狱里都没什么可做，
除了把他们留给他们自己：那么多疯狂
和邪恶出于他们内心的诅咒毒苗，
天堂不能把他们变好，我也不能使他们更糟。

路西法对乔治的指控以及对证人的传唤很快得到了回答。在
天堂的场景里闯来了骚塞，于是整首诗开始变得生机勃勃了。魔鬼
阿斯摩太跌跌撞撞地跑进来，桂冠诗人重重地背在他身上，可怜的 109
家伙哀叹不已，因为他扭伤了左边的翅膀。而骚塞正在写作他的
《审判的幻景》，这才敢于预言对乔治的最后的判定。这位桂冠诗人
很高兴找到了听众，他开始背诵他的诗，结果把在场的每个人都惊
呆了，甚至那位垂死的国王也从昏迷中被唤醒，惊恐之间，还以为是
他属下的那位前任桂冠诗人，讨人嫌的派伊[①]又来折磨他了。在一
阵骚乱过后，圣彼得

举起了他的钥匙，

① 亨利·詹姆斯·派伊 (1790—1813)，英国诗人，在骚塞之前获得桂冠诗人称号。

在第五行把诗人打下天空，
后者感觉有如法厄同。

法厄同尝试驾驶太阳马车穿越天空，但他无法驾驭那些马匹，它们脱缰而去，使得法厄同坠地而死。骚塞试图驾驶阿波罗王（诗歌之神）的马车，也以一个陈腐可笑的姿势坠入了意义的深渊。在《唐璜》中有同样的骚塞之坠落场景，但那里表现得更直接：

他先是沉到了底——就像他的作品，
但是很快又浮上来——就像他本人。

在困惑中，乔治一脚滑入了天堂，在拜伦结束《幻景》处，这位已故的君主正在练习第100首赞美诗，那是十分应景的诗句，要上帝的子民“当称谢进入他的门”。《审判的幻景》的整体气氛十分令人振奋。拜伦如此满意于自己创造的寓言，这一点也惠及骚塞，骚塞没有像法厄同那样沉沦，而是潜伏在他的巢穴里继续进行创作。乔治进了天堂，那位尊严高尚的路西法回了他的地狱。至少在这样一首作品里，拜伦像一个整全的人那样写作，他内在的冲突这回被控制住了。假如大地是属于恶魔的，恶魔却并不感兴趣，他的诅咒像是一种彬彬有礼的玩笑。尽管拜伦的普罗米修斯主义是那么独特的一种，《审判的幻景》清楚地说明，我们若把他称为真正的加尔文主义者也是不对的。

因为我不是一个
认为遭受天谴反倒更好的人：
我也不知道是否唯独我一个

　有小小希望想改善未来厄运，
通过一些细微的约束，去局限
炽热地狱那永久的管辖权。

如果说这首诗中有嘲讽，又并不怎么好笑的话，那是在拜伦有意的“亵渎”之中：

　　　　　我知道一个人可能遭天谴，
因为他希望别人没有这下场；
　我知道教理问答；我知道我们被塞满
最好的教条，直到溢出流淌；
　我知道英格兰外的教会都是伪善，
还知道其他二乘二百个教堂以及
犹太会堂，买了遭天谴的坏东西。

对拜伦来说，不管他自身的道统如何幽暗深邃地流淌，宗教的行话并不比社会的或政治的行话更容易接受。《审判的幻景》也许只是《失乐园》在几个方面的一种出色的戏仿，但比起拜伦所提供的天堂来，我们很少有人会更乐意选择弥尔顿的那一个来居住。

《波河诗行》

拜伦的抒情诗标识着其诗学发展的若干节点，尽管总体来看只有其中一小部分充分表达了拜伦复杂的情感。拜伦最好的抒情诗写于1819年的《波河诗行》；一首无创作年份的《女士颂》，它将诗人负面的普罗米修斯主义用到对失却了的人类激情这一主题上；还有拜伦在梅索朗吉被笼罩在死亡的阴影下所作的几首绝笔诗。

拜伦的自我意识依然从篇幅短小的抒情诗中迸发出来，熠熠生辉，梦想破灭后的痛苦以及坚忍的尊严、毫无功利心的英雄气概、对爱情及其人性局限感到绝望但仍然渴求之，如此种种都在拜伦的抒情诗中延续着。

由于处境悲惨，绝笔诗透露着哀伤，但《波河诗行》是拜伦最优秀的短诗之一，完全展现了他成熟时期的精神和态度。

1819年4月，拜伦三十一岁时爱上了十九岁的特蕾莎·古奇奥利，而她已经与一名五十八岁的伯爵成婚一年多了。在《唐璜》中，拜伦就已哀叹他的心已冷却，如今他已年过三十，但事实证明他不擅长预言此事。与特蕾莎短暂的分别时，拜伦创作了《波河诗行》的第一稿。这首美妙的抒情诗措辞有力强健，显然受到过意大利文学的影响，很可能直接受益于但丁的《诗句集》：

滚滚流过古城的波河水，
111 你知道我心上人住在城里，
她走过河滨，或许会引起
对我淡薄而短暂的回忆；

但愿你的洪流是面镜子，
她可看出我的百般相思，
看出我对你吐露的情丝
像汹涌的波涛奔腾不止！①

拜伦描绘的意象运动不可谓不宏伟，在节奏上却有奇怪且刻意

① 此篇中的《波河诗行》译文部分参考了许渊冲译本，有改动。

的迟疑，似乎诗人希望抗拒湍急的河水将他的思绪推向不在身边的心上人。当他凝视着河水，突然发现波河不止是映照出他内心活动的一面镜子。他发现波河与他的心灵之间不是相似而是相同：

你汹涌澎湃地奔向大海；
我向薄情人献上我的爱。

他不该去爱，只因为早已宣布向爱作别，迟疑于是否应该重新向爱敞开怀抱。然而，爱情真的出现了；他极度渴望他的爱人，但仍在抵抗爱情的来袭：

波浪带我眼泪一去不返：
　流过她身边，她能否回转？
我们都徘徊在你的江边，
　我在江头，她伴大海深蓝。

波河映照着拜伦内心的激情以及特蕾莎对他的回应，这对爱人在空间上的不同位置象征着彼此对这份爱的投入程度。特蕾莎“伴大海深蓝”，拜伦却在江头流连，与过往抗争：

但分开我们的不是距离，
　不是深水或辽阔的大地，
是命运随心所欲的注意，
　犹如出生地不同的天气。

异乡客爱上本地的佳人，

她生在山外，他血和精神
却是南方人，仿佛从不曾
112 被那北极黑风吹冷全身。

拜伦的犹豫使得爱人分隔两地，并将分离的命运追溯到他本性的分裂。然而热血终究占了上风，尽管他并非自愿：

我的血液是南方的，否则
我不会离开北国的乡土，
经历了永远难忘的折磨，
又做爱的奴隶——至少你的奴仆。

挣扎无用，让我早日死亡——
我活得不久，爱得也不长；
土中来，土中去，正好收场，
心不会感动，就不会忧伤。

最后两节诗虽然表现出的态度很复杂，但并没有使拜伦满足。当他再一次把自己交给爱情，他意识到同时把自己引向了自我毁灭，而他欢迎地认为这正是期望中的结局。在新的爱情里，拜伦忠诚于自己的过往和本性，只不过是曾经拒斥过的过往以及力图否定的本性。拜伦的心再一次被打动，麻木的灵魂再次翻涌带来的是痛苦，但这就是生命的痛苦所在。

两个月之后，拜伦最后决定动身去与特蕾莎相会，并对这首诗做了一些修改。典型的是，这首诗表现得比拜伦本人更举棋不定，因为他将最后几行改得像哀叹：

我的血液是南方的，否则
　我也不会承受如此痛楚，
经历了永远难忘的折磨
　又做奴隶——啊！爱！至少做你奴仆！

挣扎无用，我已挣扎多年，
　想不再像从前陷入爱恋，
时光！为何最凶激情复燃
　把这渴望宁静的心扯乱？

拜伦过于维护体面，以至于将倒数第二行修改成“为何最初激情复燃”。不管是哪种读起来，与第一稿相比，这一稿的叙事高潮更弱、更少控制，像是否定了诗人自身意志的力量。第一组《波河诗
行》做出了永恒的想象性姿态，值得人们反复阅读，几近于人类共 113
同的遗产。分裂的心很少找到比这更雄辩的象征。

《绝笔诗》

拜伦在梅索朗吉度过了三十六岁生日，这时离生命结束只剩下三个月，生日当天上午，拜伦完成一首诗，后来成了他的墓志铭：

这颗心不该再动衷怀，
　既然它不能感动他人。
可是，纵我不能被爱，
　请留我眷顾之心！

开篇让人想起《波河诗行》最后的段落，但是着重点不同。现

在他恐惧的不是会再次堕入爱河，而是不能再爱：

我的时日如那黄叶，
　花儿和果实凋落；
蛀虫、创痛与悲切
　是我余生的寂寞！

将其与麦克白相比恐怕太夸张了，但是下一小节调整为更恰当的联想——普罗米修斯中火的意象：

我胸中燃烧的烈焰
　孤独如岩浆奔涌的荒岛；
更无人因炽热感染——
　来这火葬堆凭吊。

火焰还未被熄灭，火山还没有停止运动，但火山是孤立的，火焰会在燃烧诗人的过程中耗尽。拜伦被爱的锁链拴住（为那被遗弃的特蕾莎？），但是不能分享其痛苦和力量。在强大的修辞力量的复苏中，拜伦背弃了悲痛，把自己交给了命运：

踩灭，不让旧情复萌，
　不值得，堂堂男子！
轻颦浅笑有何不同，
114 　忘掉那善变的佳丽。

若你青春有悔，何必苟活？

光荣赴死的战场
就在脚下——去奋力一搏，
将你最后一息奉上！

去找寻——寻求不如偶遇——
战士的陵寝，你最好的归宿：
放眼望望，择一方土地
他朝永留此处①

拜伦似乎有意以这首歌作为绝笔，但他的缪斯另有想法，最后拜伦给他的男仆卢卡斯写了一首热烈的爱情诗。其中包含的痛苦明显带有性的意味，以至于拜伦留给世人的谜团并没有更清晰，但这是拜伦的传记作家们研究的问题，他们迟迟无法达成共识。拜伦肯定有过同性恋和乱伦的经历，他灵魂的探索和试验、他对诅咒之必然性的坚信，都只会把他引向那里。他在最后几行诗中将自己从最后一个语言禁令中解放出来，写下了一首富有感染力的同性恋爱情诗：

我看着你，当仇敌临近，
准备刺死他——或你我自身。
若安全已无望——胜过与爱人
分别，让爱与自由永存。

我看着你，你站在浪尖，
礁石撞进船首，身陷风暴和恐怖，

① 出自拜伦诗歌《写于三十六岁生日》，译文采用李神爱译本。略有改动。

叫你抱紧我渡过每一阵惊险；
　这怀抱是你的渡船，或安息的棺木。[①]

爱与死在这几节紧张的诗节中危险地紧密组织在一起，紧密到让人明白了为什么卢卡斯谨慎到让拜伦哀叹：

当痉挛的剧痛扼住了我的呼吸，
　不容用微弱语音表达弥留之思，
我即使已被死擒住，灵魂仍多次
　转向你——转向你——多到已不得体。

即使再爱你，你也依然不爱我，
115 　永远不会！意志无法左右爱情。
爱不能强求，我不怪你冷漠，
　对你一往情深是我今生的命。

拜伦的绝笔是一首苦闷的情诗，而且是得不到的爱，这令人动容。即使拜伦更像普罗米修斯，也仍然无法达到更好的性爱上或修辞上的平衡，这点我们回忆一下拜伦必须浪迹其中的英国和欧洲社会便知。然而，拜伦也许可以对自己的想象抱有更多的信念，对自己的创造力更加自信，从而在浪漫主义模式中给予我们比《曼弗雷德》更宏大、更重要的东西，尽管《曼弗雷德》也是很优秀的。我们拥有《唐璜》，以及拜伦人生的记录，即使仍是不完整的。拜伦似乎并不悔恨
116 没能留给后人很多财富，他对此足够清醒，相信自己已经倾其所有了。

① 出自拜伦诗歌《爱与死》，译文采用高旻宇译本，有改动。下同。

珀西·比希·雪莱
(1792—1822)

一

女士们,或可认为雪莱不是存在于
群星之中,而是在其尘世痕迹中
因为你们披露的那些光辉
是不朽的远景,是壮志未酬的、金灿灿
和褐色的,一个心灵的意大利,
恐惧之地,在陌生的混乱之前,
那一时间,诗人的政治
将统治一个诗人的世界。

华莱士·史蒂文斯

珀西·比希·雪莱是西方传统中最伟大的抒情诗人之一,他已经去世一百四十多年了。从他的时代到我们今天,都有不少评论表示他的诗同他一起死去了。直到不久前,为雪莱的诗歌加以辩解都是流行的事,倘若一个人喜欢他的诗的话。每个读诗的人,无论多么自负,都只能为自己代言。读雪莱的诗作许多年后,我发现没有什么需要辩解的,在这篇导言中除了描述性的文字就只剩下赞扬了。雪莱是一位独一无二的诗人,是英语世界中最具独创性的诗人之一。同时，他在许多方面堪称**真正**的诗人，英语作家中没有谁比他更符合这一称号。他的诗歌是自主的、精致的，并拥有最高层次想象力。他的诗歌所含的观念的精神形式摆脱了所有面纱和意识形态的遮掩，许多读者正当地在诗中寻找这种观念，而罔顾大量教堂执事般的批评家的告诫。

精华的雪莱是如此优秀的一位诗人，以至于让人会觉得要把他
117 的断言强力推荐给一位读者都是荒唐的：

我是一只巨眼，全宇宙都凭借着我，
　看见他们自己，认识自己的神圣；
一切器乐的优美，一切诗韵的谐和，
　一切艺术的辉煌或是自然的光明，
一切预言，一切艺术，全都属于我……
胜利和赞美，当然该归属我的歌。①

这是阿波罗在歌唱。在这首“颂歌”里，雪莱十分大胆地为阿波罗写作，并意识到他和济慈一样也是阿波罗的转世。在《生命的凯旋》里，卢梭对于雪莱的但丁而言扮演了维吉尔的角色，他说出了在英文诗歌力所能及范围内最为耀目而痛切的浓缩语句：

　如果上苍点燃我灵魂的火星
曾用更纯净的火药炼粹，
　现在腐败就不会似这般继承

① 《阿波罗之歌》，此处译文采用江枫译本，《雪莱全集·第一卷·抒情诗》，河北教育出版社2000年版。

往日卢梭的残躯，这副相貌就不会
　　玷辱了那本来耻于承受它的人。[①]

《阿波罗之歌》中温文尔雅的抒情方式和《生命的凯旋》中带有严厉自我意识的、内在化的戏剧性特质，两者都是雪莱的中心。最为中心的是预言的张力，这大致是移置的新教教义的结果，如布莱克或华兹华斯那样，但在雪莱身上表现为更多是俄耳普斯似的而非希伯来式的现象。尽管主要是一位宗教诗人，他预言的是一个超越了人、神、自然世界甚至诗歌意志的重新确立的大写的"人"。雪莱吟唱着欲望自身的神圣，而非诗人的神圣。

人，而非人们！是思想之链，
由不可分的爱与力结成，环环相联，
能以强硬的压力驱遣自然元素；
　　像太阳，以暴君般的目光灼灼，
　　统治着不宁的行星共和国——
星辰们挣扎着要向自由的虚空飞去。

　　人，众多灵魂和谐一致的灵魂，
　　天性便是其神圣的自制之本，
全体和全体交流，像百川入海……[②] 118

在这首充满人文主义庆典意味的颂歌接近终点时，狂热的张

① 《雪莱全集·第三卷·长诗（下）》，江枫译。

② 《解放了的普罗米修斯》，《雪莱全集·第四卷·诗剧》，江枫译。

力——尤其是最后三行诗累积的驱力和牢牢的控制力——对我而言是雪莱身上至关重要的部分，并且它在他许许多多作品中反复出现，肯定了他作为一位诗人的非凡才华。

最具张力的抒情诗往往趋向人和人之间的直接意识交流，诗人的“我”直接地引出个人读者的“你”。雪莱像亚历山大·蒲柏一样有张力，不过前者是抒情诗人，后者则是讽刺作家。正如蒲柏吸纳了每一种他接触过的文学形式来进行讽刺一样，雪莱把各种形式转换为抒情诗：戏剧、散文、传奇文学、讽刺文学和小型史诗。在雪莱本人几乎未意识到的程度上，他的天才渴望将一切经验转型为抒情诗的状态，无论是自然的还是文学的经验。甚于其他所有诗人的是，雪莱有强烈冲动要把人生呈现为平等现实间的一种直接的对抗。这一冲动需要绝对的张力，最终招致变形和破坏。当表达为爱时，它必须以相互破坏来显示自身：

彼此都从对方的素质汲取养料，
就像太纯太轻毫无杂质的火苗
无法以劣质营养维持光的生命，
这火苗直指天庭而永不会消停：
一个天堂，一个地狱，一个永生，
一个毁灭。①

雪莱是位有这些“火苗”的诗人，他同时还有一种特别的阴影，永久地处在那火苗之间。这是一种废墟的阴影，追踪着每一次想象的火焰的飞航：

① 《心之灵》，《雪莱全集·第三卷·长诗（下）》，江枫译。

哦，你抖擞着强烈愿望的翅膀，
　想要飞上清虚的太空，小心：
一幢黑影正跟踪你火焰的飞航——
　黑夜即将来临！[①]

在雪莱的最后一个阶段，最伟大的里程碑作品是《阿多尼》和《生命的凯旋》。他已完全成为这废墟阴影的诗人，不再赞美想象关系的可能性。最终，雪莱把自己置于其观念的暗面，从而解决了（或者说也许只是逃避了，这儿极难判断）从一开始便存在于他的自我和诗歌内部的一种冲突。尽管与近来批评界和学术界的共识意 119
见相反，我还是并不认为作为一位诗人的雪莱在他生命的最后（也是最重要的）六年——从1816年夏到1922年夏——变了许多。两首写于1816年的自我探寻的诗歌，是成熟诗歌的典型，《勃朗峰》和《知性美之礼赞》揭示了雪莱观点中相对立的两方面，也是他其他主要诗歌的字里行间透露出来的两方面。头脑和心灵，各自完全诚实地接触现实，给出了关于现实之名称和本质的相互对立的报告。在《勃朗峰》中，头脑如同布莱克一样领悟到，没有任何自然宗教[②]。有一种权力，一种秘密的力量。但是它真正的形状，或者说它的无形掩藏在一座恐惧之山背后或之下，并且它仅作为一种对人之幸福康乐漠不关心，甚或（从实用角度看）是恶意的存在。但是，那权力对人说话，通过诗人与它对抗的行动，也就是写诗的行动。那权力，当它被恰当地阐明了，可以用来废除欺骗性的、制度的和历史的大量基督教准则，也能废除同样大量的可悲准则——卡斯尔雷和梅特

① 《两个精灵：一则寓言》，《雪莱全集 · 第一卷 · 抒情诗》，江枫译。

② 自然宗教通常指上帝、灵魂、精神及所有超现实客体都是自然的一部分，并不能与之分离。

涅时代[①]的欧洲民族国家政权中的“规章”。《知性美之礼赞》唤起一种截然不同的权力，但用了一种慎重，甚至苛刻的脆弱形式。一个看不见的权力之阴影，自身亦不可见，它扫过我们迟钝而稠密的世界，短暂地用爱和美的感觉唤起自然和人，这感觉刚好超出了正常的理解范围。但阴影离开了，尽管它那般仁慈，尽管诗人祈祷它能更惯常地发挥作用。心灵的回应没有失败，但这阴影（其实反是一种光芒）将不会停留。思想在寻找足以有用的东西，碰到冰冷的疏离，却敢于断言它的想象力相对于漫不经心的自然之孤独与空虚的胜利。情感受到欢愉光顾，感到无力状态的凄凉，却敢于期望更充足的光顾。两首颂诗都由于其创作者明显竭力要达到一种终极性而受损，但又都在创作者强韧的正直感和渐浓的形式感中幸存了。

《勃朗峰》属于雪莱的岳父威廉·戈德温[②]的时代，而《知性美之礼赞》属于华兹华斯的时代，后者是雪莱在情感的领域一位迷失的领路人。戈德温也成为雪莱的某种迷失的领路人，但更多是在个人层面而非智识层面。雪莱的学术批评中充满了沙坑障碍，最深的沙坑之一是，普遍观念认为，雪莱产生了智力上的质变，由戈德温的信徒和法国哲学的唯物主义者变成一个柏拉图主义或新柏拉图主义者，即几近神秘的唯心主义者。作为人的雪莱也许确实产生过这
120 样一种转变（尽管证据不明），然而作为诗人的雪莱没有过。雪莱以一种分裂的存在开始，也以此结束，而在他的意识里他对这种分裂的察觉逐日加深，才在最后写下《生命的凯旋》中的地狱幻象。

① 卡斯尔雷于 1812—1822 年间任英国外务大臣，与奥地利外交家梅特涅一道，提出欧洲一致原则，反抗拿破仑。梅特涅希望欧洲组成以“正统主义”和“大国均势”为核心的梅特涅体系，反对民族主义、自由主义和革命。

② 威廉·戈德温（1756—1836），英国哲学家和小说家，女儿玛丽嫁给了雪莱，玛丽·雪莱便是科幻小说《科学怪人》的作者。但两人的婚后生活一直不幸福。

二

> 但是，即使假设有人能在众人的眼前让死人复活，他就据此而要求被承认为上帝之子；——救生协会常把淹死的人救活，但是并不把使用的方法秘而不宣，其会员们也就不被人们错认为是上帝的儿子。我们有权从对某一事件的原因一无所知得出的全部结论，只能是我们对它不了解……
>
> 雪莱：《麦布女王》注释①

雪莱诗歌思想中最深邃的特点是怀疑主义。雪莱智识上的不可知论比他混乱的唯物主义和冒险的唯心主义都要根本。假如这位诗人将自己的怀疑转向对抗所有实体而单单除去他自己的诗歌，放它一马的话，他应该会预示出之后文学史的某些发展，但是他自己的作品将会失去了最宝贵的一项品质，即对自身限度的非凡敏感力。这种敏感力可以追溯到雪莱成熟风格形成的开端。事实上，或许是这种敏感力使那种成熟风格成为可能。

雪莱不是生而为诗人，这一点只需大略地看看他稚嫩的作品便可得知。布莱克在十四岁时已是一位伟大的抒情诗人了，可雪莱到二十二岁时仍是个糟糕的诗人。他在1815年秋发现自己是个以语言风格见长的人，那时他写出惊世骇俗的《阿拉斯特》，这首无韵诗是关于一场破坏性、主观性追寻的狂想式叙事。尽管《阿拉斯特》早已不时髦，它仍不失为一首伟大而惊人的作品，既是一个绝境，又是一个雪莱最终无法逃避的预言。

---

① 《麦布女王·注释十五》,《雪莱全集·第三卷·长诗(下)》,江枫译。

雪莱作为严肃诗人的起点是华兹华斯，而《阿拉斯特》是《远足》的继子。《远足》这首诗本身偏冷，但影响深远，雪莱、拜伦、济慈和许多后来的诗人都深受影响。《远足》中的隐士形象是浪漫主义原型里最基本者的中心例子，此人因过度的自我意识疏远了其他人和他自己。无论《远足》犯了诗歌中怎样的小错误，它都是关于自我的浪漫主义神话中最广博的表达。年轻的雪莱因想象方面的不可逃避的原因在其中采掘，就像拜伦和济慈所做的那样。准确地
121 说，《阿拉斯特》的诗人英雄不是一个无辜的受难者，但他受着与华兹华斯的隐士同样的折磨。

> 看得
> 太清楚，感觉太鲜活，渴望
> 实现这一愿景，存有激烈
> 而过于执着的向往——那里——那里是
> 过度了，于是平衡被摧毁。

无论雪莱出于什么意图，《阿拉斯特》都主要是一首关于想象力所蕴含的破坏力的诗。对雪莱而言，想象的每一次增长本该是希望的增长，但一般而言，雪莱的想象力培养了相应的绝望强度。1815年春，雪莱被误诊，他安心地等待即将到来的死亡。到秋天的时候，没有等来预期结果。但近期关于他自己死亡的想象出现在《阿拉斯特》中，这是诗人为自己写的挽诗。

大多数针对《阿拉斯特》的评论关注了一个明显的问题，那便是动人的诗序与诗的主干间悬殊的差距，但我看不出有多大悬殊。这首诗微妙地内化了浪漫的追寻主题，内化的代价首先是叶芝称作“强制的自我实现”的“虽生犹死”(death-in-life)，最终则是死亡

本身。《阿拉斯特》或标题中的这个复仇之神[①]是诗人英雄的黑暗替身，独处的精神，如阴影追随着他，而同时他追着他发散出去的一部分，这灵魂中出窍的灵魂后来被雪莱称作“心之灵”(epipsyche)。雪莱的诗人期待实现一个愿景，而这种强烈的、亘古的渴望摧毁了自然的存在，因自然不能包含该愿景所要求的无限能量。华兹华斯式的自然，而非诗人英雄，是《阿拉斯特》中模棱两可的元素，这是读者需要解决但无法解决的问题。因为这自然是一个镜像世界，像布莱克的《水晶屋》中，或者更像济慈的《恩底弥翁》中那样。它的金字塔和穹顶是想象的坟墓，它所有的表象都是幻觉的、幻影似的，都只为阻挠诗人的愿景而存在，并且更加可怕地驱使他继续他那命定的、自我毁灭的追寻。《阿拉斯特》预言了《生命的凯旋》，鉴于他这首晚期诗歌的讽刺视角，早期作品似乎也是一场死亡之舞。

1816年夏天，如我前文所言，随着绝妙的《勃朗峰》和《知性美
之礼赞》的问世，雪莱重新发现了诗歌的自我，这是一条走出《阿
拉斯特》僵局的道路。那首革命史诗，先叫《拉翁和辛西娅》，后叫 122
《伊斯兰的反叛》，它是雪莱第一次着重尝试给他重新定向后的能
量以充分的余地。但这次尝试证明是失败的，这首诗的主要突出之
处仅在于它是雪莱最长的一首。雪莱的天赋既不在叙事上，也不在
简单的讽喻上。《伊斯兰的反叛》写成的几个月后，也就是1817年
末写成的三行体诗歌片段《阿萨奈斯王子》把诗人领回他的正道，
即研究孤立的想象。无论《阿拉斯特》的主体性模式有何危险，它
一直是雪莱真正的中心，并且他最好的诗都由它产生。《阿萨奈斯
王子》只是一个片段，或者说是一些片段，但它的第一部分至少为
我们保留了一些有力的东西，正如我们在年轻的布朗宁和叶芝身

① 阿拉斯特即古希腊神话中追捕罪犯的复仇精灵，也是宙斯作为复仇者时的别称。

上看到的一样。从皮科克的维度来说，阿萨奈斯有点像讨喜却荒谬的《噩梦隐修院》中的希斯洛普，但如果我们允许他戴着面具，就一定会在他身上找到一种想象力的原型——内省的、过早老去的诗人——把他的想象从冥思的孤独之塔中带到世界的表面：

> 他却全心将智慧迎娶，
> 爱和正义是嫁奁，他坐在
> 孤塔中，郁郁与世人远离，
>
> 为他们愚昧的喧闹而悲哀——①

在阿萨奈斯身上有一点拜伦的曼弗雷德的意味，也有点拜伦的意味。拜伦在雪莱接下来的一首不朽诗作中成为主导性的元素，这首诗就是会话式的《朱利安和马达洛》，作于1818年秋天的意大利，那时两位诗人别后重逢。《朱利安和马达洛》的中间部分或许基于塔索发疯②的传说，是多余的一部分。但这首诗前半部分和结尾几行展现出另一个雪莱，一位温文尔雅的中级风格大师，能创作出《致玛丽亚 · 吉斯伯恩的信》《水星颂》《阿特拉斯的女巫》《含羞草》，创作出《致珍妮：邀请函》《写于莱里奇海湾》这样优美而节制的爱的抒情诗。作为师承利维斯一派，根本上反对雪莱的批评家，以及一位用与雪莱完全相反的方式写诗的诗人，唐纳德 · 戴维曾撰文极力称赞过雪莱在温文尔雅风格上的精湛造诣。我发现最为引人注目的一点在于雪莱把这种造诣留在了他后面取得的主要

① 《阿萨奈斯王子》，《雪莱全集 · 第二卷 · 长诗 (上) 》，江枫译。

② 托尔夸托 · 塔索（1544—1595），意大利诗人。塔索的精神状况于1577年出现问题，入院治疗。

成就中，我是指伟大的抒情诗剧《解放了的普罗米修斯》，这部杰作几乎全篇都是高级风格，处在崇高的危险高度，按照传统在那里温文而雅本无迹可寻。《解放了的普罗米修斯》的原创格调令人吃惊， 123
虽然它并非一直成功地保持了这种格调，但就大部分而言是这样；而且它的成功的一个方面就是，批评家们发现这一格调很难概括。写《解放了的普罗米修斯》的雪莱集练达的健谈者、残酷而纵情的抒情诗人和未来伟大时代的崇高预言家于一身，在这部极好的作品中，庆典和讽刺、深刻的理想主义和极度的怀疑主义、对其真理的强烈感知和对所有真理的强烈不可知论交织在一起。《解放了的普罗米修斯》比雪莱其他任何一首诗更被认为是自我矛盾的，或者至少包含了不能解决的思想冲突，因此，讨论这首诗之前或许适宜先考虑雪莱的意识形态。

解释雪莱思想中的明显矛盾之处的线索是他那强烈的怀疑主义，C.E.普罗斯在他的研究《深刻的真理》中有力地阐释了这一点。诗人的折衷主义位于“他的经验主义终止和他的理想主义开端”的节点上。这个点是怀疑论者的立场，也是雪莱断定蒙田、休谟和比他年长的同代形而上学家威廉·德拉蒙德爵士所处的立场。从这一立场出发，雪莱既能拒绝他年轻时崇尚的法国唯物主义哲学，又能拒绝他一直称作专制的基督教。然而怀疑论的立场虽然有力地组织起雪莱革命的善辩态度，却不给个人留半点舒适，而是把诗人带向他自己所谓的“词语抛弃我们的边缘，探头望向我们何等无知的黑暗深渊，晕头转向又何足为奇”。在《解放了的普罗米修斯》中，那深渊是狄摩高根的。它的秘密没有被他揭开，因为“缺少一个声音，深刻的真理无形”，狄摩高根是无形的黑暗。叶芝感觉到他世界末日的迫近，看到了一幅巨大的图景，一头野兽在聚集的黑暗之前前进。雪莱感觉到了大革命所预告的巨变，但作为大灾变的预言者只看到难以置信的无形黑暗，对即使是最具世界末日感觉的怀疑主义者而言，这是唯一可能有的诚实幻景。雪莱是英文世界里最休谟式的诗人，虽然他的性情与休谟相左。没错是休谟，而非贝克莱或柏拉图，休谟对真实的观点构成了雪莱在《解放了的普罗米修斯》及其后诗歌中的观点。甚至，必然性，雪莱早期作品《麦布女王》中那个可怕的、据说是戈德温式的支配性恶魔，都是一种休谟式而非霍尔巴赫式[①]的观念。雪莱的必然性是“假定性的、试探性的和哲学讽刺的”，普罗斯这样评价道。这也是一种对诗人绝对有利的必然性，因为一种既盲目又不可见的力量，是远离教条和
124 哲学的力量，一种只有诗人的想象能设法够到的力量。雪莱是华莱士·史蒂文斯诗歌概念“最高虚构”的来源，尽管未得到承认，而《解放了的普罗米修斯》是在布莱克和华兹华斯之外，浪漫主义对“最高虚构”的探寻所完成的最有才华的想象。

在阅读《解放了的普罗米修斯》或其他大量雪莱的著作时，致命的审美错误在于从一开始便假设自己在读柏拉图式的诗歌。后者我是从两个意义上来说的。其一，诗歌深受柏拉图影响或表达柏拉图学说；其二，从约翰·克劳·兰塞姆的特殊意义上说，一首诗谈论的是在任何时候将合理地翻译成观念的事物。雪莱那怀疑论的和临时的唯心主义**不**是柏拉图式的，他主要的诗歌是神话诗学的，不能被译作任何术语，除了它们本身那高度原创的语言。在我们这个时代相互争斗但同样有害的两股批评风尚里，雪莱是极大的受害者。一股风尚把诗当作普罗提诺和波菲利[②]的韵文版来读，试

① 休谟 (1711—1776)，苏格兰不可知论哲学家。霍尔巴赫 (1723—1789)，18世纪法国启蒙思想家、哲学家，其著作《自然的体系》有“唯物主义的圣经”之称。

② 普罗提诺 (205—270)，新柏拉图主义奠基人。波菲利 (233—309)，新柏拉图主义哲学家和数学家。

图以此“解救”幻想诗歌；另一股风尚则谴责从斯宾塞到哈特·克莱恩的幻想诗歌，认为它是一种意志驱动的寓言，表明唯心的科学主义自负地试图与从培根到今天的整个实验科学相抗衡。在第一种批评中，布莱克和叶芝受到的伤害并不比雪莱少，它完全误读了幻想诗歌复杂传达出来的整个对抗自然的言论。第二种批评普遍是美国式的（正如第一种批评是英国式的一样），它仅仅是低估了雪莱和同一传统中其他诗人思想里可观的力量。

雪莱敬柏拉图是诗人，这是他从蒙田那儿得来的观点（据普罗斯猜测），他似乎也跟随蒙田将柏拉图视作一类怀疑主义者。没有什么比柏拉图式对知识的看法距离雪莱的思想和艺术更远了；同时，也没有什么比柏拉图的教条主义神话距离雪莱那试探性的神话更远了。批评史上真正的怪事之一，就是一位意志坚强的休谟式诗人居然赢得了在某种柏拉图式的方法和意义上找寻美和真理之名，尽管他也有一颗唯心主义或伪柏拉图主义的心。没有一位柏拉图主义者会像雪莱那样忧郁地质疑不朽，或者说，那样反复地质疑任何超验物的存在。

柏拉图和雪莱之间最明显和绝对的差异，就在于他们对审美体验持有的态度相对立。雪莱近似于华兹华斯或罗斯金的观点，高度珍视审美凝视中某些狂喜时刻，恰恰因为这些时刻转瞬即逝，如布莱克所言，它们存在于一次脉搏跳动之间。对雪莱而言，这些不是当观念的持久之光被发现时就要撇开的时刻。雪莱从未接触过那
样的光，甚至在《阿多尼》中也没有，不像济慈似乎在死亡中找到了 125
类似的光。在雪莱的诗里，没有攀缘的阶梯，这一点与布莱克的诗里不相上下。诗中有想象性更多的存在状态和想象性更少的，却没有一个等级之桥架在隔开两者的深渊之上。

三

> 再也不能满足于像诗人们那样，说少年就像水。也不能满足于认为假设就是绝对的，假想……镜子呼出新鲜的微风，饥渴的鸟儿饮用之，留下了空的镜框。我们必须超越这些。脑中任性无常的愿望变为强制性的现实，必当表白——必须显示一个人，他自己钻入镜中，留在那片幻境中（在那里，有形状和颜色，但被静止的空寂所耗损），并感觉到羞耻，因为自身就是一个完全被黑夜抹去，又被微光勾勒出的存在，除此以外，什么都不是。
>
> 博尔赫斯

作为讲授雪莱的教师，我的经验是，近来几乎没有学生在第一遍阅读时喜欢上《解放了的普罗米修斯》，但几乎没有谁不在读至少两遍后深深喜爱上它。《解放了的普罗米修斯》是一首极其精妙和难读的诗。如此长篇的杰作，却需要一位训练有素的读者把它视如一首难懂而浓缩的抒情诗那样全身心投入地阅读。这也许是不幸的。然而，雪莱自己申明他的主要诗作只面向高度精熟的读者，他只对其中一部分读者抱有希望。《解放了的普罗米修斯》不像布莱克的《四天神》那样困难得明显，但它带来了与之类似的问题。布莱克的优势在于他能使平常地理解他的主要诗歌成为不可能，但是雪莱保留了熟悉的（多半有误导性的）神话名字，比如普罗米修斯和朱庇特。理解雪莱抒情诗剧的问题堪称理解英文诗歌中最困难者，也许到最后都无法解决。

似乎明了的一点是，雪莱想让他的诗成为千禧年作品而不是启示录作品。第三幕的景象是一个救赎的自然，但并非终极现实；然而宏大的后来添加的第四幕中的幻景则是关于一个暴露的宇宙。在第四幕中，雪莱的想象打破了诗人明显的本意，设想出一个撕去了现象事实之面纱的世界，这是一个像圣约翰的启示或《四天神》的“第九夜”一样的世界。在没有宗教或神话传统的允许下，雪莱
的大胆为我们提供了末后之事的图景。布莱克做了同样的事，布莱 126
克是系统化的，雪莱却在一次持续的想象中冒了所有的风险。

我认为，一个新读者要想做好准备阅读《解放了的普罗米修斯》，他应该先对弥尔顿有所了解。这对阅读《序曲》、布莱克的叙事诗、济慈的《海伯利安》片段，甚至拜伦的《唐璜》也是同样有益，因为弥尔顿既象征浪漫主义的开端，又代表了浪漫主义的对立面。雪莱像布莱克和其他相关的诗人一样注意过这个问题。《解放了的普罗米修斯》的前言提到半神“神圣的弥尔顿”，赞许说他是“一位针对道德和宗教的大胆询问者”。寻找普罗米修斯的原型时，雪莱找到了弥尔顿的撒旦——“失乐园的英雄”，但是一位有瑕疵的、不完美的英雄，而普罗米修斯会是一个更趋于完美的后代。雪莱的诗几乎是《失乐园》的回音壁，而所有回音都是故意营造的，所有回音都旨在“纠正”《失乐园》的想象错误。几乎同布莱克的“短史诗”《弥尔顿》一样，雪莱的《解放了的普罗米修斯》是拯救弥尔顿于他自身的勇敢尝试，也是为之后的诗人而拯救他的诗。大多数现代的弥尔顿批评学者都对布莱克或雪莱的鲁莽嗤之以鼻，但这些批评者没有谁像布莱克和雪莱一样给人启发，也没有谁比这两位更了解他们怀着敬爱面对的那位对手是多么全能，更了解这场竞争最终多么无望。

改述是批评的一种不光彩手段，但它能出人意料地揭示一些东西（关于批评者和作品本身）。它尤其适用于《解放了的普罗米修

斯》，因为这部抒情诗剧的行为模式是令人困惑的。对角色和情节的速览几乎不可能，因为这首诗在严格的（和令人恼怒的）意义上，二者都不具备。但可以冒险提几点作为介绍。如果说雪莱有一个源泉，这个源泉就是埃斯库罗斯，但真正的相似点在比他年长的同时代诗人布莱克那里，雪莱从没读过他，事实上似乎完全没有听说过他。普罗米修斯与布莱克的奥克和罗斯类似，朱庇特几乎是由理生的替身，亚细亚①近似布莱克的耶路撒冷，而狄摩高根与布莱克的任何一种“巨人形态”都没有共同点。不过，尽管有这最后一个不同，雪莱神话的形状还是非常像布莱克的神话的。一个统一的“人”堕落了，分裂为折磨和被折磨的部分，也分裂成男人和女人的形式。这个折磨者本身并不是广泛的邪恶之代表，因为他是非常有限的。事实上，他被他的受害者发明出来，并在他的受害者停止憎恨自己发明之物时很快堕落。雪莱的朱庇特，从一方面看像由理生。非常明了，他是制度的和历史的基督教之耶和华。乔治·萧伯
127 纳，这位最热烈的雪莱追随者之一，在《完美的瓦格纳派》中写下一些针对《解放了的普罗米修斯》的颇有启发性的评论。他说朱庇特“是全能的恶魔，英国人的上帝在两个世纪愚昧的《圣经》崇拜和无耻的重商主义中沦落成的样子”。萧伯纳说得轻了点，因为看来毫无疑问的是，雪莱抒情诗剧中的朱庇特亦即《麦布女王》中可恶得痛快淋漓的耶和华，所以说已经沦落超过两个世纪了。

雪莱的普罗米修斯既是原型的想象（布莱克的罗斯），又是人类原始的能量（布莱克的奥克）。朱庇特像由理生，是想象和能量的限制者。他也许会伪装成理性，但他根本就不是，而仅仅是一个约束者和限制者，就像《失乐园》第三卷里的上帝一样（与之相反的是第

① 亚细亚是雪莱《解放了的普罗米修斯》中普罗米修斯爱人的名字。

四卷中与此不同、富有创造力的上帝)。亚细亚显然不是萧伯纳和其后大多数雪莱式作家认为的“普遍的爱”。虽然她部分地超越了自然,但她仍受制于它,而且她本质上是一个消极的存在,即使那看似这首诗中心的戏剧冲突是归于她的。像布莱克的“流溢”一样,她可以被当作整体精神的形式或实现的美学形式,被她的爱人普罗米修斯追寻。她逊于《阿拉斯特》的诗人英雄徒然追求的绝对之物,尽管她可能比《心之灵》里的凡人艾米莉亚有望代表的要多些。她的功能是让痛苦的自然界对在它之上的超然之爱或智慧之美保持开放,但除了她变身的瞬间(第二幕结束时),除了在那短暂而神奇的精华时刻里,她肯定不是与智慧之美合一的。

剩下了狄摩高根,这首诗最杰出但也最令人懊恼的创造,它被这诗最伟大的敬慕者萧伯纳和叶芝所讨厌。要是萧伯纳来写这首诗,狄摩高根将属于创造进化论;要是叶芝是这首诗的作者,狄摩高根会是《幻象》中的第十三个圆锥体。但是,雪莱是比萧伯纳或叶芝更微妙的辩证家;作为一个怀疑主义者,他不得不那样。萧伯纳不耐烦地表示:“断然没有狄摩高根这种人。如果普罗米修斯不亲自推翻朱庇特,就没有别人会这么做。”叶芝坚持认为,狄摩高根是雪莱一个毁灭性的发明:“狄摩高根让他的情节不连贯,让它不可能被解读。这角色是被某个东西硬塞在那里的,那个东西一遍又一遍地强迫他去平衡梦魇与被认为是神奇和超人的欲望对象。”

然而,狄摩高根尽管黑暗,对于雪莱以神话创作探寻一种人性化的或移置的自然神学却有至为重要的必要性。斯宾塞和弥尔顿
的狄摩高根是混沌的邪恶神,是所有异教徒神的可怕父亲。和《勃 128
朗峰》中的未知力量一样,雪莱的狄摩高根在道德上未结盟。他是怀疑主义之神,是我们展开或好或坏想象的那种惊人自由之导师。他仅有的明确属性是辩证的。他是所有在转折点上,在循环的回路

中之物的神。像马克思主义者的辩证法，狄摩高根是一个必然论者和唯物主义实体，事物实际所是本质的一部分。但他也象征着在大多数基督教的历史辩证法中圣灵的幽暗降落，尽管称狄摩高根为圣灵的恶魔式戏仿会更准确，就像整部《解放了的普罗米修斯》是基督教救赎神话的一个黑暗戏仿一样。在狄摩高根背后是雪莱那难解的神性感觉，像布莱克一样是一种天启色彩的人文主义，而这样就不能在终极愿景方面将《解放了的普罗米修斯》描述为人文主义或有神论。马丁·普莱斯谈到布莱克的宗教信仰时写道："很难说布莱克是有神论者或人文主义者，这两者的区别对他没有意义。上帝只能存在于人里面，但人必需培养起对无限的洞察力。布莱克拒绝超验的神和自然的人。"只要把"拒绝超验的神"改为"向这样一种权力开放的怀疑论"，这段评论就同样适用于写《解放了的普罗米修斯》的雪莱。尽管狄摩高根不比质问他的亚细亚知道得更多，但不影响他和更深远权力的关系，而这关系是终极的无意象的一部分，在那里有诗的边界。

《解放了的普罗米修斯》中的事件发生在精神世界，尽管雪莱是怀疑主义者，他在人生的这个节点还抱着一种信仰，相信人类的心灵有能力首先革新自我，然后革新外部世界。因此，这一抒情诗剧的故事是一次革新接一次革新的展开，直到自然循环本身在第四幕狂想曲中被取消。至于传统意义上的行为，我发现只有一处，即第一幕第53诗行普罗米修斯向朱庇特表达怜悯那儿。弗里德里克·A.波特尔在一篇谈论这首诗的最前沿的论文中坚称，还有第二个，同样重要的行为，即亚细亚的沦落和她随后为获得一种爱之神学的拼搏："亚细亚的行为是放弃她对终极的个人恶魔的需求，将宇宙核心是完好的这一不可动摇的信仰与如下认识相结合：对于人类而言，时间是根本的无可救药的恶魔。"波特尔的解读背后是一

种极端但有力的诗歌讽喻解释。普罗米修斯和亚细亚分别占据头和心的位置："头必须真诚地谅解，必须基于纯粹实验性的理由情愿
地避开仇恨……"而心"必须驱除幼儿期的恶魔"。这一临时的讽 129
喻能给人带来好处，即使有人认为《解放了的普罗米修斯》的有神论内涵没有波特尔说得那么丰富。

针对这首诗之复杂性的更深层评论能在这卷的书目部分找到，但是美学成就要在这儿谈谈。塞缪尔·约翰逊博士还知道，发明创造是诗歌的本质，但这一真理在我们当代批评界多半被忽略。有理由说，雪莱在改变普罗米修斯神话的同时征服了这个神话，这征服是雪莱的诗最伟大的光荣。布莱克断言，成就一位诗人的唯有一种力量：神性的视野或想象力。他主要说的是创造性的能力，创造神话的天赋，或把一个神话再创造为充满人性的真理，表达我们作为未堕落之人的原始存在状态。如果约翰逊和布莱克是对的，那么《解放了的普罗米修斯》就是英语世界最伟大的诗歌之一，这个判断只对一类批评家来说似乎有些古怪，他们的标准不以想象力为中心。

四

> 自然不是要我们人类做卑鄙下流的动物，当她将我们领入浩渺的宇宙……她在我们灵魂中种下坚不可摧的爱，对所有比我们高尚、神圣的事物的爱。因此，对人类心灵中的思想和沉思而言，整个宇宙都不够。
>
> 朗吉努斯：《论崇高》

1820年，和《解放了的普罗米修斯》一道发表的是雪莱一组重要的颂诗，包括《西风颂》《致云雀》和《自由颂》。这些诗歌展现

了雪莱作为一位抒情诗人有意追求拓展崇高风格，并成为他最好的一些诗歌。

华莱士·史蒂文斯在他晚年令人惊叹的抒情诗之一里，听到了树叶的哭声并知道“是没有超越自身的那些树叶的哭泣”，还知道这哭泣仅仅意味着能“在耳朵的最后发现，在物/本身”中找到的东西。从而，伴随着巨大但可怕的尊严，“最终，这哭泣和谁都没有关系”。这是史蒂文斯的现代的“解创”(decreation) 现实，也是雪莱出色的《西风颂》中极力避免的命运。雪莱听到了超越自身的一些树叶的哭声。他悉心地探寻一种更深远的超越，那将会把“物本身”改变成人的形式。因而，到那时这哭泣将关乎所有人。但在雪
130 莱的颂诗里，就像在史蒂文斯那里一样，“有一种冲突，有一种抵抗卷入；/参与其中是一种衰退着的努力”。雪莱也感到**给定者**的骇人力量，“给予生命实际样子者的那个生命”。但此处和其他地方一样，雪莱不仅仅接受“实际样子”。他的颂诗的作用是启示录式的，可以感到，他精神中克制的狂怒贯穿了这一完美调节过的“预言的号角”。

理解《西风颂》时最重要的一点，是意识到第四、第五诗节担负起一种相互之间完全对立的关系。调用大地、空气和水元素的三重呼告占据了诗的前三个诗节，诗人自己并未进入那些诗节。他只是一个恳求这些元素倾听的声音。在第四诗节中，诗人的自我加入诗中，但只伪装作一些破旧之物，力图失去他自己的人性。从这一最低点起，非凡的、深深打动人心的“破碎”音乐在最后一个诗节中升起，进到诗人自己的火的元素，再次确证了先知使命中人的尊严，并展现了一种想象性的革新模式，它超越了自然的循环限制。极少在诗歌史中看到表达了这么多又这么好的七十行诗行。

雪莱其他重要的颂诗在我们的时代已不被批评界青睐，但这

里面实际误解的因素不少于这些诗内在品质的因素。读者把诗人盯着小鸟却又称它不存在的场面视觉化后，会认为《致云雀》很愚蠢。但是，这些读者的出发点是如此粗野的错误。他们自己所认为的对这首诗的体验我们根本可以不予考虑。这首颂诗的重点就取决于从一开始这只云雀在视野之外的存在状态。诗人“听到”一首缥缈的歌，但什么都没看见，就像济慈在《夜莺颂》里也没有真见到鸟。云雀飞得太高都快听不到了，它被雪莱用来与他的核心象征作关键的比拟——晨星淡出于一个不受欢迎的黎明。几乎听不到和完全看不见的东西，仍然被发现是欢乐的基础，实际上成为隐喻不可回避的主题，是庆祝不寻常一天之光的黑暗理由。在杰出的、革命性的《自由颂》中，雪莱成功地把英文的品达式诗歌运用在一个抽象的政治主题上，主要靠使这首诗彻底成为它自己的主题，就像他在《阿特拉斯的女巫》和《心之灵》中以更大规模所做的一样。

在生命的最后两年，雪莱微妙地调整了他的抒情艺术，在他最好的短诗中，他的实验性的理智性情和他更传统的社交文雅得到了和解。这些抒情诗中的佳作包括《阿波罗之歌》、《两个精灵：一则寓言》、《致黑夜》、《拿破仑之死有感》，以及最后涉及珍妮·威
廉斯的组诗，或者说是写给他情人的诗，包括《当一盏灯破碎了》、 131
《致珍妮：邀请函》、《回忆》、《一把吉他：致珍妮》和最后一首完整的抒情诗，即极感人的《写于莱里奇海湾》。这九首抒情诗之多样与精湛达到了英文诗歌的极点。这些诗连同雪莱崇高的颂诗成就和早期最好的抒情诗，以及一些穿插在《解放了的普罗米修斯》和《希腊》中的极好抒情诗，让人觉得斯温伯恩对雪莱的如下赞扬并不为过：在直到斯温伯恩自己那个时代的英文传统中，雪莱是最重要的两三位抒情诗人之一。

对读者而言，在阅读雪莱的抒情诗时最佳建议是（像读他的长诗一样）慢慢地、仔仔细细地读，以便体会到华兹华斯这句不情愿的认可中可能包含的意思："雪莱是我们之中最棒的艺术家：我是指风格技艺方面。"

今夜没有露珠浸湿干草，
　树荫之下也没有水汽；
风吹吹停停，干燥而轻悄；
　在微风时不时的吹拂里，
尘土和茅草纷飞，又落到地面，
在城中的街道上飞旋。

《黄昏：在比萨马勒》[①]

这也是雪莱的技艺的一个很有代表性的例子，从他1821年一首次要的，甚至未完成的抒情诗中得来。我曾经和大学里的才子们、诗人们和批评家们有过许多并不愉快的交谈，他们向我断言雪莱是那种"充耳不闻"的人，这断言有一次还是W.H.奥登这位著名的诗体学者做出的，搞得我经常怀疑我自己的耳朵是不是听错了。那种坚称雪莱的技艺很糟糕的流行说法，似乎始自T.S.艾略特，然后由利维斯博士以及那群逃亡的南方诗人与批评家传播开来。这曾经算是一种有魅力的悖论：形式主义者和修辞批评家们，在情感上如此反对一位诗人，以至于不能带着哪怕最低限度的准确性，去阅读他的言辞和形象。不过这种魅力现在已经消逝了，我们希望对于雪莱的争论可以转移到别的（更有争议性的）领域中去。

① 此处采用杨熙龄译本。

五

残忍有一颗人类的心，
嫉妒有一张人类的脸；
恐怖是神性的人形，
秘密是人类的衣裳。 132
人类的衣裳由铁铸成，
人类的形是炽热的炉，
人类的脸是密封的灶，
人类的心是难填的谷。

布莱克：《神圣的肖像》

《钦契》在雪莱的经典中占据一个古怪的位置，它公然脱离了自《解放了的普罗米修斯》到《生命的凯旋》的重要作品的序列传统。不像雪莱的门徒贝多斯那些伪伊丽莎白式的悲剧，《钦契》不是明显的幻想诗歌。但它仅仅从一种非常独特的意义上说才是一部悲剧，并且和它表面上效仿的舞台表演戏剧没有任何共同点。它真正的同伴和继承者是布朗宁戏剧性的长篇独白《指环与书》，而哈代的某些著作和它共有一种奇怪而有效的特质，可以称作戏剧性唯我论（求助于一种铤而走险的矛盾修辞法）。巨大的不一致在《解放了的普罗米修斯》中冲突着，就像它们在布莱克的重要诗歌中冲突着一样，但这冲突在一个自我生成的神话领域里被两位诗人调解了。当类似的冲突激烈地再现于《钦契》中时，那是一个拒绝神话的语境，读者被要求将一些精神状态彻底且极度地纯粹到了不可能是人类的生灵，当作人类角色来接受。布莱克也会招致类似的问题，每当他只是站在他自己神话世界的边界上时，正如在《阿尔比恩女儿们的幻象》和《法国革命》中那样。雪莱的比阿特丽丝和布莱克的奥松[①]要么过于人性化，要么不够人性化，读者会为弄不清接触到的是泰坦女神还是自己的同类而感到不愉快。

然而，这种不愉快未必会破坏阅读《钦契》的经验，它显然是一部突出人物而非情节的作品，更多的东西在角色的潜力里而不是角色的实现中。《钦契》核心表现了雪莱对悲剧十分独创的概念。悲剧不是和启示录作家意气相投的一种形式，那些作家往往像布莱克和D.H.劳伦斯那样对悲剧积怨很深。雪莱的道德是启示录式的，而《钦契》的隐含标准在《暴政的假面游行》中设定，它提倡对恶施行非暴力抵抗。比阿特丽丝是悲剧的，因为她**不**符合这一高标准，即使她在她的世界里显然比任何人都优异。生活战胜了比阿特丽丝，因为她用暴力对无法容忍的压迫者实施了报复。雪莱展现的悲剧是一位英雄人物被她本应奋起反抗的环境“粗暴地阻挠了她的
133 本性”。这样，和比阿特丽丝为伍的有大量浪漫主义英雄，从拜伦戏剧中的该隐到玛丽·雪莱《弗兰肯斯坦》中可怜的魔怪，以及宇宙层面的，包括雪莱自己笔下的普罗米修斯和布莱克神话中犯错的天神与半人半神。

在这些里寻找悲剧，首先你必须像雪莱含蓄地做出的那样，去有说服力地重新定义悲剧。悲剧成为想象力的堕落，或者说在一个有超越常人的想象力的个人身上，离弃了想象性行为。

许多批评家指出，钦契公爵是对耶和华的邪恶戏仿，因此与雪莱的丘比特、布莱克的蒂丽亚和由理生有某种相似点。伯爵痴迷于仇恨，他的囤积癖好显示出报复心和肛门色情狂的存在，他乱伦，专

① 奥松是布莱克在《阿尔比恩女儿们的幻象》中描述的一位美貌女子。

制，被强制的嫉妒心完全占有，甚至对他憎恶的人也是如此。他也惯于爆发出蒂丽亚式的咒语，像蒂丽亚或朱庇特一样，他有垂死上帝的一面，因为他的死象征着革命的必要性，以及对一个古老而无望的秩序的破坏。就像传统中所有天堂里的暴君一样，钦契伯爵对统治的追求以其执着于大一统的热情为标志，不可避免地要去引诱天使比阿特丽丝和他一样违背常情。他的成功是具有讽刺意味的，因为他的冷酷确实把比阿特丽丝变成了唯一一个足够强大和无情，而能够造成他自己的毁灭之人。

《钦契》的美学力量有赖于完美地阐述了比阿特丽丝难以忍受的窘境，并将类似的窘境呈现给读者。作为自然人的读者因比阿特丽丝变态为无情的复仇者而欢喜，甚至还允许她对弑父的责任说谎否认。作为有想象力之人的读者则因一个近乎天使的灵性堕落为一个娴熟的阴谋家和女杀人犯而感到惊恐。这一根本的二元对立存在于**读者内心**，它是《钦契》中的真实痛苦上演的剧场。明显的主题是生活对健全的普遍胜利，也就是虽生犹死对生命的胜利。

《钦契》必然被认为是一部处在莎士比亚阴影中的作品，同时雪莱显然没能成功地在他的剧本中形成自己的戏剧性语言。利维斯博士抓住了这一失败，像一个审判者那样兴奋，说："不用很好的洞察力就能看出《钦契》是一部非常糟糕的作品，它的糟糕是典型的。"稍有洞察就能看出，《钦契》瑕不掩瑜，它带给我们的正如华兹华斯的《边界人》、拜伦的《该隐》和柯勒律治的《悔恨》以各不相同的方式带给我们的一样，是浪漫主义的实验性悲剧的一个杰出样例，其中，
一种反抗自然的罪过，既解放意识又痛苦地让意识转入自身，与之相 134
伴的是失去了一种更高、更无辜的存在状态。雪莱的比阿特丽丝在其最后一个场景中学会了完全的自主，她与自然和社会的绝对疏离，但付出了一个可怕的（而且对雪莱而言是悲剧性的）代价。

六

> 但，若非**时间**给他们造成烦忧，
> 所有在这个美好的花园里生长的，
> 应当是快乐的，拥有不朽的福佑。
>
> 斯宾塞

1820年春，雪莱在比萨写下《含羞草》，这是一首非常具有独创性的诗，也是一首有永恒价值的诗，即使它近几年几乎没人欣赏。作为一个想象失败的寓言，这首诗是弥尔顿的伊甸园变成荒原的众多浪漫主义版本中的一个，但它探讨的局限性不是弥尔顿式的关于人类的优柔寡断和不服从。和雪莱的所有主要诗作一样，《含羞草》是一篇怀疑论的作品，这儿的怀疑主义表现为一种不易保持的判断悬置，不去判断人类有无能力察知自然的**或**想象的价值可否在变化与腐朽循环的必然性里幸存下来。

《含羞草》的雅致是一种从容的精美，是超越斯宾塞式的。在济慈的《恩底弥翁》重要段落和布莱克的《瑟尔之书》中能找到这种雅致风格的类似物。包括雪莱的《阿特拉斯的女巫》和布莱克的《弥尔顿》中的比乌拉在内，所有这些幻想诗歌的前辈毫无疑问都是斯宾塞。他关于下界或尘世的天堂之神话描述呈现为《仙后》第三卷第六章中阿多尼的花园，它可能是英语诗歌中最具影响力的段落了——如果我们把这里的“影响”理解为对其他诗人的影响的话。

《含羞草》中忧郁的惆怅不是斯宾塞式的，但其他所有东西或多或少都是。像这一传统中的许多诗歌一样，这首挽诗为变化无常而作，改变就意味着失去。失去的是天真、自然的和谐，以及一种纯

粹是给定的（但又是完整的，并且是不需要理由的）状态中的相互贯通。新状态，这首诗第三部分表现的经验生活，是失去想象力的世界，是一片杂草。雪莱在他最高贵的四行诗中沉思着这一结论。他没有提供超出他那极为温文尔雅的怀疑主义之外的安慰。令我们目盲的光对我们而言是黑暗，然而还是有光，而死亡也许是对我 135
们贫乏想象力的嘲笑。这首诗的神话——它的花园、女士和植物或许占了上风，而我们，这首诗的读者，也许我们的感觉已经太衰朽，不足以知道这些了。雪莱诗歌含蓄着一种对时间的充满激情的驳斥，但这激情是一种绝望，除非思维的想象力能扫清知觉的晦涩之处。这首诗本身里，没有什么证明了心灵对于外部感官的掌控。“结论”暗示了雪莱美妙地称作“一种谦虚的信念”的东西，但诗人太文雅、太怀疑主义了，以至于不能对我们或他自己强烈推行它。这信念在《阿特拉斯的女巫》中再一次出现，但伴随着一种嬉戏的、亲切友好的无功利性，使它几乎全部从人类欲望的痛苦中移去。

《阿特拉斯的女巫》是雪莱最别出心裁的诗，从任何公正的评判标准来看都是一次胜利。性质上，这首诗回到了英国文艺复兴时期的短叙事诗那儿，是奥维德风格的色欲神话的短史诗，但是在语气和成文上都是崭新的，只不过对雪莱来说，他自己翻译的荷马《水星颂》中已有预言。两首诗都是八行诗，两首诗都有拜伦的印记，而且两首诗都被准确地说成具有想象性的犬儒主义色彩。赫耳墨斯和阿特拉斯的女巫配得上他们行走其间神圣的庄严，他们提醒：我们不受限制的想象不遵守任何存在者的规则，无论是传统还是自然。

G.威尔森·奈特首先点出《阿特拉斯的女巫》和叶芝晚年风格间清晰的相似之处，而且有可观的证据表明该诗奇幻的情节和适当的联系对于叶芝的持久影响。显而易见，雪莱的《女巫》就是叶芝的《拜占庭》大写出来。两首诗都表现了叶芝《幻象》的第十五相，诗意体现相，即创造了艺术的那种灵魂状态。比较这两首诗，立刻会发现的不同是，雪莱允许自己那样异常地放松。主题需要的紧张张力在《女巫》中呈现，但被转变为几乎轻松地接纳那些无可容忍且无法由艺术缓解的现实。

正如雪莱在《阿特拉斯的女巫》中题献给他妻子的那个高度讽刺的诗节中所说，这首诗不讲故事（无论真与假），只是“一首幻想诗”。如果这个女巫被翻译成她自己之外的术语，那么她只会成为神话创作的冲动或一种发明的本领，其表现之一将是雌雄同体的阴阳人，我们能以一首诗翻译它，或以其他艺术形式翻译它。女巫的船标志着她的创造力欲望，就像雌雄同体的阴阳人一样对抗着自
136 然。阴阳人既为女巫提供便利，帮助她超越自然的限制，又是朋友，但是一类非常不充分的朋友，跟机器人无异。艺术的局限性在这儿体现出来，女巫拒绝了所有凡人的爱，反倒选择了她自己创造的小机器人。在那些酸楚的诗节中，她拒绝了宁芙[①]的求婚，而雪莱获得他艺术上的巨大胜利之一，但胜利的内涵及这整首诗的内涵，和年迈的叶芝那种拜占庭想象一样有意地带着寒气。

尽管女巫将她的俏皮和反律法精神转化为扰乱教会和国家的努力，诗歌的最后一节甚至颠覆了死亡那令人厌烦的惯例（正如道德的惯例一样），她带给我们的最终印象仍然渺远。《解放了的普罗米修斯》中的种种强烈抱负，通过一种有意为之的预言化的反讽带上高度的修饰，但作为雪莱所热切渴望的实质，这些愿望保留了它们的力度以及美学上的直观性。《解放了的普罗米修斯》中遮蔽了

① 宁芙是希腊神话中出没于山林水间的仙女，能歌善舞，不会衰老或生病，但会死去。她们会侍奉阿波罗、赫耳墨斯、潘神等天神，与之结合也能生下神的后代。

爱的废墟，能够朝下或朝外再做一次破坏的“双头蛇”，结尾小节通过狄摩高根之口明确说出的警告：这些对立的暗示在雪莱这里要比属于他抒情戏剧的热切希望更为持久。《含羞草》和《阿特拉斯的女巫》表现出一种远离这类希望的微妙位移。《心之灵》是雪莱诗歌中最高尚的，它试图通过将这种希望置于异性恋爱的背景下来极力寻求对它的改造，随着《心之灵》结束时那刻意的、主题化的自我燃烧，雪莱似乎已经把所有的希望放在一边，为他那壮丽而绝望的最后阶段做好了准备，那一阶段永久的丰碑便是《阿多尼》以及《生命的凯旋》。

七

> 人最热烈渴望的是他生命的整体性与生命的和谐，而非“灵魂”的孤独救赎。人首先渴望身体的满足，因为现在，一次且仅此一次，他沉浸在肉欲中，强而有力。对男人而言，就像对花、对鸟兽而言，至上的伟大胜利是极其生动、极其鲜活地活着。无论未生者和已逝者知道什么，他们都不懂得活在肉欲里的美和奇迹。死者也许会关心身后的事。但肉欲里的生命那种壮丽的此时此地都属于我们，也只属于我们，且暂时属于我们。
>
> D.H.劳伦斯：《启示录》

除了布莱克的《阿尔比恩女儿们的幻象》（在有些方面与它类似）之外，《心之灵》是英文传统里最直言不讳和富于雄辩地表达自 137
由爱情的诗了。虽然这种表达出现在诗的核心部分，并且主导着它最有名的段落（第147—154行），但它只是这首令人困惑且给人带来困难的杰作的一个方面。雪莱把《心之灵》创作成为他的《新生》[1]，纪念找到了他的比阿特丽丝——艾米莉亚·维维安妮。然而这首诗是高潮而不是开始，因为雪莱开始于《阿拉斯特》的追求在此达到了顶峰，追求的结果却仍然是未满足并且无法满足。雪莱的欲望无止境，唯一能充分象征这欲望的是早晨和夜晚的金星，在这个星球的距离，地球投向天宇的阴影达到了极限。《心之灵》后，在《阿多尼》和《生命的凯旋》中，只有金星保留着善的意象。不是艾米莉亚·维维安妮，而是她的意象，在《心之灵》中显得不足，这首诗中最汹涌、最有价值的元素是对记录下意象形成过程的挣扎。在雪莱所有主要诗歌中，《心之灵》最直接地关注创造中的思维。《勃朗峰》在雪莱的短诗中也具有相同的地位，并且有文风相对散漫的优势，诗人在沉思着他面前的雄伟奇观。《心之灵》是连续的狂想诗，并且维持了六百多行诗中爱人间冲突的抒情诗张力。创造中的思维，在这里和在《为诗辩护》中一样，像熄灭的木炭，雪莱在这首诗中的艺术很大一部分献给了这一消逝的现象。随着一个个意象退去，诗人—恋人越发恐惧地感觉到双重的负担：他的爱情无法表达，而它又必然拒绝接受哪怕是自然的局限，更别提社会的局限。

在雪莱成长为一名诗人的过程中，有一种颠覆诗歌意象的持续性努力，以便达成某种更激进的言语形象，但雪莱从不曾完全达成。要旨和媒介互做注解，而自然意象的选择更加钟爱那些视觉和听觉范围内正在消失的事物。这世界被怀疑地承载在思想里，并且有线索和暗示表明一切现实都是幻景。雪莱成为一名完全怀疑唯心主义之形而上基础的唯心主义者，而他继续持有一种怀疑论的唯物主义，更确切地讲，他作为一名空想家，实用地采纳一些在他的想象力

① *Vita Nouva*，意大利诗人但丁早期的代表作，记述他对比阿特丽丝的爱情和她芳魂早逝的悲剧。

看来是荒谬的唯物主义假设。这不一定是自我的矛盾，但这是一种精神的分裂，并且它强有力地暴露在《心之灵》中。在这首诗里谁获得了凯旋，是拿诗歌和人类关系之极限下赌注的赌徒，还是这不可改变的极限？空间、时间、孤独、死亡、邪恶——所有这些都被想象撇在一边，然而想象在诗中永远黯淡了。“这世界，很不幸，是真实的；我，很不幸，是博尔赫斯”，这是现代一位伟大的幻景先知的 138
讽刺反思，他以停止驳斥结束了他对时间的驳斥。雪莱也被摧毁他的、无法逃避的东西——现实——席卷而去，那现实不会向最不屈不挠的想象让步。知晓了这一点，他远离颂诗而转向了挽诗。

雪莱为济慈写的正式的挽诗《阿多尼》在英文挽诗的历史上是一个伟大的里程碑，但其实它根本不是挽诗。近五百行诗行的长度，这已经在规模和想象力的野心上超越了它主要的英文祖师——斯宾塞的《爱星者》和弥尔顿的《利西达斯》，以及主要的后辈——阿诺德的《色希斯》和斯温伯恩的《致敬与告别》。只有丁尼生的《悼念集》可以与《阿多尼》相抗衡，它也尝试将挽诗变成一种媒介来表达特定诗人对于人类生存能够说的所有终极话语。然而，丁尼生尽管很有抱负，还是停留在挽诗里。《阿多尼》最后十八个诗节的惊人序列不比叶芝的“拜占庭”诗歌更像真正的挽诗。正如“拜占庭”诗歌那样（它们有一种密切的关系），《阿多尼》是在预示的死亡面前唱出诗意自我认知的崇高诗歌，同时描述了诗意的存在，甚至描述了一首诗的存在状态。

雪莱是否把他诗中的挽诗和幻想诗这两方面结合统一，这都是值得质疑的。不容易发现完整的连续性把诗人从他毫无希望的开场带到大获全胜的结尾，从：

> 我为阿多尼哭泣——他已经死亡！

哦，为阿多尼哭泣吧！纵然我们的泪
融不了这样可爱的头颅上的冰霜。[①]

到：

当我在黑暗中满怀恐惧浮身远行，
天庭深处阿多尼的灵魂大放光明，
透过至深处的帷幕，像明亮的星，
从永恒不朽者居处指引我的航程。[②]

由霜雪至烈火从而实现自我的重生是典型的浪漫主义模式，例如我们所熟知的《古舟子咏》和《不朽颂》(需注意此诗第八章末行与第九章首行的区别)。但是《阿多尼》打破了这一模式。在雪莱笔下，济慈的灵魂只是依靠着一股与自然对立的力量，燃尽最后的障碍而获得真理。虽然，无法被诗人眼泪所融的霜雪只屈服于“所
139 有人渴求的火的召唤的光”，但没人可以饮用它，因为世人无法喝下燃烧着的泉流中所有的美酒。与叶芝的《万灵节之夜》一样，《阿多尼》也触及了幽灵般强烈的现实，不过雪莱和叶芝皆不愿抛下盲目饮酒的世人。最终，《阿多尼》成为一场“自我与灵魂的对话”，在雪莱笔下“灵魂”获得胜利，却付出极高的代价，正如叶芝的《对话》中最终成功的“自我”一样。既悲又喜的雪莱泣告道：“广袤的大地和浑圆的天空分裂了！”诗人将自己任意交托于创造性破坏的暴风雨，交托于超自然的现实，却又动情回望那海岸以及被他抛弃

① 《阿多尼》,《雪莱全集·第三卷·长诗(下)》,江枫译。
② 同上。

了的人群。通过叶芝式的辩证法，《阿多尼》最后使人物塑造成功压倒了个性，不过在这首诗阴郁与恐惧的神化高潮中，抒情诗人的个性仍是极为重要的美学要素。

按照史蒂文斯所言，“神化不是主要人物的起源”，而在《阿多尼》之前的大部分诗歌里，雪莱那有保留的论调确实宣告了这样一种富于想象力的人文主义。在《阿多尼》里，想象力抛弃了人文主义，叶芝的“拜占庭”诗歌也同样如此。

尽管《阿多尼》经常被许多阐释者柏拉图化或新柏拉图化，它显然是一首唯物主义诗歌，写出了一个唯物主义者对于他最深的信念的绝望，并且最终诗歌超越了那些信念，升入一种让实用的唯物主义不受干扰的神秘性中。无论雪莱在《阿多尼》最后三分之一篇幅获得的崇高领悟是什么，它绝不是普通意义上的宗教信仰，它促使诗人对待自然存在物的仅有态度是绝对的拒斥，事实上，它实用主义的假设是自杀性的。在精神层面，《解放了的普罗米修斯》描写狄摩高根的结尾诗行和《阿多尼》的结尾诗行大相径庭，义无反顾的怀疑论者雪莱想必知道这些。

但他还知道，我们不以实用主义的标准评判诗歌，《阿多尼》的结局的辉煌不会被关于人类失败的暗示削弱。济慈是否复活，对雪莱而言是未知的。诗人在“不朽的死者”之中，济慈与他们“醒来或睡去”。因此不朽未必是一种生存模式，倒流回燃烧的喷泉的也未必是人类灵魂，即使它是“纯的精神”。或者，如果这是济慈的灵魂，也是“阿多尼的灵魂”，那么个体特性的偶然性已经放弃了它，这实在是冰冷的慰藉。然而，雪莱没有给我们（或他自己）慰藉。他的挽诗和弥尔顿《利西达斯》中的安慰没有相似之处：

> 所有天上的圣徒将待他如友，

140 有甜蜜的同伴，和庄严的队伍，
吟唱，吟唱着在其光辉中行走，
从他的眼中永远地将泪拭去。

对弥尔顿这位基督教诗人而言，死亡在一定程度上是非自然的。对雪莱而言，尽管他具有宗教性情，死亡却是完全自然的，而且如果死亡本身死去了，那么自然也一定跟着死去。《阿多尼》的最后三分之一篇幅在一定程度上是绝望的启示录式的，《解放了的普罗米修斯》的第四幕却不是。《解放了的普罗米修斯》以一个纵情狂欢的农神节结尾，即使那里也有较黑暗的启示；但《阿多尼》腾飞超越了大地映射在天堂的阴影。雪莱为大地的炼狱景象做好了准备，并且不再能维持哪怕一个讽刺的希望。

八

Mal dare, e mal tener lo mondo pulcro
ha tolto loro, e posti a questa zuffa;
qual ella sia, parole non ci appulcro.

《地狱篇》7：58—60

挥霍无度和一毛不拔使他们不能荣升天堂，
被罚在这里无休止地来回冲撞，
无需我再花费什么言辞去描述他们的境况。

卡里：《但丁的幻景》①

① 本段为上一段但丁诗句的英译，此处用中译本代替，采用黄文捷译本，文字略有改动。

雪莱最后一首诗《生命的凯旋》中有一些元素，使这首诗比他之前创作的所有诗都进一步。尖刻的修辞和戏剧性的凝缩风格是新颖的，还有一种对发明的无情修剪。神话形象几乎没有，仅限于“明光的形体”、战车的驭夫，以及生命本身。而两个主要人物，雪莱和卢梭，都以本人形象出现，尽管是在永恒的视角下（这与想象中的审判场面相称）。雪莱最后一首诗的风格来自但丁的《炼狱篇》，正如《心之灵》很大程度上来自但丁的《新生》，但《生命的凯旋》中的经历和气氛更接近《地狱篇》。其实，尽管它的想象充满未得缓解的恐惧，这首诗还是一篇炼狱之作。也许雪莱本可能在他最后的想象中找到某些有层次的过渡，爬出诗中僵死的境地——如果他活到写完此诗的话，不过我仍表示怀疑。就目前看，这首诗位于地狱，雪莱也在那里，像所有显然被定了罪的人一样。所有人都如此，他说，除了雅典和耶路撒冷那“神圣的几个”，为想象而殉道者，苏 141
格拉底、耶稣和被遴选的少数人。根据《阿多尼》，我们可以把济慈也归于此列，因为济慈也用他的生命之火触碰到了这个世界，然后逃回上方那孕育了他的正午。

在这首诗里，或许也是在其所有诗歌里，雪莱想象力的最高表达是对卢梭的精彩再现，从他的首次登场到诗篇中断前他最后的演说。卢梭就是雪莱之但丁的维吉尔，即是他想象力的祖师，他的创作指导，同时预言了这位门徒在他生命中危机时刻将面临的窘境。很悲哀，雪莱还没过到半载人生旅途，二十九岁的年纪生命就来日无多了，他的想象力感觉被迫要面对末后之事。没有卢梭，雪莱就不会写下《知性美之礼赞》，或许也不会写下《勃朗峰》。作为一个自然之人的预言者，和自然状态的庆祝者，卢梭甚至要超过华兹华斯。1816年，雪莱在写一些颂诗，并有了《解放了的普罗米修斯》的最初概念时，就已经对抗自然之人和自然宗教，但他部分地对抗着自己的欲望。《西风颂》中和那部抒情诗剧第四幕绝佳的吟唱——以“这精神渗入我的花岗岩体”[①] 开头的大地之歌——都仍存留着卢梭的想象。雪莱知道卢梭的精神是时代精神中最感动他的源泉；同时就性情而言（最能说明一位诗人），较之戈德温、华兹华斯或任何法国大革命理论家，说雪莱是卢梭的门徒或继承人更在理。卢梭和休谟在雪莱身上形成了一套奇特的心灵和头脑，两人分别是在情感和理智方面能找到的与他最近似者。

卢梭忏悔而心照不宣地进入了雪莱的诗歌，不是来拯救门徒，而是来告诉诗人他无法得到拯救，并且教会诗人一种与他的绝望相匹配的风格。在《生命的凯旋》中，想象力这一课完全体现在诗歌的标题上：生命总会凯旋，生命，我们的生命，就像是《阿拉斯特》的序诗里所说，是一种“永久的悲惨和孤独”。只有一种力量，就是想象力，可以救赎我们的生命。“但是，唤醒某些人间精英对其影响的感受能力，使之达到极其灵敏的程度，再以突然的黑暗把他们扑灭的那位神灵，也为敢于无视其存在、不以其统治权威为然的庸碌之辈，注定了一种迟缓的逐渐中毒腐败的毁灭。”[②] 在《生命的凯旋》中，世界的菁英仍然是诗人，夜晚和白天的星星，“天堂的闪闪发光的眼睛”。但是，他们最终在一种双重的光照中淡去，自然或太阳的
142 光，以及更加刺眼酷烈的生命之光，后者是诗歌幻想中毁灭性的战车。生命的战车，犹如《解放了的普罗米修斯》第四章里载着灾难而来的战车，回到了以西结的视域以及神启的源头之中，就像但丁和弥尔顿的战车所做的那样，不过现在雪莱呈上对源头的恶魔式戏仿，很可能是追随斯宾塞对于路西法战车的描述。卢梭被暴露给了

① 《解放了的普罗米修斯》，《雪莱全集 · 第四卷 · 诗剧》，江枫译。

② 这段话为雪莱自己所写，译文引自江枫编，《雪莱精选集》，北京燕山出版社2004年版，第681页。

生命之光，因为他一开始就让想象力之光屈从于自然之光，后者在诗中表现为“明亮的形体”，将自然经验之水供他饮用。他痛饮自然之源泉，开始忘记了心灵欲望之中超越自然的那些部分，终于变成了生命之毁坏的牺牲品。我们鲜有理由怀疑，雪莱最终看清了他自己正在分享卢梭的命运。他那诗歌，虽然只是残稿，从自己的绝望中幸存下来，作为一种了不起的雄辩而充满想象力的证词，与济慈的《海伯利安的陨落》站在了一起，虽因过早中断而无法与布莱克或弥尔顿的作品抗衡，但已经高于他那个时代的所有诗作。

九

德行最伟大的方法是想象。

《为诗辩护》

反对雪莱的人各式各样，包括卓著的查尔斯·兰姆、德·昆西、T.S.艾略特、艾伦·泰特和这些人在我们当今的追随者。为反对雪莱的人分类是有启发意义的，尽管以下分类绝非没有相互重合之处。无论历史地来看还是只在现代的人中找，我们都能把反对雪莱的人分成以下六类：

(1)“常识”派
(2) 基督教正统
(3)“智慧”派
(4) 大多数道德家
(5)“古典”形式派
(6) 精准派，或具体主义者

显然（1）、（2）和（4）的例子无可争议，它们不过不相干罢了。我们可以不用雪莱的而是用他们自己的术语来讨论（3）、（5）和（6），并且还是发现雪莱胜利了。

雪莱的诗歌“智慧”和17世纪诗歌几乎没有关联，但和萧伯纳
143 辩证的生命力有很多相同之处，有时也有点布莱克那种预言式的讽刺。如果讽刺是对抱负和满足间的可怕鸿沟的意识，那么怀疑主义者雪莱算得上最具讽刺力的诗人之一了。如果讽刺是别的什么，像在邓恩一派那儿频繁出现的情况一样，那么，人们可以看到智慧的房子有许多侧翼，人们也不应同时住在所有房间里。

形式是另一个问题，而且它太复杂，不能在此全部论述。已故的C.S.刘易斯恰当地反对艾略特派，坚称雪莱在形式感、在和谐与构造的平衡方面比德莱顿更古典。进一步说，雪莱几乎总是一位符合最高得体性（decorum）[①]的诗人，一位将自己的形式和风格同主题统一起来的文体家，无论是在《暴政的假面游行》中重锤敲击般的低沉风格，在《致玛丽亚・吉斯伯恩的信》中温文尔雅的中级风格，还是在《解放了的普罗米修斯》中革新了的高级风格那种崇高创造力。有时雪莱是个草率或粗心的艺术家，但他无论如何都是位艺术家，是位不能也不会摆脱诗人本质的诗人。塞缪尔・约翰逊博士不喜欢雪莱的诗，甚而认为雪莱是个危险的疯子，但他会赞同这些诗歌十分高级，即使对他而言有些过时。不及约翰逊那么古典的批评家就不会那么同意了，因为他们对古典形式的观念没那么深刻。

精准派或具体主义者也许是雪莱最大的敌人，因为雪莱诗歌中至关重要的东西都谨慎地尽力远离经验的细节。虽然华兹华斯

① 本意指得体和恪守礼仪。在这里指新古典主义提倡的一部文学艺术作品应做到形式和内容的贴切、文体和主题的和谐，即合乎古典的规范性。

坚持主张的常与此相反，但其实他也是如此，这真是奇怪。在我们时代的美国，革新的诗歌视威廉·卡洛斯·威廉斯和华莱士·史蒂文斯为模范，其中史蒂文斯的诗歌继承了华兹华斯和雪莱。威廉斯的著名格言“事物之外没有思想”是一种有效的诗歌生成过程的自洽箴言，但它不会顾及到总是有意义的崇高传统中的宏伟，有其狂喜和赞赏的“伟大瞬间”。华兹华斯站在山坡上向外看，只看到浓雾密布的大海，象征着最高级的想象力视野，在那里事物的边缘模糊并渐渐淡出。史蒂文斯在北极光的烈焰中打开房门，面对这北极的光辉闪耀在他所是的一切事物的表面，但并不描写闪亮的极光本身。最伟大时的雪莱恰恰吟诵着一种精力充沛的形成过程，它不可能以具体的方式表达，因为它的所有目的都在修正这种具体，来强迫一种更真的真实显现：

> 当一的精神的造型力，以磅礴之势
> 扫荡枯燥、稠密的世界，使新的 144
> 后继者各就各的形态，而且迫使
> 阻挠它的进程、不甘愿就范的渣滓
> 承袭应有的表象，因为物各受之；
> 并以它自己的美和力，通过人类、
> 草木和禽兽，迸发进入天庭的明辉。①

要是雪莱曾接受过任何已知的信仰，他就会告诉我们“一的精神”的名字和本质。不像济慈，他不会同意史蒂文斯说的：天堂和地狱的伟大诗歌已写出；也不会同意说只有大地的伟大诗歌

① 《阿多尼》，《雪莱全集·第三卷·长诗(下)》，江枫译。略有改动。

有待创作。他自己的精神是天启色彩的，而且当他走向自己过早的结局时，天堂和地狱的未完成之诗静候着他本人想象力的迅捷回应：

> 仿佛那孱弱无用的人类皮囊，
> 145 曾是神性根本。

约翰·济慈
(1795—1821)

W.J. 贝特在其权威定本《约翰·济慈》中所表达的中心主题之一，是“巨大的，时而令人瘫痪的困窘……18世纪的人们真切地目睹过往诗歌的丰富积累，是福也是祸”。正如贝特先生所言，这样的困窘萦绕着浪漫主义诗歌，以至于现在仍困扰着后浪漫主义诗歌。济慈在那时对此感受特别强烈。每位新的诗人的心灵深处都藏有某种阴暗愿望，希望再来场亚历山大图书馆式的大火将世上图书馆付之一炬，这样想象力才能从那些已逝天才的丰功伟绩及压迫力量中释放出来。

这其中的某些东西必然卷入浪漫派对他们鬼魅般父辈弥尔顿做出的爱的斗争。参与这场约伯式搏斗的，有布莱克和他的“短史诗”《弥尔顿》，华兹华斯和未完成的《隐居》片段，也有以更隐晦的形式表现的雪莱和他的《解放了的普罗米修斯》，以及济慈和其首次尝试写作的《海伯利安》。弥尔顿诗歌生命力之强大似乎总是令人既愉悦又畏惧；他无与伦比的丰富辞藻充满活力令人敬畏，这位绝顶的英语大师压迫的不仅是诗人，还有那些曾被认为是超越诗歌的价值：

……(《失乐园》中的)论据
让我一度担心他的意图，

怕他将摧毁（因我见他强大有力）
神话传说及古老雅歌的神圣真理
（力士参孙同样怀着怨恨在神庙柱子间摸索）
为他失去的视力复仇，把世界淹没。[①]

老一代浪漫派至少都认为与弥尔顿的斗争带来了幸事而非不幸；但对于较年轻的浪漫派而言，他们开始意识到其中同时存在的
146 得与失。布莱克大胆地塑造了完全符合其创作需求的弥尔顿形象，一个有远见卓识的原型，在布莱克戏剧化的表现中挺身而起，“身居天堂却郁郁寡欢”，脱下承诺的长袍，解除自己与上帝的誓约，然后降临到布莱克的世界，将之后的诗人以及每一个人“从他妒嫉的锁链中”解救出来。华兹华斯同样大胆创新，在赞美弥尔顿祈求灵感的能力之后，他呼求比乌拉妮娅更伟大的灵感女神协助他探索连弥尔顿也未曾涉足的更骇人的地方。《隐居》中所祈求的预卜先知的魂魄本身是弥尔顿的魂魄之子，比起花哨的神殿，弥尔顿的魂魄更偏爱新教诗人正直纯洁的心灵。但青出于蓝而胜于蓝，儿子超过了父亲，以莎士比亚式的联想给人启迪：

普天人类之魂，
梦想未来之事。[②]

雪莱和济慈的诗歌志向来自那瑰丽的梦，他们二人在弥尔顿造成的伟大负担之上，又继承了华兹华斯之伟大所带来的困窘。很少

① 出自安德鲁·马维尔的诗《论弥尔顿〈失乐园〉》。

② 出自华兹华斯的诗《隐居》。

有人能超过我对雪莱《普罗米修斯》中无韵体诗的那种钦佩，但我依然为弥尔顿在诗中时隐时现的影子感到不安。有时，雪莱讽刺的力量解救了他，使他脱离了弥尔顿的影响，并运用自己情节与抒情诗剧中弥尔顿式稳定音乐感的不协调制造出反讽。然而，一旦失去反讽意味，弥尔顿式崇高的影响又会回来，进而证明雪莱希望颠覆的这种秩序不易改变。在《普罗米修斯》的抒情诗句中，雪莱是自由的，是这些诗句而不是演说预示了他的诗作的未来，此后他接连完成了《阿特拉斯的女巫》、《心之灵》以及《阿多尼》。也许在《心之灵》中所暗示的，以及在《生命的凯旋》中所浮现的转向但丁的变化，部分地源于雪莱需要寻求一个与弥尔顿相对的崇高形象。

对于济慈，我们无须臆测。诗人自己宣称放弃首部《海伯利安》就是因为受弥尔顿影响过大，济慈评论家们一致同意，并不想要他完成一部“可能是由约翰·弥尔顿写的”诗歌，“而是要无疑出自约翰·济慈手笔的作品”。以后济慈在五大颂诗以及《海伯利安的陨落》里，无疑将写下他自己的篇章，正如他之前的作品《恩底弥翁》某种程度上有他自己风格一样。因为风格上，更多是构思上的个性化，现在没有评论家会否定五大颂诗，亦即济慈成就最高的诗歌；或是否定《海伯利安的陨落》，这是他的自白，同时也是今后诗人可能会利用的作品，就好像丁尼生、阿诺德和叶芝在过去运用五大颂诗那样。

济慈仅凭少数几首伟大的诗歌便超越了18世纪下半叶受弥尔顿困扰的诗人，这一事实在我们这个批评的年代很明显。我们这个 147
年代更偏好济慈的这些诗作，甚至要超过布莱克、华兹华斯、雪莱最好的作品，实际上要超过从17世纪中叶起的绝大多数英语诗歌（如果不是全部的话）。也许我们可以重新探索这种偏好的基础，细致地考虑济慈摆脱诗歌传统负面重担所获的自由是如何体现在他几首重要诗歌中的。济慈在与弥尔顿伟大之处的争斗中有失也有得，亦如每个重要的浪漫派诗人那样。济慈或许是位过于慷慨而又有洞察力的评论家，各方面过于均衡的人文学者，而难免会遗失文化传统中的一些价值，这些价值既刺激又抑制了新价值的产生。

贝特先生鞭辟入里地评论过济慈献给利・亨特的十四行诗："当想象回顾任何过往之事，当然，包括一个人自己的过去，想象力会把记忆与意象混合形成一个要比实际存在更为稠密，更加庞大的单元。"贝特先生强调，济慈对这种理想化过去的抗争在《赛吉颂》及之后的作品中显现得最为直接。为了不重复贝特先生在这首诗上的观点，以及我自己在其他地方所写的内容，我想要再次通过独特的语境审视这首诗，在这个语境下济慈挣脱前人过于完满的成就，传统凭借这些成就威胁到了寻求自我认同以及追求言语表达成就的诗人。

多数读者忆起《赛吉颂》时会想起它的最后一个诗节，这是全诗的荣耀，的确也是诗中唯一且足够让该诗几近与济慈的四首主要颂诗齐名的一段。这一诗节展现了谨慎的信心，即真正诗人的想象力是无法耗尽的。更加精彩的是，诗人在诗节结尾敞开了来之不易的自我创造力意识，以让爱神造访。其中的乐土才几近形成，诗人已毫不犹豫地让它变得脆弱，尽管这样的结果可能使他陷入自己仙境歌谣中饥饿骑士那样的命运。在《赛吉颂》的结尾有胜利的语调，但我觉得也有意识到正在招来的危险。诗人给予了赛吉大自然没法再给予她的荫蔽之处，但是他并不满足于这片诗人的乐土。济慈在他脑海中这片尚未踏足过的地域上建立的不是拜占庭，而是一片并不比所有凡人的激情高多少的王国。诗人并不像雪莱《阿拉斯特》中的诗人英雄，或在孤独塔中的阿萨奈斯王子那样，是为了得到自我交流或是孤独低语的收获而承担了扩展意识的责任。济慈追寻的是"爱情"而非"智慧"，不信任只有离开人类才能进入的现实。无论以怎样无忧无虑的笔触，他写下他的诗，是作为献给自己，以及摆脱过去丰富成就的自由行为。诗人将成为赛吉的祭司和吟诵者，自豪地确信在他之前没有其他人这么崇拜她，或至少没有如此脱去了外在的虔诚。 148

传统财富的伟大之处不仅在于所融合的数量之多，而且在于其自身内化过程的微妙性。抨击这首极其感人的诗歌是无益的，但即便是那些英雄般的革新者们，也仍需走在前人于他们之前找到的幽暗土地上。济慈当然知道，华兹华斯曾站在那块土地上，他可能选择与此不同的开篇，既不是为爱情也不为智慧，而是为明白地认识自然的现实，以及一种间或认识到的更崇高的终极现实，其中似乎也包含了自然。华兹华斯从未把这种终极性称为想象，尽管布莱克曾这么做过，年轻的柯勒律治感受到（并且抵挡住）这么做的魔鬼诱惑。这背后的是感性时代的精致崩塌，《羔羊颂》与《诗性颂》中的狂喜之情，以及《吟游诗人》和《诗的进程》中更加矫揉但又极其恣意的情绪。在此之前便是所有这些诗歌典型的鼻祖，祈求伟大灵感的弥尔顿，我认为他的精神仍萦绕于《赛吉颂》和《夜莺颂》中，直到《海伯利安的陨落》和《秋颂》才消失。

哈兹里特以他一贯的洞察力，赞美弥尔顿能吸收大量诗歌传统而不受到任何困窘的影响，“在读他的著作时，我们感到自己在一种非凡才智的影响下，这种才智越是靠近其他人的，就越显得与众不同”。济慈在一场演讲中听到这番评论，随即哈兹里特又精彩地说道：“弥尔顿的学识有直觉的效果。”贝特先生写道，这场讨论莎士比亚的讲座影响了济慈对于诗性的观念。弥尔顿有无与伦比的能力，将灿烂的古代诗作化为个人的表现力，我们无法得知济慈对此是否感到悲观。但赛吉玫瑰色圣堂的文学原型是诗人的乐土，这一文学原型由斯宾塞和德雷顿显著发展，经弥尔顿趋于完美。我没有暗示弥尔顿是济慈《赛吉颂》的“出处”。诗人间的互相影响要比文字上的重复深刻得多。诗人的乐土是英国神话诗歌中反复出现的元素，这可能是评论家的部分负担：不让自己屈从于过往丰富诗歌堆压在身上的困窘。诗人们需要有选择性；当评论家们把任何过往诗歌的部分排除在“传统”之外时，他们需要感到蕴含内疚的谦逊，尽管谦逊从来就不是评论界的流行方式。对此，诗人兰波在这样一句话中呐喊出他的观点：“浪漫派从未被恰当地评价。谁才会评价浪漫派？评论家！！”

弥尔顿，“逃脱冥界的深潭”，欢呼他看不见的光芒，并再次开
149 始不停歇的旅程，前往“缪斯萦绕/清澈的泉水，或成荫的树林”，深
夜造访“锡安山及山脚下环花簇拥的溪流”。就像济慈的夜莺，他“歌唱朦胧黑暗”，但唤起了一种光芒，能够“照耀于内，而心以所有能力/发光”。光照耀于内，心的力量获胜，天堂中神圣的事物屈服于弥尔顿的想象。弥尔顿精神的圣堂是他广阔的异质宇宙，这个宇宙破立由他。弥尔顿建立神龛，不是为了献给人类的爱情灵魂，而是献给人类在孤寂中荣耀的灵魂，后者在神的帮助下足以探寻自我救赎。倘若济慈合上自己的窗扉，转向内在，探寻能够在黑暗中支撑自己灵魂的原则，他本可以继续写首部《海伯利安》，并成为一个完全不同的诗人。那样他本可以追求柯林斯的命运，追随弥尔顿的步伐引领，却发现这种探寻是：

徒劳一场——芸芸众生之中
集万千福祉于一人心胸，
天堂与想象，同类的力量，
现已颠覆启人灵感的圣堂，
或垂帘遮住此景，将来不复得赏。

叶芝以他雄辩而简洁的《穿过友好而宁静的月色》，将济慈看作“生来就有早期浪漫派许多作家那种对奢华的渴望”，并以此认为这位写《秋颂》的诗人“仅仅是把他奢华的梦带给了我们”。叶芝的诗人是布莱克和雪莱；他拒绝理解济慈和华兹华斯，因为他和他们走的路不一样。叶芝的艺术作品，从《乌辛之浪迹》到《最后的诗及剧作》，建立在对衰老的愤怒，以及对自然的抗拒上。他认为诗人只有通过让位于反我才能发现自己的艺术，这种反我是“只光顾那些不再受蒙蔽的人，而他们的激情才是现实”。叶芝反感弥尔顿，在《幻象》中也没有弥尔顿的位置，当然没有其他诗人像弥尔顿那样毫不喜欢用反我表达自己。布莱克展现了幽灵与流溢间的冲突，雪莱在搜寻心之灵时感受到“阿拉斯特”阴影的笼罩，他们是叶芝在他追寻“存在的统一”的道路上找到的先行者，诗人作为魔鬼般的人从一个与他自己意志对立的“相”获得面具。叶芝像布莱克和雪莱那样寻求确定性，但因为处于雪莱而不是布莱克的“相”，所以他没能找到。叶芝从没有考虑过运用“否定的才能”来作为应对弥尔顿的答案；他无法想象一位诗人“除了内心感情的神圣性与想象的真实性之外其他一概无法确定”。（当然，在他的作品中，叶
芝不是令人恼火地仅仅追求事实与理性：相反，他试图追求神秘潜 150
意识想象碰撞出来的一切，代替事实与理性。但他的动机是他不能“处于不确定性、神秘事物以及怀疑之中”，其结果也要比近来评论界所认为的更复杂。）

济慈跟随华兹华斯，寻求应答诗人欲望的世界，并将这一追求内化；他也希望跟随莎士比亚，使那个世界不只是他自我的美妙投影。莎士比亚的伟大对济慈不是困窘，但更具威胁的是诗歌传统的价值，诗歌艰难的胜利需要从那里赢来。《赛吉颂》的进一步发展体现在《夜莺颂》中，夜莺歌声中的理想世界是赛吉玫瑰色圣堂的延

伸。在这个世界中，随着贝特先生称为“可能性的领域”的扩大，我们对现实性的感觉也同步增强。对失去现实性的恐惧并没有促使世俗经验的枯燥土壤与滋养其上的骄傲森林显得不协调，这是夜莺高昂的挽歌。但是，成为生机勃勃的花园，想象力在其中养育它的花朵，这对诗人是种愉悦的命运；而成为长满杂草的泥土，诗人则将承受恶魔彼列在其诡辩演说中的恐惧，而这演说弥尔顿以及已故的C.S.刘易斯已经教会太多人去鄙视。

弥尔顿，祈求光明，使自己与夜莺融为一体；济慈始终刻意提醒自己与夜莺的分离。我认为这首颂诗中有新意的部分不是诗人与自我的对话；从斯宾塞的《祝婚曲》到华兹华斯的《决心与独立》，英语诗歌经常出现这种隐含的对话，其频繁度让人惊奇。在这首诗中想象力遭遇了自然歌曲的现实，这既醉人又严峻，而济慈为想象力要求得那么少，从而他在这首诗中摆脱了传统赢得自由。诗人没有把存在的事物当成好的来接受，他也没有放逐对于不存在的事物的欲望。但是，对他而言，可能的事物代替了不存在的事物。诗人没有尘世间的乐土，但某种时刻也会有几近终极的满足，也就是这首颂诗第35—58行的充足。

我不认为在《圣经》以后，济慈之前，诗歌传统的历史中有过如此个性化地阐述这样一种时刻的人。华兹华斯在《丁登寺》中的升华仍是颤栗于人神边界，所以它缘起于以宗教经验为中心的宇宙。雪莱自己对于自然元素的预言天赋，从《阿拉斯特》开始，有其古老却名副其实的祖先，源于像俄耳甫斯主义般古老的神谕狂热传统。布莱克喜悦的瞬间是智力斗争后艰苦赢得的休息间隙，这场斗争的艰难就像是先知以西结或以赛亚为获得启示而挣扎那般，而这些瞬间中并没有满足。济慈在其《夜莺颂》中给浪漫派传统带来的，
151 是他之前的诗人所没有能力给予的——人之为人做出选择的意识，

人们意识到自己必死的本性，却又有意愿赞美身为人类的丰富想象力。《夜莺颂》是第一首认识并全心全意地宣称死亡是美丽之母的诗歌。《赛吉颂》仍兴致颇高地瞥向已经写出的天堂诗歌那幽灵萦绕的传统；而《夜莺颂》几乎是随意地转向了未曾写出的伟大的大地诗歌。诗歌的口吻并不随意，但奇妙之处在于，诗人自己并没有意识到他的诗歌已经摆脱过去而获得了自由——因为诗中清楚地认识到死亡，我们的死亡，是绝对的，不会有人纪念的。

这种自由摆脱了过去庞大的信仰以及诗歌态度，它同样也体现在了《希腊古瓮颂》中，诗中给灵魂提供慰藉的仅仅是巧艺的永恒，而不是与我们完全不同的现实秩序的证据。诗歌的部分力量在于其叙事者有意体现出脆弱，他思索着一个不能为己所用的价值世界，尽管那个世界上没有与他作为诗人的本性相对立的东西。贝特先生称诗歌意识到这种脆弱性：“在以古瓮本身的条件尝试接近古瓮时，想象力在同时将自己——或是人的普遍境况——与瓮相分离，越来越远。”我们也不确信，想象力没有在诗篇结尾处也将自己与人之处境的本质贫瘠性相分离。贝特先生认为我们低估了济慈在其五大颂诗中的情绪，他可能是正确的，但《希腊古瓮颂》中结尾处的情绪看上去是冷峻的。艺术的真相可能是我们身处条件下所能理解的全部真相，但这并不是一个有救赎功能的真相。如果这是我们需要知道的全部，那么有可能没有知识可以帮助我们。雪莱基本传承于弥尔顿的传统，确认了想象力的道德作用；济慈冷峻地从传统中获取自由，巧妙地暗示了我们大多数人所意识到的真相。正如华莱士 · 史蒂文斯暗示的那样，诗歌不是行善的一种方式，当我们徒劳等待来自天堂的蜂蜜时，诗歌就像大地里的蜂蜜，出现又立马消失。

布莱克、华兹华斯和雪莱通过不同的方式，知晓了人类的伟大杰作除了人类的想象力之外没有其他来源，但这三位伟大的革新者，不管多么离经叛道，都具有宗教的性情，而济慈与他们不一样。济慈清楚地明白人类生死的独特性和终局性，这使他自己在临终前特别痛苦，但在此之前，他获得了绝对独创的想象力天赋。济慈想象力的力量永远无法被他自己认同于有希望改变自然的末日能量。并不是说他缺乏布莱克与雪莱的，抑或是华兹华斯时而在《隐居》
152 中所展示的信心。他感受到想象力渴望一种能够拯救我们自身条件之不足的灵感启示，但又对这种渴望抱有一种幽默的怀疑态度。如果济慈可以去读华莱士·史蒂文斯的散文自白《两三种观点》，他便会苦笑着给予这场精彩讲座应得的赞许。众神在半空中遭到驱散，“没有任何关于土地或灵魂的文本”留下。诗人没有呼喊他们回来，他的工作仍是以自己的条件解析生活，因为在诗人体内的是“越来越有人性的自我”。

那么济慈之伟大的部分原因，要归于他可能是典型后浪漫派感性的唯一真正先锋。而另一部分要围绕《忧郁颂》和《海伯利安的陨落》，因为在这些诗歌中，意识成为它自己的炼狱，诗人认识到生活在激情之中的代价，他确认“只有在这种激情状态下才能产生最佳的诗歌——我只关心这点，我只为此而活”。从这条宣言中，我们可以直接看到佩特的通常被误解的严谨理论，他坚持“在我们形形色色、戏剧化的一生中，能令我们产生冲动的次数屈指可数”，并问道：“我们要如何才能领会这些冲动中以最敏锐的感官所能领会的一切呢？”墨涅塔，济慈《忧郁颂》中蒙着面纱的“忧郁”，细数着那些冲动，而诗人等待着，全神贯注地沉浸在只有最敏锐的感官才能达到的颖悟，几近被那些感官引入比他天数注定的还要更早的毁灭。将《海伯利安的陨落》与它现代的继承者（如史蒂文斯的《最高虚构札记》）联系起来的是由佩特引领的印象运动，在这运动中，对自我的分析让步于诗人对这种存在已经变得既危险又美妙的承认。“随着这场运动，随着印象、意象、感觉的迁移与消融，分析就这样停止——那种不间断的消逝，那种奇异的、永恒的自我编织与松绑。”

尽管《忧郁颂》含蓄地流露出自豪的笑声，这首诗追求的却是悲剧，再一次使死亡成为美丽之母。现代批评界混淆了佩特和他略逊色的追随者们，并且未能意识到叶芝和史蒂文斯是真正在他传统之下。《忧郁颂》是佩特最强理念的祖先，同时也是他的美学人文主义传统中后来者的鼻祖。佩特在《文艺复兴》中的“结论”体现的是《忧郁颂》的世界：

> 伟大的激情给我们带来了强烈的生命感、爱情中的喜悦与悲伤、各种充满热情的行动，有的无私有的相反，这对我们中许多人来说都很自然。唯独要确认它是激情——它确能为你带来这种强烈的、倍增的意识之果实。 153

灵魂清醒的哀痛，在欢愉的神龛中降临到追求悲伤的人面前，艺术的革新能力只将其所赋能的悲剧性给予一位勤奋却愉悦的追寻者。济慈在《海伯利安的陨落》中的问题是，再一次发现弥尔顿对自我与主题统一的自信，却毫不像弥尔顿那样坚信上帝的工作使自我与主题统一。欢愉的神龛与忧郁的神龛在第二部《海伯利安》中合二为一，诗人在那场废墟中必须达到传统的想象力价值，而不去依靠伴随那些价值的信仰，因为墨涅塔守卫着所有死亡信仰的神殿。

墨涅塔用更加人性化的话语对我们诉说，前提是诗人那谦恭的辩证法迫使她思考自己对人的归类。当她柔和下来并为济慈揭开面纱时，诗人便从伟大的诗歌传统中被释放出来。因为，在这被赐予的眼光中将会看到新的宇宙，此时的悲剧从性质上说也与之前的有所不同：

　　我见到一张苍白的脸，
非因人类的不幸而憔悴，
而为永恒之疾，不致命，
只持续改变，幸福的死灭
不会令其停止。朝着死亡
走向不死就是那面容，已经
胜过百合与冰雪；这些之外
我此时不应多想，只见那脸庞。
若非她的眼，我本应逃离。
那目中仁慈的光将我阻止，
神圣极美的眼睑，半睁半闭，
使目光更加柔和，它似乎
对所有外物都已视而不见——

弗兰克·克默德认为这段是他“浪漫派意象”的主要例子，并认为墨涅塔的脸“仅是以冰冷的，非人的方式存在”，然而济慈从他女泰坦的双眼中并没有做出这般判断，因为它们释放出“慈祥的光芒”，这是济慈尽最大可能地接近于弥尔顿所祈求的救赎之光。墨涅塔与叶芝风格的诗歌想象概念无关，因为她的存在并不是异化诗人。M.H.艾布拉姆斯不认同克默德先生的观点，指出墨涅塔强调了诗人作为人文主义者因人类遭受的痛苦感到不安。雪莱笔下的阿特拉斯的女巫，尽管活泼，倒是更加接近于叶芝创作的冰冷的缪斯形象。

墨涅塔是神话创作的缪斯，就像雪莱的女巫，但她蕴含了诗歌及宗教的过去，而雪莱笔下多变的女巫则不具备这点。狭义地去理解（因为墨涅塔体现的远远比这还要多），她代表了诗歌传统的困窘，这种伟大要去接近就是死亡。墨涅塔对世界的认识接近于里尔克笔下的天使的视角，而济慈如果想要分享那种视角，那他就必须停止依靠可见之物。墨涅塔的视角是种完美的意识；济慈仍致力于矛盾的强烈经验，并且无法使自己分清喜悦与痛苦。墨涅塔的是一个超越悲剧的世界；而济慈需要成为一名悲剧的诗人。里尔克致力于描述的是一个不再从人类视角，而是从天使视角去观察的世界。墨涅塔，就像这个天使，并不在乎外部事物，而且她也与里尔克的天使一样既令人宽慰又使人害怕。济慈，就像史蒂文斯，担心任何天国般的秩序被强加于现实之上，并希望在人类与自然中发现可能的秩序，即使那种秩序仅仅是周而复始的悲剧节奏。史蒂文斯的最终发现是在他《最高虚构札记》的结尾部分；济慈类似的成就在于他的完美诗歌——《秋颂》。 154

《秋颂》中的终极想象之成就显得格外突出，因为其中有着被诗人的地狱所笼罩的一层淡淡的阴影，而这也正是诗歌试图去排除在外的。贝特先生称《致芬妮的几行诗》（和《秋颂》一样，写于1819年10月）“略显杂乱，同时又有些疲惫、沉闷”，但是诗中想象力的地狱那种噩梦般的投影异常地强烈，而且我认为有相当的重要性：

我该从哪再次获得宁静？
放逐对那极憎之地的思忖，
我居于地牢的朋友，那邪恶的湖滨，

在那他们蒙难并过着悲惨的生活；
那丑陋地区，无生气的河水流灌，
自它们污秽的瓮缸到达河岸，
遭披散头发的众神摒弃下放；
那的风，毫不轻柔，秉持灾祸的鞭杖，
于巨大的湖泊中冰透，来折磨人类；
那的腐烂森林，结霜，发黑，昏昧，
会令树精惊恐；那苦涩的牧草地
使饥饿的公牛食用后贫瘦无力；
那的花没有芳香，鸟没有甜蜜的歌，
错不了的大自然这次看似出了错。

这很可能始于对一块未知的美洲大陆奇幻的描述，在那里济慈
155 的弟弟和弟媳遭受痛苦，然而它发展成为类似于布莱克对经验世界的想象，例如诗中布满威胁的湖泊以及充斥错误的森林。苔藓上的树精在《赛吉颂》诗人脑海里的森林中放松入睡，而在此处的自然世界里无以为家。这是济慈对于冬季的想象，如此地出人意料使其更具感染力，同时对于看见此景的人来说也显然是种折磨，即使诗人对自然致以其诚挚的、一贯的敬意，他仍将过错归于自然。

就是这片荒废之地，济慈《秋颂》中的曙光将其转变为逐步完善的风景。英语中还有其他诗句更人性地思考“命运与天命的全部意义”吗？有心的读者必然会询问这个问题，这是对该诗慷慨的赞美；可以认可贝特先生的评论性回答，他感动之下做出了对此诗最高的界定：“最终这里才是某种真正的乐土。”传统赐予济慈的诗人的乐土消失了，取而代之的是实现自然主义完满以及接受人类死亡性的悲剧乐土。

浪漫派通常通过像布莱克和雪莱那样创造新的神话，或是通过如华兹华斯和柯勒律治早期作品那样，不创造神话而在主题上挣扎突破，来摆脱诗歌传统之下的困窘而赢得自由。济慈则通过追求诗人与自己诗歌之联系中的自然主义内涵，来发现自己危险的自由，诗歌艺术中没有其他事物比此还要令人耳目一新，因为这艺术是如此地受到超越或否定自然的渴望困扰。雪莱在大众眼里仍与济慈类似，尽管在评论人士看来并非如此，他依旧是能拿来与五大颂诗和《海伯利安的陨落》做对比阅读的最好的诗人。雪莱的诗歌中没有接受，也没有对现实局限性的容忍，有的只是永不停止欲求的惊人欲望，这种经久不衰的强烈欲望在被停止前会一直持续，并且也从未被停止过。济慈做到了弥尔顿原本可能会做但无意去做的；他使一种调和了静态与过程的意象趋于完美，结果让秋季成为四季中最具人性的季节。雪莱的《秋颂》是他对西风的赞歌，诗人呼唤自我摧毁的迅猛力量，来永久地消融所有静态之物，加速超越单纯的对自然的实现过程，以达到末日后的重生。济慈倾向于怀疑世间的寒冬能否靠颂诗得到解脱，我们有理由同济慈一起怀疑这点，但是在我们身上天生就有任何怀疑也无法驱散的希望，而正是就这种希望而言，雪莱称得上是一位独具一格、不可或缺的诗人。 156

亚历山大·普希金
（1799—1837）

对一个不懂俄语的美国批评家而言，普希金某种程度上会带来善意的困惑，哪怕只是因为：所有俄语批评家坚持认为普希金是最重要的俄语诗人，并且根本不能被翻译；但是他对于翻译的耐受性却异常的好。我读过查尔斯·约翰斯顿和弗拉基米尔·纳博科夫两个非常不同的《叶甫盖尼·奥涅金》的译本，两次都感受到了这诗体小说的魅力——尽管纳博科夫的翻译如此有纳博科夫的风格，以至于有一瞬间我以为我在读《微暗的火》[①]。拜伦的《唐璜》和简·奥斯汀的小说混杂在《奥涅金》里，即便约翰·贝利特别指出普希金从未听说过奥斯汀其人。贝利还提醒道："奥涅金不是唐璜，也一点儿不像他。最需强调的是，他与他的创作者的意识之间关系并不轻松。"普希金对自己的诗体小说做过一番极有用的评论，他很有意思地说道："你知道我的达吉雅娜拒绝了奥涅金。可我就从没指望过她这样。"乔治·戈登和拜伦勋爵几乎不会用这些话来对自己创作的角色说长道短。

斯特恩的《项狄传》对《奥涅金》的重要性与拜伦几乎不相上下。纳博科夫自己就是一个具有项狄特点的作家，他提到普希金只

① 《微暗的火》是弗拉基米尔·纳博科夫于1962年发表的一部小说，全书由前言、一首999行的长诗、评注和索引组成。

读过斯特恩作品的法文版，而且也是从法文改述里知道了拜伦。我对于普希金的理解能否超过他对于拜伦和斯特恩的理解，这一点是存疑的，毕竟翻译是一门麻烦的艺术。几乎每一代诗人都声称反对“诗歌用词”并坚称自己（终于）把诗拉近了普通语言；同样，几乎每一波年轻的翻译家都宣布针对过去所有的胡作非为者取得了伟大胜利。因为每个时代的大多数诗人和所有翻译家写下的都是那个时代的风格，无论什么时候我们都应该保持一种雅致的怀疑主义，想想我们读的究竟是什么。 157

这是《叶甫盖尼 · 奥涅金》的结尾，先是约翰斯顿的译本，接着是纳博科夫的译本：①

四十八

她走了。奥涅金木然不动，
他仿佛被一声霹雳惊倒。
此时此刻啊，在他的心中，
有怎样万感交集的风暴！
然而却传来马刺的声响，
达尼娅的丈夫随即出场，
在这里，在我这位主人公
处境最狼狈的这一分钟，
读者啊，让我们和他分手。
和他长久地……永远地别离。
我们大家已跟他在一起

① 此处并举了这四节诗的两种英译本，中译仅采用一种译本，来自王智量的翻译，《普希金全集4 · 诗体长篇小说戏剧》，浙江文艺出版社1997年版。

在这世界上游荡了很久。
让我们祝贺靠岸吧，乌拉！
早就是时候了（可不是吗？）！

四十九

啊，我的读者，是敌或是友，
无论你属于哪一类，现在，
我都想和你友好地分手。
再见了。无论你上我这来，
是想从这潦草的诗节里，
寻找那激荡不安的回忆、
活跃的画面、工余的休息，
寻找些聪明机智的话语，
或寻找些语法上的毛病，
但愿你能在我这本书中，
为了消遣，或是为了幻梦，
为心灵，为杂志上的争论，
能找到什么，哪怕一小点，
让我们就此分手吧。再见！

五十

也和你告别，古怪的旅伴，
还有你，我的忠实的理想，
和你，生动的、占很长时间、
却轻微的劳作，你们身旁，
158 我尝到诗人羡慕的真实一切：

尘世风暴中将人生忘却，
朋友间甜蜜的促膝谈心。
自从，我在朦胧的梦境，
初见到年轻的达吉雅娜，
当时有奥涅金和她一起，
而今许多日子都已逝去；
那时，透过水晶球的魔法，
我还不能很明白地看清
一部自由体小说的远景。

五十一

那些我曾在朋友集会上
对他们朗诵过开篇的人们——
恰如萨迪当年唱的那样，
都远在天涯，或已成鬼魂。
奥涅金刻成，他们不在场。
她呢，我曾比着她的模样，
把我的可爱的理想描摹……
噢！多少东西被命运剥夺！
这样的人啊才真算有福：
他能及早离开人生华筵，
不去把满杯的美酒饮干，
不等把人生的故事通读，
便突然离开它，毫不动心，
好似我离开我的奥涅金。

约翰斯顿的文字是W.H.奥登和路易斯·麦克尼斯的风格。当我们读到“乌拉！让我们开始庆祝/我们的着陆”，我们好似在读奥登的《致拜伦勋爵的信》，而读纳博科夫的译文“让我们祝贺靠岸吧，乌拉！”[①]时就不会有此联想。不过，我们在“现在友好地分手”、“活跃的画面，机智的话语”、“为杂志上的争论”以及“不等把人生的故事通读”这些句子中发现纯粹的纳博科夫。约翰斯顿的奥登式风格正符合这个曾就读于温彻斯特公学和贝列尔学院，于1936年起供职于外交部门的人[②]；而纳博科夫的风格显然是他特殊的才能，远远超出他对于心理现实的某种令人怀疑的掌握。普希金有没有出现在这两个译本里，我不得而知。但是，对照阅读它们会发现一种共有的热情，它似乎不像间接的奥登，或纳博科夫的讲究谈吐。进而我推断这一热情，这一精致的气韵，某种程度上属于普希金。

也许正是因此我不能在奥涅金身上看到“多余人”——所有那些俄语小说主人公的原型，他们在虚假的高雅中浪费生命；我也不能在达吉雅娜身上看到那些受人崇拜的女主人公的榜样，她们在主流俄语小说家那儿代表着俄罗斯妇女真挚而充满激情的美德。对俄语读者而言，这些认同毫无疑问地不可避免，但对一个1986年的美国读者来说，尤其对一个鄙视旧的和新的历史决定论的人来说，普希金的中心意义既不在社会洞察，也不在民族原型的塑造。这部我欣赏过两个非常不同译本的诗歌体小说告诉我一个关于恋人相互不协调的故事。经验的悲伤讽刺，即我们坠入爱河时彼此的不同

① 约翰斯顿的英译本原文为“Hurrah! Let’s start congratulating/ourselves on our landfall”，而纳博科夫的英译本原文为“Let us congratulate/each other on attaining land. Hurrah!”。

② 查尔斯·约翰斯顿除了是一位俄语文学翻译，还是英国著名的外交家。1912年约翰斯顿出生于伦敦，直至1977年，约翰斯顿翻译的《叶甫盖尼·奥涅金》才出版。

步，在《叶甫盖尼·奥涅金》中给出了美妙的例证。达吉雅娜先爱上了奥涅金，但他爱上她时为时已晚，两人的合适时机已经错过。称奥涅金为“迟来的人”比“多余人”更恰当，你会意识到他的讽刺的处境，以及你自己的。

就普希金的散文体故事来说，最有力的（就翻译说）显然是短篇故事《黑桃皇后》，即便篇幅更长的《上尉的女儿》揭示了普希金一些更多样的叙事才能。保罗·狄百辛尼堪称是把《黑桃皇后》作
为一个卡巴拉教派[①]寓言来看的俄语批评传统的巅峰，狄百辛尼对 161
故事中密集象征手法的盘根错节的解读，我不想补充什么。但我自己作为一个从事评论的犹太卡巴拉主义者，知道无论在普希金那里还是在卡夫卡那里，卡巴拉教派的寓言都告诉我们，修辞学、宇宙学和心理学不是三个学科而是一个，所以我现在把注意力转向《黑桃皇后》的心理学。

伯爵夫人，黑桃皇后，意味着什么不能公开的不幸？赫尔曼吓死了她，还是她把圣日耳曼的诅咒传递给了他才得以让死亡降临？我们对伯爵夫人最确信的一点是她曾经、现在和将来都是腐臭的，是一个适合圣日耳曼的情妇（如果她曾是的话）。我们对赫尔曼最确信的是，他也是一样的腐臭，但和伯爵夫人不同，他每每开口说话就掉在讽刺的陷阱里。他最奇特的圈套，是在我们听到他说的第一句和最后一句话里：“这游戏让我着迷，但我不会牺牲生命的本质去换取荣华富贵”，和精神失常的反复嘟哝：“三，七，A！三，七，皇后！”他当然牺牲了生命的本质，而且伯爵夫人之认同于黑桃皇后，或虽生犹死的状态，讽刺地将诡秘成功的A置换成了卡巴拉的皇

① 卡巴拉教派是犹太教的一支神秘教派，源于12世纪左右犹太教对神学、哲学、科学、魔法学、神秘学等学科的综合理论，有很多口口相传的寓言。

冠，它既是巅峰又是“无的深渊”。

赫尔曼和伯爵夫人在心理上很相似，各自都有世俗的和魔鬼似的野心，但伯爵夫人始终拒绝接受赫尔曼，直到她死后。活着的时候，她对赫尔曼说的只是：“这是个玩笑。”赫尔曼的回答又是一个魔鬼似的反讽：“没什么是玩笑。”因为她最后的玩笑将让他发疯，这玩笑就是卡巴拉式地用黑桃皇后替换了A。然而，伯爵夫人幽灵的措辞，与故事中多种因素决定的象征意义无法调和：

> “我违背我的意愿来找你，”她用坚定的声音说，“我被命令来满足你的要求。三，七，A，按这顺序出牌，你就会赢，但前提是你一天一夜里只能出一张牌，并且你在余生不再玩牌。如果你能娶我的侍女，莉莎贝塔·伊凡诺芙娜，我将原谅你带给我的死亡。”

强迫她前来的是圣日耳曼还是恶魔本身（大概均在生命的彼
162 岸）？最后一张牌的谎言属于她，还是属于一种超越她的力量？她为什么希望可怕的赫尔曼和可怜的莉莎贝塔·伊凡诺芙娜在一起？是因为她现在关心她的侍女了，还是全因为恶意？为什么要玩三天牌而不是一天？我不认为对于这些问题能做出美学的回答。美学上真正重要的是我们被迫试图回答这些问题，我们也进入了这种卡巴拉叙事的强迫、欺骗、背叛和拿破仑式的冲动中。普希金创造了一个多种因素决定的宇宙，并把我们牢牢地放进去，使我们也遭受他的主人公们不得不忍受的那些可怕力量的威胁。

掌管《黑桃皇后》宇宙的比喻法是但丁式的、炼狱般的流亡：“你应该学习品尝他人盘中之味，以及懂得他人脚下高低不平之路途。”那是在拉文那的但丁，那是在伯爵夫人家里的莉莎贝塔·伊凡诺芙娜。然而，那些炼狱的梯子同样由赫尔曼和伯爵夫人攀登，二者都走向邪恶的结果。《黑桃皇后》的力量是炼狱和地狱的，至于读者，则同时暴露在两个领地，她（或他）本人选择这寓言的小径，一条窄窄的、蜿蜒的梯子向上延伸，或是赫尔曼那样精神错乱地向
外、向下堕入严寒的夜。 163

伊丽莎白·巴蕾特·布朗宁
(1806—1861)

一

有如狂女飘扬的头发在闪烁……[1]

雪莱

在英语世界的大学、学院和研究院，关于经典权威的对抗实际上从某种意义上讲已经结束了，因为学术界，以及媒体，已经使几乎所有美学和认知标准被性别、人种、族裔、性取向、社会阶级和其他不可缩减的怨忿替代。然而，这一替代过程中没有必然的终局性。一种可观的抵抗仍然存在，甚至在那些荒废的学院中也是如此，一种美学在供职于媒体的人中间秘密形成。更重要的是，我近十年发现，有成千上万的普通读者，游离于学院和媒体，他们没有被业已成为时尚的“文化批评”污染。我已经放弃了所有在学术机构的客座讲学，仅仅为新书做巡回演讲，这并非计划成为美学复兴的集会，但至少鼓励着我。一个特别不动脑子的宣扬马克思主义的英国人，挥舞着手中的彩球，恶意地拿我和吉米·斯瓦加特做对比[2]，但作为一

① 此句出自雪莱《西风颂》，采用穆旦译本，“狂女”迈那得斯指希腊神话中酒神狄俄尼索斯的女追随者。

② 吉米·斯瓦加特(1935—)，美国传教士，1970年代开始在电视上传福音，后因性丑闻被降职。

个美学布道者，我乐于承认神圣的奥斯卡·王尔德的影响，他会相当吃惊地发现伊丽莎白·巴蕾特·布朗宁使她丈夫——这位英语世界最强的戏剧独白写作者——黯然失色。

我蹒跚走过太多经典权威的战场，承认在学院的战败，我愿把战火带向别处，而不是这篇文章中。巴蕾特·布朗宁的坚定支持
者们有太多话想替她说，一些在此重印的话说得很有说服力。巴蕾 164
特·布朗宁所有的诗我一直最爱的是这首《乐器》，因而我将仅仅评析它的美，并拿它和雪莱的《潘之歌》做对比，那是一首至少同样壮丽的抒情诗。

二

荷马和柏拉图说森林之神潘是神使赫耳墨斯的儿子。如“恐慌”(panic)一词暗示的，潘有制造突然恐惧的效果，比如他在马拉松时制造夜间恐慌致使波斯人逃离。然而他之所以曾名叫“潘”是因为在出生时他让所有人欣喜，尤其是狄奥尼索斯，后者在这婴儿身上看出一种与自己类似的狂喜的精神。由宁芙侍奉，潘神出没于野外，不过他名字的另一种可能起源是“饲养者”或牧人，大概放牧的是阿卡狄亚[①]的山羊。从性欲上讲是人类，但潘神有山羊的耳朵和山羊角，且鲜有与他相关的神话故事。他与西琳克丝[②]、厄科[③]和庇堤斯(枞树宁芙)的情事表现出他声名狼籍的好色，就像

① 阿卡狄亚是古希腊地名，位于伯罗奔尼撒半岛。在古希腊神话中，那里是山清水秀、没有战争和压迫的人间天堂，是传说中的世界中心。

② 西琳克丝是阿卡狄亚湖中的女神，潘神追求她而不得。后来西琳克丝变成芦苇，潘神用芦苇做成排箫。

③ 厄科是古希腊神话中的回声仙女，单恋俊美而自负的那喀索斯。

他的芦苇排箫的乐声一样。尽管潘神没有获得超凡的弦外之音，然而在《斐德罗篇》中，他是所有天神里苏格拉底最赞赏其内在美的一位。

以下是巴蕾特·布朗宁的《乐器》，这是英语世界最有生机的抒情诗之一：

他在做什么呢？伟大的潘神，
　在河边的芦苇丛中。
散布毁灭，撒播咒音，
他那山羊蹄子飞溅划拨，
折断浮在水上的金色百合，
　驱散水面上的蜻蜓。

潘神扯下芦苇一根，
　从最幽深清凉的河床；
清澈的河水变浑，
折断的百合花行将干枯，
蜻蜓也已经飞去，
　当他将芦苇带到河岸上。

潘神坐在那高高的河岸，
　河水浑浊地流动；
165 对着那无动于衷的苇秆，
他硬冷的蹄子尽力砍劈，
直到上面再无一片叶子，
　显示它刚刚出自河中。

他把苇秆砍短，伟大的潘神，
　（立于河中时它那么修长！）
吸出浆髓，犹如男人内心。
从表面的环圈里一气吸完，
把那干燥而可怜的空心茎秆
　钻上孔眼，仍然坐在河岸上，

“这就好了，”潘神大笑
　（大笑着，端坐河边独白），
“自从神灵开始演奏甜美音调，
只有这个办法，他们才能成功。”
他把嘴凑上那苇秆上的圆洞，
　就在河边有力地吹奏起来。

甜美，甜美，甜美啊潘神！
　刺入心扉之甜美，流在河边！
炫目的甜美，哦伟大的潘神！
山坡上的太阳都忘记了熄灭，
百合起死回生，蜻蜓也
　飞回这河上梦幻。

然而伟大的潘神是半兽人，
　坐在河边欣然发笑，
使一个人成为诗人；
真天神却叹息那痛苦与代价
叹息那芦苇，再也无法

回到河畔的苇丛中飘摇。

她如果经常这样写，将令人赞美不尽，而让我感到困惑的是她没有培养自己的抒情诗能力。《乐器》发表于1860年，距她在佛罗伦萨去世只有一年，在诗中巴蕾特·布朗宁重新加入雪莱、济慈、年轻的丁尼生和布朗宁的浪漫主义生机论的行列。她知晓雪莱的《潘之歌》，我推测她在自己那首更阴郁的潘神颂诗里为这首诗巧妙地写出了深情满满的评论：

1

我们来了，我们来了，
166 从高原，从森林，
从绿水环绕的洲岛，
喧闹的波涛也肃静
倾听我甜美的笛音。
桃金娘林梢的小鸟，
灯芯草、芦苇丛中的风，
菩提树上的知了，
麝香花铃里的蜜蜂，
青草荫蔽下的蜥蜴，
都像老特摩勒斯[①]一样屏息
倾听我甜美的笛音。

① 特摩勒斯，古希腊神话中的山神。

2

庇牛斯河流水明净，
　坦佩谷底一片阴沉，
在白里翁山的阴影里横陈，
　伸展着的阴影就要吞尽
　　被我笛音催促的夕照残景。
从湿润的水草地河滨，
　到露珠晶莹的洞穴边缘，
田野、森林和畜牧之神，
　水泽和林中的仙女轻翩，
听我演奏的神灵都静默，
怀着爱，悄然如你，阿波罗，
　你在嫉妒我甜美的笛音。

3

我唱着闪烁舞蹈的星星，
我唱奇妙的地球和天庭，
我唱规模巨大的战争，
　我唱爱情、死亡和生命——
　　尔后，我转换笛音——
唱我在梅纳勒斯山谷追赶
　一位姑娘，却抱住芦苇一支！
神和人啊，我们都这样受骗！
　我们因此伤心，流血饮泣；
全都落泪了——你们俩也会，
若血液尚未冻结于嫉妒和年岁，

感泣我甜美笛音里的酸辛。[①]

这两首颂诗我都爱，同时欣赏它们的差异性与各自的独创性。
167 雪莱的潘神以第一人称吟唱，但也为陪伴他的宁芙歌唱，并对着两位听众——阿波罗和读者。潘神的语调有令人赞叹的热情洋溢与自信，仿佛他已凭借婉转的笛音，在美学的意义上征服了自然的万事万物，令诗歌之神阿波罗嫉妒。一支土地的音乐挑战和超越了奥林匹斯山的艺术。这既是一种高度雪莱式的讽刺，也是一首普遍的男性挽歌，十分精致：

追赶一位姑娘，却抱住芦苇一支！
神和人啊，我们都这样受骗！

这里忽视了少女西琳克丝的角度，她的变形把她从潘神的淫欲中拯救了出来，并为他提供了一支他能改造成乐器的芦苇。巴蕾特·布朗宁用她超凡的讽刺手法，向我们展示了潘神将一个男人改造成苇笛的故事，并在诗尾揭示出她精致的抒情诗是一个关于诗性人格本身的寓言故事：

然而伟大的潘神是半兽人，
　坐在河边欣然发笑，
使一个人成为了诗人；
真天神却叹息那痛苦与代价，

① 译文采用江枫译本，《潘之歌》，《雪莱抒情诗全集》，湖南文艺出版社1996年版。文字略有改动。

叹息那芦苇，再也无法
　回到河畔的芦苇丛中飘摇。

我把这当作一个深奥的关于男性诗人改变本性的寓言故事来读，和女性截然不同；“真”天神或奥林匹斯山的天神表现出一种很反常的悲伤，仿佛他们也被女性化了。我毫不怀疑，巴蕾特 · 布朗宁有成为一位伟大抒情诗人的天赋。是什么把这些天赋转向了叙事诗和十四行诗序列，这是一个复杂的问题，在这篇概述性的文章中不作讨论，不过对我而言她最自如的确实是叙事民谣和戏剧抒情诗。此外，关于她经典地位的问题，或关于她够不够得上这地位的问题，还有待解决，不过也许要等到我们这个意识形态的时代发生
转变的时候。 168

阿尔弗雷德·丁尼生勋爵

(1809—1892)

当我开始写作时，我公开宣称了一些写作原则，它们来自阿瑟·哈莱姆[1]描写丁尼生的那些文章。在那些文章之前，丁尼生已有的早期诗歌完全受到济慈和雪莱的影响，而济慈和雪莱，与华兹华斯不同，并不把常识性的元素混合进他们的诗歌，而是写出世界给他们那最为精妙的感官留下的印象。

W.B.叶芝，《艺术观念集》

单纯视觉和听觉的欢愉是如此生动，它开始伴有越来越多主观思维的涌入，以至于几乎要将他们的整个存在吸纳到感官的能量中。

哈莱姆论雪莱和济慈，引自他对

丁尼生《抒情诗集》(1830)的评论

《绝望的桂冠诗人》和《古代圣贤》毫无疑问地成为诗歌传统史上难忘的灾难事件之一，超过华兹华斯的《教会十四行诗》，甚至超过阿诺德的《墨洛珀》。丁尼生的整个存在从没能被吸纳到感官

① 阿瑟·哈莱姆，丁尼生在剑桥期间的挚友，1832年溺水身亡，丁尼生为他写下著名的悼亡诗《拍岸曲》。

的能量中，这一失败的经验付出了很大的代价，甚至有点过高了：

还有——好思想！好行为跟随思想，
在这个世界严酷的后果中
邪念会玷污你子女之血统；
若无约束那野兽会让你陷入泥泞，
让那感官享乐的闷热沼泽变成
无名者和你自身之间的一片阴云，
用你肩膀推动巨轮上坡， 217
攀登那福佑圣山，假如你
看得更高，那么也许，你可能越过
一百座越升越高的山脉
越过夜的领域和阴影——看见
胜过凡间的日子，高尚天堂的黎明
照在幻想的圣山之上！

《就此永诀》

仍然有研究丁尼生的学者们能读这首诗，或至少宣称他们能读，但这首诗无可辩解的失败是显而易见的。差不多六十年前，作为一个十四岁的男孩，丁尼生便拥有了口若悬河的能力，这奠定了他的诗歌天赋，他的非凡口才在《魔鬼与夫人》中魔鬼滔滔不绝的演讲得到证明，也在《颂歌：树荫下的小溪》的写作练习中有杰出的表现。如果诗人的价值按年代连续显示，其价值的极端就不太重要。随着时间的推移，视野变得幽暗，诗人变成了普通人，声线已沦落。现代诗歌的奠基人华兹华斯就是这样离开了人们的视野，一位先知离开之处，必有其他的随之而逝。在浪漫主义的传统中，叶芝和华莱士·史蒂文斯是仅有的两位，在他们的中年和晚年还可以获得诗歌上的新生，但在风行的潮流迷雾过去以后，我们还是要问，他们究竟是否真的可以和丁尼生、布朗宁抗衡。

对丁尼生而言，关键的问题不在于他的那个诗性人格是否，或为什么变得越来越强硬，也不仅仅在于他的视野如何变得越来越幽暗，直至他的多数晚期诗歌的那种深渊；而是在于，对一位主要的浪漫主义时期诗人来说，他的感知力是怎么甚至在一开始就被颠覆了。最同情的读者也可以在丁尼生最好的作品中感受到缺少一点什么，那就是在诗歌《海伯利安的陨落》、《生命的凯旋》、《决心与独立》以及《精神旅行者》中毫不妥协地显示出来的那种强大想象力，它在《序曲》和《耶路撒冷》中达到巅峰。在丁尼生之前的两代人把浪漫传奇、抒情诗以及史诗再次提升到了伟大的地位，在《安德列·德尔·萨托》的抒情独白中，在《罗兰公子来到暗塔》这样的浪漫传奇，史诗《指环与书》中，丁尼生的同代人也十分接近于浪漫主义的成就。丁尼生之于济慈的合法继承者身份恰如布朗宁之于雪莱，同时其对济慈想象之诚实性和自主性的背离，亦如布朗宁之于雪莱。我在这里得出这样的观点，无形中显示出了自己未经重
218 构的浪漫主义偏向，像斯温伯恩、叶芝、萧伯纳、哈代，这四位雪莱主义者比布朗宁和丁尼生略为年轻，却是同时代人。丁尼生有一些成就并非浪漫主义的，但那些都比较小。从更为长远和更为清晰的视野来看，我们现在可以重新得出的结论是，丁尼生的重要品质在于他确实是一位浪漫主义诗人，而不是一位维多利亚时期反浪漫主义者，不像写《墨洛珀》的阿诺德或是费力写出《德意志号沉没记》的霍普金斯那样。他是一位重要的浪漫主义诗人，但或许不是最伟大的之一，尽管他的作品中总是飘着一片对立的暴风云，这有时会向我们展示他应有的伟大。他一生只和那位浪漫主义批评家的伟大

遗迹罗斯金而非其他诗人有紧密的联系。如今他对我们的价值也类似于罗斯金，因为他向我们展示了后浪漫主义时期艺术困境最重要的实例。

迄今为止最好的丁尼生批评家哈莱姆，在他朋友的诗中找到了“五种显著的优点”：(1) 对丰富想象力的控制；(2) 对“性格情绪”的精确调配，从而让叙述和感情协调一致；(3) 擅于将情感融合进生动的、“如画”般的对象描写之中（“如画”在这儿与华兹华斯式的描述相对）；(4) 对语词和谐性的调整；(5)“语调素净醇厚”，指向理解的心灵而不只是理解。叶芝在他年老之时，曾提到“《悼念集》中科学和道德的推衍”，我却不能从他的描述中认出那首诗。在丁尼生写给哈莱姆的挽歌中有生命力的，就是哈莱姆自己在他好友的早期诗歌中所看到的，而他走入散漫推衍之论的那些地方我们则学会了快速略过。散漫成为丁尼生的缺点，但它本身并没有抑制他的诗歌发展。丁尼生像布朗宁那样，甚至比后者更为糟糕，他对于自己想象力的自主性从未养成哪怕是实用的信念。这种信念是布莱克、雪莱、济慈主要的志趣，这种信念华兹华斯和柯勒律治在怀有时虽然确感疑虑，却也使他们允许自己取得了生命中最伟大的成就。虽然前拉斐尔派明显的维多利亚式浪漫主义者努力想去重获这份信念，但除了佩特以外，始终无法再达到丁尼生时代的强度。佩特培养了叶芝，又给了美国那位更具差异性、反讽性的史蒂文斯一个新的出发点。追溯丁尼生早期诗歌中浪漫主义想象与逐渐显现的社会审查员之间的冲突，这难说是一个全新的调查研究，而我并不打算在这里进行更多尝试。这些冲突，无论是在斯宾塞还是在D.H.劳伦斯那里，都表现出诗学历史中的某种循环，与其说需要研究诗学传统，不如说更需要对意识进行研究。更值得深思的问题是，年轻的丁尼生对自己创作力量的深刻怀疑。他的内心有神明在诉说，要 219

不就是魔鬼，这个声音的日渐成熟伴随着强烈的厌恶感。丁尼生所写的那些深具魔力的诗歌，没有一首是他原本意图中想要完成的模样，意图与成就之间的这种鸿沟，却挽救了作为诗人的他，尽管这并不能完全拯救他。丁尼生所创作的大多数诗歌最后都不是诗人原本想表达的意思，某种程度而言所有诗人身上都会发生这样的情况，但据我所知，丁尼生是想象力和意志力分道扬镳的诗人中最极端的一位。布莱克认为，写《失乐园》的弥尔顿须得从他自己手下救出，这个观点被晚近很多弥尔顿追随者们质疑，也许因为他们并没有完全理解其中意味。但是丁尼生最好的诗歌则是布莱克式悖论的最激进的版本；它们公开地同时接受传统的和“恶魔式的”阅读。

部分原因是，丁尼生诗歌中弥漫着早期作品《假定的忏悔》中表现出的“可恶的优柔寡断”。在他的抒情诗之中，没有一首会比《玛丽安娜》更能表现出他的敏感，在这首诗中，完全就是自主想象降格为孤绝和自我毁灭式的期待。华兹华斯的巅峰之作《玛格丽特的悲苦》一诗是与丁尼生背道而驰的，那个玛格丽特被全然不顾世俗的想象的希望摧毁。这一希望太愿意被喂养，而漫溢的想象也着实再危险不过。华兹华斯在这里和在《迈克尔》中所做之事，在丁尼生的诗歌中只有《朵拉》与之有所相似；诗人塑造了一个比他自己的意识更狭隘，也更加纯粹的意识，并通过衡量与其纯粹度的距离，来审视他本人自我关注的弊病。丁尼生笔下的玛丽安娜却不同于玛格丽特，她是一个女诗人，唱出了丁尼生本人很少敢于写出的沮丧颂歌。她患的是浪漫主义自我意识之症，没有新郎能来治愈她。“她无法看到天堂之美”，布莱克的《疯人之歌》中的歌唱者也由于这样的原因而背向东方，拒绝阳光。有意无意中，玛丽安娜悬在两种状态之间，一个是把世界吸收到她脑海中（一位如画式而非描述式诗人的脑海)，另一个是唯我论思绪把外在世界当作不真实的侵入者而加以拒绝，因此有了她诗中的风景，它作为一种诗歌成就，怎么赞誉也不过分。晚近的一些丁尼生研究者将白杨树看作是男性生殖器的象征，[①]其实倒不如说它象征着玛丽安娜这两种状态的分界。她既不能完全吸收这个世界，也不能完全拒绝它，这也显示出了她的生存模式的不确定性。这首诗最强的内在冲动是将世界看作幽魂般的存在，由此玛丽安娜的哀歌的价值将得到重估，表 220
现为她想象力自主性的一种反讽意味的胜利呼声。但诗中还有其他冲动，“他没有来”仍然是一种哀叹。

受雪莱影响，丁尼生在《玛丽安娜》和其他一些诗歌中刻画出女性的孤独状态，这一点被莱昂内尔·史蒂文斯巧妙地论述过，不幸的是他把雪莱和丁尼生笔下这种象征性形象都简化为荣格的“阿尼玛”(anima)原型。这种简化是不必要的，因为《心之灵》证明了雪莱如何自觉地、深思熟虑地运用他的“心之灵”形象。丁尼生对这些引人注目的女性形象的运用，我推断，可能既非出于自觉，也非深思熟虑的。丁尼生的诗歌有着多重层面，任何人不能令人信服地暗示它是由雪莱-济慈与一位维多利亚时代的基督教人道主义者之间不太稳定的合作而写成，我并不打算在这篇文章里主张这种概念。无论是济慈还是雪莱都感觉到诗歌创作所具有的深刻的限制，但他们都学会了如何把这种感觉转换为明显的诗歌动力。丁尼生在一个改革的年代中进行创作，而年轻的浪漫主义诗人们面临着一种明显的时代停滞，在天启的热情之后，枯竭随之而来。诗的性情以某种奇特的方式对政治希望的受阻做出有成效的回应，雪

① 在《玛丽安娜》一诗中，有这样的诗句：“边上是棵银青色白杨树，节节瘤瘤的它不停抖颤；在这片灰沉沉平坦荒原，方圆几十里树只此一株。”黄杲炘译，《丁尼生诗选》，外语教学与研究出版社2014年版。

莱、济慈和拜伦有幸在梅特涅和卡斯尔雷时代成为叛逆者，赚取了如此之多的声望，尽管他们恐怕不会同意这种尖刻的判断。就像半个世纪之前的贝多斯和达利[①]，丁尼生的自主想象力所面对着的，是一个不会对这种想象力加以挑战或排斥的时代，但这个时代也没有提供合适的舞台让它发挥作用。济慈当然不是一个政治诗人，事实上他还远不如丁尼生更是，但他的人文主义和自然主义还是受到了挑衅以至于变得好斗。布朗宁在他父母（尤其是他母亲）的福音信仰中找到了足够的挑战，但《波琳》一诗清晰地记录着，在这挑战刺激面前，他那份雪莱式的敏感是如何伴随着负疚感而消失的。丁尼生并没有地方可以用斗争方式去施展他的想象力，他从道德角度对想象力抱有的怀疑，其所可能造成的审美损失也就无药可解。想象力带来的自豪感，和对它的不信任感，无处可去，只能埋入内心。

任何诗人的处子情结，即使是对基督徒来说，比如霍普金斯，都是一种关于行动能力的疾病，是对于陌生事物潜藏的混乱的恐惧。丁尼生的缪斯是（并且一直是）哈莱姆，这给了罗伯特·格雷夫斯[②]
221 玩点无伤大雅的游戏的机会，但现在不再会给任何人造成困扰。一
位俊美青年的死亡，在我们的社会感看来，不比爱伦·坡流行的主题更适合诗歌，但是较之爱伦·坡的恋尸癖无疑离传统更近一些。诗人，作为诗人而言，他表达出的性欲渴望和他的经验之间几乎没有多少联系，举例来说，将风流倜傥的雪莱和可能还是处子的济慈相比，一个从《阿拉斯特》起就表现出关键的对立性主题，即自然经验在想象力面前的不足，另一个在《恩底弥翁》之中则展现了自然经验中深深的原初的满足感。诗歌中，实则存在着一条延伸至今的

① 贝多斯、达利均为英国浪漫主义诗人。

② 罗伯特·格雷夫斯（1895—1985），英国诗人，曾在牛津大学担任诗歌教授。

线索，从斯宾塞对肉欲的复杂渴望，到弥尔顿与布莱克痛苦的性受挫（尤其和布莱克《手稿》中的诗歌以及《阿尔比恩女儿们的幻象》相关），再到雪莱与济慈在《阿拉斯特》与《恩底弥翁》中不寻常的争论，还有丁尼生与叶芝迟晚得令人惊诧的性体验初探。由于美学分析领域的复杂性，我们没能可靠地梳理出历史中的英语诗人是怎么来描写性欲的，而这应该很有必要。丁尼生早期诗歌中的不适（malaise）与叶芝的《乌辛之浪迹》中十分相似，雪莱和济慈作为他们共同的前辈还并不足以解释这份相似。年老后的叶芝认为，性行为的悲剧性在于灵魂永远的纯洁。而性行为作为喜剧可能出自身体最初的纯洁，但在停留于经验之前的诗歌里，这种喜剧总是被否定，或者更确切地说，被玛丽安娜千变万化的幻觉所取代，她的诗只要被那喜剧的精灵轻轻一碰，即告瓦解。

我希望不是只有我一个人陷入这样的困惑之中：为什么丁尼生在我们这个时代并未拥有祭司般的声望，和他正好相似，却比他有限得多的马拉美却拥有之。丁尼生像《玛丽安娜》这样的诗歌，以自我遮蔽的意识为中心，其技巧性和说服力不亚于马拉美，而且，拥有更普遍的隐含意味。英国颓废派的典范不是斯温伯恩（尽管他肯定是一位可敬的诗人），而是技艺更高的丁尼生。他的“黑夜玄学”那复杂而不经意的精妙之处超越了马拉美。哈莱姆的理论肯定是一种有关纯诗学的理论，虽然丁尼生不让自己明确表示遵循它，但是他的早期写作启发了这种理论，之后他也不断地暗暗回到它，一次又一次拯救了自己的诗歌。以某种《悼念集》尚未感知到的方式，死去的哈莱姆仍旧是丁尼生的守护神。 222

《玛丽安娜》是一首过于纯粹的诗歌，没法通过它去检验对丁尼生的争论，但是如果我们对与早年的丁尼生同时代的诗歌来一番探索，可能会有些帮助。《对〈天方夜谭〉的思忆》一诗无疑是雪莱式的诗歌，从像雪莱那种对于想象力的信心来看，它是丁尼生所有诗歌中最自信的一首。它甚至回应了柯勒律治的《忽必烈汗》，除了该诗的第三部分，在那里，柯勒律治在某种程度上从自己的暗示性视野中撤离了。就像《阿拉斯特》中的英雄诗人，丁尼生在自然之海中航行，寻找超越自然的中心，他在“快乐之家”(pleasure-dome)中找到了，就像《艺术之宫》，以及柯勒律治的《忽必烈汗》和雪莱的《伊斯兰的起义》中所有的：

八十个窗口全部点亮
就像是火的精髓，
一百万支蜡烛闪耀发光
在扭曲的银器上，羞愧
虚空的黑暗穹窿，流布
于月亮下冷漠的圆屋顶，
在巴格达的内心深处，直到仿佛
夜的屋顶上，百千新月之形
　冉冉升起……

这是年轻的丁尼生的拜占庭，或许它也徘徊于年老的叶芝的思绪之中，这两位诗人更可能是在追忆柯勒律治和雪莱的幻觉，尽管未必出于自愿。理智又老到的读者可能会笑话我竟将丁尼生的戏作《对〈天方夜谭〉的思忆》与叶芝崇高的抒情诗联系在一起，但我认为指出（或重申）这首诗的许多价值是合理的。在丁尼生1830年代的《诗集》中，哈莱姆最喜欢这一首，他选得很对，因为这一首的确是丁尼生诗歌意识的完美缩影，甚至是小的《悼念集》。一位伟大而高超的诗人在创作中展现了他最出色的感知力，从以下这一节的第五行开始，我们可以感受到这种强烈的力量：

远处，挺立的柠檬树丛
长在最繁茂隐蔽的密林，
当波斯夜莺亮出了歌喉，
周围的午夜已寂然无声；
未必就是它，也许是某种
充溢在夜色之中的东西，
混合着生死苦乐和至情； 223
它不会停止也不受压抑，
不受地点和时间的限制，
只是颂扬金灿灿的盛世——
　正值哈伦·赖世德好时代。[①]

这节诗代表着诗人视野的中心，或许让人想起济慈的夜莺之歌，济慈的夜莺也向黑暗中的诗人鸣唱，就像这首赞美诗一样，超越了时间和空间的限制。和《思忆》一诗同在的是令人印象深刻的《记忆颂》，很明显，它既是一首抒情诗，也是向哈莱姆的示爱之诗。我说这很明显是指对我们后世的读者而言，对丁尼生和哈莱姆来说倒未必，来看一下《记忆颂》的末尾：

我的伙伴，只和你一起生活，
比赢得皇冠、权杖、王座

① 采用黄杲炘译本，文字略有改动。原译诗对“哈伦·赖世德”的译者注：哈伦·赖世德是公元786—809年在位的阿拔斯王朝第五代哈里发，因赫赫武功而有“赖世德”（意为“指引正道者”）称号。《丁尼生诗选》，外语教学与研究出版社2014年版。

都要美好，好得太多太多！

哦赐予我力量，给我启迪！
我在这种朦胧中晕厥无力，
你这带露的清晨的记忆。

《思忆》以一阵涤荡人心的微风开篇，将诗人带回到哈特·克莱恩在《通道》一诗中优美提及的“一个改良的幼年”。在那一统天下的欢愉中，丁尼生模仿《阿拉斯特》中的英雄诗人，出发去追寻好君主哈伦·赖世德，后者已经是《悼念集》中超自然的哈莱姆的形象，一位诗人君主居于视野中心，一位尚未到来的神人合一形象。为了到达这一绝对存在的王国，旅行者诗人不断航行，伴随着“在每个韵律中慢节奏的庄严”（正如哈莱姆所观察到的那样），直到他自己进入了“另一个黑夜中的黑夜”，一个“荫蔽”的“甜蜜囚牢”的世界。这段航行所暗示的不仅仅是雪莱之阿拉斯特的追寻，也是斯宾塞之《仙后》第二卷中“极乐之荫”的旅程。正如许多批评家至今仍然认为的那样，丁尼生是在英语史上最谨慎而有力的描写色情的诗人，这首早期诗歌是隐含着被压抑的色情的杰作。这首诗的倒数第二节，描写偶遇一位波斯女孩的甜蜜快乐，纯粹是色情的逃避，最后一节直接献给哈莱姆的赞扬，那种持续的狂欢的抒情，甚至在年轻的丁尼生笔下也显得非同寻常。

《悼念集》的第一百零三节，丁尼生找到了破晓之后的内容，在另一次航行的视野中，哈莱姆仍是中心，是缪斯，主导着一个已实现的追求。但是《对〈天方夜谭〉的思忆》一诗中的欢闹现已消失，
224 那首诗最伟大的仰慕者已死。丁尼生或许一直记得哈莱姆有多喜爱这首诗，于是，在他的挽歌集的一个高潮部分，他又回到了以往的

构思中，补偿性的想象抚平了他的悲痛，哈莱姆如复活的巨人般，能唤醒丁尼生的那些较次要的诗歌缪斯。第一百零三节已被恰当地评价为丁尼生最伟大的抒情诗之一，但是，很难说有多少读者看到了它与《悼念集》中据说包含的信仰关系多么少。哈莱姆挽歌的权威评论家布拉德利，一贯感觉敏锐，对第一百零三节中的梦境有过很好的诠释，但他拒绝看到这首诗普罗米修斯式的"劝慰辞"模式。在《圣经·民数记》中，摩西的探子向他报告了亚纳族人的存在，"巨人来了"，吓坏了咕咕哝哝的以色列人。亚纳族人如同泰坦人一样，证实了地上曾一度有巨人存在，人曾经与神平等同行。在第一百零三节里，丁尼生在童年房间里的最后一梦中展开了"海洋视野"，在这一视野中被抛于身后的不仅是童年，还有冉冉升起的普罗米修斯主义之前的一切。对诗人来说，较次要的那些缪斯，即他的"比乌拉的女儿"（布莱克会这么称呼），她们歌唱"那智慧与完美的/和优雅的"，唱给冥冥之中的哈莱姆雕像，那位必将引领她们走向更美好的乐曲的不为人知的神灵。一只鸽子召唤丁尼生去向一片天启的海洋，他将与"我挚爱的他/直到永远"在那片潮汐中重逢，而哭泣的缪斯女神将与诗人一同航行：

海岸延伸气象恢恢
　洪水在更广大空间翻涌，
　少女们增添了力量和雍容
风度，比以往更高贵；
而我自己，抽身出来静静
　注视她们，全身肢体在扩张，
　感到亚纳族人的肌肉力量，
泰坦巨人心脏的跳动。

在注视自我创造力的奉职之灵的时刻，丁尼生突然神灵附身地参与到她们中间，一种力量涌入诗人的身体，使他再次与地上的巨人同行。随之而来的，他的缪斯所歌唱的不是现存之物而是那应然之物：战场中的死者，伟大种族的来临，新的宇宙——一个星球形成。那位新人，完美种族的第一人，丁尼生的阿尔比恩，“在时机成熟前出现”，因此英年早逝，必然是哈莱姆。他以“真人三倍大”的幻影显现，是第一百零三节，也是整首挽诗拯救性的高潮。那航行
225 的船上有重逢的爱人们，现在都是巨人，以及陪伴在一边的紧张不安的缪斯们，唯恐其能量消失殆尽，最后向着天堂那一抹深红色的云彩驶去，在那里，蒸汽、海水、大地交织在一起，在那里，超越了一切的时间和空间，也免于一切微不足道的人类德性。

人们持久地感到疑惑：《悼念集》是浪漫主义神话中的一首令人吃惊的个人化诗歌作品，真正古怪无比的神话创作，居然被当作基督教人文主义传统中的安慰与道德化解方案来接受。《悼念集》作为一部诗歌来看混乱而起伏不定，但其中主要线索还是足够清晰的，显示了它和基督教哀歌之间的关联比《阿多尼》还要更少。无论丁尼生认为他自己在做什么，自主想象力的魔鬼抓住了这首诗，使它成为一首关于个人之爱恋的有争议的作品，其受压抑和社会化的程度，就像艾米莉·勃朗特的希斯克利夫的激情，或者布莱克的《阿尔比恩女儿们的幻象》，或是雪莱的《心之灵》。举例而言，在第一百二十六和第一百三十节中的哈莱姆的幻象，是《阿多尼》一诗最后的章节中济慈的幻象更为极端的变形版本，显示了丁尼生身上所有的下述这种倾向成分的胜利，即不承认上帝或自然可以满足一个永远失掉挚友的爱人兼诗人的想象力要求。

在我看来，在英语诗人中，没有一个像丁尼生这般极致和运气地，在某些意外的时刻认识到自己的能力，突然变得光芒四射，而其

普通的概念背景无法容纳这份光芒。一位想象力丰富的读者会本能地去倾听诗作本身，而不是那位作者。劳伦斯的格言对于丁尼生同样适用。在哈莱姆先知般的提醒中我们可以读到更多，他对丁尼生的评论中有这样的话，唯愿丁尼生每天都沉思，从而或许能为诗歌保留那主要的浪漫感情之一：

> 精妙的适宜感随着艺术家感觉的成长而成长，随其的强健而强健，直到它获得快速有分量的决断，并不逊于相应的良心判断；而当诗人沉溺于多种多样的渴求之时，它会被削弱，无论这些渴求是多么纯洁、高尚，及与人类的本性相吻合。

如果丁尼生留意到这些话，他或许会像他自己的《艺术之宫》中那个有罪的灵魂那样终结，大声号叫“我的心里像火烧”。没有人能够确定，这是否就是他的想象力所要求的适宜的结局。 226

罗伯特·布朗宁
(1812—1889)

在未来研究诗歌修正主义的错综复杂时，以及在经典化导致的误读中，我们将得到一条阐释的定律，即后世的诗人及其批评家往往会误读前世的伟大诗人，把字面意义当成比喻意义，把比喻意义当成字面意义。每一代都重复这样的过程。布朗宁便这样误读了鼎盛时期的浪漫主义诗人，尤其是雪莱——他最重要的前驱者；而时间给应得之人以报复，布朗宁自己也同样遭到多数现代诗人和批评家如此对待，至今犹是。本文将通过揭示两种相对立的倾向——将布朗宁笔下的顿悟时刻或“美好时刻”理解成寻找的破灭，而将最为黑暗的惨败之相解读为欢庆的喜悦——从而对布朗宁，这位“误读大师”，做一番探讨。

我将重点讨论布朗宁诗作中的一小部分，包括《克里昂》、《萨克森-哥达的于格师》、《加卢皮的托卡塔曲》、《阿布特·沃格勒》和《安德烈·德尔·萨托》等。但我无法长久回避我对《罗兰公子来到暗塔》的痴迷，因此这首诗和与之相对的颂诗《塔米里斯行进》会出现在此文后半段。事实上，我希望能以一种批判性自我分析作结，自问为何会着迷于《罗兰公子》，或者说着迷于此诗有何**意义**。为何每当我进行对偶式实用批评，最后总不禁要以《罗兰公子》为案例？好像它是现代诗的典范，甚至超过了《丁登寺》、《驶向拜占庭》和《基韦斯特的秩序观念》？有没有办法让上述问题集中于批判性分析，而不是自我心理分析？

布朗宁的散文《论雪莱》中，有一段生动的文字将诗的影响理 169
想化了：

> 当普通人的眼光看饱了周围或物质或精神的景象，他便会渴望得知看得之物的具体意义，而不会还想看到更多。这时，眼光更为高远的诗人，便有了机会提升他周围人的境界……这一成就的影响不会很快消逝。因其后继有人（荷马一族），本着同一精神行事，发展其探索，巩固其准则。直到不知不觉，世界之所维系仅剩下现实的影子、冲淡的热情、事实的陈俗、道德的惯例、旧年收成的秸秆。

接着，布朗宁设想了一架由真正的诗人组成的云梯，在主客观的交替中，他们将前仆后继，彼此接替，而且“世界绝不敢再怀疑这不是渐次上升”。换句话说，这就是“自华兹华斯到雪莱，再到布朗宁”，而布朗宁代表着他所说的客观准则之巅峰。与布朗宁散文中的理想化相反，我将通过他的诗歌《名望》，来展现他对济慈之信众的攻击：

> 那里有精华，瓶装上好，
> 　最终标价可供售卖！
> 霍布斯、诺布斯、斯托克斯与诺克斯一道
> 　从过去描绘出未来，
> 将蓝色融入他们的线条。

从“霍布斯、诺布斯、斯托克斯与诺克斯”，我们或许可以读到丁尼生、阿诺德、罗塞蒂和当时任何济慈式的诗人。不论他们是自

发的或无意识的，布朗宁都希望表示自己对其蔑视。但在下一章节，亦是诗歌结尾处，用珀西·雪莱取代了约翰·济慈，这恰恰反驳了布朗宁自己：

霍布斯暗示蓝色——他直接把乌龟吃够：
　诺布斯印出蓝色——干红加冕他的杯子：
诺克斯在蔚蓝壮举中较斯托克斯更胜一筹——
　他们都狼吞虎咽。谁把骨螺钓起？
约翰·济慈都喝了些什么粥？

据友人拜伦说，雪莱是饮风餐露的素食者。素食显然不能满足
170 胃口极好的布朗宁，他晚年时是伦敦餐厅首屈一指的食客。尽管布朗宁个人对“影响的焦虑”丝毫没有意识，他却写下了明确涉及这一问题的最有力的一首诗。这便是戏剧化独白《克里昂》。克里昂之学，杂而不精。在我看来，这位虚构人物便是马修·阿诺德的变体。布朗宁当时正在读阿诺德写的《恩培多克勒在埃特纳火山》。文中的恩培多克勒因自己与世界的迟晚而叹惋不已，这种情感，在克里昂的自我防卫中，变成了一种奇怪而不真实的过度自信：

我没有像荷马那样吟诵诗歌，没有——
没有像特尔潘德[①]那样弹奏琴弦，没有——
没有像菲狄亚斯[②]及其伙伴那样雕与画：
我在这几点上都不像他们那么伟大。

---

① 古希腊莱斯沃斯安提萨的诗人、音乐家。

② 古希腊雕刻家、画家。

但我已经步入了艺术的同情之宫，
与这四位沟通融为一个灵魂，
他们分开时，则忽视彼此之艺。
你说，我了解他们全体没有意义吗？

布朗宁大可享受阿诺德或罗塞蒂的这种迟晚感，因为没有比这个精力恣肆的精灵更不会感到迟晚的人了。犹记霍普金斯为他加的形容词，颇为刻薄："不停蹦跶的布朗宁。"我觉得可以把诗歌的迟晚感想象成一种有意识或无意识的痛苦，它总是和对伟大先驱者的矛盾心理紧密相伴。叶芝对雪莱，雪莱对华兹华斯，华兹华斯对弥尔顿，都有这种矛盾心理，但布朗宁对雪莱并没有。从十四岁初次读到雪莱，直到七十七岁去世，布朗宁始终不渝、毫无保留地热爱着雪莱。但矛盾心理并不是"影响的焦虑"唯一的发轫地。或许还有一个更隐秘之源：新人把前驱者认同为理想自我，而在不能达到自我后，意识到自己背叛了完整的自我人格，从而背叛了那种认同感，和最初使自己与前驱者相存相依的约定，由此产生羞愧心理。正如贝蒂·米勒及其他人所揭示，布朗宁无疑心怀这种羞耻感，因此，"迟晚感的负担"，在他这里就变成了"掩饰的负担"，欺瞒于自我，而非时间。

可这种羞耻感难道不是另一种掩饰，掩饰了承蒙恩惠之愧疚感——诗人"作为一个诗人"唯一会有的愧疚感？确实，对布朗宁来说，雪莱是"神一般的阴影"，或者说是祖先神，其有害影响正是 171
尼采强调过的。我觉得，比起过于直白地展现这一点，不管是通过布朗宁的诗歌《波琳》，还是通过他屈服于严母的福音派意愿这一不愉快片段，更为有趣的，将是探究布朗宁身上的最大难点，即：其性格上和理论上的乐观态度，与其笔下男女自我毁灭性的特质之间的冲突。我将从解读《萨克森-哥达的于格师》这首怪诞独特的诗歌开始。它的中心矛盾十分奇怪，是独白者和作曲家之间，前者是位迷人的风琴师，而后者是巴赫的一个拙劣模仿者。作曲家的名字也是布朗宁编造的，出现在诗题中。诗歌讲的是作曲家和演奏者之间的关系，但并**不是**“新人—前驱者”的矛盾关系的移置，因为此处演奏家对作曲家的解读和误读，与后世诗人对前世诗人，或者任何一人对诗人的解读和误读，都大相径庭。演奏确实是一种解读，但它缺少新颖创造所必需的修正主义元素。正如略与其相似但更为伟大的《加卢皮的托卡塔曲》所传达的寒威，《萨克森-哥达的于格师》这首诗的魅力恰恰在于，我们没有误读的负担。两首诗里的演奏者更像文本的朗诵者而非批评者。不过确实，朗诵诗歌的时候不可能不带任何解读，但我冒昧猜想，从对偶式“强”“弱”的意义上来说，即使最强烈的朗诵、表演或演奏，也不过是一种极微弱的解读/误读。因为若没有修正主义的辩证，不管是诗的力量还是评论的力量，都不存在。

风琴师急于理解于格的作品，却拒绝对他进行任何修正，但显然，世界是对的，于格山一般的赋格曲中的意义比听觉感到的要少，而可怜的风琴师是错的。于格是某种无意识的音乐虚无主义者，宁愿把虚无当成目的，而不是没有目的。风琴师作风老派，不仅体现在他对于格的一腔忠诚，而且，我们现在可以说，还体现在对意义的一片虔诚上。但不管他愿不愿意，对于格之意义和生命之意义的怀疑，都在他身上日益强烈。他对于格近乎绝望的实验演奏，主题上和圣器看守人吹灭蜡烛之举形成竞赛，从一个悲伤的否定结论，到
172 了另一个更大的否定，从“但是音乐在哪儿，魔鬼？”到了：

这就是你生命的德性？

　这样一张网，简单而精巧，

把我们网在地上无效的纷争，
　来回投掷梭镖，
死亡解决一切，用一把利刃？

风琴师不情愿做出解读，我们相信这与于格本人有关。尽管风琴师哀求，于格也不会“说出那个词”。风琴师没有力量以修正的自我来突破，做真正想做之事，那就是“打开全套管风琴，/奏响帕莱斯特里那调式”，这本与他温和简单的本性相符。然而，我们不能过于从字面上解读风琴师。不管怎样，在留给他的那个光明的瞬间，没有什么能阻止他只按自己喜欢的方式演奏帕莱斯特里那。但艰深莫测、庞杂繁重的于格之作困扰着他，驱使他解开其秘密，或没有秘密之缘由。风琴师不由自主地进行着对偶式探求，布朗宁其他所有独白者也是如此。诗歌启示性的最后一句应该以重读的“是！”作答：

屋顶，假如我在那上面，
　……看你，孔中之芯丝！
你好，看守人，让我们看看这场恶战！
　流淌下来，箭般飞逝。
什么，你是否想要，悄然出现，
为第一批晨祷者扫清圣殿，
发现一个可怜的魔鬼已经完蛋，
在那满是耗子、踏板烂断的楼梯边？
　我是不是把月亮装在口袋里？

如果风琴师是对的，那么跟于格织出的蛛网相比，镀金屋顶上的金子是最终现实的更好象征。但幸运的是，光芒开始暗淡，中断了不安的肯定，这使我们明白，在风琴师对意义的探求中，他自己既是主体又是客体。于格继续编织着他精巧的虚无，风琴师则把月亮装进了口袋。诗的结尾虽然幽默，但究竟是表示失败的探寻，还是成功的一刻呢？布朗宁有没有让我们能够区别二者？抑或二者的混淆恰恰是他的艺术成就所在？风琴师最后是从欺骗中醒悟，还是
173 进入了美丽的先至性，把想象装进了口袋，即雪莱的《两个精灵：
一则寓言》——布朗宁最爱的诗歌之一中，第二精神的转喻？在雪莱诗中，“第二精神”明显隐喻欲望，言明了“爱之灯”源源不断地给他“把黑夜变成白天”的力量。布朗宁则更加辩证，他诗中的最终呈现是极为含糊的。但那是一种深度的压抑，我想去体会，并一时感到困扰，就算只是因为《萨克森-哥达的于格师》和布朗宁的其他诗歌一样，以矛盾（aporia）作结，使得读者不确定该从字面义还是比喻义上理解。和雪莱不同，布朗宁从个人来说绝非智识怀疑论者，他却能够创造让我们不确定的形象，这是他最重要也最具挑战性的特点。

《加卢皮的托卡塔曲》可以看作这首诗的对立面，因为它似乎以演奏者有意识地承认迟误和挫败作结。但布朗宁是诗歌传统允许的范围内最为多面的创造者，他写过的诗一贯微妙，《托卡塔》也一样。诗歌向我们提出了一个宏大的尼采式问题（出自《论道德的谱系》第三篇）：“艺术家跳到自己的对立面，这将意味着什么？”尼采针对的是瓦格纳，但《托卡塔》中布朗宁也许是另一种例证。如果我们认为尼采对自己这个问题的最终答案是“一切伟大事物都通过超越自我带来自我毁灭”，那么这个答案预告着迟晚的弗洛伊德。我觉得我们可以满有把握地说，布朗宁是对自我毁灭（Selbstaufhebung）最没兴趣的人了。在自己的探求中，他十分乐意同时当主体和客体。就像爱默生（这也是他们唯一的共同点），布朗

宁一直很高兴有许多个他，有许多面自我在同一个心灵中愉快地玩耍。从尼采的观点来说，布朗宁一定看上去只是英国经验主义和新教思维下那些最大胆特质的缩影，但其实，他比那些还要出格许多。没有一种辩证对立能容下他，因为他虽不晦涩，却是超自然的，全如魔鬼一般，总是调皮的狡猾和无穷的语言能量之结合，叫人惊叹不已。我觉得我们可以猜到，为什么他深深喜爱克里斯托弗 · 斯玛特和托马斯 · 洛弗尔 · 贝多斯这样的诗人，他们代表着持异见的热烈情怀传统被带到真实疯狂状态。精力与自信满满如布朗宁，要想避免在热烈情怀下的异化，也要有他一样强大的内心才行。但布朗宁数不清的怪异之处中，也许最怪异的，便是他无可救药地清醒着，哪怕在想象病理学爱好者、独白疯子和骗术高超的冒牌专家之时。 174

《加卢皮的托卡塔曲》中至少有四个声音冷静地跳跃推进，其中只有一个多少可以说成是布朗宁的声音，甚至我们对此也不能肯定。让我们从诗歌的结尾切入。此时，独白者首次对自己所奏乐曲的作曲家说话，作曲家紧接着就回话了，**但仅仅通过独白者的演奏。**最后，说话者--演奏者承认自己被加卢皮冷酷的才华打败。

11

而我呢，正当我坐下来推理，想从此矢志不移，
正当我胜利地从自然的封锁中挤出他的奥秘，
你进来了，带来冰冷的音乐，使我的神经战栗。

12

是的，你，像幽灵般的蟋蟀，鸣叫在废墟之间：
“尘与灰，死亡与终结，威尼斯花去威尼斯所赚。
灵魂无疑是不朽的——只要你有灵魂能被发现。

13

“譬如说你的灵魂吧，你懂物理，地质也不外行，
而数学是你的消遣。灵魂到达的高度不一样，
蝴蝶们恐惧绝灭——而你呢，你却不可能死亡！

14

“至于威尼斯及其居民，注定要繁荣和没落，
‘欢乐’和‘愚蠢’是他们在这块土地上的收获。
待到亲吻不得不结束时，灵魂中还留下什么？

15

“尘与灰！”——你这样唧唧吟唱，我却不忍责备。
死去的亲爱女人，曾披满酥胸的金发多么美，
而如今都已安在？我不禁感到了年岁的寒威。

“移”便是卢克莱修的“克里纳门”。我们可以说，加卢皮和卢克莱修一样，以一种伊壁鸠鲁式争辩，全力纠缠着演奏者。一种可能的解读是，布朗宁作为一个独自成为一派的狂热超验主义者，正击问着维多利亚时期的精神妥协——由他颇有教养的独白者所代表。这种解读证实了本诗亦庄亦谐的开头：

啊，巴达雷萨·加卢皮，发现这点真令人悲痛！
我不大可能误解你，我既不瞎，也不聋，
我虽了解你的意思，心情却是多么沉重！[①]

① 译文采用飞白译本，《布朗宁诗选》，外语教学与研究出版社2013年版。文字略有改动。

如此看来，加卢皮的胜利，便是戏剧性地给受教育陶冶的独白者带来了心灵震撼。起初，独白者对加卢皮的虚无主义颇为嘲讽，但之后，加卢皮给他上了一课，使他感到由衷的敬畏，醒悟人必有一死，生命最终全无意义。但我认为，这样解读，独白者便被低估了。跟那个演奏着于格，既不愿放弃于格也不能接受其虚无的风琴师相比，这位独白者要有禀赋得多。加卢皮不是于格，而是一个洞明世事的艺术家，提供人们想要的东西，但又带着“与死亡共舞”的一面，违背着观众的意愿。而说话者，“懂物理，地质也不外行，数学是他的消遣”，也不打算放弃基督教的永生观，至少是和风琴师一样，让人捉摸不透的，理由也类似。他为什么不能放着加卢皮不管呢？他想知道自己能把这活泼又典雅的艺术表演得有多好，这到底又是为了寻求什么呢？说话者对死亡之着迷，比加卢皮、加卢皮的观众和布朗宁更甚：

然后他们离开你，去寻欢作乐，直到时辰结束，
有的一生虚度，有的徒劳一阵，也于事无补，
死神默默到来，把他们带到永远不见天日之处。

这首诗最动人的元素之一，是略带色情的怀旧。毫无疑问，这是打通独白者和布朗宁身份的唯一一处。爱神的光芒笼罩全诗，带有一种强烈而深刻的力量，几乎像莎士比亚的风格。诗中最让人感动与震撼的，便是独白者最后的：“死去的亲爱女人，曾披满酥胸的金发多么美……”这位灵魂整修者诗歌十分感性，像他强健的创造者一样。冷酷的加卢皮，则是更具两重性的艺术家，以身阐释着尼采的洞见，即美学理想是一种防卫式逃避，这样，艺术才能在现
实面前保存自己。但既然布朗宁这次已经优雅地袖手旁观，我们读 176

者又将被置于何地呢？我觉得他的动机很明显，但同时也离题甚远。他希望我们——与独白者、加卢皮及其艰苦生活的男女观众都不相同——能转向他那种激进的对偶式新教主义。我认为，这便是他最终对雪莱那种对偶式人文主义的误读。布朗宁的艺术使我们脱离了布朗宁，但奇怪的是，没让我们脱离雪莱，或至少雪莱诗中强有力的卢克莱修元素。独白者在探求加卢皮的真相，难道只是为了摧毁他躲避真相的自我安慰？这是正统的解读，但它过度强调了一个转喻的字面意义，而这个转喻已经有意识地不试图逆转时间。说话者结束时感到“年岁的寒威”，他便将加卢皮的音乐和世界投射到了内心，同时投射转移了自己妥协的阐释方法。但这是一种幻象(illusio)，一种又近乎公开反讽和反向防卫机制的转喻，即和诗开头幽默的逃避口吻对应。无所变化，因而无所发生，而布朗宁怪异的诗歌中最后的阴郁，便是讲话者为重复所困。暂停片刻后，他会接着再弹一曲加卢皮的托卡塔。

我们再来看第三首音乐诗歌，或者说即兴表演，更难以理解的《阿布特·沃格勒》。诗中魔鬼般的演奏者偶尔也作曲，为自己发明的乐器量身谱乐。他无比孤独，因为除了他对自己作品的解读，他无所解读。正统的评论颇弱而无趣，因为他们将此诗解释为虔诚之作。历史上的沃格勒被一些人认为是伪善的骗子，但布朗宁笔下的沃格勒太过复杂，不能简单认为他是假冒者，或者虔诚的信徒。不管作为演奏者还是作曲者，沃格勒是即兴演奏家而不一定是艺术家，这一点最为重要。不管布朗宁实际意图如何，诗歌中，沃格勒究竟是个技艺高超的幻术师，还是另为其他，这个问题是开放的。至少，他被自我欺骗了，但自我欺骗也很复杂。值得知道的是(我必须假定布朗宁也知道)，沃格勒发明的乐器只有当他自己演奏时才最为动听。尽管在读这首诗的过程中，我们很可能把这当成不稳固地达到的“美好一刻”，转瞬即逝；但我认为，更为有力的解读，或者对偶式解读，可以显示出这首诗歌和《罗兰公子》与《安德烈 · 德尔 · 萨托》一样，描述了失败的探寻。

叶芝曾提到，他担心布朗宁会对他造成危险的影响，《阿布特 · 沃格勒》便是例证之一。如果我们能够不带怀疑的眼光解读
《阿布特 · 沃格勒》(我以为不能)，那么这首诗看上去便像《阿多 177
尼》的后三分之一和叶芝“拜占庭”诗歌之间的中继站。它立足于一种存在状态，似乎不是超越了生死对立，就是仿佛艺术本身的状态。但我觉得在《阿布特 · 沃格勒》中二者都不是，而是更为让人迷惑，是一种有意的梦幻，部分来自布朗宁，部分是怪诞，一种纯粹是幻想的戏剧独白。

我们应该立刻意识到，沃格勒并不以艺术为目标，因为艺术，说到最后就是辛勤劳作。沃格勒是白日梦想家，追求的是自然或超自然的魔法，就像“所罗门封印”[①]这一堕落的卡巴拉神话一样。沃格勒与其说演奏管风琴，不如说在奴役它，从而达到自己的魔法目的，在那些目的中不分天使与魔鬼，天堂与地狱。沃格勒不是布莱克那样的幻象家，他不想天堂和地狱联姻，只是尽最大努力，攫取一切可能的力量。但他有一个感人的目标，和雪莱《解放了的普罗米修斯》中类似：帮助大地升至天堂。但是，他的愿景是适合我们当成愿景的，还是不无可疑之处呢？

当主角是沃格勒这样的人时，臻于完善是一个不确定的现象。和布朗宁最早、最令人惊骇的戏剧独白中那位疯癫得超然出世的约翰内斯 · 阿格里科拉[②]不同，沃格勒不是个真正的狂热分子，不确信

① 所罗门封印，又称六芒星、大卫之星。传说所罗门王有一个戒指可以使他指挥魔鬼和幽灵。

② 约翰内斯 · 阿格里科拉 (1494—1566)，德国新教改革家，路德的朋友与追随者。

自己一定是上帝的选民。第六节有一点《克里昂》的色彩，而第七节明显是“怪怖的”(unheimlich)，但在第八节和第九节，即该诗的“阿斯克西斯”，或者说升华之后，把布朗宁，或者说布朗宁内心不停蹦跶的那些生命之一，与沃格勒区分开来，就没那么简单了。

8

好吧，它最后还是消失了，我建起的音乐宫殿；
　消失了！善的眼泪淌下，来得太迟的赞誉；
起初他有确信，他很难说曾经恐惧不安，
　甚至不曾想过，那消失之物终将离去。
再也不回来！不过还有许多同类，一样好：
　不，或许更出色：这是你给我的安慰之词？
对我来说，我必得救，因为我一心坚持独抱
　一个自我，一种爱，一位神：曾是者，还将是。

9

178 因此除了你，这神圣的名字，我还会向谁求援？
　你，建造者和制作者，但你的屋宇不是用手建成。
因你是永远不变的，什么会忧虑你的改变？
　可会怀疑你的力量能否填满这力所扩展的心？
永远不会有失去的善！存在过的将照样存在；
　邪恶是空，是虚无，是暗示着喑默的声线；
善的事物将是善的，对于恶，更多善来取代；
　在地上是折断的弧；在天堂是完美的圆。

诗歌从这里一直到结束的最后三节，突然变得很像布朗宁的圣母颂，就像《献给大卫的歌》是斯玛特的那样（倒数第二行里，有意地对此有所呼应）。但是，这在诗里，或者关于布朗宁自己来说，有什么意义呢？他自然不会公开承认自己的艺术是即兴表演的艺术，是幻术师的表演吧？大概不会，但诗歌可能表现了他怀有一种几近于此的焦虑心理。**不管是不是吧，那么我们应该怎么解读最后一节？**

好吧，大地在我身边；沉默恢复了君权：
　我将耐心而骄傲，清醒地默许。
把曲调给我。我再一次感受共同和弦，
　半音滑过，直到我沉入那小调——是，
我把它钝化为第九度音，我站在陌生地面，
　衡量着我滚入深渊之前所在的高度，
听啊，我大敢做到，因我的安息地已寻见，
　这一生的C大调：所以现在我将试着睡去。

这次降至C大调，又一次完全把沃格勒完全与布朗宁分开了，因为在一个真正的音乐化的布朗宁所作的各种曲调中，他的安息地的音调很难没有升调或降调。布朗宁在他自己公开的宗教诗《扫罗》中，直接模仿了斯玛特的《献给大卫的歌》，所以我们可以合情合理地确定，沃格勒并不代表布朗宁，当即兴演奏者迟晚地站在了异国他乡的土地上，审视着他所获得的崇高，并且回应着斯玛特的最后几句时：

你对惊人的真理怀有坚定信念；——
现在将这无与伦比的行为实现，
　　　　　决心，胆量和行动。

沃格勒的所敢所为，不过是做一个迟晚的梦；在那个普罗米修
179 斯式或雪莱式的梦里，布朗宁位于何处，这是个谜，至少在这首诗里是这样。作为文本，《阿布特·沃格勒》想表达的是，如果“读”意味着通晓字面意义和比喻意义的相互作用，那么我们是不可能“读”这首诗的。从正统解读，也就是从所有广为接受的说法来看，这首诗几乎是布朗宁式“美好一刻”的天启般变种，一种独家有幸的显灵，最高视角的特殊显现。但修正主义的误读模式在诗里留下了清晰印记，它们暗示这首诗应该从比喻意义解读，与字面意义相对，作为另一个描述了失败之探求的寓言，或者关于忏悔或想象力的失败，或知道有此失败的愧疚感。

我们现在来看《安德烈·德尔·萨托》，它和《罗兰公子来到暗塔》，以及《指环与书》中以“教皇”为题的冥想一起，可以说在我眼中代表了布朗宁的最高成就。在这里，阐释的主要任务似乎不存在问题，因为正统解读与诗歌很近似，都宣言艺术家的探求遭遇毁灭，安德烈在独白中自我谴责。贝蒂·米勒巧妙地把这首诗与布朗宁《论雪莱》中带有困惑，又颇令人困惑的这一段并列：

> 尽管关于这种失败的程度不可能再有疑问，在解答关于诗歌的一些更好的问题之前，我们无疑必须回溯诗人的经历——尤其是，当我们试图恰当评价的表演被环境阻碍，不能完成——英年蒙难，抑或早逝。从传记中，我们可以得知，其精神是否位于之前最后到达的至高处，居高俯瞰，声传四方。这个世界上不存在绝对视角，但我们可以无限接近它，而个人在这方面的每一步，只要比普通大众的高一点，他便有了优势。诗人有没有达到过比其显示成就的终息之处更高的地方？他之所知，是否比其所言更多？

在这种对比下，安德烈和布朗宁所处的境界，都比他们本可
以达到的绝对视角低一些。当然，安德烈之所知比其所画更多，这
一点他已向我们明言，甚至明示。但布朗宁呢？如果他不是雪莱，
那么他也不是安德烈，而这可以说是诗歌负担的一部分，但只是
部分而已。从形式上，而不是写明的内容上，此处独白里是否有辩 180
解（apologia），大概是一个更偏重对偶式的实用批评可以探究的
问题。

安德烈是否夸大了自己的潜力？如果是的，那么便没有诗歌了，因为，除非他靠不住的“生活所得”补偿了“艺术所失”，那么他便被自我欺骗太甚，以至于即便对自己而言，他也不再有趣。布朗宁复杂化了这个问题，正如他复杂化一切问题。诗歌的副题提醒着我们，安德烈被称作“完美无瑕的画家”。瓦萨里（布朗宁的灵感来源）将技艺中的一切归功于安德烈，但后来批评他不思进取，没有将达到最高境界作为追求。诗中的安德烈使我们相信了一种被浪费的伟大，但不是通过他的夸耀（“无论如何，这一切都很容易，/我不必画习作，也不必打草稿，早就不必：——/我所作的是许多人必生的梦想……”），而是通过自己“黄昏图”中的惊人技艺，通过向我们展示“一切浅灰把万物化成了银色”。显然，讲话者知道失去是什么感觉，并且显然是其创造者的对偶。这位创造者很狡猾，他的诗歌也从不缺少进取心，总是在他最怪奇处升华，并且在攻占升华之境时一直如此怪奇。安德烈并不直接代表任何布朗宁的特点，甚至不代表泄露的英雄前驱者的关系，但他确实代表着布朗宁的焦虑之一，这种焦虑和影响的焦虑有所相关，但不尽同。它是一种表现的焦虑，或对禁忌意义的恐惧，或者，用弗洛伊德的话准确来说，是惧怕被压抑者的回归，尽管这种回归会取消作为诗的诗。或者，是因为这种回归会让诗歌本身终结？

回想一下，弗洛伊德的被压抑的观念，讲的是无意识中**有目的**的遗忘，同时也回想一下，布朗宁最不能忍受的就是**无目的**感。这种无目的感困扰着罗兰公子；再想一下《论道德的谱系》伟大的第三篇的结尾，尼采的洞见中或许是最有力量的一个。尼采说，禁欲的理想（他同时也指理想的美学），是人类的苦难目前已知的唯一目的，人类宁愿让空虚成为目的也不想让目的空虚。布朗宁内心的深深恐惧，即无目的性，都和雪莱最触动他的品质有关：《阿拉斯特》中的诗人、普罗米修斯、《阿多尼》中渴望死亡的雪莱自己，皆是毅然决然地执意于目的。作为艺术家，安德烈是绝对理想主义的雪莱的绝对对偶，所以他也代表着布朗宁深深的焦虑。

可这为何是表现的焦虑呢？我们再一次进入**迟来感**这一可疑范畴。布朗宁不太愿意代表它，但他是位十分高超而地道的诗人，
181 以至于无法避免它。尽管安德烈用了另一套词汇，颇带自我防卫式躲避的词汇，来表达他和米开朗基罗、拉斐尔、达·芬奇的关系，他依然承担着迟来者的负担。露克蕾吉亚是他迟晚的标志，是他早已计划好，为无法达到那种力量而找的借口——他准确地将其诊断为意志的不足。他最后以故意的迟误作结，一意孤行地让自己的爱人另寻他欢：

人能得到什么？
在天上，也许还有新机会，再一次机会——
新耶路撒冷有四面巨墙，
天使用天尺量出，分布四方，
让达·芬奇、拉斐尔、米开朗基罗与我画上壁画
——前三人都没有妻室，唯独我有！
所以他们仍将获胜，因为即便到了天堂，

仍将有露克蕾吉亚——这是我的选择。

表哥又吹口哨了！去吧，我的爱。

我们能否说，安德烈代表了雪莱害怕成为的东西，熄灭的火炉，毫无余烬的死灰？我们知道雪莱无须害怕，但那强迫性的、隐藏的恐惧令人难以忽略。布朗宁七十七岁高龄时，创作余热尚足，与八十八岁时的哈代，七十四岁时的叶芝，和七十五岁时的史蒂文斯一样。他的最后一本书《阿索兰多》，强烈预示着后来哈代的《冬之语》，叶芝的《最后的诗》，和史蒂文斯的《岩石》。这四首作品，是四位最有名的现代诗人，生命中最后一绽令人惊叹的烟火。联系这四部作品（虽然《岩石》实际上是史蒂文斯《诗选》中最后一部分，但按照他之前的计划，它是以《秋日棕土》为题的单独的一部）的是，四位诗人最终克服了长久以来的“表现的焦虑”。诗歌中的“表现”，说到底是自我宣扬，正如哈特曼所说：“你证明自己，或者证明其强大对立物，也可能二者兼有。”我们可以引用尼采来谈论诗人的权力意志，但更为正统的柯勒律治也足够了。他提醒我们，不打破延续便没有原创，只有意志才能打断天性中的重复冲动。在布朗宁、哈代、叶芝和史蒂文斯的最后阶段，诗人的意志开始与天性相冲突，这种对立精神冲破了终极焦虑，鼓足勇气，以柯勒律治所说的“自决的精神”代表自己。弗洛伊德是否会将这种自我实现的本能和他的“导向死亡的迂回道路”相结合，这不得而知，但我觉得是可能的。在这最后阶段，布朗宁和其跟随者（哈代和叶芝都明显受布朗宁影响，我还想提出，史蒂 182
文斯即兴创作的一面与布朗宁有联系）正以一种“转代比喻式再现”代替雪莱，他们共同的前驱者，一位依旧强有力的存在。

这一点比较困难，为了说明，我想援引布朗宁最后的著作（尤其是其前言）和《噩梦》这一系列。我最终的模型，又是卢里安派卡巴拉主义，包括轮回（gilgul），点亮前驱者的火花，只要他是自己真正的前辈，是自己的根源。“轮回”即是终极的复兴（tikkun），在一种表现行为所能达到的程度上。有意思的是，布朗宁所做的很像轮回的模式，因为他最终恰好继承了雪莱与其主要前辈华兹华斯进行的争执。布朗宁克服了华兹华斯，帮助雪莱完成了他无法完成之事，重新点燃或照亮了雪莱的火花，或者说余烬，给《西风颂》和《解放了的普罗米修斯》第四章中赞颂的力量注入了新的活力。在简略讨论完《阿索兰多》之后，我将通过（我希望是）最后一次回到我个人极为喜爱的《罗兰公子来到暗塔》，来探讨这一复杂的模式；然后在本文结尾，探究布朗宁后来以雪莱式的赞颂所作的《塔米里斯行进》，这首《罗兰公子》的对立篇。

《阿索兰多》的序言属于对《不朽颂》的一系列修正之一，这些修正构成了19世纪到20世纪英美诗歌史的很大组成部分。但布朗宁有意对修正进行了再修正，将《阿拉斯特》、《知性美之礼赞》和母体诗歌结合起来。布朗宁的诗中最为重要的不是华兹华斯式微光，即第一节中所谓的“陌生的光”，而是更有生机的雪莱式火焰，正如布朗宁回忆他五十年前初次见到时。

我的阿索罗，多少年过去，
　自从——一步从海洋到陆地——
我寻到你，爱慕你又如此畏惧——
　因为自然物似乎永远伫立
身披火焰！不——
我实无力主宰于此！
　恐怖之美，恰似灌木

燃烧但未耗尽。屈膝，
　垂目对着土地，语言？嘘！
唯有沉默与敬畏相宜。

而今？火焰摇曳于——何地？
　失落在苍裸的世间：土地，天宇， 183
山丘、溪谷、树木、花朵——意大利
　那些稀世之美，正流溢于目——
可是火焰？灌木已然沉寂。

当雪莱放弃了火焰，他是为了转代比喻中的预言之号角，或者在《阿多尼》中，为了那同一阵将他吹到声音及视野所达范围之外的风（“我用诗歌所呼唤的宇宙之灵气/降临到我”）。布朗宁，这位福音派新教徒，以一种强大的不协调的转代比喻，将雪莱的遗产与新教信仰的上帝结合在了一起。

山丘、溪谷、树木、花朵——肃立分明，
　自然，让人知晓，命名。然后何为？
一个声音从那里响起，直接把幻景
　与现实区分：看哪，一切都在理解范围：
我可曾眨过一下眼睛？
没有，因为是那净化了的耳朵感受
　土地的意义，而非先前缭乱的双眼：
那个声音说道：“称我的作品为朋友！
　在自然之中，你是否感到敬畏惊叹？
上帝就是超越的源头。”

这是绝对逻各斯中心主义①，几乎超过了任何诗歌可承受的范围，尤其在晚如1889年之时。布朗宁能躲过非议，一方面是靠了净化的耳朵，另一方面是因为，他的新教主义里浓缩了盛期浪漫派通常取代的东西，一种两难之境——新教徒的上帝既要他们“如我一般去注视自然”，又同时说“别擅自去象征我注视自然的目光”。布朗宁魔鬼般的升华之境所具的重大力量，使诗人超越了那些本可能使他想象力精神分裂的东西。

当然，略读一番《噩梦》即可明白，这种超越也没有持续很久。同时，这将把我们带回布朗宁最大的噩梦，即《罗兰公子》中魔鬼般的浪漫传奇。诗歌《噩梦》第三部中矛盾的禁令，使艺术与自然之间的对立陷入进退维谷之境地：

这是我的梦！一片森林
　与大地同生，未尝有初民踏足。
你，灵魂，探索前行——
184 　于颤栗狂喜中——领域
宽广无垠，灌木，虬树，
直触天堂，撑起深邃穹幕，
日月星辰缀落于其间：
然而——哦，莽林遮住了我的眼，
使我无法窥得过去，
　凌乱纠缠，其间伏有——不，住有
一些孤寂而庄严的生物，

① 德里达指出，西方理性是“逻各斯中心的”(logocentric)。这里，希腊词根“逻各斯”(logos)的含义是“言说”“计量”“比例”“理性”。——编注

原始，时间歇止，人类宽宥。

向前吧，灵魂！我见到一座城市，
建筑排布完善，何等清明，
各方面皆无可挑。仁慈地止息，
闪电！不要留下一丝伤痕
在光洁的大理石面，圆顶或尖顶，
建筑壮丽宏伟——街道，连泥泞
也不敢玷污，铺设太美丽，
对于人类脚下的污迹，并非你的——
骄傲而孤独的穿越者，
我的灵魂，走惯寂静的道路——
狂喜而又害怕地，说着，
恐生命因你的停留而受准许！

啊，最后一幕却是丑陋！
城市，是的——森林，不错——
竞相吞噬。虎尾兰反咬一口，
绞扼了我曾经认识的一座
亭阁：每株橡木的老根
皆紧持一些夺来的战利品：
因其在地上偷偷拱起而毁，
人行道，仿佛被牙齿咬碎，
怀恨的野草愈发撕裂着缝隙，
令石材滋生或方或圆的裂口。
哦，自然——至美！哦，艺术——一丝

也不差！若二者相合——就是诅咒！

在《噩梦》系列中，布朗宁作为自己作品的解读者，把自然比作丈夫，艺术比作妻子，把艺术与自然、男人与女人的结合比作——啊，比作地狱，虐恋之性爱的地狱。但这文本可以衍生出多种不同的解读，因为此处，压抑的防卫力量异常强烈。其城市是艺
185 术之城，但就像它所预言的叶芝的拜占庭，它也是座“生中之死”之城。在这之前的森林景象，是一种可以称为“死中之生”的自然。此二者互不相容，互不相生。如果被放在一起，谁也不会是谁的前驱者，而是会彼此吞噬。这不能说是《阿索兰多》序言中的景象，因为最后一节描绘的世界里，上帝和布朗宁似乎都没有容身之处。假定这是个噩梦，或者强烈压抑的部分回归，它带我们再次回到布朗宁最为困惑也是最高升华之境，回到他中心的对立视角，《罗兰公子来到暗塔》。

我之前曾在我的两本书里全面评论过这首诗（《塔里敲钟人》，1971;《误读图示》，1975）。此番再次讨论文本，我便带了些许谨慎，不仅下定决心不要重复自己说过的话，也希望所展示的不仅仅是自己对一首如此宏大又诡异的“探寻传奇”的痴迷。不过，让我回到本文开始时提出的问题：从这种批判性痴迷中，是否可以得到批判性知识？

罗兰，尽管是通往魔鬼式“指示场景”路途上的公子，或者新人，却是一个有意识地迟到的追寻者，因此他似乎是一个着了迷的解读者，至少不亚于他可能渴望成为的其他目的性主体。在解读自己的文本时，他表现出的强迫性的权力意志，比尼采的《查拉图斯特拉如是说》更具尼采风格。很难想象出一个迟到得更厉害的英雄了，我也不知道其他文学作品中，有表现一场探寻倾空自我的更

极端例子。博尔赫斯准确地把布朗宁算作卡夫卡的前驱者之一。也许只有卡夫卡的《城堡》，才能在诺斯替教版本的“浪漫主义”的意义上，与罗兰公子相媲美。诗中，几乎所有的形象都毁灭了，但是，正如我们全都模糊地感觉到的，诗歌结尾展现的是某种胜利，穿越“美好一刻”，直达最高表现之境：

他们站在那边，一溜排在小山根，聚观，
　看我最后一眼，一个活框架，
　可装另一幅画！在火焰映衬下，
我看见了他们，我认识每一个人。但
我还是无畏地把号角举向唇边，
　吹响了，“罗兰公子来到暗塔”。

管这个叫最高之境或美好一刻，也许太过夸张？之前的一节，结尾处是以失落的悲怆之声作结的：“一刻丧钟奏出多年苦难。”华兹华斯和柯勒律治把想象当成一种补偿，以“诗中所得”补偿了
“经验所失”，我们可以开始相信，这种范式是一种难以缓解的灾难。 186
《罗兰公子》作为诗歌的独特魅力所在，便是它冲破了一切盛期浪漫派的模式，把浪漫主义想象剖析为不过是压抑的规则累积而成。但这种否定本身过于简单化，逃避了这首诗歌里最为深刻、最为持久的问题，即**力量**的表现。我想，这里就是我们批评式追寻的核心，卡巴拉教的那个点，既是ayin（虚无），又是ehyeh（绝对存在的表现），那种修辞反讽或幻象，总是允许一首迟到的诗歌重新开始追寻复兴的力量。含义已经逐渐远去，而罗兰追寻的是被失去、被遗忘的**意义**，追寻的是**表现**，是自我的赞同和再度宣扬。他是否成功，远远超过丁尼生的尤利西斯和珀西瓦尔，甚至远远超过盛期浪漫主义

的隐士？让我们同意罗兰公子，以及我们自己，把这当成他那真正不可实现的原初目标的一种替代品，因为那目标，恰是雪莱那自我再生、冲破自然之网，成为自己想象之父的**对抗式**梦想。正如罗兰所示，替代品不一定必须是升华，而是可以在更为复杂的防卫行为中，从压抑点**经过**升华之境到达最高处。

心理分析上，这个行为没有统一名称，除非我们愿意（然而我们并不）以“偏执狂”这一含贬义的名字来称呼它；而从任何超越分析的视角来看，它是珍贵的意志行为。罗兰告诉我们，心理分析学称之为“内心投射”和“投射转移”的，是认同感和天启性的排斥这两个精神过程的比喻，此二者存在于诗歌的外部边界。我们随罗兰了解到，表现的能力本身也**是**一种能力，这种能力或力量是我们唯一应该知道的目的性。在结尾处，罗兰在自我再造，但代价是给那个自我加了一个幻想的旅伴：失落——此处指的是**意义**的失落。对任何一个被浪漫主义传统滋养的读者来说，布朗宁诗歌的无尽魅力，在于这首诗，比任何其他诗歌更加明显，仍然恰恰做着其他带有强烈浪漫主义的诗歌做的事，既彻底地“去理想化”了自己，比我们将其去理想化更甚，又意图超越这种自我解构、局限或简化，而指向“第一理念”，达到重新想象，达到一种其他任何话语形式都无法提供的能力创造。没有任何虚构人物比罗兰更振振有词地向我们警告，真相本身有着毒害人心的魅力。他和读者只在话语中一同漫游，并且，跟诗歌开始时相比，他们对自己所知更没有信心。但他和
187 读者都经此达到了比开始时更有力量的表现，这种表现最后变成了一种还原，一种对于新打破器皿状态的“修复”（tikkun）。意义没有得到恢复，而是受到减缩，但力量展现为意义的对偶。

我以布朗宁晚期伟大的颂歌《塔米里斯行进》，一首对罗兰公子的有意识修正，来结束本文。在英语语言主要诗人尚鲜为人知的

作品中，这是最好的诗歌之一。写完《罗兰公子》二十二年后，布朗宁已经不是三十九岁这一问题年龄，而是六十一岁。他深深地知道，过了子午线就没有春日的花朵了。但《罗兰公子》，除了其转代比喻性的结尾，整体上是一首迟晚的诗歌，而《塔米里斯行进》中的一切都完成了转喻的颠倒，因为，怎么可能有诗歌比它更早？但从诗歌的一开始，追寻者的情形从客观上讲就很糟糕，因为塔米里斯**知道**，他要参加一场不公平的比赛，一位新人英雄与最伟大的前驱者——缪斯女神之间的斗争。“塔米里斯行进，”诗歌中这一有力的语句重复了三次，体现了**目的性的勃勃生气**，这是雪莱对于纯粹的、自我毁灭的诗歌探寻所怀有的执意喜悦，而布朗宁最终允许自己拥有了它。

以下是布朗宁的素材：《伊利亚特》第二卷，第594行及以下：

> ……缪斯们在多里昂
> 遇见色雷斯人塔米里斯，打断了他的歌声，
> 那人来自奥卡利埃的欧律托斯家里，
> 他夸口说，要是提大盾的宙斯的女儿，文艺女神们
> 同他比赛唱歌的艺术，他能得胜；
> 她们在愤怒中把他弄残，夺走他美妙的
> 声音，让他成了一个没有记忆的歌手。
>
> 拉蒂莫尔英译

荷马没有说塔米里斯输了比赛，而是说缪斯女神盛怒之下夺走了他的记忆。没有记忆的人无法成为诗人，因此他也不能再发音。另外一些布朗宁可能知道的故事版本，则提到了阿波罗在比赛中袒护缪斯们，之后这些刻薄的女神弄瞎了塔米里斯的双眼，抹去了他

的记忆，以惩罚他的妄论。弥尔顿在《失乐园》第三卷开头对光明的祈求中援引了这一段，将塔米里斯抬到与荷马相当的地位，并从
188 两位诗人身上引出自己的抱负：

我每夜必到。
我也忘不了另外两位和我
同命运，名声相似的人，
盲人塔米里斯和迈奥尼德斯。

可以推测，弥尔顿在普鲁塔克的作品中读到过，有一首关于泰坦向诸神宣战的史诗，据说为塔米里斯所作，这是一个布朗宁可能将其与雪莱和济慈相联系的主题。布朗宁的塔米里斯行进到雪莱式的三行体诗，穿过幻想的宇宙，这宇宙很像雪莱的那个，并且公开宣称是先至的。"从胜利到胜利，/在清晨的曙光中。"塔米里斯一路仰天大笑，但清楚地知道自己的命运，他穿过充满欢乐的土地，这是与罗兰公子自造的磨难风景梦幻刻意地针锋相对。

塔米里斯，行进着，嘲笑"每片水沫"
（因水波闪烁，于其后层层追逐）
"仿若缓缓流云在碧蓝天穹漂泊！"

正值秋日，天光溢彩流朱，
持有晨日不容置疑的印章，
揭破雾霭，令其燃烧，死去。

朝霞满天，旭辉中景色壮丽，

沿着地平线一层一层显现，
从大地尽头直至天堂之起。

那是棵伤毁的树？它金光灿灿
笑得正欢，一簇脆叶高高炫耀，
挑逗着刚刚袭击过的风刀霜剑。

那是枯萎的灌木，饥馁的枝条？
蓟花茸茸，悄然由风儿窃取，
一株野草，被潘神的顽蹄报销？

它们，皆饱含着荣光与狂喜，
加入了空气、光明和力量的
涌流：世界是一股欢乐的情绪。

［19—36］

189

我们已经从罗兰简单化的解读，来到了想象力的诸般强化的扩张。虽然这种探寻必定针对的是诗歌预言那令人恐惧的对立面，但我们面对的不是废墟，而是升华蜕变了的“美好一刻”，仿佛这一次，布朗宁能够将字面义和比喻义合二为一：

莫说鸟儿飞！它们收起天赋权能——
在游泳，狂欢于万物嬉戏的涌浪。
莫说兽类的欢愉是蹦跳！那是飞行——

生灵怎会跳跃，而不展翅翱翔？

大地上一切的目的和谐共存，
且已经轻松地实现诸多想象——

近与远仿佛都能够相互触碰，
在此刻的狂喜中——以至于互换
一下功能，似乎也不算过分。

罗兰失败的同伴，已经变成了塔米里斯带领下光荣的伟大前驱者。雪莱想象的西风升起了，既是毁灭者，又是创造者，和塔米里斯一样，是永远的先至者，是真正的新人，是“大地的诗人”，对抗着天国的缪斯们：

因此，那给他面颊增色的晨曦
若已摇曳微寒，又由自豪情绪
点燃火焰：他见到了，他知晓此地。

什么风吹来，裹挟着各种韵律，
来自平原，丘陵，山谷与荒林？
将这些结合为一首完美乐曲。

这音乐，触及了他；但他本人
胜利的渲发将这篇章补完，
之前仅是音乐，此时成为歌声。

“成为我的帕那索斯吧，潘岗山！
翻腾吧，河流，至今尚无名字！

你之名声将媲美彼埃里亚的涌泉!

“在这里我等候这场纷乱的终止: 190
谁将获胜——大地的诗人,或天国的缪斯。”

这是布朗宁真正的艺术成就,因为永远先至的塔米里斯正是布朗宁希望自己变成的人,孤独地陷于同前驱者定律的斗争中,却是在前驱者的幻想世界中斗争。罗兰骑马踏过诺斯替的宇宙,其中隐藏的上帝,即雪莱,受着压抑,使得布朗宁有了一种消极的胜利,让升华变成了怪奇。《塔米里斯行进》中,明显带有了欢欣的斗争,被压抑之物部分回归,在真正的升华境界里再次被压抑。此时,布朗宁高举自己灵感源泉的火花——引用卢里安派卡巴拉的伟大的混合隐喻。这里容器被打碎了,但火花再次四散,变成了雪莱和布朗宁的诗句,在普天之下的人类中合二为一。 191

夏尔·波德莱尔
(1821—1867)

一

萨特在论波德莱尔的书结尾处坚称，这位诗人已经创造出了属于他自己的整体情境，正如爱默生理想中的那样：

> 我们想要寻找到一个不是由他自己完整而自觉地负责的情境，可那注定是徒劳的。每个事件都映射出他一生从头至尾都是的那个不可分解的总体性。他拒绝了经验，没有什么能从外部改变他，同时他也没有从外部获知任何东西。

历史上是否存在过这样一位诗人呢？有没有诗人能拒绝阅读前辈的经验呢？维克多·雨果是不是波德莱尔“完整而自觉地负责”的情境？与萨特不同，保罗·瓦莱里致力于诗学影响研究，他对上述问题的回答是否定的：

> 波德莱尔注视着维克多·雨果，要推测他对后者的想法并非不可能。雨果高高在上，他与拉马丁相比的优势在于材料远为有力和精确。他词汇的丰富、节奏的多样、形象的丰赡压倒任何匹敌的诗歌。但他的作品有时流于庸俗，迷失在预言式

的雄辩和无休无止的顿呼之中。他既同大众调情，也与上帝对话。他的哲学的简单、行文的不匀称和松散、细节的奇妙与主
192 题的不可靠和整体的不连贯之间常见的对比，总之，所有一切能够刺激、教诲和将一位毫不留情的年轻观察者引向其自己未来艺术的东西——这些波德莱尔大概全都在自己身上看到，并且从雨果非凡的天才迫使他产生的崇拜中，辨析出其作品中不纯粹、不谨慎和薄弱之处——换言之，一位如此伟大的艺术家遗留待拾取的生活可能性和赢得荣誉的机会。

如果带些恶意和多一点狡黠，我们就会太容易将维克多·雨果的诗与波德莱尔的诗相比，目的在于展示后者是前者不折不扣的**补充**。我在此无须赘言。显然，波德莱尔努力要做维克多·雨果不曾做到的，而在那些维克多·雨果是不可战胜的方面他则不去尝试；他回到了一种不那么自由并谨慎地远离散文的诗体；他追求而且基本上总是能捕捉到**持续的魔力**，某些诗歌中那种难以察觉、几乎是超验的品质——但在维克多·雨果海量的作品中少有见到这种品质，即便有也难得纯粹。……

雨果丝毫未尝停止通过实践来学习，而生命比雨果的一半长不了多少的波德莱尔则用完全不同的方式来发展自己。似乎他通过运用我上面提到过的那种批评的智慧来弥补生命的短暂和预感到的时间不足。他只有二十年左右的时间来达到自己的完美，来认识个人的领域，来确定一种将使他的名字流传后世的独特的形式和态度。他没有时间通过大量的实验和广泛的作品来实现自己的文学抱负。他必须抄最近的路，少进行摸索，省却重复的话和分心的事。所以他必须通过分析的路径寻找他是什么，他能做什么，他想做什么，并且将诗

> 人的自发能力与批评家的洞察力、怀疑主义、注意力和说理能力集于一身。[①]

我们很容易用这段话来看待英语文学中诗学影响现象的几乎任何主要例子。来看看华莱士·史蒂文斯，瓦莱里的一位真正的同代人，比起波德莱尔受雨果影响之明显，他与惠特曼的关联比较隐
193 晦，伪装性强一些。

> 显然，华莱士·史蒂文斯努力要做惠特曼所不曾做到的；而在那些惠特曼是不可战胜的方面他则不去尝试；他回到了一种不那么自由并谨慎地远离散文的诗体，他追求并且基本上总是能捕捉到**持续的魔力**，某些诗歌中那种难以察觉、几乎是超验的品质——但在惠特曼海量的作品中少有见到这种品质，即便有也难得纯粹。

不像那些形式主义或后结构主义批评家，瓦莱里能够理解雨果对于法国诗歌的意义，就像惠特曼对于美国诗歌，华兹华斯对于所有他身后的英国诗歌来说的意义，那就是：不可或缺的前驱者。波德莱尔的“雨果问题”似乎被强化了，因为那位传奇的诗歌父亲仅仅比“恶之花”的收集者大二十岁而已。有个奇怪的现象是，所有的法国文学运动都迟于相关的英美文学发生，当下“德里达学派”培养的法式情感，不过是英美文学中现代主义的复活而已，休·肯纳仍然是其复古的神父，而“后结构主义者的乔伊斯”与我三十五年前作为研究生所攻读的那个乔伊斯没什么两样。同样，雨果领导

① 此处参考段映虹译文，《文艺杂谈》，[法] 瓦雷里著，百花文艺出版社2002年版。

的1830年的法国浪漫主义运动（某种程度上不自觉地）重复了产生华兹华斯、柯勒律治、拜伦、雪莱和叶芝的那场英国感性运动，后面较为年轻的三位死在雨果发起他的革命之前，前两位从诗歌的角度来讲业已消亡。

波德莱尔宣称，1845年的浪漫主义抑或其他东西，绝不会与1830年的相同。T.S.艾略特不可避免地清洗掉了波德莱尔的浪漫主义，将诗人洗成一位原罪论者以及新古典主义者，甚至宣称这位莱斯沃斯岛[①]的诗人是第二位歌德。作为一名健硕有力的文学思想家，波德莱尔无疑会将这种善意的曲解作为一种赞美而接受，但这些话对理解他的诗歌无甚助益。

波德莱尔对雨果的态度总是沾上了矛盾的色彩，有时很粗野，但诗学影响的研究者学会将这视为一种“误读”的主要方式——通过对伟大诗人的强烈误读才能促生其他的伟大诗人。《1845年的沙龙》一文中将画家布朗热的失败归咎于可怜的雨果：

> 这就是昔日浪漫主义的最后废墟，看吧，这就是生于那个时代的后果，那时的人相信灵感足以取代其他一切，这就是马
> 捷帕[②]的狂奔之路带来的深渊。是维克多·雨果先生在毁掉了 194
> 那么多其他人之后，又毁掉了布朗热先生；是诗人将画家推入陷阱。但是布朗热先生能画得十分得体——看看他的肖像画作品吧。然而他到底是怎么获得历史画家与灵感艺术家的执照的呢，从他著名朋友的序言和颂歌那里吗？

① 莱斯沃斯岛，古希腊同性恋女诗人萨福居住的岛屿。

② 马捷帕，17世纪初俄罗斯人，曾被裸身绑于马背流放至哥萨克，后成为哥萨克战斗英雄。雨果和拜伦都以他为主人公创作诗歌，德拉克洛瓦有同名画作。

从这里可以清楚地看出，波德莱尔决心不被雨果毁掉，在《1846年的沙龙》里他无所顾忌，相当不公平地比较雨果和德拉克洛瓦，更加确认了这种决心：

> 直到现在，人们对待欧仁·德拉克洛瓦还是不公正的。批评对他是尖刻而无知的；除了一两个得体的例外，他的钦慕者的赞扬想必也常常使他觉得刺耳。一般而言，对大多数人来说，提到欧仁·德拉克洛瓦，就等于在他们的思想中投入谁知什么有关乱冲乱撞的激情、动荡紊流、盲目的灵感，甚至杂乱无章等的模糊概念；而对于组成公众多数的那些先生们来说，偶然性，这个为天才服务的正直而殷勤的仆人，是在他最成功的作品中起着重要作用的。在我刚才谈到并记述了其许多误解的那个不幸的革命时代里，人们常常把欧仁·德拉克洛瓦与维克多·雨果相比。既然有浪漫派诗人，就得有浪漫派画家。这种非要在不同的艺术中找出对应物和相似物的做法常常带来很奇怪的错误。这个例子再次证明了人们是何等不知道自己在做什么。无疑，欧仁·德拉克洛瓦会对这种比较感到难受的，如果不是两人都有同感的话。因为根据我对浪漫主义所下的定义（亲切，灵性，等等），如果将德拉克洛瓦置于浪漫主义之首，那就自然而然地将维克多·雨果先生排除在外。类比存在于俗见的平庸领域之中，而这两种成见还困扰着许多智力贫弱的头脑。应该一劳永逸地和这些咬文嚼字的蠢话一刀两断。我请求一切感到需要为自己建立某种美学并从其结果中推断
> 195 出原因的人们仔细地比较这两位艺术家的作品。
>
> 我当然不想贬低维克多·雨果先生的崇高与威严，但他作为一个创造者来说，是灵巧远胜于创造，他在很大程度上是个

循规蹈矩的匠人，而非创造者。德拉克洛瓦有时是笨拙的，但他本质上是个创造者。维克多·雨果先生在他全部的（包括抒情的和戏剧的）画面中，让人看到的是一整套匀称划一的排列和对照。在他那里，连怪诞本身也具有对称的形式。他完全掌握并冷静运用着韵脚的所有色调、对比的一切办法和同位语的各种花招。这是一位撰写没落或过渡状态的作者，他使用工具之巧妙的确令人赞叹称奇。雨果先生是生就的学士院院士，如果我们还在神话传奇时代，我完全相信，当他走过它们愤怒的圣所面前时，学士院的绿狮子会常常对他低声预言道："你将进入这扇大门！"

对德拉克洛瓦来说，公正姗姗来迟。与前者相反，他的作品是诗篇——天真地构思而成的伟大的诗篇，以一种天才惯有的放肆写了出来。在前者的作品中，没有什么可供猜测的，因为他那么喜欢表现他的灵巧，他不放过一根草、一盏路灯的反射。后者的作品则为最变动不居的想象打开了无限的远景。前者享受着某种安详，让我们说得更准确些，某种旁观者的自我中心，这使得他的诗意之上飘荡着一种说不出的冷静和节制；后者执着而忧郁的热情在与他那顽固的技艺进行的搏斗中，并不总能使他保持这种冷静和节制。一个是从细节开始，另一个是从对主题的深刻理解开始，因此，一个只抓住了皮毛，而另一个则掏出了内脏。过于实际，过于注意自然的表面，维克多·雨果成了诗中的画家；而德拉克洛瓦始终尊重自己的理想，常常不自知地成为绘画中的诗人。①

① 此处参考郭宏安译文，《1846年的沙龙：波德莱尔美学论文选》，广西师范大学出版社2002年版。

这是很精彩的争辩式批评，然而对法国有史以来最伟大的诗人似乎太不公平了。在这段话里，雨果技艺纯熟，但没有发明创造力，一个正确的熟练工而已。波德莱尔说：“在他那里，怪诞本身也具有对称的形式。”如此具有毁灭性的批评言论实属少见。在一定程度
196 上，波德莱尔笔下的雨果只是一个注重实际的画匠，一个学院派伪士，从一出生就注定是机构的支柱之类。而他对雨果的态度在下一个十年里会变得更为消极，所以，当我们读到他在1859年写给雨果的信件时会吃一惊。在诗学影响的争斗中，这样的口吻也是完全符合人性的，太符合人性了。

> 到现在为止我欠您一些解释。我心中铭记着您的作品，您的序言告诉我，我践踏了您在道德和诗歌之间的联系方面笼统提出的理论。不过，当社会如此厌烦地从艺术中背离，当人们允许自己为纯粹的实用主义所贬低，我想，在另外的方面夸张一点，也无大害。有可能我抗议得太多了。不过那是为了获得必需的东西。最后，即使在我的反应里掺杂了一点儿亚洲式的宿命论，我想那也是可以原谅的吧。我们所居住的这个糟糕的世界赋予我们对孤绝与死亡的爱好。
>
> 我想要做的，首先是将读者的思绪带回那个美好的小时代，您是那个时代真正的王者，它在我的脑海中依然鲜活有如童年美好的记忆……
>
> 附在这封信里的诗句，很久以来就萦绕在我的脑海里。第二节是**试图模仿您**的习作（笑我的狂妄吧，我自己也在笑），是在重读了您诗集里几首诗之后写下的，您的诗集里融合着如此优美的仁慈与如此感人的亲切。我有时在画廊里看到一些蹩脚学生临摹大师的作品，好坏不论，他们有时在其模仿中不

知不觉地带进了自己本性里的某些东西，或伟大，或平庸。这也许（也许！）就是我冒昧之举的托词。当《恶之花》再版的时候，将比法官删去的那些膨胀三倍的内容，我将乐意在这首诗的开篇题写上这位诗人的名字，他的作品深深教导过我，并为我的年轻岁月带来过如许多的快乐。

“那个美好的小时代”无疑指的是1830年的浪漫主义革命，在那令人心醉的时刻，雨果是王者。但真正提及的是九岁的波德莱
尔，他在前驱者身上看到的是“童年美好的记忆”，不仅仅是相像。197
且当波德莱尔继续谈论后辈艺术家对前辈的摹仿时，他还忍不住要谈论他们的资质问题：“自己本性里的某些东西，或伟大，或平庸。”几个月后，他将他的诗歌《天鹅》寄给了雨果，请求雨果用“父亲般的眼光”对这诗做出评判。但是，一年以后，波德莱尔再次对雨果提出种种批评：“他那些对于时务的关心……对于所谓进步的信仰，想用热气球来拯救人类，等等。”

矛盾的鞭子抽打得波德莱尔前仰后合。游吟诗人雨果虽然被说成是一名热气球救世论的信仰者，但同时又被他这位不肖子誉为大自然强力的化身，“没有别的艺术家有如此大的普遍性，没有人比他更擅于接触宇宙的强力，更能使自己沉浸在大自然中”。这层意思看起来很明确，但不久后，波德莱尔又允许自己如此这般的谩骂，不过它未能贬损那位天神般的前驱者：

雨果对普罗米修斯那点事儿想得太多。他把一只想象的秃鹫搁在他的胸膛上，实际上那胸膛所受伤害不曾比他自负心的跳蚤叮咬更重些……

万能的雨果总是将他的脑袋弯做思考状，难怪他所能看到

的只是他自己的肚脐。

这些话读来叫人难受；而更难受的是继续读波德莱尔在1865—1866年间的信件中提及雨果之处。在某一刻，其中闪出健康一点的幽默感火花，半是无意地向那位既鼓励又打击了波德莱尔的典范幻想家做出了致敬。

看来他和海洋争吵起来！或者他的力量不足以让他继续承受海洋了，或者海洋已对他的存在感到厌倦。

同你自己的诗歌之父对抗，即再一次同那种岩石一般强硬的自然之力对抗，意味着暗中承认这个父亲不是以你自己的面目出现，而总是以他自己的方式和面目又一次回到你面前。

二

普鲁斯特有一回写信给雅克·里维埃尔，比较了雨果与波德莱尔，并表达了对波德莱尔的偏爱。华莱士·史蒂文斯跟随波德莱尔而提出的观点：为穷人和死者写下的深邃的诗歌，在普鲁斯特看来完全是波德莱尔的，而非雨果的。不过作为爱情诗人，雨果和波德莱尔看起来势均力敌，或许雨果更胜一筹，普鲁斯特说，在一个杰出
198 的共有比喻的运用方面，他更欣赏雨果一些：

她用那无上的眼光注视着我，
即使被征服依然在美中长存。

雨果

以及那眼睑下叹息一般闪动的
崇高而无限的谢意。

波德莱尔

这两种比喻都很棒，比较起来我也更喜欢雨果的。不过为什么普鲁斯特会有那样的偏好，或装出有那样的偏好？两段诗歌中写到的“美”都处于被征服的状态，但雨果的是被伟大的维克多本人征服，而波德莱尔的希波吕忒映射出黛尔芬的荣光，后者正用她那母狮般闪亮的眼神盯着她的牺牲品。普鲁斯特也许真是出于害羞，说他喜欢异性恋比喻胜过同性恋的那一种，却没有说清楚原因。不过，作为一位优秀的批评家，他帮助我们扩展了瓦莱里的洞见。波德莱尔决心恰恰要做雨果没做的事，他成为现代莱斯沃斯岛的诗人，在不寻常的爱欲风俗中获取了如此复杂的视野，一劳永逸地夺取了所有人的发言权。

像躺在沙滩上耽于沉思的牲口，
她们把目光转向遥远的大海那边，
紧勾在一起的脚，亲密接触的手，
感到酸辛的战栗，感到甘美的厌倦。

有的人爱滔滔倾吐自己的私情，
走进那溪水潺潺的丛林中间，
拼出羞怯童年时代的恋人姓名，
刻在娇嫩的绿树的树皮上面。

有的人严肃地徐行，像修女一样，

穿过那些充满幻影的岩石，从前，
圣安东尼见过裸露的红色乳房
在那里发出诱惑，像熔岩般呈现。

也有人，映着残焰欲熄的篝火之光，
在那沉寂无声的古代异教魔窟里，
唤你去治愈她们乱叫乱嚷的热狂，
哦，能浇熄古老悔恨的酒神巴克斯！

又有人，爱在胸前罩上一件圣袍
在她们长袍下暗藏着一根皮鞭，
在阴暗的森林中，寂寞深夜迢迢，
让痛苦的眼泪里掺进快乐的馋涎。

啊，处女，恶魔，怪物，殉道党，
所有轻视现实的伟大精神，
探求无限的女性，信女和色情狂，
时而喊叫、时而哭泣流泪的女人，

我的灵魂追随着你们一直到地狱，
可怜的姐妹，我爱你们，又可怜你们，
为了你们难愈的焦渴、阴郁的痛苦，
你们宽大的心中装满的爱情之瓮！①

① 此处主要参考钱春琦译文，《恶之花——波德莱尔诗歌精粹》，人民文学出版社2008年版，第182—183页。

我的内心之耳本不足以把握波德莱尔运用法语的微妙之处，但理查德·霍华德精妙的英语翻译极大地帮助了我理解埃里希·奥尔巴赫所说的波德莱尔独有的美学庄严，即独一无二地融合了浪漫主义的哀婉与古典主义的反讽，这些伟大的四行诗是如此显著地表现了这一点。然而我更想把重点放在别处，放在解读波德莱尔诗歌的心理敏锐度上，在这一点上他几乎超越了除莎士比亚以外的所有诗人。一直关注女同性恋问题的弗洛伊德曾痛心疾首地说："我们发现男了气消失在主动性中，而妇女特质消失在被动性中，然而那告诉我们的还不够多。"然而波德莱尔告诉我们的足够多了，几乎是不止足够多，当然，在弗洛伊德和卡尔·亚伯拉罕之后又走来了梅兰妮·克莱恩，她告诉我们的远不止足够多。"该死的女人"，实际上是小孩子，轮番扮演着阳刚和阴柔的角色，波德莱尔的洞见在于，他使女同性恋主义将色情转化为审美，从性冲动转化为一出无功利的玩耍，然而依旧是强迫性的。"轻视现实"，从而轻视现实原则，即对我们的必死性的意识，波德莱尔的伟大精神搜寻到无限，发现唯一的无限就是重复性这个地狱。回到黛尔芬与希波吕忒那里，波德莱尔看到并表明黛尔芬是向母亲复仇的女儿，希波吕忒也是在以另外一种方式向母性复仇。当希波吕忒哭喊出："我要在你深沉的乳房里面毁灭，在你的酥胸上面感到墓室的冰冷！"我们感到波德莱尔甚至已经让梅兰妮·克莱恩的研究成为冗赘，或许多余。对母复仇的主题无疑是波德莱尔对他亲生母亲的复仇，然而在更深刻的意义上，也是在对大自然做美学化的复仇。对于波德莱尔自身而言，难道不也是他对于那自然强力的化身、海洋的老朋友、胜利的诗学父亲，那经常遭到谩骂然而从未能被轻易忘记的维克多·雨果的
复仇？ 201

马修·阿诺德
(1822—1888)

阿诺德是一位不愿成为浪漫主义诗人的浪漫主义诗人，难以忍受的矛盾使他放弃诗歌转向文学批评和散文预言。19世纪50年代起，阿诺德主要是一名散文家，同时他的影响力很大程度上来自文学批评。

阿诺德生于1822年12月24日，是令人敬畏的托马斯·阿诺德博士的长子，后者曾于1828年起担任拉格比公学校长。阿诺德博士是位历史学家，享有一定程度的声誉，也是一位尊崇理性的清教道德家。儿子在拉格比公学是名出色的学生，但是有种防卫性的持续欢乐的态度，令阿诺德博士感到惊恐，这态度在牛津的贝列尔学院变成了仿花花公子作风。在牛津，他最要好的朋友是诗人亚瑟·休·克拉夫。在奥里尔学院做过研究员后，阿诺德于1847年去了伦敦，担任一名高官的私人秘书。1849年，他的早期诗作出版成集——《迷途浪子及其他诗作》。现在人们知道，那些诗中与“玛格丽特”有关的，是受到他对玛丽·克劳德的一段青春迷恋启发，她是湖区的一位夏日邻居。1850年，他爱上了一位法官的女儿，并于1851年在他被委任为学校督导后和她结婚。

1852年，阿诺德发表了他雄心勃勃而包含不安的代表诗作《恩培多克勒在埃特纳火山》。他没有把《恩培多克勒》收录进1853年的《诗集》。他在书中著名的反浪漫主义的前言里解释道，对诗歌而言消极的受难不是一个恰当的主题。当他在1857年被选作牛津大学诗学教授时，他最好的诗几乎都已写就。因而，他出版于1858年的下一部诗集《墨洛珀：一部悲剧》就很缺乏想象力，他最后一卷诗集《新诗集》中杰出的诗歌也是在许多年前写成的。

无论作为一位文学、社会或宗教批评家的成就如何，阿诺德作 202
为诗人的作品可能辜负了一直延续到20世纪的声望。处在最好状态的阿诺德是一位优秀但缺乏独创性的诗人，不像丁尼生、布朗宁、霍普金斯、斯温伯恩和罗塞蒂这些人能使自己的表达具有个性。和丁尼生、霍普金斯和罗塞蒂的情况一样，主要影响阿诺德的前驱是济慈。但这是一个不愉快的谜题，因为阿诺德（与其他人不同）声称并不十分欣赏济慈。而在他自己写作悼亡诗时，措辞、格律和意向却和济慈接近得令人尴尬（认为这个判断太草率的读者应该立刻去逐行阅读济慈的颂诗和阿诺德的《吉卜赛学者》或《塞西斯》来验证）。丁尼生、霍普金斯和D.G.罗塞蒂在他们的成熟风格中保留了有济慈特色的元素，但这些元素被抑制在更深远的效果中。然而，阿诺德在他最好的长诗《吉卜赛学者》中，即使效果与他诗的主题不相关，也使用了济慈的语言和韵律特点。

尽管如此，写出了像著名的《再致玛格丽特》和《多佛海滩》那般强烈的抒情诗或像《埋葬的生命》那般深厚的冥想诗，也不是一个小成就。阿诺德在他的诗歌中加入了丁尼生和布朗宁并不需要（但多少还是吸收了）的东西，他那个时代主要的思想进程。他时常表现出的干燥的语调和平缓的陈述也许并不是他自己乐观相信的那样，是一种古典主义，而恰恰是缺乏诗意丰盛的表现，他的语言缺乏活力。不过，在他的作品中还是有许多可以留存的东西，他也有效地预言了我们时代反浪漫主义的“现代主义”，它很大程度上如
阿诺德那样最终不知不觉地成为浪漫主义了。 203

艾米莉·狄金森
(1830—1886)

阅读伟大的诗人时，一个并不罕见的情况是，他们在认知上如此强大，我们有时发觉自己具有真正智力水平上的障碍。"我辈愚人只能作诗"，是的，还有但丁、弥尔顿、布莱克和雪莱，而唯有上帝能造树[①]——我再次挪用自己许多年前对W.H.奥登的回答，当时他以基督教神学令人敬畏的真理相比较，贬低了诗歌的可能性。然而确实许多很杰出的诗人算不得发散性模式的思想者。丁尼生和惠特曼代表了强势的挽歌体诗人，而当他们论证的时候，我们会感到抓狂；华莱士·史蒂文斯微妙的修辞式回避，也未能挽回他那不成功的论文《哲学集》。

19世纪和20世纪用英文写作的所有诗人中，我认为艾米莉·狄金森带给我们最真正的认知障碍。广阔而微妙的思维力本身不能成就一个诗人。根本的品质是创造力、对比喻法和技巧的掌握，以及能凭直觉从格律中感受意义的过人天赋，对此我们还没有恰切的词可以命名。狄金森具有所有这些品质，同时具有一种人所罕有的，独到而有力的思维，我们无法企及。

最具独创性的人——《旧约》耶典作者、柏拉图、莎士比亚和弗

① "我辈愚人只能作诗，唯有上帝能造树"是一整句诗，布鲁姆在这里把它拆开来用。语出美国诗人乔伊斯·基尔默的《树》(1914)。

洛伊德——篡夺了意识和语言的巨大空间，并把情境强加于所有后来人。这些情境通过一种误导性的熟悉感隐藏起真正的困难。狄金森的陌生感被部分地遮上面纱，仍令我们对她一直感到惊奇，就像我们应对莎士比亚和弗洛伊德感到惊奇一样。和他们一样，她没有唯一的、强势的先驱来减轻她带给我们的那种狂放不羁的感觉。
她是和整个传统争斗，尤其与《圣经》和浪漫主义争斗。作为一个 204
争斗者，她小心翼翼地区别于任何男性的先驱，并告诫我们：

我不会踮着脚跳舞——
没人指导过我——
但常常，在我的心里，
一支欢歌缠住了我，
……
没有人知道我懂艺术
我在这儿——顺便——一提——
也没有海报吹捧我——
它圆满如同歌剧——

[326]

这首1862年的抒情诗，风格很难说是惠特曼式的，但这种自吹自擂是的。两种欢歌的艺术都是对爱默生预言的美国人的自助(Self-Reliance)的回应。回应各不相同，但这是在持续地尝试做一个异教徒，其唯一的正统信仰是爱默生主义，或是突发奇想的兴奋：

如果自然不肯讲述
耶和华告诉她的故事

如果没有一个听众
人性难道就活不下去？

［1748］

爱默生本应该把他的第一本书《自然》的标题改成大写的“人”，这才是他真正的意思。但狄金森无论如何还是会改掉这个标题。可惜，爱默生并没有机会阅读到受到他影响的另一位诗歌巨人，他对如下诗歌的反应会令我们愉悦：

天花板上的一颗炸弹
是个有启发的物件——
它让神经兴奋
猜度盛行——

［1128］[①]

别忘了，狄金森本来可以把她的诗寄给爱默生而不是出身高贵而迟钝的希金森[②]。我们不能想象惠特曼会给希金森寄一份初版
205 的《草叶集》。没有理由假设艾摩斯特市的狄金森小姐仅仅因为羞怯而没把她的诗拿给康科德的爱默生先生看。1862年，爱默生还是那个爱默生；他状态的下滑始于南北战争结束后。一种私密的展开过程对狄金森而言仍是必要的，依据精神和诗歌原理的法则——那些我们永远寻求猜度的法则。诚然，惠特曼通过发展粗犷的外在自我，遮住了精美、微妙且神秘的艺术。狄金森则放任自己

① 选自艾米莉·狄金森的诗《这些甲虫爱的夜晚》。

② 即托马斯·温特沃斯·希金森（1823—1911），美国作家、废奴主义者。

把她想象力的热情投到了别处。离群索居是她成为比惠特曼都更具独创性的诗人的代价，可以说是她所处的世纪里自华兹华斯之后（除华兹华斯外）最具独创性的诗人。和华兹华斯一样，她的诗歌始于“白纸一般的心灵”（tabula rasa），正如哈兹里特对华兹华斯的评价。惠特曼重新思考了诗人的自我和他自己的想象之间的关系，而狄金森重新思考了整个诗学想象的内容。华兹华斯两者都做了，并且比这些美国人做得含蓄，不过他是受到了柯勒律治的刺激。然而惠特曼和狄金森有那位更令人吃惊和任性得多的爱默生，他过去和现在都是与众不同的美国特性的化身。假如爱默生不曾坚称诗人是解缚的神明，我不相信甚至狄金森会写得如此大胆到绝对令人惊奇：

因为你就要走了，
永不会再回这里，
而我，不管多么绝对，
也可能忽略你的足迹。

因为死亡是终局的，
不管它最初怎样，
愿这个瞬间悬挂
在必死性之上——

每人活过的意义
留给对方来发觉，
这发现就连上帝自己
也不可能将它消灭。

永生立即变成假设，
当我在那一刻察觉
曾经是**存在**的你
206 已经忘了活——①

这些四行诗节是第1260首诗的开篇，托马斯·约翰逊认为它写于1873年。如果这首诗真是为萨缪·鲍尔斯（1878）或奥蒂斯·罗德法官（1884）的死而作，那么它一定晚于上述创作时间。这两个男人被最重要的狄金森传记作家理查德·休厄尔视为狄金森的真爱，即便不是她普通意义上的爱人的话。这首诗以一种假定观点结束——上帝最终将我们“被收走的神明”退还给我们。狄金森颠覆了传统的类型，她需要并得到了男性缪斯，而她的“被收走的神灵”暗暗对抗着爱默生的“解缚的神明”。狄金森通晓爱默生的重要著作（《随笔集》《生活的准则》《社会与孤独》《诗集》），对于他，她的言论中带有我们可以预期的含糊性。1857年12月爱默生在艾摩斯特市授课时，曾是狄金森兄嫂的邻居，当时这位诗人形容爱默生：“他仿佛从梦起的地方来。”超验的爱默生大概当得起这形容吧。但是，如果用它来形容写出《生活的准则》的这位“命运”和“力量”的倡导者以及写出《经验》和《循环》——我认为狄金森内化了这两篇文章——的辩证实用主义者爱默生时，就显得古怪了。后来，狄金森写信给希金森时评论说：“天堂就在他的膝头，爱默生先生还会犹豫吗？”不管这个问题是开放的还是一种修辞，它都是危险而美丽的，并激发起了重要的反思。

① 此处译文转引自哈罗德·布鲁姆：《如何读，为什么读》，黄灿然译，译林出版社2011年版，第92—93页。文字略有改动。

不过，她对待其他男性先驱们的微妙的方法同样具有挑战性。雪莱曾写《心之灵》给艾米莉亚·维维安妮，用了“艾米莉”的称谓，狄金森感到自己被授权回答一位如自己一般钟爱火山意象的诗人。罗德法官死前十天左右，她以他的名义（或她自己的）写了一首非凡的四行诗：

你那敬畏的新娘
拥有着你，这圆周
也将被每个敢贪慕你的
神圣骑士所拥有

[1620]

休厄尔提出这与《心之灵》中一些诗行间的互文性：

那一宁静的幸福圆周内，
拥有并被拥有，与万物，
与彼此，直到爱和生活 207
同一——①

[549—552]

雪莱的长诗发展为一种情人的启示录：

两个意志一个愿望，一个意志
两个心胸：一个生命一个死亡，

① 采用江枫译本，《雪莱全集·第三卷·长诗（下）》，河北教育出版社2000年版。有改动。

一个天堂一个地狱，一个永生，
一个毁灭……①

［584—587］

爱默生在文章《循环》中坚称：“对我们而言，没有外部，没有围墙，没有圆周。”这篇文章还说：“唯一的罪是局限性。”如果真是如此，那么还有确证的代价，在狄金森这首非凡的短诗里写出，或许她这诗批判了爱默生对外部的拒绝：

我看不见路——天空缝上了
我感到圆柱合拢——
大地的半球反转——
我触摸到了宇宙——

它向后滑动——我孤单一人
球面上的一点——
从圆周上游离——
比倾斜的钟更远——

［378］

“我的使命是一个圆周——”她给希金森写过这句名言，同样有名的是，她形容自己是“美人堆里唯一一只袋鼠”。当她写信给另一个笔友时，她说：“《圣经》关照中心，不关照圆周——”她会意识到这个术语来自爱默生，而爱默生关照的也只是中心。他寄希

① 采用江枫译本，《雪莱全集·第三卷·长诗（下）》，河北教育出版社2000年版。

望于会到来的中心人物。显然,“圆周”是她对崇高的比喻,就像意识、成就或表演。对雪莱而言,圆周是一个斯宾塞式的目标,一幅阿多尼花园的幻景。然而对爱默生来说,它不是我们的一部分,或者说只是“中心的”和“自恃的”人需要克服的另一个挑战罢了。

《圣经》关照中心而非圆周,不会是因为《圣经》并不探寻崇高。如果圆周或狄金森是“敬畏的新娘”或者罗德法官之权威的新
娘,那么“敬畏”在某种程度上也应当从中心分离: 208

没人见过敬畏,他也未尝
允许一人入其屋
虽然他可怕的住处旁
曾有人性驻足。

不曾想他恐惧的处所
直到奋力逃离
那对理解的掌握
困住生命力。

返回,有不同的路线
精神无法显现
呼吸是唯一活计
此刻正上演。

“我尚未朽矣,”老摩西写道,
“却与他面对面”——
我深信不疑这便是

那副面相容颜。

[1733][1]

这也许能被称作将敬畏同化到圆周，“奋力逃离”又由“不同的路线”返回，中止了两相的对立。这里的“生命力”是对圆周或对狄金森式崇高的另一修辞术。我猜测，如果这首没留日期的诗是一首对罗德法官[2]提前作的挽歌，那么狄金森就视自己为“老摩西”了，这在她的作品中不是首次。摩西被禁止进入迦南，“没有得到公正对待”，她写道，似乎这种排除也是她的命运。从某种意义上说，她选择了这种命运，不只是通过把她的圆周延伸至鲍尔斯和罗德，不大可能的实用的选择。这一精神的选择不是像惠特曼或爱默生那样为了成为后基督徒，而是自己成为一个宗派，像弥尔顿或布莱克那种人。也许，拒绝通过出版来拍卖她的思想是她重要的选择。性格即命运，她不愿进入的迦南，就是在世时诗歌的声望。

狄金森的1775首诗及片段中，数以百计的诗堪称名副其实的，有力的杰作，数十首获得了一种绝对的美学尊严。谁想从中选一首最好的，都必然会泄露出关于评论者的一些东西，比他或她自己可
209 望知道的还要多。但我会毫不犹豫地选第627首诗，可能写于她十分高产的1862年。对如此一首取消命名的佳作，一次深刻的、原创性令人震惊的否定认知行动而言，能有什么先辈呢？

我够不着的色调——最好看——
那颜色太遥远

① 采用徐淳刚译本。略有改动。

② 罗德法官，艾米莉·狄金森父亲的朋友，一些传记作者认为他与艾米莉之间有过恋情。

我可在东方集市上把它展览——
一看就要一块金元——

细微的——不可触及的展示——
直晃人的眼
宛如克娄巴特拉的扈从——
在天空——反复不断——

控驭的时刻
在灵魂上出现
给它留下一丝不满
过于微妙——难以言传——

急切的目光——把风景注视——
仿佛风景用衣锦
刚刚掩住——某种秘密
它像车辇——在西方推进——

夏天的苦苦哀求——
白雪的——另外戏谑——
用轻纱捂盖神秘，
唯恐松鼠们——了解。

它们神出鬼没的姿态——把我们嘲笑——
直到受骗的眼
傲慢地闭上——在坟里

另一种方式——去看——

它粗犷而彻底，是一种诗意，也是一则自恃宣言。“诗人不在色彩或形式上停留，而是读出它们的意义；他也不在意义中逗留，而是让同一客体成为他新想法的说明。”这种神秘的变形是爱默生的，但在他自己的诗歌里尚未完成，他激进的取消命名计划也尚未完成。狄金森通过抛弃光线和定义开始，并且宣告她欢乐的创造太微妙而
210 不适合出版物的集市。色彩（老话中就是指修辞术）的重复仍是触摸不到的，它激起了她内心的崇高，圆周的状态，既是神圣的不满足又是一连串到处做主宰的绝对时刻。也许超过其他任何诗人的是，她知道并表达了值得展现的东西是无法描绘的，值得言说的东西是不能言说的。在风景和四季里，她读出一种推进的威力，诸多视角的重现，它们本身就是力量以及唯一可以获得的那种知识的媒介。

最后一个诗节并不试图打破这种诸多视角的包围，而是再一次暗示她的见解和意志是接受而不是掠夺式的，因而最终她那取消命名的力量不是爱默生式的，而是不一样的内容，是换个方式看。带着感情去看，是的，可是超越了自我的傲慢——在其与过程的斗争中，在其与他人对立的立场上。她视角的交织触碰到神圣，不是尼采式或爱默生式对权力意志的欣喜（无论多么具有接受性、回应性），而是暗示了一种替代的方式，更多的不是阐释，而是询问，或自然过程的他者化。这首诗，就像狄金森巅峰时期的其他许多诗一样，强迫我们反思我们与诗歌的关系，以及同样令人困扰又充满活
211 力的关系：诗与我们的表象世界的关系。

克里斯蒂娜·罗塞蒂
（1830—1894）

克里斯蒂娜·罗塞蒂（1830—1894）与约翰·邓恩、乔治·赫伯特、理查德·克拉肖、亨利·沃恩以及她同时代的杰拉尔德·曼利·霍普金斯神父一道，是少数几位主要用英语写作的虔敬诗人之一。可以料想，这位但丁·加百利·罗塞蒂心爱的妹妹表现出了与其他诗人显著不同的宗教情感。像前拉斐尔派一样，她的风格和作风源自济慈和丁尼生，而不是邓恩和赫伯特，不过霍普金斯也是济慈的风格。

《精灵市场》毫无疑问是克里斯蒂娜·罗塞蒂的杰作，而且理所当然地成为女性主义文学批评青睐的一篇文本。它使我入迷，又令我不安。虽然我把这首诗完整地收录进两本选集，但我从未对它发表过评论，理由我只能揣测。从某种意义上说，这是一首写给孩子的诗，不过确实他们得是非常聪敏的（各个年龄的）孩子。如此，他们可以反抗现今学院的阐释：马克思主义、女性主义、女同性恋或意象主义的自我满足，兼有情欲、重商主义甚至吸血鬼特性。

《精灵市场》中无疑是有一场斗争，但对我而言是诗歌化身的斗争，为的是建立一个强大的诗人的自我。如果济慈是女性，我想克里斯蒂娜·罗塞蒂会不那么矛盾地接受他的“指示场景”。困扰《精灵市场》的不仅有济慈那华美的矛盾修辞学，还有他的自然主义的人文主义。济慈的情欲完全摆脱了教堂忧郁的钟声。克里斯

蒂娜·罗塞蒂的强烈信仰错综复杂地融合了和她哥哥但丁·加百利·罗塞蒂一样旺盛的情欲气质，并且她终生（就我们所知）放弃
212 了性体验，这表明了一种相当可怕的意志力，或信仰之力——如果你想这样说的话。总之，《精灵市场》中的诱惑者是约翰·济慈而不是约翰·基布尔，或者说是浪漫主义而不是圣公会信仰复兴运动中的牛津运动。①

我要赶快强调的是，我认为把精灵和男性前驱诗人（弥尔顿、济慈、丁尼生和D.G.罗塞蒂及他的朋友们）等而视之是很奇怪的。《精灵市场》的童谣文体风格极为出色和有效地转离济慈对于自然丰盛的赞颂，但它抵御了语言的荣光，而未抵御性别的危险。

《精灵市场》最杰出的属性在于它是一个开放式的寓言。这样的反讽深刻地运用在奇幻世界中，要求我们注视我们自己的古怪幻觉。也许克里斯蒂娜·罗塞蒂这篇最为雄心勃勃的诗作，是对弗里德里希·施莱格尔②给反讽下的定义“意义的永恒间离”最好的
213 例证。

① 克里斯蒂娜·罗塞蒂在《精灵市场》中讲述了两姐妹的故事，姐妹俩感情深厚、彼此扶持。《精灵市场》中的妖魔不断诱惑姐妹二人。牛津运动是19世纪中期发生在英国，为重振英国国教而鼓励恢复古罗马天主教中某些教义和仪式的宗教运动，约翰·基布尔是这一运动的领袖之一。

② 弗里德里希·施莱格尔（1772—1829），德国文学理论家、作家、语言学家，早期浪漫主义运动的代表人物之一。

杰拉尔德·曼利·霍普金斯
（1844—1889）

所有维多利亚诗人中，霍普金斯一直是最受现代批评家曲解的一位。被认为和他的诗关系最密切的一是邓恩的诗，二是T.S.艾略特的诗。然而他的诗直接起源于济慈和前拉斐尔派，主要影响他的文学思想的是罗斯金和佩特。作为纽曼的门徒，他如师傅一样属于鼎盛时期的浪漫派。虽然拥有独特的措辞和格律，而诗韵比布朗宁、斯温伯恩甚至帕特莫尔都更少偏离维多利亚风格的标准。他的情况和艾米莉·狄金森类似。过了他们自己的世纪才大量出版，使得他们一度与20世纪的作者拥有了一种“虚拟的同时代性”，不过这种印象后来得到了纠正，我们看到这两位诗人还是很大程度涉及他们自己年代的文学和思想。从很多态度可以看出，霍普金斯是具有代表性的维多利亚时期的绅士。事实上他是一位如丁尼生和吉卜林般的民族沙文主义者，他的宗教痛苦明显与时代的独特伤感有关。他的更加属于诗歌本身的痛苦则完全是浪漫主义式的，正如阿诺德那样，这痛苦来自于：一种不可救药的浪漫主义式敏感刻意避免浪漫主义，而回到失落的传统中去。霍普金斯探索在他的诗歌精神中不存在的秩序观念，但作为一位诗人他以痛苦告终，他坚信他已辜负了天赋。

霍普金斯1844年7月28日生于埃塞克斯郡斯特拉福德一个宗教气息浓厚而温馨的高圣公会家庭里，他是九个孩子中的长子。他不喜欢他早年的校园生活，但喜欢在牛津大学贝列尔学院的时光，他于1863年至1867年间在那里修习古典学，并成为沃尔特·佩特
214 的学生，佩特帮他修改文章。在方兴未艾的牛津运动的气氛中，霍普金斯于1865年3月陷入了一场危机。部分原因源自他认识了一位年轻而热情的宗教诗人狄格比·多尔本，后者于1867年溺水身亡，时年十九岁。①

1866年，在纽曼的赞助下，霍普金斯进入罗马天主教会。两年后，他开始了自己的耶稣会见习，并对这修道会至死不渝。1877年他被委任为牧师，在利物浦布道，在斯托尼赫斯特学院（一所耶稣会神学院）教学。自1884年至他去世的1889年间，霍普金斯在都柏林大学担任希腊语教授。从他在耶稣会的上级的态度来说，他完全拥有从事诗歌和绘画创作的自由，但即便这样，他依然是一个先天的苦行者，而且是这样一个浪漫主义者，以至于他发现牧师的职业和诗人之间是相互排斥的。

奥斯丁·沃伦是最好的，最能理解霍普金斯的批评家之一，他恰当地指出在霍普金斯最雄心勃勃的诗歌里，表现了“一种质感与结构之间的差异：没有与那丰富强烈的细节相一致的智力或神话力量”。根据济慈给雪莱的建议，一个艺术家必须用矿石填补每首诗的缝隙以服侍财神，霍普金斯有时候走得太远了，甚至一位略有理解力的读者就能判断诗是不是“超载”了。

那么作为诗人的霍普金斯有什么成就吗？这个问题值得思考，他独创的成就几乎是难以置信的，霍普金斯让济慈式的诗歌进入到一种虔诚的风格，无论有多少牵强。在《奥秘博士》这首关于苏格兰方济会的哲学家邓斯·司各脱（1265—1308，也来自牛津大学）

① 霍普金斯为多尔本作过两首描写同性爱的诗《朋友你在哪里》《结束的开始》。

的诗中，霍普金斯找到了教义，可以使对个人形式，对人或自然事物的“这种性”(thisness) 的关注，与教会的普遍真理相调和。根据他自己对司各脱的理解，霍普金斯为他所理解的每一种自然模式创造了“因斯开普”[①] 这个词。“因斯阙思”[②]是另外一个杜撰的词，对他来说，意味着每一自然模式对他的想象力造成的影响。总而言之，这些术语是尝试以学院方式阐释济慈的基本理解途径：超然，诗人对于非同一性的追求，否定的才能。

霍普金斯一直没有出版他的作品，直到他去世近三十年后的1918年，他的诗人朋友罗伯特·布里吉斯才出版了这些诗的第一版。也是巧合，这第一次出版几乎和雄心勃勃的现代主义文学潮流同时，后者统治英美诗坛直至20世纪50年代。霍普金斯则被诗人和批评家认为是愚蠢的19世纪中的一个特例，一位真正的英国诗歌的继承者，并且是一位可以为现代主义在措辞、诗韵和意象上的实验做出辩护的先驱。

霍普金斯的措辞在其济慈式和前拉斐尔派的风格基础之上，
添加了大量语言材料，这源自他对威尔士语和古英语的研究，以及 215
散杂的维多利亚时期语言学者寻找较少被拉丁语和法语元素所玷染的“纯英语”的努力，因为那些外来元素已不可挽回地成为英国语言的一部分。如霍普金斯所说，他的诗韵基于童谣——弥尔顿《力士参孙》的短赞美诗和威尔士诗歌。与被霍普金斯称为“连续的”或“普通的”19世纪诗歌韵律不同，他拥护“跳跃韵律”(sprung rhythm)，他坚持说那是英语语言内部、盎格鲁-撒克逊诗歌更古老的、纯粹的抑扬顿挫的节拍。很显然，霍普金斯认为济慈的颂诗也

① 直译为“内在的特性”(inscape)。

② 或可译为“内应力”(Instress)，和“因斯开普”一样，是霍普金斯关于个性和独特性的独创概念。

用了这种韵律，尽管济慈有着斯宾塞体的平滑。

虽然霍普金斯较晚才研究古英语，但他主要的诗韵成就复兴了古英语诗歌的范式。从乔叟、斯宾塞、弥尔顿到主要的浪漫主义诗人属于英文诗歌韵律的主流传统，而霍普金斯仿古文体的英文诗歌韵律返回到了基涅武甫和朗兰[①]，尽管影响一时，现在看来似乎透露着一种高贵的古怪。不管怎么说，它的表现的有效性毋庸置疑。霍普金斯很多诗歌的诗韵基础是固定数量的主重音音节，它们由非重音音节包围，或者拿他的话说叫“侍骑”(outrides)。早期日耳曼语诗歌的头韵也有力地将诗行改写为一连串韵律的迸发。这样，在《茶隼》的前两行中，每一行都有五个霍普金斯的节拍(相对于五个正规化的、交替的、重音音节的节拍)：

> I caúght this mórning, mórning's minión, kíngdom
> of dáylight's daúphin, dapple-dáwn-drawn Fálcon, in his
> ríding ...
> (我捕捉到这黎明的、黎明的宠臣，白昼
> 之王的太子，斑驳的曙光勾勒的，它骑着……)

然而，第一行诗有十个音节，并且可能被误解为一个抑扬格的五音部诗行，第二行诗则有十六个音节；我们通过诗歌意识到，这两行诗共性，它们的**音步**而非单个节奏，是五个主重音音节的序列。不仅如此，通过其内部押韵和头韵串联，扬音短语“dapple-*dáwn*-drawn”保留了“被斑驳的曙光勾勒”(drawn by dappled dawn)的意义。霍普金斯自己发明的诗韵术语像他的其他带哲理的词汇一样，

① 基涅武甫，盎格鲁-撒克逊诗人，生活在公元9世纪。朗兰(1332—1400)，英国诗人。

具有高度的比喻性:“挂钩”或“侍骑”、“跳跃韵律”、“对偶”(或韵律范式的叠加),甚至“主重音”这一混合着感情和语言学意义的词都唤起他的诗中的意象,并如他的形而上的概念一样主观,正是这些概念使得一种天主教的诗学超验论得以达成。216

阿蒂尔·兰波
(1854—1891)

一

兰波，这位雨果和波德莱尔的继承人，本有潜力成为一位更优秀的诗人，就像受艾略特和史蒂文斯影响的哈特·克莱恩，本来可以利用诗歌天赋超越他的前辈们。在这一语境中，克莱恩对兰波的认同带有一种特别的辛酸，不免让我们想起像雪莱和济慈英年早逝那样巨大的想象力损失。在任何国家的诗歌传统中，兰波的丑闻都是相当可观的，他的丑闻又被放大，因为法国浪漫主义诗歌的形式与修辞相对较为持重，更不用说整个法国诗歌传统了。法国诗歌中的危机在英裔美国人的传统中就是片片涟漪，后者充斥着复杂和异端。

除了兰波和更晚近的一些人，法国诗歌没有出过建立全新标准的独特之人。在法国诗歌里，兰波是一位伟大的革新者，但如果他是以威廉·布莱克、威廉·华兹华斯、罗伯特·布朗宁和沃尔特·惠特曼所用的语言写作，兰波可能会显得不那么突出。《地狱一季》写于《天堂与地狱的联姻》八十多年后，而《彩图集》在解构诗歌自我方面，不如布朗宁的独白诗和《自我之歌》[1]。必须绝对现

① 沃尔特·惠特曼的作品。

代，是的；兰波之后一个世纪，可以看出再没有谁比《序曲》的作者和1802年的危机抒情诗现代得更纯粹的了。我一度相信，英语诗歌和法语诗歌间真正的区别在于法语传统中缺少乔叟和斯宾塞、莎士比亚和弥尔顿的同等者。我现在相信有一个更明显的区别，华兹华斯令人惊叹的独创性结束了一段曾在休谟和歌德间连续不断的传统。

兰波从晚年的雨果和波德莱尔那里找到了强大的前驱者，但兰 227
波伟大的潜力其实可以受益于更强力的争斗，就像华兹华斯与弥尔顿，以及在较小的程度上与莎士比亚的那种争斗。直到瓦莱里，各位伟大法国诗人最终似乎都面对一位复合了布瓦洛和笛卡尔的前驱者，一半是古典学的批评，一半是哲学家。而当你必须从弥尔顿或华兹华斯那儿谋求文学空间时，所造成的紧迫需要是与此大有区别的。甚至在社会异类兰波那儿，这区别也规定了修辞和想象的限度。

批评家们同意，那些限度在《地狱一季》和《彩图集》里以大相径庭的方式几乎被超越。利奥·贝尔萨尼[①]令人印象深刻地指出《彩图集》的“简单”(simplicity)，断言兰波的伟大在他的否定性上。于是让诗歌表达的意义尽可能少就被视为兰波真正的野心。如果兰波的“我是他者”是中心定式，那么《彩图集》就是重要的著作。但因为诗歌像信仰一样，是位居真理和意义之间的，因此这文学否定性的兰波—贝尔萨尼式梦想也只是梦想罢了。如果真像贝尔萨尼希望的那样，一首诗“无指涉对象、非关系、缺乏态度、感觉和气氛”，那么它会成为什么？贝尔萨尼是第一个承认《地狱一季》远非如此的人；它压倒性地揭示了一种连贯自我，即使很难说它具

① 利奥·贝尔萨尼(1931—)，加州大学伯克利分校英美文学研究教授。

有持续的主观性。《地狱一季》中，我们称之为“表达”(voice) 的比喻法和主题是如此强烈，以至于我们必须把它视作一首崇高浪漫主义的散文诗，无论我们怎么谈论《彩图集》。

《地狱一季》比布莱克的《天堂与地狱的联姻》更甚，随时有跌回规范的基督教的危险，而这是兰波想拒绝的，他显然直到临终时才停止拒绝。克里斯汀·罗斯[①]在一条精彩的注释中将《地狱一季》解读为向一个社会历史领域开放，或许马尔库塞以弗洛伊德的名义是这一领域的预言家。“我会做一名工人——但只有在(我们所知的) 工作已经不存在的情况下。”在罗斯对兰波写作立场的雄辩总结中，我听到了《爱欲与文明》的声音。假如说贝尔萨尼漂亮地将兰波的美学抱负理想化了，罗斯则卓越地将兰波的所谓社会性(尽管是在后启示录的彼岸) 理想化了。我(像J.P.霍斯顿) 注定从浪漫主义的角度解读兰波，我所解读的诗人具有浪漫派所有的无序性，但也有其许多的意义，而且在我看来很难说是社会的意义。

事情有时候会变得更糟糕，当一块木头发现自己是把小提琴，一块黄铜发现自己是把军号，一个农民出身的法国男孩在十六岁上就可以把波德莱尔的《远航》改写成《醉舟》。兰波狂乱的原创性，从《醉舟》开始，不但叛离任何意义，也叛离任何遗留给兰波
228 一些(不是他已有的) 意义的人，包括波德莱尔。甚至比后来的维克多·雨果更是如此，兰波不能忍受任何文学权威，他勉强认可了雨果创造幻象的诗学能力。也许，倘若你把雨果和波德莱尔融为一体，这个形象可以成为兰波的前驱者，有可能诱发他的一些焦虑感，但英美诗人的那种习惯，自己凭想象构造出一个复合的诗歌先驱，在兰波那里是不可能的。

① 克里斯汀·罗斯 (1953—　)，纽约大学比较文学教授。

创作《醉舟》后仅两年，兰波完成了《地狱一季》。据说布莱克十四岁前写出《我在田间欢快地游荡》，而在整个西方文学史里除了布莱克再没有哪位像兰波般早熟的伟大诗人。兰波在十四岁的年龄和布莱克一样有非凡的能力，但他不像布莱克，他在十九岁便放弃了诗歌。在非洲做了商人和军火贩子，三十七岁去世，后半生没有写过一首诗。兰波必然成为异化的现代诗人的一个具有神话色彩的例子。尤其对《地狱一季》而言，神话遮蔽了其更深的传统主义。除了迟至的法国浪漫主义蕴含的差异性，兰波和布莱克、雪莱、维克多 · 雨果一道，是崇高的浪漫主义。

二

《地狱一季》被称作一篇散文诗或一则记述（récit）。也可以称为一则微型的“解剖”——在诺思洛普 · 弗莱给出的那种体裁意义上。也许它该被视为迟来的诺斯替福音，像是它隐藏着的范式，正统的约翰福音。我怀疑后者曾被修订，偏离了它的起源，在那里“话”并非化为肉体，而是化为灵魂（pneuma）存在于我们中间。在兰波所有的作品中，《地狱一季》是最像秘藏经文的一种。兰波从没听说过布莱克，后者承诺为世界写出《地狱箴言》，不过《地狱一季》的形式总是让我想起布莱克的《天堂与地狱的联姻》，虽然它的内在精神是和后者那种异常有亲和力启示录式讽刺作品非常不一样的。

把《地狱一季》看作青少年福音并不是居高临下的说法，特别是当我们记起是卢梭发明出了那种有趣的过渡，在他之前的文学作品并不曾显出它的痕迹。阅读此诗时去想卢梭有点怪，但明显的是，兰波确实是卢梭的直接的继承者之一。兰波无疑试图去否认任何承继关系，但他怎么能否认他的浪漫主义血统？他对天主教的拒绝无疑就是浪漫主义的，特别是就其矛盾态度而言。

《地狱一季》的九个部分所展开的模式，对于任何一位公元2
229 世纪亚历山大城的诺斯替教徒来说会是非常熟悉的。兰波的写作从堕落开始，同时也是一种悲剧性的创世，他把生命的盛宴置于脑后，而所铭记的是“旧日盛宴的关键”①，关键的是慈悲。因此盛宴必定是圣餐桌，兰波从那种完满（pleroma）堕入诺斯替教的虚空（kenoma）。《地狱一季》中的撒旦，更像是诺斯替教中的巨匠造物主（Demiurge）而不是天主教的魔鬼，不过很快我们就弄清楚了，兰波他本人（若有“他本人”可言的话），也是一位巨匠造物主，可以说是一位农民或是农奴巨匠造物主。也许对兰波来说，最大的讽刺是他的“我无法理解变革”，因为农奴翻身只是为了抢劫。“坏血”一节的中世纪热望完全像狼群面对一只它们未曾杀死的动物的贪婪，所以现在遇到了狼性兰波，他的异教徒血统回归了：

> 异教徒的血又回来了！圣灵向我逼近，上帝呀，你为何不来救我，给我高贵的灵魂带来崇高和自由！天哪！我听到福音了！福音福音。
>
> 我热切地期盼上帝的到来。与永恒相比，我是如此低微。②

圣灵逼近了，但是贪婪地等待上帝只能确保基督的拒绝行善。高贵和自由并不会降临到渴望超自然救赎的农奴身上。所以，野蛮的叛乱相对于一个丧失了启示的世界中所谓的文明来说是更可行

① 原文为法文。

② 原文为法文。

的。这是自由不羁的诺斯替教的辩证法，这提醒我，在精神上最接近兰波的美国文学作品是纳撒尼尔 · 韦斯特[①]的《寂寞芳心小姐》，它是古代诺斯替教理念的极为肮脏版，肖勒姆[②]刻薄地称之为“从罪恶中得到救赎”。兰波“坏血”的剩余部分充满返祖的钢铁乐音，为他自己感官的系统性错位做最充分的辩护，最后却是崩塌而进入真正地狱的黑夜之中。兰波的地狱贯穿了神性的一瞥，看起来与天堂在字面意义上有所联姻，与布莱克的反讽的辩证法十分不同。上帝与撒旦作为厌倦的灵表现得如出一辙，仿佛只是不同的两个叫法而已。兰波于是让自己预备进入最深的降落，降入精神错乱以及与魏尔伦的亲密关系的记忆中。

当想到《地狱一季》，首先映入我脑海的是充满着病态才情的魏尔伦，“疯狂的童女”，呼告兰波——“地狱新郎”。如果《地狱一季》有普通读者的话（在约翰逊所指的意义上），他们还会记得什
么？兰波如果愿意，本可以成为法语中最始终如一地野蛮原始的幽 230
默家。可怜的魏尔伦永远被钉在受虐狂角色上，这一疯狂的童女，不论从救赎抑或天谴的角度来看，都毫无价值。通过描绘地狱新郎尝试文字炼金术，对魏尔伦的钉牢印象的权威性被大大提高。不过，这一描绘必定预期被认为与疯狂童女的扭捏作态一样可笑。兰波的神话太过强大，以至于他自己对神力与魔法的否认并不能说服读者。回想《地狱一季》，我们都会以一种审美性的方式忆起对那些语言实验的敬意（尽管兰波却声称要与之决裂），而对魏尔伦那个疯狂童女抱以冷漠与不屑。

为了爬出“地狱”，兰波发现他必须抛弃自己的诺斯替教二元

① 纳撒尼尔 · 韦斯特（1903—1940），美国作家、编剧。

② G. 肖勒姆（1897—1982），犹太裔德国历史学家、哲学家，本雅明生前好友。

论，也就是说他那不是完全非使徒约翰式的诺斯替基督教。大多数时候，“不可能”和“闪电”诗节探寻的是远离基督教的问题，或者说是唯一似乎可行的那种基督教。但因为这探寻涉及19世纪欧洲的两只巨兽——超验唯心主义和科学教，兰波发现嘲弄上帝和自己都不安全。在这些谬论被排除在外之后，“晨歌”首先恢复了兰波的诺斯替主义，在他看来自己身上最优秀和最古老的东西可以属于造物—堕落之前。歌颂了新的劳动和新智慧的诞生，兰波转入他那引人注目的“告别”，以及它那句众人皆知的名言“必须绝对地现代”[①]。这是兰波的诺斯替主义继承人哈特·克莱恩毕生创作的座右铭。兰波不再是一位占星家或天使，他回到了大地，像他的祖先一样再次成为农民。思考大地似乎很难说是一种诺斯替定式，《地狱一季》的著名结尾彻底放弃诺斯替主义，并意想不到地突破进入幻想的一元论：

> ——在那下界我见识到女人的地狱；——而我终将在灵魂和身体里获得真理。[②]

我认为，兰波**在那下界**——在他和魏尔伦的关系中，看到了“女人的地狱”，恰恰就是他总想逃掉的恋母情结。在一种思想和一个身体——自我的——中占有真理，这是种自恋的启示，颇接近惠特曼的《自我之歌》结尾处那种。无论是基督教还是诺斯替教；同性恋还是异性恋在这里都被拒绝了。《地狱一季》最后内在地转向更接近于惠特曼，而非雨果以及波德莱尔：

① 原文为法文。

② 原文为法文。

> 在黑夜里守候。让我们接受新的力量和真正的温柔。晨曦中，与毅力为伍，我们将进入那些辉煌的城池。[①] 231

这一段配得上被已故的詹姆斯·赖特[②]如此称呼的诗人："我们的父亲，惠特曼"。虽然我们很难说"我们的父亲，阿蒂尔·兰波"，但我们可以记得哈特·克莱恩对于惠特曼和兰波的同等热爱，得感谢他教我们对我们的祖先有所认识。 232

---

① 原文为法文。

② 詹姆斯·赖特 (1927—1980)，美国当代新意象主义著名诗人。

A.E. 豪斯曼
(1859—1936)

埃德蒙·威尔逊[1]是一位出色的批评家，但对现代诗歌的理解相当一般。在向他那拜伦式的女友埃德娜·米莱[2]求婚遭拒后，他觉得现代诗歌已经崩溃了。威尔逊针对A.E.豪斯曼发出了如下的严厉评论："豪斯曼成年以后仍不知成熟为何物。"而在《爱的诞生》一书中，汤姆·斯托帕德[3]则把豪斯曼和奥斯卡·王尔德并列比较，对王尔德青睐得多。

从童年起我就是豪斯曼诗歌的读者，评论界对他的诗歌的负面反应令我感到意外。可以察觉到的是，豪斯曼不是托马斯·哈代和D.H.劳伦斯、爱德华·托马斯和威尔弗雷德·欧文、T.S.艾略特和杰弗里·希尔那样卓越的诗人，W.B.叶芝的杰出也是如隔高山。然而，比起很多支撑着批评界的诗人（庞德、奥登，等等），我更加喜爱豪斯曼，而且我很纳闷为什么很多诗歌爱好者会不喜欢这些句子呢：

有种致命的空气吹入我心间
　来自那远处的乡土：

① 埃德蒙·威尔逊（1895—1972），20世纪美国著名评论家和随笔作家。

② 埃德娜·文森特·米莱（1892—1950），美国女诗人兼剧作家，曾获普利策奖。

③ 汤姆·斯托帕德（1937— ），英国剧作家。

记忆中的那些蓝色小山，
　那些尖顶、农场，究为何物？

那是失去的满足的国度，
　我看见它亮光闪闪，
我走过的快乐的路途，
　再也不能重返。

第一行“有种致命的空气吹入我心间”几乎独立成一首诗，而 233
且是一个一流的讽刺。说来奇怪，豪斯曼是一位如此被低估的讽刺作家。作为一名古典学家，豪斯曼使用反讽时倾向于以所言之物表达言外之意，但同时他又是一名浪漫主义反讽作家，敏锐地感到意义在反讽的反讽之下破裂。“失去的满足的国度”恰恰是看不见的东西，但豪斯曼冒险在下一句布莱克式的诗行中写道：“我看见它亮光闪闪”。

尽管豪斯曼表面上和早期的布莱克相似，他终归不是一位幻象诗人。汤姆·斯托帕德在他杰出的《爱的发明》中告诉我们，和奥斯卡·王尔德相比，豪斯曼的一生是失败的。豪斯曼也许会同意斯托帕德，但从心脏病手术中恢复过来的我，会很小心地去评价一个人的人生失败与否。

失败会写出怪异的诗歌吗？我长期苦恼于豪斯曼的一首诗，长到我都不记得多久了：

她强大的魔法失败，
　她的恐惧之塔翻倾，
她蒸馏器里毒药已干，

而刀架在了她的脖颈，

天空和黑暗的女王
开始尖叫和哭泣，
“噢年轻人，噢我的杀手，
明天就是你的死期。”

噢天空和黑暗的女王，
我想你说得在理，
明天是我的死期；
但你今天就得死。

天空和黑暗的女王不是普通的女巫，并且她的杀手也比任何反讽都冷酷。这首诗写的是什么？无论作为人还是诗人，在写这首诗的时候豪斯曼为自己做了什么？他不受女性魅力影响，无论那有多强。并且，这一病态的抒情诗小小杰作没有显示出性的元素，就像我们在吉卜林和威廉·莫里斯那里可能看到的，或者在施虐受虐的斯温伯恩那里可能看到的。感觉豪斯曼在驱逐一些东西，一些他不能面对的东西。

234 如果要我从豪斯曼的诗中选出一首，我会选严酷而出色的《一支雇佣军的墓志铭》。但他最微妙、最美的一首诗也许是这首：

别在这告诉我（它不用说明）
女巫在温柔的九月后，
在苍白的山楂花下，
把什么曲调演奏，

她和我早已相熟，
　我已把她的习惯摸透。

褐色的地上，闲散的水边，
　松树落下了它的果实，
布谷鸟在落叶纷纷的幽谷，
　独自对着空茫叫喊终日；
秋日里旅行者的欢乐
　诱惑着失去欢乐的心底。

结籽的大片草丛中
　起伏着变幻的光亮；
丰收的月光下
　麦穗整夜列队站岗；
风暴中山毛榉脱衣过冬
　让风沾染了落叶飞扬。

占有，如我曾占有一季，
　我今交回的这些田陌，
在榆树平原上，道路
　攀缘山岭，光芒闪烁，
高耸的森林浓密阴影
　对我呢喃，并属于我。

自然，无情无智的自然，
　既不关心也不觉知，

什么陌生人的脚会踏上
　这片草地，践踏然后离去，
也不会在晨露间询问
　它们是我的不是。

要是本·琼森活着读到这首诗，他也许会说：“如果诗人想要说
的是一位真实的情人，它倒是有它的意义。”这首诗的语言在豪斯
235 曼的所有诗里毫无疑问是最具有异性恋色调的，他跟随华兹华斯的
习惯，把自然人格化为一个心爱的女人。然而，豪斯曼的女巫“无
情，无智”，因此这是一首关于失去的诗，关于朽灭暗示的诗。但在
236 失去里有壮丽，在没有活过的生活中有情爱的音乐。

埃德温·阿林顿·罗宾逊
(1869—1935)

> 爱默生自己是一个新英格兰的产物，同时是一个有着强烈道德风尚的人……他赋予了美国浪漫主义一种宗教口吻，尽管它的学说是不负责任的。这口吻它至今还没有丢掉，并常常证明是灾难性的……在罗宾逊身上有许多这种理智的怠惰。怠惰的结果之一，是一种爱默生学说的混合物，这与统领他大多数作品甚至最好的作品的信念背道而驰。
>
> 叶佛·温特斯①

《急流与昨夜》(1896年罗宾逊自费出版）是最好的诗人处女作之一。其中三首较短的诗，《乔治·克雷布》、《卢克·哈弗格尔》和《克拉克家族》，罗宾逊很难超越；还有三首，《信条》、《沃尔特·惠特曼》(不幸被罗宾逊抛弃）和《夜之子》(也是他下一部诗集的同名诗），都是令人难忘的杰作。所有这些诗都秉承爱默生早期的风格，即以“酒神巴克斯”达到高潮。更为有力的《卢克·哈弗格尔》源自比较阴郁的爱默生主义的《经验》和《命运》，还和《梅林》的非凡信念有关。它预言了罗宾逊晚期最好的抒情诗，诸如《暴君爱神》和《致一位死去的女士》，还表现出罗宾逊和弗罗斯特

---

① 叶佛·温特斯（1900—1968），美国诗人、文学批评家。

因其共同的爱默生传统而具有的类同。

罗宾逊在诗集《克莱格上尉》中发表了《智者》这首向爱默生直接致敬的圣歌，他在1899年8月第一次读到爱默生的《生活的准则》时便深受感动。罗宾逊在那之前认真读过爱默生早年的作品，
237 但有趣的是他写《卢克·哈弗格尔》和一些类似的诗后才接触《命运》和《力量》等文章，那时他更深的本性重新发现了自己。他把《卢克·哈弗格尔》称作“一次蓄谋已久的衰退”，我的理解是“对失败的同情，当命运被虐待，自我萎靡不振”。布朗宁是另一位对罗宾逊产生过巨大影响的诗人，他便是在这个意义上执迷于“蓄谋已久的衰退”。罗兰公子和安德烈·德尔·萨托的失败是对命运的蓄意虐待和自我的萎靡。《智者》称赞爱默生的“凶猛的智慧”，强调亚洲对他的影响，很少触及他的辩证的乐观主义。这个爱默生被“预言为狂人和卑微的人”，是《卢克·哈弗格尔》中“火热的夜晚”① 的恰当先知：

> 但那里，西方的忧郁正在聚集，
> 黑夜将终结黑夜，仅此而已：
> 上帝杀死自己，随每片树叶飞扬，
> 地狱不止是半个天堂。

这些是补偿的法则，如爱默生在《力量》中所言：“不付代价，一无所得。”在罗宾逊的深处是爱默生的这种宿命论，这和弗罗斯特甚至亨利·詹姆斯相同。“世界是数学的，”爱默生说，“在它巨大流

① 指的是《卢克·哈弗格尔》第二节开头，原文是“不，在东方的天空没有黎明 / 在你眼中火热的夜晚划开裂缝”，下文引用的诗行紧接这两句诗。

畅的曲线中没有意外。”罗宾逊在沉思《力量》的结尾时，坦白道：“他真的催人奋进。”他把爱默生说成“用一块新英格兰大木板[①]”给人痛击，那是命运的棍棒。但罗宾逊被痛击得太好了，我说的倒不是温特斯的意思，因为我在爱默生身上找不到任何“理智的怠惰”。不像布朗宁和哈代，罗宾逊向必然性屈服太多……境遇和气质共同导致了罗宾逊对涅墨西斯[②]的着迷，但诗歌的误读也是故事的一部分，因为罗宾逊对于爱默生的“苔瑟拉”(续完和对偶)依赖完成这位智者的宿命论。从爱默生关于力量和境遇的范畴中，罗宾逊以一种个人理想主义的方式(“绝望的哲学”，他担心它会被如此称呼)得出一个更完整但简单的范畴。《卢克·哈弗格尔》和《暴君爱神》中令人信服的绝望就是他对这种无名的理想主义最好的表达，这也是一种宿命论。但是，《夜之子》尽管显然是对丁尼生甚至朗费罗的回应，更清晰地展现了罗宾逊发现是可能的态度：

是绛色，不是灰蒙蒙，
　让暮光永远美妙；
是一天的前景
　使星空如此崇高；

238

是靠恐惧中的信心
　直面我们诅咒的人生；
所以让我们敬畏自身，
　自我便是宇宙无垠！

① 木板 (shingle) 建筑是新英格兰地区兴起的建筑风格。

② 涅墨西斯是希腊神话中被人格化的复仇女神，代表无情的正义。

这里苦涩的吸引力在于它如此之重地限制了它那太多希望的、借来的韵律。甚至在这么早，罗宾逊就“完成了”爱默生式的自助，并通过强调其禁欲主义而非其超验或酒神巴克斯的一面，将其化为己用。在《信条》中，罗宾逊感到“来临的光之荣耀！”然而，这光从未察觉的天使那里散发出来，天使们将“枯死的树叶编成花环，在没有玫瑰之处”。并不是说罗宾逊像梅尔维尔一样认为那些看不见的领域是在恐惧中形成，他是一个无狂喜能力的爱默生信徒，一种苦行的超验精神，和诸如琼斯·卫瑞[①]这样受神灵启示的圣徒相异，也和写《论诗人》的爱默生相异。不过是相异，而不是对立面，按布莱克所做区分来说。罗宾逊的天赋不比弗罗斯特少，但相比之下成就小很多，因为在诗歌生涯中他让他自己过早地屈从必然性。弗罗斯特的约伯引用《乌列尔》[②]表明困惑是“终极形式”，所有事物返回自身的方式，就像光线：

纵然我认为光线终会消失殆尽，
先是白，再是红，再超红，终无物。

这是弗罗斯特的精明与深刻，包括“万物循环”的信念，甚至还有犯了道德过错的上帝的精神困惑。我们感到罗宾逊身上缺少的是这种残酷性，能这样写出《指令》结尾的力量：

这里是你的水和你的取水处。
喝下它，超越困惑重获整全。

① 琼斯·卫瑞（1813—1880），美国诗人、散文家、牧师，生前投身神秘主义的超验运动。

② 《乌列尔》是爱默生写于1846年的诗歌。

超越困惑指的是超越命运那终极形式，超越命运重获整全意味着循环的结束，是一种对所有爱默生式的循环的解决方案，既看到统一又看到分离。弗罗斯特将屡次尝试[向必然性让步]，但他的谨慎拯救他于罗宾逊的自我耗竭中。

《克莱格上尉》里有一段写得很好，健谈的上尉问道："被亮光
致盲更好呢，/还是在阴影里看不见更好？"这个问题精彩地假定我
们无论如何都会看不见，但罗宾逊没有被他的阴影致盲。他被美国 239
浪漫主义病态地影响了，尽管不是出于温特斯所言的原因。那种浪
漫主义要求一种惠特曼式的热情，狂暴的诗意的体现，以免诱惑与
阿南刻[①]的结合太快、太急地到来以至于抵挡不住。可以说罗宾逊
几乎是位伟大的诗人，并且如果他被不那么极端的传统选中的话，
他本可以变得更伟大。 240

① 希腊神话中的女神，字面意思即"必然性"，在希腊神话中代表命运和定数。

保罗·瓦莱里

(1871—1945)

在《莱昂纳多、坡、马拉美》前言中，瓦莱里称这三位前辈为“抽象艺术大师”。“人靠抽象制造”是一条著名的瓦莱里式准则，提醒着我们这里“抽象”一词的意义是拉丁语中的“撤出、从……拿出、移除”。史蒂文斯的《最高虚构札记》的第一部分《必须抽象》是在瓦莱里见解的美国版氛围中展开，只是书中的美国人是沃尔特·惠特曼而不是埃德加·爱伦·坡：

> 天气和天气的巨人，
> 说这天气，单单天气，纯粹的空气：
> 一个冷血的抽象物，像由思想虚构的人。

瓦莱里凭借撤出陈腐的现实来虚构，他拒绝将这现实与他的大师们的想象联系起来。这些“使我着魔、主宰着我，同时——这也很恰当——折磨着我。美是让我们充满绝望的东西”。如果瓦莱里说的是痛苦而不是绝望，他就更像尼采。想象的系谱并非真是瓦莱里的主题。绝望不是现实的陈腐，也不是现实的缺席。而是现实那压倒性的在场——现实原则，或生中之死的必然性，或就是死亡的压倒性在场。瓦莱里那优美的《棕榈树》以一个隐喻结束，它似乎成为他所有诗歌的中心：

恰似悠长的沉思
心灵付出了太多
终于增益了收获！ 241

棕榈树意象代表极其活跃的头脑，自己灵魂的天赋持续增益它。那也许是史蒂文斯的死亡之诗《仅仅存在》的源头之一，但瓦莱里的棕榈树不如史蒂文斯的终极象征纯粹和闪烁。除了史蒂文斯渴望致敬瓦莱里外，这两位诗人、两位诗的思想者彼此没太多相似。也许最大区别在于对前人的态度。瓦莱里头脑清醒而直率，他面对的是马拉美。史蒂文斯坚称不读惠特曼，谴责惠特曼的流浪汉“人格面具”，但他无法停止在自己的诗中篡改惠特曼。不过惠特曼也是如此谈论他与拉尔夫·沃尔多·爱默生的关系——在美国他们于这些问题上显然另有做派。

在1919年的《理智的危机》的一段沉思中，瓦莱里令人难忘地描述了欧洲式的哈姆莱特盯着数以百万计的幽灵：

> 但他是一个智识的哈姆莱特。他沉思着真理的生命与死亡。关于亡魂，他有我们所有争议性的主题；关于懊悔，他有我们所有引以为豪的头衔。他在求索和学识的重压下弯下了腰，无力放弃，无力重续这无止尽的活动。他反思着重新开始过去时光的无聊，总是力争独创成就的愚蠢。他在两个深渊间摇摆，因为有两种危险一直威胁着世界：秩序和无序。

这段文字七十年以后读来还是很有力的，如果它的主题是美国式的哈姆莱特，它将使我们感到困惑。瓦莱里的担心在于，欧洲会“成为**她在现实中的样子**：也就是说，成为亚细亚大陆的一个海岬”。这担心是预言性的，即便幸运的是预言没有完全实现。当瓦莱里以这种方式写作时，他主要令偏沉重的那类社论作家和报纸专栏作家感兴趣。然而，他对欧洲文化那或许有点过于保守的担心是他所有散文写作中重要的元素。瓦莱里对法国思想原型人物笛卡尔的沉思，表达出他自己的自然法则：“笛卡尔首先是一个有意识行动的人。”意识对瓦莱里是一场有意的冒险活动，而在培养意识的过程中这种精心的求索活动，一定程度上是将瓦莱里造就为西方文学群才中的核心人物的因素。

瓦莱里反对独创性，他的批判性洞见却是我们世纪最独创的。
242 他的《文选》充满了关于文学独创性的较为阴郁的真理：

> 人的作品的价值不在作品本身，而在后来，在其他情形下，别人对它们的发展。

> 没什么比以别人为养料更“原创”，更“自我”。但你必须消化它们。一头狮子是由消化了的绵羊组成的。

> 最伟大艺术的特点是：对它们的效仿是正当的、值得的、可容忍。它不会被它们摧毁、吞食，或者反之。

> 任何精神的产物都重要，只要其存在能解决、呼唤或取消其他作品，不管是前辈还是后生。

> 一位艺术家要激发妒嫉，直到时间的尽头。

瓦莱里论述独创性的中心文字是他1928年的《关于马拉美的

信》，文中他和他真正前驱的关系，引发了极富美感的辩证反讽：

> 我们说一名作者是**原创**作者，只因我们追查不到其他人在他思维里发生的隐匿转换。我们的意思是，“他所做”依赖于“别人先前所做”的方式，是非常复杂且不规律的。有的作品和别的作品很像，有的作品是反转其他作品，但也有作品和前辈们的关系错综繁复以至于我们犯了难，并把它们直接归功于创造的力量。
>
> （为了更深层次地讨论这个问题，我们同样应该讨论一种思维对其自身的影响，以及一个作品对其作者的影响。但这里不是合适的场合。）

在瓦莱里其他散文和诗歌中，都是合适的场合，因为那是瓦莱里真正的传统主题——保罗·瓦莱里的思维对其自身的影响。它不就是笛卡尔和蒙田，以及所有具有感受力和才智的法国人真正的主题吗？瓦莱里从未停止关心的是他的思想和写作对自己的影响。在别人那里引发的创造性误解并非引不起兴趣，但瓦莱里对自身的
创造性误解迷惑了他自己的心。这迷惑的证据大量存在，但我选最 243
细微、最暧昧的一篇，也就是对话体《舞蹈与灵魂》。苏格拉底被瓦莱里创造出来，说出“那毒药中的毒药，那反抗所有本性的毒物”，认为生命的缩减是史蒂文斯所说的“第一观念”：

斐德罗

什么毒药？

苏格拉底

它被称作：生之单调乏味？我的意思，你要理解，不是指

暂时的倦怠，疲劳带来的乏味，我们能看到其萌芽或知道其界限的那种乏味。但那极致的乏味，那纯粹的乏味不是由厄运或疾病造成的，它在似乎最为幸福的状况下和谐地滋生——那乏味呀，简言之，就是关于生命本身的东西，它除了活人明亮的目光之外没有其他原因。这绝对的乏味本质不是别的，正是赤裸的生命，用澄澈的双眸看见了自己。

厄律克西马库

的的确确，假如我们的灵魂从自身清除掉所有错误，脱去所有附着在“本来所是”之上的欺诈性的东西，那么，我们的存在立刻就被关于人类生命“是其所是”的冷峻、精确、理智而中庸的观点威胁着。

斐德罗

在同真理的接触中，生命变得阴暗，一如一只可疑的蘑菇压坏后，接触到空气而变黑一般。

苏格拉底

厄律克西马库，我问你，有没有救治办法？

厄律克西马库

为什么救治如此理所当然的一个诉求？无疑，对本性而言，没有什么比“见事物是其所是”更本质病态的、更不友好的了。一束冷峻而完美的光是击不败的毒药。无杂质的现实让心跳骤停。一滴那冰冷的淋巴足以让所有灵魂的弹簧松弛
244 下来，让所有欲望的跳动延缓下来，让所有希望破灭并将我们血里栖息着的众神带向毁灭。在逐渐的吞噬消耗中，美德与高贵的颜色变得苍白。过去缩成一把灰，未来成了小冰锥。灵魂向自己显现为一个空洞而可测量的形式。这儿，事物是其所是——一个缜密而致命的链条，环环相扣，环环相限——噢，

> 苏格拉底，宇宙一刻也不能忍受只是其所是。这一点想来很奇怪：整全满足不了自己！……引发的关于存在的恐惧为它自身创造并绘制了成千上万副面具。终有一死者存在没有别的原因。终有一死者为了什么？——他们的使命就是去**认知**。认知？**认知**又是什么呢？——**肯定绝非是自己所是**。——因此这儿的人类高谈着、思考着，向自然中引入无限错误的原则和无数奇迹！
>
> 错误、表象、思维的曲折演绎给世界那悲惨的烂摊子提供了深度和生机。这种观念在“所是”中加入了“所不是”这种酵母……然而真相有时会展现自身，将在幻景和错误的和谐机制中鸣响不和谐之音……一切立刻被万劫不复威胁着。苏格拉底本人来求助于我，要救治这明眼而倦怠的绝望病症！

我们再次回到史蒂文斯的《最高虚构札记》对瓦莱里的借用。“活人明亮的目光”不属于史蒂文斯或我们，它是头脑清晰善于化繁为简的瓦莱里的特别天赋，他能看到“生命的赤裸”。如果这儿的苏格拉底是作者瓦莱里本人，那么厄律克西马库就是读者瓦莱里——瓦莱里的读者！“冷峻而完美的光”是瓦莱里教自己看见的——在他自己身上。这儿的现实不那么符合弗洛伊德的现实原则，因为它是法语爱伦 · 坡和马拉美的空无的深渊或终极虚空的下一步。务实的诺斯替教隐含在爱伦 · 坡那里并由马拉美发展起来，然而在瓦莱里关于“**认知**是什么？”的反讽的布道中达到顶峰。宇宙对于自身之空无的恐惧使它繁育了大量终有一死者，似乎我们中的每一个都只是另一个绝望的比喻。我们的错误、我们的奇迹，“在‘所是’中加入了‘所不是’这种酵母”。

我们在此又遇到了《棕榈树》中的幻象，因为我们得知了这些

245 诗句对瓦莱里自己的影响：

假如有时你陷于绝望，
假如那令人敬畏的严明
任你的眼泪徒然流淌，
只在倦怠的阴影里运行。

“文学中有一严格的法则：我们绝不可以探底任何事物。”瓦莱里在无尽地寻求解释他那刻意的自我意识为何异常盛行时，差点违反了对自己的劝告。瓦雷里似乎成了法国传统中最后一个能让对自我意识的敏锐意识与宏大虚构达成调和的文人：这种宏大虚构只有通过抽象、通过从高度修辞性中撤出才可能做到。和他相比。
246 萨特和布朗肖在创作上姗姗来迟，更不用说德里达了。

保罗·劳伦斯·邓巴

(1872—1906)

保罗·劳伦斯·邓巴是第一位重要的非洲裔美籍诗人，并且在我的判断中他是同一代美国人中一位真正地道的诗人，除了他还有埃德温·阿林顿·罗宾逊、特朗布尔·斯蒂克尼、埃德加·李·马斯特斯、詹姆斯·韦尔登·约翰逊和早期的罗伯特·弗罗斯特。邓巴去世时三十五岁（酗酒加剧了肺结核），除了方言诗歌，邓巴的写作本质上受雪莱怀疑论笔调的影响。他继承了雪莱的抗争精神，强烈表现在《奥秘》中，这是他被低估的诗之一，诗中他谨慎地回应了《致云雀》："我愿看到过去/以及将来，但都无能为力。"身陷对于黑人诗人而言不幸的当下，邓巴以令人难忘的口才写了《奥秘》结尾：

> 我质问永恒弯曲的天空，
> 它似乎与新生的大地为邻；
> 但它们日夜绵延，每日对我
> 闭着眼，像我他日对它们那样，
> 不跟我讲我所问的秘密。

这秘密是关于实现永恒新生的奥秘，一种普罗米修斯的诉求，引向邓巴最棒的诗《在睡意降临，安抚疲惫的双眼之前》。六个诗节中的第五节是一个邓巴有力超越他的自身境况和局限的典型例子：

在睡意降临，安抚疲惫的双眼之前，
　这灵魂怎样质问另一个灵魂——
247 那内在感觉，没有欺骗也没有谎言，
　只是自我向自我暴露，一卷书文
写满生命所有行动，智慧或愚蛮，
　用抹不去的和已知的字迹；
如此，伴随着悲哀意外的震颤，
　这灵魂独自真正观看它可畏的自己，
在睡意来临，安抚疲惫的双眼之前。

“另一个灵魂”或“可畏的自己”被早期非洲裔美国浸礼会教徒称作“大我中的小我”，一丁点生气或呼吸，不属于自然或历史的一部分。重复“在睡意降临，安抚疲惫的双眼之前”十一遍之后，我们被这首诗的最后一行惊讶到了，“安抚”被“密封”替代。邓巴反复挣扎于痛苦与雪莱式放逐个人悔恨的智慧之间，他常陷入那种超越个人悲伤的痛苦。

那痛苦的一种清晰表达是邓巴用以纪念罗伯特·古尔德·萧的十四行诗，这位哈佛大学毕业的上校于1863年7月率领由黑人组成的马萨诸塞州第54自愿步兵团自杀性地攻打华格纳要塞（靠近查尔斯顿）。那首十四行诗的六行诗节为萧和他的非裔美籍士兵的牺牲痛惜，其中的怀疑主义在2001年仍然有意义。

知识的光焰徐徐燃烧有度，
　她的神殿更亲切，清凉静好，

远胜过绝望战斗中白热恐怖，
　这种最后痛楚的冰冷煎熬——
你与你的同伴为正义捐躯，
　但，现实告诉我们：一切徒劳。

邓巴标志性的诗仍然是《同感力》（“Sympathy”），它的流行得益于玛雅 · 安吉罗①在自传性作品中写到：“我知道笼中的鸟儿缘何歌唱！”尽管邓巴高度浪漫主义的抒情诗体已不流行很久了，他的成就依然很值得思考。248

① 玛雅 · 安吉罗（1928—2014），美国黑人作家，于1969年完成广受好评的自传性作品《我知道笼中的鸟儿缘何歌唱》。

罗伯特·弗罗斯特
（1874—1963）

一

弗罗斯特——在他常有的最佳之时——可与华莱士·史蒂文斯竞争20世纪最伟大的美国诗人的地位。他不大像史蒂文斯，其根本原因和早期的史蒂文斯笔下的“本质的华美”没有什么关联，同后期史蒂文斯，诗歌《秋日极光》和《岩石》的作者显现出的严肃的洞察力也没有什么关系。史蒂文斯的这两个方面，来自与惠特曼的一种几乎未受压抑的强大关系，而惠特曼对弗罗斯特则鲜有影响。事实上，弗罗斯特相较于许多真正杰出的现代美国诗人的独特之处，很大程度上源于他和惠特曼的不同。艾略特、史蒂文斯、庞德、哈特·克莱恩、W.C.威廉姆斯、罗特克，均和惠特曼渊源颇深，尽管在艾略特和史蒂文斯那里这渊源是隐蔽的。弗罗斯特（这一点倒是和惠特曼一样）如同爱默生之子，不过这是我们从现在才逐渐开始理解的一个更为严厉的爱默生。深入了解弗罗斯特的读者们，都懂得这位写下《泥泞时节的两个流浪汉》以及《指令》等诗歌的诗人，为什么会认真地将爱默生的《乌列尔》评为“最伟大的西方诗歌”。“乌列尔天使轻蔑的声音”曾经被弗罗斯特称为“爱默生的轻蔑”，这是他诗歌中一贯青睐的基本讽刺方式。

《乌列尔》是爱默生对于他本人从“神学院演说”开启的争议

做出的不敬寓言。诗中有些段落仿佛出自弗罗斯特之手：

年轻的神祇们正在讨论
形式的法则，格律的标准，
天体，本质，太阳的光芒，
哪些是实体，哪些是幻象。
其中一位的声音深沉刚健，
毫无敬畏，不容任何置辩， 249

他的神情仿佛要融化整个天穹，
让各处的魔鬼都不禁蠢蠢欲动。
他以神的身份断言，
应当抛弃线的概念。
“自然界根本没有线，
个体和宇宙都是圆，
光线皆回返，出发是徒劳，
恶会赐福，冰会燃烧。”[①]

这段话的中心是爱默生的补偿法则：“不付代价，一无所得”，正如爱默生后来在他无情的随笔《力量》（收于《生活的准则》一书）中表述的那样。爱默生较阴郁的散文《经验》《力量》《循环》《命运》《幻想》读起来都像是为弗罗斯特诗歌作的宣言。理查德 · 普瓦里耶[②]已经较为详细地展示过这点，在这里我将追随他

① 这首诗采用张爱玲译本，文字略有改动。

② 理查德 · 普瓦里耶（1925—2009），美国文学批评家。

的观点，强调爱默生和弗罗斯特之间的密切关系有多么普遍和关键。如果有什么特定的言论，可以用来宣布弗罗斯特最好的诗歌中的辩证法，那么一定可以在爱默生的《自助》一文中找到。

> 有用的只是生命，而不是已经生活过了。力量一旦静止就不复存在了；它存在于从一种旧状态到新状态的过渡时刻，存在于海湾的汹涌澎湃之中，存在于向目标的投射之中。①

你会想到那非凡的早期诗歌《柴堆》(1914)，“灰蒙蒙的一天，我走在冻硬的沼泽地”，诗人来到“一个标准堆的枫木，砍好，劈好”，而后又被抛弃：

> 我想，只有
> 惯于转向新营生的人，才可能
> 这样忘掉他自己辛辛苦苦，
> 用斧子砍劈的劳动成果，
> 留它在此远离有用的炉火，
> 用那腐败的缓慢无烟的燃烧，
> 尽可能去温暖冻硬的沼泽。②

那“缓慢无烟的燃烧”是爱默生“一旦静止”的暗喻，力量不复存在。弗罗斯特那不消停的转向是他最具爱默生风格的时刻，美国式的、竞争的。在《理智的假面》中，弗罗斯特的约伯苦思上帝的理

① 《自助》，采用蒲隆译本，《爱默生随笔》，华文出版社，2010年10月版。

② 《柴堆》，采用江枫译本，《弗罗斯特诗选》，外语教学与研究出版社，2012年3月版。文字略有改动。

智，故意将耶和华的辩证法和爱默生《乌列尔》的联系在一起。 250

但我以为在我们看来的混乱
并非混乱，而是终极形式，
蛇的尾巴噎住蛇的咽喉，
这一符号象征着永恒，
也即象征着万物循环，
或所有的光线皆回返，
出自迄今最伟大的西方诗歌。
尽管我认为光线终会消失殆尽：
先是白，再是红，再超红，终无物。

约伯的最后这两行显示出弗罗斯特一如既往地试图避开爱默生，尽管爱默生是最难以规避的前驱，他自己就一直是那么微妙地善于回避。弗罗斯特的虚无主义真实可观，但被《生活的准则》中的“命运”所超越。

弗罗斯特的虚无主义真实可观，但被爱默生所超越，被两种东西所超越，一是在《生活的准则》的《命运》中，二是晚期爱默生日记里出色的超过弗罗斯特的一条，写于1866年秋天，当时这位智者感到自己已被内战中的高强度烧得蜡炬成灰：

> 也许有二、三或四步，取决于个人的天赋，但对于每个看得见的灵魂来说，存在两个吸引人的事实：我与深渊。

作为一个诗人，他秉持着由爱默生创立的美国式信仰。作为后来者诠释那一信仰，我曾提出其信条为“任何可打破之物都应被打破”，这个诺斯替教派的座右铭对于弗罗斯特的诗歌极为合适，无论在《理智的假面》还是在《仁慈的假面》或《曾临太平洋》中，上帝的形象既不是由理智也不是由道德驱动，而是由作为巨匠造物主的盲目必然性：

看来好像一个黑暗动机的夜晚
将临，不光是夜晚，而是一个时期。
有人得准备好领受狂怒袭击。
会有超于海水滔滔的倾覆上演
在上帝最后说出“扑灭光”之前。

这一位上帝，在最凶残的时候与奥瑟罗相仿，他自己也被妒忌折磨至癫狂。弗罗斯特著名的否定性是一种世俗化的否定性神学，基本上来源于爱默生，并不完全是其自身性情使然。狡黠地意识到这一点的弗罗斯特用之制造一些风趣的玩笑，比如那首杰作，《泥泞
251 时节的两个流浪汉》：

在夏天我们可能会要由谁
使用探水魔杖去寻找的水，
在每一条车辙里积蓄流淌，
在每一个蹄印里成了池塘。
为水而高兴但是不要忘记
严寒，还隐藏在泥土地里，
会在日落之后偷偷地溜出，
在水面展示它的水晶牙齿。①

① 江枫译。

《泥泞时节的两个流浪汉》显示爱默生式的否定性，拒绝用任何一种工作来定义自身，而想获得认知者与被认知物的诺斯替教式认同，当“异乡神”或真正“做工者”的火花流遍你的全身。作为一个精明的诺斯替教徒，弗罗斯特拒绝哀叹混乱，虽然他也不会跟着惠特曼去庆祝它的存在。在爱默生笔下，发生混乱的原因在于，当乌列尔宣告“**光线皆回返，出发是徒劳，恶会赐福，冰会燃烧**。”之时，天堂的力量丧失了勇气：

乌列尔目光如剑，
天空漾起一个寒颤；
老战神纷纷摇头，脸色阴郁，
桃金娘花坛上的天使皱眉不语，
天堂的居民们隐隐感觉，
这莽撞的话语将带来灾祸，
命运天平的横梁突然折断，
善与恶的界限突然洞穿，
强大的冥王也乱了方寸，
向着混乱的深渊沉沦。

“混乱”是指把那些相互分离会更好的实体混合或倒在一起。无论是出于直觉还是深思熟虑，爱默生和弗罗斯特似乎都明白，“混乱”的印欧语词根意味着向神灵的“以酒祭奠”。弗罗斯特的“终极形式”，或不是混乱的混乱（他将其与爱默生的光线返回自身相联系），如同一场向异乡神的祭酒，在他伟大的诗歌《指令》中打过这样的比方： 252

这里是你的水和你的取水处。

喝下它，超越混乱重获整全。

二

《指令》是弗罗斯特的诗中之诗，终极形式，是沉思，其光芒永恒地返照自身。“万物循环”，包括我们因道德上的错误而造成的精神混乱，因为巨匠造物主本身便在道德上犯有过失。在这首诗中，弗罗斯特分享了爱默生的野性或自由，爱默生的散文《力量》中有种荒蛮之力，提示如何以完整的存在超越命运，如何到达循环的终点，解决了所有爱默生式的转折（着眼统一而又看到分裂）：“世界是数学性的，没有所谓偶然事件，一切都处于大而起伏的曲线之中。”《指令》似乎是这样一首诗歌，弗罗斯特在衡量命运，他原谅了自己，也许甚至摒弃了懊悔。从某种意义上而言这是他反复改写的一首诗，其所采用的修正过程在他的诗集《男孩之愿》（1913）中已经出现，但直到《尖塔般的灌木》（1947）才发展完全，《指令》便是在此诗集中出版，那年弗罗斯特已经七十三岁。《男孩之愿》中的《造物主之笑》一诗突出了一种恶魔般的解嘲，针对这一自我意识：“我追逐的并不是真正的上帝。”

诗集《波士顿的北方》（1914）收录了弗罗斯特最具纪念意义的诗歌《摘苹果之后》，这是一首优雅的赞美诗，表达了放弃索求的必要性，一个人从“靠在树上的双脚长梯/依旧指向天堂”爬下。弗罗斯特最微妙的透视方式构成这首诗歌真正的中心：

我揉擦不掉透过今晨
从饮水槽上揭起的那块玻璃
迎着结霜百草的世界

看到的奇异景象。那玻璃
开始融化，我便让它落下摔碎。①

冰面是虚构世界的视镜，但弗罗斯特的双眼也是，任何人的双眼都是，在他的宇宙中。这位被设定为自然诗人的作者，将他的严酷景观表现为诺斯替教视野中的虚空，即那个弄人的巨匠造物主把我们抛入的虚无世界。这是诗集《山之间隔》里的世界（1916），在其中“残缺的月亮”优于暗淡的太阳，灶鸟歌唱“我们命名另外的秋天为秋天”，还有那里的白桦： 253

卸下水晶外套
雪崩一样崩落在冻硬的雪地上——
要清扫这样一堆堆的玻璃碎片
会让你以为天堂内层穹顶垮塌。②

《山之间隔》，在恐怖的“出去，出去——”之中，满含人间关系和人类本身破碎的画面。但是，为了寻找一种从未被驱散的经验性黑暗，对弗罗斯特的所有作品进行一次全面的回顾是不必要的。他在著名的诗歌《运石橇上的一颗星》中称自己是一个测量石墙的人，他说，这样的一个人永远不会对生活就是一种理智的空虚这一点表示惊讶。造物主的“设计”模式及其“死亡与枯萎的各种特征”，是弗罗斯特的法则。也存在一定的例外，但它们给予弗罗斯特的是戏仿，而不是诗歌。

---

① 江枫译，文字略有改动。

② 《白桦》，江枫译。

在弗罗斯特离世前一年，为纪念他的88岁生日而出版的作品集《林间空地》(1962) 中，刊登了作为场景的《空地上的小屋》一诗，这首诗写出了他所有作品中概括总结性的爱默生式反讽。烟雾缭绕，鬼魂徘徊，偷听一对夫妇的不安，沉睡中的喃喃自语。这些鬼魂常常光顾我们，因我们如同其知心伴侣，不知自己身在何处，我们是谁也“太难以相信”。对于“太突然而难以置信”的我们来说，最精确的形象是“内心迷雾”，与烟雾缭绕十分近似。尽管采用了一种亲切的语调，《空地上的小屋》表现出的精神世界即使对弗罗斯特而言也是否定性的。他临终前口述的最后一封书信提了一个难以回答的问题，但表述得好像那不是一个问题：“我们如何公正地存在于一个需要宽宥的世界，同时宽宥地存在于一个需要公正的世界中。”虽然弗罗斯特当时并没有心绪沉溺在一种有关造物的想象之中，我们确实能在这句话背后听到巨匠造物主的笑声。

弗罗斯特应该满足于自己致其导师爱默生的最后的言辞，尽管在这种阴郁的语境中，“满足”必然是一个不充分的词。每次我重读《生活的准则》结尾那篇首屈一指、充满魅力的散文《幻想》时，我都会想起罗伯特・弗罗斯特的诗歌。在《幻想》接近结尾处有两段读起来就像大写的《指令》，好像爱默生在思考他的后继者：

> 风云变幻莫测，我们无法洞察它的规律。我们的心境和感
> 情千变万化，我们又如何能识破它们的规律？它们时刻都在变
> 254 化。昨天的苍穹是我们的眼睛渴望看到的东西，今天却成了一
> 只把我们困住的蛋壳。我们甚至看不到自己的命运之星是什
> 么，在哪里。日复一日，人类生活的首要事实在我们眼前隐去。
> 突然间，迷雾上升，揭开了真相，于是我们后悔浪费了多少美好
> 时光。倘若这些事实早一点儿露出蛛丝马迹的话，这些时光就

可以被留住。平路突起陡坡，为我们展示了连绵的群山和全部的顶峰，这些山峰终年就耸立在我们的身旁，我们却视而不见。但是这些变化并非毫无规律，我们都追随着我们各式各样的命运。如果说生活好像一连串的梦，在梦中也有诗歌的公正。好人的幻想是美好的，邪念和厄运鞭策的是散漫的意志。当我们违反了法律，我们就失去了对于核心事实的把握。如同医院里的病人，从一张床换到另一张床，从一种愚蠢变成另一种愚蠢，这些被抛弃的家伙，这些拗哭、愚蠢、麻木的家伙——他们的结局不可能有多大的意义——从一张床上被拎到另一张床上，从生活的虚无被拎到死亡的虚无。

在这个幻象的国度里，我们急切地摸索着支柱和基础。但别无他物，只有自家严格的忠实的行为，只有严厉杜绝一切骗局和幻觉。无论别人对我们玩弄什么把戏，我们都不能对自己玩弄把戏，而要在私底下与终极诚实的真理交往。我把诚实和正直这些淳朴的孩子气的美德视为性格中一切崇高东西的根源。说你所想，做你自己，偿还你的各种债务。我宁愿人们承认我是健全的，我是有偿付能力的，我的话语就像我的契约一样可靠。我宁愿成为我无法遗漏、无法驱散、无法诋毁的那种人，也不愿追逐宇宙中的“辉煌”(éclat)。这一事实是友谊、宗教、诗歌和艺术的基础。在所有幻觉的顶层和底端，我认为是一种骗局，这种骗局仍旧指引着我们为了表面的东西而工作、生活，虽然我们在清醒的时候坚信我们的真实有益于朋友、有益于陌生人、有益于命运和运数。① 255

① 译文参考梁志坚、黄婷婷译《生活的准则》，四川文艺出版社2010年12月版，第226—227页。

华莱士・史蒂文斯
(1879—1955)

诗人对我们有所影响，是因为我们爱上了他们的诗歌。不幸的是，爱总免不了变化，如果不是结束的话。因为一切皆有代价，每当抛弃诗歌，或被诗歌抛弃，我们也会受伤。文学批评是一系列隐喻，关于对已读作品之爱的，而不仅是关于阅读行为本身。沃尔特・佩特的批评文章喜欢用“欣赏”一词，而我要提出下面一系列特殊的隐喻，作为对华莱士・史蒂文斯的欣赏。准确地说，我最欣赏的是他在我们的气候之诗上的成功，比从惠特曼和狄金森以后的所有美国诗人都更权威。为什么要把他放在弗罗斯特、庞德、艾略特和威廉斯之上呢？如果他真像如今很多读者所相信的那样是一位伟大的诗人，至少如哈代、叶芝、里尔克和瓦莱里那些同时代诗人一样伟大，那么是什么品质铸就了他的伟大？他是如何做到感动我们，启发我们，扩大我们的生存实感，以及帮助我们能够更好地生活下去？

虽然现在史蒂文斯的钦慕者数量可观，但他们也并未说服所有对他的诗歌表示怀疑和批评的人。要将他输出到英国有点困难，因为除了可敬的极少数人，大部分英国人将史蒂文斯视作一种奢侈的法国化的精致做派，典型的美式中产阶级趣味的体现。一些“庞德—艾略特—威廉斯—奥尔森”之轴上的信徒们也坚持这一点，于是我们发现休・肯纳在他最近的著作《庞德的时代》中高喊，史蒂文斯最终体现的是爱德华·李尔[1]式的诗学。我们也发现，除了“华丽废话”派的形形色色追随者们，有批评家们抱怨说史蒂文斯变得 256 越来越枯燥和讽刺哲学化。最终，我们还能听到那种抱怨，对关于诗艺本身的诗歌感到了厌倦，因而对《最高虚构札记》的记录者也厌倦至极。或许在数十年后，才会基于史蒂文斯诗歌本身之局限而挑出新的毛病。会有人提出难以回答的问题：你要给一首诗注入多少限定条件，而保证它仍然是一首完整的诗？我们不是读到了太多的感叹语吗？就像史蒂文斯自己形容的“一些词，然而，然而，然而——”

但是一篇欣赏文章并不试图去回答那些否定性的批评，或提出更多否定性的意见。那些热爱史蒂文斯诗歌的读者学会了热情肯定，也懂得了这种激情必须被纵容，就像想象力必须被纵容一样。“必须提供愉悦。”史蒂文斯说，遵循一种无上的传统，而他的诗歌也的确给了我们愉悦。这种愉悦虽然带有自然主义特点，但本质上有益于满足那从不满足的头脑，我现在就转向思考那种满足感的意义。无畏地挥舞着“情感谬误”[2]的华丽大旗，我问我自己，阅读史蒂文斯对我有何作用，我能试着为其他史蒂文斯的读者做些什么？它是否有效地为我们重燃了浪漫主义的人文主义（尽管是减弱的）？它是不是美国式崇高最后一次辉煌的胜利（尽管是有意怪诞的）？它是不是斯文传统[3]得到了幸存？哦，如果是就太好了——这是我们区别于野蛮人的另外一条底线，但众所周知，野蛮人并非只在门外，野蛮的血统在我们身上大部分时候很难分辨，除非置身于

---

① 爱德华·李尔（1812—1888），英国画家、诗人，以写“打油诗”（nonsense poems）出名。

② 威廉·K.维姆萨特1949年的文章《情感谬误》（“The Affective Fallacy”），反对以作品在读者脑海中造成的效果来衡量文学作品的意义。

③ Genteel Tradition，此说出自西班牙裔美国哲学家乔治·桑塔亚纳《美国哲学中的斯文传统》一文（1911）。

皎洁月光之下。那位审慎的哈特福德先知是否只是我们生活方式的最雄辩的阐述者，只是一位伟大的辩护士，维护着我们那些神圣化的逃避行为，维护着我们作为社会中世俗教士的地位，我们已无法服务于这社会，更别提拯救了？我们是否犯了更深远大错，将史蒂文斯按照我们自己的想象去塑造，把他变成如同奥登、艾略特以及阿诺德那样的教授诗人，将他用作与艾略特和阿诺德为首的反浪漫主义派作战的武器，而现在面对他的诗歌有如面对我们大学文化里的那么多雕像。他的诗歌对我们还有精神引导力吗？或仅仅是最明辨的新英格兰先知爱默生尖锐地指出的：商品？我们是否也把他变成了文学？为了捍卫史蒂文斯，现在是不是到了我们应该反对自身的时刻了？

有几位批评家认为史蒂文斯本质上是一个喜剧诗人。我认为这样的描述甚至不足以表现出他更具讽刺意味的一面，但至少能让我们知道他可以有多幽默。在他的诗歌集《风琴》中，我最喜欢的
257 一首是《深紫色光中的两个人影》，虽然我很少劝别人去喜欢这首
诗。我把这首诗歌看作极其高妙的美国式“爱欲的挫败”，一个准情人可怜巴巴的抱怨，他悲伤地满足于不满足，因为他怀疑在仍然如此粗糙的新世界中是否能驯服爱情。人们可能会认为，这位吟诵者是一个颓唐的哈克贝利·费恩般的人物，却要穿上盛装扮演罗密欧：

我宁愿让旅馆的侍者拥抱
胜过从月光中得到的
只是你潮湿的手。

成为夜的声音和我耳中的佛罗里达。
使用暗淡的词语和暗淡的意象。

遮隐你的话语。

说吧，仿佛我没听见你在说话，
而在我的思想中完美地为你说，
想象着词语。

恰如夜在寂静中想象着海声，
用那深沉的低语写成
一支小夜曲。

说吧，幼稚的人，说那秃鹰伏在
栋木上睡着，一只眼睛望着流星
落进基韦斯特。

说那棕榈在纯蓝里很清晰，
清晰而朦胧，说那是夜；
月亮照耀。①

尽管充满嘲弄和自嘲，这首诗确实又是史蒂文斯对“内心情人”的赞美，又一次对缪斯女神的祷求，它是惠特曼的“幻想”的史蒂文斯版本。不过，惠特曼的“幻想”虽然很少发散到离他很远，还是有一两点外在生命的迹象。史蒂文斯的“情人”(Paramour)，这个可怜的女孩，可以说是浪漫主义传统中最坚固的内部存在。和她相比，

① 《深紫色光中的两个人影》，采用西蒙、水琴译本，《史蒂文斯诗集》，国际文化出版社1989年12月版。文字略有改动。

奈瓦尔、爱伦·坡、雪莱和年轻的叶芝的灵内之灵，都成了肉感、奔放的，有如雷诺阿画中的女士一般。史蒂文斯知道这些，所以诗中紫色的光如此浓密以至于两个身形融为一体。“怎样一场风流韵事啊！”我们情不自禁地呼喊出，当那伟大的唯我论者向他的情人私语：“说
258 吧，仿佛我没听见你在说话，/而在我的思想中完美地为你说。”这是美妙的“一人对话”，我们发现这种方式的源头是爱默生关于“球体人的自力更生”的一些故作平淡的议论。想起了博斯科维奇，这个阐述了一种异乎寻常疯狂的分子理论的意大利牛顿主义者，爱默生沉思道：“是不是博斯科维奇发现我们的身体实际上从不能彼此接触？好吧，灵魂也从来触碰不到它们的对象。就像是一片无法通航的海洋，在我们和我们面向并与之交谈的事物之间泛着静静的海浪。”

在史蒂文斯笔下，这个“无法通航的海洋”被称作“慌乱的深渊/在我们和对象之间”，没有诗人比他更诚实而无情地阐述我们日常生活中的知觉与无知觉的实际二元论。除了一本奇特的神话人物谱之外，史蒂文斯的诗中没有任何人，这种排斥全面到包括了史蒂文斯自己（作为所有人或个人）。但诗歌中的“所有人”或“个人”通常只是另一种形式化的手段或戏剧化的传统，一种史蒂文斯不愿意使用的自我表达方式。

在一首艰涩的诗歌，即那首用来反艾略特的《声音的创造》中，艾略特以未知数X的形式出现，史蒂文斯则宣称其自己为：

……一个单独的作者，别样的诗人，
一种来自我们的累积，智慧得
超越智慧，一个人造的人

隔着一段距离，一个次级阐释者，

一个声音的存在，人达到他并非
通过任何夸张。[①]

尽管一向有着反神话倾向，老年的史蒂文斯却转向了尤利西斯这个“探寻者的标志”来表现他对超验性自我的最终寻求。不像丁尼生的尤利西斯，多少有些荷马、但丁、莎士比亚和弥尔顿的意味，史蒂文斯的尤利西斯并不企图符合任何自我之外的东西。别人的尤利西斯怎么会以这样的言语开端呢？“据我所知，我存在并拥有/存在的权利”，在史蒂文斯这里，“知的权利/和存在的权利是一码事”，不过他的尤利西斯必须继续寻求下去，因为：

但总有另一种生活，
在目前所知的生活以外，
比目前这种辉煌更轻盈，
更明亮，更完美，遥远，
无法企及，只能感知， 259

不是意志所获取，
而是某种非由逻辑的接收，
一种预卜，一种放下，
从崇高处；疑虑眩目地
解决，在眩目的发现中。

虽然批评家对此多有想法，但这终极史蒂文斯的前驱者是确

① 此处采用陈东飚译本，《坛子轶事》，广西人民出版社2015年版。文字略有改动。

定无疑的。那“非由逻辑的接收”，让我们想起“美国式崇高”那位不可避免的先祖的预言，道出了伟大的公理：“我的知识都是接收；我存在，我拥有，但我并没有得到什么，当我幻想我得到了任何东西时，我发现我其实一无所获。”爱默生在同一篇散文，无与伦比的《经验》中沉思道：“我很满足于获取知识，只要是我能够获知的。”

爱默生和史蒂文斯都坚持所谓的“贫穷”，想象力的需要，并相信坚持足够长的时间将迫使自我达到应有的高度。在作为怀疑论超验主义者的祖父和作为超验主义怀疑论者的孙辈之间，是那位勇敢的父亲，“球体人”本身，他告诉我们从爱默生和史蒂文斯那里看不到的，在他这里却是没法抗拒的东西：

请包罗万象，但切勿试图包罗我，
我只要看你一眼就能挤开你那最圆滑最精彩的。

文字和言谈不足以证明我，
我脸上摆着充足的证据和其他一切，
我的嘴唇一闭拢就使怀疑论者全然无可奈何。

对于那绝对的超验性自我、人神的共性，我们只在惠特曼那里读到过，但我总是惊异其中有多少成分也存在于史蒂文斯身上。尽管几乎所有批评家，以及史蒂文斯内心那个白痴质疑者不这么看。他那暧昧的骄傲几乎不可能与他的（或我们的）有瑕疵的唯我论区别开来。我接近于捕捉到了他伟大的秘密，他身处其中的那支奇特隐秘而又是核心美国式的传统，贯穿爱默生、惠特曼、梭罗、狄金森的传统，史蒂文斯是20世纪独一无二的诗人，表达出我们谁都不能与他人共享的那种孤独的、内在的光辉。他的价值在于以没有别人做过或能够做到的方式描述，甚至（偶尔）赞美我们的自我交流模式。他知道“崇高降临/至精神中和空间内”，他虽承认精神和空间
的虚无，却不断证明精神的强烈富足和空间慰藉的繁盛。他是一 260
个我们永远需要的诗人，他讲述我们中心的那种孤独，就像他那位“阅读的大红人”为来到尘世中聆听他词句的幽灵所做的，“讲述他们的感受，他们所欠缺的东西”，史蒂文斯比华兹华斯更能发现这一点：

> 有一种人类的孤独，
> 某种独处空间，
> 在那里知识不能被拒绝，
> 在那里知识从无闪失，
> 光明的同伴，携手，
> 坚强的臂膀，深远的
> 回应，完全回答的声音，
> 比任何其他东西都更是
> 我们内心和周围的正义，
> 融合，感受到，胜利的生机，
> 我们所依靠的内在的方向，
> 使我们保持小小自我的东西，
> 将来之伟大的帮助和力量。

这首诗里并不存在什么普遍的东西。史蒂文斯所赞颂的那份感受力没有社会化的层面，也不接受我们从心理分析的层面去减损它的意义。没有人会尝试去把史蒂文斯称为神秘主义诗人，或说他

的作品具有宗教意味。每当史蒂文斯表现出最充分的自我特质时，我们确实**面临**一个很大的描述问题。他真正的主题表现为他个人对荣耀的感知，而对读者来说，他的真正的价值，在于他提醒每个人建立在唯我论基础上的极乐时刻，或至少是我们对于那些时刻的渴望。

我所描述的史蒂文斯与他的多数较好批评家们所描述的那个"解创"的诗人没有多少共同处。确实存在着一个如希利斯·米勒所看到的史蒂文斯，一个**情感**外溢的接近佩特式唯美主义的诗人，表现出一种永远回归自身的近乎虚无主义的循环。同样也存在一个如海伦·文德勒①所看到的史蒂文斯：一个可敬的讽刺家，"完全无叶性"的信徒。我不能断言这些都只是诗人的外在方面，但在我看来这都只是一些方面，是围绕中心人格的较为暗淡的特征，史蒂文斯那自我欢娱的想象力投射的唯一烛光之外的一些影子，且看他
261 的《宁静的正常生活》：

他坐在那儿思想，他的位置
不在他做的建筑里，如此脆弱，
光线暗淡，阴影笼罩一片虚无，

他仿佛成为一个世界的
居民，像冰雪般服从于
寒冷那些堂皇的概念。

在这里，这是场景和时节。

① 海伦·文德勒（1933— ），哈佛大学英文系教授，史蒂文斯诗歌的重要研究者。

在他家里，他房间里，
在他椅子里，最宁静的思想达到极点；

切开最古老最温暖的心灵，
由夜晚那些堂皇的概念——
深夜而孤独，在蟋蟀的弦声之上，

各自以独特的声音呢喃着。
超验的形体中没有愤怒。
只有他真实的蜡烛巧妙地照着。[①]

史蒂文斯对于超验形式的焦虑是显而易见的，但同样明显的是，他自己诗歌中的烛光恰恰也是超验形式。作为一个明智的英国人，华兹华斯拒绝在他的真正主题中走得太远，这主题便是他自己对于“真正崇高感”的感觉。有意而狂野地作为美国人，爱默生给他的所有后来人开辟了“美国式崇高”这一反常的真正主题。以下则是史蒂文斯对美国式崇高的表现，他总是在自己最脆弱和最关切的地方采取嘲讽：

一个人如何站着
注视崇高？
面对那些嘲讽者，
那些冷嘲热讽者
和镀金的一对对。

① 西蒙、水琴译。文字略有改动。

当杰克逊将军
摆好姿势等待塑像
他知道一个人的感受。
一个人应否赤足行走
262 眨着眼睛，面无表情？

然而一个人怎样感受？
人习惯了那气候，
风景以及其他；
崇高降临
至精神自身，

精神与空间，
空虚的精神
在虚无的空间。
人喝什么样的酒，
人吃什么样的面包？

试将它与美国式崇高最正统的版本之一并置：

在最激动人心的那些时刻，我们是幻象。没有什么能够被称为感恩，或是恰当地称为欢愉。灵魂升腾，凌驾于激情之上。它首先看见了同一性，发现了真理和正义的**存在**，因为知道了万事如意，于是处之泰然。大自然无垠的空间，大西洋，南太平洋——漫长的时间间隔，一年又一年，一个世纪又一个世纪——都在其中消泯。这种我想到和感到的东西构成了原先生活与环境状况的基础，一如它当前构成了我的现在的基础，并将永远构成所有境况，以及所谓的生和所谓的死的基础一样。[①]

以上摘录于爱默生1838年的日记，后来修改收入他的名篇《自助》之中。虽然史蒂文斯面对可能有的嘲弄者感到紧张，但他的美国式崇高和爱默生毫无二致。没有人会看到史蒂文斯为了别人给他塑像而摆好姿势，但是他仍然承认崇高可归结为我们自己所感受到和所看到的，精神的空虚和空间的虚无源自内在与外在的气候，并非永久的形而上的减损。他本质上就是他自己所看见的，而且史蒂文斯从不厌倦于强调他自己关于“自助”的视野：

……重要的
是人之所信。狂欢的体认
在自我、天气及其万物之间，
是对自己的自然环境的信仰，
随意的重聚，仔细思量的
屈服，重复地说着
别无其他，这就已然足够： 263
信仰天气，及其万物和人，
信仰自我，作为天气的一部分，
别无其他。

一个唯我论主义如何能以荣耀的语气呈现自身？我们可能会

① 《自助》，采用蒲隆译本，《爱默生随笔》，华文出版社2010年版。文字略有改动。

不安得想提出这样一个问题，并且，一个唯我论主义可能成为一种人文主义吗？让我以维特根斯坦的阴郁格言回答这问题：唯我论主义者所**意味**的都是对的。虽然唯我论主义作为同义反复是可以被驳倒的，但这里是维特根斯坦所说的**深层**同义反复的意思，它导向真正的现实主义。史蒂文斯和爱默生一样，知道他所**说出**的可能是错误的，但他的意思是正确的。欧洲式崇高有一个普遍的角度，无论怎样受到孤独的激发；但我们更具有无家可归的新教徒那种民族敏感性，相应地，我们只有首先弄明白自己那触目惊心的现实，才能够真正把握到现实的一切。或正如史蒂文斯所说：

> 教堂拱门上那几只瘦猫，
> 那是旧世界。在新世界，所有人都是教士。

史蒂文斯是一个教士，不是关于不可见的事物，而是关于一些他试图让其变得略微难以看见的可见事物。他努力研究那些可见的事物，并不是为了那些东西本身，而是为了让自己的崇高感对自己来说清晰可见。他不断地限制他对自己伟大之处的感知，却又不断地回到并居于这种感知之中。不过他知道他需要我们，他的可能的读者，为他“做他无法为自己做的，即接受他的诗歌”。他充满自豪感地告诉我们，他把我们在这一方面定位为精英。至少在这一点上，他所做的要比那位更深奥、难懂得多的诗人惠特曼来得诚恳。在《贵族骑士和词语之声》一文中，史蒂文斯说：

> ……所有的诗人都只对某一类人表达，就那种天性的本质而言（它似乎相当于一种天性），那应该是一位精英，不是一个庸妇而是一位女预言家，他不是去商会兜售自己而是走进一家

> 自己的画廊，假如他能有足够多的作品挂在那里的话。那精英假如对诗人有所回应，不是出于礼貌殷勤，而是因为诗人激活了他们，从其身上引发出他们在自己生命中寻找而一直尚未真正找到的东西，随后他们会为这位诗人去做他本身无法做到的 264
> 事，那就是，接受诗人的诗。

有关上文，我们还要问这样两个问题：诗人内心有什么能够给予他这样的天性，去向一个女预言家而不是庸妇表达自我？还有，我们不断地在内心中寻找，史蒂文斯会激活，并最终从我们身上引发出的东西是什么？这两个问题可能有一个相同的答案：史蒂文斯唤作“高贵”的品质。如他所知，这个词已很少能打动我们，我想他选这个词是带有挑战意味的，因而他错了。在此文中，史蒂文斯还说：“想象力的独特性在于，它总是处于一个时代的末端。”史蒂文斯现在当然特别地被视作一个时代末端的人物，他仍能被想象为一位驰入词语之声的**贵族**骑士。我本人已开始认为想象力的独特性在于它不存在；或换句话来表达我的想法：人们谈论艺术时，如果能够仿佛想象力不存在那样，反而会更好。让我们回到困难的层面，假定（按霍布斯的说法）那“正在衰减的感觉”确实存在，史蒂文斯就是对于高贵有着一种正在衰减的感觉，他称之为对于高贵的想象力。“高贵”(noble) 在其词根中意味着知晓或看见，所以史蒂文斯拥有对于一种特定的“知晓”与“看见”的正在衰减的感觉。让我再次回到史蒂文斯的主要前驱这里，看看在美国的多样语境中这种“高贵”的不可避免的视野：

> ……这种内在的洞察，通过所谓“想象力”来表达自身，是一种较高层次的看，不是通过学习而获得，而是通过智力与其在何

> 处看以及看到什么合一；通过以各种形式对事物途径和环路的分享，使其对他物呈现一种半透明的状态。

“放弃多数，抓住少数”，爱默生在他的晚期诗歌《终点》中同样是这么建议的，这认可了有着民主倾向的诗人，比如惠特曼，实际上向真正的精英言说。史蒂文斯在言说对象方面不太需要这样的认可，但长久以来他强调要把自我看成孤独的“学究”，对此他感到深深的焦虑，而他的解决之道在于呼求“贫穷”。他不曾意识到，无论是“学究”，还是“贫穷”，在他的相当确切的意义上都是爱默生的用法。虽是一位善于掩饰痕迹的人，史蒂文斯仍可以被判定是受到某种传统的影响，而并非某一个人。在美国的浪漫派看来史蒂文斯是最后一位巨匠，他强烈地定义了传统，正如它强烈地影响了他。“开场白已经结束，我们必须选择……”在我看来，我们应选择的史蒂文斯不是一个空虚的灵魂在虚无的空间，而恰恰是一个过于自足
265 的灵魂满到填充了所有的空间，毫无其他余地。这一描述对史蒂文斯似乎并不是恭维之词，但我是以此表达对他的赞许。这里有一首不太为人所注意，却是我自己非常喜欢的史蒂文斯作品，它的题目非常简单，《有节奏的诗》：

> 蜡烛和墙壁之间的手
> 在墙上变大。
>
> 烛光和空间之间的心灵
> 在空间上变大：
> （这个男人在房间里，有一个世界的形象，
> 那个女人在等她所爱的人），

那个男人终于清楚地看见了形象。
那个女人在心里接待她的恋人，
伏在他胸上哭泣，虽然他没有来。

肯定是那只手
有一种意志，要在墙上变大，
要变得比墙更大更沉
更结实；而心灵
转向自己的形象，宣称
“我用这个形象，这种爱
构成自己。在它们中，我显露出来。
在它们中，我拥有生机勃勃的纯净，
不是在明亮而蔚蓝的空气里，
而是在我的愿望和意志强有力的镜中。”①

史蒂文斯和惠特曼之间主要的不同似乎在于，史蒂文斯承认他的思维独自与其形象为伴，而惠特曼则总是不准确但很感人地坚持说他想要和他者“沟通”，他的“沟通”是爱默生式的术语，但正如惠特曼的读者们所知道的，实际上他对“沟通”的忍耐力并不比爱默生、狄金森、弗罗斯特和史蒂文斯大多少。《有节奏的诗》像许多史蒂文斯的作品一样，有一个隐藏的起源，就是惠特曼的《沉睡者》，特别是在一个表面上描写女性失望于爱情的精彩段落中：

我是女人，满怀期待地打扮自己，盘起头发，

① 西蒙、水琴译。

我那个懒鬼情人来了，天黑了。
黑暗，请以加倍的黑暗接受我，
266 接受我也接受我爱的人，他不肯让我走，他要跟着我。

我在你身上打滚就像在床上，我把自己交给了黄昏。

我呼叫的那位回答我，他取代了我爱的人，
他和我静静地从床上爬起来。

黑暗，你比我爱的人要温柔，他浑身汗津津，喘着粗气，
我还能感觉他留给我的灼热的潮湿。
我的手伸向前，朝各个方向摸去，
我要试探你正迈向的昏沉的河岸。

留神呀，黑暗！那已经碰到我的是什么？
我以为我爱的人早已离去，不然黑暗和他就是一体，
我听见了心跳，我跟随着，我消失了。①

将惠特曼的主要部分与史蒂文斯的相对次要部分并置不算公平之举，但我认为承认惠特曼在他的高度，可能使所有后来者显得像分裂的侏儒，这并不就会伤害到史蒂文斯。化身为女人的惠特曼唤起了生命的黑暗，将自己融入死亡与“血脉”(Native Strain)交合的庄严之中。而化身为“内心情人”的史蒂文斯笔下的情人，所唤

① 译文采用邹仲之译本，《草叶集——沃尔特·惠特曼诗全集》，上海译文出版社2015年8月版。略有改动。

起的仅仅是他的思维自己的形象，但他看到自己在充满生机的意志之镜中变得纯净起来，那是他只在外在的空气中无法企望看到的。惠特曼用一种奇特而又美好的方式，将我们带入一种戏剧化的凄美场景，实际上那是他的唯我论并不包含的东西，而史蒂文斯则相对不那么美好地，只是确知他自己精致的绝望之中那些非戏剧化的真相。

那么，史蒂文斯到底给予了我们哪些东西呢？当他指引我们祷祝之时，我们到底在他之内，或和他一起祷祝何物？他那生机勃勃的宣言《衣着讲究的留胡子男子》，集中在“一种言说/出自必须依靠言说来维持的自我”，光是雄辩够了吗？让我再一次回到我们心意的源泉爱默生之上，爱默生敢于坚持光是雄辩就够了，因为按照西塞罗的方式，他将雄辩定义为“一种无限和无边的东西”。以下是史蒂文斯翻越雄辩的峻岭而到达自身对于“一种无限和无边的东西”的感受，这种东西没有超出我们的理解之外：

> 昨晚，在夜幕降临时，他那缀满星斗的头颅，
> 就像命运之头，在黑暗中向外探看，部分
> 在其中，部分是欲望，部分是感觉， 267
> 关于人是什么的感觉。集体的存在知道
> 还有像他一样的其他人安全地待在屋檐下。
>
> 船长脏兮兮地躺在枕头上，红衣
> 主教在一天最早的时候祈祷；
> 石头，那刻板的雕像；
> 那母亲，那音乐，那名字，那学者，
> 他们的绿色心灵里膨胀着复杂的色彩：

真正的异形从人类的山中拔出，
真正的被贬斥的精灵，球体，
巨大的群体的胚胎，
暗影中的蓝色朋友，富有的阴谋家，
倾诉者、安慰者和高傲的亲族。

用人的声音说人以外的事，
那是不可能的；用人以外的声音
说人的事，那，也是，不可能的；
从人的高度或深度
人的人性地去讲，那就是敏锐的言说。

想象力是一种正在衰减的感觉，如果一位批评家悲哀地接受了这种还原论式的观点，他必须自问，为什么这种将语言变形为最敏锐的言说会这么打动他？他或许还记得，在这一点上，史蒂文斯最打动他的散文化描述：

> 当整体外观发生了波动，为什么一首诗的感觉不能发生变化呢？或者，当我们认识到生命中一般的经验就是独一无二的经验，是我们一直为了更加高妙和孤绝的另一时空所单独保存的狂迷之情，那么一首诗的感觉为什么不能发生变化呢？

我们也能在这篇文章中听到另一位未受承认的诗歌前驱那充满教义的声音：沃尔特·佩特，或许，这一声音在任何现代的享乐主义学说中都能听到。我认为，史蒂文斯就是现代诗歌中的卢克莱修：就像卢克莱修仅仅在事物的外观上追求真理，史蒂文斯则通过

天气景物去寻求内在精神。两位诗人都超越了幻想，都带着一种冷冷的狂迷之情去发掘他们对于事物存在方式的认知。但是这个美
国的卢克莱修，出现在欧洲的浪漫主义和美国的超验主义双重异化 268
之后，他的狂迷会遗失掉所有共性意义上的感觉。史蒂文斯通过展现我们的“血统”中本质的唯我论，满足了我们想要发现美国诗歌独特之处的愿望。美国人无不是只有在独处时才能感到自由，每一个美国人，当他点头称“是”之时，其热情之中肯定潜藏着一种信仰，即他的灵魂的实质并不属于造物。我们每一个都是凡间之神，美国诗歌中的核心传统总在诉说这一点，我们原初意义上的自我不被允许去寻找同伴。我们的狂迷只来自于自我认知，但无法完全实现，假如我们完全跌入“恶意混合、至关重要的我……在一个洁白的世界里……新造”的话。我们需要“我们气候的诗”，因为，幸好我们是并不完美的唯我论者，不快乐地处于一个幸好也并不完美并且依然是外在的世界中——也就是说，我们需要史蒂文斯：

总还会有永不休止的心灵，
所以人要逃避，复归
亘古就已创造的世界。
不完美是我们的天堂。
注意，在这种凄楚中，有喜悦，
在于言辞的瑕疵，声音的固执，
因我们自身的不完美是那么热烈。[①] 269

① 《我们气候的诗》，西蒙、水琴译本。

威廉·卡洛斯·威廉斯

（1883—1963）

一

在保罗·马里亚尼[1]的威廉斯评传《威廉·卡洛斯·威廉斯：赤裸的新世界》一书中，作者明智地宣称：约翰·济慈甚至对威廉斯的晚期阶段都有持续的影响：

> 他在倾听的声音，那种让他突然成功的声音，是一种与济慈复杂交错的声音，尤其是写作《海伯利安》片段与颂诗的济慈。为什么会这样，很难确切地回答，就是威廉斯本人可能也不知道缘由。他认为自己"攫取"的是经典的声音——希腊人那些庄严的韵律、犀利的语词，他认为如果他们走在他的帕特森市的大街上，就会发出这些声音。不过还有另一些情况，威廉斯在半个多世纪里所感觉到的一种与济慈的亲缘关系，亦即这样一位浪漫主义诗人的困境：如果他有能力把诸位神明的言论用他自己的降格了的语言表达出来，那么他就一定会像神明那样去说话。《海伯利安》一定程度上描绘了新人涅槃进入大诗人的生命，而当他的诗人正经历这转型的时刻，济慈已将

① 保罗·马里亚尼（1940—　），美国诗人，波士顿大学文学教授。

> 之弃绝。
>
> 对于威廉斯来说，选择降级线作为他的“经典”标志，是从生命必将终结的顿悟中浮现出来的新旋律，这种新旋律提供了一种稳定的、缓慢的萨拉邦式的曲调，用一种完全不同的方式去应和济慈的弥尔顿式，以及但丁式的句子。与济慈的交叉也体现在威廉斯晚期肖像学的本质中，体现在他晚期意象的静止，在已成为现实的艺术品中被永远冰封起来，正如 270
> 威廉斯对忒奥克里托斯的第一首田园诗的翻译，其意象绘于“双耳碗/常春藤木”，一个女孩和两个年轻男子，一个古老的渔夫，以及一个小男孩专注于“编织一个漂亮的/用草秆和日光兰做的蟋蟀笼子”。日光兰的意象也属于同一种类：鲜明地成为现实，但没有威廉斯先前那种令人无法喘息的参差不齐的切割线。

影响诗学是一个高度问题化的过程，通常能将一位强者诗人的早期和晚期阶段连接起来。威廉斯真正的前驱必然是复合型的并且从某种意义上说是想象性的，那个形象结合了济慈和沃尔特·惠特曼。那样的一个形象有可能使诗学自我在抵抗诗学过往时产生严重的分裂。济慈的“否定的才能”奇怪地与惠特曼那非常积极的传达自我驱力的能力搭配在一起。“记忆是一种/成就”，威廉斯在《下降》一诗中写道，这首诗是他的诗集《沙漠音乐》(1954) 中非常重要的一首。“下降到死亡”召唤死去的先驱以其自己的色彩回归诗歌中，恰如济慈和惠特曼召唤威廉斯上升到他自己的诗歌。《下降》是威廉斯聪明地从长诗《帕特森》卷二挖掘出来的，这一来源显示了他为自己的连贯性而自豪。

这些连贯性极大地贯穿威廉斯最好的作品，它们可被认为是虽然有局限（这与众多威廉斯的崇拜者看法相左），但仍体现卓越多样性的经典之作：《帕特森》（卷一）、《地狱中的寇拉》、《春天与万物》、《寡妇的春之挽歌》、《唤醒一个老妇人》、《树木丛生》、《游艇》、《花冠》、《这些》、《穷人》、《婚礼》、《雷利是对的》、《燃烧圣诞绿树》、《齐鸣》，以及在《日光兰，那朵绿花》中“济慈化身威廉斯”的伟大回归。我在这一卷中所选择的评论家都会列举出远远更多，但比起威廉斯，我可能更是一个华莱士·史蒂文斯的爱好者，对于威廉斯，我真正膜拜的是他的十二首短诗、四首著名的长诗以及部分散文和韵文。我写下这篇导言并不是为了质疑他，而是想要做出一些尝试。如果你（如我一样）相信威廉斯并不像史蒂文斯、罗伯特·弗罗斯特、哈特·克莱恩，甚至也不像T.S.艾略特那样出众，那么即使最简略地去描述一下，什么才是威廉斯诗歌的独一无二的成就呢？

在威廉斯选集中，我翻阅最多的是由韦伯斯特·肖特（1979）编辑的《想象》，其中收录了四首原作——《地狱中的寇拉》、《春天及一切》、《伟大的美国小说》、《冬天的降临》，以及一些杂文。
271 《地狱中的寇拉》被威廉斯加了个《即兴创作》的副标题，诗人对其情有独钟，把其中那篇令人震惊的序言与托名为朗吉努斯的《论崇高》相类比。从本质上而言，这篇序言和《寇拉》整本书都是爱默生（在普鲁塔克和卡德沃斯之后）所说的“光彩”（lustres，埃兹拉·庞德的“光华”，lustra）集录，其格言化的印象既来自他人，也来自其自身。其中心是威廉斯针对庞德和艾略特的典型论争，还讽刺地从史蒂文斯那里得到了助力。

庞德是美国诗人最好的敌人。他充满兴趣，激情满满——即使他并不知道自己在说什么。但他当然知道他自己在说什

> 么。虽则他并非知道一切，知道的不到一半以上。美国人拥有其部分与色彩，但没有完成的那种和谐一致，超出了他的思想尝试。这是想象力的中年衰败。
>
> 我赞扬那些拥有机智、勇气以及传统的人，在一个客观世界中直接走向他们的完美愿景，在这个世界里，路标已被明确标记：伦敦。但他们麻木地设想除了自己的沟辙外别无选择，这将他们自己限制在地狱中。
>
> 亲爱的胖史蒂文斯，四十岁时如此漂亮地融化掉！有一次，我正在怒咒那些跑到伦敦的人，史蒂文斯以他的温和抓住我："但是在这个世界上你要让他们跑到哪里去？"

和《论崇高》之间精明的联系是威廉斯（可敬而准确地）分享了朗吉努斯关于崇高的信念：崇高，或者说伟大的诗歌，要么是好斗的，要么什么也不是。威廉斯力图说服读者们放弃那些容易取得的愉悦（艾略特和庞德的诗），转而追求更艰难的愉悦（《地狱中的寇拉》）。他的追求显然是爱默生式的，明显是美国文化民族主义的一例。不幸的是，《寇拉》相当多的神韵和生气被詹姆斯·乔伊斯的《尤利西斯》巨大阴影所掩盖，后者虽然当时仍不完全，但在威廉斯写作和阅读时已经在杂志上有连载。威廉斯对神话的运用本质上是乔伊斯式的，但在任何场地上与乔伊斯相抗衡（更不用说在他预备好的绝杀战场）超出了威廉斯的天赋能力范围。

> 泥土中的巨人们。众神，希腊众神，笼罩在污秽和无知中，
> 这个种族分散在世界各处。它的家在哪里？如果你有天赋就
> 去找到它吧。在这里，赫柏带着一个生病的下巴，和一个残忍 272
> 的丈夫，——她母亲没给她留下足够的大脑生长的空间。赫拉

> 克勒斯在贝里溪划艇！宙斯是一位乡村医生，口袋里没有几个叮当作响的硬币。难得的夜晚，晚餐是私生子的甘露，因为它们会来——难得的夜晚！从大地上升起了埃斯库罗斯和索福克勒斯的英雄们。它们会渗入我们心中，它们如雨点落在我们身上，在沼泽中，它们再一次从白色的根部下沉，下沉到铁路站台后面的沙龙，在那里他们有那个女孩，你知道，就是那个内心充满欲望，本来应该是位维纳斯的女孩。他们把她送到了铁路工人那里。十字军不能救她。直到监狱——或者称之为下到林波狱（Limbo）——警察局长是我们的冥王。这是所有的神，没有别的东西值得写了。他们一直都是同一个男人——却堕落了。他们现在跳舞吗，在赫利孔山边跳舞？他们如彼时一样地跳舞，只是透过泥土和烟雾，很少有人能看见他们。

问题变成了：由谁来描述在美国正在上演的神灵之舞？答案是：威廉斯博士。他将美国婴儿们投向全世界，他精准地看到没有他我们便看不到的东西——神灵来到美国后，所跳起的舞蹈有多么不同：

> 这是一种略带些呆板的舞蹈，一个醒来的婴儿，他的手臂原本蜷曲举过头顶，搁在枕头之上，形成一朵花——眼睛闭着。对世界没有知觉！醒来，就赶走了梦境。眼睛睁开。这是一个全新的世界。

这个跳舞的形象再次出现在《地狱中的寇拉》诗末的即兴创作中，一种美国季节的节奏，类似于史蒂文斯的《夏天的信仰》中的自然年份以及爱默生的《经验》：

> 看到枝头的叶子从高高低低处飘落，惹起我们的思绪：这一天，在所有的日子里是被拣选的，所有的日子在两边随风而逝，只有它保持了完好无缺。这是它自己的夏天，当叶子擦着光滑地面的那一刻，它必须用这些营造自己的完美。一年中笼统的夏季对于那些隐秘胜利所属的热烈日子来说，只是一个犹豫的副本。那些日子本身实际上有如在羊皮纸上画出了一年的光阴，在每一时节，模仿那些存在于我们内心深处的热情或 273
> 冷漠。每一个真实的季节，花开花落，并不那么有序，可能在几周之内或几小时之内会经历许多季节，也可能，整个生命过去，季节却始终如一。①

在威廉斯和史蒂文斯看来，美利坚之夏的世界最大，对他们的前驱爱默生来说也是如此。《春天及一切》赞颂的并不是这个现存世界，而是更难的：用美国式怀疑主义的眼光看待春天艰难的来临，其开篇壮丽的抒情诗中得到了不朽的表达：《在通往传染病医院的路边》，它描写了艰难而光辉的开端，既是植物的、儿童的，也是惠特曼或美国式诗歌的：

> 貌似无精打采、懒散
> 昏沉的春天临近——
>
> 它们进入新世界，赤裸
> 冰冷，对一切都不确定
> 除了它们已进入。它们周围

① 《经验》，译文采用蒲隆译本，《爱默生随笔》，华文出版社2010年版。文字略有改动。

冰冷，熟悉的风——

现在，草，明天
野胡萝卜叶硬硬的曲卷
一个个物体被定型——
风催促着：清晰，叶子的轮廓

但现在，只有进入的
无华尊严——然而，深沉的变化
已降临在它们身上：生根，它们
往下紧抓，开始苏醒①

从荷马、维吉尔到但丁，再到斯宾塞和弥尔顿、雪莱和惠特曼，自古以来对于树叶的虚构描写有一个连续的传统，在史蒂文斯那里达到高潮，到威廉斯这里则成为截然不同的典范。在《春天及一切》中，威廉斯断然抗议：**“世界是新的”**，这一抗议以其特有的自我神秘化的评估，得到了很多著名结构主义评论家的太多认可，比如J. 希利斯 · 米勒和约瑟夫 · 里德尔。但是当《春天及一切》集子中最好的诗歌出现的时候，读者们可能会同意，是威廉斯重新创造了一系列精确的隐喻，表达我们美国人感觉中想象力的迟至：“那里/有一条路径伴随着困难，来源于/死者——，”以及，“玫瑰已废弃/
274 但每一片花瓣终结于/尖端。”除了《在通往传染病医院的路边》，

① 《春天及一切》，译文采用傅浩译本，《威廉 · 卡洛斯 · 威廉斯诗选》，译文出版社2015年版。略有改动。

《春天及一切》中最好的诗歌是下面著名的这些:“纯粹的美国产品/变得疯狂——,”以及“如此之多依赖于/一辆/红色车轮的/手推车。”

具有更强问题性的是《伟大的美国小说》和《冬天的降临》,对威廉斯自己在形式上的局限发起了勇猛的攻击,但这攻击伪装为对他人文学习俗的讽刺。我更喜欢《冬天的降临》,其中,对迟来感的真正的焦虑——美国文学唯一正当起源,关涉到一位最不可能的影响来源,即莎士比亚:

> 通过写作,他从现实世界中逃离,进入他自己思维的自然世界之中。他那灵活的头脑中不可雇用的世界,在他那时代(或任何时代)粗俗的外部生活里显得毫无用处。通过写作,他激活了一切。他把自己融入那种粗俗性之中,并用自己的力量使其变得丰富多彩。他是正确的而他们是暂时的,证据就在于他总是继续下去,而他们的不自然摧毁了他们。一个在他的世界中无法雇用自己的人。
>
> 所以,他严肃、精准,因为那不仅仅是他导演的一出剧,而就是他的人生的戏剧。他自己的匿名状态让那群傻子感到困惑,所以他们希望找出复杂的解释——去打败明白的证据。
>
> 说起傻子时他是一个人;说起王子时是另一个人,在不幸中加倍如此。
>
> 他是个女人,是个皮条客,一个王子——
>
> 这样一个人,是个极好的借贷者和立标准者——但不是发明家。他活着是因为他沉溺,不前进,只沉溺于众人——
>
> 他是哈姆莱特,比任何理论都更明白——在一切事物中。
>
> 当一种生活已经消失,你就无法买回它,这是我要说的。

> 他酗酒无度，当我在孕育这个孩子时，他每个月，几乎每周都要击打我一番。

作为对莎士比亚的综论，这无疑是自托尔斯泰之后最弱的一种；但作为威廉斯困境的表现，它有一种奇特的力量，包括上引文字中最后一句对海明威好斗姿态的怪异戏仿。尽管他身后站着一大群夸张的注释家，威廉斯在与过去文学的关系方面的赤裸，不仅仅是“一个赤裸的新世界”，而是一个不再那么新的世界，用了太多
275 精细的布条缠裹。

二

《帕特森》卷一，与威廉斯最好的那些抒情诗属于更高的级别，尽管它们暴露了更幽深的影响的焦虑，是连威廉斯的桀骜也不敢去面对的。它们显示出另外一种争斗，对于同时代对手的焦虑，与其说是针对庞德或艾略特，不如说是针对华莱士·史蒂文斯和哈特·克莱恩，后两位是济慈和惠特曼的继承人，正如威廉斯本人一样。不会有两个人一致同意威廉斯的哪首短诗最好，然而最感染我的是那首《齐鸣》（“A Unison”），诗名似乎包含了“unison”这个词的全部词典释义：音高的相同；两个或多个说话者同时说出的语汇；八度组合的乐部；协调、一致与和谐。托马斯·R.惠特克，对威廉斯最为认同的批评家，为《齐鸣》写下最好的导言：

> 这首诗就像是来自《地狱中的寇拉》的即兴创作——但有三十年后诗人更沉静成熟的视野和节奏……通过隐含的类比和累积的对照，我们发现（早在诗人告诉我们之前）自己正

在参与一场“齐鸣与共舞”，这一“死亡的盛筵”——死亡象征(memento mori)以及对于“不朽”的欢庆，没有从神秘的短暂性抑或是有机延续性中逃离，也无法被思维所“解析”……在这关于接受的沉着证言中，威廉斯的虎耳草(“以比喻来和解/人类与石头”)静静地发挥着它的作用……华兹华斯之后，对自然的虔敬从未被表达得如此生动有致。

我不想和惠特克争论，不过在《齐鸣》中，几乎没有华兹华斯的影子，却有大量的(不可避免的)惠特曼和济慈的特点。实际上，诗歌的开篇就可以说是惠特曼的回响，我以为是一种有所控制的影射：

芳草青青，我的朋友，
乱蓬蓬，就像是你的——
孙儿的脑袋，不是吗？

我们听到了惠特曼最神秘的诗节之一，来自《自我之歌》： 276

这草很暗，不像来自年迈母亲的白头，
比老头子们褪色的胡子还暗，
不像来自嘴里浅红上颚下方。①

惠特曼用伟大的幻想曲回答了一个孩童的问题：“什么是草？”作为一个伊壁鸠鲁式的唯物主义者，惠特曼认为“什么”是不可知的，而他对于草的著名转义，在他那如荷马般的吟咏之后，又有了一

① 《自我之歌》，译文采用邹仲之译本，《草叶集》，译文出版社2015年版。

个很大的转折:“现在我觉得它似乎是坟墓未曾修剪过的秀发。”威廉斯只是借用了这一转义,他的“青青”甚至只是跟随惠特曼的暗示——“青青”在死亡的阴影之下成为“很暗”。《齐鸣》坚持:

——不能逃离什么:
骑着下午的群山,
青草铺织的绿色,
脚下的青色与空气——
腐烂的木头。**听见! 听见它们!**
不朽之物。山形低斜,
在平原之中重又隆起,
你还记得,一片虬结的
枫林在平展的草场之中,
神圣,当然——为何缘由?

威廉斯不知道他是否能够说出其中缘由,这里的暗示却出自济慈的典型形象,《海伯利安》中农神的神龛。对于威廉斯来说,“这是一块圣地/被树木环绕”,这样的环状效果受到济慈笔下圣地的自然雕塑影响。济慈在《海伯利安的陨落》中祈祷:“世上所有的凡人,/以及那些我们挂在嘴边的逝者”,惠特曼则坚持:“最小的萌芽显示死亡其实并不存在,”威廉斯不向活人抑或逝者致敬,也并不将这两者合为一体。他**听见**并且敦促我们:**“听见它们声音的齐鸣……”**我们如何去解释这其中的想象力的姿态?我们是否已经听见了比济慈和惠特曼的齐鸣更多,或足够更多?虔诚的威廉斯信徒会拒斥这个问题,但它仍然是有力的。这问题对于《荒原》并不比对威廉斯更不真实,艾略特通过结合丁尼生(还有其他诗人,但以丁尼生为主）修正了惠特曼的《当紫丁香上次在庭院中绽放》。声音的形象，或者诗学认同的比喻在这里成为中心问题。

惠特曼不赞成“否定的才能”，坚持认为最伟大的诗人给予了 277
后人“他自己的强力”，由之他将自己和济慈进行了比较。威廉斯的诗歌《帕特森》（特别是其中第一卷）令人敬仰，但它是否解决了他的“客观主义”或者说否定的才能，与他自己好斗的强力之间的对立？马里亚尼在他那本饱含理想主义的传记结尾断言，威廉斯建立了“一种基于新标准的美国诗学，注重活的、千变万化的语言的实际运用”。希利斯·米勒更是慷慨地说，威廉斯给予我们的是超越了荷马、华兹华斯、亚里士多德和柯勒律治的诗学概念：

> 词语，通过它所指称的事实而具有了现实性，然而事物独立于词语的特性把词语自身解放成为一种事实，同时以意义“激活”它。词语从而能够将指称的事实以一个新的形式带进入想象的领域。

马里亚尼和米勒，他们二人与更具天启色彩的威廉斯信徒相比显得更加清醒。连惠特曼也没有给我们一个“新标准”，连莎士比亚也没有“把词语自身解放成为一种事实”。威廉·卡洛斯·威廉斯那些最好的作品，表现出他是一位伟大的美国诗人，远远超越了那群模仿者们。就像埃兹拉·庞德，威廉斯在美国诗歌的传统中也拥有一种有争议的声名。很多代人之后，我们将会越来越清晰地看到，那些批评家们是将他推举成了永远的经典，还是由于过多按照他本人的意图来理解他而颠覆了他。而目前来说他就是这样，作为
一种有活力的影响，或许还有更多的名望在等着他。 278

H.D.（希尔达·杜利特）
（1886—1961）

在我看来，H.D.就和埃兹拉·庞德——她的密友以及诗歌同道一样，是一位前拉斐尔派的美国作家。我这样说是表达赞许之情，因为我深爱着罗塞蒂兄妹、莫里斯、梅瑞迪斯、斯温伯恩的诗歌艺术。正如庞德吸收了从但丁·加百利·罗塞蒂到沃尔特·惠特曼的精华，H.D.则融合了克里斯蒂娜·罗塞蒂和艾米莉·狄金森的特点。两人都处在这些男性诗人创造的序列中：但丁·加百利·罗塞蒂、威廉·莫里斯、庞德和D.H.劳伦斯。

路易斯·L.马茨[①]在为H.D.的《诗集》(1912—1944) 撰写的“导言”中，十分敏锐地描绘了发生在H.D.身上的性心理危机与诗歌危机之间的关系。它们使得H.D.在1931年至1944年之间没有发表任何东西。她在弗洛伊德本人那里做的精神分析（在1933年的三个月，以及1934年的五周内），不仅体现在她的《向弗洛伊德致敬》一书中，也体现在一些相当有力而带有问题性的诗歌中，特别是其中三首，马茨说由她自己排序为《舞者》《大师》《诗人》，其中《舞者》是最具有问题性的。也许不那么重要，但是它的一个中心比喻在后来的《大师》中有力地回归，后者是对弗洛伊德的动人的致敬。马茨机智地称《诗人》是向D.H.劳伦斯的冷静而有度的

① 路易斯·L.马茨 (1914—2002)，耶鲁大学英美文学教授。

致敬，它不如《大师》那般杰出，但在H.D.的诗歌成就中也占有一定的位置。

《向弗洛伊德致敬》是一本过誉的书，对弗洛伊德的忠实崇拜者（从恩斯特·琼斯到当下）来说尤其珍贵，如同一本圣人传。在这本书里H.D.自己谈论得过于兴高采烈，反而让那位老教授始终没能说出一些真正值得记忆的话。哪怕是最努力和最有眼光的读者，也没搞懂弗洛伊德究竟是怎么判断H.D.的双性恋倾向以及她的创造性压抑的。《致敬》的第一部分，《写在墙上》的第十段，非常出名，也最为典型： 279

> 关于公主、汉斯·萨克斯和沃尔特·施密德伯格（曾经是奥匈帝国第十五轻骑兵队上尉）就说到这里。至于我自己，我转过身，双腿垂于地板上，不怎么规矩地坐在那里。教授本人也坐得很随意，他的拳头敲打着老式马毛沙发的顶部，这沙发是比任何一位最受信任的天主教堂忏悔牧师的忏悔室都听过更多秘密的。这就是原始的心理治疗、精神分析方式中具有历史意义的家常设备，这是一种对纠结缠绕的潜意识线索的解开和通过这一过程所施行的暗示治疗。**意识中**，我没有发觉自己说过任何可能让教授情感迸发的话。即使当我猛然转过身来，面对着他，我仍能够分心去想，这是不是**他的**主意，加快分析过程或者重新设定联想画面的方向。教授说道："麻烦的是，我已经老了——你不会觉得我值得你爱。"
>
> 《写在墙上》

或许这一令人震惊的方式是为了加速移情，如果弗洛伊德真那样说了，那他就是误解了H.D.，显然她对他的爱无可估量。"但是教授坚持认为我自己想要成为摩西；我不仅想成为一个男孩，而且想成为一个英雄。”那句话听上去的确像是弗洛伊德所说，或者现在像是他的一种自我戏仿。《向弗洛伊德致敬》中有一些古老而离奇的东西，比如教授的干预是如此精确，他的精神疗法效果即刻显现，提示了新的信仰时代，即弗洛伊德时代的来临。这种看起来过于诚挚，过于亲切热情的散文回忆会让我们觉得有点抵触。前拉斐尔派的氛围，隔绝孤立的僧侣体，加之其典型的带锋芒的魔幻效果，将《大师》一作与甜腻腻的写实文本《向弗洛伊德致敬》区分开。诗歌中的“老人”是上帝的先知，因为“梦即上帝”，而弗洛伊德因此成为一个话语有威信的人：“他的命令/不可更改”，“他的专政独一无二，/我爱戴他。”如H.D.自己所解释的，那一“命令”是让她接受自己的双性恋与她诗人身份相一致：

我不知道该向上帝说什么，
280 那些山丘
回答他的点头，
还有大海
当他告诉他的女儿，
白色的母亲
绿色的
叶子
与绿色和
银色的
溪水之母，
静止
风暴

送来和平
终止险境
当山吐火：

我不知道如何区分
火山的欲望，
余烬般的海葵
紫色火焰的
紫罗兰
像热的红色，
与她的双足
那冷的
银色：
我有两种爱；
上帝爱所有的山脉，
只有祂知道为什么
和理解
并告诉老人
来解释
不可能的事，
恰如他所做的。

《大师》

至少在修辞学的意义上，火山般的阳具崇拜显然是更受这位男性“上帝”赞许的，不过“两种爱”之中，“她的双足/那冷的/银色”在第五节中随着舞者的再现而获胜，对舞者的赞颂所带来的力量基于H.D.的一个想象，把自己看成角斗的雅各一般，争辩至天明，而弗洛伊德作为“上帝”或天使，相比跃动的舞者，给予“男子气”更
281 多修辞学上的重要性。

> 我对那个老人感到愤怒
> 他的关于男子气的言谈，
> 我对他的秘密，诸多秘密感到愤怒，
> 为此我争辩到天明；
>
> 哦，太迟了，
> 上帝会原谅我，我的怒气，
> 我却不能接受。
>
> 我无法从智力去接受
> 爱教给了我的，
> 女人是完美的。

《舞者》

这似乎意味着，一个女性的双性恋或她的完美（在完整性的意义上）不同于男性双性恋，比之更能接受。第五节中的狂欢气氛嘲笑了弗洛伊德的“男子气”，恰似向不需要男伴的舞者致敬，因为至少作为舞者（或诗人）的女性实际上是完美的。第五节里蕴藏着一股神秘力量，类似于叶芝对舞者形象的赞颂。但这首诗真正的中心力量在别处，在于挽歌式地将死去的父亲——弗洛伊德等同于大地，和所有死去的父亲。弗洛伊德恰似土星，古代智慧，是无法摧毁的顽岩——新的大地。他的神庙将无处不在，但H.D.高喊：“只有

我，能够逃离！”而作为女诗人的自由，这种“逃脱”本身就是弗洛伊德所许可的。虽然D.H.劳伦斯甚至并未在《大师》中被提及，但他作为一种被否定的对象已经进入诗歌，它化作对他所持的性释放观念的强烈反抗之声：

没有一个男人将会在这些秘密中，
然而所有男人将下跪，
没有一个男人会是强有力的，
重要的，
然而，所有男人会感觉到
做一个女人意味着什么，
会想念，
会燃烧，
会从简单的快乐
转到艰苦的
精神， 282
男人会看到他们盲目已有多久，
可怜的男人
可怜的人类
有多久
有多久
“男人的脉搏”这个想法欺骗了他们，
削弱了他们，
将看到女人，
是完美的。

《大师》

在H.D.看来，“盲目”就是指劳伦斯，这一观点在《诗人》中以柔化的形式有所暗示，这首诗与其说是对劳伦斯的挽歌，不如说是对她与他之间失败的友谊的挽歌。显而易见的是，无论是不是弗洛伊德式的，她在性关系上的自我接受赋予了她创造性的宁静，她已经能够有一种控制很好的、安详接受的态度，对劳伦斯做一个聪明克制的告别：

不，
我不假装，在某种程度上，了解你，
认识你，
甚至不假装看到你；

我说，
“我不理解他的哲学，
我不明白。”

但我伸出手，摸到一扇寒冷的门，
（我俩都已经走了这么远）；
我摸到一些不朽的东西；
我想，
他为何应该待在那里？
为何应该那么孤单地守卫圣祠，
那么疏离，
在一条没有任何目的地的路上？

他在圣祠点燃了一支蜡烛

没有人去那里，
空气中
必须有一些神秘的事
有关于他， 283
他不能独自生活在沙漠中，
没有安慰他的愿景，
必须有些声音，在某个地方。

《诗人》

如果这的确是某种致敬，那么这种致敬中的怅惘掩盖了尖锐的批评。一个女人可以是完美的，一个男人却不能，尽管劳伦斯无法获悉这些。我们可以去想象他对H.D.的回应，可能会是非常激烈的，而那种激烈恰恰更能坚定H.D.的立场，无论有没有得到她的慈父与大师——弗洛伊德的支持。 284

玛丽安·穆尔

(1887—1972)

于柏拉图而言，唯一有意义的真实在数学原则中给出了最好的范例。人生的目的应是尽可能将自己从无实质的、波动的物质现象中抽离，与思想而非感官所认知的客体建立联系。这是柏拉图禁欲主义的源头。穆尔小姐发现只有影射是她能接受的，在这个范围内她也奉行那种禁欲主义。即便如此，也只有当她需要时才会奉行，以此来建立一个特殊的现实，或者更好的说法是，建立一个充满她个人特质的现实。

华莱士·史蒂文斯

一

影射是玛丽安·穆尔的诗歌技巧，她本人就是这一技巧的化身。作为所有诗人中最具美国特色者之一，穆尔门徒众多——最富才华的是伊丽莎白·毕晓普、梅·斯文森[①]，以及理查德·威尔伯[②]。她自己师法的前辈并非艾米莉·狄金森或沃尔特·惠特曼——两

① 梅·斯文森（1913—1989），美国诗人。曾获1960年“国家文艺学会奖”，1968年获“雪莱诗奖”。

② 理查德·威尔伯（1921—2017），美国当代著名诗人。1957年及1989年曾两次获普利策奖，1963年及1971年两次获博林根奖。1987年当选为美国第二届桂冠诗人。

位依然是我们最伟大的诗人——而是相比之下名气小得多的斯蒂芬·克莱恩[①]。我们在穆尔的早期诗作中可以看到他的影子，还间接地有爱伦 · 坡，她曾戏仿过他。据我推断，穆尔的英语诗歌写作之父最有可能是托马斯 · 哈代。穆尔从他身上掌握了不协调笔法的运用，同时，哈代那世俗化的《圣经》式讽刺与她的相去不远。我们将穆尔与同时代的主要诗人——弗罗斯特、史蒂文斯、艾略特、庞德、叶芝、艾肯、兰塞姆、肯明斯、H.D. 和哈特 · 克莱恩——进行对比后会发现，尽管她的声名不及弗罗斯特、史蒂文斯和克莱恩，毋庸置疑她是那个时代最地道的美国诗人。她是一位古怪的虔诚诗人，与乔治 · 赫伯特有真正的联系。她含蓄而又不间断地告诫着我们：
去区分神圣的还是世俗的作品不过是文化政治的过时准则。未来 285
的某一天，她会再次提醒我们当下文化政治试图搅浑的问题：去区分男人还是女人写的诗歌不过只是一种口舌之战，除非这标准一开始就建立在对诗歌优劣作出的评定之上。就像毕晓普与斯文森一样，穆尔是一位出色的、纯粹的诗人。若想讨论性别如何进入她的视野，只有先从美学成就去评判她的诗作。

读过穆尔诗作的人都知道，她是一位令人持久惊喜的自然生物幻想家：跳鼠、军舰鸟、水牛、猴子、鱼、蛇、猫鼬、章鱼（实际上是一座山的比喻）、蜗牛、孔雀、鲸鱼、穿山甲、鼬鼠、大象、赛马、变色龙、水母、北极牛（或羊）、长颈鹿、蓝臭虫（另一个比喻，这次是一匹小马），所有拉 · 封丹的动物寓言，更不用说那些海洋中和陆地上的独角兽、蛇怪和所有奇怪的令人难以置信的一长串名字。在重要的现代作家中，也许只有博尔赫斯像这样始终如一地赞美它们。她的行文中可以觅得一些来自布莱克和克里斯托弗 · 斯玛特的《羔羊颂》

① 斯蒂芬 · 克莱恩（1871—1900），美国小说家，著有长篇小说《红色英勇勋章》。

的成分，这些类同不是源于影响，而是挑选的结果。就像在她之后的毕晓普一样，穆尔那双为人称道的眼睛不光是视力的天赋，更是幻想能力的天赋，使她诗中的野兽们拥有了一种强烈的精神特质，那虽然无疑是它们具有的，但若非借助布莱克、斯玛特和穆尔，凭我自己定然无法发觉。

重读穆尔的时候，我总是想起她最喜欢的诗：《约伯记》。就像我读到《传道书》就会想起约翰逊博士一样，每每翻至《约伯记》的特定篇章，穆尔的身影就跃入眼帘：

> 你且问走兽，走兽必指教你。又问空中的飞鸟，飞鸟必告诉你。
> 或与地说话，地必指教你。海中的鱼也必向你说明。
> 看这一切，谁不知道是耶和华的手做成的呢。
> 凡活物的生命，和人类的气息，都在他手中。

本段选自第12章，是伟大的耶和华之歌的序曲，是由旋风中喷薄而出的上帝之声，在壮丽到令人惊颤的38—41章中，集结了一支声势浩大的野兽列队——狮子、渡鸦、野山羊、野驴、独角兽、孔雀、鸵鸟、"角每发声，它说呵哈"的庄严战马以及隼、鹰，队伍末端尾随着比蒙巨兽和利维坦①。辉煌地赞颂了他所创造的生灵们，耶和华经
286 由约伯产生了另一位强有力的诗人，即玛丽安·穆尔。她曾这么评价《约伯记》：饱含真实不虚的凄苦且具有"足以令灰烬荣耀加身"的忠诚。

"灰烬之荣耀"可以被称为穆尔充满伦理道德色彩的座右铭，是她诗歌意志的本质驱动力，引领她通往那个充满个人特质的世

① 独角兽和孔雀这两种动物并未出现在《约伯记》38—41章之中，可能是作者的记忆有误。

界。由于穆尔是拉·封丹寓言故事的译者，又被视为乔治·赫伯特的后继，她的作品本可能有沦为某种道德小品文的危险，而道德论文是不容于当下时势的。但穆尔深广的影射、对引文的热爱，以及本质上的无政府态度避免了这一点，她带有美国式和爱默生式的坚持，要以自己的方式看待事物，以及“煞费苦心的矛盾”①。当她诗中的野性与自由消退之时，就产生了她为数不多的失败之作，例如爱国战争诗歌《不信任功绩》和《让他们的世界保持辽阔》，而她最优秀的作品却恰恰站在理智的对面，譬如《坟墓》、《新手》、《婚姻》、《章鱼》、《关于鸵鸟》、《大象》以及貌似轻松的《牙买加的大傻瓜》。

这七首诗用其独特的壮丽恢复了作为批评家的我对于诗歌语言的信仰，它的本质应该是措辞，或者说，对用字的甄选，是无止境地把玩着外延与内涵之间的辩证，而现在这辩证却轻易地消失了，因为所有结构主义与后结构主义的思索都认为应当优先考虑“语言”本身而非其意义。当人们问一位法国心理语言学家内涵与外延是否属于能指（而非所指）的范畴，而对方只能以不相信的茫然表情作答时，“能指的任意性”就失去了它的魅力。对此，穆尔的最佳诗作给出了合适的答案：能指的运行总是由所指的运行来作答，因为用语的游戏，或诗人支配语言的意愿，本身就是由无尽内涵与外延的交换构成的。穆尔狂热地将影射、暗示排列为更幽魅的边界，更尖锐的声音②，使我们意识到，法国佬③ 提出的“作者已死”宣言里那种迟晚的现代主义不仅总是已经迟晚，而且是不成熟的。

---

① 出自穆尔的诗歌《思想是迷人的东西》：“那是记忆的眼睛/是煞费苦心的矛盾。”

② 出自史蒂文斯的诗歌《基韦斯特的秩序观念》：于我们自己和我们的起源/界限更幽魅，声音更尖锐。

③ 指提出“作者已死”之说的法国理论家罗兰·巴特。

二

婚姻，一个思想难以渗透的意象，对穆尔女士却仿佛是一个合理的艺术对象。在将思想加之于此的艺术上，前人往往踌躇不决，而她毫不犹豫。与将婚姻比作“机构，或者说企业”的言论相反，穆尔女士发动她的思想，不把它视为心理课本中常出现的那种军火库，而是让它徜徉在充满苹果与长颈鹿的诗歌之洋中。

287 ——威廉·卡洛斯·威廉斯

若要我从穆尔的作品中举例一首来代表她创作之力的集合，我会选择《婚姻》(1923)。一张乍一看荒诞杂乱的拼贴画，剥离表层，却是一幅溢满酸楚的社会评论漫画，针对每个社会最为骇人与悲哀的机构。诚如数位批评家尝试解读的那样，这是穆尔的《荒原》，是由无数的碎片拼就的马赛克，其中包括弗朗西斯·培根、《科学美国人》[①]、巴克斯特[②]的《圣徒永远的安息》、哈兹里特论伯克，以及威廉·戈德温、特罗洛普[③]、《暴风雨》、一本关于《叙利亚基督》的书、《圣经》、埃兹拉·庞德，甚至还有丹尼尔·韦伯斯特[④]（藏在一座雕像的铭文里！），除此之外还有二十个典故我尚未提及。但这是一首诗，它或许比穆尔有类似野心的任何作品都更具有一种强健的

① 《科学美国人》是美国的一本科普杂志，始于1845年，为美国历史最长的杂志，也是著名的《科学》的姊妹刊。

② 理查德·巴克斯特(1615—1691)，英国清教徒，教会领袖，诗人，圣歌(赞美诗)作家。

③ 安东尼·特罗洛普(1815—1882)，维多利亚时代英国小说家。

④ 丹尼尔·韦伯斯特(1782—1852)，美国著名的政治家、法学家和律师，曾三次担任美国国务卿。

统一性。

诗人自己为《婚姻》所作的前言则非常谦虚，“这是合我心意的字句，我尽力使其看起来可信”。她的描写不仅看起来可信，实际上也颇具说服力，虽然开篇是对社会上婚姻辩解书的滑稽戏仿：

这一机构，
或者应该说是企业，
人们出于对其的尊重
说一个人不需要改变想法，
对一个他已相信的东西，
索求着公众的承诺
以保证某人意图
履行私人的职责。

我想，没有人能够准确地解释这段开场白中的态度。以“企业”代替“机构”，诚然是修饰了“公众的承诺/以保证某人意图/履行私人的职责”的讽刺，但又补充说明了这是场交易，以及人类争取主动的美德。谁能预料到这首诗的下一段竟然是这样？

我好奇亚当和夏娃该作何感想
这用火焰镀金的钢
洋溢着金子般的光芒
多么明亮——
“于循环的传统与冒充中，
造成诸多破坏”，
需尽一个人所有的犯罪才智

288　方能躲避！

和诗中其他引文一样，将这两句弗朗西斯·培根的语录置于它原本的上下文中并无助于对本诗的理解。钢在经火炙烧后并不会如金枝条般闪耀，所以“镀金”（gilt）一部分预示着“犯罪才智”。但在认知的序列中，“镀金”之后便接着“金子般的光芒”与“明亮”，即使我们本来预期看到的是被碳化得漆黑的钢。当穆尔占有了培根式的短语，令它们开始发挥效力，所有了解婚姻的人（穆尔拒绝了它）都会产生一阵不愉快的颤抖。当背叛伴随着欺诈不断重演，我们可以读到，婚姻不是表现为一桩桩掠夺，就是将先前掠夺的战利品作为资本重新投入这家企业。不论何者，想要靠才智去反抗这家模棱两可的企业，从社会角度也好，神学角度也好，都会被教条主义者认为是犯罪。

诗歌接下来摈弃了心理学，因为解释一切等于未解释任何东西；随后进入对夏娃之美丽、天赋与矛盾的冥想，然后达到了佩特式强度：

在白炽的星辰之下
在耀眼的果实之下，
美的体验如此陌生，
它的存在太过强烈；
它将人撕成碎片，
知觉每一次清醒的浪潮
都是毒药。

穆尔作为旁观者的超脱并未彻底丧失，但似乎（有意地）在诗歌中再也没有完全恢复。她将人类之母夏娃描述为伊甸园实验中的一个“中心缺陷”，使读者感受到她身为女人，在西方文化对夏娃无止境的抨击中饱尝苦涩。而伊甸园自身作为“一个有趣的不可抵达之地”，曾被理查德·巴克斯特狂喜地描述为“我生命中最好的部分”。纵然穆尔的上下文聪明地对巴克斯特的这份狂喜（虽然不是对他的雄辩表达）加以限制，伊甸园在她笔下从未像亚当那样被削减到如此地步，亚当的男性威仪完全被摧毁。他被颇为巧妙地等同于撒旦，像撒旦一样——“话语极多/如铙钹般震颤/还未敲击便激动不已”。

得益于技巧方面的天赋，穆尔引经据典时总是如鱼得水，即便是借来以抨击男性对于女性的诽谤时亦是如此： 289

“沿着天堑
步履摇晃地行走于尖矛之上，”①
忘了女人
有一种思想的特质
作为本能的表现，
是不安全感
他继续说着
语气庄重，如常，紧绷。

在上引第一句诗中，哈兹里特褒扬了他的前辈埃德蒙·伯克的某种悖论式的确定立场：以崇高的风格陈述了权力、力量与真理。伯克本人是沿天堑行走之人，他步伐稳健地踏在深渊边缘，但至于

① 出自威廉·哈兹里特论伯克的文章《论诗歌中的散文风格》，穆尔对原句作了修改。

不那么爱好真理的男性，不论他们是否记得自己对女性的“思想特质”曾施过那种典型的残酷，在这里，他们的脚步确实摇摇欲坠。诗中的“他”继续用理查德·巴克斯特的狂热语调谈论着婚姻，好似婚姻本身能以某种方式变成“圣徒永远的安息”[①]。在愚昧的愉悦中，男子即将遭受来自全诗（或许也是穆尔全部作品中）最为优雅之篇章的攻击：

他被夜莺折磨
新叶中的夜莺
以它的沉默——
不是一次，而是多次的沉默，
他这么说道：
“它给我穿上了一件火衬衫。”
“他不敢拍手
让它继续
唯恐它飞走；
如果他呆立，它会睡着；
如果他呐喊，它不会明白。”
夜莺令他揪心
苹果晃晃眩目，
“火焰的幻象
能够扑灭火焰”搀掇他，
与那相比
大地上的光辉

① 出自巴克斯特1650年所写的诗歌《圣徒永远的安息》。

只是畸态——那捧火焰
“既高且深
既亮且广
漫长犹如生命本身”， 290
他被婚姻绊倒在地，
“一件诚然微不足道的物事”
却摧毁了他的态度
立场——。

在我看来，《婚姻》代表男性的恐惧以及对女性的不信任，奇异地混合了男性不仅对于女性而且对于企业般婚姻着迷和执迷不悟的窘境，我还不曾见过比这更令人不安的描绘。穆尔捕捉男性对女性的自相矛盾的心态，写出不朽的杰作，这关乎男性对女人的定义，也是他们的禁忌。或许来自济慈的某种带有情色性的隐喻，这里的夜莺变为女性的象征，而说话的男性则陶醉于这象征的沉默中，化身为赫拉克勒斯，在涅索斯[①]所织就的衬衫中自焚而亡。可怜的男人，“夜莺令他揪心/苹果晃晃眩目”，被这名为婚姻的企业——亚当的实验，绊倒在地：

它的蕨叶，
莲花，仙人掌，白色单峰驼，
它的河马——
鼻子和嘴巴一起
组成一个神奇的漏斗——

① 希腊神话中半人半马的怪物，因调戏赫拉克勒斯的妻子被射死，但临死设计害死赫拉克勒斯。

它的蛇与使人迷醉的苹果。

我们再一次感受到了“穆尔的矛盾”(姑且这么称呼这个现象):不论从男性还是从女性的观点来看,婚姻都是一个可怕的灾难,但是它作为诗性的比喻放射出野蛮粗犷的瑰丽之景。引用特罗洛普的《巴彻斯特塔堡》①,男性称赞婚姻为“如同一件艺术品,一个实验/一份责任或仅仅是一种娱乐”,这又让我们回到了赫拉克勒斯的形象。就我本人而言,我永远忘不了穆尔在随后不带感情色彩地将婚姻定义为“一场表示关爱的战争”。怀着良好的公正态度,诗人这样看待这场没有尽头的争吵中的斗争者:

蓝色的猎豹拥有黑色的眼睛,
玄色的猎豹拥有蓝色的眼睛,
从头到尾都如此优雅美丽——
人们必须为其让行——

291 但这共同闪耀的时刻很快熄灭,随之而来的是充满怨恨的幽默:

他说,“哪个君王不会为有一个
头发如剃须刷般的妻子
而面红耳赤?”
事实上,女人
“并非声如长笛
反倒满嘴毒液。”

① 英国小说家安东尼·特罗洛普1857年发表的小说。

她说："男人是
'星星、袜带、纽扣
和其他廉价饰品'的垄断者——
并不够格守护
另一个人的幸福。"
他说："这些木乃伊
必须小心安放——
'狮子口中剩下的残羹，
一对胫骨和一小片耳朵'；
问问M
你就会发现
'妻子是一座棺木。'"

这段出彩的男女之间相互抨击，从各式各样的"来源"抽取而诡异地拼接在了一起，从对《夺发记》[1]的滑稽模仿（穆尔自己在里面露了个面[2]），到一位女大学校长谴责男性对各式各样荣誉与奖章的热爱，再是《阿摩司书》中一个重要时刻的意外转用，之后被用来与埃兹拉·庞德的辛辣评价作对比。阿摩司将狮子与耶和华联系起来：

狮子吼叫，谁不惧怕呢。主耶和华发命，谁能不说预言呢。[3]

耶和华如此说，牧人怎样从狮子口中抢回两条羊腿或半个耳朵，住撒玛利亚的以色列人躺卧在床角上，或铺绣花毯的榻

---

① 《夺发记》，英国诗人亚历山大·蒲柏写于1714年的讽刺长诗。

② 可能是指穆尔对自己的鬈发的自嘲。

③ 《阿摩司书》，3章8节。

上，他们得救也不过如此。[①]

穆尔狡猾地将先知的吼叫作了修改，将狮子比作所有男人，以色列人比作所有女人。庞德的宣言，即“妻子是一座棺木”在这里就是男人提出的——我们假定M指代男人，既然它暗示了妻子是一具尸体，这非常符合穆尔对《阿摩司书》有偏见却也有力的改写。为了证明她的修正热情是激烈地（尽管是精明练达地）针对两种性
292 别（或其共同弱点），穆尔在下一段用相同的态度解剖男人与女人的自恋，以全诗中最为讽刺的形象结束：

“我是这样一头奶牛，
如果我有桩伤心事
我会难过很久；
我不是那种
在早晨
怀着巨大的忧愁
中午便欢天喜地”；

说着：“我遇见了它
在那些朴实无华的
智囊之间，
好似把自己标榜成
辩论家或罗马人，
古老丹尼尔·韦伯斯特的

① 《阿摩司书》，第三章第十二节。

政治才能
坚持他们简单的情绪
是问题的本质：

　‘自由与团结
　现在和永远’；

写字台上的那本大书；
前胸口袋里的手”

韦伯斯特很难说是朴实无华，他的智慧只体现在他政治上的狡诈，但他的确体现了镌刻在他雕像上的这些文字：“自由与团结/现在和永远。”要不是我们一直被穆尔并不怎么和善的谆谆指导鞭挞得龇牙咧嘴，这几句反语作为对婚姻的评价一定足够滑稽可笑。那本在写字台上的大书，应该是《圣经》，恰如韦伯斯特放在前胸口袋里的手，在行文中犹如一个社会对婚姻之祝福的模糊象征。《婚姻》作为穆尔版的《荒原》，是西方在漫长的，充满讽刺意味的衰败中的永恒幻象，也许会比艾略特的诗流传更为久远。 293

克劳德·麦凯

(1889—1948)

牙买加人克劳德·麦凯从追随马克思主义到信仰天主教，有着狂热的精神。①他的十四行诗有形式主义的、巴罗克式的艺术激情，现如今也被低估了，比如这首《圣以撒教堂，彼得格勒》：

我的灵魂为敬拜而屈膝
在神圣静默中迷失。
在此悲伤石人之前屈膝，
屈膝面对唱歌天使。

美妙荣光射入我灵魂的眼睛！
金色宝相感动我心底！
飞翔的廊桥将我高擎
匀称至美令我无法呼吸。

我的灵魂屈膝让那美妙光芒
来自高尚王座，沐浴着我

① 克劳德·麦凯被认为是美国哈莱姆区（黑人社区）文艺复兴运动中最重要的作家，1920年代麦凯曾访问苏联。

躬身在那行奇迹之人身旁。
躬身敬拜，卑微孤独如我；
低低躬身面对那神圣目光，
人的神性在石像中鲜活。

这依然是对列夫·托洛茨基致敬，但这首诗的复杂性来自麦凯压抑下的意识，意识到在他精神中有些东西在走向转变。后六行诗从前八行诗的灵性中撤出，并公然地赞颂一种审美的人文主义。不过他所崇敬的那位代表俄国救世主的“悲伤石人”，与“人的神性在
石像中鲜活”不完全相合。 294

麦凯最粗犷的诗是《荒凉的城市》，这是一首为精神失去纯真所作的浪漫主义挽歌，并且是这位诗人皈依罗马的另一个迹象。诗意地讲，也许麦凯生错了年代，不过不是生早了，而是生晚了。虽然带着政治上的怒火，有一种难以忍受的权威，他本可以在比他早一代的杰拉尔德·曼利·霍普金斯和弗朗西斯·汤普森[1]那种天主教
文化中感到自在的。 295

① 杰拉尔德·曼利·霍普金斯(1844—1889)、弗朗西斯·汤普森(1859—1907)，均为英国诗人，信仰天主教。

E.E. 肯明斯
(1894—1962)

人人都说，这位诗人的父亲爱德华·肯明斯是个令人钦佩的人物：一神论派的教长、哈佛的社会学家、运动员和户外运动爱好者、一个精力充沛的人物。他死于1926年秋天的一场火车和汽车碰撞事故。《我的父亲穿过爱的末日》作为1934年的诗集《诗50首》的第34首发表。

父子间的任何矛盾情绪在这首对父亲的赞诗中都公开冰释，虽然肯定还留有一些藏在字里行间。把这首挽歌抒情诗渲染得如此哀楚的，是它对亡父的认同，以及对孝子之爱的极出色而开放的表达：

我的父亲穿越爱的末日
从他相同的所是，从他拥有的给予，
从每个夜晚把每个早晨唱出，
我的父亲踏过一生深深的高度

静止的是这片遗忘之地
在父亲的一瞥之中呈现光辉；
假如（怯弱的空气也是坚定）
在他注视下，扭动，升腾

那些尚未埋入地底的人物
漂浮、游荡，父亲四月般的触抚
驱使沉默的灵魂涌向命运之门
唤醒梦想者重返他们幽灵的根

若有人为何哭泣涟涟
父亲的手指带她入眠： 296
再小的声音也不会哭号无望
因他能感受到山岳的生长。

升起海上的峡谷
我的父亲穿越欣喜的悲苦；
他赞美皎洁之月的前额
他吟咏旅途之始的思渴

快乐是他的歌声，这快乐纯粹
他可以把星星的心脏驾驶
净化此时、肯定此时
微光的臂腕也会雀跃欢喜

这热力如仲夏之光，超离
太阳那孕育的心灵而卓立，
如此绝对（在他极限之上
如此宏伟），卓立我父亲的梦想

肯明斯的典型瑕疵在于那种让人难以忍受的感伤主义，但谁会觉得这样一首诗里感情过头超过了主题呢？夸张的瑕疵在头七节诗之后开始出现——“他的愤怒如暴雨般正当”以及“他肩扛勇力，向着黑暗进军”。尽管如此，这首诗充满活力的诗韵一定程度上掩盖了这些平庸之处。最后两节诗提升得很高，看起来不太协调，实际上效果还好。这位父亲传社会的福音，坚信所有人有潜在神性，现在他的精神回来提升儿子的修辞：

我们尝之为明亮的，是浑噩
我们尝之为甘甜的，是苦涩
生蛆的衰减和失语的死去
这是我们继承的，也是我们的赠予

没有什么和真理一样珍稀
——我明白，尽管人们借此呼吸——
因我父亲一生按他的灵魂而活
爱才是全部，比一切还要多[①]

从一定程度上说，这让人印象深刻是因为肯明斯**不是**他的父亲：他自己的神话强调的不是普遍的爱或潜在的神性，而是隔离，是爱之难，是死亡的真实。这使他的这篇孝子悼词的超越性意义更
297 加生动、更有价值。

① 《我的父亲穿过爱的末日》，原诗共十七节，布鲁姆引用了头七节和末二节。砂丁译。文字有改动。

吉恩·图默
(1894—1967)

在之后的四十多年间，吉恩·图默再没创作出能和其代表作《手杖》(1923) 媲美的诗，这是一篇精巧编织的集散文诗和韵体诗的杂陈。《蓝色子午线》(1929) 和哈特·克莱恩的《桥》(1930) 对比相形见绌，尽管图默和克莱恩是好朋友并且彼此间有所影响。图默沉浸在各种假充的灵性教义中，对他的工作和自我身份认同而言，都是致命的。他成为一位地道的创作所谓黑色田园诗的诗人，正如在他非凡的《十一月的棉花》中所写：

棉铃象甲来了，冬天也冷了，
棉花秸秆生锈，季节褪色，
棉花像南方的雪一样稀少，
消失不见；枝干紧缩，枯凋，
秋天掠过，万物消沉；
久旱冲击土地，使土壤耗尽
所有溪流的水；死鸟的尸体
在地下一百英尺深的井里——
在这样的季节，棉花绽放。
老人们为之惊恐，继而揣想
其中的意义。迷信者看到

某些从前未见过的信号：
棕色眼睛的爱中没有一丝恐惧，
对那时节而言突如其来的美丽。

这首非凡的抒情诗既美丽精练，又具有人性的深沉。晚开的花
298 朵象征着摆脱了精神匮乏的自由，即爱的自由。

罗伯特·格雷夫斯
(1895—1985)

一

1948年，我是爱上了抒情诗人兼畅销小说家罗伯特·格雷夫斯的著作《白色女神：诗学神话之历史语法》的众多年轻诗歌爱好者之一。1985年12月8日，格雷夫斯去世于马略卡岛德亚的家中，七个月后的1986年7月，我于久别多年之后第一次重读了《白色女神》，开始写这篇导言。距离第一次读格雷夫斯这部卓越的幻象集已经快四十年了，我已不能重新找回这本书在我十八岁时带给我的魔力。与过去所获得的神秘感和心智的渴望不同，我倒是有种困惑感，让我想起自1969年，即上次重读《白色女神》之后这种困惑的印象就已存在：

> 恩培多克勒的萨满教，如此奇怪地在叶芝的《幻象》、劳伦斯的《无意识幻想曲》和格雷夫斯的《白色女神》中重现，提出一种超自然的净化来治愈我们内心神奇的精神……
>
> 浪漫主义诗歌，在它悠久的历史中……被它对自己的传统的感知所拯救，通过诗歌影响的解放性负担拯救。叶芝、劳伦斯、格雷夫斯——尽管他们有多样而真实的诗歌成就——故意将他们最先的浪漫主义者放置得过分自由而遥远，但他们真正

> 的浪漫主义先驱们相对贴近，把他们从一种危害太大的自由中拯救出来：对叶芝而言是布莱克和雪莱，对劳伦斯而言是惠特曼和哈代，对格雷夫斯而言是济慈和哈代……
>
> 当我们转向现代诗歌中的浪漫主义重要传人时，我们注意到，除了少数值得注意的例外，他们都争相去饮喀耳刻的酒杯。
> 299 “恶魔”(daimon)是我们的命运，叶芝说，而且我们的命运甚至是一种正义，然而我们发现这正义只意味着每一种可能的幻觉的枯竭，和每一种可能的情感关联的结束。或者，下降到较为低俗的喜剧，格雷夫斯告诉我们弗洛伊德将一种私人的幻想投射到世界上，并且格雷夫斯向我们保证说，真正的诗歌崇拜一个野蛮的月亮女神缪斯。叶芝和格雷夫斯都向我们展现了布莱克《精神旅行者》中噩梦般的循环世界；但布莱克告诉我们仅仅是不必要的受虐症的情形，叶芝和格雷夫斯则断言为想象性的真理，不过只有格雷夫斯也坚持将诗与缪斯的相互撕扯看作真爱。

帕特里克·J. 基恩在我印象中是批评界最具说服力的格雷夫斯捍卫者，他反对这种判断，说道：“格雷夫斯的狂放不羁由坚韧自制和对限制的强调而缓和，这么说也是对的。”然而对我来说，道德观或性格似乎不是这个问题的关键。《白色女神》以及基于此书的很多诗作所涉及的问题，是格雷夫斯奇特的字面主义，它阻碍读者将“白色女神”或“缪斯”视为格雷夫斯想象力的一种隐喻。尽管有真实可信的天资，格雷夫斯愉快地保持为一位优秀的二流诗人，个中原因是他对比喻的表达方式的不信任，以及无论在生活中还是在文学上，他对他能发现的每一种女神表现加以历史化和字面化的强大还原能力。就在《白色女神》快结尾的地方，格雷夫斯陈述了他的信条，我认为恐怕需要批判性的修正和试验性的怀疑态度：

> 真正的诗歌实践表明一个心灵得到如此不可思议的调谐与启迪，从而它能通过一串超越巧合的链接，把文字形成一个鲜活的实体——一首诗自身（也许当作者去世好多世纪后）将通过它积蓄的魔力影响读者。诗歌创造力的源泉不是科学的智性，而是灵感——无论科学家怎么解释它——人们当然可以将灵感归因于“月亮缪斯”这个描述其源泉的最古老、最方便的欧洲术语？根据古老的传统，白色女神与她的人间代表合而为一——一位女祭司、一位女先知、一位皇太后。没有哪位缪斯诗人不是通过与一个女人相处的经验意识到缪斯的，“女神”或多或少地常驻在这个女人身上。这就像没有哪位阿波罗的诗人能履行好他合适的职责，除非他活在君主制或准君主制下。当然，一位缪斯诗人完完全全地坠入爱河，对他来说他的真爱就是缪斯的化身。通常，这种完完全全坠入爱河的力量很 300
> 快会消失；并且通常，是因为这个女人对于她向她的诗人爱人施的咒而感到尴尬，并加以拒绝；他感到幻灭，转向了阿波罗（至少能为他提供一个营生和明智的娱乐），在他二十五岁前反悔。但是，在作为女人至高权力、荣誉、智慧和爱的体现的女神与被女神附身一个月、一年、七年或更久的个体女人之间，真正永远痴情于缪斯的诗人能作出区分。女神会继续存在。也许，他将通过与另一个女人的经验再一次获得女神的知识。

以上作为格雷夫斯自传，具有某种有限的权威性。如果说英国最伟大的诗人包括弥尔顿、布莱克和华兹华斯，格雷夫斯说他们的灵感都来自月亮缪斯，我们可以想象他们对此的反应，会有怎样一种冷喜剧效果。格雷夫斯终生都瞧不上弥尔顿，写了本恶意的小说《弥尔顿先生的妻子》，但也不怎么喜欢华兹华斯，而对于布莱克，他不怎么成功地误读了布莱克的《精神旅行者》，都没听出它对其中描述的可怕循环所感到的恐怖。格雷夫斯所称的“缪斯诗人”实为罕见。约翰·济慈应该算是格雷夫斯心目中这种诗人的最明显例子了，但只是写了《恩底弥翁》的济慈，而不是写了更为成熟的《海伯利安的陨落》和那些伟大的颂诗的济慈。格雷夫斯最喜欢的抒情诗是济慈的《无情的妖女》[①]，但这首诗很难说赞美了缪斯女神的魅力，因为那个“悲惨的人”已经行将饿死，很难得救。不过这本《白色女神》，正如基恩坦诚所言，对人类的苦难视而不见，这就不在济慈的传统中了。其中的献词诗，技巧精湛华丽，是纯粹的格雷夫斯的风格：

献　词

所有圣徒都责备她，所有清醒者，
服从于太阳神那金色的法则——
对此不屑一顾我扬帆将她寻觅
在最可能找到她的遥远的疆域
万有中我最渴望了解的一位，
海市蜃楼和回声的仙女姐妹。

那是一种美德，不要停留，
301 继续我任性而英勇的追求
去到火山之巅寻找伊，

① 《无情的妖女》是济慈的一首著名的抒情诗，描绘一位神圣骑士为美妇所惑，丧失心智和自由。

冰雪之中，杳无人迹，
走过那七人沉睡的洞穴：
她那高高的额头光洁如雪，
蓝色的眼睛，花楸果般的唇，
蜜色的长发直盖到她的臀。

新的嫩枝饱含春天的青汁，
会赞颂高山母亲的威仪，
每一只鸟儿都会为她献歌；
但我的天赋，即使在十一月
最粗野荒凉的季节，拥有
对她那全然美妙的强大感受，
我忘记了过去的残忍和背叛，
不在意下一次闪电会落在哪边。

重新出版这首诗时，格雷夫斯将它改名为《白色女神》，作为《诗歌与讽刺作品集》的第一首诗。他将其中的“我”和“我的”改为“我们”和“我们的”。这几乎毁掉了这首诗，至少我感觉是这样，鉴于它的重点是济慈式的、在自己一代人中对诗人血统(poethood)的宣称。隐藏在格雷夫斯之中的，是济慈对《海伯利安的陨落》里边那个轻蔑的缪斯墨涅塔的宣告:“我肯定应当看见/这里还有别人；但我是孤单一人”。叶芝也在《三月的满月》一诗中借用了济慈的这一断语。正如基恩所说，叶芝可能是格雷夫斯在我们这个世纪中“缪斯诗人”之名的真正竞争对手。与叶芝作诗学竞争不是格雷夫斯的能力所及，这导致他有一些力不从心的姿态表现，以及进一步地削弱了他的一些抒情诗。

重读之下，《白色女神》仍能保留下来的，既不是其中伪造的那些历史，也不是那些有争议的神话编造，那越来越像是格雷夫斯与劳拉·莱丁[①]的罗曼史被放大书写（据莱丁女士说，是错误书写）。大多数读者也无法忍受此书关于树木知识的漫无止境的猜想，如同读到比约翰·罗斯金最奇怪的句子更疯狂的东西。

> 维纳斯的拇指通过它对狂欢女神伊希斯、拉托娜或拉特的神圣性而与棕榈树相连。拉特是纳巴特的葡萄树之神杜萨雷斯[②]的母亲，受到埃及人的崇拜，其拇指上最低的辅音即是葡萄。
>
> 朱庇特的手指与荆豆树相连，到了春天，荆豆树熊熊燃烧，
> 302 纪念其作为牧者之神的荣耀。
>
> 墨丘利的手指与紫杉树相连，则是因为墨丘利指引灵魂前往冥界女神赫卡忒处，赫卡忒也称迈亚，是他母亲，而对于迈亚来说紫杉树是神圣之物。

幸运的是，在《白色女神》中有关神话的几章里，还可以找到一个非常不同的格雷夫斯。说他具有一种地道的宗教敏锐感，最擅长从反面来写，你便看到了他最棒的地方：

> 基督教在今天面临的最大问题在于，它并不是一种直截了当建立在单一神迹上的宗教，它是在政治压力之下对一桩古老的法律官司做出的裁决，即对曾在西方至高无上的母神崇拜

① 劳拉·莱丁（1901—1991），英国女诗人，格雷夫斯的情人。

② 杜萨雷斯，古代约旦神话中佩特拉城的葡萄和丰饶之神。

与后来攫掇了前者地位的父神崇拜之宗教权利，在司法意义上的抉择。不同的基督教法庭给出了不同的抉择，再也没有能一锤定音的最高司法机构。现在，即使是犹太人，也受到诱惑去逃避摩西律法而追随各种各样的伪神。基督徒已经离神圣苦修的境界越来越远，那是以西结和他的艾赛尼派继承者，以及最后的希伯来先知耶稣希望把世界引向的境界。虽然西方世界仍然被名为基督教的，我们实际上是处在这样一种并无神圣可言的三位一体统治之下：冥王星之神主导的财富学，太阳神主导的科学，以及水星之神主导的窃盗学。更糟的是，争吵和嫉妒的怒火始终发生在这三者之间，冥王星和水星的神彼此辱骂，太阳神现在把原子弹当闪电那样扔下；而自从18世纪的哲学家宣告启蒙时代的到来，他就坐在宙斯（暂时失能）那空虚的王位上，作为这三位一体的摄政。

在《白色女神》问世两年前，格雷夫斯出版了他最出色的小说《耶稣王》(1946)。后来，他冒险出版了《拿撒勒福音复刻》(与约书亚·波德罗一起，1953)。现在，女性祖先崇拜已经成为某些宗教派别和聚会中非常时髦的理念。虽然格雷夫斯曾经是这一观点的积极支持者，但他并没有被女权主义者视为先知。无论如何，他对他那种历史上的耶稣的探索，也许会比他对白色女神的赞颂流传更久远，也更令人不安。 303

二

格雷夫斯奇特的恪守字面意义削弱了《白色女神》以及其他诗歌的力度（只有十来首除外），却构成了《耶稣王》的优点。确信他是按照事情的本来面目叙事的，格雷夫斯让我们相信至少他已经说服了他自己。他坚持认为自己已经发现了耶稣的真相以及基督教的起源和意义的真相。不过，七年后的《拿撒勒福音复刻》一书发现了完全相反的真相。格雷夫斯对这两者显而易见的矛盾不置一词。《耶稣王》和《拿撒勒福音复刻》的共同之处在于，它们都塑造了一个犹太人气质十足、真正的法利赛人的耶稣，他将摩西十诫视为“神圣和永恒不变的”。格雷夫斯和波德罗将早期基督教徒分成三派：拿撒勒人，由雅各和耶稣剩下的其他使徒带领，对正统法利赛人保持忠诚；亚历山大人，主要是诺斯替派；还有保罗与他的异邦人教会，他们传出谣言说耶稣谴责法利赛人，而不是一些江湖骗子假冒法利赛人。格雷夫斯和波德罗认为拿撒勒人才是正统基督徒，诺斯替派和胜利的保罗教徒都不是，无论读者是否同意这一观点，其实都无关紧要。更有趣的问题是两位作者主张耶稣在十字架上活了下来，与乔治·摩尔、塞缪尔·巴特勒[①]、D.H.劳伦斯等一些彼此不怎么谐调的文学家的观点是一致的。

《耶稣王》虽然称不上是我们时代被忽略了的优秀叙事作品之一，但相比《拿撒勒福音复刻》还是重要得多。其中的耶稣是希律王的子孙（这与《拿撒勒福音》不一致），实际上只是按格雷夫斯的看法才能被称为福音，因为拿撒勒派不会把一个希律家族的以东人称颂为救世主。然而在格雷夫斯的散文体小说中，希律家族的耶稣是唯一一个成功的，有吸引力的人物个性和道德形象的代表。克劳狄乌斯，最近此人因为一部流行的电视剧集而大为走红，[②]在小说中只不过是一种寡淡的声音，很难与格雷夫斯本人的声音区别开。耶

① 塞缪尔·巴特勒（1835—1902），英国作家，著有《众生之路》等作品。

② 罗马皇帝，公元41—54年在位。电视剧集指的可能是1976年英国BBC摄制的《我，克劳狄乌斯》，又名《罗马帝国兴亡史》），共13集。

稣王用他自己的声音说话，就像在与伽百农的犹太教堂的长者对话时所表现的：

他们问他："我们从博学的希勒尔[①]那里所学到的，你称之为'荒谬的虚构法令'、'对律法的伪造'，我们对他的怀念，你一点也不尊重吗？"

"希勒尔是一位木匠，从不停止手工劳作，终生贫穷。假如
现在有人以太贫穷为借口不学习律法，应当问问他：'你比希勒
尔更贫穷吗？'他毕生操劳，用爱的精神解释律法，从未给众人 304
施加过任何他本人不乐于承受的负担。据记载，摩西离世之时
以色列男人都哀悼他，而在希勒尔离世时，就像亚伦[②]离世之时
一样，不但男人，而且妇孺皆哀悼。你们要怀念他，要我说，商
人们，变卖掉你们的财产，把你们的获利分给穷人，回到已经被
你们愚蠢地抛掉的渔船上去，自己在湖上撒网劳作，并且不要
忘记对于邻人的责任！难道律法上没有说吗？'六日要劳碌
做你的工'。沙马伊[③]说：'爱劳作，敌视尊贵'。其他智者也曾
说：'一个人不应该闲坐着，而应该给别人做工；让他在大街上
为死畜剥皮来挣得口粮，比宣称"我是教士"，"我是伟大博学
的人"要好得多。'"

"你被称为木匠耶稣，那你的锤子、锯子、凿子和木槌在哪儿呢？"

"我已经从一个木匠变成了一个牧者。"他拿出了他的牧

① 希勒尔，犹太教公会领袖和拉比，曾创立犹太教圣经学院，对后世犹太教解经学家有重要影响。

② 亚伦，摩西的兄长，曾协助摩西率领以色列人出埃及。

③ 沙马伊，与希勒尔同为犹太教解经学家，以严格遵守摩西律法著称。

羊杖与斗篷，“你们可别眼红我这辛苦的新营生。”

“但这些闲荡的使徒不是跟随你的吗？”

“你们可别眼红他们这些辛辛苦苦的学徒。”

长者们无言以对，离开了他。从此以后再也没有伽百农的犹太教堂邀请他去讲道。

这种简洁有力的风格是最好的格雷夫斯，耶稣在他的笔下呈现出尊严、说服力和一种真正的道德力量。我觉得，这些也是格雷夫斯最好的诗歌的优点。所谓缪斯诗歌，对虐待狂和复仇风格的白色女神的赞颂，其生命力不会比下面这首诗更久，我认为它是自哈代以来英语诗歌中最好也是最苦涩的爱情诗：

不祥的预感

偶然窗内一瞥
　我看见自己坐在他的座椅中
目光涣散，愁眉紧锁，
305 　头发乱蓬蓬。

我还以为那样一个我已死，
　得向那具冰冷的尸体说再见，
忽见那人手中笔一动，
　泪下如线。

他写了一个名字，你的名字：
　字迹工整，对着它出神

没有抗议,没有欲望,只是你的名字,
　别无印痕。

这景象会在明日发生,抑或是明年?
　我只知道,它是真的;
我激愤地从窗子转过头
　对你大惊失色。

为什么没有事先的警告,言语或目光,
　说你残忍给予的爱终将消逝?
鱼已吞饵,铁钩太快,
　一切已太迟。 306

艾伦·泰特
(1899—1979)

我只见过艾伦·泰特两面，我被他对同时代的密友哈特·克莱恩的哀伤记忆打动过。泰特的文学批评风格非常像T.S.艾略特，比起他的批评文论，我总是更喜爱泰特自己创作的诗歌。诺思洛普·弗莱评论过泰特的文集，在其中发现了弗莱所称的“西方黄油大滑坡”(Great Western Butterslide) 艾略特神话，那是一种集合了古典主义、天主教和保皇派的大块黄油，若干世纪里它持续下滑、融化，直到在艾略特的《荒原》中再次凝固。

虽然泰特是一个坚定不移的新批评派，追随着艾略特之后，但他最终是一位不亚于艾略特那样的晚期浪漫主义诗人。泰特称颂艾略特的《荒原》，同时越来越否定哈特·克莱恩的《桥》[①]，然而克莱恩的风格从未离开这位自许的古典主义者。克莱恩的五音步四行诗很容易被错当成泰特的，而艾略特把丁尼生和惠特曼(他真正的前驱) 混合起来产生了大不相同的风格。

泰特在《联邦死难者颂》中力争表现得像艾略特，然而哈特·克莱恩的声音依然插进来：

> 一位天使的凝视中带有残忍的好奇

---

① 哈特·克莱恩的代表作，美国文学史上的重要诗作，作品中的桥是指纽约的布鲁克林桥。全诗由一首序诗和八部分 (共15首诗) 组成，被认为是对艾略特的《荒原》的一种回应。

把你，像他们一样，变成石头，
改变膨胀的空气
直到落入下方沉重的世界
你在海洋空间盲目转身
膨胀，像盲蟹一样转动。

被风弄晕，只有风
叶子飞扬，突降 307

这放在克莱恩的第一本诗集《白色楼宇》中任何地方都很合适。更像克莱恩的是《地中海》结尾那些宏大的四行诗节，我觉得这是泰特最好的诗歌：

让我们再一次躺在呼吸起伏
的海边，我们活的祖先在此长眠
仿佛“已知之海”仍是一月旅途——
大西洋呼啸但不再卷起狂澜！

我们应当征服什么国家，什么沃野
让我们止步，把我们的热血留住？
两个半球我们曾粗枝大叶地解决
现在，我们从赫拉克勒斯之门涌出

向西，向西，直到那莽荒的咸水
让我们沉入那一片疲惫的土壤
玉米飘穗，豆子饱满，葡萄甜美

烂在藤上：我们诞生的那个地方。

泰特是一位永恒的诗人，尽管他的地位不如艾略特和哈特·克
莱恩那样显赫。《地中海》挽歌般的光辉总是把我带回《桥》结尾题
为“河流”的诗章中忧郁而气宇不凡的四行组诗，但是像《埃涅阿
308 斯在华盛顿》那样的作品中的汹涌能量是属于泰特自己的。

斯特林·A. 布朗
（1901—1989）

斯特林·布朗，在他常有的最好状态中，能够吸收A.E.豪斯曼、托马斯·哈代和罗伯特·弗罗斯特的有力影响，并将其融入自己的风格中。我应该说“那些风格”，因为这位兼收并蓄的诗人有多种声音，主要都是属于他自己的。在弗罗斯特式的《牧歌》中，一只鹰闯入森林缝隙的避难所，见证在鹰的杀戮之后深邃和平的回归，把最后的讽刺的重担交给读者：“溪流无精打采地发出呜呜声响/所有事物都变得像之前一样安宁。”

另一种风格来自哈代，比如布朗凄楚的诗《雨》，它完成了一次十四行诗形式的出色的转换：

外面寒冷的，寒冷的夜；雨水淅沥……
屋檐下散开的雨水汩汩作响，
狂鞭抽打着格格作响的窗玻璃
打在十一月树叶的纹身上。
灯芯摇曳，最后的木块冒着蒸汽
在落满灰烬的壁炉里。寒意令房间漫延。
古老的钟嘎吱嘎吱地走着，好似
黑暗汇聚的恰当前兆一般。

这是一个我们计划的夜晚。在这里
我们有一天将会幸福；有一天光焰
会轻触你的双肩和你不羁的浓密发丝。——
我们将——噢，我们计划了一个欢乐的明朝——
不顾一切地与老巫婆悲伤分道扬镳……

309 外面雨水淅沥；这寒冷的，寒冷的夜。

出色而忧郁的前八行之后，是恰到好处的诗意的震撼，“这是一
个我们计划的夜晚”。说话人独自一人，情欲的缺失势不可当，然而
一切都是迂回地进行。托马斯·哈代有着对于生命的讽刺之处的
极佳嗅觉，也许他会欣赏斯特林·布朗的《雨》，它赶在罗伯特·佩
310 恩·沃伦[①]之前就复苏了哈代的精神。

① 美国诗人，参见本书《罗伯特·佩恩·沃伦 (1905—1989)》一章。

朗斯顿·休斯
(1902—1967)

20世纪非裔美国文学如此多样，以至于——至少在此时——没有评论能充分地对其加以概括。埃利森和赫斯顿的小说、鲍德温的道德论文以及出色的杰伊·赖特近期的诗，一种包括了上述作品的文学文化显然是具有国际水准的。朗斯顿·休斯也许是那种文化里最深刻和最具代表性的人物了，甚至强于理查德·赖特[①]。虽然明显是一位真正的诗人，休斯却似乎缺少可以让我们回头一读再读的代表性集子。他最棒的诗集一定是《犹太人的好衣服》(1927)，现在读来保留了诸多新鲜感，但有明显的局限性。对于休斯诗歌的意识形态辩护现在很常见，在这一诗集中也必然得到体现。从蓝调到爵士歌曲到劳动唱词和许多其他形式的民谣传统，都糅入休斯的诗歌中，但总的来说，他的诗歌还不足以同那些文化典型中最优秀的例子媲美。另一些批评家发现休斯有惠特曼风格，但微妙、暧昧、隐秘的惠特曼——他是我们诗人中最伟大的，也仍然是被误读得最弱的——对休斯的诗歌真正的影响很小。休斯真正的前驱是卡尔·桑德堡[②]，啊，难以超越的桑德堡。

---

① 理查德·赖特(1908—1960)，美国黑人小说家、评论家。出身于贫困的黑人家庭，代表作为长篇小说《土生子》(1940)。

② 卡尔·桑德堡，(1887—1967)，美国著名诗人、传记作者和新闻记者，代表作有《芝加哥诗集》等。

社会和政治的考量（它们无疑将实现某种历史的连续性）将为休斯的诗歌提供一些读者。他的第一本自传《茫茫大海》也许是他最持久的单本著作，尽管它的美学价值非常混杂。结合他的第二本自传《我漂泊，我彷徨》、他的《诗选》和《朗斯顿·休斯读本》重读《茫茫大海》，我得出一个悲伤的结论，休斯最重要的杰作是他自
311 己的人生，或者说是他的文学生涯。从一定程度上说，这个结论是在对比了休斯自己的写作和阿诺德·兰佩萨德出色的传记《朗斯顿·休斯的一生，卷一，1902—1941》后得出的。读兰佩萨德的《一生》是比读休斯自己显得黯淡的诗歌和散文更生动、更有价值的审美和人性体验。休斯的勇气和坚持使他成为一个更为重要的代表性人物，超过了他作为一位作家的内在优势所能达到的地位。

出色的传记作者兰佩萨德在《一生》的第五段浓缩了休斯个人观点的精髓：

> 他的人生在结束之时似乎如此成功，四十多本著作和成千上万读者的追捧为他带来荣誉和奖项。然而多年来，休斯最喜欢的留声机唱片，在他的单身寓室套间里播放到哈莱姆区的深夜，依然是比莉·哈乐黛阴冷的悲啼“上帝保佑自力更生的孩子”。他确实实现了自力更生，但代价高昂。在若干年内，他付出了忍受游牧式的孤独和偷偷摸摸的性行为的代价；他将会至死不婚，至死没有一个已知的情人或孩子。如果说最终他也成名甚至受热爱了，休斯知道早年被剥夺了更丰富的感情生活。父母竟能如此残忍！“我的理论是”，他去世前不久写道，“孩子生下来时应当无父无母——如果他们非要生的话”。

休斯的大多数写作像他对人生的公开态度一样，是一种远离那

个出身的反向行为。兰佩萨德忠诚而很有技巧地揭露了他人生悲伤的轨迹，从一个严肃的家庭浪漫史（或缺少浪漫）无情地变成拒绝居于或终结于异化。这种拒绝也许可以解释为休斯对自己族人强烈的、几乎无私的爱，这使他为随后的非裔美国作家们树立了真正的英雄主义典范。无论休斯的诸多风格有何欠缺，他在文学史上占有一席之地是确定无疑的。

兰佩萨德谈论休斯诗歌起源的文章在这一卷书中再版，他敏锐地指出在休斯的艺术成就中混合了意志力和消极状态，并将消极状态和休斯明显的无性态度联系起来。我只希望休斯诗歌的意志更强烈，强烈到就像过去的惠特曼和如今的约翰·阿什贝利和杰伊·赖特以及其他同时代人一样。休斯缺乏的也许是一种充分的意义，尼采称之为意志对时间和时间的“过去如此”（“It was”） 312
的复仇。休斯承受着他自己的悲哀，选择不向他家庭的过去复仇，因为他对他的家庭和种族的自豪感太强烈了；但使他成为一个先驱黑人文学生活英雄的原因，也许同样是使他真正的诗人成就有所削弱的原因。兰佩萨德通过拿惠特曼和休斯作比较来为休斯辩护，惠特曼也感觉到自己的人生是一首比他能写的任何文字更宏大的诗歌。但是，《过布鲁克林渡口》和《当我与生命之海一起退潮》比《疲倦的布鲁斯》和《哈莱姆河幻想曲》更能承受那种感觉。

然而，在休斯那里会发现一些独特的时刻，显示了几乎属于他自己的讽刺风格。在《茫茫大海》中，休斯回想起与哈莱姆文艺复兴运动期间的朋友，黑人作家华莱士·瑟曼的一次交流。对瑟曼的速写式描绘，接着是休斯消极而明智的自我表露，瑟曼的大致形象如一个艺术品的碎片，幽默而智慧，而文化的和个人的境况不允许休斯将其完成。尽管如此，它还是一个有力的证据：

华莱士·瑟曼苦笑了好久。他是个喜欢喝杜松子酒的怪家伙，但并不真的喜欢；他喜欢作为黑人的身份，可觉得这是个巨大的麻烦；他崇尚放荡不羁的波希米亚作风，又认为波希米亚作风是错的。他喜欢消磨大量的时间，但他总因浪费时间产生负罪感。他厌恶拥挤的人群，又讨厌独自一人。他几乎总感觉糟糟的，但他又不写诗。

有一回我告诉他，如果我能一直感觉都和他一样糟糕，我就一定会写很多很棒的书。但他说，你得知道怎么写啊，你也得知道怎么去感受糟糕。我说，我没必要知道怎么去感受糟糕，因为，忧郁常常自然而然地降临到我，就像瞎乞丐抱着一把旧吉他：

你不懂，
你不懂我的想法——
当你看见我在笑，
313 我是借笑忍哭。

康蒂·卡伦
(1903—1946)

我对康蒂·卡伦有一种特别的钟爱，如同我对于埃德温·阿林顿·罗宾逊，后者对卡伦的艺术有良好的影响，教会他如何在有济慈的风格的同时能做自己。和罗宾逊与济慈一样，卡伦是一位高度自觉的艺术家，他知道道德考量能让一首诗沉沦得无影无踪。卡伦富于表现力地在《致某些批评家》中为他以后最好的非裔美籍诗人作出了预言，来回应那些认为他只是个“抗议诗人”的人：

没有激进的选择能减少哀婉，
伤痛不是爱国志士，
而悲伤编织着她忧郁的叶片
不管乐不乐意。

讽刺的双关语“叶片”(leaf) 和“乐意”(lief) 是非常典型的康蒂·卡伦的风格，也是他的遗产的一部分。 314

巴勃罗·聂鲁达
(1904—1973)

1930年，哈特·克莱恩发表了《桥》，费德里戈·加西亚·洛尔卡完成了他的《诗人在纽约》，包括《沃尔特·惠特曼颂》。巴勃罗·聂鲁达的同名作品《沃尔特·惠特曼颂》写得较晚，那是在1956年，和洛尔卡的那首诗几乎没有共同点，这种不同肯定是聂鲁达有意而为。至少在1930年，洛尔卡还不会英语，他笔下的沃尔特·惠特曼是一幅令人惊奇的魔术幻景。聂鲁达翻译了惠特曼，从某些方面说他了解惠特曼，了解惠特曼如何影响了其他诗人，比一些诠释聂鲁达的优秀学者都要了解。并不是说聂鲁达的《沃尔特·惠特曼颂》是一首好诗，悖论在于这是他最少惠特曼风格的诗歌之一。根据我的判断，聂鲁达不仅是一位风格异常多样的诗人，获得的成就也是形形色色的，从平庸到高级的崇高感。无论读者的政见如何，聂鲁达人生的最后阶段——个人生活、政治上和他的诗歌上——具有一种高贵的悲壮，它在我们心中持续增强，因为那个洗劫了垂死的国家诗人的居所和财产，在谋杀阿连德[1]后登台的野蛮制度，还丑陋可憎地继续存在。聂鲁达率直的政治诗，甚至他《一般之歌》里的许多诗，也许有一天会被评判为一个仁慈的错误，

---

① 阿连德(1908—1973)，智利左翼政党社会党创始人之一。1973年9月11日，阿连德在总统府前中弹身亡。皮诺切特军政府官方宣布阿连德为自杀，他的支持者则认为他死于谋杀。

是人性的和仁慈的，但也是审美不足的。他晚期的政治诗我几乎读不下去，但这是几乎任何时代所有政治诗的宿命。几乎没有英文写成的公开表达政治观点的美洲诗歌幸存下来，或者仍能加入经典作品的行列。有爱默生那首精巧的《钱宁颂》，反对墨西哥战争；以及威廉・沃恩・穆迪[①]《犹豫时期的颂歌》，表达对我们在美西战争中侵夺土地的担忧。受我们在越南的溃败激发的诗歌自己也在美
学上溃败了，还有现在那许多意识形态诗歌，反映“憎恨学派”的各 315
种热情。北美、南美、中美洲及加勒比诸岛都没有出过维克多・雨果。美洲的政治诗也许来得太迟，聂鲁达难成例外，也没必要成为例外。

不像许多蹩脚诗人理解的那样，沃尔特・惠特曼并不是艾伦・金斯伯格和其他当代萨满教徒的先驱。在惠特曼最崇高之处，他是一位非常隐秘和难以理解的诗人：微妙的、暧昧的、无法逃避的、孤僻的、防御性的、羞涩的、变化无穷的。他诗歌的真正继承者是华莱士・史蒂文斯和T.S. 艾略特，他们都努力压抑了自己身上的惠特曼因素，但这位被压抑的诗歌之父的回归，加上一部分他们自己的色彩，使他们创作出了极好的诗歌。真正、深邃的诗歌影响是我毕生专注研究的一个问题，我也试着将其思考透彻，作为我们每个人能够指望想透的那一件事。在我看来这种影响依赖于有意识和故意的遗忘。就这样，它往往发生在诗人真正写出自己成熟诗歌的那种语言中。美洲不是欧洲，但美洲的英语也不是美洲的西班牙语，所以惠特曼并不是聂鲁达或博尔赫斯、巴列霍或帕斯[②]真正的前驱。惠特曼是美国最强的诗人，也是美国浪漫主义中重要的一角，

① 威廉・沃恩・穆迪 (1869—1910)，美国剧作家及诗人。

② 这四位均为拉美西班牙语国家重要作家、诗人。

但他的语言是莎士比亚的语言，是英文《圣经》的语言。西班牙语诗歌和法语诗歌一样，较晚才进入到浪漫主义，并且直到我们这个世纪之前都是较弱的。这想必是每个人的印象，但我在此是根据奥克塔维奥·帕斯的《泥潭里的孩子》和最近罗伯托·冈萨雷斯·埃切瓦里亚的批评，尤其是参考了他讨论尼古拉斯·纪廉[①]和巴洛克时期的文章而做出判断的。我们这个世纪之前的优秀西班牙语作家克韦多、贡戈拉和卡尔德隆与英文诗人——乔叟、斯宾塞、莎士比亚、弥尔顿及这伟大的四位之继承者，浪漫主义高潮诗人：英国的布莱克、华兹华斯、雪莱和济慈，美国的惠特曼和狄金森——是非常不同的一群人。聂鲁达最关键的一次朝布莱克和惠特曼的转向，显然是几乎绝望地力图寻找西班牙语传统无法给予他的东西。然而克韦多是他真正的前驱，而不是惠特曼。他比较近的前辈是文森特·乌伊多布罗[②]，后者让他有些不安。T.S.艾略特试图把但丁、波德莱尔，甚至不重要的拉佛格[③]当作前辈，但实际上始终是惠特曼和丁尼生的传人，聂鲁达受的诗歌影响和这也类似。

聂鲁达的诗歌总是过度的、表现主义的，具有明显修辞意味，
316 他注定喜欢克韦多，一位既非布莱克式也非惠特曼式的诗人。冈萨雷斯·埃切瓦里亚准确捕捉到了聂鲁达的诗学困境，这位批评家以尼古拉斯·纪廉诗歌中的非洲安的列斯主义为自己诗学研究的背景：

> 修正本的主要特征是对巴洛克风格的复归，这意味着，回到了伟大诗人——贡戈拉、克韦多与卡尔德隆的诗歌语言，回到了

① 尼古拉斯·纪廉（1902—1989），古巴民族诗人。

② 文森特·乌伊多布罗（1893—1948），智利诗人。代表作有《阿尔塔索》等。

③ 拉佛格（1860—1887），法国诗人。

巴尔塔沙·葛拉西安①创制的巴洛克美学。在浪漫主义者的构想中，将表征概念从模仿转向表现的倒置做法，已经隐含于西班牙巴洛克艺术中了。因为西班牙与西班牙美洲裔的浪漫主义者仅是他们所对应的欧洲浪漫主义者的回声，西班牙伟大的先锋诗人必须在浪漫主义之外寻找到自己的诗学基础，与其英国、德国的同伴们是不同的，这基础是在巴洛克艺术中。虽然谈及西班牙文学史时，“'27年一代”②从贡戈拉那里汲取灵感的说法已是司空见惯，但事实上，重新发现贡戈拉的修正行为是由西班牙美洲裔的现代主义者（modernistas）——何塞·马蒂③与鲁本·达里奥④开始的——其后在墨西哥诗人阿方索·雷耶斯⑤ 20世纪初的作品中得到延续。而且也没有充分说清楚，西班牙美洲裔与西班牙作者转向巴洛克诗人，是因为西语的浪漫主义者中并没有值得被重新发现或拒斥的作家：没有歌德、柯勒律治、华兹华斯、席勒、莱奥帕尔迪⑥，仅有埃斯普龙塞达⑦、贝克凯尔⑧与西班牙裔美洲籍的埃雷迪亚、埃切维利亚⑨。不论我们怎样努力在其作品中发掘他们的独创性，不可否认的是，以上所列皆是次要诗人。伟大的西语诗歌传统始于现代主义者，并进一

① 巴尔塔沙·葛拉西安（1601—1658），17世纪西班牙作家、哲学家、思想家、耶稣会教士。

② “'27年一代”：1927年，一些作家在塞维利亚集会，纪念黄金世纪夸饰主义诗人贡戈拉逝世300周年。这些作家将贡戈拉的诗作奉为他们诗歌创作上的美学准绳，被称为“27年一代”作家。

③ 何塞·马蒂（1853—1895），古巴诗人、民族英雄、思想家。

④ 鲁本·达里奥（1867—1916），原名菲力克斯·鲁本·加西亚·萨米恩托，尼加拉瓜诗人，拉丁美洲现代主义诗歌的代表。

⑤ 阿方索·雷耶斯（1889—1959），墨西哥作家、诗人、文学评论家。

⑥ 贾科莫·莱奥帕尔迪（1798—1837），意大利19世纪著名浪漫主义诗人。

⑦ 何塞·德·埃斯普龙塞达（1808—1842），西班牙浪漫主义诗人。

⑧ 古斯塔沃·阿道弗·贝克凯尔（1836—1870），西班牙浪漫主义后期的诗人、散文作家。

⑨ 埃斯特万·埃切维利亚（1805—1851），西班牙浪漫主义诗人。

步开创了20世纪的“'27年一代”，这传统是以重写巴洛克风格为基础的。

这里隐含的是一种与形式主义、英美文学现代主义的公开假设背道而驰的理解，诗人最终被认可的可能性，必须从其自身语言的诗学传统中产生。我们无法自由选择我们爱谁，诗人也无法自由选择他的诗学影响前驱。超定（多种因素决定）的发生在爱欲和文学领域也许是很相似的。我们在这两者中都要求自由，然而我们都必须与往昔和解。我们在二者的往昔中所面对的都不是什么普遍的
317 东西，而是就在家庭内部或邻近之处的经验。在聂鲁达这里，我们要找寻的最邻近之处表现在他的《回忆录》里（身后1974年出版，1977年由哈迪·圣马丁英译）。

如果我们相信聂鲁达自己的叙述，他是六岁就有志要成为诗人了，聂鲁达有一段关于他第一首诗的记忆（或一番想象），那是启蒙主义时期所谓“诗学人格”诞生神话的一种相当阴郁的变体：

> 我常被问起我的第一首诗写于何时，何时诗歌在我身上发芽。
>
> 我将努力回忆。在我遥远的童年时代，那时我还基本没学会阅读，有一回，我感到一种强烈的情感，写下了一些词语，一半是押韵的，但对我很陌生，和日常生活的语言不同。我被一种深深的焦虑战胜了，那是我之前未经验过的东西，一种痛苦和悲伤，我把它们整齐地写在一张纸上。它是一首写给我母亲的诗，也就是说，是写给一个我认识的人，天使般的继母，她那和蔼的身影照料着我的童年。我没办法评判我的第一首诗，我把它拿给我的父母。

他们在餐厅里，沉浸在安静的对话中，那种对话甚于一条河，分隔开儿童和成人的世界。在这第一次得到缪斯女神惠顾后，我还在颤抖，我把写有诗行的纸递给他们。我的父亲心不在焉地接过去，心不在焉地读完，又心不在焉地递还给我，说道："你从哪儿抄的这些句子？"之后他转向我的母亲，用更低的音量继续谈论着他重要而遥不可及的事务。

就这样，我似乎记得，我第一首诗是怎样诞生的，我还获得了第一次不负责任的文学批评。

和他之前的惠特曼一样，聂鲁达把他诗歌的起源和父亲的死联系在一起。林肯，尤其是在壮美的挽歌《当紫丁香上次在庭院中绽放》中，成了惠特曼的父亲的替身。聂鲁达知道这一点，这也是他自己对沃尔特·惠特曼的定位，有意识地让这位西半球最伟大的诗人替代了何塞·德尔·卡门·雷耶斯——这位列车员，也是聂鲁达最早、最重要的不负责任的文学批评家。这种"深深的焦虑……一种痛苦和悲伤"证实了"原始指示场景"，这首写给母亲的诗换来父亲的漠不关心，第二次自恋的创伤形成了。 318

几乎不能把聂鲁达的诗《父亲》称作一首挽歌，而它强烈有效的结尾使读者感到寒意：

Mi pobre padre duro
allí estaba, en el eje de la vida,
la viril amistad, la copa llena.
Su vida fue una r pida milicia
y entre su madrugar y sus caminos,
entre llegar para salir corriendo,

un dia con m s lluvia que otros dias
el conductor Jos del Carmen Reyes
subio al tren de la muerte y hasta ahora no ha vuelto.

我可怜而艰辛的父亲，
他是生活的轴，
男子汉的友善，杯子满满。
他的人生持续战斗，
在早起和奔命之间，
在到达和匆匆离开之间，
有一天，雨比其他日子都大，
这个列车员，何塞·德尔·卡门·雷耶斯，
爬上死亡的列车，至今没有回来。

英译：阿拉斯泰尔·雷德

聂鲁达想必明白，讽刺在于，严厉的父亲是诗人天赋可以得到的最好的礼物，惠特曼形象作为理想父亲角色的替代者想必也是一个心照不宣的讽刺。弗兰克·蒙查卡敏锐地发现："聂鲁达想必也明白，那个在惠特曼的诗歌中声称自由地无处不在的自我，却是无迹可寻。"《自我之歌》那种崇高的逃离，把惠特曼提供给了每一个普通人，实际上那正是惠特曼的腔调，虽然看起来不太像。多丽丝·萨默在讨论惠特曼作为聂鲁达、博尔赫斯和帕斯的诗歌父亲身份的论文中，诙谐地把这种现象称为"供给需求"(supplying demand)。她说道："聂鲁达对大师的崇拜可能已经将惠特曼的自恋替换成对他人之爱。但……讽刺的是，是以英雄崇拜这种产生等级的次级自恋替换了自恋。"我认为，萨默描述了诗歌影响的正常过程的一部分，而我认为，作为诗人成就不如聂鲁达的博尔赫斯和帕斯（但博尔赫斯在小说上的成就同样突出，而帕斯是作为学者作家），实际上从惠特曼那里获得了更多裨益，因为他们对惠特曼的理解远远没有聂鲁达透彻。一个理想的诗歌父亲是最好的误读对象。 319

只有当它们是故意的时候，聂鲁达对惠特曼的误读（我想我能称其为布鲁姆式的理解）才有创造力。萨默又一次精确地描绘出：

> 讽刺的是，巴勃罗 · 聂鲁达这样的继承者似乎对这个问题毫不关心。他会通过使一些更早的模式苏醒来击败他的老师，那些模式甚至从未让读者看到过一丝平等的希望，惠特曼在他诗歌的序言中也已经与它们作别。聂鲁达把非凡的《一般之歌》(1950)写在为诗人的对话者准备的封闭空间里，使美国新的破碎的“史诗”模式回到显得连贯无瑕的浪漫主义叙事的熟悉传统中。它校正了惠特曼的生硬。它驯化了较早的、更具革命性的美学，最终惠特曼留下的是父亲的角色，一种惠特曼声称永远不想成为的角色。因此，聂鲁达重新确认了代表性浪漫文学的政治效用高于一种关于“纯粹可能性”的诗歌，重建了诗人高于人群的等级制度——而惠特曼曾经将其摧毁(尽管只是暂时)。

我仅仅不同意“惠特曼的生硬”这种说法，因为那只是惠特曼对读者用的障眼法；没有诗能比它更精美而完善，而又假装粗糙和生硬，《一般之歌》比惠特曼所假装的都生硬得多。对比《自我之歌》以及《一般之歌》中最好的一首《马丘比丘之巅》的结尾：

> contadme todo, cadena a cadena,

eslab n a eslab n, y paso a Paso,
afilad los cuchillos que guardasteis,
ponedlos en mi pecho y en mi mano,
como un río de rayos amarillos,
como un río de tigres enterrados,
y dejadme llorar, horas, días, a os,
edades ciegas, siglos estelares.

Dadme el silencio, el agua, la esperanza.

Dadme la lucha, el hierro, los volcanes.

Apegadme los cuerpos como imanes.

Acudid a mis venas y a mi boca.

Hablad por mis palabras y mi sangre.

告诉我一切,一串串,
一环环,一步步,
磨快你带在身边的刀,
刺入我的胸膛和手心,
好比一条黄光闪闪的河流,
好比一条埋葬美洲虎的河流,
让我哭泣吧,时时,天天,年年,
盲目的年代,星光闪耀的世纪。

给我安静、水和希望。

给我斗争、铁和火山。

让你们的身体像磁铁吸在我身上。

快来我的血管和嘴里。

以我的词语和血液来说话。

英译：约翰·费尔斯蒂纳[①]

和惠特曼一样，聂鲁达也对众人说话，“断定谷”[②] 中的众人。他的表现主义修辞无疑是极致巴洛克式的：闪闪的河流、埋葬的美洲虎、“斗争、铁和火山”还有死去的工人磁化了聂鲁达的语言和他内心的那些动力。这非常令人感动，但当与我们的父亲沃尔特·惠特曼静默的威严并列来看时，也许是有些吃力的：

我像空气一样离开……向将逝的太阳摇动我的白发，
我把血肉抛进涡流中，在花边一样的裂缝中漂流。
我把自己赠给土地，为了从我喜爱的青草中生长出来，
如你要再见到我，请在你的靴底寻找。

你不知我是谁或我意为何，

① 这里布鲁姆同时列举了西班牙语原文和英译，中文转引自《西方正典：伟大作家和不朽作品》，江宁康译，译林出版社2011年版，第400页。

② 断定谷，出自《圣经·约珥书》，是神审判绵羊和山羊的地方。

但我对你却是健康有益，
过滤并充实你的血液。

321 你若一时找不着我，请仍然保持勇气，
一处不见就到另一处寻觅；
我总会在某个地方等着你。①

沃尔特跑到我们前边去了，但他在某处耐心地等候。读者焦虑地要追上他，但沃尔特超越了焦虑，因为他早早来到而读者却迟到了：“在我离开之前，你能否开口？你是否发现你已太晚？”在《马丘比丘之巅》的结尾，我们怀疑诗人或许受到迟来感的压迫，即使他强烈渴望死去的工人通过他说话。但聂鲁达毕生沉思惠特曼，在他当之无愧的名篇《人民》那极具惠特曼风格的结尾中漂亮地学会了功课：

Por eso nadie se moleste cuando
parece que estoy solo y no estoy solo,
no estoy con nadie y hablo para todos:
Alguien me est escuchando y no to saben,
pero aquellos que canto y que to saben
siguen naciendo y llenar n el mundo.

所以别让任何人受惊扰，
当我似乎孤独却又并非一人独处时；

① 江宁康译，文字有改动。

我不是没有伴，我为大家说话。
某个人听见我诉说却不知不觉，
但我所咏唱的人们，那些知觉者
将不断出生并遍布天下。

英译：阿拉斯泰尔 · 雷德[①]

最直接的样板显然是《自我之歌》结尾那两组奇怪的三行押韵诗节。我本来不会相信有谁能如这里的聂鲁达一样，以一种大胆而慷慨的诗人的行动如此接近惠特曼的光彩。惠特曼宏大的收尾被聂鲁达的自我告别演说极好地解释了。聂鲁达和惠特曼一道，似乎孤独却并非独处；他们相互为伴，彼此都为大家说话。我们中间或内部的一些人听见了聂鲁达和惠特曼却不知不觉，也不知道他们是谁，无论怎样他们都对我们健康有益。至少在这儿，聂鲁达也停在某处等候着我们。 322

① 江宁康译，文字略有改动。

罗伯特·佩恩·沃伦
(1905—1989)

一

罗伯特·佩恩·沃伦于1905年4月24日出生于肯塔基州的格思里，八十高龄的他是我们时代最杰出的文人，这个不言而喻的事实，又因他致力于成为一位伟大诗人的卓绝不懈努力而充满生机。读者会想到几位屈指可数的在晚期或最后阶段获得成功的诗人：布朗宁、哈代、叶芝、史蒂文斯和沃伦。的确，第五本沃伦《诗选》新作品中的最后一首诗《山中日出的神话》，会令某些读者想起布朗宁《阿索兰多》中的绝妙《序言》。该诗写于布朗宁七十七岁时。回想五十年前他第一次看见阿索罗（一个靠近威尼斯的小村庄）之时，布朗宁燃尽迷惘失落之感，最终达到超越境界：

> 我的阿索罗，多少年过去，
> 自从——一步从海洋到陆地——
> 我寻到你，爱慕你又如此畏惧——
> 因为自然物似乎永远伫立
> 身披火焰！不——

“上帝即超越，”布朗宁在句末断言。沃伦比布朗宁年长，坚毅地保持着诗人的内在性，那种驻足内心而弥漫的（虽然不一定是有维持力的）东西，能从那山中日出的景象中感知到：

> 凝固的痛苦从埋葬的黑暗中竭力向白日靠去，在石头中
> 　　　　　　　　　　　　　　　抗争着，虽然
> 这里没有，也未曾有过光明造访，但是
> 在无尽的时间中一簇原初的火焰。看呐！所有的山峦 323
> 都想缓缓地隆向天际。叶片被光亮激活，像切黄油似的
> 切开空气。叶片呐喊："我感到我最深处的神经在黑
> 暗中欢欣。我知晓玄武岩的密度有它的声音。"

这是属于布朗宁和沃伦的两簇原初的火焰，但是在《山中日出的神话》的结尾，我们看到的不是"上帝即超越"，而是"日光在山峰闪耀，正如古老传说中描述的一般"。这本《诗选》新篇章的题词，源于沃伦最喜爱的神学家圣奥古斯丁："若你被赋予指引的生命，你是否愿意迎难而上，活出自我？"我们可能还记得另一段题词，沃伦引自《忏悔录》，用于诗集《在这儿》(1980)："我渴求知晓时间的力量与本性。"沃伦现在已经习得了那些知识，他最近的诗作显示他正在迎难而上以活在当下，在时间蓄力的真正在场中。我想，在这里没有单首新诗能够与沃伦那些充满幻想和沉思的非凡诗篇相提并论，包括《红尾鹰与青春火葬柴堆》、《秋日之心》、《傍晚的鹰》、《爱的诞生》、《叶子》、《永久占有》以及《致一个一岁的小女孩，于被毁的要塞中》等等。但是，这八十五页新诗（沃伦恰当地称它们为《高度与广度》）的集合力量是令人瞩目的，也确实拓展了我们最后一位崇高派诗人继续生活、活动和存在的高度。

二

沃伦的第一本作品是《约翰·布朗：烈士的产生》(1929)。我刚刚读完第一遍，不出我所料，它令我心情非常糟糕。这部作品虽然标榜为历史作品，却是艾伦·泰特式意识形态的南方小说，将布朗描绘成一个杀气腾腾的虚无主义者，很适合作为爱默生的英雄。事实上，在饱经文中内容折磨后，我很难辨别当年年轻的沃伦对布朗和爱默生中究竟谁的厌恶更多一些。显然，对于沃伦而言，布朗和他的思想支持者代表了一种空虚在无情而又充满激情地力图证明自己是圆满。但如果将《约翰·布朗》视作沃伦的第一部虚构作品，那么其中确实预示了他第一本出版的长篇小说《黑夜骑手》(1939) 的诞生。我刚刚重读了一遍，感到十分愉悦。

《黑夜骑手》是一部令人兴奋又残酷的叙事作品，全面表现了沃伦作为一位小说家的主要优点：一个好故事，其中满怀毁灭性渴望的男人女人们，小说中他们的道德品质极具戏剧性地展开。
324 穆恩先生作为《黑夜骑手》的焦点，如真正的沃伦式男主角后来一贯的那样绝妙冷漠：譬如《在天堂门口》(1943) 里的杰瑞·卡尔霍恩与斯利姆·萨瑞特，《国王的人马》(1946) 中的杰克·伯登与威利·斯塔克，《足够的空间与时间》(1950) 中的耶利米·博蒙特与卡西乌斯·福特。当沃伦笔下的关键人物逐步转向亲切友好的路线——例如《一群天使》中可怜的阿曼达·斯塔——作品往往趣味大减。这颇为不幸的状况在沃伦出版最后一部小说（目前为止）《归宿》时达到高潮，他自己将其与《国王的人马》和《足够的空间与时间》并列。我由衷地希望我能同意他的看法，然而，重读《归宿》之后，我能够确定一个我早先对沃伦持有的观点：沃伦太过青睐他的男主人公杰德 · 图克斯伯里了。由于没有一些真正道德上的反感刺激他的神经，沃伦逐渐失去他的叙事动力。个人而言，我希望图克斯伯里带着一点我们也许能称为约翰 · 布朗原型的影子。

沃伦在小说领域真正的前驱不是福克纳而是康拉德，他对沃伦同时代诸多重要的美国小说家都有主导性影响。1951年，在一篇关于康拉德《诺斯特罗莫》的批评随笔（他最优秀的随笔之一）中，沃伦不经意地透露出自己作为小说家最好的作品已经写完的原因：

> 关于康拉德的任何慎重思考都必须面对另一个差异，或者说表面的差异，即他的怀疑主义声明与宗教信仰声明之间的差异……
>
> 冷漠的不在乎，一种“彻底漠不关心的态度”①，正如他在给高尔斯华绥的信中提及的，“是创造力的一部分”。但是也正是这个康拉德，谈论着忠诚与人际交流，令库尔茨在最后的恐惧中呼喊出声，令黑斯特看清生命的意义。正是这个康拉德，让拥有“黑暗之心”的马洛说出“唯有理念”能够救赎……
>
> 不仅仅是某些，而是所有人类都必须为“理念”服务。最为低贱卑劣的生物为了得以存在，必须以某种方式将自己的存在理想化，必须寻找到自身之外的许可……

沃伦将此称为对康拉德双重性情的阅读：怀疑主义与孤注一掷的理想主义相互纠缠。他的评论带有鲜明的T.S.艾略特精神：

---

① 康拉德曾提倡作者应该保持一种彻底漠不关心的态度，认为他的朋友由于角色所影响，与是非观念距离太近了。参见约瑟夫 · 康拉德《第三世界的视角》，Robert D.Hamner编。

我们有时必须强迫自己记起，创造的行为并非单纯是性情的投
325 射，而是对性情的批评与清除。

如果我们将“性情”一词替换为“个性”，这新批评派的过时观点就立刻完全变成艾略特的风格。作为对于康拉德最好的长篇小说，尤其是《诺斯特罗莫》之戏剧性的分析，这是出色的。但是沃伦不是康拉德，同他在诗歌与批评领域的前驱者艾略特一样，他的创作是经由投射性情，而非消除它们。在艾略特那里没有“冷漠的不在乎”，没有“彻底漠不关心的态度”，没有逃脱个性的影响，而沃伦的小说与诗歌则甚至更加赤裸裸地持续揭示着他的激情，他的成见与定论。康拉德庄严而神秘，超脱于意识形态之外；沃伦则如艾略特一般，是意识形态的宣导者，且他的性情要比艾略特激烈许多。

沃伦对康拉德准确褒奖的那种特色并没有体现在他自己的小说中，除了一本例外，即《国王的人马》。在该书中，沃伦巧妙地在怀疑主义与信仰之间达到一种平衡，刚好避开了他的道德主义。《足够的空间与时间》是一部极为华丽的作品，是沃伦作为小说家的最后一役，却最终被作者对自己造物的异常狂怒破坏。作为一个决不自我原谅的人，沃伦放弃了康拉德式的怀疑主义，进而不去原谅他笔下的男女主人公们。当我重读《足够的空间与时间》时，作者强加于耶利米、博蒙特和蕾切尔·乔丹身上的东西令我不住蹙眉。仿佛诺斯替教对于耶和华的戏仿，沃伦通过拒绝给予他们体面或浪漫的死亡来惩罚属于他的亚当与夏娃。他们共同服下的自杀药物成了催吐剂，随之而来的各种屈辱压在了他们身上。沃伦作为一位一流的讽刺作家，却还是爱着这个世界，以至于绝不原谅它，这种态度在诗人身上比在小说家身上更为实用。

三

沃伦的诗歌创作始于现代派复兴的玄学思想，是艾略特的《荒原》与沃伦在范德堡大学的老师，约翰·克劳·兰塞姆相对温和的讽刺笔调之融合。这个诗歌创作阶段一直持续到1943年，此后发展陷入僵局，整整十年停滞不前。《在天堂门口》、《国王的人马》以及《足够的空间与时间》都产生于那个诗歌沉寂的年代。也许我们可以说这一系列重要的小说作品篡夺了沃伦的更大天赋，但显然，当时他正饱受第一次婚姻最后一段时日的折磨。1950年，他与妻子离婚。1954年的夏末，沃伦全面恢复诗歌创作，那是在与作家埃莉诺·克拉克结合两年后，也是两人的女儿，即后来卓有成就的诗人罗莎娜·沃伦出生一年后，这不可能是巧合。

长诗《龙的兄弟》(作于1953，修改于1979) 是沃伦正式回归韵 326
诗领域的号角，且无疑是一部极富戏剧性力量的作品。我承认自1953年以来，我对它的欣赏仅仅是不情愿的和存疑的，因为这首诗中意识形态暴力甚至超越了沃伦其他所有作品。修改之后虽然提升了不少，但它仍然令人不安，尤其是像我一样的读者，渴望效仿爱默生自我宽恕(即使不是全部，至少是尽可能多地)。沃伦不同于爱默生，尼采或叶芝，他不希望我们扔掉那些懊悔。像他当时的大师艾略特一样，虽然相对世俗化一些，但沃伦在提醒世人“我们**就是**原罪”上绝不留情。《龙的兄弟》并未因为其中明显的偏见而减弱，但如果你并不认同诗中描述的道德信念，这首诗并不一定有说服力。

沃伦篇幅稍短的诗歌——他的抒情诗与冥想诗——在随后三卷展现出令人印象深刻的进步：《诺言》(1957)，《你们，帝王，及其他》(1960) 与《诗选》(1966)，其中的新作后来被集结为《时间的故事》。回忆起购买这三卷书的时候，我是如何怀着嫉妒的尊敬阅读它们，并断言沃伦正在转变为一名诗人，正如梅尔维尔（1970年沃伦编辑了赫尔曼·梅尔维尔的诗选）或早期哈代一样。沃伦1934年至1966年的诗歌在形式上可谓笨拙而颇有趣味，而体裁与雄辩上又极具个人色彩，并未从根本上脱离艾略特的极端现代主义。我会略带轻视地认为，这是一本关乎信仰的诗集，并不非常重要，如果读者热衷于哈特·克莱恩和华莱士·史蒂文斯，抑或是毕晓普的《旅行问题》(1965) 和约翰·阿什贝利的《河流与山川》(1967) 的话。我并未预见沃伦年过六十以《化身》(1968) 与《奥杜邦：一个幻象》(1969) 实现的惊人突破。比起我，其他的批评家在沃伦诗歌的发展中看到更多的连续性。但1968年，我成了一个迟来的皈依者，在阅读《化身》时喜不自禁，至少可以提供一份来自一位非常不情愿的信徒的证词，见证一种诗歌的伟大。而今，自从《化身》系列诗作发表于1966年以来，这种伟大已经变得无可争辩，并且已由沃伦维持了近二十年。

四

《化身》以一组十五首紧密联系的诗歌开场，它们合称“夏日岛屿”，是整卷的闪光点。可惜的是，沃伦仅选取了其中的五首放进他的新《诗选》中，但它们是一个强大组合中的最优秀者。我在这里
327 将只讨论那五首，因为沃伦通过它们微妙地构建了一个新系列，或浓缩版“夏日岛屿”。与初版一样，这个系列是诗性化身的一场戏剧，是沃伦诗歌生涯的死亡与重生。在开场的沉思中他写道：“在缓慢的无花果之紫色树懒所在之地”，沃伦将无花果与堕落的人类意识以及对死亡的认知结合在了一起：

　　　当你
掰开无花果，你会看见
从粗糙的紫色种子中抬起的，
火焰一般的果肉，比血液
更纯洁。
　　　它使
渐暗的房间充满光明。

这种费解、有实质且充满谜团的形式现在是彻头彻尾的沃伦风格，已经几乎找不出与他早期艾略特式诗歌的相似之处。《花园中的谜语》甚至更诡谲地将水果如桃李，与人类自裁和痛苦的消极欲望，以及对内在性的恐惧相联系。《红鲣》是一场暴力对抗，让游泳的诗人与巨大的鱼并列，对视，置于“视野是盔甲，他看见而不/原谅”的场景中。在随后《黎明的桅杆》的想象中，“桅杆逐渐变白，光亮，如露珠，从黑暗中/凝结于它们之上”这种视觉效果对别的一些诗人也许会带来顿悟，而这里却成了颇为绝望的自我劝诫，并不像听上去那么讽刺：“我们必须试着/去爱这个世界，爱到我们可能，最终，信任上帝。”这逆转的奥古斯丁主义是一曲前奏，此后，沃伦的诗歌之力将在他最具野心的作品《叶子》中以燎原之势爆发。

十五岁的一天，沃伦正躺在树篱一侧休息，他的弟弟没有看见，游戏中扔出一块尖石头砸中了他，导致他的一只眼睛失明。直到从范德堡大学毕业，沃伦才得以用玻璃义眼换掉残眼。在那之前，年轻的诗人一直恐惧地担心着另一只眼也发生交感性失明，这种往昔的忧惧或许与沃伦最为著名和普遍的救赎隐喻有一些复杂的关联，它将诗性的幻想与一只鹰的视野以及它在夕阳中的飞行联系起来。超过半个世纪的时间里，这个比喻在沃伦的诗歌中越来越多地出

现，甚至还进入了他的小说。于是，在《归宿》中，杰德·图克斯伯
328 里在被捕后失去意识之前经受了同样的幻境：

> 我记得感觉一切看上去都如此美丽，如此有救赎感。仿佛我爱着他。我感到他的动作如此优雅，犹如以法莲，好似在夕阳中飞翔的鹰。在那一刻，我感到这个世界是正当的。

《叶子》将重心聚焦在鹰隼具有救赎意义的飞翔上，与早期沃伦的区别在于救赎的性质不同。开篇重新唤起的想象以无花果作为人类必死命运和罪孽的象征，随后是“燃烧的红鲣”作为深渊中的邂逅，诗歌继而进入充满萨满式强力的一节：

> 靠近鹰的栖息之地，周围
> 岩石林立，于高耸的悬崖之上，我看见
> 一年年的骨头凌乱堆叠，野兔、田鼠、鸟，苍白
>
> 如白垩，曝于阳光与四季，
> 纤弱如干枯的草梗。在那
>
> 岩石高地上我曾卧躺，阳光
> 跃动，干枯的骨头小小的风化，
> 我的背，赤裸着，都知道。我看见
>
> 鹰在高空颤抖，他颤抖着
> 在狂风中维持着姿势，连接
> 苍穹，他颤抖着，这世界是个隐喻，他的眼睛

看见，白色，野兔短尾一闪而过，田鼠的动作。

与距离无关，亦无解决之道，我
只能：张开我的嘴，饮下世间如酒的风，我想
品尝被世间的风风干的

我舌上鲜活的唾液，我的舌头
犹如嘴中的一片枯叶。

通过“靠近鹰的栖息之地”的自我献祭，诗性重新在沃伦心中转生。在沃伦的早期诗歌中，并没有出现过这样戏剧性的强烈情感，以及对必然性的强调。许多早期的内疚与伤痛含蓄优美地在此地集结：对眼盲的恐惧、十年诗歌沉寂期、以失败告终的第一次婚姻，以及最为神秘的，对于诗歌起源的个人罪恶感。这个未解之谜
在随后的段落中愈显清晰： 329

这世界硕果累累，在热浪中
李子，漆黑还附在枝上，破裂，金黄色的汁水渗出，
对蜜蜂，是喜悦，金黄色的汁水奋力
涌出，它想要再一次成为
空气中的金黄——幸运地——天真无邪。葡萄
在枝头逐渐委顿，这世界

硕果累累，我也是，
因为，我是我父亲
的父亲的父亲的父亲。我，

使得我父亲，牙齿酸倒。但
是用哪一颗葡萄？我曾在夜里哭喊。

来自一个遥远的花园，来自另一棵树的庇荫，
我父亲的声音，在蝉鸣停止的一瞬，
呼唤过我。

沃伦的父亲逝世于1955年，享年八十六岁。罗伯特·弗兰克林·沃伦，他生前想要成为一个诗人的愿望高于一切，却最终成了一位银行家。他这么做，不仅是为养育他的孩子，还为了照顾他自己的父亲再婚后撒手人寰留下的那些小孩。对于这样的遭遇，沃伦曾经这么说过："这就像是我偷走了我父亲的人生。"他沮丧地补充道："如果他能够拥有和我一样的机会，凭他的才智和精力，会比我成功得多。"

这也许就是在"我/使得我父亲，牙齿酸倒"中包含的一部分伤痛。经验上而言，这个部分应该占更多比重，但在想象上而言它可能会让位于某种更严格的诗歌传承，即艾略特的影响，此处沃伦几乎是不自觉地否认并克服了这种影响。在这里，《荒原》中的"非蝉"在这里变成了沃伦声音中艾略特的存在停止的时刻，取而代之的是罗伯特·弗兰克林·沃伦曾经不得不放弃的诗意的声音。父亲声音的回归是沃伦新风格的福音，那是沃伦以他父亲的名义给出的礼物。通过反转《耶利米书》(31：29—30)中的比喻，"儿子的牙齿也酸倒了"，沃伦自嘲地庆祝了他新风格中的严酷性：

这声音祝福着我，因我给出的
唯一礼物：牙齿酸倒。

在蝉鸣短暂的寂静中， 330
我能听见骇人的速度，
在星辰之外的宇宙，
光的速度。那声音

如风一般。

从这首诗开始，不论是在《奥杜邦：一个幻象》还是在之后的半打短诗集（或是诗选的新诗部分），沃伦已很少畏缩。这些作品集的成就必然是参差的，但其中仍有数十首诗篇显现了永恒的圣痕。

五

我唯想要看看其中一首诗，因为它再一次向我和其他人提出了一个关于诗歌与信仰的古老问题。《我能从站的地方看到大角星吗？》一集中的这首《爱上帝的一种方式》。我仅引用最终幻象，它并不比前面那些更加阴森可怕：

但我忘记提起一片高原
风化的石头在黑暗中兀自白亮，高耸，但当
没有风时，雾气聚集，一次在午夜的萨尔河，
我看见绵羊挤作一团。它们的眼睛

望向虚无。在那雾气弥漫的光晕中它们的眼睛
愚蠢又浑圆好似泥水中胖鱼的眼睛，

或是一个对自身使命失去信仰的学者。

它们的下巴没有动作。撕碎的
干草，在灰色的雾光中灰败，悬在
下巴的一边，一动不动。

你会觉得没有任何事情会再发生。

这也许是爱上帝的一种方式。

当沃伦谈到热爱上帝，他想表达的似乎总是热爱真理，包括它
331 所有可怕之处。这是他所有作品中历史悠久的辩题，不论是诗歌还
是散文里；且不是回避真理的实质问题，而是对真理作出必然是个
人的断言。尽管沃伦那些更为虔诚的诠释者付出了诸多努力，他却
并非一个信徒，而是一个怀疑论者，不过是受到《圣经》熏陶的怀疑
论者。他热爱上帝的方式是对自我与上帝都绝不原谅。这种态度
在美学上的后果体现在他1966年之后的诗歌作品中，在我看来完
全值得钦佩。而其中蕴含对宗教的阴森认识，至今仍是广大读者难
以攻克的堡垒，我亦身处其列。这本新的《诗选》中并没有收入声名
狼藉的那个系列：《向爱默生致敬，于前往纽约的深夜航班上》，刊载
于《诗选：1923—1975》“时间的故事”部分的。我一点也不可惜这
删除的举动，然而它在澄清沃伦对爱默生长达一生的反感这一史实
上仍具有认知价值。在这里我摘录了第一部分，“他的微笑”：

在皮奥里亚上空我们失去了太阳：
大地，雪后像是抹了痰液，向西

滑去。那些土地在最后微光中闪亮。爱默生——

他的散文,躺在我的腿上。一指
之光,在紧迫的暮色中,射下,
恍若上帝,指戳纸面,纸面便发光。
没有原罪,甚至没有错误。夜晚,

在我右肩旁的玻璃上,咝咝
犹如喷砂器里的沙子,但
这咝咝是一种声音,只有狗的
耳朵,或是人类的心才能捕捉。我的心

抽象得像一个空空的
可口可乐罐。它快速地吹着口哨。
它在斗转星移造成的
氨气爆炸中哭喊,因为
在三万八千英尺的高空爱默生

是绝对正确。他的微笑
如此甜蜜,当他漫步于绿林中。
他步履轻缓,脚趾外露,身体
摇曳于点点林荫之间,
他的微笑不曾令一朵紫罗兰枯萎。他

甚至不知道紫罗兰的名字,不曾被
介绍,但他鞠躬,微笑,

332 因为他已原谅上帝的一切，甚至那紫罗兰。
而我却是右手食指上长疣的男孩。

由于整首诗都强有力地抨击了爱默生据说缺失的现实感，最后一句也许有点多余。批评爱默生有一颗太抽象的心并非沃伦的原创，但我确实被他这句诗“在三万八千英尺的高空，爱默生/是绝对正确”所刺中，这一反超验主义非常有效。在地面上，我也相信爱默生是绝对正确的。“他的微笑”是一篇好的论争作品，也应该为这一点而被看重。读这首诗时，关于诗歌与信仰的恼人问题在重读《爱上帝的一种方式》之类诗歌时感觉更甚，后者对我而言是一个极端的噩梦，对沃伦来说却是真理。对于原罪、罪孽与错误的一种世俗化信念是沃伦所有作品中一个萦绕不去的主题，这建构了他不止是修辞上的态度。然而，这反而增加了他的“他异性”，一种诗性力量的强烈疏离感，与我同时代最优秀的一批诗人们截然不同，如阿什贝利、梅里尔、阿蒙斯等等，以及他们的前驱者史蒂文斯。

意识形态暴力从未离弃过沃伦，但他充满热情地将它戏剧化，将它发展出一种风格，现在完全打上了他自己的烙印。正如我在其他地方暗示的那样，他将成为伟大传统尽头夕阳中的那一只鹰。我怀疑是否还有另一个诗人能够亲证如此的英雄气概。从真理的角度，他多次为自己完全赢得了自我认同。收入《诗选》中的第二首新诗，十四行诗《生死的局限》再一次赞美了鹰这一伟大意象：

我看见那鹰乘着气流飞翔在怀俄明州的夕阳中。
从针叶林的暗夜中升起，划过无情粗犷
灰色的缺口，飞越洁白，抵达闪耀着如梦

鬼魅光亮的黄昏，悬于雪峰最后的圣洁之上。

那儿——西边——是提顿区。雪峰快要
被笼入暮色，刺穿星宿。此刻在何高度之上
悬着那黑色一点？在何广度之外，金色瞳仁看到
新的山脉升起印出最后的一抹光亮？

或是，品尝了大气稀薄后，它是否便
悬于空中，一动不动，陷入了将死的梦幻
在它知道它将接受生死的局限之前。
画着巨大的圆圈向下盘旋，将呼吸归还 333

大地？或是岩石？腐物？或如此诸般，
以及任何我们紧握的梦中的黑暗？

只要他继续坚持，将会有人有能力提出那个宏大而无法回答的问题：“在何广度之外，金色瞳仁看到/新的山脉升起印出最后的一抹光亮？” 334

W.H. 奥登
(1907—1973)

抨击劣质书不仅浪费时间,而且对性格不好。

奥登

当一个作家还在世的时候,我们用他最差的作品评价他的能力,而当他去世后我们就用他最好的作品。

约翰逊

《二级世界》是一本糟糕的书,是奥登最差的作品。里面四篇文章是纪念T.S.艾略特的讲稿,依次涉及查尔斯·威廉斯的虔诚诗剧《托马斯·克兰麦》、冰岛的英雄传说、三部由奥登和切斯特·卡尔曼创作的歌剧剧本,以及天主教信仰与诗歌写作的关系。标题"二级世界"指涉相对于"我们日常生活社会经验的初级世界"的艺术作品,把这四篇演讲出版成书的根本原因,一定是它们与奥登长期对浪漫主义诗歌观点的公开抨击之间存在相关性。柯勒律治的选择不当的术语——初级和二级想象——在这里被奥登风趣的话语颠覆了。因为不像在柯勒律治那里,二级在奥登这儿意味着"较差"。

奥登所有的作品中,《二级世界》更多直接来自现代国教高教派中的新基督徒们的文字:艾略特、威廉斯、C.S.刘易斯和托尔金。

我只是没有找到多萝西·塞耶斯。奥登引用莱斯利·德瓦特《信仰的未来》中的话作为平衡，这本书读者本来可能都没听说过：

> 基督教的上帝不是既超越物质世界又无所不在的。祂是一个不同于存在物的实在，对存在物而临在，祂的临在使存在物在场。 335

“为了相信这个”，奥登谦逊地说，“就要去质问诗的艺术和所有艺术。”在《染匠之手》这一令人赞叹的作品中，奥登认为：“想象是一个自然人的能力，因此保留了人所相信之物的特征。”在他的新书中，人道的作家和天才的喜剧诗人的想象似乎在变得固化，这将是个损失。

约翰逊定义性地论述了虔敬诗歌的困难，他说永恒的善与恶对智慧的双翼而言太沉重。思想沉入它们之下，必须满足于冷静的信仰和卑微的崇拜，这些都是值得尊敬但也许不利于写诗的态度。奥登的诸多美德之一在于，不像艾略特和其他文学界的基督徒，他赦免了我们，大体上避免了写虔敬诗歌。《暂时》，对许多教会委员式批评家而言的一篇珍贵杰作，是个长长的、不如意的例外，但即便如此也很不像艾略特，并没有把诗人那训练有素的谦卑提供作为我们的审美经验。

当然，反对基督教诗歌存在的可能性或者反对诗歌可能是基督教性质的，这是一回事，而反对诗歌自身，包括所有诗，则是另一回事。在奥登的批评中，尤其在《二级世界》中，这两方面不总分离。当这种情况发生时，我感觉对我的性格不好。在更高一层阅读奥登的经验，会觉得自己在读基尔默的《咏树》。“我辈愚人只会作诗”，是的，还有但丁、弥尔顿、布莱克和休谟，但只有上帝创造了初级世界。或，如奥登所言：

> 艺术家有可能变得既更谦虚，又更自信，他们会建立关于自己使命的幽默感和对罗马天神中最值得敬佩的忒耳弥努斯的尊重。从而没有诗人会创造那种令读者读过便不再读其他作品的诗。所谓成为一名“天才”将变得像在中世纪一样陌生了。

有可能其他艺术家会变得越来越像奥登，更可能的是，其他批评家变得越来越像他，因为他就像阿诺德和艾略特一样，是诗人中的批评家，对别的批评家很有吸引力，虽然他自己对“教授诗人”的光环并不是那么感兴趣。写奥登的书总是容易出彩，而写某些别的
336 诗人的书，比如华莱士·史蒂文斯，总是不怎么样。并不是说史蒂文斯的欣赏者不如奥登的爱好者那么爱他，而是因为更为真正难懂的诗人，不会像奥登那样容易被归纳为理念与意象的结构。

如今，奥登的诗歌在学院批评中仍然热度不减。假如有人对奥登的诗歌的判断不服从主流，那么他需要承担一个文学异议者的悲哀重担了。奥登不仅被视为一位伟大的诗人，也被看作是一位基督教人文主义圣哲，这并不是出自那些道德说教的新基督徒学者的密议，而是因为时代需要这样一个形象。艾略特已经不在，奥登占据了他的位置，虽然两人不尽相同。差别是清新的，奥登更机智，温和，远不那么教条武断，不感觉必须通过反犹主义来证明他正统的基督教人文主义。他比艾略特更智慧，更幽默，大量的抒情诗作品表明，他的天赋远不是那么稀少。我认为他被列为艾略特的使徒般的继承人是一种不幸，不过《二级世界》似乎暗示他也不是不欢迎这一继承人角色。

奥登一直沉溺于这样的疑问，在基督教的语境里，艺术的价值

究竟为何？《染匠之手》虽然作为文学批评是宽宏的，其中大部分作品还是被这样的疑问蒙上了一层阴影。相似的疑问摧残了许多位作家，特别是托尔斯泰和霍普金斯。在奥登的不安使他免于成为一位宗教诗人的情况下，他从中获益，不过不幸的是这种作用变得过大，把他的作品琐碎化了。作为一位歌词作者他保持了卓越，在他这个世纪的英语写作者中无疑是最好的，不过作为一位沉思的诗人，他一直受困于自己主题的持续消逝。作为讽刺作家，他也许得到了助益，但他主要的诗作既不是歌曲也不是讽刺作品，而是对好的生活的沉思，他对于基督教与艺术之间的关联的理念，让这种沉思变得困难。奥登是现代诗学影响之症候的主要患者之一，一种忧郁或者焦虑的原则，被我们的研究回避。诗学影响，在这个意义上，与理念与意象从早期诗人到后期诗人的传递没有太大关联。它涉及的是一位诗人如何感受他的前驱们，如何感受自己的成就和他们的关系。他们留给他足够的空间了吗？他们的优越性是否让他付出了艺术上的代价？更重要的是，他们在哪里犯下了错误，所以给了他纠正的机会。在这种修正的意义上，即通过对他们必要的误读，诗人创造了他自己的前驱，诗学影响构造出，或者扭曲地构造出新的诗人，帮助他们完成自己的艺术，代价是让他们本已尖锐的疏离感更进一步了。奥登，就像拜伦一样，在他的诗作中显示出持续
的诚挚个性；也和拜伦一样，这种诚挚是修正地偏离了他前驱之诚 337
挚的后果。在拜伦的个案里，其诗学影响的伟大前驱是蒲柏，有着高度辩证式的诚挚；对奥登来说则是哈代，这位诗歌儿子的诚挚比其父显得更辩证得多。

奥登，在他非常好的作品《新年书信》中（1940年1月1日，在他诗歌才能的高峰期），写下了一首重要的关于诗学影响的诗歌。像是在永恒的法庭上要作出简明的判决，他的前驱们被召

唤至此：

虽然

周到、温和、低缓
是这些质询者的声音，
虽然他们委托了我们，
既代表控诉人又是辩护者，
并接受我们的证据规则
只把我们自己的判决承认
然而，当他独自面对他们，
谁能够拿出可信的证据来
证明他配得上他们的爱？

他列出了以下父辈和评判者：但丁、布莱克、兰波、德莱顿、卡图卢斯、丁尼生、波德莱尔、哈代和里尔克，把这有些杂乱的九个人物联系起来是因为他们共有的孤立感（德莱顿除外，选他是因为他对中级风格的掌握），他们正适合成为“一个不大擅长社交的英国男孩”的陪伴。在所有这些人中，奥登最典型的诗歌最接近哈代，不仅仅是在开头，而且就像哈代一样，奥登始终以对人类之不调和，那些有价值然而彼此不能合宜之物的沉思最为令人信服。奥登最好的那些诗歌，比如备受嘉许的《石灰岩颂》，就是对不调和之物的思索，从哈代类型的诗歌，转向一种针对毁灭性的环境和被摧毁的爱的更具双重性质的感觉，不过仍然延续了哈代的家族特征。但是，哈代那顽强的不信仰，除了导致他偶尔急剧尝试一个太明显的反讽之外，没有更糟糕的冗余；而奥登那局促不安的信仰和随之而来的对诗歌的怀疑，甚至在《石灰岩颂》中，也有令人不适和错位的机巧造成的冗余：

但是如果，
罪恶可得恕，躯体可从死者中站起，
这些事物蜕变为
无辜的健儿与柔姿的喷泉，
仅为欢愉而作，进一步指出一点；
蒙祝福者不在意任何受审视的视角， 338
因为没什么需要隐藏。

奥登散文里经常出现的“蒙祝福者”，他们本不需要阅读或写作诗歌，诗歌也并没有很成功地描述他们的圣洁，这一点奥登也伤感地提到了，当他面对查尔斯·威廉斯[1]的诗歌时。现在，合上你的奥登，打开你的史蒂文斯，来读一段吧：

那么，假如我们谈到解放，那意味着大批逃离；假如我们谈到正当理由，那意味着某种我们还未知晓或信靠的正义；假如当我们有一种洁净感的经验，我们可以想象自我的建立，可以肯定的是，诗人的这种经验并不比神秘主义者少；也可以肯定，诗人们作为另一种圣徒，他们的这种经验不会比圣徒要少。它是一个经验之性质的问题，而并非一个辨识或关联不同的人物的问题；这就是说，它不是一个从诗人中造出圣徒，或从圣徒中造出诗人的问题。 339

① 查尔斯·威廉斯（1886—1945），英国诗人、作家，与C.S.刘易斯以及托尔金是挚友。

西奥多·罗特克

(1908—1963)

西奥多·罗特克与伊丽莎白·毕晓普以及罗伯特·佩恩·沃伦，这几位有一些共同的特点，即作为(可以说是)现代美国诗人中间代中最强大的现存者，这一代中还包括罗伯特·洛厄尔、约翰·贝里曼、戴尔莫·施瓦茨、兰德尔·贾雷尔，他们出现在从E.A.罗宾逊和弗罗斯特到庞德、艾略特、穆尔、史蒂文斯、威廉斯和克莱恩之后，在阿什贝利、梅里尔、阿蒙斯、詹姆斯·赖特、斯奈德、默温、霍兰德、金内尔等人之前。中间代诗人的命运总是艰难的，特别是当他们活在前辈中有至少半打真正伟大的诗人还在世的时候。史蒂文斯和艾略特的影子仍旧徘徊在罗特克最后的诗集《最遥远的牧场》(1964)之中，在我看来它与诗人最早的《打开房子》(1941)一样是模仿性的。

死亡来临得太快，五十五岁，罗特克便没有机会再写一部和他最好的《迷失之子》(1948)具有同样原创性成就的作品了，那本书在他最关键的四十岁时出版。我个人感觉罗特克的卓越几乎全部表现在《迷失之子》里。伊丽莎白·毕晓普从始至终不曾改变其强大的笔力，而沃伦在六十岁时成为伟大诗人，之后又维持了整整二十余年。依我之见，罗特克只有在《迷失之子》中达到了他的高峰，但这本书的非凡之处足以让罗特克跻身于他那一代人里，与毕晓普和沃伦一致的高度。

《迷失之子》中的每一首诗都活灵活现，最难忘的包括《大风》、《鲍曼夫人、施密特夫人和舒沃泽夫人》、《觉醒》，以及四首非凡的组诗，《迷失之子》、《长长的小巷》、《光域》和也许是最出色的《火的形状》。我最爱罗特克的《火的形状》，所以选了这首进行介绍和
评论。因为讨厌有人暗示这组序列诗受到狄兰·托马斯的影响颇 340
深，罗特克相当积极地接受了W.H.奥登的提议，声称托马斯·特拉赫恩[①]才是他真正的来源。合理的源头可以在沃尔特·惠特曼身上找到，他是对于罗特克最良性的影响，也是艾略特和史蒂文斯的隐性影响，他们两位都是罗特克的前辈大师，不像叶芝对罗特克的影响是压倒性的并具有破坏力，惠特曼给了罗特克内心深深的影响，帮助产生出了罗特克自身想象力最好的作品。

“火的形状”就如同罗特克灵感的形状或形态，是这组诗最重要的且含蓄的隐喻，直到第五部分写阳光才变得明确。我认为标题引导我们认识到，这诗并不关乎于初始或自然的生命诞生，而是关乎获得诗学视角的第二次生命诞生。第一部分中的痛苦分娩的想象并不是对自然力量的歌颂，而是向自然母亲的道别。

这是什么？为厚嘴唇准备的一盘。
谁在说话？无名的陌生者。
是一只鸟抑或一棵树？不是谁都能辨别。

潮水退去蜘蛛歌唱。
一只老旧的驳船撞上黑色岩石。
一只爆裂的豆荚呼喊。

① 托马斯·特拉赫恩(1637—1674)，英国诗人，教士，神学家。

妈妈把我生育出这里。骨头还能允许什么？
大海会不会让风吸吮？一只蟾蜍折成石头。
这些花儿都是毒牙。安慰我吧，狂怒的人。
唤醒我吧，巫婆，我们一起来跳腐烂的手杖舞。

泥板岩松动了，石灰渗进地里。小鸟儿们掠过水面。

灵魂，靠近。这只是白色的边缘。
我不能嘲笑一列狗的行进。

在成熟的时刻，这棵树上空空。
母熊在山丘下百无聊赖、
母亲，母亲，从你悲伤的洞穴中起来。

低低一口舔着水流。野草，野草，我多么爱你
凉亭里更清凉。再见，再见，可爱的虫儿。
341 暖流来临悄无声息。

罗特克并不愿意将自己和兰波联系起来，1944年他在一则笔记中曾古怪地评论道："兰波之错：世界乱作一团，因此我也必乱作一团。"哈特·克莱恩是美国的兰波，他意向如此；而罗特克经不起与他们二人中的任何一个去做诗歌上的比较。但《火的形状》确实是罗特克最有兰波特征的诗歌，就它的激进感，和对自然的反叛而言。这种激进颠覆了诗歌的指称层面，而反叛则消解了罗特克对"我"的使用中那清晰统一的主体。"这是什么？"把自然贬作"为厚嘴唇准备的一盘"，而诗人的声音拒绝领受。"无名的陌生者"，或是

一只鸟，或是一棵树，正如一个来自自然之外的使者引领着诗人那兰波式的醉船，驶过不妥协的大自然那黑色岩石，驶向“一只爆裂的豆荚”呼喊之乐声，同样也在自然的过程之外。

这个诗人身上有着巨大的矛盾性，他被引导从母性的世界中走出却还渴望着母性，被迫退回到他所拒绝了的母亲形象上，从而获得新进入一种与自然对立的视野：被母体生育离开母体这一祈祷，伴随着一组组类似的对立：海水哺育海风，蟾蜍折成石头，鲜花即毒牙，狂怒即安慰。当令人苏醒的女神被冠以巫婆之名，脱离过程的解放之舞由腐烂的手杖挥出，甚至这类反自然的情景之中也包含了辩证法。

如果我们认为这种被召唤近前的精神是惠特曼的，那么高度惠特曼式的主张在这里完全被情景化了：“野草，野草，我多么爱你。”那张开的厚嘴唇被舔着流水的低低一口所取代，象征着18世纪所说的诗性人格的化身重生。诗歌第一部分最绚烂的语句或许是最后那个比喻，火焰带来无声的暖流，取代了布莱克所说的“生成”(Generation)状态带来的亲切温暖。

在相对清晰的这第一部分以后，罗特克给了我们最难懂的篇章，不仅是在《火的形状》中，而是在他所有印刷出版的诗歌中。反复重读时，它们产生了一种超现实的连贯性，反抗所有解释，任何解释都显得像异端邪说。对我来说，这是一个彻底的胜利，代表着对诗歌所产生的条件的惊讶觉醒，一种起源的状态，所有先前的预期都被扭曲。眼睛、耳朵、鼻子、双足已经重新定位，无名的陌生者的宣告被一个充满幻觉的倾听者所取代，那是布莱克笔下“白痴询问者”的罗特克版本，肥头肥脑，塞满了陈词滥调和橡皮圈，诗人向他抛出了一个本该问撒旦的问题：“你来此是要卸走我的影子吗？”

一种尖锐的试探加入了诗人的世界，几乎伴随着精神分裂的症 342

状，对罗特克本人来说一定是如此：在属于这种新的纯洁的，一首像孩子一样荒唐的歌谣之后，罗特克叫喊道："是何物等在门口？"答案似乎并非被弃的"水晶之母"，因为她重新开始了对家族罗曼史的低声细语，而是第三节中出现的黄蜂，以及其他象征着矛盾救赎的事物：

黄蜂等待。
　边缘无法蚕食中心。
葡萄闪闪发亮。
　小路不告诉毒蛇什么。
一只眼睛在波浪上出现。
　离开肉体的道路是最长的。
一朵玫瑰微微摇动。
　救世主从一条黑暗的路上走来。

丰富的中心将与毁灭性的边缘对峙。如果说从肉体通向诗学化身的旅程是最漫长的，那是因为正如圣十字若望所言，你必须沿着一条黑暗的道路前往，在其中没有知晓可言。罗特克的确回到了他所不知晓的地方，在第四部分他回到童年世界："死亡即无。我存活于昏昏欲睡之中。"此处狄兰·托马斯的"蕨山"以及特拉赫恩无疑可以拿来类比，不过正如詹姆斯·怀特所指出的，华兹华斯更为接近。这些不朽的暗示引领我们走向第五和最后部分，罗特克所有作品中最强的段落，显现出惠特曼和华兹华斯同体的精髓：

拥有全部空气！
光，旭日
倾泻在花的枝头，

卷须缓缓转动，
慢慢的蜗牛爬升，充满汁液；
傍着玫瑰
从它的花床中慢慢绽放，
还像是初到人世的婴孩；
初生的阳光中看到仙客来叶脉变得清晰，
雾气从棕色的香蒲草上升腾而起；
定睛看那余光，湖面仅剩的闪烁，
当太阳朝布满树木的岛屿落下；
跟随一把桨上滑出的水珠，
桨儿悬空，桨手呼吸，小船慢慢漂向岸边； 343
懂得了光的流泻和注满，往往不知不觉，
像是一只不透明的花瓶，被迅速灌满，
盈盈在边缘微颤，而不溢出，
仍在承托并给养所容纳的鲜花。

这无疑是最美国化的诗歌视野之一，光彩显赫，其非凡之处在于，对不可言喻之物控制得既温和又充满张力。这组诗的确为我们呈现了火的形状，运动的形状；去拥有，去成为，去看，去分享，去追随，最终去知晓。知晓什么呢？流泻，注满至边缘，在边缘微颤而不溢出：这些有创造力的火的形状转变成了维持生命的光。罗特克以那束承托和给养的光来结束诗歌，那是一束母性之光，它容纳着那复原的意识之花，作为它的孩子。这一隐喻，几乎是但丁式的，有着堪比惠特曼、华兹华斯的美学尊严，这两位创始的传统选择了罗特克，让他写出自己少有的绝唱佳作。 344

伊丽莎白·毕晓普
(1911—1979)

和伊丽莎白·毕晓普同时代的重要诗人有罗特克、洛厄尔、贝里曼、贾雷尔，以及不同风格的奥尔森。他们有没有像毕晓普那样可靠的本领来清楚表达自己的修辞态度，这值得追问。她的写作风格更接近上一代的史蒂文斯和玛丽安·穆尔，而不是她那一辈的任何一个人。尽管规模不同，她最好的诗歌可以媲美较短作品中的史蒂文斯，而不是组诗中也许更加强大的史蒂文斯。

所以，毕晓普继承了开启于爱默生、维里、狄金森，在弗罗斯特、史蒂文斯、穆尔的某些方面中达到高峰的一种美国诗歌传统。这一传统以牢固的修辞控制、公开的道德权威，有时还有相当严格的精简方式为特征。《地理之三》的最后几行诗成为对这种传统的自我认可的典范：

> 他和鸟知道一切都得到了解答，
> 都得到了照料，
> 无须再问一次。
> ——如此轻盈地将昨天带到今天！
> （一个我觉得不可能举起的昨天。）

比起毕晓普的其他诗，这些悲楚的诗句有更多显而易见的哀伤。然而，在一首具有深刻主体性的诗（像华兹华斯或史蒂文斯抑或毕晓普的诗）与一首忏悔诗（像柯勒律治或毕晓普同时代重要诗人的诗）的对比中，总有一个悖论。当我读到史蒂文斯的《我们气候的诗》或毕晓普的《三月杪》时，我最终接触到一种深刻主体意 345
识的压倒性的自我表露。当我读洛厄尔的《臭鼬时光》或一首贝里曼的十四行诗时，我最终面对一种难解性，那是自白模式所能产生的印象。毕晓普的传统的优点在于，它的透明不仅停留在表面现象。如此优点是认知上的，甚至是分析的，在其暴露人的真相的能力方面，它超越了哲学和心理分析。

比毕晓普相对早期的作品《怀疑者》重要的诗作还有很多，我在此把这首诗当作重点，原因在于它是毕晓普所有诗里我最喜欢的一首。这首诗无论从规模还是力量上都不及《纪念碑》、《公鸡》、《鱼》、《海湾》、《在鱼舍》、《1502年1月1日，巴西》、《在新斯科夏的第一次死亡》，或晚期佳作《克鲁索在英格兰》、《驼鹿》和《三月杪》。这十首诗有一种超越《怀疑者》的权威和（或许）智慧。但是，有些日子，当我踱着步子对自己吟诵《怀疑者》时，它成为一首一旦你懂了它（或它懂了你）就永远无法逃避的诗。诗的五节本质上是班扬一句名言的变体：“他在船桅顶端沉睡。”班扬的比喻涉及一种怀疑的状态，毕晓普的则不然。可以把毕晓普诗中的角色看作三种修辞立场的例证，代表着三类诗人，甚至可以说是三个诗人：云、海鸥和怀疑者。云代表华兹华斯或史蒂文斯，海鸥代表雪莱或哈特·克莱恩，怀疑者代表狄金森或毕晓普。他们之中谁都没有优势，波光闪闪的大海想把他们统统毁掉。云擅长内省，不关注海而关注它自己的主体性。海鸥更富于幻想，既不留意大海也不留意天空，它只关注自己的愿望。怀疑者不观察任何物，但在他的梦中，大海真正被观察：

这便是，“我不能倒下。
脚下波光闪闪的大海要我倒下。
它坚如钻石；它要把我们统统毁灭。”

我想那便是毕晓普著名的眼睛看到的现实。像狄金森这位她最确切的前驱一样，她面对着一种真理。这种真理表明，最值得去看的东西其实是不可见的，至少不是通过眼睛去看。一首由那种观察方式构成的诗将自己置于边缘位置，在那里，一切都值得说却几乎不可能说出口。在此我想比较毕晓普在《三月杪》中一个关于狮子的出色比喻和史蒂文斯在《纽黑文一个平常的晚上》中对同一意象的反复应用。在史蒂文斯那儿，狮子倾向于代表诗歌的破坏性力量，作为诗人的权力意志强加在现实之上。这一意象在《纽黑文一
346 个平常的晚上》里到达顶峰：

这是一只光滑透明的猫
独自闪着夜的光芒。
这只大猫必在阳光中挺立。

为了对抗全是黑猫（即使透明的那些也是黑色）的具有破坏性的夜，史蒂文斯把自己设定为一头狮子，在“理念之理念”的光芒中挺立。接下来我将援引毕晓普和蔼却有说服力的反驳：

它们本可以嘲笑这头太阳狮，
只可惜他此刻在它们身后
——最后一次退潮时太阳走过海滩
留下那些巨大而高贵的爪印，

这只把鹞掷出天外与之玩耍的狮子。

显然，这是一只多少有些史蒂文斯式的太阳狮，但比起孑然挺立，它有更重要的事要做。离开一种作为破坏性力量的诗歌的途径只有一条，那就是游戏——比喻的游戏。如此牢固地处于她的传统之中，毕晓普深刻地用比喻游戏着。狄金森、穆尔和毕晓普与那一传统中的爱默生、弗罗斯特和史蒂文斯相像，其差别则不仅来自天
性或意识形态，更来自出神入化的艺术。347

罗伯特·海顿
(1913—1980)

我只见过罗伯特·海顿一面，那是1970年代初我在安娜堡授课的某个时候，我被特许和他私下聊了一个多小时。我们谈论了海法的巴哈伊花园[①]，我1950年代末去过那里；还谈了W.B.叶芝的诗，我当时刚出了本关于叶芝的大部头书；此外还聊了哈特·克莱恩，我至今仍认为，哈特·克莱恩是海顿几首最棒的诗歌中一个未经检验的存在。

像杰伊·赖特一样，海顿是一位重要的美国现代诗人，也和拉尔夫·埃利森、托妮·莫里森、杰伊·赖特一道成为一个四人组，我认为他们迄今为止（写下这句话是2004年5月）是代表了非洲裔美国文学之冠。海顿是一位永恒的诗人，是当前的政治化潮流持续嘲笑的那种经典。文化时尚渐渐消逝，而文学的幸存总取决于三个标准：美学的光辉、认知力和智慧。如果美国从乔治·W.布什的耀武扬威中摆脱出来，当前激昂的演说和高谈将缩小成过时之物。海顿是一位创作者而不是政治正确观念的形象，他会在那些嘈杂之音彻底消失许久后被人阅读。

尽管海顿的一些抒情诗也很有价值，他最好的还是组诗。像

① 巴哈伊阶梯花园，位于以色列海法市。下文提到的巴哈伊信仰是19世纪起源于伊朗的一种宗教教派。

叶芝和哈特 · 克莱恩（以及写《归来的歌手》的年轻的杰伊 · 赖特），在最令人难忘的时候，海顿是一位玄学派诗人。他的修辞特征是乞灵，相当于叶芝的《塔堡》和哈特 · 克莱恩的《布鲁克林大桥》。大多数对海顿的评论认为他唤起了黑人的历史，但他们把他的修辞艺术过于简单化了。无论你如何持续不断地唤起西非的过去，或者唤起英国、西班牙和葡萄牙奴隶贩子及美洲奴隶主的恐 348
怖虐待，你都可能成为一个糟糕的诗人。海顿之所以重要，因为他是一位真正的诗人，是他同代人中（包括伊丽莎白 · 毕晓普、西奥多 · 罗特克、梅 · 斯文森和仍然被过誉的罗伯特 · 洛厄尔）最棒的一位。他像在他的杰作中一样含蓄地告诉我，他深受哈特 · 克莱恩修辞**被影响**的性质所吸引，从某些方面说他集合了更多克莱恩的成分而不是叶芝（他的老师W.H. 奥登曾把后者推荐给他作为榜样）。

像克莱恩赞美一位“未识之神”一样，海顿也是一名宗教诗人，但他接受的是高度博取众家之长的巴哈伊教义的劝导，这是伊朗伊斯兰教的一支异端。内心性特征和审美精英主义标志了海顿的最高成就，也是杰伊 · 赖特的品达主义的标志，海顿不受伪谬的黑人意识形态“批判”所影响，为赖特提供了一座灯塔。海顿诗歌的完整性像杰伊 · 赖特的一样，很纯粹，也总显得很大胆，是拉尔夫 · 埃利森的风格，后者坚称自己秉持欧美文学传统一如秉持理查德 · 赖特的榜样。

所有这些只是为快速浏览海顿一部分杰出的组诗所作的序言，最著名的当属《贩奴航线》。能同时看到哈特 · 克莱恩和T.S. 艾略特既被吸收又被回避，尤其在第三部分，融合了《荒原》中艾略特对莎士比亚《暴风雨》的影射，与克莱恩在《桥》的《圣母颂》篇中哥伦布抵达新大陆时的崇高修辞：

穿梭在摇摆的历史织机中，
黑船往来，黑船往来，
他们嘹亮而讽刺的名字
像一个谋杀者嘴边玩笑的仁慈；
乘风破浪、颠簸迷幻，朝着
海市蜃楼的闪亮而温柔的海岸驶去，
织起新大陆的沿海，
它们是幻景、是神话，也是真实的岸。

远航穿过死亡，
　　　　　　远航地图标记着无爱。

一座藏尸所散发着臭气，活死人的恶臭
从藏尸处四散开去，
活着的与死的，恐怖的正在死去者，
349 错杂横陈，腐臭，污血和排泄物。
在糜烂的庇护所深处，躺着你的先父，
仁慈之尸体和他一起腐烂，
老鼠吃下爱之腐臭冰冷的眼睛。

这惊人航路的冷静色调源自海顿诗学的含蓄，他的修辞有反叙和轻描淡写的特点，这是对克莱恩热情的夸张手法和艾略特夸张的反讽的反向作用。对克莱恩来说，哥伦布是先知以赛亚的一个神秘（或许无情）的门徒，然而艾略特的忒瑞西阿斯[①]则是一个“活死

① 忒瑞西阿斯，希腊神话中底比斯的一位盲人预言者。

人”，绝望地等待归附英国国教的感化。海顿，这位黑人巴哈伊，渴望着一种更普遍的救赎。他的辛奎兹，“爱米斯塔特号”叛乱的英雄，是所有那些无论何种出身的寻求者的象征，他们寻求着美洲应该代表的那种福佑，纵然它一直在堕落远离那个理想：

远航穿过死亡

　　　　在这海滨获得新生。

《逃亡者，逃亡者》不如《贩奴航线》错综复杂和全面，但它也敢于使用并保持了崇高修辞：

告诉我，以西结，快告诉我你看没看见

披甲的耶和华前来把我拯救？

我已故的朋友，著名的诗人兼小说家罗伯特·佩恩·沃伦非常讨厌约翰·布朗，他的第一本书写的就是这个。有一天我和沃伦一起吃午饭，我称赞约翰·布朗是个先知，说他虽然极端暴力，但动机是很好的。沃伦很儒雅，并没有争论，但下周吃午饭的时候带给我一本他的《约翰·布朗：烈士的产生》。我喜欢并尊重沃伦，但我仍跟随爱默生和梭罗的观点支持海顿的组诗《约翰·布朗》，这首诗诚实地确认了先知对于“血流堪萨斯”的责任：

以军刀行主之事

在圣言上磨得锋利

圣言道：

　　　　血流堪萨斯：

我的人民的呼喊
他们压迫者的呼喊折磨
砍杀——毒肉供给撒旦的
胃。

我没有杀人而只是祝福
被拣选者，他们以
正义之名在我的命令下杀戮。

血流堪萨斯：
一个后生成了烈士
在那里：我受了考验，我是忠诚的
我配得上我的奴隶身份。

哦，罪恶啊，这片有罪的
有罪的土地：
让堪萨斯血流成河。

关于约翰·布朗，海顿只简单地说："他死了/为我们而死。"极少有美国诗人对他们矛盾得令人绝望的国家理解得如此到位。海顿在他《美国日记》的最后一节结合了沃尔特·惠特曼，来帮助理解那超出我们理解力之外的部分：

我坦白我是被奇特地吸引了　难以向
美国人启齿　怀疑自己是否可存于其间
无论多久　心灵的需求如此剧烈

那么多的暴力　那么多的抵抗　我被引来
尽管如此　他们的变化多端他们的精巧
他们的生机　以及其他一些东西　至关重要
其实质　我无法洞察也不能命名 351

约翰·贝里曼
(1914—1972)

“我开始写诗时，曾是爱尔兰诗人威廉·巴特勒·叶芝的一名狂热而无名的信徒，我希望现在我已经不是了。”这是贝里曼1965年说的；他又说：“后来是叶芝，我与其说想模仿他，不如说是想**成为**他。”再后来是奥登，贝里曼自己作证。贝里曼自称《冬日风景》是第一首以自己的风格写下的诗歌，《向布拉德斯特里特小姐致敬》则是他真正的突破。一位强大诗人的发展或展现过程中存在突破是不可否认的；文学批评的重担在于决定哪个诗人无可避免地要跻身经典作家之列。罗特克曾有过两本力作，然后就从高峰跌落了。罗伯特·洛厄尔——我可能是我国唯一对他有异议的人——无论按照艾略特和泰特的方式，还是按照W.C.威廉斯的方式，他的写作都不算成功。贝里曼我感觉是他那一代诗人中最大的谜题，虽然我相信，人们最终只会以他的《梦歌集》评价他。有些崇拜者将之与惠特曼的《自我之歌》相提并论，这显而易见是个错误。《梦歌集》根本不是那个类型的作品，也绝对没有那样的精彩绝伦。

在英国，贝里曼和洛厄尔一样，被持续地过高评价了，两位都被与安妮·塞克斯顿和西尔维娅·普拉斯[1]联系起来。这对于贝里

① 安妮·塞克斯顿（1928—1974）和西尔维娅·普拉斯（1932—1963）是美国著名自白派诗人，都自杀身亡。

曼不大公平，但英国批评家（如约翰·贝雷和A.阿尔瓦雷兹）似乎总是喜欢把美国诗人理解成有自杀倾向的，脑子不怎么正常的，不守规矩的人，“超越了上流社会的法则”。因此史蒂文斯在贝雷看来还不如贝里曼和洛厄尔，这就好像我宣称爱丽丝·梅内尔和夏洛特·缪①的诗歌要好过哈代的一样，不过我不会说出这种话。贝里曼有些隽永的作品，但他的崇拜者那种夸张的表述与他真实的作品形貌之间没有多大关系。假如你一开始就以那样的导向去读他，是很难找到究竟好作品在哪里的。 352

叶芝一直体现在贝里曼身上，虽然贝里曼费了很大力气想要使得自己读来不像叶芝。在严重的诗学影响中，这是一个很正常的过程；就像布朗宁卓越的遣词造句来自他想摆脱雪莱的努力，他的戏剧化独白，他所谓的客观性，实际是要背离雪莱抒情诗那华丽的主观性或者是《阿拉斯特》那种自传化的罗曼史。说贝里曼是美国的布朗宁倒也不错，可惜他不是。《梦歌集》并非《男人和女人》，《爱与名誉》也不是《阿索兰多》。遵循称洛厄尔为我们的威廉·梅森，称普拉斯为我们的赫门兹的那种精神，我也可以称贝里曼为我们的“费斯图斯”贝利②，或者我们的亚历山大·史密斯，“痉挛派”（Spasmodic School）的另一部杰作《人生之戏》的创造者。贝里曼与贝利、史密斯的相似性是十分离奇的，而且正如梅森与赫门兹在他们的时代中那样，痉挛派诗人们也拥有批评界的崇拜者们，一样地充满热情，就像阿尔瓦雷兹、贝利、门德尔松以及其他贝里曼的忠实信徒。对于诗人未来的正典性来说，有时候，同代人的赞许会变成一个十分不利的指向。

① 均为英国诗人。

② 菲利普·贝利（1816—1902），英国诗人，以长诗《费斯图斯》为代表作。

我最喜爱的贝里曼诗歌，是那类能够很好地回应我，或者任何一个胆敢担心其诗学生命力问题的人的作品。以下是其杰作《教授之歌》的最后一小节：

如今已无布莱克再写散文，
诗章却一一接踵而至写成，
如此更好，好更如此，
莫扎特涓涓作响。十二点。可以下课矣。
那么，直到我遇见你，在上层地狱
惊厥，不朽的血液泛着泡沫：再会。

是的，的确是的，明显可感的精彩一击。但一个疯狂而又必要的问题是：在所有的诗人中，哪一个的血液是不朽的？没有人喜欢这个问题，特别是诗人，但它必须被提出和回答。“迟来性”的代价不是让文学空间有所缩减，而是让读者的时间变得太少了。在这方面我曾经受到那些吵吵闹闹的文学记者、初级吟咏者，还有学院骗子谴责（在出版物上或其他场合），但他们也只能在有限的时间里去选择作家来读，也只好接受我们不可能把人人都重读一遍的事实。贝里曼的诗歌并没有超脱这个困境，实际上没有一首诗可以做到，无论多么含蓄都要表达这种悲哀。和他同时代人相比，贝里曼更执迷于这一负累。伊丽莎白·卡斯帕·阿尔德里奇尤其精明地指出，
353 这种焦虑对贝里曼的想象力来说是多么核心的内容。她引用了诗人自己的精彩评论，来自1965年的访谈，那篇访谈也表明了叶芝和奥登对他的影响：“一首诗的力量可能是围绕着一种公认或强加的构思中一项失踪了的，或是被误解了的元素而回旋展现的。”有些人确实总是失踪或被误解。阿尔德里奇比我更喜爱《向布拉德斯

特里特小姐致敬》，虽然我也承认这是一首有雄心的，值得赞赏的诗歌，阿尔德里奇精确地抓住了它的跨越的功用：

> 在我看来，贝里曼的诗歌所尝试的“更多”，最终是一种注定要失败的企图，想通过意愿复活一个负担沉重的过去（安妮世界中的“当下”，她曾与之抗争，最后她选择了屈服），其真正的负担是其缺席（absence）所带来的品质。因此，对他的女主人公的极端认同，代表了诗人占有被剥夺的过去的企图——事实上就像他的文学祖先霍桑，但是，《向布拉德斯特里特小姐致敬》中，抗争的绝望感是其非凡力量的来源。这是一首赞美不可能性的诗歌。一种活在当下无信仰的空虚中的不可能性，成为一个美国诗人的不可能性——这些是在这首最具美国性质的韵诗中赞美的，贝里曼达到过同样高度，却从没有超越过它。这首诗歌包含的是诗人情感那种几乎不可能的强度——需要、愤怒、渴望、悲伤，这也是他的缪斯/情人/对象所能够体现的。悖谬的是，安妮·布拉德斯特里特能够呈现出贝里曼的诗歌创作此前所遭遇到的软弱和缺失——他的突破，如他自己所说，付出了巨大代价；之后，是《梦歌集》和亨利。

我觉得这话切中肯綮，不过我对赞美不可能性感到有一些不安。“成为一个美国诗人的不可能性”——可我们拥有惠特曼、狄金森、弗罗斯特、史蒂文斯、玛丽安·穆尔、哈特·克莱恩、R.P.沃伦、伊丽莎白·毕晓普、约翰·阿什贝利、詹姆斯·梅里尔、A.R.阿蒙斯，以及，假如你愿意的话，艾略特、庞德和W.C.威廉斯等人也算在内。诗人的野心对构成诗歌的力度十分重要，也是值得嘉许的，也许（请艾伦·泰特原谅）诗人意志可以完成想象力的工作。如同

《致敬》一诗，《梦歌集》也可以打动哪怕是最铁石心肠的批评家，但问题不可能仅仅是哀婉动人。在我们的语言中，狂想之歌是抒情诗的一种重要形式，叶芝是我们这个世纪中在这方面最出色的。《梦
354 歌集》中徘徊着晚期叶芝的身影，我不是说疯珍妮和疯子汤姆那种叶芝式的人物，而是叶芝本人的假面，那个狂野的恶作剧的老人，有时以瑞布（Ribh）的形象出现。而缺席的却是那位最强大的叶芝，那位诗人可以通过抛弃他自己的所有神话和人物来结束他的近乎最后一首诗歌，叫喊出完美的关于死亡的不可知论：

　　　　哦，岩石的声音
我们可否为那个伟大夜晚而欢欣？
我们知道什么，除了互相
面对，在这个地方？

就像我们所有的人一样，贝里曼面对这些只能退让。他自己所构建起来的风格，就像《梦歌集》第88首的开头，仍然是叶芝式的，但或许还未足够地转向个人的不同风格：

松弛时光我探访暴烈死者
捡拾他们骇人的大脑。大多数似乎感觉
再没什么秘密可言
我蔑视地发现，当我们逃离者
珍爱两个世界的所知，隐藏了
更多，击打地板，

在这里这位暴烈死者，其大脑被他人捡走的诗人就是叶芝。贝

里曼，他从活的世界中逃离，而又同样珍爱那活的和死的世界之所知，他所隐藏的东西比叶芝更多，他击打地板（一个从叶芝那里拿来的隐喻），通过重读叶芝，发现他自己的最深的秘密在那里被揭示出来，令他自己鄙视。这有真诚的威力，不过所失踪的，所误解的元素尚不够多，而那构思明显是强加的。 355

奥克塔维奥·帕斯
（1914—1998）

1990年的诺贝尔文学奖颁给了帕斯，算是明智之选。他当时拥有并迄今保持着墨西哥文坛独一无二的显赫地位。主要作为一名诗人批评家的帕斯，其最具影响力的著作可能是探究墨西哥人身份的《孤独的迷宫》（1950），和为诗人胡安娜·拉米雷兹作的批判性传记《索尔·胡安娜：或信仰的圈套》（1988）。传主即索尔·胡安娜·伊涅斯·德拉克鲁斯这位17世纪新西班牙墨西哥城的重要文人。

作为一位兼收并蓄、独具一格的国际化诗人批评家，而且毫无疑问是20世纪最重要的西班牙语诗人之一，悖论的是，帕斯在探讨争论不休的墨西哥人民族认同问题方面最具原创性。毫无疑问，对于究竟什么可以称作墨西哥精神这个问题，现在有，将来还会有不少相互竞争的解释努力。并且一些墨西哥女性主义者已谴责《孤独的迷宫》在含蓄地支持它揭露和批判的对象——墨西哥男人的无稽之谈，说他们的女人首先向西班牙人（或和西班牙人一道）背叛了他们。然而我看不出帕斯还能怎样表达得更加清楚：

> 和瓜达卢普圣母不同，“青卡妲”（Chingada）①是被侵害的

---

① “Chingada”一词在墨西哥的日常用语中是极贬义，并带有侮辱性质的称呼，有“婊子”和“叛徒”的双重含义。台湾学者张淑英在《生枯起朽的魔幻——论〈佩德罗·巴拉摩〉的书写》一文中，将Chingada译作“青卡妲”。这里沿用了她的译法，引申义为“墨西哥受难母”。此外，日本学者阿波弓夫将Chingada解释作“被剥夺的女性”。

母亲。无论是“青卡妲”还是圣母，我们都无法找到那些伟大女神黑暗属性的痕迹：天照大神和阿芙罗狄忒的淫乱，阿耳忒弥斯和阿斯塔特的残忍，喀尔刻的邪恶魔法或卡莉的嗜血术。两者都是消极的人物。瓜达卢普是纯接受性的，并且她给予的好处也是同一类：她给人安慰，使人平静，擦干眼泪，镇定激情。“青卡妲”更消极。她逆来顺受：她不抵抗暴力，只是一堆 356
懒骨头、血和尘。她的污点是本质上的，如我们之前所说，污点驻于性中。这种对外部世界开放的消极性使她失去了她的身份：她是一个“青卡妲”。她失去了她的名，她谁都不是，她消失于虚无，她即虚无。然而她却成为女性境况的残酷化身。

如果“青卡妲”是被侵害母亲的代表，那么把“青卡妲”和征服联系起来是恰当的，后者也属于侵害，不仅从历史意义上而且从印第安女性的肉体上说。这一侵害的象征是科尔蒂斯的情妇马林切小姐。诚然，她自愿把自己交给征服者，但他在她没用之后就忘了她。玛丽娜小姐［西班牙人给马林切小姐取的名字］成为一个被西班牙人迷住、侵害或引诱的印第安女人的代表形象。而且，就像一个小男孩不会原谅母亲抛下他去找他父亲，墨西哥人尚未原谅马林切的背叛。她对于我们封闭、寡欲而冷漠的印第安人体现了开放，即“青卡多”（chingado）。因此，瓜特穆斯[①]和马林切小姐是两个对抗和互补的人物。关于我们对年轻国王的膜拜没有什么令人惊讶的——“艺术之巅唯一的英雄”，一幅牺牲的救世主的肖像——而对马林切小姐不利的咒骂也没什么令人奇怪的。这

① 瓜特穆斯（1495—1525），阿兹特克帝国的末代统治者，因抵抗西班牙征服者科尔蒂斯而被绞死。墨西哥人将其视为反抗外来侵略的民族英雄。

> 解释了轻蔑的“马林切主义”(malinchista)一词的成功，它最近通过报纸传播，来谴责那些在外国影响下变得堕落的人。“马林切主义者”希望墨西哥敞开自己拥抱外面的世界：真是马林切的后代，亲力亲为“青卡妲”。我们再一次看到了封闭与开放的对抗。

这样，墨西哥人把自己看成马林切的后代，并将她视作“青卡妲”的象征。因为帕斯是以诗人身份写作的，所以他听到了他甘愿冒险承受的一切误解：“一个对墨西哥人母亲文雅的侮辱。”更准确地说，如帕斯所言：“《孤独的迷宫》是一次表达和理解某些神话的尝试。同时，在文学作品的范围内，它反过来又成为另一个神话。”这里涉及帕斯与克劳德·列维-斯特劳斯的一个分歧，在1967年的
357 一本明智的小书里写出：

> ……列维-斯特劳斯断言，神话和音乐之间有真正的亲属关系，但神话和诗歌之间没有。神话有别于诗歌，它能被翻译出来而不致在翻译中有可察觉到的损失……

帕斯补充道，翻译一首诗歌，“意味着转变或复活”。一首帕斯的诗被伊丽莎白·毕晓普或马克·斯特兰德翻译成英文后就是另一首诗，但又是同一首。这是墨西哥人尊重他们总统的一种变体，在尊重的背后是传统的圣父形象。然而，帕斯在《迷宫》的结尾加了一句不祥的话：

> 每一个垂死的或贫瘠的社会都试图通过制造救赎神话来拯救自己，这神话也是生育的神话，是创造的神话……资产阶

级世界的贫瘠将以自杀或新形式的创造性参与而告终。

帕斯已去世两年多了，他的墨西哥正变得更资本主义化，同时也变得更天主教化。这位无论在诗歌或散文上都杰出的超现实主义诗人，如同每个反对资本主义社会不断前驱的滚滚车轮的人一样，都败在了预言上。但这并未削弱《孤独的迷宫》的洞察力和前瞻力。帕斯自己融合了西班牙和印第安血统，他通过最初西班牙征服者带来的创伤解释墨西哥人的“孤独”；尽管作为一个外交官和周游世界的人，帕斯知道在每一种民族文化中，每每都有不同的孤独模式。

帕斯阐释美国和墨西哥之间不同的起点在于美国原住民本质上是游牧民，而墨西哥的原住民却是定居民族，他们是农民而不是猎人。此外又加上了新教的英格兰和反宗教改革的西班牙的不同。至此，看起来都是够明显的；帕斯展示出他在找出差异方面的特殊才能，超越历史起源进入精神洞察：

> 墨西哥人的死亡观也是对复活的希望，它深深地根植于
> 天主教的末世论和印第安人的自然主义中。墨西哥人的死亡
> 是身体的死亡，和美国的抽象而无实体的死亡相反。对墨西
> 哥人而言，死亡可以看见和触摸自身。被掏空了灵魂的身体，
> 像阿兹特克诗中所言，一堆骨头要重新绽放。对美国人而言，
> 死亡是不可见的：缺席，人的消失。在清教徒意识里，死亡总 358
> 是在场的，然而是作为一个精神实体，一种观念。随后，科学
> 主义将死亡从美国人的观念中推了出去。死亡渐渐消失，成
> 为不宜说出口的事。最终，在今天的绝大多数美国人那里，进
> 步的理性主义和理想主义被新享乐主义代替。但对身体和快

> 乐的崇拜意味着对死亡的认可和接受。身体是速朽的，快乐的天国转瞬即逝，这一点伊壁鸠鲁比谁都看得明白。美国人的享乐主义对死亡视而不见，他们无法以古老的伊壁鸠鲁派那样的智慧驱除瞬间中的毁灭性力量。今日的享乐主义是痛苦和绝望者最后的求助对象，也是正侵蚀着西方世界的虚无主义的表达。
>
> 资本主义颂扬那些传统上称为男性气概的活动与行为模式：侵略性、竞争与赶超的精神、好斗性。美国社会将这些价值观变成自己的。这也许能解释为什么墨西哥人对瓜达卢普圣母的那种忠诚不曾出现在美国人声称的种种基督教变体中，包括少数的天主教。圣母结合了中美洲和地中海的宗教情感，两个地区都提倡对古代女性神的崇拜，瓜达卢普-图南汀是所有墨西哥人（印第安人、混血儿、白人）的母亲，但她也是勇士圣母，她的形象常出现在农民起义的横幅上。在瓜达卢普圣母那儿，我们碰到了一种非常古老的女性观念，像异教女神那样，不是毫无英雄主义色彩。

这里有很多值得承认，也仍有很多值得争论。帕斯对美国宗教的理解是有局限的，他将其等同于清教徒的新英格兰。因为，从1800年左右起，美国不再按欧洲式的新教行事，并取而代之地发展出一套复杂的新信仰结构，而不仅仅是新的教派：南方浸会教徒、基督复临派、摩门教、五旬节派等等。我们的享乐主义者和其他国家的没什么不同，而我们对死亡的拒绝可关联到这一惊人的民族信仰（89%，根据盖洛普民调），即上帝在一个私人和个体的层面上爱着我们每一个人。数量惊人的美国普通公民与耶稣同行，和耶稣讲
359 话，而神志清醒的墨西哥人不那么做。

然而，当帕斯把墨西哥和美国的女性观对立起来时我困惑了，尽管在这一领域一个通常被谴责为“父权派批评家”的人行事得更加谨慎。帕斯令人难忘地阐释出的马林切的神话或“青卡妲”，对美国是陌生的。但它是《孤独的迷宫》的中心内容，重读时它盛开为两百页散文诗，而不是帕斯自己描述的“一本社会、政治以及心理学批评的书”。

帕斯的《迷宫》写到一半时，他写下了一则关于索尔·胡安娜的重要附记，数十年后脱胎成他为这第一位重要的新大陆西班牙裔诗人写的优秀传记：

> 除了她事业的辉煌、她痛苦的死亡和塑造了她最好的诗歌创作的令人敬佩的几何学，在索尔·胡安娜的生活、工作中有一些未认识到和残缺不全的东西。我们能够察觉一个灵魂的忧郁，因为她从未真正地原谅她自己的勇气和女性处境。她的时代没有提供她的趣味所要求的智识滋养，同时她自己不能——谁又能呢？——创造一个独处的观念世界。关于她的独特性的意识在她身上总是很活跃：“除了厨房的哲学，妇女们还能知道什么？”她笑着问道。但这伤口令她疼痛：“谁人不信，当听到这些掌声，我已在人们称赞的掌声中扬帆远航？”索尔·胡安娜是孤独的人。优柔寡断和微笑，她过着模棱两可的生活；她意识到她处境的二重性和她任务的不可能性。我们常常听到责怪男人没有实现他们的使命。但我们不应该为这样一个女人的不幸命运而伤心吗？她对于她的社会和文化而言都太过优秀。

凄切动人的论辩仍然没有让我准备好面对帕斯的《索尔·胡

安娜》。它是一部巴洛克式的巨著，尽管形式是批判性传记，它却实现了《孤独的迷宫》的计划，使帕斯对墨西哥人身份的毕生沉思臻于完善。除了对17世纪末墨西哥文化的描述外，《索尔·胡安娜》中生动浮现出来的还有索尔·胡安娜诗人的光辉，以及最终的个人悲剧——被“信仰的圈套”摧毁——教会的精神暴政对抗任何的启蒙，以消除一种反常事物、一种自主的创造性精神为唯一目的，去磨
360 灭一个女性诗人的精神：

> 索尔·胡安娜的个人境遇与我们墨西哥人在现代化过程中所经受的阻碍之间，相似性几乎是毋庸明言的。在索尔·胡安娜和她的世界之间有一个不能解决的矛盾。这一矛盾不仅是智识的，而且是根本的，它能被定位在三个主要方面。第一，是她的文学使命与身为一名修女的事实的冲突。在其他时候，虽说不是在新西班牙，教会曾容忍和庇护那些往往公然漠视他们的宗教责任，而唯一献身于文字的作家和诗人。然而这些例子——最著名的有贡戈拉、洛佩·德·维加、蒂尔索·德·莫利纳和米拉·德·阿梅斯库亚——与索尔·胡安娜有一点本质区别：他们是诗人和剧作家，但不是知识分子。索尔·胡安娜集诗人和知识分子这两种职业于一身。在17世纪晚期的西班牙和它的殖民地上，一个拥有知识分子秉性的牧师或修女会被限制在神学和神圣研究中。这种不相容性因这一情况而加重：索尔·胡安娜非凡智识的涌动和她广博的好奇心——锡古恩萨①也是——恰逢教会无力和西班牙文化枯竭的时刻。

① 17世纪后期，卡洛斯·迪·锡古恩萨·贡戈拉从一场烧毁城市的大火中抢救出很多文件，研究了阿兹特克人的传统。

> 不一致的第二个方面是索尔·胡安娜的性别。一个女人——而且是修女——居然一心一意地将自己献身于文字，必然让同时代人愕然和震惊。她被称为“第十位缪斯”和“美洲凤凰”：这真诚的赞誉想必有时候让她头脑发晕。她在《回应》中告诉我们伴随这种褒奖也不乏批评和责难。责难来自有影响力的教士，其责难站在一个教义的高度。主教普埃布拉引用圣保罗的话，呼吁索尔·胡安娜抛弃那些世俗的文字，这并非偶然。宽容洛佩·德·维加和贡戈拉这两位失职的牧师可以，宽容索尔·胡安娜·伊涅斯·德拉克鲁斯则是另一回事。虽然她的行为无可指责，她的态度可不是。她有骄傲的罪，虚荣的女性对于这罪尤其易感。骄傲是路西法毁灭的根源，因为狂妄导致叛逆。索尔·胡安娜的批评者们
> 看到文字和叛逆之间的因果关系，因为文字引导一个女人走 361
> 出她自然顺从的姿态。索尔·胡安娜已经证明女性在智力和文学方面并不低等，并使她的成就变成公众拥戴的源泉。对教士而言这是罪，她的固执就是反叛。所以他们要求她彻底放弃。

正如帕斯所言，索尔·胡安娜伟大而玄奥的诗《最初的梦》与圣十字若望和圣特蕾莎的观点非常不同。圣若望寻觅抵达不可知的彼岸，而圣特蕾莎希望被上帝之光占据。两者对理性都没有耐心，但索尔·胡安娜是至为理性的，不局限于基督教，而是以更像新柏拉图主义和百科全书派的方法，去渴望解释所有事情。她是西班牙巴洛克时代最后的伟大诗人，钳制她创造性的教会自己犯了违灵的罪。

帕斯，一位兼收并蓄的宗教徒——与其说是基督教徒，更像印

度教和佛教徒——对索尔·胡安娜命中注定的赫尔墨斯主义[①]有一种本能的同情。在历史与精神世界中与被痛斥的马林切小姐相对的另一端，索尔·胡安娜在他的作品中成为替罪羊“青卡妲”的又一化身。让我感兴趣的是，奥克塔维奥·帕斯这位伟大的情欲诗人兼渊博的诗评家，把他最重要的两篇散文成就建立在所谓墨西哥男
362 子气概的两位受害者上，这种“气概”如今依旧本性难移。

① 15世纪流行的一种哲学与宇宙观，认为宇宙是精神性的，是上帝冥想的产物，物质与能量是不同频率的“振动波”的表现形式。

格温多林·布鲁克斯
（1917—2000）

格温多林·布鲁克斯评论她1967年前的诗歌说："我写作时不曾有意识地想过黑人'必须讨论'黑人、'必须书写'黑人。"[①]当然，她1967年以后的诗歌和她五十岁前所作的诗大不相同。我更喜欢早期的成就，一个无害的评价（如果是评价的话），因为除朗斯顿·休斯外，这一卷中的每一位评论家都聚焦在后期的布鲁克斯身上。

著名的抒情诗《食豆者》语带讥讽地，令人印象深刻地赞美道：

老两口大致算好人，
老两口也过过好日子，
还继续地穿衣服
并把家什收起。

对我来说这种对普遍状况的揶揄仍然是布鲁克斯的诗歌力量，就像《疯女人》一诗，那是对疯人歌谣传统的一次雄辩的继承：

我将等到十一月。
那将是我的时光。

① 布鲁克斯是第一位获得普利策文学奖的非洲裔美国诗人。

我将走到严霜中
还要最可怕地歌唱。

如果我把这些诗和1969年的《暴乱》作对比，会发现我还没有能力去评判这位于1967年重生的诗人。讽刺的眼光依然存在，并且主要影响她文体风格的还是T.S. 艾略特。然而，风格和立场似乎
363 不一致了：

因为穷人们满身是汗且丑陋不堪
（不像在温尼卡的两个俊俏黑人）
他们排起粗野的队伍向他走来。
在海洋。在暴风中。他们黝黑而响亮。
不耽搁停留。不矫揉造作。

我喜欢那句“在海洋。在暴风中”，如果你相信（大多数人真的相信）只有暴力才是对暴力的有效回答的话，我承认这首诗的情绪令人敬佩。和著名的叙事诗《安妮亚特》[①]一样，这里的麻烦在于，在未来某个时候，当美国社会已经进步并超越了其悠久的不公平的历史，布鲁克斯的诗作有变成特定时代作品的风险。意识形态的诗仍是意识形态的；它的矛盾太容易趋于单调。这里的几乎所有文章都证明，人们对格温多林·布鲁克斯的自我转变表达出好评。她是否因为一个典范的事业而牺牲了作为诗人的部分天赋，在我看来
364 是一个正当的问题。

① “Anniad”是布鲁克斯对古希腊语词缀重组构建的新词。在这首叙事诗中，她同时引入荷马《伊利亚特》(Iliad) 和维吉尔《埃涅伊德》(Aeneid) 两部史诗。

詹姆斯·迪基
(1923—1997)

我第一次读詹姆斯·迪基的早期诗作《他者》是约莫二十年前。拜读了他最新出版的作品《与他者同沉》,对他十分崇敬,于是在我的好友,诗人阿尔文·费因曼推荐下,我回头阅读他最早的诗集《钻入石头》。其中有数首诗都非常打动我,不过最令我动容的还是《他者》。我花了二十年才明白,为何这首诗至今仍在我心头萦绕不去,所以今天,我们从它开始。我并不将迪基视为一个以他者性为主要创作方向的诗人,他更像爱默生所说的"伟大的、成长的自我"(the great crescive self)的英勇歌颂者。根据我的理解,迪基符合维柯所称的魔幻形式主义者,或是布莱克所谓的巨人形式(Giant Form)。他返祖地回到那些让强力诗歌首次迸发出来的神话猜想,犹如占卜的吟游诗人,他们史诗般的生机论需要在书面上达成不朽。然而,即便是一个魔幻形式主义者,也会认识到他至多成为一个凡人偶像。

这种认识带来的痛苦是迪基诗集的中心故事。我选择回避这种痛苦,以突出他关于他者性的反调。由于我几乎不涉及他的中年时期,所以迪基最有野心的诗歌(他称之为"后期运动")都将被我略过。比起我将讨论的诗作,他1965年至今的作品的问题显然更多,但它们的成就可能是属于更高级别的。现在预言迪基最终的诗坛高度还太早,而批评家们须在考虑经典作品的局限之前,先谈论他们喜爱的内容。到目前为止，我最了解和喜爱的是他诗歌中的“早期运动”，其中对于他者性的反调最打动我。可以说兜转了一圈，又回到了《他者》，现在我将从其中定位出迪基作为一个诗人最
365 初追寻的原点。

那个原点就是负疚感，表面上是作为一个在自己出生前夭折的哥哥之替代者的负疚感。我想，弗洛伊德会将其诊断为“屏障记忆”[①]。我受弗洛伊德的影响足够深远，因而会在别处寻觅或猜测《钻入石头》的篇章中这负疚感的来源。自迪基诗歌生涯伊始，他就是一个怀揣崇高渴望的诗人，而那些力图达到崇高的人尤其会经历调包变丑怪的幻境。将诗歌命名为《他者》带有明显叶芝的痕迹，但不论是直接受其影响还是通过罗特克作为媒介，其中的论点已经属于迪基本人。从所有方面看，正是“产生格律的论点”而不是沿袭的词汇和格律，给了这首诗伟大的特色。诚然，迪基身上带有南方人遗留的特点，但从原初便是一个本能的爱默生拥护者，他用卓越的手法将七十七行抒情的遐想整合起来，令我总以为它们是一句单句，这不折不扣地体现了爱默生“产生格律的论点”之说。在这样一首诗中怎么还能有第二句话——它如此彻底地将自身认同于丑怪儿想要成为他者的意志，而他者从根本上就是阿波罗？

大体而言，迪基将他的文学英雄三人组指认为一个令人意想不到的组合，由济慈、马尔科姆·劳瑞与詹姆斯·艾基组成，他们之间的联系大约是或相对来说都英年早逝，以及三人都对文学艺术的救赎史有着强烈信仰。迪基很大程度上是一个感性诗人，属于弗莱称之为“感性年代”的模式，这亦是克里斯托弗·斯玛特与威廉·柯

① 弗洛伊德曾提出“屏障记忆”理论，指人的心灵被一层层地笼罩和遮掩起来，导致记忆被扭曲和编造。

林斯的模式，还有其他那些失败的诗人群体，临界姿态使得他们倒在了高度浪漫主义的门槛外。最打动迪基的济慈，写书信的济慈，是感性诗人核心主题的巅峰，我同意柯林斯的观点，将这主题称作诗性特征的化身。虽然我不记得迪基曾提及过，但劳瑞与艾基在哈特·克莱恩的剧烈影响下形成了一个古怪的韵文作家联盟。相较于克莱恩的诗歌，迪基更欣赏其书信，这也与他对济慈的书信的偏爱产生的奇怪类比。但如劳瑞与艾基的韵文，济慈与克莱恩在他们的诗歌中充分地代表了诗性特征的化身，在那里，诗人披着青年的外衣，重生为年轻的太阳神。这显然是迪基《他者》的体裁，然而这清晰的指向被迪基早期的负疚感覆上了一层阴影，令他负疚的，是诗中准确地称为“我的自我爱欲”的东西。

还能是什么自我呢，不就是那个神奇、神秘的自我？它是本体论的而非经验论的，用叶芝或惠特曼的话来说，是自我而非灵魂。
笼罩了迪基优秀的七十七行作品的负疚感来自弗洛伊德理论中的 366
超我。与爱默生的“超灵”作为虚构的实体不相上下，却更为令人畏惧。如果说爱默生对于焦虑有着最精明的眼力，那么如华莱士曾经写过的，弗洛伊德对于潜能则是显微镜。家庭背叛所带来的负疚感必然随着家庭罗曼史的调包变丑怪幻想而来，对弗洛伊德（和肯尼思·伯克）而言，所有罗曼史都是家庭罗曼史。但是诗人**作为**诗人的家庭罗曼史通常倾向于离开原本仅仅是字面意义上家庭的领域。迪基对于自我之为人的主张是想要从一个“瘦骨嶙峋的孩童”那“力量受限的肉体”中升起，成为赫拉克勒斯一般的形象，正如他此后所成为的，一个当代诗人中的泰坦巨人。然而诗歌只能经由虚构和比喻来接近真相，因此《他者》被迫将孩子的志向当作成为阿波罗（即诗歌本身）的动力。评论《桴鼓集》时，年轻的亨利·詹姆斯曾对惠特曼嗤之以鼻，认为一个本质上的散文性情企图运用强力来把自己抬到诗歌高度。年老的詹姆斯在欣赏杰出的《紫丁香》挽歌时潸然泪下，对他年轻时候的误判嗤之以鼻。然而，经过适当的修改，我们可以从中获得一个阅读迪基的批评性比喻：一个本质上的诗歌性情运用强力把自己抬到诗歌高度。

从《他者》到《小孩》，迪基最为古怪的特质莫过于他非自觉流露却引人注目的二元论，因为一个如此坚决的活力论者并不应该（像他这样）显示出如此符合圣保罗和笛卡尔主义的身心二分，甚至不应如此普遍地表现出那样一种感觉——史蒂文斯将其称为我们与客体之间令人瞠目结舌的深渊。如果躯体是神圣的他者，那么诗歌中的感染力就变得既崇高又怪诞，因为躯体必将变易，且变易的最终形式是死亡。《他者》几乎是迪基最早的诗歌，就某些方面而言他此后再也没有超越它，这并不是因为迪基的技巧止步不前，而是因为《他者》本身具有不可超越性。迪基所有的思想都已经蕴含其中，就如同《阿拉斯特》之于雪莱，或是《乌辛之浪迹》之于叶芝。我需要再一次申明，这并不意味着迪基只是单纯地展开；如此躁动与无畏的实验者是极为善变的。然而，他所有的改变都在无望地追求着一种他的内在性情所不允许的分离。将他主要阶段的诗歌间隔开的“空洞”并不表现为离题的间隙，或是从一种形象到另一种的跨越，而是令人印象深刻地标志和强调了一种敏感的绝望，来自生之意志，以及不应被痛斥的自我爱欲，因为它代表了济慈所说的
367 “不卑微的病态”：英雄主义诗歌那“致死的疾病”。

《他者》和迪基其余卓越佳作一样，很显然是一首美国南方诗歌，然而其“诗性的化身”在意象与论点上必然是普遍性的。这普遍性的代价是高昂的，是永恒的负疚感，它源于作为一个诗人却非常不愿以自我为中心，背弃最初来自神话的要求。这些要求甚至在《他者》的开场就能被感知：

我伸手紧握自身，
移情至我
作为一个瘦骨嶙峋的孩子的灵魂，
缓步踱出我的思维
走入密林，犹如置身天降的火焰
在那里我将那力量受限的肉体转为
半身青铜，恰如我所愿。

迪基的天然宗教信仰一直是密特拉教[①]，这是战士的传统信仰，是所有西方宗教中男性气质最为高涨也最激烈的一个。尽管密特拉源自波斯，罗马将其吸收进阿波罗神的定义中，而迪基最大的改变就是将“诗性的化身”变为密特拉教的仪式。第一节中“青铜”的意义将在接下来的部分中揭示——既是阿波罗的神像，同时也是被密特拉宰杀献祭的公牛躯体。男孩迪基挥起过于沉重的斧头，祈祷着：

向另一个，不似我的，在我身边的人：
向一位兄弟或君王般高大的影子
他看着我，熊熊燃烧，给予我信任：
相信我能够以阿波罗之姿崛起——

我的双肩上覆着盔甲：
他的声音，在我的唇齿间萦绕，
带着巨蛇的嗞声，计数着挥击。

① 密特拉教：一个古代的秘密宗教，崇拜密特拉神，是史前文明社会雅利安人曾信拜的神。自公元前1世纪起在罗马帝国传播，只接受男性入教，所以在罗马士兵内十分流行。密特拉神象征着太阳，被敬拜为太阳神。密特拉 (Mitra) 原意是“契约”，也被视为“契约之神”。

日光穿过明亮的树林驱使着
他，无声地，怪异地飘浮到地面，
引我进入他的居所，端直地
坐着，面容不似凡间之相，

巨大的竖琴倚在他肩膀，
368 开始一把把奏起深沉的乐章。

“熊熊燃烧”在此成了一个至关重要的比喻，因为“兄弟”，即太阳神，只会引入一个充满热与光的太阳之殿，发出那神谕般嗞声的是皮媞亚（太阳神的女祭司），而迪基将其转化为属于自己的声音。他在诗中做出的最为出色的尝试是一个向下运动的意象，在第二诗节中引出，一个汗水与落叶混合的下坠，进而引出光明的降落。在诗歌的后半段，音乐飘落，最后是末行的叶片落下。上述所有“下落”都是一个隐藏仪式的替代品，即公牛的鲜血洒落在密特拉的炼金术师，这个即将变为阿波罗的战士身上：

我的兄弟从我身侧的土地中升起，

音乐架成的翼骨在他的背上
有力地颤抖，闪着真心的金光，
如鸟般飞上枝头
音乐随之落入蜂巢，我静立
在一头铜牛沉重的身形里，
在地面上，混入上帝的形象，
倚靠在斧头柄上。

诗歌第二节中“巨大的，枯死的树”可以说是迪基第一个重要的有关于持续时间的虚构意象，是他与时间分歧的起点。能够出现在迪基的诗歌中，这棵树恐怕是所有死树中最为富有活力的那棵了。然而这依旧无法平息诗人在追求文学不朽时那酸楚痛苦的渴望：

现在，我的臂膀应归于那棵死
树，与那落叶纷纷，将朽的树林，
我惊讶于仍能听闻那乐声，
我行走于被时间侵袭的森林，
祈求给予我生命另一副躯体，
知晓它无法给予我此物，
那棵巨大，无用的树木，

及太阳那叶片形状的闪电，
痛斥着我对自我的爱欲
犹如一记穿透砧木的劈砍：
此刻那团光亮，浮现的兄弟，
在我头顶更耀眼地熊熊燃烧，
在那乐曲中从枝桠飘下
在极致的、不合时宜的荣光中， 369

它只歌咏着我是如何用双手
创造——一个造物来让我苟延残喘
多年，来到林中歌唱
爱还能给予我们什么，
假如我会在我思想中彻底消亡，

制造我躯壳的天使赠我休憩，
这棵树随着斗转星移落下叶子。

最后，作为持续时间虚构意象的“这棵树”成了迪基自己，诗人成了他自己的诗作，确实称得上是“用双手/创造”，好似一座亲手搭建的房屋，一副会腐朽的躯体。对迪基而言，如果欲望要向单一化发展，它只可能朝注定消亡转向，犹如一个知晓自己仅仅是比喻的比喻。他者是神圣的，但仅仅是如阿波罗或密特拉般的神圣，而非耶稣或耶和华。一首“关于”一个制造躯壳的孩子将自己变为崇高，变为一个制造躯壳的天使，它此后从未给予迪基任何休憩。

回头看来，我认为《他者》之所以一下子就感动了我，是因为在二十年前很少有美国的诗歌像迪基的诗一样，如此人性地直接，而又如此充分发挥比喻性语言的潜力。早期运动的迪基几乎不费吹灰之力就发掘了诗歌的秘密，记得我读的第一首迪基的诗是《与他者同沉》（与诗集同名），题目本身就是一个令人难忘的比喻，配得上艾米莉·狄金森的领悟：一个敏锐的意识，即使意识到邻居与太阳，他人与外部的自然，依旧独生独死，只除却那自我认同——图腾式的独一的猎犬①。自我中崇高的一面最后只能做到“与他者同沉”，但这仅为该诗核心思想的一部分，这首诗至今仍然是迪基最独特且历久弥新的诗歌。

如果我没记错的话，迪基自己并不太喜欢这首诗，认为它模糊不清，不够有力。事实上，我记得他坚称他写这首诗仅仅是为了诗

① 出自艾米莉·狄金森1914年的一本由侄女玛莎·狄金森·比安奇编辑出版的新诗选《独一的猎犬》。

集得到一个书名，他对于诗歌引用层面的解释平实得有些怪异，但我认为这首诗一直尾随他一生，我们且看下文：

有时一个人从我们之中脱化而出
我们一直都认识他，直到此刻。
我们聚拢一处，看着他生长，
卸下他的肩骨，与人类一模一样。

那日常的翅膀
他从未使用， 370
使他的发从头上松开，
如翠鸟的羽冠，

被天堂的金光所迷乱。
他隔窗而望的深沉微笑
随着波浪走近我们，
扩散，最后，我们都

浸润其中，与之共舞。
我们缓缓地旋转，将光芒
洒向托举着我们之物，
他在我们脚下飞升，

像伊甸园的天使一样惊呆，
在宽广的炫目的光环中。
此刻我肩上的手害怕

感受到自己蝴蝶骨的跃动，

感受我缓缓坠落离开
发丝松弛有如一只翠鸟
在飞翔中死亡的念头。
若我张开双臂，我将听闻

每个海中的贝壳找寻到
它试图置入我嘴中的字句。
辽阔的飞行成为我的舞蹈，
整片海洋都将为我倾倒，

而我不断攀升歌唱
用我最后一丝呼吸。在我背上，
他的手覆着我未生的翅膀，
如日光般舒适地小憩

他已逃脱丧失听觉、向下飞翔的
死者的所有形式，
而我伸展、存活，
不为任何意义，在他的臂弯中。

我将这首诗看作诗学上的一次道成肉身，一个对于神圣他者的
不太情愿的假设，甚至可能是对俄耳甫斯困境的一种抵御，不过依
371 旧可以作为对《他者》一诗的修正来看待。事实上，我想是不是，
如果要描述迪基作为诗人令人着迷的力量，其中之一就是他不断重

写那些早期的重要诗歌。在《与他者同沉》的开篇，从我们之中脱化而出的是俄耳甫斯式的迪基，一位诗人和一个神圣的他者。就像柯林斯头发浓密的青春期，或是柯勒律治的青年时期，有着闪亮的大眼睛和飘拂的头发，抑或是史蒂文斯在《阿尔弗雷德 · 乌拉圭夫人》中有着男子气概的青年诗人形象，作为他者的迪基将他的发丝松开成了“翠鸟的羽冠，被天堂的金光所迷乱”。阿波罗再次重生，但作为俄耳甫斯式沉溺之人，符合美国诗歌的敏感性的诗人，他可以是哈特 · 克莱恩、罗特克、艾基或迪基中任何一人。然而，如果这首诗中那个从我们之中脱化而出的人就是达到崇高巅峰的迪基，那么究竟谁才是穷尽全力吟咏出僧侣般咒语的那个“我”？这也许就是为什么迪基自己也认为这首诗过于费解晦涩的原因，尽管它的力量显而易见。

我们的诗人是个名副其实的怪人，是命运女神之一（理查德 · 霍华德，诗人中的词典编纂者，可能会提醒我们这一点），他的自然状态是不可思议。他在这里做的事对幽灵般的自我来说，可能是模糊不清的，不过他的超自然或魔幻的自我聚拢了幽灵般四散的自我，直到那个“我”不断地“攀升歌唱，用我最后一丝呼吸”。所以在不断上升的卜辞中，的确没有一种自我灭亡，或可能灭亡。格律中或许有一些狄兰 · 托马斯[①]的痕迹，并非不经意，甚至在措辞中有时出现些涉及托马斯的典故暗示。那些相似之处甚至可能是迪基不喜欢自己诗歌的隐性原因，但我对此的评论是为了记下诗人之间的差别，而非他们共有的特质。在终将步向死亡这件事上，作为勇士的迪基不能欺骗自己，但是作为一个以信天翁为图腾的诗人，

① 狄兰 · 托马斯（1914—1951）：人称“疯狂的狄兰”，英国作家、诗人，代表作有《死亡与出场》《当我天生的五官都能看见》等。

他并不惧怕溺毙水中。很少有诗句能够像这句一样贴切地描述迪基的个性——“整片海洋都将为我倾倒”。

我认为“与他者同沉”是对“与他者同翔”的比喻，其中的首要场景是飞翔而非沉没。当然，飞翔是弗洛伊德对压抑的精确比喻，一种俄耳甫斯式的敏感，它不由自主，但目的明确，永远无法淡忘它的使命是迎向凡间的神性，或作为诗人而不朽。那么，与他者同沉作为一个比喻，意味着像不朽先驱的逝去那样死亡，或是可以写下后人不断传颂的诗歌。虽然规模较小，但这是迪基的《利西达斯》[1]，正如《黄道十二宫》将会是他对自我的宇宙论之挽歌。在这首诗中，那个拥有密特拉一般身躯的孩子依然存在，不过他在此是不那么情愿的，于某些困扰时刻发现亲密共享的不朽再次变成死亡，当这种共享越是强烈地为人所知。

迪基作为美国式崇高的真正化身之一，示例了它的两个巨大的
372 圣伤：仅在独自一人时方才感到自由，以及终于知晓他内在最亘古之物无一与创世有关。在与“他者性”纠缠了两首诗后，我需要恢复迪基的孤独感，他的爱默生式的独立自主的精神，在他的早期运动中蕴含这种内容的优秀诗歌便是《在山间帐篷中》，被恰当地放在《与他者同沉》结尾。我记得迪基将这首与另一首更为出名的诗《动物天堂》作了对比，后者也很可爱，但没有以下这样的沉思之力：

我聆听雨的形状
呈现帐篷的外廓并相信它，
在我卧处周围设下一道
深邃而无法言说的法律。

---

① 《利西达斯》是一首田园挽歌，纪念一年前在爱尔兰海的一次海难中不幸去世的爱德华·金，他是作者弥尔顿在剑桥时的同学。诗题源自维吉尔的《田园诗》中一个牧羊人的名字。

我服从,自由地缓缓下落

穿过树林深思熟虑的叶片
进入动物的思维。
我在天堂之外水域的粼粼波光中
那水光如黑暗,如光明。

我在那儿,如已死之人,或野兽
本身,想出了一首诗歌——
青翠,有理,鲜活,圣洁——
无法言说,只是听见,
从等待的队列中被召出,

一声巨大、适当、加强的哭喊
落于筛出的、和谐的停顿中,
持续的所有呼吸的进气
在《圣经》的第一个词语之前。

午夜时分水面有黎明降临
于狐狸、鼬和毛发蓬乱的野兔
抬起的头颅上,
在山的东面。
它们的光是我的形象

我等待着,像刚刚被杀,
易于感受,娇嫩脆弱,半笑着,

在我额上留下水印，
373 如蛾子翅膀上的斑点。

帐篷笼上我的身形
仿佛不合身的华服天衣。
从地上的洞穴里传来我的声音，
来自被上帝禁言的野兽的舌。
“我将死而复生”，我说道。

无论说这话的是不是一位基督徒，他似乎坚信死而复生。即使在精神的孤独中，迪基内在的离奇之处——他的守护神①——还是提出了诗歌隐性的问题：复活的究竟是谁的身体，我的或是他者的？是不是每个会死而复生的人，或者莫不是一个诺斯替教派风格的劝导？诺斯替教派已经存在于复活的躯体中，那是先于创世的原人的身体。诺斯替教徒们所称的“沛若芒”(Pleroma)，即完满，迪基则给它起了一个优美的名字——“事物的等待”。逝者、动物和作为诗歌语者的迪基都听到了诺斯替派的召唤，那是事物的等待振聋发聩的呼喊。迪基不了解秘传的诺斯替教派的思想，他通过诗人的直觉发现了一个比喻，指卡巴拉教派暗藏那在创世造成断裂之前而有的神圣气息。因此，迪基赞美的是“持续的所有呼吸的进气，在《圣经》的第一个词语之前”。希伯来语中这个词语写作Beresit，因此，这首诗的视野设定在“太初”之前。在午夜，而非于黎明，只是在野兽们折射出的雨景的光芒中，迪基上前为野兽发声，那些被《创世记》中的造物主禁言了的野兽们。在迪基自己的解释

① 原文为Daimon，原指“上帝的权力，命运”，后用来指代古希腊的宗教和神话的守护神。

中，人经历了与野兽的亲密关系，但与野兽有本质上的不同，因为只有他将要重生。然而我认为，诗人的身份比诗人作为诠释者的身份更加突出。在这首诗的语境下，为了重生，诗人只需要成为魔幻的如气体般的自我，这一自我先于《圣经》第一个词语而诞生。

迪基不是一位基督教诗人，相比之下，他更是一位爱默生主义者，一位美式的俄耳甫斯与诺斯替教徒，看到和说出这一点都并不十分令人吃惊。这只是再一次重复了理查德·霍华德[①]关于我们文学中被称为“本土品种”(Native Strain)的巧妙文字游戏。真正令我有些诧异的是，看到和说出迪基早期的俄耳甫斯主义现在看上去是多么教条主义，甚至有些程式化。它坚持存在，并以狂暴的力量伴着迪基《五月布道》那位极度疯狂的女性传道者出现。我建议每次我们读过乔纳森·爱德华兹观点相反的布道“愤怒上帝手中的罪人”之后立即读一读此诗。不过从修辞学而言，这与《早期运动》中的迪基截然不同，后者的俄耳甫斯主义更令人信服，也许因为几乎是我们无意中听到的，而不是如此强调的。 374

现在我把对早期运动的描绘转向下一本迪基的书：《头盔》。在我看来，这是至今为止他最为引人瞩目的单行本，我并不期待也并不想让迪基认同我的评价。“头盔”作为一个单词，根本上需要回溯到印欧语系的词源，意为“遮盖与隐藏”，但同时又有“保护”之意，这就能解释为何“helm”与“helmet”与两个对立的原始之名——地狱与瓦尔哈拉殿堂[②]——有联系。迪基的书当然对此一清二楚，迪基作为一个不可思议的内在认知者，作为诗人，战士，或是两者的结合，犹如一个射手与猎人。如果有时间和场合，我愿意细

---

① 理查德·霍华德(Richard Howard，1929—)，美国诗人、文学批评家。

② 挪威神话中奥丁神接待战死者英灵的殿堂。

细评价《头盔》中的每一首诗，但我还是决定将自己的注意力集中于其中两首最有野心的沉思作品——《临近的祈祷》与最后一首《用头盔喝水》。我已经瞥见过的某些主题上和论争上的张力可以说并未告终，但都有了明确的表达。我的表述之所以加了限制，是因为迪基诗歌最大的特点就是，其中没有任何事物走向终结，《黄道十二宫》集没有，《坠落》没有，《五月布道》亦没有。一般来说，如此执着的诗人无法同时作其他的尝试，但迪基拥有的是灵巧的想象力，其多样化程度足以令它逃脱其诠释者的掌心。

作为一个痴迷于“迟来性”问题的评论家，我尤其对他在《临近的祈祷》之中所展现的独创性印象深刻，迪基恰当地称其为“我所写作的最复杂且最牵强（far-fetched）的诗歌”。容我补充说明，这段评语出十五年前，直到那时他的观察都可以说是正确的，这对我而言足够幸运。“far-fetcher”是一个好用而粗糙的英语单词，伊丽莎白一世的修辞学家普腾汉姆曾用它来翻译那些被称为转喻或转代比喻的古老修辞法，《临近的祈祷》无疑是一首我会称为转代比喻式的诗歌。它吞食了自身的独创性，吐出了所有属于他人的迟来感。

虽然《临近的祈祷》时常展现出叶芝式的立场与措辞，但压倒性的特征只能是“独创性”。在我的印象中，没有任何诗与它有些许相似。如果它与叶芝和D.H.劳伦斯的活力论一脉相承，它那奇妙的，少言寡语至几乎无指向的祈祷却没有呈现出任何叶芝式或劳伦斯式的想象成分。与迪基真正的前驱者罗特克相比，它更贴近罗伯特·佩恩·沃伦的杰作《红尾鹰与青春火葬柴堆》，然而，后者是在《祈祷》成文很久以后才发表的，也许还吸收了它的部分思想。

尽管诺思洛普·弗莱的主张颇具说服力，诗歌中的独创性与对于原型的更新并无太大关系，与它更为相关的东西，我称为对确凿
375 性的抵抗，在这里“确凿性”（facticity）意味着被一个作者、一种传

统或是一种模式囚禁，到了无论作者或是读者都无法意识到这种囚禁存在的地步。迪基将他的诗作命名为《临近的祈祷》，而我作为他的修正者或是批评者，会选择将它重新命名为《临近的诗歌》，甚至是《临近的他者》。我承认迪基曾经这么说过："在这首诗中，我尝试去想象一个颇为平庸的人是如何为他将要尝试为之祈祷的奇迹般的事件做准备的。"但那个"颇为平庸的人"肯定是那个并不平庸的迪基的一种相当透明的防卫。从未有人站在迪基的立场上感受到他在遭遇平庸，诗中叙事者在"头发构成的**头盔**中"（强调字体为我所加），这顶头盔同样也有隐藏与保护的双重功效。在诗歌的幻觉中心，野猪的声音透过头盔传出，描述他被射手猎杀的情形，给了我们一个至关重要的比喻："**他指尖传来的声音，/如被弹奏的词语，迅疾地再一次/刺穿我。**"弓指代诗性的语言，每一句描写都是一支伤人的箭。所以谁在杀死谁？

正如所有强力诗人，迪基穿上了他已故父亲的躯壳，对他而言，我们说，前驱者是叶芝与罗特克的混合体。我们是否能这么说：在迪基那蛮荒的诗歌场景中，强力诗人扭转了阿多尼[1]的命运，反过来杀了确凿性这头野猪？在迪基笔下，我听到了另一次颠覆的重音：

我父亲的毛衣
黑暗中在我身上涌动。
我什么也看不见，但有一秒

什么东西穿过了我
似一场意外，如粗疏的一瞥。

① 阿多尼，希腊神话中爱神阿佛洛狄忒所恋的美少年，被野猪咬伤而死。

爱默生曾在他化为“透明的眼球”[①]的著名顿悟中反复吟诵：“我化为乌有，我览遍一切，宇宙存在的湍流环绕着穿过我，我是上帝的一部分，是他的微粒。”迪基的替代品一无所见，但有一秒又览遍所有，因为有些什么穿过他的身体，一瞥般地粗疏、意外，令他成为上帝的一部分或其微粒。这位不怎么平庸的角色以野兽与天使的双重身份向二者致辞。但他的目标究竟是谁？是他内在最古老、最早的部分或微粒，是恰逢其时直接降临的来世。但这时间又是对谁恰当？狩猎之神不可能是耶和华。迪基在结尾的吟咏中以“足够”为比喻向上帝致敬：一场足够狂暴的宁静，一颗供血充足的大脑，来自已故父亲的足够的爱，足够远离屠杀之尖锐感的高度——这一切都足够以某存在物之名杀死理性，此物不需要被听闻，只要“它曾被以某种方式道出”。作为一个美国的俄耳甫斯信徒，作为一
376 个飞行员[②] 与一个射手，迪基在理解那个“足够”上更为务实而更少教条。

如果我要描写后期的迪基，那个创作了《燃烧弹》、《奴隶市场》、《坠落》与《黄道十二宫》集的诗人，我会援引布莱克的《地狱箴言》。但我在迪基结束《早期运动》的地方进行总结，他以对“他者性”的大大方方的接近，形成了十九节诗歌《用头盔喝水》。根据迪基的评论，这些诗节的位置介于战场与墓地之间，我猜想这是对于整个宇宙的一种并非不精确的格言，这宇宙将是“完全运动”（当我们看到它的全部时）。虽然这是一组战争组诗，但“用头盔喝水”这个题目就靠向了迪基两个最重要的迷恋性想象：通过寻找合适的“他者性”来占卜；通过寻找诗人的魔幻之躯来拯救死亡阴影笼

① 来源于爱默生1836年的散文《自然》。

② 迪基参加了二战和朝鲜战争，服役于美国军队，开过军用飞机。

罩下的身体。

一个幸存的战士爬出散兵坑，等在绿色的运水车旁，拾起另一个人的头盔当作喝水的容器。在他身后，坟墓登记处的人在为还在战斗的人清理墓地。文字所带来的冲击太过强烈，隐藏了对预兆的比喻，维柯将此定义为回避的过程，魔幻形式主义诗人依此来达到神格——一种终将死亡，但也足够不朽的神格。用头盔喝水的动作成为充满魔力的替代之举，在熠熠生辉的强有力的第八段中被完全引出：

在水中央
明亮的光环向内和向外初现
犹如橡树的年轮存留
作为树的灵魂，或是
同心的金色时光之神。
我颤抖着继续前进，穿过刚刚
在我里面诞生的东西。

这个“东西”是祈祷，不过再一次被放置在了《临近的祈祷》所描绘出的奇特场景里。迪基一向擅长发明（约翰逊博士认为这是诗歌的本质），他的发明在随后片段的发展中大获成功。当叙述者挣扎着使死者复活之时，我们察觉到一个几乎同布莱克一样大胆的纯
幻象写作手法： 377

我摇摇晃晃，仿佛被吻了大脑。
在被炮击的树桩上我得见
巨大的树木会如何被伐去树冠

在我故国的一处
我此生从未造访的地方。
于我口中紧闭的晕眩中
我与一枚单词在水中缠斗
想要召唤已死之人绷紧
肌肉起身走向那里。
我感受到汗与泪
升腾而起时的分别，
两者都试图融化我的额头。

我想读者只有回到惠特曼的《桴鼓集》才能找到一首被如此崇高锻造的美国战争诗歌。场景从冲绳移到了美国乡间，到阵亡将士们的故土，在那儿，他们的头盔成了生命之水的容器：

即使是死去的第一天
死者也无法复生，
但他们最后的念头在某处徘徊
给任何一个找到它的人。
我未受伤的面孔诡异地浮在
失去躯干的树的年轮里。
同时，在它们之间，存活着
一个最后的念头，等待着，
如在爱丽儿[①]枝桠遍布，不断生长的监狱。

① 莎士比亚戏剧《暴风雨》中的一位女性精灵的名字，她被女巫西考拉克斯幽禁在一株开裂的松树中十二年。

爱丽儿在普洛斯彼罗出现之前被女巫监禁，之后成为自由的神灵，但在这首诗中并非如此，在这里仅仅“不再被杀死”变成了足够自由。当幻象让位于行动，“不论你在哪里都不死”成为“他者性”的新的模式：

够了
闪亮，我拾起我的卡宾枪说道。
我将旧头盔扔下
戴上湿的那个。
温热的水淌过我的脸。
我最后的念头变了，我知道
这继承自死者中的一个。 378

最后虽然只是通过替代与比喻的方式，迪基终于同时是自我与他者了。曾经是幻象的变成被驯化的，动人的美国式画面：

我看见雄伟的树木
如果可以，能够长到太阳上，
高高耸立。我看见一条篱笆
两个男孩面对面，
安静地交谈，
目光投向巨大的红树林，
树干里的年轮缓缓转动
哺育出超乎想象的苍郁密林。
他们离开了，一个蹬着
蓝色的脚踏车，

小的那个呈对角线蜷在
车把前的篮子里。

死去的士兵最后一刻挂念的是他的兄长，正如迪基长久以来念念不忘他自己的哥哥（在诗人出生之前就已经去世）。接下来的第十八段展现了迪基所有诗歌中最为温柔的感染力：

我将幸存并前往那处，
戴着头盔走下火车，
头盔中盛着一个男人最后的念头，
他看到了他的哥哥
指给他看树。
我将骑着脚踏车
走遍加利福尼亚
直到我找到那条
他们曾经过的白色泥土路，
期待与他金发的哥哥相逢，
并结伴走入树林
直到我们迷失方向，
然后摘下头盔
告诉他我曾站在何方，
什么被倾倒，什么被泼洒，什么被吞没：

“什么”是代词的魔力，最后一个片段带有惠特曼风格，令人难忘，是一个曾经受难，到过现场的幸存者的话语：

告诉他我就是那个人。 379

士兵幸存的仪式性魔力与诗性的化身合而为一，在迪基的所有诗歌中，我认为沃尔特·惠特曼会最为欣赏这首。他也一定会跟迪基那么说："我从来没能将诗与诗人的联系切断，我希望我永不会这么做。"迪基与惠特曼的相似之处在于，对他们而言，"诗人"既是一个经验自我，又是一个更成问题的真实自我或我自己，一个本体论的自我，但又是一个神性他者。两者在有关于民粹主义的表达上都不受外物影响且极其深奥。相似性到此为止，进一步深入的探讨将对迪基造成不公，对于任何当代作家也一样，甚至史蒂文斯或哈特·克莱恩都无法幸免。后期运动的迪基不是惠特曼式的诗人；若谁想要寻找一个美国的类比，那就得想象西奥多·罗特克是一名宇航员，那会让想象力挫败。我以引用惠特曼作为结尾，是因为他最后的表达与迪基一生工作中持续的运动有着最为明显的差异。惠特曼站在我们头顶的某个地方，他永远快人一步，警告着我们："在我离开之前，你是否能开口？你是否发现你已太晚？"迟晚感的重担压着我们，但如果我们加快步伐，就能追上他：

你若一时找不着我，请仍然保持勇气，
一处不见就到另一处寻觅，
我总会在某个地方等着你。

迪基不能，他无法停下，但他已经替我们扛起了一部分重担。惠特曼更为博大，但是在他之外再无一人更博大，那一份广博成了最后的安慰，就如史蒂文斯的《大红人在读书》。迪基仅仅是对着和为了我们的一部分发声，而这部分就是或想要成为幸存者，不想再濒临死亡。唉，单凭文字并不是确定之善。尽管年轻的叶芝和迪基都抱有此希望。不过正如迪基在《他者》中叙述的，它们至少可以帮助我们创造出“一个造物来让我苟延残喘/多年”。综上所述，让我携着赞颂回到诗歌本身，我能够如此总结，它确实包含了完全运动在其中。迪基无法“在我思想中彻底消亡”，那“极致的、不合
380 时宜的荣光”的触碰将成为他的个人遗产。

约翰·阿什贝利

(1927—2017)

一

丁尼生的《圣杯》中蕴含着某种精致的不洁，当帕尔齐法尔[①]进行他的毁灭性的追寻时，我们仿佛产生一种错觉——相信这位桂冠诗人受到诗歌《荒原》的过多影响，因为艾略特也成了颠倒“死者回归”(apophrades)[②]的大师。在我们这个时代，约翰·阿什贝利在他伟大的诗歌《片段》(收录于《春天的双重梦幻》集)中所获得的成就，把我们带回到了史蒂文斯。有点儿令人不安的是，有时反倒是史蒂文斯读起来像阿什贝利，这是一个我本来以为不可能的成就。

通过积极的“死者回归”，将陌生性加入美感之中，这方面最优秀的阐述者是佩特。也许所有浪漫主义风格，特别是其高峰期，都依赖于能够成功地在生者的外衣下显现死者，仿佛那些死去的诗人在这一过程中被赋予了比他们自己所觅得的还要多的自由活力。让我们拿史蒂文斯的诗歌《我叔叔的单片眼镜》和阿什贝利(史蒂

① 帕尔齐法尔，亚瑟王的一名骑士。

② “死者回归”是布鲁姆的诗学理论，他将诗学影响分为六个步骤，在最后一个步骤“死者回归”中，诗人将反哺前人，将前人的文本进一步完善、推进，使得影响了他的前文本反而在他手里复活而臻于完美。

文斯继承人中最当之无愧的一位）的诗歌《片段》进行对比：

像个书呆子，我注视，在爱中，
一个古老的情形触动着新头脑。
它萌发，它绽放，它结果而后死去。
这平凡比喻揭示一种真谛。
花期已逝。我们是它的果实。
两只金色的葫芦在我们藤上涨满，
进入秋气，溅上霜花，老来肥壮，
怪诞地变形。我们悬挂着——
像生疣的南瓜，烙着条纹和色斑。
笑哈哈的天空将看到我们两个，
381 被蚀骨的冬雨淘洗成空空的壳。

《我叔叔的单片眼镜》，八[①]

像血橙，我们的全部心灵和
全部皮肤拥有同样的词汇，可以
透过切口的尘土看见中间的圆周
我们想象力的轨道。其他的词，
古老的方式，只不过是配饰和附加物，
为了在我们周围设置变化，像个洞穴。
这里没有什么可笑的事情。
为分离出我们失衡状态的
核心，同时谨慎地支撑起

① 译文采用王敖译本，文字略有改动。

它整个的郁金香脑袋，一种想象的善。

《片段》，十三[①]

一种比较陈旧的诗学影响的观点会评论说，第二段是“源于”第一段，但是如果意识到“死者回归”中蕴含的修正比，就会发现阿什贝利在与死者无意识的竞争中，已经更胜一筹了。这一具体的风格虽然重要，对史蒂文斯来说还不是最重要的，但它是阿什贝利的伟大之处，每当他（克服了极大的困难）能够自由发挥它的时候。当我阅读《我叔叔的单片眼镜》，不与史蒂文斯的其他诗歌脱离开来时，不由自主地听到了阿什贝利的声音，因为这种写作方式已经被他牢牢地抓住了，无法回避，或许直到永远。而当我阅读《片段》时，我脑海中却往往没出现史蒂文斯的影子，因为他的存在已经被缓冲许多。阿什伯利的早期作品，在他的第一本诗集《一些树》显示出的希望和光彩中，无法避免地受到史蒂文斯巨大的影响，但想要远离这位大师的“克里纳门”（偏移）行为已然出现：

年轻人把一只鸟笼
放在蓝海边。他走开
鸟笼留了下来。现在其他

人出现，可他们住在盒子里。
海像一堵墙保护着他们。
众神崇拜一个女人画下的

① 本章阿什贝利诗歌译文一概采用马永波译本，《约翰·阿什贝利诗选》，河北教育出版社2003年版，文字略有改动。

一条线，在海的阴影中
它继续书写。岸上
382 是否有碰撞和交流

还是当女人离去，所有的秘密
都告消失？是波浪的记录
提到了鸟，还是陆地在前进？

《书在桌上》，二

这是《弹蓝色吉他的人》的模式，迫切地试图避开一个幻象，这幻象的严重性它无法承受：

慢慢地，石头上的长春藤
变成石头。女人们变成

城市，小孩们变成田野
浪涛里的男人变成大海。

这是和弦的魔术。
大海回卷男人，

田野捕捉小孩，砖头
化作杂草，萤火虫都被捉住，

翅膀脱落，虫身萎缩，但还活着。
不谐和音只是放大。

肚子里时光的黑暗深处，
时光在岩石上生长。[①]

早期阿什贝利诗歌有所暗示："碰撞和交流"在我们之中，甚至当我们面对大海，一个感官的宇宙，对我们的意识施加强大的力量。尽管先辈诗歌会以一种相似的准舒适形式达到解决，然而"不谐和音只是放大"的更强烈意识还是困扰着诗人和读者们，当我们的"碰撞和交流"投射到大海更宏大的节奏上。早期的阿什贝利徒劳无功地尝试与他的诗歌造诣之父达成一种和缓的关系，但成熟了的阿什贝利所创作的《片段》，则是颠覆甚至抓住了他的前驱，尽管他似乎是更完全地接受了诗歌前驱。这个毛头小伙或许仍旧没有在父亲的记录中被提到，但他自己的视野显然更加进步了。史蒂文斯直到最后阶段前仍旧在犹豫，既不能够坚定地接受，也无法全然排斥鼎盛期浪漫主义的一个主张，即诗人思维的力量能够击败死亡之
宇宙，或疏离的客体化世界。在他的《格言集》中，他说世界不是每 383
天都在一首诗歌中体现其自身。他那高贵而热切的门徒阿什贝利，通过对其前驱大胆的辩证误读，请求世界每天都在一首诗歌中体现其自身：

但是我能如何理解这个？是从
操作者手中夺回来的许多相同的
资产止赎证书的釉面，像一次判决
但仍然是视觉的大气层？两个人
在这黄昏中可能会碰撞，意味着，

① 西蒙、水琴译，略有改动。

无形地搜寻的时刻已结束：空间
宏大而干燥。在平淡的黄昏，
未来的月份，她将回忆起那
畸者对她说过话，词语像不连续的海滩
在空气前进的信号下呈现棕色。

这是《片段》的最后一节，阿什贝利回归到了他的早期作品《书在桌上》。有“岸上的碰撞和交流”，但这些“在黄昏中碰撞”。早先诗歌中的问题“陆地在前进？”被部分否定地回答了，通过棕色的、不连续的海滩，但部分也是通过“空气中前进的信号”。在《片段》中，阿什贝利还写下：“祖先如此推理，万物/正如他所预言那样发生，但是以有趣的方式。”积极的“死者回归”的强大力量赋予这位探索者严峻的智慧，在他恰当地称为《最快速修补》的格言式诗歌中，那首诗以下列诗句结尾：

……学习接受
艰难时刻的慈悲，当它们分发出来，
因为这是行动，这种不确定，这漫不经心的
预备，在犁沟中播下弯曲的种子，
准备遗忘，并经常回到
出发的泊位，那很久以前的日子。

在这里，阿什贝利获取了诗学风格的奥秘之一，但只是通过个性化的误读才达成。

二

另外一则误读是一首体现了“迟来性”的令人难忘的抒情诗，他的近作《因为你来自圣地》，其戏仿式的题目和首行重复了一首据说为沃尔特 · 雷利[①]所作的苦涩的爱情牧歌，那首诗中的一节始终徘徊在阿什贝利那更为优雅的诗歌里： 384

我爱着她，整个青春，
　而今如你所见，我已老去，
爱情不会垂青
　枯树上坠落的果实。

这里的“她”象征着阿什贝利给自己的挽歌中个人的过往：

西纽约州
坟墓在它们的衬套里是否无恙
八月下旬的空气中是否有种恐慌的信号
因为老人又尿裤子了
是否从下午晚些时候的强光转身
仿佛能够许愿使它离开
这些现在存在吗
这些如何能成为
你目前状况魔术般的解决

① 沃尔特 · 雷利 (约1552—1618)，英国文艺复兴时期的探险家和诗人。

无论什么使你这样一动不动
如此长久地穿过黑暗的季节
直到现在女人们穿着海军蓝出现
蠕虫从肥堆爬出死掉
这是任何季节的结束

你在那里如此准确地阅读
坐着不想被打扰
因为你来自圣地
大地依赖性的什么其他信号在你身上
什么固定标牌在十字路口
什么样的昏睡在林荫道上
那里的一切以低语说出
什么声调在树篱间
什么声音在苹果树下
那标上数字的土地延伸开去
而你的房子建在明天
但肯定不是早于检验
什么是正确的和将遭遇什么
不是在人口统计
和写下名字之前

记住你可以自由地走开
仿佛离开其他曾经有过的时代和场景
385 来得太迟的某人的历史
现在时间成熟了，格言

正在孵化，当季节转变、颤抖
最后好像那庞大有趣的事物
正在天空出现
但太阳西沉，使你看不见它
那记号从夜晚涌出
它的树叶像鸟群同时降落在树下
升高，再一次摇晃，
在虚弱的愤怒中迫降
像大脑一样知道，它永远不能出现
在这里在过去的昨天
仅仅是把自己填满今天的缝隙
像虚无被分发
在关于时间的思想中
当那时间已经过去

或许因为阿什贝利是史蒂文斯的直接后裔，他往往像史蒂文斯一样相当标准地遵循我的误读图示中所描述的危机诗歌的范式。这一模式，华兹华斯-惠特曼式的，如我早先观察到的那样，更多是持续缩减或者退离，而非恢复具象性的意义。阿什贝利的才华是把退离之酸楚变成音乐。所以在这首诗歌里，“任何季节的结束”结束了诗歌第一节，是有意采用太片面的提喻法，从而不足以弥补诗歌通篇所缺乏的反讽。阿什贝利那“反向自身”的转折是惆怅而不确定的，他很少允许精神的反转有任何完整性。他的起源，在神圣的纽约州西部土地，在此处或他的任何诗歌里都表现得淡漠而刚硬，仿佛并没有诗人本身的特别设计，而诗人被有特点地唤作“你”。下一节着重于阿什贝利常常表现出的对孤立之境的转喻化防卫（不同于史蒂文斯的消除或惠特曼的倒退）。在这种抵抗下，其中的征兆与冲动是相互间离的，目录或统计在一种简化了的行为——“写下名字”中被实现，其中“下”一字显示出令人惊讶的不同与力量。第三节，阿什贝利最杰出的诗节之一，则标志着这首诗歌“魔鬼化”（daemonization），美国式反崇高，在其中阿什贝利像史蒂文斯一样格外地自在。事实上，阿什贝利的长处和弱点的混合，甚至他那刻意营造的悲怅，就在于他有意地在罗兰公子结束之处开始，“自由地走开”，却总是将他自己看作活生生
386 的“来得太迟的某人之历史”，同时感到“现在时间成熟了”。他在散文作品《三首诗》中研究了自己的习惯性表达方式，已经明确地将自己和“罗兰公子在暗塔”进行比较。在这里也是这样，他的崇高感觉——即一种史蒂文斯式的现实正在天空与思维的战争中发生——必然因那近似于罗兰“最后的红色秋波”的日落而变得模糊。

阿什贝利迄今最好的成就，是他的英雄而永恒的自我挫败，这种说法适合用来总结这本书，因为这一自我挫败带头消解了史蒂文斯所复兴的转代比喻模式。阿什贝利的隐喻是转代比喻的而不是清晰可见的，但这一点被他自己用来反对自己，仿佛决心要将他在诗歌史上的迟到变成一种不顾一切的欢愉。在《因为你来自圣地》的最后几节诗里，最典型的雪莱-史蒂文斯式的隐喻，树叶的虚构，被恰如其分地揭示为一种失败感（“升高，再一次摇晃/在虚弱的愤怒中迫降”）；但是取而代之的借代几乎是失败感的夸张，存在感与此时此刻一起跌落，“把自己填满今天的缝隙/像虚无被分发”。对整首诗的最后两句来说，如果其中表达出的悲哀的尊严感不那么强烈，那么它们将成为对于转代比喻的一种荒唐的戏仿。阿什贝利是如此高尚且有诗学智慧，他没有降为时光之复仇的戏仿作家，他

“像一个巨大阴影最后的装饰”①一般闪烁着。

三

阿什贝利被世人误解，因为他和肯尼思·柯克、弗兰克·奥哈拉以及其他一些具有喜剧精神的“纽约派”有一定交往，也因为他那个特别卷本《网球场誓言》中大部分作品所代表的一个游离阶段。但是《春天的双重梦幻》以及《三首诗》使他再次成为像早期的《一些树》那样的史蒂文斯般的沉思者。没有哪个别的美国诗人曾那么孜孜不倦去驱赶离题之魔，也没有哪个当代的美国诗人在阐述一种离题的智慧时展现出如此令人难忘的自我一致。就像他的导师史蒂文斯，阿什贝利注定是一位热爱反复思考的诗人，总是要一次又一次地逆转一些主题，总是知道重要的是自我的神话，涂抹到不可涂抹。

阿什贝利的多种风格显示出他与作曲理论家诸如凯奇、考威尔，与画家们诸如克莱恩和波洛克那一派，以及与诸多法国吟游诗人，如鲁塞尔、雷弗迪甚至是米修之间都有密切的联系。但是阿什贝利最好的作品，从早期的《一些树》、《最后的世界》和《滑冰者》，到他伟大诗集《春天的双重梦幻》中的美妙高潮，以及最近的
《三首诗》，清晰地表明他继承的是由爱默生开启的美国传统。即使 387
阿什贝利的诗歌父亲是史蒂文斯，他最重要的祖先应当是惠特曼，正是史蒂文斯风格中的惠特曼血统找到了阿什贝利。我猜测阿什贝利和史蒂文斯一样，有意想要逃避连续性，而转向了法国诗歌，想要不顾一切地从诗学的影响中获得自由。《春天的双重梦幻》中称为“法语诗”的美妙组诗，用法文而写，然后翻译成英语。阿什贝利

① 出自史蒂文斯的《秋日极光》。

说:“这样做是为了避免习惯性的词汇和关联。”这初看上去很像是对于现代诗歌中流行的离题性的典型争论，其实更深地熟读“法语诗”，会强烈地联想到最核心的史蒂文斯，《夏天的信仰》中的先知。

似乎宇宙温度的
全部力量都活跃在接触的形式中
没有任何干预可以解决，
即使一个创造者返回
这初次实验的荒凉场景：这小宇宙。

……而它是如此自然
以至于我们几乎没有什么感觉
除了与最近结束的气氛
相匹配的某种光亮，而且它
充满对我们的注意。所以，光亮和财富。

但这一切的存在，尤其是
它们数量上惊人的丰盈，对于我们
可能是不可忘记的问题的来源：
诸如：这一切从何而来？还有：
有一天我将成为这丰盈的一部分吗？①

这段诗歌必作于作者青年之时，甚或是于哈佛就读之时，他已然从《夏天的信仰》中汲取过养分。

① 《法语诗》，《约翰·阿什贝利诗选（上册）》，马永波译。

每一位强力诗人的成长都是逃避的类型，对于他的前驱发生复杂的误读。阿什贝利真正的前驱是惠特曼和史蒂文斯的复合，他迄今的所有诗歌，显示出对于如此强大的美国先辈用了几乎所有可能用到的修正比。阿什贝利许多作品具有的分离特性，提示了批评界通常把他和科勒的狂烈、奥哈拉的随意尖锐并列，但他在最悲伤以及最强烈的超验性之下似乎最显出他的本色，几乎不由自主地赞颂
“那看不见的光，溅洒在/我们每日盛筵的寂静之上”。阿什贝利是 388
美国俄耳甫斯主义的某种久病患者，持续需要从对那三位神秘的，主管我们本土诗学的神灵厄洛斯、狄奥尼索斯以及阿南刻的热烈崇拜中康复。

我觉得应当另外再撰文追溯阿什贝利的起源问题，这里我只能留出空间去讨论他主要阶段的一些诗歌，因为这阶段在他最近的两本书中又有所发展。在这里要对现在正进入他们想象力成熟阶段的美国诗人作一个评价，阿什贝利和A.R.阿蒙斯对我来说是两个不可或缺的研究对象，这两位已经取得充分成就的艺术家，有可能成为能同弗罗斯特、史蒂文斯、庞德、威廉斯、艾略特、克莱恩以及沃伦、默温、詹姆斯·赖特、梅里尔，或许还有在威廉斯和庞德一派中的斯奈德，或许还有更早一代中的詹姆斯·迪基（如果他能回归到早期作品中的强大力量）抗衡的对手。然而所有的预言在这儿都是十分危险的，霍华德、霍兰德、金内尔、帕克、费曼、赫克特、斯特兰德、里奇、斯诺德格拉斯以及其他诗人近期所写的诗歌，几乎与阿蒙斯、阿什贝利以及赖特最好的作品一样强大。我们明显已经进入了现代诗歌一个异常丰富多彩的时代，其他批评家和读者也可能会提名一些完全不同的人。

阿什贝利的诗歌艺术被透明的意象萦绕，但这对他来说，从一开始，就如“一缕模糊的光亮”，或者被那些“如同肮脏的侍女/侍

奉透明的巫婆”的精灵带来。逆着超验性之涌流，阿什贝利懂得他称为“学着接受/艰难时刻，那少量发放的施舍”的智慧，同时也知晓：“没有人能够改变事物的核心本质，那光将更厉害地灼伤你。”被梦幻的火焰点燃从而超越自身（可以对比金内尔对这种火焰太轻易的引用），阿什贝利温和地同俄耳甫斯的涌流一起嬉戏（“火光从小小的花白焰浪/尾端反射，去告诉/在天文台的他们，/那伟大的剧情正获得胜利”）。在爱默生和惠特曼——这一传统的先知与阿什贝利、阿蒙斯和其他那些继承者们之间，史蒂文斯的形象充当中介：

我的房子在日光下有些小小改变。
木兰香气越来越盛，
假拂，假形，但假与亲相近。

要么看得见，要么看不见，
或者既看得见又看不见。
389 眼中得视又无视。

这些诗句难说是穿越的腔调，然而史蒂文斯就是摇摇晃晃地站在那里，在那缕重新被点亮的光之中。但就连怀疑论也是爱默生本人的，他最伟大的单篇愿景演说是《经验》，这篇作品看起来总是被狄金森、史蒂文斯和阿什贝利不断地再阐释着：

这样，宇宙便不可避免地染上我们的色彩，每一个客体都相继进入主体本身，主体在存在，主体在扩大，万物迟早都会各就其位，我是什么样，我就看见什么样；无论用我们愿意用的什么语言，我们能说的只是我们是什么……我们看见事物具有我们个人的面

> 貌，或者渗透了我们的情绪，这是我们气质上的需要，对此我们也不能过于轻描淡写。然而上帝是土生土长在这些荒岩中的……我们必须死死守住这份贫穷，不管它是多么令人反感，我们必须奋发图强，行动果断，方能把我们的轴把握得更紧。①

在美国，无论新旧超验主义，都几乎不能够与一种怀疑论的想象视野区分开，没有一个断言不伴有补偿性的限定条件。然而，我们往往记得爱默生的那种透明，而不是更经常地萦绕他和他直接门徒的那种不透明。我猜测这是因为爱默生的**自信**，不管他把重点置于何处。当史蒂文斯得到了那种稀有的透明，他看到的通常不怎么超出原有习惯，但他**感到**一种更伟大的平安，这种平安转化为对于他瞬间的想象力的一种自信。美国的超验主义构想主要基于爱默生关于“自助”的立场，也是一种对影响的焦虑感的否认。如同尼采，爱默生不许我们相信我们必定是迟来者（尼采欣赏他这一点）。在一首作为《自助》引言的，箴言式的四行诗中，爱默生表现出了一种萨满式的激情，在他的后继者身上还能找到：

> 孩子扔到石头上，
> 叫他吮咂母狼奶；
> 冬天鹰狐来护养，
> 手脚强壮又轻快。②

这很精彩，但爱默生并不比我同时代的任何人更符合这种描

① 爱默生《论经验》，译文采用蒲隆译本，《爱默生随笔》，华文出版社2010年版，略有改动。

② 蒲隆译。

述，除非你想采纳一个有趣而荒唐的想法，把华兹华斯或柯勒律治
390 看成母狼。“不要在你自己之外寻找你自己”是《自助》的另外一句格言，另外还有一句来自博蒙特和弗莱彻，教我们确信一个诚实的人的灵魂是这样：

> 光明、声势、命运全由它指导；
> 人的一切来得不迟也不早。[①]

这些全都是极佳的理想主义。一直在冒泡的惠特曼，读了《自助》以后被激发到1855年《自我之歌》的沸腾状态。由于性情和选择，阿什贝利总是保持着冒泡的状态，但无论他从惠特曼、史蒂文斯甚或法国诗歌“新颖”派那里汲取了什么势头，他很大程度上是在公开地以爱默生的精神进行创作。不幸的是，像默温和默温的前驱庞德那样，阿什贝利真正从爱默生-惠特曼传统那里吸收了诗人过于理想化的倾向，使他往往对自己说谎，乃至与自己的起源和经验作对。从爱默生以来的美国诗人们总是以对立的方式成就彼此，这大多意味着他们本来可能的发展被截出怪奇的面向。英国诗人偏离其精神之父，我们美国的诗人则试图解救出那些据说被遮蔽了的祖先。美国的吟游诗人就像德谟克利特那样，否定那种偏离，要挽救命定预测，抓住那可能使他们成为解放之神的命运。伊壁鸠鲁则肯定偏离的行为，毁坏命定预测。之后所有的诗歌总在这两种选择之间徘徊。爱默生虽然很接近德谟克利特，但他甚至想要命定预测成为“自助”的一种模式。也就是说，他确实赞同俄耳甫斯主义，即诗人已经是神圣的，且越是写诗就越意识到这种神圣性。雪莱等卢

① 蒲隆译。

克莱修体系的诗人们，通过偏离诗歌父亲（对于雪莱而言，是华兹华斯和弥尔顿）而获得了自由，不相信任何命定预测，不崇尚作为神性的最终形式的俄耳甫斯式必然性。俄耳甫斯式诗人，特别是那些美国式，或者说是爱默生式的，只崇尚四位神灵：阿南刻、厄洛斯、狄奥尼索斯，以及（当然尤其是）他们自己。因此，他们特别抵抗诗学影响论，对他们来说，所谓命定预测也就是对他们自身潜在崇高性的理解，他们自己就走在成为一个神灵的道路之上。彬彬有礼的阿什贝利，尽管颇有真正的和勤奋获得的智慧，也在这样的一个传统中，与那些球体人——爱默生、惠特曼、梭罗，还有那崇高的唯我论者史蒂文斯，或美国的华兹华斯一道。

在《春天的双重梦幻》中有一首清澈美丽的诗歌，题为《云彩》，是这样开头的：

这期间他只是一直等待，
甚至也不在想，如许多人以为的那样。 391
现在睡眠袭来给他晕眩宁静的许诺
他站起来承担那种想象。

树林中还有别人像他那样接近
关心那寂静的结局，但他们已迷失在
梦的阴影中，以致周围世界的外表
与内部的蜘蛛网相混淆。

在这里，“睡”是惠特曼-史蒂文斯化的投射（见《沉睡者》《石棺里的猫头鹰》），受到如此直白赞颂的那种华丽的唯我论，来源于同样基本上属爱默生的传统。尽管代表诗人或追寻主人公的“他”

与伙伴们的区别在于没有屈从这种唯我论，诗歌还是终结于这样一种消极崇拜：

> 他像一颗邪恶之星向前发射。
> 旅程的边缘参差不齐。
> 只是夜的面孔开始变得清晰
> 当更微弱的星星彼此召唤着消失。
>
> 日子像一个快门重塑他的形象：
> 全家人和客人都在那里，
> 谈话结束了，现在只有它才永不终止。
> 就这样管理城市，横越大洋，
>
> 特别仔细地耕作农场。
> 今年的玉米再度长得又高又熟。
> 这是对争执的完美驳斥，而塞墨勒[①]
> 离开了，迷惑于田野上棕色的光。

自然过程的收获季节，太成熟而不能存谜，否认追寻，证实了所有唯我论者的自然现实主义。这首诗歌敦促我们远离爱默生式自我或者中心自我，结论却是向那个自我屈服，以及屈服于狄奥尼索斯（塞墨勒之子）的重生。像自己的前驱史蒂文斯那样，阿什贝利害怕并且逃避美国式俄耳甫斯主义的本土品系，而同时，又与史蒂

---

① 塞墨勒，宙斯爱上的凡间女子。受嫉妒的赫拉怂恿要求宙斯以神的面目出现，结果因无法承受神的光辉而死去。她腹中的孩子就是酒神狄奥尼索斯。

文斯相似，他和哈特·克莱恩和约翰·惠尔赖特同样多地属于这一品系。阿什贝利在他近期的散文作品《三首诗》中，沮丧地接受了他的传统以及他在其中不可逃避的位置：

> 为什么我们没有在真实与想象这两种生活相遇而引发的战火中毁灭，除非我们从未拥有超越那两种静态的、高度人为 392 化概念之外的独立存在，它们的融合不仅是我们，也是周围世界死亡与毁灭的原因。但也许确切的原因在这里：我们正在目睹的仅仅是一个事件的反面，除了我们，它赐福于一切，我们看不见它是因为它在我们内部发生。同时，生活的形式在表面已经为每个人而确切地变好。他们沐浴在这无尽惊奇的光中，就像沐浴着只治愈而不腐蚀任何事物的崭新的阳光；他们评论着神奇的变化，就像人们评论着初秋炫目的美，忘记了对于他们中的盲人来说，这是与其他日子毫无二致的日子，以至它的美不能说具有普遍的有效性，基本上是可疑的。
>
> 《背诵》

和这一选段最为接近的（虽然是辩证对立的），即爱默生早期天启式的《自然》中带有强烈结论性的狂想篇章，当俄耳甫斯式的诗人们回归了预言与先知：

> 正如南方来的夏天会融化坚冰使大地返绿一样，前进中的精神会一路点缀着它的道路，并把它所见的美丽和迷人的歌声收藏起来；它带来了美丽的脸庞、热情的心肠、机智的谈吐和英勇的行为，直到邪恶荡然无存为止。人对自然的统治，这一现在人们做梦也不敢想的事最终是一定会实现的。而且，

> 就像一个逐渐恢复光明的盲人，人们到那时一点也不会对此感到惊奇。[①]

阿什贝利的自我那种天启式的转变，其向“超灵”的提升，对于自我之外每个人、每样事物来说都清晰可见，但对那个盲人自我来说并非如此。爱默生的自我只有在先懂得逐渐摆脱对自身荣耀的无视后，才会知晓他人他物的蜕变式救赎。转化救赎。阿什贝利的先行者，即创作了《自我之歌》以及《最高虚构札记》的那两位，就基本是爱默生的继承者，尽管史蒂文斯是不自觉地拥有了这一身份。阿什贝利可以说是美国的一个另类，一位对立的超验主义者，
393 而承接着他所无法自知的“新颖”诗歌涌流。

四

让我越过弗罗斯特、庞德、威廉斯乃至哈特·克莱恩，来到当下的一个“声音-形象”，那是另一种有力的记录，无论这力量是如何沮丧地看待自己。这里是阿什贝利的《别样的传统》，1977年《船屋的日子》集中的第二首诗：

> 他们都来了，有的带着温情
> 醒目装饰在T恤上，宣布时辰
> 已晚；太阳的确倾斜了它的光线
> 穿过诺福克岛松树的枝条，仿佛
> 在优雅地清理喉咙，所有思想沉淀在

① 《爱默生散文选》，姚暨荣译，百花文艺出版社。

树下绒毛般的灰尘中，细雨蒙蒙；
无止尽的拼字游戏，那些推动者，
著名的康塔尔煎蛋，通过它
时间的轰鸣未加抑制地跃入
日子的水闸，拖曳着每一个性感时刻
经过透镜：某物的终结。
只有在那时你才从书上抬起头，
无法理解正在发生什么，或
说出你在读什么，更多的椅子
被搬来，灯点燃了，但是它没说
这一切是如何发生显现，向
你和等在外面及下条街上的人，
一遍遍重复着它的名字，直到寂静
升到变暗的躯干半腰，
而会议要求人们遵守秩序。
　　　　　　　　　　我仍记得
他们怎样找到你，在梦后，在你的小酒吧，
像停车场上的蝴蝶一样用功。
回家的路那时要好些。各自走散，
每个行吟诗人都有东西要说，关于慈善
如何跑完了比赛并获胜，留下你
做前任主席，虽然在场许多人
曾希望什么事发生，哪怕仅仅是一阵
遥远的烟雾，而没有谁被蒙骗到
会去渴求那几分钟前凉爽的非存在，
现在一片森林的想法已经钳紧

在风景的细节上。你发现这很
迷人，但你把脸完全转向夜晚，
394 仿佛一个扩音器对它说话，既听不见
也不关心，尽管这些仍生动而慷慨
并囊括所有的道路，允许来去
无限期地进出栅栏
他们的记忆有如此多的故障，当你的遗忘
最终拯救了他们，像一颗星吸收着夜晚。

我意识到这首迷人的诗歌温文尔雅地面对、吸收并从某种程度上来说力图去推翻某种批评理论，或者说是一种批评氛围，而正是这氛围赋予了它正典地位。史蒂文斯的惠特曼声称说，没有什么东西是终极的，也没有人能看到终结。阿什贝利，一位刻意地比惠特曼更随便一些的惠特曼，他仰望“迟来性”的先知，乐观地坚持说他的遗忘或压抑终将拯救我们，即使惠特曼和史蒂文斯的星星已经缀满夜空。但是这把美国式的“迟来”转为一种新颖的“先至”的转喻式变化有一定的代价，阿什贝利的那种记录或“声音-形象”被迫让位于一种深思熟虑的怪奇。性感完全向时间屈服，这才是真正的“某物的终结”，诗歌传统成了行吟诗人一次组织不良的社交会议，让经典的阿什贝利反而成了“前任主席”。至于这声音的形象本身，惠特曼那样面对黑夜的方式现在沦为：“你发现这很/迷人，但你把脸完全转向夜晚，/仿佛一个扩音器对它说话，既听不见/也不关心”。这里的“扩音器”对于保罗·德曼对诗歌传统的解构主义看法来说是一个合适的形象，它通过暗示每一首诗歌都和人类的死亡一样是随机并且无缘由的事件，而破坏了传统。

阿什贝利对于他心目中《别样的传统》的含蓄诠释调和了这种视野(即诗歌完全脱离其他诗歌)与对立的黑暗(诗歌担负着多种因素决定了的关系,逐渐发展到最终的无序状态)。我们诗歌中的声音,现在记录下了阿什贝利在《船屋的日子》集里代表性的俄耳甫斯式挽歌《紫丁香》中所说的:“沿路留有记号的鹅卵石。”如果我们认可美国式崇高也总是一部美国的反讽,不妨回到爱默生,并且聆听那在我们心中伟大的声音再次冲出。这是1859年8月在他的日记中的爱默生,在即将耗竭的前夕,他所有真正的成就都已在身后;不过他为我们记录下来自己真实的灵魂:

> 智性的祝福。——某一天,难道我不应持续地写下智性的祝福?对于虚弱的灵魂来说,它太过伟大,他们显得异常兴奋。酒杯摇晃,红酒泼洒而出。然后呢?愉悦让我无法安于椅
> 上,让我腾地跳起来,让我在房中来回踱步,就像一只笼内的老 395
> 虎,我无法沉着冷静,即使几乎无法用英文记下使我颤栗的想法——那愉悦不是升华的凭证?如果我从未写过一本书或一行字,那会发生什么?随即,我的眼中之眼睁开,那积极的经验依然存在,并抚慰着所有痛苦。

五

与同时代很多惠特曼和史蒂文斯的继承人相比较,阿什贝利很可能达到了最接近两位先驱的高度。但他们关于自己听众的不确定程度,在阿什贝利采取的那种不断变动的立场中,远远被超越了。他的模式能够从一种跳跃得似乎无法解释的表面不透明性,变到一种再次将爱默生式对立面统一起来的透明洞察力。在长诗代表作

《凸镜中的自画像》中，通过沉思帕尔米贾尼诺[①]的绘画，阿什贝利获得到了一种视角，艺术（而非自然）成为灵魂的囚徒：

灵魂不得不待在它所在之处，
即使躁动不安，倾听着窗上的雨滴，
被风鞭打的秋叶的叹息，
渴望外面的自由，它也必须
在这儿摆着姿势。它必须尽可能少动。
这就是自画像所讲的。
然而在那凝视中混合了
温柔、愉悦和懊悔，在它的克制中
那么强烈，以致一个人不能看得过久。
秘密过于清楚。它的遗憾刺痛人心，
使热泪涌出：那灵魂不是一个灵魂，
它没有秘密，很小，完全适合
它的空洞：它的房间，我们注意力的瞬间。

惠特曼的灵魂，在无言中知道自己真实的时间到来，在这里明显减弱为瞬间的注意力。但即使是这令人伤心的认识，假定将灵魂放逐进了凸镜，也仍是一个优越的瞬间，爱默生式的而不是佩特式的。恰恰是他似乎最惆怅和自己感到因失落而迷惘之时，阿什贝利
396 仍然是最辩证的，就和他的美国先辈们一样。

这简单的用语和脆弱的立场几乎不能够隐藏美国式的超验性自我的存在，本体论自我在增长，即使经验论自我放弃了所有精神

① 帕尔米贾尼诺（1503—1540），意大利样式主义画家。

层面的宣言。因此，“愉悦”在“温柔”与“懊悔”之间发生，惠特曼式的情感；也因此有了对某种保留力量的更大暗示，“在它的克制中那么强烈，以致一个人不能看得过久”。一个美国式的俄耳甫斯，漫步在爱默生的遗迹边，能经得起像古代的诺斯替教徒般交出了灵魂。这灵魂可以交出给巨匠造物主，无论是艺术的还是自然的造物主，因为那一缕精魂（pneuma）的火花比心智（psyche）更重要，不适合任何空洞。惠特曼和史蒂文斯既是与世隔绝的又是信手拈来的，阿什贝利也如是，然而他漫不经心的姿态所付出的代价，是美国式
的迟来感不断地增长。 397

W.S. 默温
(1927—2019)

> 我的意思是说，我们迄今还没有一个人能够完全依据他的个性行事，不食人间烟火。没有一个人能够感情用事到了点石成金，遍地奇迹的地步。没有一个人在为普世目标工作中凭空获得食物，凭空获得衣服、住房与武器装备，那都是他自己亲手劳动做成的。
>
> 爱默生《超验主义者》(1842年)[①]

我的主题是一个仍然少有人问津的现象，即本土性或爱默生思想的复兴，它就发生在和我同代的美国诗人的诗歌领域，这些诗人出生于1925—1935这十年间。我无法在此将所有诗人考察一遍，我只讨论如下三位诗人作品的主要面向：W.S.默温，A.R.阿蒙斯以及约翰·阿什贝利。我的选择具有倾向性，受到个人品味的限制，同时我也知道，爱默生精神血脉的真正继承者身存何处是值得讨论的，与其说是在史蒂文斯和弗罗斯特一派，还不如说是在威廉斯和庞德一派。但自奥尔森、邓肯和其同道中人以降，直到金斯伯格、斯奈德以及更年轻一代的诗人，其所取得的成就之暧昧本质（在我看

① 译文采用赵一凡译本，爱默生：《美国学者：爱默生演讲集》，生活·读书·新知三联书店1998年版，第191页，文字略有改动。后文中涉及《超验主义者》的译文时均采用此译本。

来是这样）使我感到困扰。爱默生派诗歌是一个弥散的却又易于辨认的传统：其中包括杰弗斯①和哈特·克莱恩，写出《比萨诗章》②的庞德和写出《秋日极光》的史蒂文斯，中期的罗特克和后期的艾肯。爱默生以后美国诗歌的问题可以这样来描述："比起充其量不过是反爱默生派，有可能出现一种非爱默生派吗？"坡不是爱默生派诗人，但他也不是一位优秀的诗人。也许只有我们的南方诗人，直至泰特和沃伦等人，才可以同时被视为非爱默生派和反爱默生派
诗人；他们之中现在的佼佼者（迪基和阿蒙斯）已完全皈依爱默生 398
一派。就连爱默生本人的时代，他的精神旋涡中也涌现出相互矛盾的诗人们：狄金森，梭罗，惠特曼，维里，甚至是塔克曼——他被温特斯评为像霍桑和梅尔维尔一样果断反对爱默生的人。美国浪漫主义是个比爱默生主义宽泛的概念，但到了我们这个时代不太可能再将这两种现象区分开来了。一种民族诗歌感性的预言家就是那位康科德吟咏者，他在其学说和性情的辩证玄奥中，几乎包含了后来出现的一切。

我先从一个具有代表性的文本开始吧，它的作者是我这一代毫无疑问最具代表性的诗人，即多变的默温。这首绝妙的诗就是《去往河的路》，选自1963年的诗集《移动的靶子》。这首诗大约有50行，我会稍作概括，就不尽数引用了。这首诗是写给诗人的妻子的，是某种人生中途的宣言，是一首信念的颂歌，重申了爱的契约，同时它还是对诗人天职的一种认知。从历史的意义（以及预言性的角

① 罗宾逊·杰弗斯（1887—1962），有争议的美国诗人，成名作为《泰马及其他诗篇》。

② 庞德自1904年起就计划写一部现代史诗，内容涉及文学、艺术、建筑、神话、经济学等诸多方面。1917—1959年间，庞德以"诗章"形式分批发表这首长诗，1969年又发表了一些未完成的片段。全诗最终完成109篇"诗章"和部分草稿。这里提到的是著名的《比萨诗章》，是庞德被囚禁在意大利比萨的俘虏营时所写。

度）上看，这首诗总结了美国年轻人“沉默的一代”所面临的困境，此时正处于一场惊人的情感变革（或崩溃）前夕，它将在1964年的伯克利爆发出来[①]。将近十年之后，人们看到了这“动乱时代”的发作（或复现）是何其短暂。默温以他迫切的好奇心和预想力，精准地攫住了那个时代的序曲：

去往河的路途经每种称呼
灰烬的方式袖管合叶花环
穿过卖绷带的小贩的歌声

我以自己的声音安放你的名字
当我前行
去往河的路途经每扇故往的
门和孩子们的游戏他们生来
　就回望过去
他们假装是破碎的玻璃
数字在厅堂中等候而云彩
呼唤
从窗外传来
他们玩的是假装年迈他们将
　地平线

投入篮子他们正在逃避他们

① 指1964年在加州大学伯克利分校发生的自由言论运动，由学生发起，目的是争取演讲和学术上的自由，捍卫学生的权利。这场运动在美国新左派运动史以及反正统文化运动史上都有着重要地位，作为一场政治事件，它触发了一系列大规模的学生反叛运动。

正在躲藏 399

我跨过每根轨枕每片火焰每页日历
我的声音转向你

这是爱默生和史蒂文斯的“贫穷”[①]：想象力的需要。默温进入了一个传统，其中包括写出《天边人影》的E.A.罗宾逊，写出《指令》的弗罗斯特以及写出《秋日极光》的史蒂文斯，同时，默温跟随爱默生去建造那“迷人的必要性”的圣坛。

给那拥有美酒的城市我带回了
　一点点
水我缓慢地行走
在我面前他们正在建造那空空如也的
年代我看见他们稍纵即逝的身影
站在这儿我不再为时间感到羞惭它
　太短暂它的指针
没有名字
我已倏忽而过我知道

哦必然性你带着面孔你带着
所有的面孔

① 上文引用的是《去往河的路》的开头部分，之后的第四节默温写了这样的句子：“在这里，我们能够做些什么/为了死者和充斥着金钱的足迹/我给你我拥有的/贫乏”。这里提到的“贫乏”即出于此。

这写在一切事物身后

但我们
将会一起阅读

这阶段的默温——他目前仍处于这个阶段——起始于一首重要的诗歌,《莱缪尔的祝福》,这首诗在形式上借鉴了斯玛特的《羔羊颂》(还有许许多多近来的美国诗人也是这样做的,包括金斯伯格,斯特兰德,唐纳德·芬克尔),但它同时也是一篇爱默生式的宣言。向一种精神(“你,知晓道路者”)默温祈祷:“别让言语的记忆打垮我,使我磕绊颤抖。”这首赞美自立的颂歌扩展为《移动的靶子》中最具雄心的诗作,它是对爱默生所谓的“新颖”的一次庄重的颂贺。“因为现在”:“对你为我学来的东西说再见反正我也得学/你呀你忘记了你的江河它们消失了/而我自己我也不再记得你。”在他接下来的(同时也是最好的)诗集《虱》中,默温将上帝定义为“那没能够成为我们的东西”,这是对爱默生所主张的诗人是释放人类的上帝作出了
400 一种晦暗的补充说明。《虱》中的诗歌都受到光明的困扰,正如这首十分独特而简短的抒情诗,感伤的《我们怎样获免》一般:

仲夏的黎明前一道橘黄色光芒
　回到群山
如同巨大重量压下来小鸟们高叫
又将它驮起[①]

① 《我们怎样获免》,选自《虱》(1967),译文采用董继平译本,《W.S. 默温诗选:上》,河北教育出版社 2002 年版。文字略有改动。

在他最厚的一本诗集，即《扛梯子的人》中，默温似乎已经完成了他向一位美国幻象诗人的转化过程。这本书中最惊人但同时也最具争议的诗是四首颂歌般的“诗篇”（Psalms），副标题分别是：《我们的父亲》，《信号》，《九月的景象》和《寿衣》。没有哪个近来的美国诗人，即便是写出《遥远的土地》的罗特克抑或后期作品中的迪基，也没有企图使用过这样高贵的诗风：

我是冒险家之子可我的祈祷
　你是否听见哦捉摸不定的星辰
我是盲人之子可没有什么我们
　创造的事物注视着我们
我是谬误之子可我曾见过
　天堂里的孩子们行走在洞穴中
　各自手拉着自己的手
我是守卫者之子可他已被埋葬
　同他的钥匙一起
我是光明之子可它是否称我为
　撒母耳或约拿[①]
我是比水还要久远的祈愿之子可我
　至今仍然需要
我是像路途一样抓住世界的鬼魂之子
　可明天我将踏上新的道路

这首诗形式上同样出于《羔羊颂》，但对这第一首“诗篇”以及

① 均为《圣经》中的人物，以色列的先知。

所有默温的作品来说，其中最重要的一行已远远不同于斯玛特那虔敬的精神了：

> 我是未来之子但我的真正父亲

作为诗人，最近的默温几乎不再进行那不可能式的自我生成了；具有庞德-艾略特传统的语言特征无处不在，甚至徘徊于那些最自觉地剥光的诗歌之中。默温更为令人印象深刻的地方，是他那
401 迫切的需求，他对断裂性的渴望，而非任何真正的创造性。他现阶段的动人之处在于不断地尝试自立，深信只有这样诗人才会看见。默温真正的前驱是三位受人景仰的、文质彬彬的代表性诗人：朗费罗，麦克利什以及威尔伯，他们谁也没有试过说出一句仅仅属于他自己的话语。时过境迁，默温本来是可以继续培养一种更为连贯的风格的，正如他在早期的诗集中所做的那样，而且朗费罗即便是在爱默生的时代也是这么做的。启示录一般的1960年代带来的压力促使默温成为一位美国的俄耳甫斯式吟游诗人，尽管悲伤的是他的诗人气质并不适宜于耐受本土性。没有哪个诗人能正当地说出一句话语，若其背负着他那一代将会成为最后一代诗人的重担的话。当新一代人声言几乎相同的困境，随后又一代人鼓吹终结性的时候，默温关于剥裸状态的连祷文读起来会显得很古怪。

默温的困境（但愿我的阅读是公正的，因为我并非对他的作品毫无同情之心）是他没有超验的洞察力，却受到某种驱使想要说出预言。有意思的是一百三十年之后，美国诗歌的境况竟和爱默生写出那篇亲切而又有嘲讽意味的短文之时完全一致，这篇文章以比他年轻一些的同代人和追随者为题材，名为《超验主义者》，其中把这些人视为不仅揭示出我们的贫穷，也体现出他们自己的贫穷。文

章以一种亲切的绝望感(或说绝望的亲切感)形成了如此讨人喜欢(同时惹人发怒)的品性,然而爱默生还是驱策着他的追随者出去探索荒野:

> 但是我谈到的所有这些人都不是行家。他们是些新手。他们不过是指出了人们在具备了更健康、更勇敢的心灵时所应该走的道路。让他们去体会自己责任的重大意义,并且值得拥有更强大的力量吧。他们的心脏是保存着火种的诺亚方舟,这火种将要释放出巨大而蔓延的火焰。让他们在天才最狂热的冲动时去服从他的旨意吧,在他似乎率先走向那不宜居住的思想与生活的沙漠时追随他吧,因为英雄独自跋涉的小径才是有益于人类健康和利益的坦途。人类本性的特权和尊严是什么呢?难道不就是它通过自身力量把自己同永恒事物联结在一起的那种坚韧不拔的精神吗?

默温祈祷着能够在他的时代中承受住荒漠的考验,但他的诗歌很难使我们相信他的"天才"或"精神"引导他进入了"不宜居住的思想与生活的沙漠"。那些不信任《扛梯子的人》的读者,要么声称自己感到诗作的风格支配了主题,要么抱怨其中灵魂的自命不 402
凡。在我看来更值得追究的是爱默生预见到的某些东西,提到超验主义者时他说:"他相信奇迹,相信人的灵魂是永远对光明与力量的新潮流开放的。他相信灵感与狂喜。"但他接着又说,这样的青年是仍"处在祈愿情绪中"的美国文学和精神历史的一部分。默温的祈愿情绪看起来似乎只关涉他作为诗人-预言家的客观身份;他没有出示给我们关于光明和力量流入心灵的某种信仰,反倒是提供了一些我们终归会以某种方式知道的东西,就算我们不曾为他艺术上的突变感到沮丧也依然如此：

要去那里的我品尝着动物的
　缄默
将雪献给暗夜

今日只属于寥寥数人而明日无人领取[①]

爱默生最喜爱的天启者的妆容就是一位俄耳甫斯式诗人的形象。在俄耳甫斯教的众神（厄洛斯，狄奥尼索斯和阿南刻）中，默温给了我们对第一位神的数次回首瞥视，对最后一位神的持续观察，但他的诗歌之中不见狄奥尼索斯。默温没有酒神的狂乱力量，同时又受到某种光明的困扰，这种光明被他描述为完全无意义，默温似乎就注定要写作那种剥光真正的内容，一如它如此雅致地剥光措辞和设计的诗歌。残留在默温身上的不过是爱默生的超验主义或俄耳甫斯式诗人的**情境**；对他而言，本土性似乎纯粹是一种重负[②]，是需要耐受下去的，因为这种耐受本身就足够有价值，或者进一步说，
403 对这种耐受所作的辩词就已经有足够的价值了。

① 《无论何时我去那个地方》的最末四行，出自诗集《虱》。

② “本土性”原文为（Native Strain），而“strain”又有压力、重负之义。

德里克·沃尔科特

（1930—2017）

德里克·沃尔科特的每部著作一经问世我便读过，然而说到他的美学地位的问题时，我仍说不太清楚。不过，很少有人像我这样无法作出任何断语，哪怕是对我自己。沃尔科特是一个出色的叙述者，拥有丰富的文字天赋。我自己的困惑来自对诗人声音的关心，集中反映了我对阅读与诗歌欣赏的热爱。德里克·沃尔科特是否发展出了他自己的声音？这是伟大诗人的标志；抑或，人们注意到他的英文诗歌风格中复合了后叶芝诗歌的风格？

我想看看我最近阅读的沃尔科特的长诗《提埃坡罗的猎犬》能不能解决我的疑问。此诗的构思围绕着一个沃尔科特和卡米耶·毕沙罗之间的精彩巧合，后者出生于1830年，是刚好比沃尔科特早一个世纪的西印度群岛印象画派画家。在毕沙罗这位伊比利亚半岛后裔犹太人，从而同是流亡者与外来者那儿，沃尔科特发现了一种他认为和自己非常类似的美学追求。

这首诗的最后一节，即第二十六节的开头，在毕沙罗和沃尔科特之间建立了强烈的认同：

> 他进入窗框。他的凝视就是你的。
>
> 上好的画布，热气蒸腾的镜子，这空白版面

显出一幅画作。他的肖像叹息

透过白雾蒙蒙。毕沙罗已是老年，
我们伫立，在彼此的眼里看到自己。

忍受痛苦，不失去一分爱意
404 仿佛是那双眼里的答案，

眼球捕捉到一轮闪闪发光的冬日，
在复折屋顶上，还有烟囱的笔直炊烟。

这很有说服力，并且令人难忘。但我听到沃尔科特的声音了吗，或者是一种对华莱士·史蒂文斯那细致入微的韵律的改写呢？当表达如此具有美学尊严时，声音是谁的还重要吗？我不安地回想起阿奇博尔德·麦柯勒斯的诗歌，他因兼收并蓄地吸收艾略特、庞德和其他诗人，被埃德蒙·威尔逊在《A.麦克利什的煎蛋卷》中俏皮地挖苦过。这是《提埃坡罗的猎犬》的最后几行，对我而言美极了，但我又听到华莱士·史蒂文斯说“头脑中被回避的思想嗡鸣”：

让画布抓住贝库内海岬最后的光，
延长夏洛特阿马利亚拱形的阴影，

一名祈祷者烟雾缭绕，黄铜涂上
一棵鸡蛋花树分杈烛台般的身形，

当棚屋的光吐苞橙色点缀莫恩，

黑暗的海港光亮如柱。繁星飞近

像火花,房子用灯泡和小彩灯辉映
维京群岛、委罗内塞和提埃坡罗风情。

不一会儿,在圣克鲁斯烟雾弥漫的山坡,
黄昏将点燃不凋花的花芯,

鹦鹉将喊喊喳喳在树上把喧闹的消息传播
关于来临的夜,第一颗星将栖定。

那时,所有深刻于我们的悲伤、
不断的失败、在劫难逃的惊惶

都将消逝如村角那桥上的灯光
那里影子伏在镂空的星座下方

星座之名他们从未听说,镰状的光明
在竹林之上升起,重复显现

有名姓的星星的轨迹,射手座正用弓瞄准,
大熊座,还有提埃坡罗猎犬带饰钉的颈圈。

我不能否认这首诗的卓越,但史蒂文斯式的印象主义中那种普遍的调性在我耳中捣乱。沃尔科特这位西印度群岛最主要的,以英语为母语的诗人,是一位真正重要的文化人物,配得上他的名声。如果我不认为他是一位强力诗人，不像约翰·阿什贝利或谢默斯·希尼、杰弗里·希尔或詹姆斯·梅里尔、杰伊·赖特或安妮·卡森，那是因为我太重视诗中的竞争元素吗？我的不安可能主
406 要关涉我自己，而非关德里克·沃尔科特。

杰弗里·希尔
(1932—2016)

强有力的诗歌总是难的，杰弗里·希尔是现今在世的英国诗人中最强有力的一位，尽管在英语国度中他的声望没有几位同代人那么高。在他们混同起来之后，他还应该得到许多代人的阅读和学习，正如他理应胜过现今绝大多数活跃的美国诗人，只有少数几个例外。这一针对诗歌经典地位的预言，建立在希尔最好的作品之上，是在他的第一本书《给未曾堕落者》出版后的十五年间我所体验到的。从他完成第一首诗歌，十分恰当的《创世记》，到《默西亚圣歌》，希尔成为最布莱克化的现代诗人。但这是深层的，真正的诗歌影响，或布莱克的“精神战争”，而不是形象、观点、用语、格律的简单传递，那些被肤浅地认为是诗歌影响的东西。对希尔早期韵律诗产生纯粹外在的影响的大多是美国诗，我能够在那些作品中有些地方察觉到艾伦·泰特非常强烈的修辞风格，以及理查德·艾伯哈特充满紧张的视域。然而他真正的先驱还是布莱克，强力诗人之间总要展开一场天堂里的战争，这里的主角是希尔反抗布莱克，反抗布莱克的传统，实际上也是反抗希尔自己。

作为一场诗与诗之间的战争，希尔的作品证明传统的压抑之力，也表明针对传统的高度个人化的，以及深深动人的道德抗辩。正如他在他的杰作《默西亚圣歌》中所赞颂的那位英雄，希尔本人也是一位殉教史学者。他的主题是人类之痛，那些施暴同时又是暴力对象的人的痛苦，更确切地说，是文化传统和人类苦难之间恶魔化的关系。面对希尔那些最好的诗歌，读者的第一冲动是逃离，因为那些粗粝、压缩的诗节所造成的理解上的困难，更被诗人视野中
407 感情的痛苦和直白所超越。希尔不安慰也不宽抚任何人，也没有给出任何失中必有得的辩证解释。他的主题如同他的写作风格，是艰难；难在感知和接受道德罪疚，也难在重重历史负担（包括诗学历史）带给一位诗人的困境，它使得先知的立场显得不真实。在二十多年写作生涯里，希尔只给了我们薄薄的三本诗集，不是因为他欠缺天资，而是因为他一丝不苟的脾气，让他不能允许笔下出现不够有序或不够有分量的表达。希尔的三本诗集中没有失败之作，而读者也受到很高的要求，在专注性和一种极端的人文主义的尊严方面；相比之下，那些多产的诗人显得要迁就许多。希尔从不迁就读者，或他自己，就是这种冷冰冰的专注乃是希尔确定无疑的伟大之处。那些坚持追随希尔的读者将学会阅读不仅这一位诗人，而且包括几乎所有很难读又不可不读的诗人们。只有像希尔那样强大的诗人，才能促使我们每一个人检验自己作为读者的能力，也检验和澄清我们自身和传统的关系。

弗洛伊德推测，传统是个人意识中压抑内容的文化等价物。弗洛伊德以及他的大多数追随者误解了诗学中的压抑的功能。弗洛伊德认为升华是一种有效的心理防御，无论在生活中还是在文学作品里，而压抑不可避免地失败了，因为压抑扩张了无意识。但是诗歌是比喻的语言，诗歌中的升华是通过自我设限的隐喻完成的，而压抑则是由夸张的修辞表现，造就了许多崇高光彩以及陷入怪奇的危险。从诗学观点看，“无意识思维”是一种矛盾修饰法，因为诗中被压抑之物无处可去，只有上升，到达某种高度，即浪漫主义所说的想象力。浪漫主义的想象，无论是布莱克时代还

是柯勒律治时代，不代表被压抑之物的回归，而是和压抑本身的过程一致的。

一种个人化的诗歌想象只有通过转代比喻才能够抵御另一种想象，所以，对诗学传统的抵抗若能成功，总是通过增加压抑来回应某种压抑。所谓被压抑物的回归只是一种乌托邦或启示录梦想，是为马克思主义思辨或是形形色色的当代萨满巫师所沉迷，后者激发了今天仍被称为反文化的思潮。真正的诗人们向我们展示，爱默生式的补偿总在诗学中，也在我们的人生中起着作用：不付代价，一无所得。在真正的诗歌中回归的，并不是被压抑物，而是压抑之中蕴含着灵异的、离奇的元素，对之，诗学传统中有着不同的命名，包括“崇高”，包括“想象力”，二者都夸张地表达出某种东西，它没有 408
指称层面或字面含义，却保证诗学传统的存活和延续。诗人和读者持续地相互寻求，想为这种灵异的冲动赋予一种声音，去净化压抑。在这里，“净化”并没有道德化、精神化的意思，而是指一种通过书写诗歌与“灵异”和解的过程。

在这个意义上，“灵异”指的是一种力量界域，它侵入人类世界，却似乎与人类的起源和终结都无关。在一首很早期的诗歌里，那是一首很像艾伯哈特的幻想抒情诗，却像艾伯哈特那样回归到了布莱克的“虎”，希尔感叹诗歌语言还不足以表达自己体验到的灵异的洪流：

我等待那个没有来临的词，

幽闭在一种单纯的力量区域，
感受着星辰的压迫之力；
我看见天使如苍白的稻草人升起；

在那筛选的慧眼之前我无法久立

下坠，直到我再度发现这个世界。

希尔并不喜欢他自己的早期诗歌，但这些诗不仅是永恒的成就，而且对于理解其后期作品是相当必要的。他自己特别不喜欢的《创世记》本身是很首很好的作品，尤其是作为处女作来说，而且从中可以看出他从布莱克的视野得到的最大借鉴，即确信“创造”与“堕落”是同一件事。另外一首早期佳作《纪念珍·弗雷泽》（显然是希尔最不喜欢的一首作品）提到单独的、特定的死亡使整个自然解体。对于希尔，自然世界至多是“一个受惊的休止”，这一种判断让他与布莱克而不是华兹华斯，与雪莱而不是济慈联合。希尔关于雪莱之死的诗强调了动物世界的存留，而雪莱，最典型的现代诗人，一位新的玻耳修斯[1]，漫无目的地寻求着，“钝的剑，清澈的、无目标的镜子——/无所击打，或瞎眼的/在充满泡沫的浅滩”。

我认为是希尔最好的单篇诗歌，双十四行诗《宣告》总结了他的两本短篇诗歌集的主题与过程。尽管希尔在《默西亚圣歌》中（下面将会看到）超越了他自己的早期模式，《宣告》如此重要，值得我花一些篇幅去讨论。一个能够诠释《宣告》的读者，就能够诠释希尔其余的作品，同时也能够获得许多洞见，去阅读后浪漫主义传
409 统中任何真正艰涩的诗歌。因为，希尔所写下的《宣告》会被后来的传统判定为他那一代短诗的核心，那首诗歌本身带有某种绝望的诗学，和某种全面视野，既涉及自然存在，又涉及我们习惯称为想象力的那个东西的必然限制。

① 希腊神话中宙斯之子，曾杀死蛇发的美杜莎。

“宣告”可以是任何广而告之，不过，尽管希尔用了复数标题，这里的回响仍是基于最正宗的“宣告”(Annunciation)，即路加福音1：26—38中加百列大天使对圣母受孕的宣告。在一种严峻的意义上，希尔是从对报喜节(3月25日)的庆祝开始的[①]。但是“那个词”不属于逻各斯，也不仅仅是诗歌(所有诗歌)的用词，而是在西方传统中具有普遍性的理想化的诗歌：

那个词去过海外，回来了，带着
在渐渐变硬的泥泞里生活而晒黑的脸。
清洗变成了杀戮，奖赏
可以触摸到，不隐秘，摸起来干净。[②]

“那个词”看起来更像一个旅行家而不是艾略特式的探险者，一个真正的讲究卫生的旅行狩猎者。它回来了，搜求者们与学界和批评界的仰慕者们同坐于一场文学盛筵之上：

如今和野兽的水汽，讨厌的颈状梗子
和肥膏晃荡的卵子有了一定的距离
(每个标本坛子都放满了脆弱的卵子)
搜求者和加工者一起坐享肉食，
很满意。

我不知道该如何解释这些句子，只能认为这是对每一个和诗歌有关的人的攻击：诗人，批评家，老师，学生，读者。仿佛是叶芝，在

① 东正教徒庆祝圣母领报日，多在3月上旬，有的地方定为3月25日。

② 《宣告》全诗译文采用戴玨译本，有改动。

想象之中看到他的宁芙和萨蒂尔[①]在泡沫之中交配，他的无辜者再度经历痛苦，伤口被重新撕开，参加了一场向他“给德尔菲神谕的消息”致敬的宴会，[②]诗歌成为一个“标本坛子”，包含着交配行为在美学上的贬损以及流血的伤口。希尔这种攻击是否合法？须知它对荷马和对其他诗人一样适用。他所攻击的是对于诗歌的虚假理想化吗，还是掌管着所有诗人的阿南克神？《宣告》剩下的部分并没有回答这些问题：

> 如此珍贵的事物放下来了，
> 肉体也小心地拖过湍流了，灵魂
> 把自己变成紫色；每只眼睛都蹲得充分，温和，
> 而所有专心摆弄提琴或竖琴
> 以求进益的人，用一杯杯最甜美的祭品
> 为他们得体的口舌增添风味。

希尔基本上是在毫不妥协地攻击自己，因为甚至超过了叶芝，也超过其同代人泰德·休斯[③]，他的诗歌的主题是暴力和痛苦，因此也接受了将肉体小心地拖过一种动荡的视野的危险。这些诗歌在读者这里取得的成功，晚期叶芝与休斯在读者中，特别是英国读者中的成功，很大程度是因为用想象中的欲望和痛苦饱足了读者的眼睛，直至他们的眼睛“蹲得充分，温和”。希尔对于“所有专心摆弄提琴或竖琴/以求进益的人”的攻击，也就是在攻击最传统的、亚里士多德式的对诗歌的辩护，是在攻击诗歌的所谓净化功能。诗歌是

---

① 萨蒂尔，希腊神话中半人半兽的森林之神，是淫欲的象征。

② 据传曾镌刻于希腊圣地德尔菲阿波罗神庙门前的一句箴言“认识你自己”。

③ 泰德·休斯（1930—1998），英国诗人。

“一杯杯最甜美的祭品”，读者品味这样的诗歌恰如体面的基督教徒们吞咽圣餐仪式上的面包。于是显而易见，希尔最终所攻击的既不是诗歌也不是宗教，而是那使传统变得晦暗的不可避免之因素，活着的人依靠对死者的压抑而饱足自己，又进一步压抑，反而成了死者的营养。希尔的“祭品”在尼采和弗洛伊德可能称为“背反式的原始词汇”，因为在这里，“祭品”究竟是诗歌所纪念的牺牲者们，还是读者们，是值得争议的。

《宣告》第二部分中背反式的原始词汇当然是“爱”，在这里崇高性庄严的苦涩感在希尔身上获得了胜利，充满超拔：

呵，爱，纯粹白天苦事的对象，
总是有人誓言会将你救赎，
为慈善显露你自己吧；要相信
身体只是躯壳与排泄物。
按律法进入这些死亡，
呵，受访的女人，着魔的男儿！外来的情欲
干扰我们的控制力；易变的
大兵在他们外出与进入时
大量死去。最优质的野兽
用它们鲜艳的血布满阴沟。
我们的上帝散布腐化。牧师，殉道者，
列队走向这跛扈的主题：“呵，爱，
你知道什么痛苦会相随；要警惕；努力
在朋友中间认出落地狱受罪的人。”[①] 411

① 戴珏译。

如果我能只引用一节诗来代表全部的希尔，那么就是以上这一段，因为这是他的力量，他的绝望，和（不由自主的）他的词，不是逻各斯意义上的，而是希伯来语davhar意义上的，一个词也是一个行为，提交出先前保留在自我中的东西。这个词，它拒绝成为一个词，它来自有意识的对传统的误读与误用，但即使一个经过极大修正的词也仍然是一个词，希尔无疑知道这一点。仍然愿意写诗（尽管写得不多），就是因为相信有一个属于自己的词要被提出来。当希尔说“我们的上帝散布腐化”，他的意思是恋人们（或者说诗人们）的上帝自身是背反的，这位上帝具有诺斯替教的矛盾的神性。我认为这个“散布”并不意味着“驱散”，而是通过散播“增加”腐化，这喻示着“腐化”采取了其词根意义，即成为碎片。所以希尔的主题是诺斯替教徒或者卡巴拉教派“打破容器”，这种堕落也就是一种创造，正如他一开始那首布莱克式的赞美诗，《创世记》中那样。

《宣告》的第二部分，更多的是公开反对爱情，而不是祈求爱情。在其重复的外表之下寄语爱情，要求它表现出更多的真诚，和还原性的肉体意识。肉体的激情以旧有的法则生存或死亡，但希尔宣告的是一种新的道成肉身，只不过是一种诺斯替教式死亡进入更充沛的情欲。希尔的无情相对于莎士比亚传统的优越感。知道痛苦要紧紧跟随或接踵而至（succeed，但从来不是成功，successful），爱被吁求至少从大量的崇拜者中识别出真实的殉道人，从而识别出它准确的、有效的主题。

重复阅读《宣告》应当搞清希尔紧密浓缩的风格及其对夸张比喻表达法的依赖，并证明其合理性。希尔的模式是否定或反崇高的，对于他精妙地维持而又拓展了的传统，他典型的防御机制是一种近乎原始的压抑：

非如我们所是，而是如我们所应似，
怜悯的契约之鬼魂；不是我们
渴望生活，而是他们允许我们生活，
在永恒的对话录中分开：
这是必需的，所以我们见证，
不由自主，去见证超越我们者，
每一个遥远的和谐领域，永远
保持平衡姿态，无法回答…… 412

又一次诺斯替教式的崇高。布莱克还可以坚持说遗憾的存留只是因为我们总是让他人可怜，但希尔晚到了，对他而言，迟来感的醉人之处在于了解这一点：我们的现实和欲望都因我们的继承人外貌而遭到否定。是传统使我们成为“怜悯的契约之鬼魂”。一种美丽的必然性压抑着我们，使我们见证一种死亡但仍然强有力的超验性。希尔将他的一组诗描绘为“一场绚丽冷酷的音乐”，或一种“华美而无情的音乐，间有牢骚、渎神和呼救声”。一场巴洛克式的悲痛似乎成为希尔的目标，而华美是他加诸传统的献礼，间以的凄婉的音调则是他面对传统的呐喊。希尔很明显地表达了痛苦的诗学，历史的众多灾难变成了无数次的诗学致礼，无数次的巴洛克式沉思，却总是陷入对现实的单一重复之中。人们受困于“石头和空虚之间”，没有庄严，没有正义，只有修辞的误差，以及诗歌语言的幻觉。希尔的任务是去“寻找价值/在一种苍凉的技巧中”，诗人之技艺在于建立真实而不是虚假的“痛苦之序”。

“必须给予愉悦”，史蒂文斯正确地坚持道，任何一位想要去回应希尔的批评家都应该准备好去回答这个问题：希尔的诗歌如何以及为何能够给予人愉悦，以及在什么意义上希尔的读者能够避免成为在诗歌盛筵之中嗷嗷待哺的“得体的口舌”？读者如何避免成为“（据称的）保护人”，就像希尔在他的第一本书里辛辣地提及的那样？诺斯替教式的回答（永远是迟来者的回答）是，读者不必成为保护人，而必须成为一个未曾堕落的人，就像希尔的第一本书所冠名的：

> 给未曾堕落者——头生的，或者智慧的
> 顾问——准备下的风景延伸，
> 像收获季一样辽远；田园诗般的死亡，
> 鱼儿在黎明时分点燃雾蒙蒙的湖面。

最后的比喻或许太过叶芝化了，但之前的比喻，将优先性还给未曾堕落者，回到了盛期浪漫主义的主旨，可以说遥望济慈描写秋天的景象。希尔不能赞颂自然的完成，但他总是回到一种“肉和血，以及血中的痛苦”，尽管他的诺斯替主义渴望永远抛弃“这激烈且顽固不化的粘土”。从他那无休止的情感矛盾之中，希尔完成了一首伟大的诗歌，他用传统术语打击了传统，并且尝试让自己所意
413 识到的迟到反而变为先至。成熟的读者面对希尔的作品，如同面对任何真正强力的诗歌，也需要放下读者自己的那份迟来感，这无疑就是我们不断寻求强力诗歌的原因。我们无法和传统共同生活，我们也不能生活在完全失去传统的境地之中，所以我们转向那些强力的诗人们，看看他们如何演绎这种矛盾的情感，看看他们是否能够超脱于这一情感的冲突。

希尔在《默西亚圣歌》中开始突破他自己的传统方言，这是他在步入四十岁时发表的系列散文诗。其中的主人公是奥法，一个8世纪英格兰中部地区的“君主”，那个不仅与地方精神，也与那

歌颂他的诗人相融的人——特别是与那作为学校男孩的诗人，因为《默西亚圣歌》是某种小型的《序曲》。但这里，诗人精神上的成长并不是由自然的教导所激发，而是由历史和梦想。超验性，对希尔来说，就是回到或重新进入尘世的老式挂毯、雕塑、金属工艺品的世界中，但主要是在历史化的幻想里，这些圣歌就是以此为内容。希尔成功地用《默西亚圣歌》“转而为新”，而尽管他对传统的痴迷也同样强大，他对于传统的情感矛盾竟然奇迹般地减弱了许多。事实上，如果诗人没有坚持他自己那种典型的精辟和凝练，并有痛苦这熟悉的幽灵近得离奇地盘旋，《默西亚圣歌》中的很多篇章就会接近感伤情调：

> 我们有一个菜园，布满玩具碎片，和日常居住的痕迹。孩子们淘气和尖叫，造成严重破坏。他们焚烧盒子、破布、旧轮胎。他们拖来一块湿透的木头，上面挂着柔软菌体的盾牌，将它扔在火焰上。

希尔的早期作品固然艰涩，但《默西亚圣歌》（尽管其单独的一些部分很清晰）整体上却是他所有作品中最为微妙和最为晦涩的。这不仅仅是难以将各部分融为一体，更是因为很难回答它到底是“关于”什么的，尽管必然的答案还是与《序曲》相近。希尔归根到底没有什么表现对象，而是只有他自身复杂的主观性，所以这首诗歌是“关于”他自己的，最后成为他与“历史的缪斯”（第十节）交换的礼物。我认为，对《默西亚圣歌》整体结构和意义的理解最好借助于其中的修辞，像前面一样，在希尔作品中这主要是代喻逆转或转代比喻，这是后浪漫主义诗人所采用的主要的比喻方式。想要全面分析比喻（转义）与诗学历史的关系，我必须推荐我的书《误读

图示》[①]，这里仅能简单提及。转代比喻是比喻中的比喻，或转喻中
414 的转喻。它往往是借助一种形象来用先前形象的某一方面取代那个形象。从意象主义的角度说，转代比喻从弥尔顿开始，经由浪漫主义诗人直到现在，更趋向于以“先至性”代替“迟来性”，而且经常是对诗歌作总结的形象。如果将之翻译成精神分析学的术语，转代比喻是内向投射（认同）或是投射行为（拒不认同）这两种心理防御，正如隐喻可以翻译成升华这种防御机制，夸张可以是压抑。作为一种对“迟来性”的诗歌的总结性比喻，转代比喻的优势在于，实现了一种新的优先权或“先至性”，但总是以当下或者活生生的时刻的当下性（presentness）作为代价的。从修辞学意义上说，希尔作为一个转代比喻式的诗人，正如弥尔顿、华兹华斯或者华莱士·史蒂文斯，他也难以去歌颂当下的愉悦。

在《默西亚圣歌》中，既没有当下的时间，也没有当下的自我存在。虽然希尔自己为这组诗所做的注解中，泄露了对于他所谓时代错误的某些焦虑，但他作品的天才排除了这些焦虑。缺失了现在时刻，时代错误便不会存在。

> 四季常青的冬青树丛之王，四裂的砂岩；M5高速路的领主：历史的壁垒和沟渠的建筑师，塔姆沃斯城堡在圣十字村的夏季隐居地：威尔士桥和铁桥的守护者：受人欢迎的新产业的承包人：盐的主人：钱币兑换商：誓言的委托人：殉难史学者：查理曼大帝的朋友。
>
> “我喜欢那个，”奥法说，“再唱一遍，”[②]

---

① 《误读图示》中译版已由天津人民出版社2007年出版。

② 此处译文采用周琰译《现代批评观点：杰弗里·希尔》序言，省去了原译注解，引自《当代国际诗坛》，作家出版社2017年版，第271页。

并非奥法返回与诗人相融，或者希尔转身走向奥法。希尔与奥法实则并肩而立，于内心深处共同关照过去与未来，以期描摹当下。在西森[1]（一位被埋没的诗人与散文家）为希尔所写的题词中，将他本人的行为视作个人性的，而奥法则是政府性的，其行为的诸方面都与“目的和理由”相关。希尔作为一个人及一个诗人，努力与传统中的压抑力量以及历史中的焦虑作战。奥法被希尔视作“人类的第一声哭喊”，“启示的最初场景”的大师，这位大师用强加的秩序固化了他人的压抑，意味着开启了一种新的无可避免的传统。通过他自己与奥法之间的和解，希尔更加趋于接受传统中必然隐含的暴力，那种暴力早先曾使他的诗歌充满巨大的情感矛盾。

这一接受，仍然阴郁但已不再阴森，产生了《默西亚圣歌》中最主要的歌调，有点像华兹华斯的“冷静的颜色”及“人类沉静悲伤
的音乐”。但是这组诗仍旧是布莱克式的，而不是华兹华斯式的， 415
因为它所刻画的世界仍然是一个无法清晰区分“创造与堕落”的世界，最后奥法成为堕落的亚当，或是每一个普通人：“他抛下硬币，支付食宿费用，还有红色污泥的痕迹。”可以看到，每一首赞美诗都像是奥法锤成的硬币上的铭文，这些硬币在形象和字义上，都像是为活着的传统所付出的代价——维系着“创造与堕落”的永久平衡。希尔拐弯抹角地解决了作为诗人的美学与道德问题，但这种成功是模棱两可的、暂时的，正如《宣告》中关于“成功”的双关语。希尔现在对“是什么痛苦相随”更加清楚了，而他那动人的组诗也帮助读者获得了相同的理解。

对于一个刚年过四十的诗人的评论介绍，不能指望去预判他的未来发展。自从《默西亚圣歌》之后，我没有看到过希尔写的诗，但

① 西森 (C.H.Sisson 1914—2003)，批评家、翻译家、诗人。是维吉尔、但丁和贺拉斯的译者。

如果他没有回归《给未曾堕落者》和《国王日志》那种写作模式（以一种更精致的语调），我会感到惊讶。在他的诗集中所收录的作品显示出来的成就，在我看来胜过他同时代的很多竞争者更大量的作品——休斯、古恩、金塞拉、汤姆林森、西尔金。他们虽也相当出色，但是比起希尔来缺少了真正的诗学力量。希尔矢志不渝地和那些逝去的伟大诗人们抗衡——布莱克、华兹华斯、雪莱、叶芝——并且为自己这种鬼魂般的搏斗赋予了新的崇高感。他是一位真正崇高的诗人，一种全然旧式而又总能重新向我们开放的模式，只要有一位旧族系的幸存者来到我们面前：

迎着强健的空气我大步行走，
紧绷的海水举起它的重负，
416 呼唤着上帝的神迹。

马克·斯特兰德
（1934—2017）

我认识马克·斯特兰德这个人和这位诗人已经超过半个世纪了。他的天赋是怀抱一泓而非稀少的：这是迄今我对他的重要作品《黑暗的港口》（1993）的理解。这首诗由一个“绪言”和四十五个诗章或诗节组成。

和斯特兰德的一些早期诗作一样，《黑暗的港口》是对华莱士·史蒂文斯的公开致敬。似乎斯特兰德抛开影响的焦虑，希望能调和他和他重要的前驱之间的关系。“绪言”开头强健有力：“天气燃烧的意志，/吹在头顶，将是他的缪斯。”然而，到了第四诗章，我们就在史蒂文斯的世界中了：

> 生活在这里有某种琐碎之感，
> 一种轻浮，一种喜感的乏味（你想
> 用充满活力的表演抵消它），热心
>
> 侍奉变化多端的欲望，而在那边
> 是一种严肃，一种僵硬、不可变通的愁烦
> 覆盖了正在消失的灵魂，它的重量
>
> 让我们的轻飘飘感到羞愧。只要

看看河对面，描述你所见，
你会发现，你是多么无关紧要。

它们由可用之物决定。
在河对面，没有人朝这边看。
他们献身给了障碍，

417 献身给了黑暗的肌理和层次，
给了枯燥的长久忍耐的法令。
他们的劳动不是为面包或爱情

而是为了维持平衡——在过去与
未来之间，他们就是未来
在其延伸之中，正如我们就是过去

与它本身达成了一致。所以
餐巾被熨平，曲奇饼按时端来，
那杯牛奶看起来那么雅致

那么洁白，乞求我们呷饮。这一切
在那里都不会发生，任何解脱
都被看作是卑怯，是肤浅的标志或更糟。

这是大师的声音，特别是在《纽黑文一个平常的晚上》当中。斯特兰德机智地用一杯牛奶胜过了史蒂文斯，撇开任何更形而上的关注对象。在十五个诗章中，斯特兰德试图吸纳史蒂文斯，但那伟大的声音，史蒂文斯和斯特兰德相混融的声音，于第十六诗章中再现：

是真的，就像有人说过的，在
没有天堂的世界，一切都是告别。
无论你是否挥了手，

是告别，即使你没有哭泣
仍是告别，即使你假装没注意，
你讨厌那过往，也依旧是告别。

不管怎样都是告别。那些棕榈树
朝着明亮的绿色湖水倾斜，鹈鹕
潜水，游泳的人体在休息，倾听，

都是最终寂静中的舞台，沙子的
移动，风的移动，以及身体的秘密移动
都是同一的部分，一种简洁

将生命变为一场哀悼，或一场
值得的欢庆，一个人还能做什么呢？
当他感受到鹈鹕翅膀的重量， 418

感受到棕榈叶浓密的阴影，还有那使
游泳的人脊背发黑的细胞。这些都超越了
机遇的扭曲，超越了音乐的逃避。结局

一再地上演。我们感觉到它
在睡眠的诱惑中，在月亮的渐熟中
在杯子里葡萄酒的等待中。

是史蒂文斯告诉我们，如果没有天堂，一切告别都将是最终的。这首诗让我沉迷的是斯特兰德式告别的不同状态。挥手和眼泪让位于史蒂文斯式的棕榈树，以及佛罗里达的鹈鹕，性病的土壤。更伟大的思考，对斯特兰德和史蒂文斯这两位天气的预言家来说十分合适，在第二十四诗章出现：

现在想想天气，它是多么难以一致
对任何两个人来说；当它还小时，需要精确
去说出它究竟是气氛、气味甚或是一种

确定的空气；或随着时间的流逝，人们会觉得
它的庞大，因为它触及大量的人了。
它的力量是另一回事：龙卷风非常小

却非常强大，晴朗的夏日似乎绵延不绝
但力量弱，因我们并不介意在夏日出门。
不好意思，这是另一个激动人心的日子的故事吗，

是在我们准备晚餐时出现的那种东西吗？
我们来谈谈那无法听见的东西如何——它的形状，
以及它包含的社会含义；

或者是秋季忧郁的繁荣——那明亮
或枯萎的树叶四下飘零，冰冷断枝的咔嚓声，
天空的新的颜色，它那随意的蓝。

最后三行是斯特兰德的还是史蒂文斯的？随着诗歌的开展，斯特兰德唤起了约翰·阿什贝利，奥克塔维奥·帕斯以及华兹华斯精致的回声，直到最后一个诗章里他达到了巅峰状态：

我相信你会觉得这里雾气缭绕，
这许多石头屋子亟需得到修缮。
一群群灵魂，裹在斗篷里，坐在原野上 419

或者漫步在蜿蜒的泥路上。他们很有礼貌，
遗忘了自己的身体，风穿过其中，
发出一种嘘嘘的声响。不久以前，

我在一个地方歇脚，那里一股特别
浓的雾气从河面盘旋而上。有个人，
自称多年以前就认识我，

他走向我，对我说有许多的诗人
四处游荡，想要再次获得新生。
他们已准备好说出先前没能说出的言辞——

这些言语的缺失是沉默——爱的，
痛的，甚至愉悦的。然后他加入了那一小群，

聚集在火堆旁的人。我相信我认出了

其中一些面孔,但当我靠近时,他们将脑袋
埋入羽翼。我朝河上的山岗那边望去
在那里,属于落日的金色光线

与属于日出的完全相同,我看到某物在飞翔
来来回回,拍打着翅膀。而后它在空中停留。
那是一位天使,好天使中的一位,它即将歌唱。

这是属于但丁诗歌的气氛，我们处于一个阴森森的地方，它是诗人的天堂或炼狱。假如《黑暗的港口》中有一句尤其长久地回响在我心中的话，那就是:“他们已准备好说出先前没能说出的言辞——”这仍是晚期的史蒂文斯的口吻，但它的不同之处完全属于
420 马克·斯特兰德。

杰伊·赖特
(1935—　)

杰伊·赖特的诗歌有一个中心意象，即结对创作(creation-by-twinning)。一首诗成了一支林波舞[①]，是一条离开奴隶贸易"中央航路"[②]的通道，这通道也是一本航海日志，所以是航路之诗。林波舞是一种西印度群岛的舞蹈，舞者在一根逐渐降低的杆下表演，直到变成"蜘蛛人"，双臂双腿张开支起身体。阐释者认为林波舞和可怕的"中央航路"，即从非洲到美洲的奴隶贸易线路有关，那时奴隶挤在非常狭窄的空间里，以至于他们把自己扭曲成人形蜘蛛。在杰伊·赖特的艺术里，林波舞成为这位诗人的美学事业的一个隐喻，通过写"航路日志"，探寻离开"中央航路"的通道。这本航海日志通过结对的方式创始，一种西非多贡神话中的神创模式。阿马或耶和华玄秘地结对而成为诺莫[③]或亚当——"黑人神之子"的一位先驱，他将为每一个人开启离开普遍的"中央航路"的通道。在赖特的《阿尔布开克的墓地》中，他回到了葬着他早年的朋友和同伴的地方：

① 林波舞起源并流行于加勒比地区的奴隶中，用欢快而优美的曲调描述命运的不确定性。"林波"指人死后既不上天堂，又不下地狱，而是来到了另一个孤魂所处的地带。

② 指奴隶贸易时代从西非到西印度群岛和美洲其他地区的海上航运通道，位于大西洋中部。

③ Nommo，多贡人信仰的神，水陆两栖，雌雄同体，据说是天神阿马(Amma)创造的第一个生物。

我要回去了
去到黑人的林波，
一段未写下的历史
关于我们自己的紧张状态。
死者躺在这里
葬在小失败的等级中。

［《诗选》62］

稍晚的一首诗《知识的抽象/第一次测试》有一段错综复杂的
421 文字勾勒出“林波”(limbo)的图景，既是但丁的地狱、炼狱和天堂
之外的处所，又是一支舞，讽刺地纪念着奴役身份：

如果你从整全的确定
走向孤独而又回返，
我必使你摆脱替身
并在爱的幽僻中与你结对。
我的乐器引领你进入林波；

［《诗选》180］

多贡神话告诉我们，每一个生命，更准确地讲是每个物体，都有它自己的语言，那是它的双生或替身，它的诺莫或亚当。西方的赫耳墨斯主义也有大致相同的教义，这影响了象征主义诗歌，比如兰波和哈特·克莱恩。雅各布·波墨[1]有一重要短语说这种替身，叫“万物的标志”。在很多方面，杰伊·赖特的诗歌都试图解读这万

① 雅各布·波墨(1575—1624)，德国神秘主义者，通神论者，创立现代通神学。

物的标志。在任何诗人那儿，这都是桩令人望而却步的事业，特别当我们美国迈向千禧年时，对一位非裔美国作家而言是特别充满危险的。文学以外的压力在晚期的拉尔夫 · 埃利森那儿极为痛苦，并且毫无疑问，其影响造成了《隐形人》迄今仍是他唯一的成就。埃利森曾讽刺地对我说，只有内部的压力才富有创造力。他骄傲的实话实说的证据在我们周围比比皆是，在一切忿恨的喧闹中，这喧闹来自每一种可能的意识形态。埃利森对非裔的美国小说有何意义，那么杰伊 · 赖特就对美国的黑人诗歌有何意义。赖特成为“隐形人”不是巧合：在佛蒙特州一个遥远的地方隐居、独处和不停地冥想，只有妻子相伴。我们自我背叛的文化为他提供了什么其他的语境？但我太经常为这些问题大声疾呼，我也因那些急着把我历史化和政治化的忿恨之人感到厌烦不堪，所以此刻我将忘掉他们，我将把杰伊 · 赖特的诗放在他同辈诗人中去分析和鉴赏：里尔克、荷尔德林、哈特 · 克莱恩、罗伯特 · 海顿、保罗 · 策兰，还有路易斯 · 塞尔努达，这位逃离了弗朗哥却在墨西哥死于自己之手的杰出的西班牙语崇高派诗人。我对赖特诗歌的热爱得追溯到二十五年前的《归来的歌手》(1971)，这种热爱在紧接着的几卷诗中加强了，以《波列罗舞曲》为顶峰(1991)。这五年，赖特没有出书，但我将引用并讨论他最近的诗作中的一首。六十一岁的赖特是仍活在我们身边的少数重要美国诗人中的一个，遗憾的是他在这些诗人中被阅读
和研究得最少。这部分归因于他作品中展现出的认知和想象的真 422
实困难，但对其诗歌的忽视也有部分要归咎于几乎每个人都有的对非裔美国诗人的错误预期。赖特只是像但丁那样是一位抗议性的诗人。无论是威廉 · 布莱克还是哈特 · 克莱恩，抑或杰伊 · 赖特，只要是一位幻象诗人，都有一个充斥着政治批评的时代所不能理解的议题。赖特是一位伟大的宗教诗人，他的精神之网融合了非洲、

美洲和欧洲的线索。这张网中的美洲部分是新墨西哥州的和墨西哥的，欧洲部分是但丁式的，而非洲部分基本上是多贡人的。我们几乎没有能力理解如此复杂和原初的一幅精神图景，它提高了我们理解杰伊·赖特诗歌的困难。然而，我要谈及的是一位具有中心地位的美国诗人，一位足以和约翰·阿什贝利、A.R.阿蒙斯以及其他少数健在者媲美的美国诗人。当如此非凡与广阔的一位诗人被忽视时，我们当下文化衰变的可怕症状显露无疑。

无论我们怎样嘲弄美国式崇高，它都是我们诗歌的重要风格，从爱默生、惠特曼和狄金森到华莱士·史蒂文斯和哈特·克莱恩，再到詹姆斯·梅里尔、阿蒙斯和杰伊·赖特。我指的这种崇高具有朗吉努斯式的意义，是居于顶端的崇高，是一种超验的和抗争的审美体验模式，和非凡的学识也高度一致。在所有伟大的诗歌传统中，博学的诗人并不罕见。杰伊·赖特真正进入到如此众多强大的传统中，毫无疑问他是一位极博学的诗人。无论从程度还是类别上说，赖特带给读者的困难都无异于我们在约翰·弥尔顿或威廉·布莱克那儿面对的困难。我已经表达过我文学批评上的信念，即迄今为止，在所有非裔美籍想象类文学作家中，只有赖特能达到拉尔夫·埃利森的高度。然而，《隐形人》是一部后福克纳时代的小说。它和《八月之光》或《押沙龙，押沙龙！》的关联，与这两部书和约瑟夫·康拉德的代表作间的关联差不多。然而，现代诗令人困惑地以多种形式与前人的诗歌发生关联，赖特则在综合和多样性上达到惊人的程度。如果你拿他和一个真正的同时代诗人作比较，比如和令人敬佩的马克·斯特兰德对比，你最先得出的结论之一，就是斯特兰德只与为数不多的前人保持紧密的关联，尤其是华莱士·史蒂文斯和伊丽莎白·毕晓普。斯特兰德的《黑暗的港口》，这首像一本书那么长的诗饱含着非凡的口才和辛酸，有赖于对史蒂文斯影响的

错综复杂的回避，既明确拥抱，又予以抗拒，避免斯特兰德陷到史蒂
文斯里。我认为，在美国诗人里，赖特最像哈特·克莱恩，但无论是
克莱恩还是受克莱恩影响的罗伯特·海顿，他们对于赖特的艺术，
都不像史蒂文斯之于斯特兰德那样重要。有时，尤其在《科莫的双
重发明》里，赖特受到T.S.艾略特《四个四重奏》的影响，就像克莱 423
恩受到《荒原》的影响一样。在赖特的“圣奥古斯丁”那儿听到艾
略特的声音会让人感到困惑：

这是关于不变
与变的舞蹈，
这心灵的热情
为了世界的持久。
知识是暮光中的运动，
落入视线；
一个接一个，
心灵之眼触摸和生长。
异邦人，紧张的心灵
绷紧并返回到它
自己的理智中。
总有出发
与折返；
总有行动，
存在的缓慢融和。
所有事物，
凭联合的力量，
将继续下去；

罪是回避；
无知是不加注意……

《科莫的双重发明》51

在为《科莫的双重发明》写的“后记”中，赖特评论了诗的声音及其与仪式的关系：

在仪式中，一个人不会止步于幻象，而是会跟随它。我的诗冒仪式的傲慢之险。它提供一种主导声音，讲述新入教者践行科莫的严格礼节……

《科莫的双重发明》144

这种诗里的“主导声音”当然是赖特自己的，尽管让我着迷的是，为什么晚期的艾略特会持续地强行加入进来，篡夺班巴拉[①]仪式司仪的地位。在这儿和赖特的其他诗中，我把艾略特的闯入看作一种信号，那就是人类学和诗学未必如赖特所坚持的那样舒服地共处。很值得一提的是，赖特是一位崇高派诗人；他不是一位人类学
424 家、一位文化历史学家或一个古老非洲宗教的复兴者。诚然，他是一个占卜师，能看出些征兆[②]，但这主要作为一条写作他自己的诗歌的途径。他的多种天赋在最佳状态下是如此强烈融和，所以他能把仪式转变为诗歌，但从不会把诗歌转变为仪式，那是艾略特的《四个四重奏》的主要瑕疵。通过阅读赖特和他罗列的与之相关的重要学术参考文献，我学到了一些关于非洲的灵性的东西，但毕竟也

① 班巴拉人是非洲马里的一个部族，坚持自己的传统和风俗。

② 1976年，杰伊·赖特发表《占卜者与先兆》，书中频繁使用基于非洲神话的隐喻和典故。

可以不读他本人的作品只读文献。在一篇对赖特《诗选》的评论中，罗伯特·B.肖这位并非不带同情的诗评家，把《科莫的双重发明》和《历史的维度》的作者称为“一位迟来的现代主义高潮时期作者”，并惋惜道，未了解相关人类学资源的读者需要借助注释，才能够评判赖特作品的价值问题。然而，像T.S.艾略特和哈特·克莱恩一样，杰伊·赖特最吸引人的时候是一位巫术的写作者，其最初的冲击力无需注释。因大量用了神话的暗指，品达成为一位非常难懂的诗人，但毋庸置疑的是，他在自己高超的诗歌技艺中展现出来的充满激情的骄傲超过了他的神话复调中错综复杂的迷醉。曲高和寡，而品达总提问并回答关于崇高的三个问题：多了？少了？还是差不多？灵性范围所及的优越性总是崇高的负担——在品达、荷尔德林、雪莱、哈特·克莱恩那儿，以及很大程度在杰伊·赖特的主要阶段中。

我们诗歌中极具讽刺意味的一点是，一位重要的非裔美籍诗人，其主要比喻法被他称为“黑色林波（地狱边境）”，而他却成为在我们步入千禧年之际，为美国式崇高颂歌谱曲的重要人物。我们身边健在的诗人里，有少数能和杰伊·赖特齐名——尤其是约翰·阿什贝利和A.R.阿蒙斯——但他们的近作已经转向其他方向。如果你以历史的严谨定义现代的崇高，那它的核心特点将是一种超验的抱负。尽管华莱士·史蒂文斯神经敏感地嘲讽过美国式崇高，但无论如何，最好的定义仍来自他《基韦斯特的秩序观念》给出的非凡结论：

创造者的狂怒整理大海之言，
星光朦胧中，馥郁的高门之言，
关于我们自己和我们的起源，

界限更幽魅，声音更尖锐。

赖特既不是一位大海的诗人，也不是济慈那样的高门的诗人，但他努力不懈地整理着我们自己和我们起源的言语，使得界限更幽魅，声音更尖锐。然而他所指的我们的起源，以及他自己的起源，是
425 非常多样和复杂的，以至于他为“非裔美国人”(African-American)这个描述性的短语赋予了一种新的、更饱满的意义。我几乎想不出有另一个美国作家能如此令人惊叹地概括了那个连接符。

从视野和构思上来说，赖特的诗广博而丰富。现在，我将聚焦于他至今出版的所有作品中我个人最爱的一些来探究其细节。这是五首长的颂诗，在他杰出的诗集《伊莱恩之书》(1988；伊莱恩指他妻子洛伊斯的姐姐) 的结尾。这五首诗——《回声的解剖》、《幽灵地之旅》、《萨尔托斯》、《芦苇的力量》和《欲望的执着》——在语调和立场上是高昂的，并试图登上精神的高峰。它们提醒我们，赖特像荷尔德林与哈特·克莱恩一样，是一位世俗的宗教诗人。克莱恩相当伤感地称自己为“机器时代的品达”，而赖特应该被称作“混乱时代的品达”，因为这就是我们当前的处境，我们正漂向一个新的神权时代。也许我们时代的绝大多数重要的诗人——从A.R.阿蒙斯到乔丽·格雷厄姆——都寻找他们正统的精神祖先，这一寻找对于崇高的、品达式的祷告和庆典是必要的。然而，我们身边仍在写作的诗人里没有谁像杰伊·赖特一样急迫而强烈地执行这项任务。

赖特的颂诗的文学语境来自对荷尔德林和保罗·策兰与阿兹特克诗歌惊人而有效的融和。在赖特隐含的解释中，使这两种幻象风格结盟的是一种绝望的超验，一种否定性对诸多被一般承认的宗教传统之伪灵性的胜利。在某种意义上，赖特回到了他的长诗《历

史的维度》中的论点，在那儿，阿兹特克神话被用作世界轮回中一个错综复杂的混合了创造和毁灭的例子。巨大的金字塔神庙保留了下来，是对那世界轮回的纪念。但是，如果赖特要表达出比《历史的维度》中更微妙、更清晰表达的观点，阿兹特克视野中一段关于维纳斯和玛尔斯斗争的神话历史必须被调和，尽管它有着强蛮的力量。荷尔德林和策兰被赖特用来与阿兹特克的辉煌相抗衡，他明白后者以其自己的方式，也如摧毁阿兹特克文化的西班牙侵略者那残忍的天主教教义一般粗暴。

《回声的解剖》这首诗是五首颂诗的第一首，其题词来自荷尔德林： 426

黑夜之鸟盘旋
　　俯冲，靠近到你必须闭眼。

波德莱尔曾经写道，疯狂的翅膀曾经非常靠近，仿佛已经听见其羽翼拂过他耳畔，荷尔德林也记录过类似的瞬间，两位诗人都表达出了想象力的可怕代价。赖特所关心的还不仅仅是代价问题，而是“回声的解剖”，所分析的是作者面对这种逼近的盘旋俯冲必须避邪般地闭上自己的眼睛，挡开想象力的视野。这一回声有七个层面，分别由荷尔德林那崇高的、复合的隐喻中的一个关键词所引领：鸟、黑夜、盘旋、俯冲、靠近、闭、眼。我应该说是赖特对荷尔德林的喻体的修正，这里是德语原文，“Die Kürze”，荷尔德林写于1798：

«Warum bist du so kurz? liebst du, wie vormals, denn
　«Nun nicht mehr den Gesang? fandst du, als Jüngling, doch,

«In den Tagen der Hoffnung,
«Wenn du sangest, das Ende nie!»
Wie mein Glück, ist mein Lied.— Willst du im Abenrot
Froh dich baden? hinweg ists! und die Erd ist kalt,
Und der Vogel der Nacht schwirrt
Unbequem vor das Auge dir.

[*Selected Verse*, 15—16]

诗题一般译作《简短》，下面是我能提供的最接近德文字面意思的翻译：

“你为何如此简短？难道你已不再像往日那样热爱歌唱？年轻时，在希望的日子里，你一旦开口唱歌，歌声可是永无止尽！”

我的命运如何，我的歌就如何。你想快乐地沐浴在晚霞的红光中么？它已消失！大地寒冷，黑夜之鸟让人不舒服地盘旋俯冲到你眼前。

“让人不舒服地”（Unbequem）在赖特这里是“靠近到你必须
闭眼”，在翅膀的盘旋都要拍打到眼睛上时，眼睛感到的不只是不
舒服。荷尔德林所哀叹的，是早期诗歌的欢愉的消失，一种原初的
热情洋溢，现在已经让位给了一种有限的，或至少是较少欢庆成分
427 的艺术。赖特的第一个乐章《鸟》，里面没有荷尔德林的“存在的
神学”：

《鸟》

必有一种气韵，

或长青之物，
抑或是棕红大地中的
　　　　　青绿阴影，为眼所见，
诚然，
花饰臂围中，合唱者们的歌唱
将与空气中绝对的A字
　　　　　　　　音律一致。
生命被给予此种空气
自己造就这悬浮姿态，
　　　　　　　重力的过程，
被抽离出肉身实体，
和一妇人身体的深处，
　　　　　　枫树、桤木的深处，
持有另外实体的弧度，
记忆中，有不曾察觉的缺席。
那里有一条河流，
白鹭于平静蔚蓝之上
紧缩利爪，
仿佛立于流淌的祭坛
　　　　　　呼入丰密的果圃
阻滞的光线绕于水周。
看，你会看见圣餐的烟羽，
某种可能的意图仅在此升起。
仿佛河流曾是粘土，
　　　　供给羽毛和白骨，
供给鸟儿灵活的嗓音。

以及……
言语开启一种存在的神学，
一种飞翔的政治史，
一个打断了确定性的梦。

[《伊莱恩之书》68—69]

其中提到的“空气中绝对的A字”让我们想到《历史的维度》中“判断力日志”部分的最后诗节，“元A和绝对的A”，现收在《杰伊·赖特诗选》：

我不惮于知晓所有光明中的黑暗，
我接受那黑暗，不是作为标记，而是作为我的肉体。
428 这就是绝对的A字，
判断力日志，
善的标记。

《诗选》，176

这是赖特的成熟诗作，多贡人坚持说每一种生命（甚至物体）都有它自己的语言，如同它自己的亚当，它的诺莫，亚当的孪生子或替身，经常与该存在或物体相对立。所以，“所有光明中的黑暗”，来自柏拉图的洞穴理论，同样是一种航路的日志，摆脱“中央航路”，奴役的黑色林波。这就是我们在《回声的解剖》的第一篇中所处的位置，绝对的A字，绝对的空气之A，一种净化的顿悟或幻象时刻，有净化的领悟，某种为诗人之眼调节好了的气氛，这眼睛不再需要闭上。所以，赖特将黑夜之鸟替换成叶芝式的（甚至是萨拉·奥恩·朱伊蒂安的）白鹭，在它的声音中，“仿佛河流曾是粘土/供给羽毛和骨头”，这里的粘土暗示造出了亚当与诺莫，对立的替身和双生子的那红色粘土。所以赖特将他的题词**“黑夜之鸟盘旋/俯冲，靠近到你必须闭眼”**表现为一种存在的神学，甚至是“飞翔的政治史”。其中“政治”(political) 显示出“策略”(politic) 的投影，意味着“审慎的”，甚至是“巧妙的”，由此适于一个诗歌之城的栖息者。所以这一领悟是“一个打断了确定性的梦”，因为这种打断就来自荷尔德林的黑夜之鸟，现在它们使得赖特从他大写的A字之上，从他关于确定存在的真正诗学之梦之中分心。

《黑夜》，第二章，重写黑暗的历史，其中写到在充斥着老旧、死亡气息的废墟上，西班牙入侵者重建起来的，古老的印加首都库斯科。《回声的解剖》中的库斯科让我们想起《历史的维度》中被毁的城市——玛雅都城拉博纳，与阿兹特克的都城特诺奇蒂特兰城，在其遗址上，墨西哥城建立起来了。诗歌中提及“被啄的十字”并非天主教的“十字”，而是阿兹特克人的，在《历史的维度》注释中，赖特说这“十字”代表罗盘的四极，也是风与雨的象征；至于“被啄的”则与阿兹特克神鸟之喙有关。从缺乏光明的地方，在一座诗学的意义上复归的，失落了的美洲城市，一个光彩奕奕的声音响起，与之对唱的是旧世界荷尔德林的绝望的声音，白白空想那无法挽回的损失。谦逊的赖特意识到，他无法成为品达抑或荷尔德林。然而，通过确认自己身上的非洲与新墨西哥血统，通过重新肯定自己的精神祖先那种欧洲入侵者只会摧毁的辉煌，诗人却可以与某种崇高风格一较高下。在美妙的调节下，《黑夜》中消极的领悟与《鸟》的安宁相伴而生。 429

一起看来，在前面两章里，赖特依赖多贡神话中的阿玛（耶和华）与第七位诺莫（基督或救世主），这些始终是他成熟时期诗歌的核心，以一种错杂的讽刺或寓言的方式，证明自己已背离了崇高的传统。第三章《盘旋》，诗人通过“铿锵有力的豺狼们的哼唱”，试图反向完成荷尔德林之盘旋的共鸣效果。

《盘旋》

豺狼已学会在灰烬中歌唱，
严厉的歌号赞美雄鸡与活鱼，
也讴歌傍晚的柔和光晕。
当歌唱的时刻到来，
无风而静止的棕榈叶
　　　　随星星的呼吸颤动，
耳畔，适应了所有忽视的和声，
举起关于失落的救世神学智慧，
　　　　从教区的温床之上。
有一刻，男孩从林中而来，
他的步履伴着蜂鸣声，他的脸
转向紧随其后的公牛的咆哮。
男孩的脑海里有苹果的声响，
有些东西来改善他崭新的清晨
　　　　　　那不和谐的喷发。
现在，黑夜之母已然梳妆
随着他的春日杜西莫琴起舞。
如今，作为父亲面对男孩，
她将锁住男孩的臂膀，旋动他，
在身体中注满深沉而
凄厉的豺狼的哼唱。

［《伊莱恩之书》70］

从母性之夜转变为父爱之夜，声音便在这首庄严的抒情诗中占据上风，这声音源于豺狼严厉的歌号，使其曲调得以继续的是随星星呼吸而颤动的棕榈树、蜜蜂、公牛、苹果的声音，以及男孩的到来造成的失和。他的春日是一把杜西莫琴，在舞蹈中，他的身体旋转融入豺狼的歌号的回声里。赖特此处所写的是崇高颂诗的主题之一，即诗性特征的年轻化身，类似于荷尔德林将歌曲丰富的情感作为自己的初级阶段来悼念。不过短暂并非赖特所虑，他的复
杂血统所蕴含的拯救不在旧世界，却也不在新世界，而是在非洲本 430
土的灵性中，所以《盘旋》一章中会庆祝“关于失落的救世神学智慧”，与荷尔德林笔下崇高失落的庄严性全然不同。基督教教义中，救赎是神学信条，通过耶稣得到拯救。这一信仰的来源是一份独一无二的、超越时间的传记。和其他地方一样，赖特在这里再次暗示不同的关于失落的智慧，诺莫的牺牲被算在了非洲豺狼头上，劫掠者已然学会在劫掠的灰烬之上歌唱，其歌曲周而复始，不断重复。阿马与大地交合，生下一头豺狼，这豺狼转而亵渎了大地之母。之后，所有罪恶便由此而来。智慧在于循环，不只存在于某一位救世主的现身，不论在与不在时间之中，甚至也不是第七位诺莫人带来的。

第四章《俯冲》，诗人回到另一地理位置——苏格兰，他曾经在那里生活过一年，这一年对他随后的创作影响深刻，一种出自北方海洋的视角给非洲、新旧墨西哥以及它上面的新英格兰带来了挑战。在《俯冲》中，赖特体验到了诗人自我的清空，在精神上以一种防御性姿态从崇高逃离：

《俯冲》

岩石之下，山谷之中，

石子闪烁着猫眼的光色。
目睹这些眼睛的老妇人
知道身体应为羽被
沐浴着涌动的圣泉，
矿质泉水，一股蔚蓝水流
只有一点硬度的暗示，
微弱的硫磺气味。
终于，另一身躯的左部
将漂去北海，
披着翡翠的盔甲降下，
被迎至一处拉丁林木前，
那里，一弯新月正悄然窥视着
空旷的海堤。
我踢踏作响的笨重皮靴颤抖
密切警觉，
热切
渴望再次获得水流
以安抚平慰
被埋石砾的秘密。

431 [《伊莱恩之书》70—71]

此处所谓的苏格兰传奇，实则是由凯尔特神话中关于亚瑟王的故事转化而来。并且在赖特看来，“另一身躯……披着翡翠的盔甲”出现，并非角斗士之王的回归，而是某种诗意视野的回归，这种诗意视野在《回声的解剖》下一章，非凡的抒情诗《靠近》中进一步得到确认：

《靠近》

时间与推衍的季候
正教授亲密，有足够理由
开启一段秘密远航，
宏伟的隐修院和教堂
顽强隐秘的龙骨，发现
于最苛厉的市镇，圆环
区域里，独角兽聚集；
心灵的挂毯上，尖角林立
鞭笞天空。如今囿拘
在翠绿的太阳旁，限于
我心灵最严肃的条例下。
我抓紧我的份额，下马。
我已用我碗盏盛满玫瑰
芬香，于靠近中，全然迷醉。

这首艾略特式的缠绕的小诗，采用句中韵与不工整押韵[1]的形式，整体上可以被视为恶魔般的崇高的缩影，融合了凯尔特人“翠绿的太阳”、角斗士之王的回归，和那著名的独角兽挂毯，对不期然间再次获得触目现实的赫尔墨斯式记录。迷醉，只在密闭感觉中的一种靠近，开启破坏性的下一章——《闭》：

《闭》

倾斜的，或许是，

① slant rhyme，通常指某部分发音相似，但并不完全押韵。

心路蜿蜒向左,
并未褪去皮肉的覆盖,
　　　　完全不是关于
那可燃的隔扇
　　　　　加冕于
那些树
　　　　雌鹿一跃之遥。
莫德做得对——
约翰将更加接近爱的花簇。
432 她并未被给予什么,
只愿向下望见
自己灵巧的路。
显然,莫德知晓
　　　　谁将要被刺穿。
谁将高坐于秩序的项上,
父亲又将承受多少
　　　　违背他自己同类的重负。
仁慈,
　　　或称其为英勇救赎
　　　　　　根植于坚壳,
足以捕获友谊的碰击
　　　　与战争热烈的联盟。
我们被蒙在心房,
守护着已成为残骸的仁慈,
当太阳如红艳的草莓
浸入黄绿色的水流

无穷无尽、流向家园。

[《伊莱恩之书》72]

莫德是抹大拉的马利亚，约翰则是主所钟爱的门徒。其中，对基督被“刺穿”场景的描述融入了诺斯替主义，赖特再次巧妙地拒斥西方想象中与阿坎人[①]的上帝教义不一致的内容，因为阿马不会承受违背他自己同类的重负，而基督教之神在耶稣的献祭中则是的确如此行事。在走向最后一章《眼》之前，诗人给我们带来一句源于保罗 · 策兰《雪床》一诗的非凡格言：“Augen, weltblind, in Sterbegeklüft ...”此处翻译为：“眼睛，不见世界，在死亡的矿脉缝里。”Sterbegeklüft是个晦涩的单词，大约是策兰自己创造的，或许应该被翻译为“死亡的裂缝（缝隙）”。赖特希望这裂隙是一座矿脉的裂口，仿佛死亡本身就是一种财富：

《眼》

古老的光，在此深度，知晓
谎言的面纱，它穿越河谷
急冲向前，四散分离。
所以，这里，南风向身体警示
季节的变迁，血色的白杨树
叶片奔转，从此及他，
一具纷乱的身躯定格于
　　　　别样的镜子里。 433
眼，像这样，或许不见世界

① 阿坎人，居住在加纳、科特迪瓦等西非地区的民族。

在死亡的矿脉缝中。眼，像这样，
或许不过是孔雀的羽尾，
插枝上幼稚的蓓蕾，或大地深处
某一与众不同的音波曲道。
萨福克郡，有一市镇，
那里，枯骨与罗马人的茶瓮、钱币
以想象的声响，标记神圣场地。
时间必将告诉我们所有感觉
以及我们如何学会接受
　　　　　　　　　我们的不能
看见他物，唯见欲望的蓝色光点
　　　　　　　　　指引回家的路。

[《伊莱恩之书》73]

赖特这首伟大颂诗，是策兰与荷尔德林式的“死亡”主题的回归，而且直面了这一挑战，去回应荷尔德林的绝望景象：“黑夜之鸟盘旋/俯冲，靠近到你必须闭眼。”通过对策兰诗句的再阐释，赖特盛赞这一只复燃了的诗人之眼，它胜过“古老的光”与“谎言的面纱”。“不见世界，在死亡的矿脉缝中”，不论对策兰意味着什么，这对于杰伊·赖特来说是不可思议的希望，蕴含着诗意的新生和开始。赖特对荷尔德林（与策兰）式的西方崇高的批评透着亲切，但无论如何也还是一种批评。在赖特这里，美国崇高与黑暗的林波舞是同一个东西，将奴隶们从“中央航路”带离。

赖特回忆起萨福克的一个市镇，在那里，想象的声音从某一不同的曲道，或大地深处的历史维度中为他而升起，他再次重申自己“神之眼，灵魂的第一视线”的可能性，即他的诗性化身史诗《历史的维度》的开篇诗所写。在这里赖特用入会仪式谜语，将多贡人与阿兹特克人的符号相结合，这与荷尔德林的希腊-德国式崇高那种诗学选择十分不同。《回声的解剖》最后一章隐含有赖特的非洲模式：双生、以替换来选择，正如《历史的维度》的开篇那样：

从何，我学会献出自己
奉予其他声音的切口，
一场哑剧中的替代，
我的身体破碎而去容纳？ 434

“理解力的信号/我坚决维护，却无法独自达成”，以及荷尔德林、策兰那只孤独的眼睛，赖特在这二者之间作出了自己复杂的平衡，既争斗又孤立。时间，对于非裔美国人赖特来说，纯粹是历史的维度，必须告诉我们面对那黑夜盘旋之鸟时的所有感觉，而对于荷尔德林来说，那是一种神圣而单一的感觉。西方崇高，也包含拉尔夫·埃利森与杰伊·赖特之前的美国崇高，事实上是以某种方式努力接受我们那种只看见“欲望的蓝色光点/指引回家的路”的倾向。出于对荷尔德林的敬意，赖特辩证地称此种超越为“不能”，他希望通过将我们引至非洲-阿兹特克人的诗意想象，在有保留的平衡中把这样一种超越密封起来。如此坚持是大胆而冒险的，不过在《回声的解剖》中，诗人将会在这条坚毅的道路中走得更远。

《欲望的执着》是赖特五首颂诗中的最后一首，把我们带回到那寻找家园的，高度浪漫主义的“欲望的蓝色光点”，在这另一首诗歌中与《回声的解剖》中一样细致入微。中间的三首颂诗虽简单，却一点儿也不减其壮丽色彩，讲述了诗人的使命。《幽灵之域的旅程》引自策兰的另一首诗，不过，从场景到重点，它几乎完全是非洲式的。此处我选择忽略它，只是指出，它朝向死者的仪式性下行会重新点燃诗意的自我，但付出了一种精神代价，这比我在赖特的作品中所记得的任何其他代价都更痛苦。接下来的是《萨尔托斯》[1]，这一标题暗示出成为一名心灵杂耍者的需要，我再次必须略过它的光彩，尽管“被一轮我从未见过的太阳唤醒”的凄美表述证明赖特意识中的非洲纯粹是一种幻想，并非实际体验。《芦苇的力量》是第四首颂诗，以典型赖特式的方式揭示了某种编织纹理，从而可以类比古希腊、非洲和墨西哥印度人富有远见的歌谣与歌唱，重新发掘失去的联系。尽管它是中间三首颂歌中最强大的一首，我仍选择将它放在一边，但指出其中的非洲纹理又一次是最强的。与那些津津乐道着粗俗文化政治的学者和记者相比，赖特要高明许多；他对于非洲文化与学术的贡献超过了整个忿恨群体与文化民族主义者的阵营。

以审美优异性的理性标准来看，《回声的解剖》实在是一部伟大的诗作，但对我来说，《欲望的执着》似乎更加强烈，并且在有关崇高这一点上，它也是杰伊·赖特那一代美国诗人中少数的成就之一。所以，我选择对其进一步细读。正如我一再重申的，赖特是一位理所当然难以理解的诗人，需要大量注释。在此点上，我实在是
435 顽固不化，固执地视其为赖特诗歌的价值所在，而非缺陷。对赖特来说，最终的诗人原型是但丁。哈特·克莱恩，一位同样难以理解的诗人，在修辞学上曾对青年赖特产生过重要影响，他也正是被但丁所吸引，一直试图在诗人与他自己的诗歌之间寻找一种联系的范式。在某种意义上，赖特迄今为止的所有诗歌构成了他自己的《新生》与合组歌（canzoni）。《历史的维度》与《科莫的双重发明》虽然

① *Saltos*，这个词有“跳跃”、“翻跟头”之义。

是庞德与艾略特式的叙事诗，但都是赖特的早期作品。他正在创作的作品《变形》蕴含着漫长的冥想抒情诗和智性文学，而非像《伊莱恩之书》以及《波列罗舞曲》那样或庆贺或哀悼的颂歌。不同于三十二岁就溺水身亡的克莱恩，赖特的诗人生涯始于六十岁，我要满怀感动地预言一位非裔美国但丁的出现。

《欲望的执着》实在是一首美丽的诗歌，正如它是一首难懂的诗歌。其中的小标题源自一句阿兹特克语，赖特的一系列诗章标题来源也是如此为其线索："我举起一朵冬日的红花，送入风中。"不过在进入这一序列，即《我》《举起》《红》《花》《冬日》《风》之前，赖特让叙事者，欲望，首先发言：

在云和雨中，
我居于阴影处，
在苔藓织就的毯子下，日子
随着欲望，瘀伤青紫。
我的领土是一首四面环绕宽阔水流的歌谣。
在那里，我来回奔跑，
编织着合乎逻辑的行为
在一株玉米穗诞生时，
我将要讲述一个色彩斑斓的故事，
正在编织，力量形式在运转，
奉献于不受重视者。
曾经，我用花环围绕一位国王，
变成一张渔网，一座迷宫，
"一袭极华美的长袍。"
听到我歌唱的母亲会鼓起勇气；

我总是刺得她们产生力量。

[《伊莱恩之书》82]

这位吟唱者，欲望，呈现了一副矛盾的装束，“一张渔网，一座迷宫，/一袭极华美的长袍”，这后一个意象可能是暗指半人半马的涅索斯的衣衫，后来变作火焰，将赫拉克勒斯毁灭。至于这一危险的欲望，“力量形式在运转”，是否可以完全从毁灭性的力转变为具有
436 超越性的神力，尚不得而知，即便吟唱者，“我”的部分，成为精神的复活体，一个增强了的哈姆莱特。不过即使是这第一部分也以对新生命的想象来结束，赋予“我举起一朵冬日的红花，送入风中”一种特殊的氛围。不论这句话在古墨西哥语中意味着什么，此处，它承担着赋予生命的重任，为更多的生命而祝福，虽然“我”的部分在墓地升起与落下的画面里左右徘徊：

走出第九个圆环，
腓尼基人[①]的渔船摇荡向前驶入光中
与一个温暖的名字——被给予天堂——
从第九王国中升起。
大地的国度发现了埃及人，
恰逢创造之际，
　　　　没有生命与死亡，
心脏深埋于灵魂之鹰，
血气的幽灵敲击着埋入坟墓的躯体。
一些人事向来属于天堂。

① 生活于地中海东岸，即今天的黎巴嫩和叙利亚沿海一带的居民，被希腊人称为腓尼基人。

饰有鲜花的木头替代了我的骨架。
托尔特克[①]斑鸠的灵魂逃离。
一声尖锐、隐喻的哭叫将我
　　　　　　引向那座精美的墓地，
腐烂之物学习着
　　　　　　如何念出自己的名字。

[《伊莱恩之书》83]

约翰·贺兰德[②]曾将赖特比作杰弗里·希尔，他们共同分享着“一种世俗化的宗教力量，让他们在由毁掉的比喻构成的小教堂中不断追寻”，不过贺兰德又适时补充道，希尔通常是与英国诗歌史斗争，而赖特的战斗则围绕“非裔美国人（African-American）中的连字符号本身一种独一无二、互相关联的深奥性”。赖特的个人历史的许多方面（作为一个非裔美国人，出生于阿尔伯克基，在加利福尼亚接受教育）让他发现了我们国家文化传统的编织纹理，从而使他成为我们仅有的一位美学成就卓越的真正的多元文化诗人。不过已经有更多年轻的诗人正在踏上赖特开辟的道路。通常我会避免使用“多元文化”这个词，因为这是那些以社会公正为名义去破坏文学研究的人使用的术语，而事实上，那仅是一些忿恨学派的学术委员们组成的关系网小集团，他们感到罪恶，因为以前的老师（也包括疲乏不堪的我在内）教导他们为爱诗歌而爱诗歌。现在，我学会 437
了保护自己，当有人向我提及“多元文化主义”时，我会立刻回答：“啊，是的，你的意思是杰伊·赖特的诗歌同时是西班牙、非洲、德

① 托尔特克：中美洲历史上的重要民族之一。该民族原是居住在墨西哥北部的一支蛮族。

② 约翰·贺兰德：耶鲁大学英文系的教授。

国、意大利，尤其是印第安裔美国以及非洲裔美国的吗？”那一刻他们就会停止吵闹，因为他们读过福柯与拉康，却没有读过赖特的诗歌。赖特是约翰·阿什贝利、杰弗里·希尔与阿奇·伦道夫·阿蒙斯的同龄人，也是至今仍然在世的最杰出的诗人之一。

题外话到此为止，回到《欲望的执着》，在那里“腐烂之物学习着/如何念出自己的名字”。这**可能**是指一具复活的躯体重新拥有了意识，不论它是位于但丁的第九层地狱还是第九层天堂。赖特老到地指出，所有的文化都有着共同的萨满教思想[①]，同时发出“尖锐的隐喻性的叫喊”。和其他信仰异端宗教的诗人一样，赖特将我们置于一个形象的世界，处于经验主义的简化与超验的强烈之间，后者对我们大多数人来说是幽灵式的存在。《举起》结束在神秘的或是精神的实体，以及哈姆莱特奇异超验的死亡之上，两者都与赖特疏离，而奇怪的是，他自己也从这一章里去除了。他的隔阂，更多是想象的而非个人的，在简短却充满回响的诗章《红》中得到进一步加强：

《红》

心中，尽管音节缺少，却光彩闪烁，
应和每个午夜你内心的钟声。
这是一种参读“热”的话语，
有人看见燃烧时刻的红炭
当教堂司事的灯光流涌
漫过躯体黑沉之书。
疑心升起，

① 萨满教文化圈，最早分布在包括中国东北地区和北欧北部地区在内的广大亚欧大陆北部。

那抹紫色
献祭的
痕迹
站立
裸露。

[《伊莱恩之书》84—85]

诗人心中究竟少了什么音节？我推测应是那些叩击午夜灵魂之钟而响起的音符，是死亡的暗示。诸多红色的意象——心的灼热、热的解读、红炭、燃烧时刻、流淌的灯光以及献祭的紫色痕迹，组成这首精湛，简短的抒情诗歌。通过阿兹特克语中那句庄严的
修辞：**我举起一朵冬日的红花，送入风中**，阅读着躯体的黑沉之书。 438
我们会发现冬日红花象征着通过献祭复活的想象，是欲望之执着的另一种证明，也是下一章《花》的核心：

《花》

这大理石尘令人想起落日
最深沉的紫红，还有
在它的魅力之后，孔雀
逃离青草上的囚笼。
现在，我将要美化
装饰着你的火焰，
恰如它从前某一刻
亦曾做的。
我会携着你盛放，
高高的皇冠上的奶油与盐粒。

你必将闪耀，
流动向前，
痛击着越过我，
即使当你构建那个覆盖一切的吻，
我们最高损失的孢囊。

[《伊莱恩之书》85]

此处向前燃烧的火焰意味着性的激情，是复活的阿兹特克花朵之红色的延伸。不过在两者之间，是关于我们的衰落的下一章《冬日》，某种死亡的暗示，促成了杰伊·赖特在崇高模式上的成就之一：

《冬日》

常青树底，
松鸡于雪下漫行。
跟踪着它们下落飞行的女人
告诉我们，若是倾听，你可听见
它们鸽子般的叫声在空中起伏，
歌声伴随我们去到小溪
它从火热的睡眠中释放。
我们将来到想象的边线，
在天际，
把我们缚于隐蔽之事的喉音，
静止不舞的火束环绕着我们，
在一只不发声的号角中。
439 我们已然学会，像这些鸟儿一样，
表明自己的陷落，

越过皱缩的苹果与稻草般脆的叶，
斜阳再次迎接我们
到大地分裂的怀抱中被捕获的音乐。

［《伊莱恩之书》85—86］

这复杂缠绕的音乐，极富张力地被捕获又分裂，营造出新英格兰北部的气韵，这也是诗人在他的孤独的这些成熟岁月中反复出现的语境。《冬日》颂歌中最重要的是，令人惊讶地实现了一种高级的风格，寂静而又极富穿透力的尖锐声音，完全属于赖特自己的。鸟儿的歌唱转为欲望火焰现在无声、静止的形象，这种欲望的恒久存在矛盾地由其对再生循环与覆灭循环的时间意识而维持。由于集合的阿兹特克隐喻与牺牲及其变形有关，所以我们不应为最后一章《风》而感到震惊，它把萨满教转向了一个女人的身份，而且彻底改变了欲望说话的声音：

《风》

行过冬日，
热风熏烧着空气。
我的体内满是油脂，
我将成为悬于正午的另一颗星，
当预言中的天狼星的呼吸
紧紧缠绕着我时。
我尽管是一个女人，
也将向南而去，
面对烈火，
于灌木中听到灵魂。

不过，这一切仅是狂想：
西方将有水流来，
我则会于痴迷中，
　　　　　　再生，
或许是在地中海的天空，
在罗讷河[1]湿地与
雨水东面的争夺中。
所有这些伪装下，
我追随着权力的芳香。
因此我在自己的领地被充电，
赐给太阳风以生命，
粒子盘旋围绕于
　　　　我的身体曲线，
向着毁灭行去，
当我的星星在正午融化时
　　　　　　　是一个新的黎明。

［《伊莱恩之书》86—87］

“赐给太阳风以生命”，更新了阿兹特克人对欲望之执着的感知。不过，这一萨满女巫是来自非洲的女人，因为这种尘土飞扬的热风是源于非洲大西洋海岸的。向着火焰转身，她进入灵魂出窍的境界，并获得重生。或许在拉丁文化中，她重生于罗讷河向下流入地中海的水域。诗人将转世赋予了她，意味着诗人接受了祭品，且参与到托尔特克歌者最后的歌唱中，他们的工作将被阿兹特克

① 罗讷河：又名隆河。是欧洲重要的贸易河流，联系欧洲北部与地中海。

人所取代：

3

我将离去，我将消失，
我将被展开，躺在黄玫瑰织就的床上
一位老妇人将为我哭泣。
因此，托尔特克人写道：他们的故事已然结束，
但你的内心已更加完美。

[《伊莱恩之书》87]

托尔特克人那张黄玫瑰织就的床，回归到一种有力而充满戏剧性的独白之上，《萨帕塔与埃亘根面具》[1]，在《伊莱恩之书》的前些篇章里出现过，在那里，萨帕塔哭叫道：

当再无更多为荆棘而准备的肉体，
我要如何培育我们之间的爱的黄玫瑰？

[《伊莱恩之书》23]

黄玫瑰让位于阿兹特克人的冬日红花，当托尔特克人的故事结束，赖特的诗歌也正好结束了。然而他可以自说自话地提出一个关于崇高的讨论："但你的内心已更加完美。"此处完美回归到其本义的完美性（perfectus），结束、完成，由灵魂的工匠"在云和雨中"为其塑形。

被称为崇高颂歌的《伊莱恩之书》的下一阶段是赖特的另一卷

① 埃亘根（egungun）是西非尼日利亚约鲁巴人的面具文化，与祖先祭祀有关。

诗集《波列罗舞曲》(1988)。首先要说明的是,“波列罗舞曲”是一
种庄严恢弘的西班牙舞曲,以急转为特色,时时伴以频繁跺脚,最富
戏剧性的是其骤然的舞姿停顿,比如在舞者手臂拱悬于头顶上方时
441 骤停。赖特的《波列罗舞曲》中错杂交织着颂歌、抒情诗与冥想,大
多数以一种从容缓慢的节奏推进,许多地方有各自骤然的停顿,定
格平衡的拱姿。其中一些诗歌可说是赖特最出色的作品,几乎全都
包括了令人叹为观止的优美与壮丽笔触。四十首独立小诗中,最为
核心的是第五首,由三部分颂歌组成,庆贺并哀悼种种名称与命名,
这种美国传统最强有力的代表是其奠基者——爱默生、惠特曼、狄
金森以及他们伟大的继承者华莱士·史蒂文斯。在杰伊·赖特这
里,更多的是西班牙(通过新墨西哥得来)与非洲元素,他为事物命
名与消名的方式大大区别于史蒂文斯及其前驱。典型的爱默生式
消名可以举《弹蓝色吉他的人》倒数第二节为例:

丢弃光束与定义,
说出黑暗中你的所见

是这,抑或是那,
只请别用那些腐烂的名称。

第五首《波列罗舞曲》以相当绝对的诗句开启:“所有命名都是祝祷,或诅咒,”接着便推进至某一个从未出现过的孩子的无名。不确定诗人是否在为他自己那个没有出生过的孩子而哀悼,或是为那一类孩子而哀悼:

那些因无法形容的欲望而被非难者

即使躺在母亲空洞的子宫里，
无声，无目，距离光之抒情诗
以及一个名字还有多日。

［《波列罗舞曲》9］

抒情的第二章则回到失去与孩子的意象上：

这是记忆的装束，是寻找一个百花开放
有合适名字的地方的理由，
在那里，爱的每一缕回声都是一个孩子的失落。

［《波列罗舞曲》10］

或许是合适的名字才唤起了百花开放的地方，而孩子的失落就是没有名字这种诅咒的一部分。然而在杰出的结尾乐章中，名字不论是祝福还是诅咒，都被诗人拒绝了： 442

所有名称皆是虚伪的。
会预言的树叶称冬日为悖论——
北方的行者在南方的风里。
风蚀的谷仓上，寒冰忆起五月的罂粟。
我将会让你忆起读着
破碎的十四行诗时的兴奋，肉桂
香中的夜晚，瓦片房檐下，
而慈善医生们争辩着他们的爱
在下面的鹅卵石上。
我再次融进欲望的钟声与踪迹里，

召唤、回想,潜行在我们身后的爱的步伐。
爱会以怎样的形式出现,若身体凋零
或无法显现,爱的栖息地又是什么?
不过是一个边界的寓言,情人们
穿越所有限制向着圣十字走去。
我已携你的名字于丝绒之上,
知晓你是自由的,从来没有遭受过
爱和命名的耐心造成的心痛
那是我们分裂的世界所需要的。

[《波列罗舞曲》10—11]

这里回到了伟大颂歌《欲望的执着》的崇高竞技场,因为“**钟声与踪迹**”必然包含这首诗歌。正在创作中的《变形》集里,有一段不同寻常的沉思,仍在继续追寻欲望的执着,它有一个十分合适的题目——《秋日逻辑的起源》:

在我的国家,秋天诞生自一朵干枯的花,诞生自几只雀鸟……
或诞生自平原上某几条河流上蒸腾迫人的雾霭。

莫里纳利,《献给漫长忧伤的颂歌》[①]

每一个到来的瞬间皆有代价,
几乎殷红的小鸟草图上那蓝边的喙,
一家旅店的赭石围栏就像它
守护着的仙人掌一样静止(那花由

① 原文为西班牙语。

玫瑰褪成了沙砾一般的青铜色),
河流中白垩土的白色坚持
当它流过昏黄午后直到日落时分。
秋日感知到夏末的寒意,
仅有鼠尾草与一串长错了地方的
黑莓照亮;对所有这些花招强烈谴责;
变得愠怒、自私、嫉妒,满是悔恨。 443
一些更加熟练的人会降低其声音。
被截断的经验碎片将怯弱地闪亮
透过这存在的粪堆和灰尘
(在衰退中,请称其为希望),
正如此处,秋日的蓝光落下,统驭
残存的兴奋欢愉,使得
这季节的伸展适于字母表
的正序与逆序,所有那隐含的
弧线——心灵正寻找立身之处。
但即使那减弱的声音也足以抵住
它灵魂的刺激。此处长眠——时候未到。

如果且只有当他见到的无叶玫瑰,
(或觉着他见到的)那花于片刻之前开放,
这濒临绝境的内心才追随那逃离
平原的河流,倾听并抬眼看那从云上
缓缓而来的启示,希望认可
自身,或责备那株玫瑰昔日的
小小犯戒,这精神的狂喜

气质，一种逻辑看来有意要谴责
他的天赋，只因某种令人不安的欢乐。
秋日或许只是欲望，一个偏离正轨的
第十二夜[①]，几乎太高调的一种赠礼。

在他六十岁之际，诗人预演了季节的逻辑起源，这意味着在蓝光中，再启每个秋日的是某种“减弱的声音”的景象。是什么造成了减弱？弗罗斯特的方式只适用于赖特的佛蒙特州风景，而不适于他心灵中永恒的崇高。赖特一一遍数每个瞬间时刻的代价，计算着那些爱默生可能称为他的确信费的花费。这已经高得足够使他驱逐神话；这一沉思出人意料地直接和尖锐。或者说在最近的赖特眼中，关于多贡、班巴拉、阿兹特克与罗曼蒂克式崇高的神话只是勉强悬而未决，他看到的并非天堂的鸟，比如托尔特克的斑鸠，而是“几乎殷红的小鸟”。赖特清楚地知道，若使用“殷红”这个词，很难不让人联想到麦克白所说的“恐怕我这一手血/倒要把一望无垠的海水染作殷红”。这是多么巧妙的暗指，它提醒我们，诗人努力不让欲望之执着变为仅仅是生存的野心，以防他追随莎士比亚笔
444 下那个最富想象力的恶人，陷入“一片焦枯，黄叶飘零”。秋日的起源逻辑最终（并且是十分微妙地）被否定了，因为它所坚持的东西并不是将一朵冬日红花送入风中的欲望。**那种**欲望，更真正地是杰伊·赖特的欲望，保留了牺牲的元素，而非对一个偏离正轨的/“第十二夜”的强烈坚持。

当拉尔夫·埃利森那位无名但最终全知的《隐形人》，在结尾

① 第十二夜：圣诞节后的第十二天，即“主显节”，是为了纪念耶稣诞生后，东方的博士于此日来到伯利恒朝拜耶稣。

走入地下生活时，他断言他在为我们说话，无论我们是谁。我可以在赖特的诗歌中追踪到埃利森的精神，部分因为，我发现赖特常常是在为我说话。西非宗教在我看来最像是我们的美国式直觉的起源，我们感到在大的男人或女人之中还有小的男人或女人存在。这种小小的存在是真正的自我，诺斯替教的火花或“元气”（pneuma），它能通到第七个诺莫，黑色的基督。就像我们（在匆匆一瞥中）所看到的，双生的和二重的是赖特最喜欢的喻体模式，他通往智慧的下沉路径。如果没有赖特隐喻中的力量，他便不能够帮助我们与那豺狼作斗争，它与土地交合，使我们的土地生出反文化那些糟糕的韵文和更糟糕的散文。多元文化论，在我们的新闻业和我们已经毁了的文学教育中，是一种意识形态，总是宣称：我们的坏作家也不比你们的更差。[……] 在没有标准的世界里——美学、认知和想象力的标准——我们都将灭亡，实际上我们正在完蛋。在T.S.艾略特较好的时刻，他曾经称精神世界为“永不平息的，周游四方的”。我如今在我们中间几乎找不到拥有这样的精神世界的人：我得等待他们来找到我。杰伊 · 赖特的诗歌在四分之一个世纪以前找到了我，从此就与我不离不弃了。 445

谢默斯·希尼
（1939—2013）

在三十九岁的时候，华莱士·史蒂文斯写下了《我叔叔的单片眼镜》，在几乎相同的年纪叶芝写下了《亚当之咒》。四十岁左右写下的文本构成了一个卓越的群体，我能够立刻联想到布朗宁的《罗兰公子》和爱伦·坡的《尤利卡》，我也邀请每一位读者和我一起想出更多（惠特曼的《跨出永不止息的摇篮》和《当我与生命之海一起退潮》也忽然进入我脑海之中，但还有许多其他作品）。我不能说北爱尔兰诗人谢默斯·希尼在四十岁时已经出版了任何一首和《亚当之咒》一样好的诗歌，但《田间耕作》集中的抒情诗《丰收结》可能会显得那么强大，抵御住所有时间的侵蚀。《田间耕作》集中还有别的诗歌当得上与叶芝的《在七个树林中》（1904）相比较，它让我们有理由这样想：假如希尼能够保持《田间耕作》那样的深思熟虑、内敛克制，又那样具有权威性和普遍性的诗艺特质，并且能将这些特质持续稳步发展，那么，他又会成为一位多么了不起的诗人呢。《田间耕作》是他的第五部诗集，是他发表处女作《一个博物学家之死》之后的十三年里最好的一部作品。

那本书以其所描写的乡下人的真实以及生动的土地感觉，得到了赞赏，回顾地读来，像是一种关于诗性化身的阴暗旋律。希尼早期的诗含蓄地表达了他的中心比喻，**土地的元音**[①]，进入了弃耕从文

① 希尼的诗歌中常出现元音（vowel）和辅音（consonant）的表达，有学者认为这象征了爱尔兰本土天主教与新教的区分。

的愧疚感与诗学救赎两者之间的循环，“我押韵，为了看到我自己，让黑暗发出声”。《通向黑暗之门》(1969) 现在看起来，正如十年前我所感觉到的，主要还是重复，尽管具有一种更精致的调性。我记得我放下这本书时悲哀地想到，希尼是一个执着于粗犷但属极简主义抒情诗歌的人。我错了，我应该更加仔细地读读诗集中的最后一首，《沼泽》，它是希尼开启通向北爱尔兰的道路以及自己内心深渊的双重之门。从《田间耕作》回过头去读（以及另外两本介于中间 446
的书），我领会了诗人如何从单纯的描写过渡到了否定性的视野：

我们的拓荒者不断地开掘
向内，向下，

他们每掀起一层
仿佛都有人曾经住过。
那沼泽之眼许是大西洋的渗流。
潮湿的中心深不见底。

这样的一个中心着实难以维持，希尼当时似乎正要成为一位表达北爱尔兰问题的诗人，现在他已经聪明地规避这样的角色了，但这种“规避”充满了道德意味，我后面会尝试分析这一点。《冬游》(1972) 看上去比我七年前阅读它时更有感染力，当时的阅读就已开始改变我对于希尼的重要性的看法。这是一本关于接近旅程中心的书，同时也可将它看作诗人在严厉质询自己的语言——既属于又不是属于他自己的英语，鉴于希尼是德里的爱尔兰天主教徒。没有几本诗歌书籍在名称上花了这么多心思，以及在特定的字义上做出这么明显的功夫。重读的时候，依旧没有发现其中哪一首特别突出，因为这是希尼作为一个小心谨慎的学徒，朝着他那迟迟未来的荣誉而工作，所交出的最后一卷。《北方》(1975) 开启了这种荣誉，以任何标准而言都是一份至关重要的成就，或许它对于美国批评家们来说显得有点暗淡，因为这首诗歌和杰弗里·希尔的《某处有这样一个王国》发表时间如此接近，后者在美国收录了希尔最早的三卷诗集。然而《北方》的力量在于四年的阅读使它增强，同时在我看来，《田间耕作》是近代英国诗集中仅有的，能够持续地与希尔1978年出版的杰作《熄灯礼拜》相比较的作品。

希尼最早的三本书与当地和同时代的前驱者们进行着轻声细语的辩论；警醒的读者能够找到卡瓦纳和蒙塔古，泰德·休斯和R.S.托马斯的色彩与风味。像《田间耕作》对晚期的罗伯特·洛厄尔的精巧触碰，全都是“屏障记忆”，只作为障眼法而有意义。在《北方》中出现的，也在《田间耕作》中表现得很清晰的，是那真正的前驱，中期的叶芝——强大的爱尔兰诗人们都必然会同叶芝一比高下，成熟的希尼和金塞拉比斗的程度相当，这比斗本身确保了希尼和金塞拉在叶芝之后的爱尔兰诗人中，会比卡瓦纳和克拉克更加令人难忘。

我在《北方》中的诗歌里听到了中期叶芝的《绿色头盔》和《责
447 任》的声音，而《田间耕作》强化了这种声音。叶芝的这一视野仍然
计算着它人性的代价，而没有彻底投入魔性的存在和强度中：

我穿过手推石磨之眼，

谷粉注入古老的磨坊，
我脑海中浮现出
世界之树的平衡石块，

石磨成堆如脊骨，
骨髓落地碎散成渣。

这是希尼《北方》集中的《贝尔德格》，但我并不认为叶芝会不认它。《北方》集中最经久不衰的诗歌包括庄严的标题诗，以及《葬礼》、《亲属》、《无论说什么，什么都不说》，其中最好的，则是关于诗学化身的组诗，有一个叶芝式的标题，名叫《歌唱学校》。诗歌《北方》过去和现在都给予了希尼他的诗性特征，一个神话般的声音宣告了这位新的诗人与爱尔兰的过去的关联：

它说："躺下吧，
在言语库存中，挖掘
你布满沟痕的大脑中
伏藏的线圈和闪光。

在黑暗中创作吧。
在长久的尝试中
期待北地极光
但不是光之巨瀑。

保持你双眼的晶澈
如冰柱中的气泡，
相信你的双手触知的
珍宝碎粒的感觉。"

《田间耕作》的读者们意识到，通过训练，希尼的双眼是如此晶澈，如一个冰柱中的气泡般，又如后期的伊丽莎白·毕晓普那种美国人的眼睛。《葬礼》开创的模式则似乎注定要成为希尼的核心模式，不管他最终是选择了都柏林还是贝尔法斯特。《亲属》是更难的一组诗，向作为“我思想的内陆”的泥泞乡村致敬，随后进入一个宏
448 大的比喻：

这是大地的元音
梦想它的根
处于鲜花和雪地中，

突变的天气
与季节，
飘零的果木腐烂在土中。
我在这一切中成长

像垂柳
倾向于
引力的欲望。

这种表达的必然性如果仅仅是个人化的，那就足够了，那绰绰有余。而其宏大感在《亲属》的最后一节被扩大，希尼真正掌握了替他的人民发声的权力：

回到这座
“海洋之岛”
那里没什么是足够的。

读一下被埋葬者的脸颊

伤亡者和牺牲品的；
向我们坦白地报道，
我们如何屠杀
为了共同利益

把声名狼藉者
的头颅剃光，
女神如何咽下
我们的爱和恐怖。

作为一位诗人，希尼此后的问题是，如何避免沉溺在这泛着血光的潮水中。他的伟大先驱是叶芝的《内战时代的沉思》以及《1919》，不能说在诗集《北方》中已经达到了这先驱的高度，即使在那首如魔幻术般丰富的《无论说什么，什么都不说》中也不能。但是《歌唱学校》做得还要好，奇异地融合了华兹华斯和叶芝，整首诗和诗集结束在一幅精美而悲哀的、自我接受的诗人肖像画，他仍然等待着只属于自己的词语来临： 449

我既不是拘留犯，也不是告密人；
我是一个内心的流亡者，留着长发，
心思缜密，林中的流浪汉

从大屠杀中逃离，
让树干和树皮

做我的保护色，
感觉每一阵风吹过；

吹起这些火花
求取微薄热量，却错过了
千载难逢的预兆，
彗星脉动的玫瑰红。

这是真正的雄辩，好在并不是全部的事实，《田间耕作》的丰富性可以为证。希尼是土地的元音诗人，并不来自任何带预兆的彗星。《田间耕作》中，诗人向南行进，远离贝尔法斯特的动乱。他想起了在光景不佳的1846年，当美国的奴隶主们与墨西哥开战，爱默生的自我告诫：

虽不愿这不幸时代
唯一的爱国者悲伤，
但，我无法抛开
自己甜蜜的思想
去听神父的伪善之言，
或政客的夸夸其谈。

若我推却我的钻研，
卷入他们的政治——
那些不过是欺骗，
愤怒的缪斯
让我脑子乱成一团。

像爱默生一样，希尼明白，自己禁锢起来的想法只有自己能去解放。《田间耕作》中的诗歌没有一首不具有鲜明的特征，在此，我要凭借着批评家的特权，来讨论最令我感动的诗歌：《意外》、《獾》、《歌者之屋》、《格兰莫十四行诗》的十首组诗、《丰收结》（希尼迄今的杰作），以及美妙的挽歌《纪念弗朗西斯 · 莱德维奇》
（1917年在西部战线被杀的爱尔兰诗人）。所有这些抒情诗及沉思 450
具有丰富的否定性，是一种有关意义被排除的艺术，是迷失于历史喉辅音中的土地的元音。希尼的爱尔兰女巫警告他："我们长久以来以耳倾听的土地/被剥了皮，或生了茧。"柔和的哀歌《意外》巧妙地融合了叶芝的《渔夫》以及《1916年复活节》的方式，以葬礼进行曲终结，显示了希尼土地元音的海洋版本：

他们迈着均等的步伐
带着懒散的车头
那种习惯性的
缓慢的慰藉，
线绳拉起，双手
交替，冷冷的太阳
照在水上，大地上
一切在雾中倾倒：那个早晨
我被带上他的船，
螺旋桨打水，搅出
六英尺漫不经心的白色，
我和他一起品尝了自由。
清早出去，拖曳着
平稳地离开底部，

贬损所捕获的，微笑着
同时发现了一种旋律
在你之中作用，慢慢地，
将你带入理想的家园
那是遥远彼岸的某个地方……

被杀害的渔夫的超验性与希尼捕获一首诗把诗人也送往“彼岸”的方式相融和，希尼也修正了叶芝的野心，他写了一首具备与《烦恼》中的永夜同样激情的挽歌。更有力的作品是《獾》，那是一首含蓄的，对自我有着深深质疑的诗歌，摒弃了挽歌特有的张力和任何一种过于简单的意义。感受到“一些柔软的回转”，无论是出自被杀害的人还是獾，希尼的难以理解让他的读者背上了沉重的包袱：

拜访被认为是神迹。
在第二所房子里我听到
月桂树之下的冷裂声
听到有暗示的声音低语
451 关于得到模糊的荣誉。

第一行诗并未通过艾略特的《枯叟》回归到兰斯洛特·安德鲁，而是本身大胆地修正了《约翰福音》4：48，“若不看见神迹奇事，你们总是不信”，和《马太福音》12：38—39，“一个邪恶、淫乱的时代求看神迹”。那个冷裂声是獾的沉闷的声音，更重要的，也是华兹华斯的《序曲》（第1323行）中的“低沉呼吸”。虽然是一种外在的萦绕，证明诗学桂冠“模糊的荣誉”，但无论文本内外，它们也是希尼在凶险的北爱尔兰艰难的呼吸。曾经那么简单粗犷，似乎是他唯一的姿态，希尼现在却进入了更为强有力的诗歌那种竞争性模式，必然更为艰深，更多影射，虽晦涩却令人信服。

我从这个开篇读到《歌者之屋》的成功，我很想引用全诗，但我要克制住自己，只给出其结尾三个美好的小节，在其中，希尼哀悼失去了他的土地上那些应是“水晶般”的珍贵之物，且为自己无畏而坚决的艺术发现了一种必要的形象，这一形象将逆转哀叹与损失：

这里的人曾经相信
溺水的灵魂居于海豹中。
在春天的潮水里会改变形状。
它们热爱音乐，会为歌者游来

在夏季最后的日子里
站在那被刷白的草皮小屋前，
他的肩膀依靠在窗框，他的歌
像快艇在夜里远航。

当我初来此地你就一直在唱，
一种被拣选的提示音
在你的簸扬攀升和搏击中。
再唱一遍吧，歌手。我们仍然相信亲耳所听。

最后一行的神韵即使对我这样一个美国读者来说，也是一剂良药，尽管我与所有能激励希尼和令他惊骇的地方性东西是隔绝的。与《纽黑文一个平常的夜晚》中平凡的夜晚更接近的，是独一

无二的《格兰莫十四行诗》中从乡土上升起的普遍之思，开头同样伴随着希尼的中心比喻："元音犁入其他/开垦地。"面对田间耕作
452 之中美好生活的形象，以及从暴力中救赎出的艺术，如同新耕土地的"范式"，希尼甚至在第一首十四行诗中发现他的鬼魂们大踏步归来。他试图以鬼魂们为背景讲述他自己的故事：作为一个诗人他能留意到墨涅塔向济慈发出的，或者尼采向我们所有人发出的警告："想想这片土地。"

然后我着陆在格兰莫尔的露天学校
并希望从壕沟边坡提高
一种从号角和缓慢的风笛簧管捕回来的声音，
它也许会继续、维持、消除、平息：
元音犁入别的开垦地，
每一首诗返回如犁掉头。

然而在十四行诗第九首中诗人发出了真正的绝望之问："什么是我对诗歌的辩护？"而第十首作为组诗的结尾，明显地呼应了怀亚特最富激情的时刻，又更深沉并压抑性地指涉了叶芝关于灵魂永恒纯洁的洞见："可爱而痛苦的/肉体的契约；我们的隔离。"希尼最完美的抒情诗《丰收结》包含了更多希望，不过这一希望亦有所限定，我在这里引用全诗如下：

当你系好了一个丰收结
你表现出内心的成熟与和谐
健康的麦子熠熠发光
随着一折再折变得越来越亮

直到变成一个可知的光环，
一个随手用稻草编织的同心环。

这双手常年拨动炭火紧握手杖
策马与斗鸡游戏中消磨了形状
它们听其天赋而劳作目的良善
直到你的手指灵活如梦游一般：
我如盲童般触摸感受这丰收结，
在可感知的之上把未说的采撷，

假如我朝那金色的环中窥看
能看到我俩漫步铁道坡畔
在一个青草茂盛的蚊蠓之夜，
蓝烟袅袅，旧犁床在树篱里歪斜
拍卖行的告示在那些墙上张贴——
你往领子上套了一个丰收结， 453

我背着渔竿，已经在思乡地向往
这些夜晚的兴致，当你的手杖
重重地拨开芦苇和灌木的尖顶
不合拍地敲打，敲打，但不曾
惊飞什么，那片原始的小镇土地
舌头仍然打结，在你手所系的稻草里。

艺术的结局是和平
可做这一脆弱装置的座右铭

我已将它在松木橱上钉牢
如同一个张好了的圈套
最近让谷物精灵悄悄溜了过去
但被它经过时擦亮，还热乎乎。

在这首美丽的诗歌中，希尼找不到一个比稻草结更惆怅、更类似于克莱尔[①]的象征，也没有一条比“**艺术的结局是和平**”更悲伤与温柔的座右铭。当然，作为一首爱的抒情诗，其表面歌曲(oversong)似乎是在反对叶芝那些佩特式的塔里敲钟人，后者为灵魂的婚典安排好了丧钟。婚姻之爱或许最终是和平的，艺术最终却是对抗，反对时间的“过去如此”，也反对先前的那些艺术。

那双编织丰收结的双手是强健刚毅的，在婚姻之中它们却显得纤细雅致，带来了丰收。编织的行为所显示的，是成熟的寂静那种可知光环，而不是诗歌中不可信赖的知识；希尼作为一个诗人必须既热爱，又远离这智慧，父母的智慧。在遵循一种人类传统时，手指可以像在睡梦中那样移动，——正如史蒂文斯对小孩的描述，“在自己的生活中沉睡”。但希尼则必须“如盲童般触摸感受这丰收结”，因为那是诗人的工作领域：“在可感知的之上把未说的采撷，”在谷仓全满之后再来精细拣选。

但他的想象，**通过她的标志**，在第三节中近似于真正的和平，它随后打破为一些富足然而更为孤独的东西。年轻的叶芝歌唱《欢乐的教区》，其中“树枝上长满水果与鲜花/一年四季”，“一场战争中被杀害的/生命再度苏醒”。希尼远离了年轻时代，在对清纯狩猎的回忆中听到一种音乐，“不合拍地敲打，敲打，但不曾/惊

① 指约翰·克莱尔(1793—1864)，英国浪漫主义诗人，诗歌侧重描写大自然。

飞什么。”没有什么可让它发动，因为快乐或原始的小镇土地只属于那些“舌头仍然打结”在脆弱的丰收结装置中者。希尼的天赋在他的最后一则比喻里表现得再确定不过了，他几乎将前面那个
象征全部抵消，在这里同心结变成了谷物之王新近逃离的圈套，他 454
的逃离本身又擦亮并激活了婚姻那可知的光环。诗歌的争斗取代了爱人的立场，虽然含混，但是坚定地，附歌在诗歌的结尾处取得了胜利。

我就要得出这样一个结论了，希尼已经接近了伟大诗人的狡黠姿态，对于这种逃避，我要引述的不是美国的理论家和诗人，从爱默生、惠特曼到狄金森，再到弗罗斯特以及史蒂文斯，而是这种模式的首要英国大师的话语：

> 你们不懂那些诗人们谜一般的行为吗？
> 混乱，幻觉，关联，
> 躲闪，偶然，逃避？

这是丁尼生的先知，不是爱默生的梅林，也必然成为希尼的诗学，如果他要像叶芝那样超越大地的元音的话。对于诗人来说，这一过程是痛苦的，因为他更加具备华兹华斯、济慈、克莱尔（以及卡瓦纳、蒙塔古、R.S. 托马斯）的自然主义视野，而非为摆脱大地而斗争。但《田间耕作》中有迹象表明这一过程正在进行中。希尼在这本诗集结尾作出了对但丁的乌格里诺的冷酷演绎，与爱尔兰的时代有着过于紧密的联系；还有他那首不十分成功的与诗集同名的诗，令人想起梅尔维尔的亚哈的诺斯替教金币。在这里我用对希尼崇高的四行诗《纪念弗朗西斯 · 莱德维奇》的解读来结束我的论述，我在其中读到强烈的，对诗人自己决不接受的命运的逃离：

在你，我们死去的谜题里，所有品种
在无用的平衡中交错纵横
当风拨响那警醒的青铜
我又一次听到确定的迷惑性的鼓声

你随之从博因河水来到巴尔干
但错失了你的长笛应有的朦胧音调
你的音色音调不像这些忠信者一般
虽然你们现在都已在地下混交。

不是我要走的路，希尼告诉我们，因为他的音色音调与任何地方任何一位现在用英语写作的杰出诗人都不一样。品种纵横交错在他的诗歌中形成如此有用的平衡，以至于所有批评家和热爱诗歌的人都必须祝愿他千方百计存活下来。对于大西洋彼岸的本批评家而言，希尼已同杰弗里·希尔并列，作为一位如此严苛和紧迫的诗人，与他那些最强大的美国同代人要求获得同样多的注意，而且
455 事实上是他们中间最强大者。

安妮·卡森
(1950—　)

加拿大诗人安妮·卡森的作品非常具有独创性和真切性，以至于我认为在活着并仍在写作的英文诗人里只有两人能和她的卓越媲美：约翰·阿什贝利和杰弗里·希尔，二位都足足比她年长一代。

卡森身为专业的古典学者，是一位博学的诗人，但总是有些不同。她与任何在世之人都不相像。艾米莉·勃朗特和艾米莉·狄金森是她真正的先驱。卡森是一位崇高派诗人，从她在《泡沫》集"随笔狂想曲"中所复兴的那种意义上说。朗吉努斯这一文学批评的真正源头成为她的灵感来源，因为他的崇高由引语，普鲁塔克与爱默生所谓的"光泽"构成。这些对我们而言像火山喷发，而卡森显然酷爱活火山，朗吉努斯想必也是。

> 看，这是真正的荷马，他像狂风在战士们身旁咆哮，
> 是那个荷马，"也暴怒了，像手持战枪的战神或
> 像茂密森林、崇山峻岭中燃烧的熊熊烈火；
> 泡沫在他嘴边飞溅。"
>
> ——朗吉努斯，《论崇高》9.11；
> 荷马，《伊利亚特》15.605—7

安妮·卡森的天赋在于发现“泡沫”，并阐释它们：

> 泡沫是艺术家把手浸入他自己的故事的标志，
> 456 也标志批评家在自己的深奥理论中发出愤怒和抨击。

卡森的第一本著作是《苦乐爱欲》，是一次对萨福的修辞的深思（萨福的所有残篇已由卡森译出）。在萨福思想的跃动中：“欲望移位。爱欲是一个动词。”通过援引柏拉图《斐德罗篇》，《苦乐爱欲》以一个光明的听天由命的段落而中断（它无法终结，或休止）：

> 我们能从苏格拉底或萨福的爱人宣言中构建出生活在一座无欲之城的模样。哲学家和诗人都用翅膀的形象和飞翔的隐喻描写爱欲，因为欲望是将渴望之心从此处带向彼处的运动，在心灵里开启一段故事。在无欲之城，这样的飞翔不可想象。双翅紧锁。已知和未知的学着前后排成一行，从特定的角度看过去，它们就像一体。即使有可观察到的差异，你也很难说出来，因为mnaomai这个实用的动词表达的意义：“事实就是事实”。获得事实以外的东西的条件是你要超越这座城市，也许对苏格拉底来说就是超越这个世界。苏格拉底清楚地意识到，探寻已知与未知间的不同是一个高风险命题。他认为值得冒这个险，因为他爱追求本身。又有谁不爱呢？

苏格拉底的智慧不在于他知其无知。我想文学对于生活的功用是接近智慧，而不是获得智慧，它无法获得。卡森是一位有天赋的智慧作家，而不是一位苏格拉底式的智慧女人。她是位把手浸入她自己的故事的艺术家，她对批评家有荷马式的影响（至少对本人而言)，在我自己深奥的影响理论中引起了愤怒和抨击。她对于艾米莉 · 勃朗特和艾米莉 · 狄金森的有力解读暗含在她许多诗中，有时还会猛烈地明确显现。

卡森在《苦乐爱欲》后的第一本著作是《短谈》(1992)，现收录进《淡水》(1995) 第二部分。这三十二首散文诗里最骇人的一首是《论倒着走》：

> 我妈不准我们倒着走。那是死人的走法，
> 　　她会说。她哪来的这种想法？也许来自
> 一种糟糕的 457
> 　　转译。毕竟，死人，并不倒着走，
> 但他们确实
> 　　走在我们后头。他们没肺出不了声
> 但会
> 　　希望我们转过身去。他们是爱的牺牲品，许多
> 都是。

好些我喜爱的人最近去世了，我走路时也开始爱回头。卡森甚至比杰弗里 · 希尔更令我不安。《短谈》的《引言》可作为她往后所有作品的序言：

> 一天清晨，词语丢失了。在那之前，词语还在。事实在，脸孔在。亚里士多德告诉我们，在一个好故事里，任何事都由一些其他事推动。三个老妇弯身在田地里。问我们有什么用处？她们说。不久就明了了，她们知道关于这里的一切，关于雪地、暗绿色的嫩芽和被诗人错当作紫罗兰的名叫“鲁莽”

(audacity)的植物。我开始抄录听到的所有事。这些符号没有故事的厌倦，它们逐渐构成自然的一瞥。我强调这一点。我将做任何事来避免厌倦。这是一生的事业。你永远懂不全、做不完，不定式和分词用得永远不够怪，对运动的阻碍永远不够粗暴，离开理智永远不够快。

这是她毕生的事业，由于我比卡森大二十岁，或许我离世时的遗憾之一会是看不到她穷其一生的作品。我这里要介绍她出版的第一本诗集《市镇生活》，全书包含三十六篇短的沉思，有艾米莉·狄金森的音调，后者在《艾米莉镇》中获得了极其晦涩的致敬：

小房间里的财富。
是一种措辞萦绕。
她自从你的矿藏。
离去。
雪或图书馆。
或一群天使。
458 带着一条信息。
不是。
它的意味于。
她。

狄金森除了破折号不爱用别的标点——卡森则在十句非常短的诗行后加了十个句号。克里斯托弗·马洛写到“小房间里的无尽财富”(《马耳他岛的犹太人》)，在《皆大欢喜》中试金石讽刺地呼应了此语，暗示马洛被谋杀一事：“这比小房间里的大算计更要人命。”这成了狄金森写诗和信的地方，坐落于艾摩斯特市她父亲房子里的那个房间。这首诗中的卡森在哪里，或者说这难道不是她的市镇吗，不过，这组诗里所有的市镇都不属于她。

卡森的自己的故事（或多或少地）第一次被讲述是在长记叙文《水的人类学》中，它是《淡水》的终结，文中卡森视自己为五十个达那伊德斯姐妹中唯一没有杀死新婚丈夫的那一个[①]，最终被沉入深水：

> 水是种你握不住的东西。就像男人。我试过。
> 父亲、
> 兄弟、爱人、挚友、饿鬼和上帝，一个接一个
> 都从
> 我的双手溜走了。

《水的人类学》的文采让人印象深刻，但我更喜欢《玻璃随笔》这首叙事诗，它是《玻璃、讽刺和上帝》（1995）的第一篇，诗中卡森的才华首次锋芒毕露。艾米莉 · 勃朗特是卡森的守护神，如同希斯克利夫是凯瑟琳 · 恩肖的守护神一样。[②]安妮 · 卡森的母亲住在加拿大北部荒原，那儿很像勃朗特生活过的地方，拜访时卡森面对着她主要的恐惧：“我感觉我会变成艾米莉 · 勃朗特，/孤独的生活环绕着我就像一片荒原。”

这个关于失去的故事——关于一个叫劳的男人——也许和《丈夫之美》（2001）一样吧，但那儿的叙事严酷而直接，相比之下这

---

① 在古希腊神话中，达那伊德斯姐妹是埃及王达那俄斯的五十个女儿。达那俄斯将五十个女儿许配给孪生兄弟埃古普托斯的五十个儿子，并因害怕古老预言的实现命令她们在新婚之夜将丈夫杀死。只有大女儿许珀耳涅斯特拉拒绝从命。

② 均为艾米莉 · 勃朗特小说《呼啸山庄》中的主要人物。

儿的我们像身处一种玻璃般的气氛中，一旦作者表达怒火，语境就会破碎。她冥想着清晨的幻象，她将其称作“裸体”：“对我灵魂赤裸的瞥见。”主要的幻象是和劳在一起的最后一个夜晚：“一个位于天堂和地狱中心的夜晚，/艾米莉会如是说。”劳不是希斯克利夫，对读者而言只是另一个下流胚，但卡森成功地把自己表现为一个爱的活生生的伤口，她自己的“痛苦的恶魔”，就像希斯克利夫之于艾米莉·勃朗特。写出了《呼啸山庄》和一些优秀的抒情诗的那位诗人小说家，在几首诗中和一个超验的“你”（Thou）对话，这些诗我
459 听起来像诺斯替教献给异乡神（对于这个宇宙是陌生的神）的赞美诗。几乎完全与艾米莉·勃朗特认同，安妮·卡森却解脱了自己与这个“你”的关系：

很难解读，这些传递在
“你”和艾米莉之间的信息。
在这首诗里她反转了他们的角色，
不是作为受害者而是对受害者讲话。
眼看“你”爬到你之上多么可怕，
你独自留在黑暗里等待被征服。

令人震惊，意识到这卑贱而迟钝的共谋
主人和受害者用一个声音
成了某种理由

为诗人最糟的孤独的时刻辩护。
她反转了你和“汝”的角色
不为展示权力

而是从她自身榨取一些同情
为玻璃中这搁浅的灵魂，
这是她真正的创造。

那些独自躺下的夜晚
并非不连到这清冷而忙碌的黎明。
这就是我。

两个互相陷在玻璃中的诗人又一次融合了。在一系列令人痛苦的“裸体”后，《玻璃随笔》达到了一个庄严的结尾：

我看见一座高山和山上一个抵御强风的形状。

它可能只是一根缠着些旧衣物的木杆，
但当我走近
我发现它是个人的身体

努力迎着可怕狂风而立血肉已被
吹走
　只剩骨头。
而那没有痛苦。
风
正剔着骨。 460
它们呈现银光和必要性。
这不是我的身体，不是一个女人的身体，这是我们所有人
的身体。

它从光中走出。

这段文字不仅放在上下文里有压倒性力量，就算单独摘出来也非比寻常。在这清洗中没有慰藉，但也没有痛苦。因为这只是幻象，而不是一个特权的瞬间，我们不能说这是世俗中的神迹。我们也找不到艾米莉·勃朗特的幽灵：这是安妮·卡森（短暂地）超越了她自己的苦难，因为对男人和女人来讲爱欲的失败都是普遍的。对这一幻象的瞬间，没有多愁善感，我们获得了一个弗洛伊德称为“悲伤的作品”的典型形象。

《玻璃随笔》的尾声是由十八首诗组成的名叫《关于上帝的真理》的组诗。其中两首《偏离》和《上帝之名》让人吃惊，两首诗都根据盲者以撒的早期卡巴拉写成。偏离的是由“原人阿当”①散发出来的“神人”之光：

他额头的光形成世界万物之名。
他耳朵、鼻子和喉咙的光
引出无人定义过的功能。

他眼睛里的光——等一下——
以撒在等待。
根据理论

这眼睛里的光本该从亚当的肚脐放出。

---

① 犹太密教卡巴拉教派认为，摩西传道分两部分，一部分传给平庸的羔羊，另一部分传给寻求真理的山羊。后者认为摩西解释了神人本同体的奥秘，这一神人一体的境界被称作“原人亚当”(Adam Kadmon)。要达到“原人亚当”的境界，必须通过卡巴拉生命之树修炼。

但这些光本身之中产生了
一次吸气

于是它们偏离了原来的路径。
于是它们分开了。
于是它们被捕获在头脑中。

于是从这些分离的光产生
你的痛苦
带着它穿过世界的使命(这儿我的朋友开始哭泣)。 461

当然你不是唯一忧伤的人。
以撒抽打着他的尾巴。
每一世界的等级

被迫下降
(至少一个等级)
由于这光的可怕压力。

无物保持原位。
无物不被捕捉
除了碎片、根源和实体

一些光
来自亚当的眼
多少滋养着那里。

这一次吸气指“撤回”(zimzum)[①]，是上帝的撤退，以允许创生，但光分开了，而“器皿”(kelim)裂成“碎片、根源和实体”。卡森加入自己的生动笔法，盲者以撒成为深渊里的一条龙，抽打着他的尾巴并咆哮着见证翻天覆地的创生。《上帝之名》也显示出卡森是她自己的卡巴拉教徒：

这名不是名词。
它是一个副词。
像贝多芬带的小小黑色笔记本

在他上衣口袋里
用来和那些想和他交流的人交流，
这上帝的副词

是一条单行道，通向你所在的各处。
告诉你它是什么也没用。
只管咀嚼它，与它度日。

卡森不会告诉我们那个副词，但我推测它是“无尽地”，同时和它相伴的动词是“受苦”。其后在《玻璃、讽刺和上帝》中发表的《以撒之书》，也许是卡森迄今为止最具跳跃性，也最强有力的叙事诗了。盖伊·达文波特准确地指出卡森特别恰如其分地把握了预
462 言叙事：

① zimzum来自希伯来语，在犹太教卡巴拉教派中，意味着上帝为创世而自我收缩、撤退和自我减损。

这是一个忧郁的冬夜,寒意如铁线。

以撒把他的额头贴在地上。

上帝便来临。

为什么正直的人要受苦?以撒说。

冷风在枝头发出铃响。

注意,每当上帝用一个阴性单数动词回答以撒时
　一些非凡的事
就要发生。

以撒你对女人有多了解?上帝问。

以撒的鼻下蹦出关于女人的词语:

羞惭。丑闻。老婆。无花果。女巫——

上帝点点头。

以撒回家睡会儿吧,上帝说。

以撒回家,睡了,又醒。

以撒感到颈子下面，一种丝滑而痛苦的感觉。

以撒向下看。

奶水正撑开乳头。

以撒超越了整全。

我不和你一道只因我在你**里面**，传来上帝闷响而苍白的声音。

463 以撒跪下。

新的痛苦！以撒说。

新的契约！上帝说。

卡森喜剧的崇高躲避了痛苦，无论是在希伯来语境中，还是在她非凡的“诗歌体小说”《红的自传》(1998) 那古典的错综盘绕中，后者太长、太复杂了，我无法在此描述。一次引人注目的卡森创作力爆发给了我们《下班的男人》(2000) 和《丈夫之美》(2001)，我从这两篇中选取少量文本加以思考，仅为提示一下她不断扩展的成就范围。但我引用她研究西蒙尼德斯①和保罗・策兰语词经济特点的著作《未失者之经济》(1999) 序言《方法说明》的开头段落，以展示她所意图的美学趣味：

① 西蒙尼德斯 (公元前556？一前468)，古希腊著名的抒情诗人。

我写作中有太多自我。你知道卢卡奇用什么术语来描述审美结构吗？“无窗的单子”(Eine fensterlose Monade)。我不想成为一个没有窗的单细胞生物——我的训练和训练我的人都十分反对主观性，我从一开始就想把自己的思想挣扎到科学和事实的领地，在那里每个人都逻辑地对话并交换各自的判断——但我在那里就会盲目。所以，写作或多或少地在这二者之间穿梭往来，一边是事实铺就的黯淡的风景，一边是清除了我所不知的一切的无窗房间。这种清除很花时间，这种清除是一个谜。

对此我不知该说些什么。谁能想象艾米莉·勃朗特、艾米莉·狄金森或格特鲁德·斯泰因这样说：我写作中有太多自我？卢卡奇，这位马克思主义者谴责过多的自我，因为按马克思的说法，单个的人是一个神话。为什么要读卡森而非其他一千个仍在写作的诗人，不正因她会在荒谬的“客观性”世界感到盲目吗？那种形态的风景简易而平庸，令人作呕：本真的主观性是复杂的、崇高的和让人受启发的。无论如何，卡森的天才是描写自我，而不是赶时髦地丢弃它。

在《下班的男人》中，有非常多杰出的诗歌，以至于我在这里只够讨论最令我动容的《爸爸的蓝色旧毛衫》，这是一首为死于阿尔茨海默病的挚爱而作的悼词： 464

现在它挂在厨房椅背上
我总坐的这张椅子，就像它曾经
挂在厨房椅背上，他总坐的那张椅子。

每次我进来都穿上它，

就像他曾经进来，一边跺着
他靴子上的积雪。

我穿着它坐在黑暗中。
他不愿这么做。
寒意从夜空中的镰月降下。

他的法则是个秘密。
但我记得有一个瞬间我知道
他在他的法则内部正在狂乱。

我到达时他站在车道的转角。
他穿着蓝色毛衫而纽扣一直扣到领口。
不仅因为那是一个炎热的七月午后

还因为他脸上的表情——像一个小小孩被某位姨妈
穿好衣服在清晨
作一段漫长的旅行

在冰冷的火车和刮风的站台上
他在椅子边缘坐得笔直
影子犹如长长的手指

在干草垛上掠过
持续让他震惊
因为他正向后驶去。

如果那是悲怅，她控制得如此之好，我几乎说不出理性在何处接手。我重读卡森的诗时，突然想起有一天遇到我的一个老朋友，也是我在耶鲁大学的同事，在研究生院的人行道上一手提着鞋一手反反复复地数着脚趾。一个月前，我们在同一个地方相遇，愉快而
热切地讨论了美国的宗教问题。他数脚趾时脸上的表情，正是安 465
妮·卡森坐火车的隐喻里准确捕捉到的那个小孩的表情呀。

《丈夫之美》舞动着它的二十九首死亡探戈，用弗洛伊德无恻隐的驱力带我们超越了快乐原则。选一首最喜欢的会令人感到可怕，我脑海中挥之不去的是第二十二首《游戏人》，虽然我愿意摆脱它。这个无名的丈夫，在分手三年后，把他妻子带到了雅典，据说是希望达成和解。晚上，在酒店房间，他们又因他一系列的不忠吵了起来，随后他突然开始流鼻血：

> 当时血流过他的上唇、下唇、颔。
> 流到他的喉。
> 印在他洁白的衬衫上。
>
> 一颗珍珠贝纽扣永久染色。
> 黑过桑葚。
> 别以为他的心碎裂了。他可不是崔斯坦[1]
> （即使他会愿意指出在通行版本中
> 崔斯坦没有不忠，是船帆致人死地）
> 然而他们都没有手帕

① 中世纪传说，骑士崔斯坦负伤将死，想见昔日情人伊索尔德最后一面，约定如果她来，船上就挂白帆为信号。但身边人谎报说来的船挂着黑帆，崔斯坦伤心而死。

她最后用他的血染污了她的睡袍，
他的头靠在她的膝头，他的美德穿过她

仿佛他们有同一个肉体。
夫妻可以擦去界线。
创造出空白的一页。

但此时血仿佛是房间里唯一的事物。

如果人的一生由确定的时刻组成。
不可能从这样一个瞬间
回到单纯的恨，
黑色的墨。

严格地说，我从未在文学里见过这样的时刻，但直白地说这种
褒奖对安妮·卡森那种感人的直接来说没有夸到点上。我们的生
活，即使在回忆里，也并不是由确定的时刻、回到我们身上的世俗顿
466 悟，荣誉或羞辱组成。这是一首长诗黑暗智慧的一部分，它以“伤
口自己发光”开头，以前夫虚构的话语“现在看着我叠这张纸，你会
认为它是你”结尾。

但是，我不想用那种语调为安妮·卡森的简要赏析结尾，我要
以她自己的声音结尾。她是一座极其活跃的火山，并使我这个终生
追随朗吉努斯的批评家兴趣盎然。她在《淡水》中的某处写道：“语
言缓解与他人相处的痛苦，语言又使伤口重新裂开。”我想小声说，
不是语言，根本不是语言，而是极少数语言大师——像艾米莉·勃
467 朗特、艾米莉·狄金森和安妮·卡森。

延伸阅读
Further Reading

Abrams, M.H. *The Mirror and the Lamp: Romantic Theory and the Critical Tradition*. New York: Oxford University Press, 1953.

Attridge, Derek. *Poetic Rhythm: An Introduction*. New York: Cambridge University Press, 1995.

Bloom, Harold. *the Best Poems of the English Language: From Chaucer Through Frost*. New York: HarperCollins, 2004.

——. *Figures of Capable Imagination*. New York: Seabury Press, 1976.

——. *Poetry and Repression*. New Haven: Yale University Press, 1976.

——. *A Map of Misreading*. New York: Oxford University Press, 1975.

——. *Kabbalah and Criticism*. New York: Continuum, 1975.

——. *The Anxiety of Influence*. New York: Oxford University Press, 1973.

Brooks, Cleanth. *The Well Wrought Urn: Studies in the Structure of Poetry*. New York: Harcourt Brace, 1956.

Brooks, Cleanth, and Robert Penn Warren. *Understanding Poetry* 3rd ed. New York: Holt, Rinehart and Winston, 1960.

Courthope, W.J. *History of English Poetry*. London: Macmillan, 1895–1910.

Eliot, T.S. *The Use of Poetry and the Use of Criticism: Studies in the Relation of Criticism to Poetry in England*. London: Faber and Faber, 1970.

Frye, Northrop. *The Anatomy of Criticism: Four Essays*. Princeton: Princeton University Press, 1957.

Fussell, Paul. *Poetic Meter & Poetic Form* (rev. ed.). New York: Random House, 1979.

Harmon, William, ed. *Classic Writings on Poetry*. New York: Columbia University Press, 2003.

Heaney, Seamus. *The Redress of Poetry: Oxford Lectures*. London: Faber and Faber, 1995.

Hirsch, Edward. *How to Read a Poem: And Fall in Love with Poetry*. New York: Harcourt Brace & Co., 1999.

Hollander, John. *Rhyme's Reason: A Guide to English Verse*, 3rd ed. New Haven: Yale University Press, 2001.

Johnson, Samuel. *Lives of the Poets: A Selection*, J.P. Hardy, ed. Oxford: Clarendon Press, 1971.

Knight, George Wilson. *The Starlit Dome: Studies in the Poetry of Vision*. New York: Oxford University Press, 1971.

Magill, Frank N., ed. *Critical Survey of Poetry: English Language Series*. Pasadena: Salem Press, 1992.

Paglia, Camille. *Break, Blow, Burn: Camille Paglia Reads Forty-three of the World's Best Poems*. New York: Pantheon, 2005.

Parini, Jay, ed. *The Columbia History of American Poetry*. New York: Columbia University Press, 1993.

Parisi, Joseph and Stephen Young, ed. *Dear Editor: A History of Poetry in Letters*. New York: W.W. Norton, 2002.

Paschen, Elise, and Rebekah Presson Mosby, ed. *Poetry Speaks: Hear Great Poets Read Their Work from Tennyson to Plath*. Naperville: Sourcebooks MediaFusion, 2001.

Paz, Octavio. *The Bow and the Lyre: The Poem, Poetic Revelation, Poetry and History*. Austin: University of Texas Press, 1987.

Pearce, Roy Harvey. *The Continuity of American Poetry*. Princeton: Princeton University Press, 1961.

Perkins, David. *A History of Modern Poetry: Modernism and After*. Cambridge, Mass.: Belknap Press of Harvard University Press, 1976–1987.

Preminger, Alex, Terry V.F. Brogan, and Frank J. Warnke, ed. *The New Princeton Encyclopedia of Poetry and Poetics*. Princeton: Princeton University Press, 3rd edition, 1993.

Raffel, Burton. *How to Read a Poem*. New York: Plume Books, 1994.

Schmidt, Michael. *The First Poets: Lives of the Ancient Greek Poets*. New York: Knopf, 2005.

——. *Lives of the Poets*. New York: Vintage, 2000.

Spiller, Michael R.G. *The Development of the Sonnet: An Introduction*. New York: Routledge, 1992.

Turco, Lewis. *The Book of Forms: A Handbook of Poetics* 3rd ed. Hanover, NH: University Press of New England, 2000.

Turner, Mark, and George Lakoff. *More than Cool Reason: A Field Guide to Poetic Metaphor*. Chicago: University of Chicago Press, 1989.

Vendler, Helen. *Poems, Poets, Poetry: An Introduction and Anthology* 2nd ed. New York:

Bedford/St. Martin's, 2002.

——. *The Given and the Made: Strategies of Poetic Redefinition*. Cambridge, Mass.: Harvard University Press, 1996.

——. *Soul Says: On Recent Poetry*. Cambridge, Mass.: Belknap Press of Harvard University Press, 1996.

——. *The Music of What Happens: Poems, Poets, Critics*. Cambridge, Mass.: Harvard University Press, 1989.

Welsh, Andrew. *Roots of Lyric: Primitive Poetry and Modern Poetics*. Princeton: Princeton University Press, 1978.

索　引